HEYNE <

Das Buch

Ausgerechnet an seinem 40. Geburtstag wird Benjamin Harthman vom Schicksal eingeholt: Er hat einen schrecklichen Autounfall. Jede Hilfe kommt zu spät, und Harthman stirbt. Doch dann kommt er wieder zu sich, mitten in einer seltsamen Stadt – einer Stadt voller toter Menschen. Ist er im Paradies gelandet? Oder gar in der Hölle? Mithilfe der mysteriösen Louise macht Harthman sich auf, das Geheimnis dieses außergewöhnlichen Ortes zu ergründen. Dabei trifft er auf Hannibal, den Anführer einer streng religiösen Clique, die davon überzeugt ist, dass sich jeder Bewohner der Stadt einer Prüfung unterziehen muss, die darüber entscheidet, ob er Zutritt zum biblischen Paradies erhalten soll oder nicht. Als Harthman gegen die Regeln der Clique rebelliert, wird er zum Außenseiter und versucht zu fliehen. Er muss jedoch erkennen, dass sein Leben in der Stadt mit seiner irdischen Vergangenheit zu tun hat. Und mit einem grauenvollen Verbrechen …

Der Autor

Andreas Brandhorst, 1956 im norddeutschen Sielhorst geboren, schrieb bereits in jungen Jahren Erzählungen für deutsche Verlage. Im Heyne Verlag sind die Romane *Äon*, *Kinder der Ewigkeit* und *Das Artefakt* erschienen. Sein Mystery-Thriller *Äon* war ein riesiger Publikumserfolg. Brandhorst lebt als freier Autor und Übersetzer in Norditalien.

Andreas Brandhorst

Die Stadt

Roman

Originalausgabe

WILHELM HEYNE VERLAG
MÜNCHEN

MIX
Papier aus verantwortungsvollen Quellen
FSC® C014496

Verlagsgruppe Random House FSC-DEU-0100
Das für dieses Buch verwendete
FSC®-zertifizierte Papier *Super Snowbright*
liefert Hellefoss AS, Hokksund, Norwegen.

2. Auflage
Originalausgabe 04/2011
Redaktion: Rainer Michael Rahn

Printed in Germany 2011
Umschlaggestaltung: Nele Schütz Design, München
Satz: Leingärtner, Nabburg
Druck und Bindung: GGP Media GmbH, Pößneck

ISBN 978-3-453-52764-5

www.heyne-magische-bestseller.de

Unsterbliche Seele, nimm dich in Acht,
Dass du nicht Schaden leidest,
Wenn du aus dem Irdischen scheidest;
Es geht der Weg durch Tod und Nacht.

Heinrich Heine

Das Ende … und der Anfang

1

Es geschah an seinem vierzigsten Geburtstag. Dieser Tag hätte der Anfang eines neuen Lebens für Benjamin Harthman sein sollen; stattdessen brachte er den Tod.

Benjamin wusste nicht, was geschehen war. Graue Wolken zogen über den Himmel und warfen kalte Schatten auf Leib und Seele. Stimmen erklangen um ihn herum, undeutlich, wie aus einer anderen Welt. Manchmal verstand er das eine oder andere Wort, der Rest war bedeutungsloses Brummen.

Oben schaute die Sonne durch eine Lücke zwischen den grauen Wolken. Benjamin versuchte zu blinzeln, aber es gelang ihm nicht. Das Licht blendete, brachte jedoch keine Wärme. Die Kälte blieb, breitete sich in ihm aus, kroch in jeden Winkel seines Körpers.

»Die Beine«, sagte jemand. »Seht euch seine Beine an!«

»Er verblutet!«

»Der Frau ist nicht mehr zu helfen …«

Etwas krachte, aber nicht jetzt – das Krachen kam aus seiner Erinnerung, und es vermischte sich mit anderen Geräuschen, mit einem perlenden Lachen und dem Raunen des Winds in hohen Baumwipfeln. Mir ist kalt, dachte Benjamin. Und ich habe Durst. Warum gibt mir niemand zu trinken?

»Treten Sie zurück«, ertönte es streng und laut. »Machen Sie Platz für den Notarzt.«

Tick, tack, flüstert die Uhr des Lebens, unentwegt, erbarmungslos, dachte Benjamin und fragte sich gleichzeitig, warum er dies dachte. Er hatte es irgendwo gelesen, in einem der vielen Bücher, die ihn über all die Jahre hinweg begleitet hatten. Und er dachte: Meine bleibt jetzt stehen.

Da war sie, die Erkenntnis: Ich sterbe. Er hatte oft über diesen Moment gegrübelt und sich gefragt, wie sie sein würden, die einsamsten Sekunden, die man erleben konnte. Er hatte sich nicht vorgestellt, dass sie von fröhlicher Musik untermalt sein würden.

Die Melodien kamen aus einem Autoradio, wusste er, und er begriff mit schmerzlicher Klarheit: Die Welt ist ebenso gleichgültig wie die Uhr des Lebens. Sie schert sich einen Dreck um meinen Tod.

Das blendende Licht verschwand, als sich Wolken vor die Sonne schoben. Schatten krochen heran und tilgten die Farben aus einer Welt, die zurückzuweichen begann.

Ein Regentropfen klatschte Benjamin auf die Stirn, nass und schwer, und das Pochen hallte ihm wie ein Trommelschlag durch den Schädel. Er versuchte den Kopf zu heben, aber er war viel zu schwer. Hände berührten ihn, doch was auch immer sie mit ihm anstellten, es spielte keine Rolle mehr.

Der Frau ist nicht mehr zu helfen, hatte jemand gesagt.

Kattrin, dachte er und hörte erneut ihr Lachen, glockenhell, während es oben in den Baumwipfeln rauschte und das Blätterdach tanzende Muster aus Licht und Schatten schuf. Es tut mir leid, Kattrin.

Weitere Regentropfen fielen, aber er fühlte sie nicht mehr. Gesichter erschienen über ihm, in einem sich immer mehr verengenden Blickfeld. Fremde Augen sahen auf ihn herab, namenlose Lippen bewegten sich und formulierten Worte ohne Inhalt.

Hast du gehört, Kattrin?, fragte Benjamin. Es tut mir leid.

Und dann fiel er.

Eine Welt der Schemen und Schatten nahm ihn auf. Ganz dunkel war sie nicht – in der Ferne vertrieb Licht einen Teil der Düsternis, und Benjamin fühlte sich davon angezogen. Es stimmt also, staunte er. Das Licht, das die Sterbenden sehen, es existiert tatsächlich.

Doch dann begann er zu zweifeln, denn das Licht stammte von der Flamme einer kleinen Laterne und spiegelte sich in zwei grünbraunen Augen wider. Es waren die Augen einer Frau.

»Kattrin?«, krächzte Benjamin.

»Nein«, lautete die Antwort. »Ich bin Louise. Willkommen im Jenseits.«

2

Der Brechreiz war so stark, dass Benjamin minutenlang würgte und zu ersticken fürchtete, was ihm seltsam erschien: Konnte man sich nach dem Tod vor dem Sterben fürchten? Kopfschmerzen hämmerten zwischen seinen Schläfen, viel lauter als der Trommelschlag des einen Regentropfens, der ihm in den letzten Sekunden seines Lebens auf die Stirn gefallen war.

»Es ist schlimm, ich weiß«, erklang erneut die Frauenstimme. »Bist du das erste Mal gestorben?«

»Das … erste Mal?« Benjamin würgte erneut, aber inzwischen war sein Magen praktisch leer. Er spuckte Galle und versuchte mehr zu erkennen als nur die vagen Umrisse eines Gesichts.

»Beim ersten Mal ist es am schlimmsten«, sagte die Frau. »Glaub mir, ich weiß Bescheid. Der Tod *ist* eine unangenehme Sache.«

Ich halluziniere, dachte Benjamin. Aber um zu halluzinieren, brauchte man ein lebendes, funktionsfähiges Gehirn.

»Vielleicht ist es der Schock«, sagte die Frau. Sie klang jetzt nachdenklich. »Der größte Schock des Lebens: sein Ende. Laurentius hat einmal von einem ›geistigen Quantensprung‹ gesprochen, und ich bin mir nicht ganz sicher, was er damit meint. Aber eins weiß ich: Jeder von uns hat sich das Leben nach dem Tod anders vorgestellt. Niemand hat damit gerechnet, *hier* zu erwachen. Hast du genug gekotzt? Hier, trink das und versuch, es unten zu behalten. Schmeckt nicht besonders gut, aber es hilft.«

Etwas Kaltes berührte Benjamins Lippen, fast so kalt wie der Frost, der noch immer in seinem Innern wohnte und ihn so heftig schüttelte, dass seine Zähne klapperten. Etwas lief ihm in den Mund, bitter wie die Galle, die er eben hochgewürgt hatte.

»Runter damit«, sagte die Frau. Er spürte ihre Hände an Mund und Kehle, und irgendwie gelang es ihr, den Schluckreflex auszulösen. »Die Apothekerin hat es zusammengebraut. Die du natürlich nicht kennst. Noch nicht. Sie gehört zu den anderen, zu der Gemeinschaft im Zentrum, weißt du. Nein, du weißt es natürlich nicht.« Benjamin hörte ein tiefes Seufzen, während er noch einen Schluck trank. »Entschuldige mein Plappern. Seit sich Laslo aus dem Staub gemacht hat, und das ist schon eine Weile her, habe ich nur selten Gelegenheit, mit jemandem zu reden. Vielleicht liegt es daran. Wie heißt du?«

Das Hämmern in Benjamins Kopf ließ allmählich nach, und die Krämpfe in der Magengrube hörten auf. Was auch immer er getrunken hatte, es schien tatsächlich zu helfen. Er lag auf dem Boden, registrierte er, auf einem Boden aus Stein, neben einer offenen Tür, durch die kalter Wind Staub hereinwehte. Rechts und links ragten graue Wände auf, farblos wie seine letzten Eindrücke von der anderen Welt, und sie bildeten einen Rahmen für die grünbraunen Augen, die er schon einmal gesehen hatte. Sie waren groß und gehörten zu einem Gesicht mit glatter Haut und einer schmalen, geraden Nase. Braune Haarbüschel fielen in die Stirn. Die Frau wirkte jung, nicht älter als dreißig, und sie trug eine gefütterte Lederjacke mit hochgeschlagenem Kragen.

»Louise?«

»Ja. Und du heißt …?«

»Benjamin.«

»Geht es dir besser, Benjamin?«

Er atmete tief durch. »Ich glaube schon.« Er wollte sich aufsetzen, aber Louise legte ihm die Hand auf die Brust.

»Bleib noch einen Moment liegen«, sagte sie. »Sonst kippst du gleich wieder um. Es war schon schwer genug, dich hierherzubringen, weg von der Straße. Ich möchte dich nicht nach oben schleppen müssen.« Sie deutete zu einer nahen Treppe, deren steinerne Stufen hinter einer Biegung verschwanden. »Für dein Erscheinen in der Stadt hast du dir einen seltsamen Ort ausgesucht. Am Rand, und noch dazu so nahe beim Loch. Du kannst von Glück sagen, dass ich dich gefunden habe. Normalerweise kommen hier keine Neuen an. Ich war gar nicht auf der Suche nach dir, ich meine, weder nach dir noch nach jemand anders. Mir ging's um das Arsenal. Es muss hier irgendwo sein, gut versteckt ...«

»Bitte«, krächzte Benjamin. Er hob die Hände zu den Ohren, als wollte er sich vor Louises Wortschwall schützen. »Was ist geschehen? Ich verstehe überhaupt nichts.«

Die leise Stimme des Winds schwieg plötzlich, und für einige Sekunden herrschte eine Stille, in der Benjamin nur das Zischen des eigenen Atems hörte. Louise verharrte reglos an seiner Seite, den Kopf zur Seite geneigt. Dann huschte sie zur Tür, sah kurz nach draußen und kehrte zurück.

»Der Nebel kommt. Wir müssen nach oben.« Louise half Benjamin auf die Beine, und als sie sich davon überzeugt hatte, dass er nicht sofort wieder zusammenbrach, hob sie ihren Rucksack auf, schwang ihn sich auf den Rücken und nahm die Laterne.

»Ich habe mir oben ein kleines Notfallquartier eingerichtet, extra für solche Fälle«, sagte Louise, als sie die ersten Stufen hinter sich gebracht hatten. »So nah am Rand muss man mit allem rechnen.«

Benjamin hob den Fuß zur nächsten Stufe und sah auf seine Beine hinab. *Die Beine. Seht euch seine Beine an!*

Sie gaben unter ihm nach, und er wäre gefallen, wenn Louise ihn nicht gestützt und an die Wand gedrückt hätte.

»Meine Beine«, brachte er hervor und spürte, wie ihm kalter Schweiß ausbrach. »Der Unfall … Die Beine sind mir beim Unfall abgerissen worden. Ich bin … tot.«

»Bist du, ja. Hier trink noch einen Schluck von der Medizin.«

Louise setzte ihm eine kleine Flasche an die Lippen, und Benjamin trank erneut einen Schluck von der bitteren Flüssigkeit.

»Komm jetzt, nach oben«, drängte Louise. »Dort sind wir sicher.«

Benjamin starrte auf seine Beine, deren Zittern allmählich nachließ. Sie steckten in einer dunkelbraunen Hose, die er jetzt zum ersten Mal sah, und nichts deutete auf irgendeine Verletzung hin. Er betastete sie, um ganz sicher zu sein, fühlte den Kontakt an Fingern und Oberschenkeln, hielt sich eine Hand vor die Augen und drehte sie langsam. Louise ergriff die andere und zog ihn mit sich. »Komm jetzt, Benjamin. Der Nebel ist da.«

Bevor sie die Biegung der Treppe hinter sich brachten, warf Benjamin noch einen Blick zurück. War durch die offene Tür eben noch die Straße zu sehen gewesen, leer und staubig, verschlang jetzt gestaltloses Grau alle Konturen, wogte über den rissigen Beton des Bürgersteigs, quoll über die Schwelle und schickte erste Ausläufer wie tastende Finger ins Innere des Gebäudes.

Benjamin bewegte die Beine, die sich abgesehen von einem leichten Zittern völlig normal anfühlten, und folgte Louise nach oben. Die Magenkrämpfe hatten aufgehört, und Wärme breitete sich in ihm aus, vertrieb die Kälte aus seinen Gliedern.

»Du bist ein Glücksfall für mich«, sagte Louise, als sie den ersten Treppenabsatz erreichten. Mattes Licht fiel dort durch ein schmutziges Fenster in einen Flur, in dem die Reste von Möbelstücken lagen. Sie schienen eine Art Barriere gebildet zu haben, aber etwas hatte sie durchbrochen. Weiter hinten standen mehrere Türen offen; eine von ihnen war halb aus den Angeln gerissen. Louise bemerkte Benjamins Blick. »Irgendwann hat jemand versucht, sich hier zu verschanzen. Wer auch immer es gewesen ist, er hätte eins der oberen Stockwerke wählen sollen. Komm weiter, Benjamin.« Ein Lächeln flog über ihre Lippen. »Benjamin ist mir zu lang. Ich glaube, ich nenne dich Ben. Was dagegen?«

Es fiel ihm noch immer schwer, einen klaren Gedanken zu fassen. »Du hast gesagt, dass ich ein Glücksfall für dich bin …«

»Ja, Ben.« Louise hatte Benjamins Hand losgelassen, und auf dem Weg nach oben vergewisserte sie sich immer wieder, dass er ihr folgte und nicht irgendwo stehen blieb. »Du bedeutest für mich eine Runde durch den Supermarkt.«

»Was?«

»Hannibal wird sich freuen, wenn ich dich zu ihm bringe, Ben. Er und seine Gemeinschaft sind immer auf der Suche nach Neuen. Früher kamen öfter welche, habe ich gehört, aber in letzter Zeit sind es immer weniger geworden. Frag mich nicht nach dem Grund. Ich nehme an, es wird noch immer so gestorben wie vorher, aber nur wenige schaffen es hierher. Ich weiß nicht, warum. Abigale hat da eine Theorie, aber wenn du mich fragst, ist sie nicht besser oder schlechter als die Theorien der anderen. Kowalski meinte einmal, dass all die übrigen Neuen vielleicht in jenseits des Nebels liegenden Stadtteilen ankommen, aber Kowalski ist für seine wirren Gedanken bekannt; niemand hört auf ihn. Und überhaupt: Jeder weiß, dass die Stadt dort endet, wo der Nebel beginnt.«

Louise wartete ein Dutzend Stufen weiter oben, dass Benjamin zu ihr aufschloss. Sie war überhaupt nicht außer Atem, während er zu keuchen begonnen hatte.

»Mach nicht schlapp, wir sind gleich da.« Sie warf einen Blick übers Geländer nach unten, setzte dann den Weg nach oben fort. Für Benjamin sah es aus, als tanzte sie über die Stufen nach oben. »Neue sind selten geworden, und deshalb wird es Hannibal zu schätzen wissen, dass ich dich zu ihm bringe. Es bedeutet, dass ich in den Supermarkt darf und meine Vorräte erneuern kann. Wurde auch Zeit. So, da sind wir.«

Sie eilte im sechsten Stock durch einen halbdunklen Flur, blieb vor einer Tür stehen und schob einen Schlüssel ins Schloss. Es klickte und klackte, dann schwang die Tür auf. »Voilà«, sagte Louise und machte eine einladende Geste.

Kaum war Benjamin eingetreten, drückte Louise die Tür zu, schloss ab und schob drei schwere Riegel vor, einen in der Mitte, die anderen beiden oben und unten. Sie vergewisserte sich, dass sie eingerastet waren, trug die Laterne zum Tisch und deutete in die Runde. »Gibt nicht viel her, ich weiß.«

Der runde Tisch in der Mitte des etwa fünfzehn Quadratmeter großen Zimmers war zerkratzt, die Couch dahinter fleckig und durchgesessen. In der Ecke stand ein uralter Röhrenfernseher, ebenso verstaubt wie die schmucklose, leere Vitrine daneben. Auf der gegenüberliegenden Seite bemerkte Benjamin einen Herd mit einer kleinen Gasflasche und einer improvisiert wirkenden Schlauchverbindung. Vom Kühlschrank neben dem Durchgang zum größtenteils im Dunkeln liegenden Schlafzimmer kam kein Geräusch.

»Hier gibt es keinen Strom«, sagte Louise, als hätte sie seine Gedanken erraten. »Nie«, fügte sie hinzu, nahm den Rucksack ab und legte ihn auf den Tisch. »Nicht einmal während der Elektrostunden im Zentrum.« Sie deutete zum Herd mit der kleinen Gasflasche. »Aber ich kann uns Kaffee kochen, wenn du möchtest. Magst du Kaffee?«

Benjamin nickte benommen.

»Doch zuerst ...« Louise ging zum großen Fenster und zog den Rollladen hoch. »Sieh sie dir an, Ben. Das ist deine neue Heimat. Unsere Stadt.«

Benjamin trat näher und sah durchs schmutzige Glas. Pastellfarbene Wohn- und Geschäftshäuser säumten eine breite Straße, durch die Nebel strömte wie ein träger grauweißer Fluss. Von den Türen war nichts mehr zu sehen; dichter Dunst wogte bereits über die Fenster der unteren Stockwerke und kletterte weiter an den Mauern empor.

»Er sieht lebendig aus«, sagte Benjamin. »Der Nebel. Er bewegt sich wie ein lebendiges Wesen.«

»Die Kreaturen darin sind zweifellos lebendig.« Louise wandte sich ab und ging zum Herd. »Zu lebendig, wenn du mich fragst.«

Einige Hundert Meter die Straße hinunter wurde der Nebel so dicht, dass sich die Umrisse der Gebäude darin verloren. Die Welt schien dort zu enden, in einer Art White-out, das keinen Unterschied mehr machte zwischen Himmel und Erde, beides miteinander verschmelzen ließ. Weiter auf der linken Seite ragten die roten und braunen Dächer kleinerer

Häuser aus dem Nebel, der anzuschwellen schien wie ein Meer bei Flut.

»Er steigt immer höher«, sagte Benjamin.

»Bisher hat er noch nie den sechsten Stock erreicht. Wir sollten hier sicher sein.«

Weiter links erstreckte sich die Stadt über die Hänge eines Hügels, und dahinter ragten in vagem Dunst weitere Hügel auf, die Fassaden der dortigen Wohnhäuser lindgrün und ockerfarben. Dächer schimmerten silbern und weiß im Licht einer Sonne, die irgendwie seltsam wirkte, fand Benjamin. Er blinzelte in ihrem hellen Schein, doch dann schob sich eine Wolke vor die Sonne und entzog sie seinen Blicken; eine Wolke, die ihm ebenfalls sonderbar erschien, denn sie war zu gleichmäßig geformt, ein Oval ohne Fransen, weißgrau wie der Nebel, der inzwischen auch die roten und braunen Dächer verschlungen hatte.

»Mit der Sonne stimmt was nicht«, sagte er. »Und die Wolken …«

»Hast du das gehört?« Louise stand völlig reglos am Herd, in der einen Hand eine italienische *Moca*, in der anderen einen Anzünder. Es war so still, dass Benjamin das leise Zischen des aus den Herddüsen strömendes Gases hörte. Als es still blieb, schüttelte Louise den Kopf, entzündete das Gas und setzte das antiquierte Gerät auf die Flamme.

Benjamin hatte sich umgedreht und machte einen Schritt, mit Beinen, die er eigentlich gar nicht mehr haben sollte, und plötzlich zitterte er wieder. Auf einen Schlag kehrte alles zurück. »Kattrin …« *Der Frau ist nicht mehr zu helfen.* Aber auch ihm war nicht mehr zu helfen gewesen, und jetzt stand er hier, an diesem Fenster.

»Ben?« Louise musterte ihn besorgt. »Setz dich, Ben. Du hast den Schock noch nicht überwunden.«

Stocksteif stand er da und fühlte, wie sein Herz immer schneller schlug. »Ich lebe.«

»Ja und nein, Ben. Du *bist* gestorben, aber etwas brachte dich hierher, wie auch mich und die anderen.«

»Vielleicht ist sie ebenfalls hier! Kattrin! Sie war bei mir, als … es passierte. Vielleicht hat sie ebenfalls überlebt.«

Louise kam näher. »Du hast nicht überlebt, Ben«, sagte sie sanft. »Das ist die große Illusion, von der du dich befreien musst. Du bist hier, unversehrt. Du atmest, dein Herz schlägt, du denkst und fühlst, aber du lebst nicht mehr. Zumindest nicht so wie vorher.«

Benjamin starrte sie an, aber er sah nicht Louise, sondern den Truck, der plötzlich die Leitplanke durchbrach.

»Wir müssen sie suchen!«, stieß Benjamin hervor. »Sie ist irgendwo dort draußen!«

Er hatte die Tür erreicht und den ersten Riegel zurückgeschoben, als Louise plötzlich neben ihm erschien und ihn festzuhalten versuchte.

»Bist du übergeschnappt? Hast du den Nebel nicht gesehen? Du kannst jetzt nicht raus.«

Benjamin stieß sie beiseite. »Sie ist dort draußen! Im Nebel könnte sie sich verlaufen. Wer weiß, ob ich sie dann jemals finde.«

Der zweite Riegel, dann auch der dritte. Benjamin riss die Tür auf und war im Flur, bevor Louise ihn daran hindern konnte. Am Treppenabsatz zögerte er kurz. Es war kälter geworden, so kalt, dass sein Atem kondensierte, und die grauweiße Fahne vor den Lippen schien den Nebel herbeizulocken. Er glitt im Treppenhaus empor, strich wie Rauch über die Stufen, und in ihm bewegte sich etwas: ein dunkler Schemen im dritten Stock, ein seltsames Etwas, verborgen in den Schwaden.

»Ben!«

Er drehte sich um. Louise stand da, schwang ihren Rucksack und traf ihn damit am Kopf, mit solcher Wucht, dass Benjamin zur Wand taumelte. Neue Benommenheit erfasste ihn.

»Du verdammter Idiot!«, sagte Louise, holte mit der Faust aus und traf ihn am Unterkiefer.

Ihm schwanden die Sinne.

Benjamin Harthman, gestorben an seinem vierzigsten Geburtstag, träumte vom Leben, und davon, wie es endete. Neben ihm im Wagen saß Kattrin, der er ein neues Leben versprochen hatte, das an diesem Tag beginnen sollte, ohne all die Fehler des alten, und er sah ihr hoffnungsvolles Lächeln. Eine Sekunde später verschwand es, und ein Krachen übertönte das Brummen des Motors. Der große Lastwagen schoss auf sie zu, ein dunkler Moloch, der sich anschickte, sie unter sich zu zermalmen. Benjamin riss das Steuer herum, aber es war zu spät, ein Ausweichen unmöglich. Und dann starb er dort auf der Straße, nicht sofort wie Kattrin, ein paar Minuten später.

Er starb auch, als sich der Zeigefinger des Mannes, der die Pistole auf ihn gerichtet hatte, um den Abzug krümmte. Auch hier krachte es, aber es raste kein Truck heran, sondern eine Kugel. Sie bohrte sich ihm in die Stirn, zerfetzte einen Teil des Gehirns und löschte alle Gedanken aus.

Er schwamm, drehte den Kopf von einer Seite zur anderen

und sah überall nur Wasser, das bis zum Horizont reichte. Die Oberfläche war glatt und unbewegt, wie die eines Sees bei Windstille, aber weit und breit gab es kein Boot oder Schiff, nichts, an dem er sich festhalten konnte. Zwei Stunden später, als es dunkel zu werden begann, erlahmten seine Kräfte. Er sank, schluckte Wasser …

Aber es war kein Wasser, sondern Sand, heiß und trocken, denn er lag am Fuß einer Düne, die Teil einer endlosen Wüste war. Er sah seine Hand, die Haut rissig und voller Blasen, direkt vor den Augen. Die Finger hatten Zeichen im Sand hinterlassen, und er versuchte sie zu lesen, aber der Wind deckte sie zu, machte die von ihm selbst geschriebenen Worte unleserlich. Er wusste, dass sie wichtig waren, aber er konnte sie nicht entziffern. Seine Lider senkten sich …

Benjamin riss die Augen auf und stellte fest, dass er vom Dach eines hohen Gebäudes fiel, aber nicht schnell, sondern langsam wie ein halb vom Wind getragenes Blatt, vorbei an Fenstern, hinter denen Gesichter ihn anstarrten, manche erschrocken und andere mit hämischer Freude. Pfähle mit Metallspitzen ragten vom Boden auf, mindestens ein Dutzend, und etwas hielt ihn einige Meter über ihnen fest. Ein Fenster öffnete sich, und ein Mann, den er nicht kannte, streckte den Arm hinaus, in der Hand einen Zettel. Worte standen darauf, und Benjamin wusste, dass es die gleichen Worte waren, die er selbst in den Sand am Fuß einer Düne geschrieben hatte. So wie der Mann den Zettel hielt, konnte er nur zwei von ihnen lesen. Sie lauteten: Du musst … Benjamin wollte nach dem Zettel greifen, doch plötzlich fiel er wieder, und die stählernen Spitzen der Pfähle bohrten sich ihm in den Leib, einer von ihnen mitten ins Herz.

Benjamin schnappte nach Luft und hob ruckartig den Kopf. Er lag in einem dunklen Zimmer, und jemand drückte ihm die Hand auf die Brust.

»Dreh nicht wieder durch.« Louise sprach leise; ihre Stimme war kaum mehr als ein Flüstern. »Der Nebel ist noch nie so hoch gestiegen. Die Tür hat einen Stahlkern; so einfach lässt sie sich nicht aufbrechen.«

Benjamin merkte, dass er auf einem Bett lag. Er tastete nach seinem schmerzenden Kiefer. »Du hast mich niedergeschlagen!«

»Klar habe ich das, du Narr! Du warst auf dem besten Weg, hinunter in den Nebel zu laufen.«

Die Laterne stand in der Ecke, aber ihre Flamme war heruntergedreht und spendete kaum Licht. Benjamin sah nicht mehr als vage Umrisse, auch von der Frau neben ihm auf der Matratze. Im anderen Zimmer war es ebenfalls dunkel; offenbar hatte Louise den Rollladen heruntergelassen.

Ein dumpfes Knarren kam aus der Finsternis, wie von einer Diele, die unter einem schweren Schritt ächzte. Wenige Sekunden später kratzte es an der Tür; es klang, als würde ein Fingernagel über eine Schiefertafel scharren.

»Die Kreaturen sind da«, wisperte Louise. Sie rückte etwas näher an Benjamin heran, so nahe, dass er die Wärme ihres Körpers fühlte. Wir sind tot, dachte er. Und doch sind unsere Körper warm.

Die Geräusche wiederholten sich nicht. Stille breitete sich aus.

»Ich habe nur dich auf der Straße gefunden«, hauchte Louise nach einigen Minuten. »Nur dich, hörst du? Es war sonst niemand da. Du bist allein zu uns gekommen.« Die Hand wich von Benjamins Brust. »Schlaf jetzt, Ben. Es dauert eine Weile, bis sich der Nebel verzieht.«

Ich werde dich suchen, Kattrin, dachte Benjamin, und dann schlief er, zum ersten Mal seit seinem Tod.

Die Stadt

3

Das Wesen lag mitten auf der Straße im strömenden Regen. Sie beobachteten es schon seit einer Minute, aber es rührte sich nicht.

»Was ist das?«, fragte Benjamin.

»Eine der Kreaturen«, erwiderte Louise. »Vermutlich tot.« Sie sah nach rechts und links über die Straße, zog sich dann die Kapuze ihres Regencapes tiefer in die Stirn und verließ den Schutz des kleinen Vordachs. Benjamin folgte ihr; sein Kopf war von einer kleinen, halb durchsichtigen Plastikplane geschützt, die aus den dürftigen Vorräten in Louises Notfallquartier stammte. Der Regen trommelte auf den Kunststoff, als wollte er ihn zerreißen.

Das Geschöpf war so groß wie ein Bernhardiner, aber gewiss kein Hund. Die Schnauze erinnerte Benjamin an die eines Bären, war aber länger und breiter, mit Dutzenden von langen, spitzen Zähnen. Rote Reptilienaugen starrten ins Leere. Dichtes schwarzes Fell bedeckte Kopf und Rücken, nass vom Regen, doch an Brust und Bauch glänzten gelbbraune Schuppen, wie die einer Schlange. Die hinteren Beinen, mit kräftigen Sprungmuskeln ausgestattet, waren zur Seite gestreckt, die Krallen der vorderen Gliedmaßen hatten sich in einen Riss im Asphalt gebohrt. Dicht über den beiden reglosen Augen des Wesens zeigte sich ein Loch in der Stirn, aus dem dunkle Flüssigkeit rann. Der Regen wusch sie fort.

»Eine Mischung aus Wolf, Bär und Schlange?«, fragte Benjamin verwundert.

Louise hob den Kopf und sah erneut in beide Richtungen die Straße entlang. Weit und breit regte sich nichts. »Im Nebel gibt es noch weitaus seltsamere Kreaturen. Dies ist ein Springer, und eine Kugel hat ihn getötet. Siehst du hier?« Sie zeigte aufs Loch in der Stirn des Geschöpfs. »Das ist eine Schusswunde. Ich glaube kaum, dass eine von Hannibals Patrouillen hier unterwegs gewesen ist. Also kommen nur Streuner infrage. Komm, Ben. Lass uns von hier abhauen.«

Sie lief durch den Regen zur anderen Straßenseite, und Benjamin folgte ihr erneut. Dicht an der Häuserfront setzten sie den Weg in Richtung Innenstadt fort.

»Wer sind die Streuner?«, fragte Benjamin.

»Miese Typen«, sagte Louise. »Manche von ihnen sind schon ziemlich lange hier. Länger als ich.«

»Seit wann bist du …«

»Seit wann ich tot bin?« Louise blieb stehen, als sie eine Kreuzung erreichten, und holte unter ihrem Cape eine handgezeichnete Karte hervor, die in einer knittrigen Klarsichthülle steckte. Der Regen prasselte darauf. »Seit siebzehn Jahren, glaube ich. Es ist nicht ganz einfach, den Überblick zu behalten. Die Jahreszeiten in den einzelnen Stadtteilen sind unterschiedlich, Tag und Nacht nicht immer gleich lang. Aber ich glaube, es müssten siebzehn Jahre sein.« Sie deutete nach links, in eine schmalere Straße. »Dort entlang. Es ist ein kleiner Umweg, aber dadurch weichen wir dem Loch aus.«

»Bist du als Kind hierhergekommen?«, fragte Benjamin, als sie die Kreuzung überquerten. Er sah noch einmal zurück zu der Kreatur, die mehrere Hundert Meter hinter ihnen auf der Straße lag, getötet von einer Kugel.

»Nein.« Louise zögerte kurz. »Als ich hierherkam, war ich neunundzwanzig. Also wäre ich jetzt eigentlich sechsundvierzig.«

»Aber …«

»Ich sehe nicht so alt aus, meinst du?« Louise lächelte unter ihrer Kapuze, aber es war ein schiefes Lächeln. »Tote altern nicht, Ben. Niemand von uns wird älter. Die Alten bleiben alt, die Jungen jung. Einige Mitglieder der Gemeinschaft glauben, dass wir im Paradies gelandet sind. Ich schätze, ihre Vorstellung vom Garten Eden ist der Supermarkt.«

»Wenn dies das Paradies sein soll … Ich habe es mir anders vorgestellt.«

»Oh, im Paradies sind wir hier gewiss nicht, meiner bescheidenen Meinung nach.« Es klang ein wenig bitter. »Aber vielleicht auch nicht in der Hölle. Obwohl ich mir da nicht *ganz* sicher bin.« Louise lachte leise. »Es kommt auf den jeweiligen Standpunkt an. Frag die Streuner. Sie sehen die Dinge aus einem anderen Blickwinkel als Hannibal, das steht fest. Und da wir gerade bei Himmel und Hölle sind …« Sie hob den Arm und deutete auf einen Turm, der etwa einen Kilometer vor ihnen aufragte. Daneben wölbte sich eine Kuppel weiß wie Schnee.

»Eine Moschee?«, fragte Benjamin und blinzelte im Regen.

»Ja. In den mir bekannten Teilen der Stadt gibt es zwei, und hier hört man manchmal die Stimme eines Muezzin vom Minarett. Wenn es Strom zur richtigen Zeit gibt oder

der Prediger Batterien für sein verdammtes Megafon auftreiben kann. Ich habe einmal kurz mit ihm gesprochen. Er stammt aus Kairo und ist im Nil ertrunken.« Louise blieb kurz stehen und deutete nach links. »Auf der anderen Seite des Flusses, dem noch niemand einen Namen gegeben hat, gibt es eine Synagoge und mehrere kleine hinduistische und buddhistische Tempel. Der Prediger spricht in ihnen allen, aber meistens hat er nicht mehr als zwei oder drei Zuhörer. Ich halte ihn für ebenso irre wie Kowalski, aber er ist Hannibal aus irgendeinem Grund sympathisch, vielleicht wegen seines religiösen Fimmels, und deshalb lässt er ihn immer wieder in den Supermarkt. Öfter als mich oder die anderen Unabhängigen.« Louise schniefte leise. »Wie dem auch sei, unser Jenseits ist nicht allein Christen vorbehalten. Ob das etwas zu bedeuten hat …« Sie zuckte die Schultern unter dem Regencape. »Wenn du wissen willst, wer *wirklich* plemplem ist, Ben … Ich sage nur: Dago. Mit ihm könnten Kowalski und der Prediger nicht einmal dann mithalten, wenn sie noch einmal zehn Jahre Zeit hätten, das Verrücktsein zu üben.«

»Dago …«, murmelte Benjamin.

Louise wich einer Pfütze aus. Der Regen wurde noch stärker, prasselte auf sie herab und verwandelte die Rinnsteine in Bäche.

»Der Anführer der Streuner«, sagte Louise. »Ein echt übler Bursche. Hat schon zweimal versucht, den Supermarkt unter Kontrolle zu bringen. Bisher ohne Erfolg. Der Knallkopf fühlt sich dazu berufen, die ganze Stadt zu beherrschen. Was auch immer geschieht, Ben: Halt dich von ihm und den Streunern fern. Sie sind noch immer auf der Suche nach dem

Arsenal, genau wie ich und einige der anderen, und wer es als Erster findet, hat einen echten Trumpf in der Hand. Es muss hier irgendwo sein, und …«

Louise unterbrach sich, als sie Benjamins Blick bemerkte. Sie blieb stehen und zog ihn in einen Hauseingang, wo sie einigermaßen vor dem Regen geschützt waren.

»Ich hab's schon wieder getan, nicht wahr? Geplappert, meine ich. Bist gerade erst in der Stadt eingetroffen, und ich quatsche dich voll.« Sie lächelte matt.

»Was?« Vor Benjamins Augen begann sich alles zu drehen. Das Trommeln des Regens und Louises Stimme verschmolzen zu einem Brummen, das immer lauter wurde, zu einem Brausen, das es fast unmöglich machte, einzelne Worte wahrzunehmen. Louises Lippen bewegten sich, und er musste sich konzentrieren, um sie zu verstehen.

»Hier, Ben, trink einen Schluck. Hörst du? Trink von der Medizin.«

Louise hatte eine Flasche aus ihrem Rucksack geholt und hob sie ihm an den Mund. Er trank und verzog das Gesicht. Hatte es beim ersten Mal ebenso gebrannt? Er konnte sich nicht daran erinnern.

»Meine Güte, was ist das?«, ächzte er und beobachtete, wie Louise selbst einen Schluck nahm, die Flasche dann wieder in ihrem Rucksack verschwinden ließ.

»Eine Mischung aus Schnaps und Kräutersäften. Das genaue Rezept bleibt Emilys Geheimnis.«

»Emily?«

»Die Apothekerin.« Louise berührte seine Wange. »Na bitte, du kriegst wieder Farbe. Auch die Toten wissen einen guten Schluck zu schätzen.«

»Ich habe vor einigen Jahren mit dem Trinken aufgehört. Es schadet der Gesundheit.«

Louise klopfte ihm auf den Arm. »Das ist das Gute daran, wenn man tot ist. Das Schlimmste, was einem passieren kann, ist bereits passiert. Komm jetzt, Ben. Es liegt noch ein weiter Weg vor uns.«

4

Sie wanderten durch eine Dämmerung, die Stunden dauerte, als könnte sich die Stadt nicht entscheiden, ob sie wachen oder schlafen wollte. Es hörte schließlich auf zu regnen, und am Himmel drifteten seltsam regelmäßige Wolken auseinander, schufen Platz für die Sonne, die zwar nicht größer war als jene, die Benjamin aus seinem Leben kannte, aber irgendwie den Eindruck vermittelte, näher zu sein. Sie wirkte … künstlich, wie eine große Lampe, die jemand an den Himmel gehängt hatte, der gar nicht so groß und weit war, wie es zunächst den Anschein haben mochte.

Der Abend ließ die Schatten länger werden und die Farben verblassen, aber die Fenster der Gebäude blieben dunkel – nirgends brannte Licht. Wenn Benjamin nicht nach Kattrin Ausschau hielt, oder nach irgendjemandem, der außer ihnen in den Straßen unterwegs war, hob er manchmal den Blick und ließ ihn über die Fenster streichen. Einmal glaubte er zu sehen, wie sich kurz eine Gardine bewegte, aber vielleicht lag es am Wind, der durch die zerbrochene Scheibe wehte. Leer erstreckten sich die Straßen vor ihnen, und sie waren wirklich *leer*: Nirgends standen oder fuhren Autos; nur einmal bemerkte er ein halb verrostetes Fahrrad an einer Ecke, mit einer rostigen Kette an einen fleckigen Laternenpfahl gebunden. Manche Hauseingänge standen offen; andere waren mit Brettern vernagelt, ebenso viele Fenster im Erdgeschoss. Gelegentlich kam ein Quietschen und Knarren von Schildern, die sich halb aus ihren Halterungen gelöst hatten und im Wind schwangen. Es war eine alte Stadt, die nun allmählich in die Dunkelheit der Nacht sank. Das Einzige, was sich in den Straßen bewegte, war der Staub, den stärkere Windstöße aufwirbelten, und doch fühlte Benjamin die Präsenz von Leben. Diese Stadt im Jenseits war nicht tot, obgleich Tote in ihr wandelten.

Einmal waren sie gezwungen, eine lange, breite Treppe emporzusteigen, denn in den beiden Gassen, die weiter in Richtung Stadtmitte führten, stapelten sich alte Möbel und Unrat aller Art zu hohen Barrieren, die mühseliges Klettern erfordert hätten, wollte man auf die andere Seite gelangen. Die Barrikaden sahen ebenso alt aus wie alles andere, und Benjamin fragte Louise, warum sie sie nicht auf ihrer Karte eingezeichnet hatte. Sie leuchtete darauf, mit einer kleinen Taschenlampe, in der – wie sie betonte – ihre letzte Batterie aus dem Supermarkt steckte, drehte die Karte und versuchte sich zu orientieren. Die Stadt verändere sich immer wieder, antwortete sie, was auch immer das bedeutete. Und so alt die Barrieren auch aussähen, sie seien neu.

Die Treppe führte auf einen kleinen, offenbar künstlich angelegten Hügel, der sich über die Dächer der nächsten Gebäude erhob. Auf der Kuppe stand eine Statue aus Bronze: ein Mann mit hoch erhobenem Schwert, ein Krieger, und er saß nicht auf einem Pferd, sondern auf dem Rücken eines mit Beinen ausgestatteten Schlangenwesens, vielleicht ein Drache. Benjamin blieb vor der großen Statue stehen, beeindruckt vom Detailreichtum der Darstellungen, und als er dem Schlangenwesen oder Drachen in die Augen sah, glaubte er, ein Blinzeln zu sehen, als lebte das Geschöpf, als könnte es gleich vom Sockel springen und den Krieger auf seinem schuppigen Rücken in die Schlacht tragen. Für einen Moment war ihm, als hörte er sogar den Atem von Ross und Reiter, vielleicht auch ein leises Klirren vom Kettenhemd des Mannes. Dann legte ihm Louise die Hand auf den Arm, und aus der Statue wurde wieder unbelebte Bronze, ein dunkle Silhouette vor dem dunkel gewordenen Himmel.

»Da drüben geht es weiter«, sagte Louise und deutete zur anderen Seite des Hügels. Dort führte eine zweite Treppe hinab, und hinter ihr wand sich eine Straße durch die in dichter werdende Schatten gehüllte urbane Landschaft. Benjamin trat zur Tafel vor der Statue und las, was auf ihr geschrieben stand:

WEH! WUNDERLICHE, EINSAME STADT,
DRIN TOD SEINEN THRON ERRICHTET HAT,
TIEF UNTER DES WESTENS DÜSTERER GLUT,
WO SÜNDE BEI GÜTE, WO SCHLECHT BEI GUT
IN LETZTER EWIGER RUHE RUHT.

Er hatte die Worte geflüstert, und Louise fragte erstaunt: »Kannst du das lesen?«

»Was? Natürlich. Ich …« Benjamin unterbrach sich, als er die Zeichen auf der Tafel sah: eine wirre Mischung aus

Schnörkeln, Strichen und Punkten, wie willkürlich angeordnet und ohne erkennbaren Sinn. »Ich könnte schwören …«, murmelte er und fügte nach kurzem Zögern hinzu: »Edgar Allan Poe. Die Worte stammen von ihm, und ich bin sicher, dass ich sie hier gelesen habe.«

Louise musterte ihn einige Sekunden lang, wandte sich dann ab und hob einen kleinen Feldstecher vor die Augen. Benjamin sah in die gleiche Richtung. »Sind das Lichter in der Ferne?«

»Ja, und sie stammen von der Gemeinschaft. Der Weg ist noch immer weit, aber mit ein bisschen Glück stoßen wir auf eine ihrer Patrouillen.«

Als sie die Treppe auf der anderen Seite des Hügels hinuntergingen, fiel Benjamin ein Bereich der Stadt auf, in dem es besonders dunkel war, als sei er bereits von der Finsternis der Nacht erreicht, während anderenorts Reste des Tages im düsteren Zwielicht verharrten.

»Das Loch«, sagte Louise. »Der Umweg hat uns daran vorbeigebracht, aber für meinen Geschmack sind wir ihm noch immer viel zu nahe.«

»Das Loch?« Kälte ging von der pechschwarzen Finsternis aus, und Benjamin fröstelte.

»Ein Loch in der Stadt. Woher es stammt, wie es entstand, wohin es führt …« Louise zuckte die Schultern. »Ich habe Laurentius einmal danach gefragt, und er meinte, das Loch sei vielleicht ein Weg in die Unterwelt. Dass das Jenseits eine Unterwelt haben kann, ist eine interessante Vorstellung.« Bei diesen Worten glaubte Benjamin, vage Ironie in Louises Stimme zu hören. »Aber vielleicht hat sich Laurentius einen Scherz erlaubt. Sein Humor kann manchmal recht sonderbar sein.«

»Du hast ihn schon einmal erwähnt«, sagte Benjamin. »Wer ist dieser Laurentius?«

»Wir nennen ihn auch den Alten. Weil er ein Greis ist und von uns allen am längsten in der Stadt lebt. Er wählte den Namen Laurentius. Da fällt mir ein ... Überleg dir einen neuen Namen, Ben. Hannibal fordert dich bestimmt auf, ihm einen zu nennen.«

»Warum?«

»Er hält das für wichtig. Ein neuer Name für eine neue Existenz, meint er. Ich fand das ganz vernünftig, als ich noch zur Gemeinschaft gehörte.«

»Und jetzt gehörst du nicht mehr dazu?«

Erneut hob und senkte sie die Schultern.

»Ist Louise dein wahrer Name?«

Sie lachte leise. »Hannibal würde diese Frage zum Anlass nehmen, dir einen langen Vortrag darüber zu halten, was ein wahrer Name ist. Hier bin ich Louise, Ben. Früher war ich jemand anders. Manchmal holt mich mein altes Ich ein, hier drin, und dann tut es weh.« Sie tippte sich an die Stirn.

Benjamin versuchte noch, aus diesen Worten schlau zu werden, als Louise plötzlich am Rand einer dunklen Kreuzung stehen blieb. Auf der anderen Seite erhob sich ein Prachtbau mit Säulen neben einem breiten Eingang. Den großen Schaukästen zu beiden Seiten fehlte das Glas, und der Wind spielte mit den Resten von Plakaten darin. Fransige Fahnen knarrten im Wind, und zunächst glaubte Benjamin, dass sich außer ihnen nichts bewegte. Doch dann sah er einen Schemen im finsteren Eingang, eine vage Gestalt, die sich aus der Dunkelheit löste und über den Bürgersteig glitt.

»Ein Schatten«, zischte Louise. »Wir *sind* dem Loch zu nahe, verdammt. Was auch immer geschieht, Ben: Rühr dich nicht von der Stelle. Beweg dich nicht. Du darfst nicht einmal blinzeln.« Sie stand wie erstarrt und sprach aus dem Mundwinkel.

»Was …«, begann Benjamin.

»Keinen Mucks«, warnte Louise leise. »Die Schatten sehen schlecht. Wenn wir uns nicht bewegen, bemerken sie uns vielleicht nicht.«

Eine zweite Silhouette kam aus dem Eingang des Theaters, folgte der ersten über den Bürgersteig und auf die Straße. Es waren keine Menschen, die dunkle Kleidung trugen und dadurch mit der Nacht verschmolzen, sondern tiefschwarze Gestalten, schwarz wie das Loch, dessen Finsternis weit über die Dächer der Stadt ragte. Als sie sich näherten, zeichneten sich deutlich Arme und Beine ab, auch Kopf und Hals, aber es fehlten Augen, Nase, Mund und andere, individuelle Merkmale. Benjamin wusste nicht, was es mit diesen *Schatten* auf sich hatte, doch er hielt es für besser, sich ein Beispiel an Louise zu nehmen. Wie sie stand er völlig unbewegt da und versuchte, nicht zu blinzeln und möglichst flach zu atmen. Gleichzeitig spürte er, wie der Wind an der Plastikplane zupfte, die er sich um die Schultern gelegt hatte, und aus dem Augenwinkel sah er, dass sich auch Louises Regencape bewegte. Die beiden Schatten überquerten die Kreuzung, mit Schritten, die nicht das geringste Geräusch verursachten, und als die Entfernung auf weniger als zehn Meter schrumpfte, spürte Benjamin die von ihnen ausgehende Kälte. Mit der Dunkelheit, die sie brachten, kam Frost, und als sie kurz verharrten, als müssten sie sich orientieren, bildete sich Eis auf dem Asphalt unter ihnen.

Ein Windstoß hob Benjamins Plastikplane und ließ Louises Cape flattern. Die beiden Schatten drehten synchron den Kopf, und obwohl sie keine Augen hatten, war Benjamin sicher, ihren Blick zu spüren, kalt wie das Eis zu ihren Füßen. Sie setzten den Weg über die Straße fort und kamen direkt auf sie zu.

Louise schaltete ihre kleine Taschenlampe ein, warf sie und rief: »Sie haben uns gesehen. Lauf, Ben!«

Sie rannte los, mit wehendem Regencape, und Benjamin sprang fort von den beiden Schatten, die erneut stehen geblieben waren und dem tanzenden Licht der Taschenlampe nachsahen. Ich fliehe, dachte er, während seine Schuhe auf den nassen Asphalt klatschten. Ich bin tot und fliehe vor etwas, das ich nicht kenne und von dem ich nicht weiß, was es mir antun könnte. Was hat ein Toter zu befürchten?

Diese Frage stellte er Louise, nachdem sie zehn Minuten lang durch die nächtliche Stadt gelaufen waren – durch Straßen und Gassen, treppauf und treppab – und sich schließlich in einem muffig riechenden Keller versteckten, an dessen Wand mit blutroter Farbe geschrieben stand: »Lasst, die ihr eintretet, alle Hoffnung fahren!« Benjamin sah die Schriftzeichen nur, weil das Licht eines am Himmel glühenden Flecks durchs Fenster fiel.

Louise sah nach draußen. »Was ein Toter zu befürchten hat?«, wiederholte sie flüsternd. »Ewige Verzweiflung. Schmerz. Oder nochmaligen Tod. Er wird durch Wiederholung nicht weniger unangenehm. Glaub mir, ich kann ein Lied davon singen. Der Tod existiert auch hier im Jenseits, aber er endet immer wieder mit dem Leben. Da sind sie!« Louise beugte sich vor. »Drüben bei der Brücke über dem Kanal. Sie scheinen die Spur verloren zu haben.«

»Was sind das für Geschöpfe?«, keuchte Benjamin. Er war noch immer außer Atem.

Louise rückte ein wenig vom Fenster fort. »Ich weiß nicht einmal, ob es in dem Sinne ›Geschöpfe‹ sind. Wir nennen sie Schatten, aus gutem Grund, wie du gesehen hast. Sie kommen aus dem Loch, und normalerweise erscheinen sie nur dann in anderen Teilen der Stadt, wenn sich der Nebel über das Loch hinweg ausbreitet. Diese beiden Schatten … sie scheinen auf uns gewartet zu haben. Als hätten sie von uns gewusst.«

Benjamin setzte sich und lehnte den Rücken unter den roten Worten an die Wand. Der glühende Fleck am Himmel bewegte sich langsam, und sein durchs Fenster fallendes Licht wanderte über die Wand, erreichte die Ecke und eine dicke Spinne, die dort in ihrem staubigen Netz auf Beute wartete. Benjamin, der sich in seinem Leben immer vor Spinnen geekelt hatte, beobachtete sie und fragte sich, ob sie ebenfalls in der anderen Welt gestorben war, vielleicht von jemandem zertreten oder von einem Vogel gefressen, um nach ihrem Tod hier ein neues Leben zu beginnen. Plötzlich lachte er, leise und ein wenig schrill.

Louise beäugte ihn neugierig. »Was findest du so lustig?«

»Gibt es auch für Spinnen ein Leben nach dem Tod?«, fragte er und hob die Hand.

Louise blickte in die Ecke des Kellers und zuckte die Schultern. Dann spähte sie wieder aus dem Fenster, öffnete mit einer Hand ihren Rucksack und holte die Flasche daraus hervor.

»Das ist Medizin«, sagte Benjamin matt. »Du bist nicht krank.«

»Und wenn schon.« Louise trank. »Möchtest du auch einen Schluck?«

Benjamin schüttelte den Kopf.

Louise trank noch einmal und verstaute die Flasche dann wieder in ihrem Rucksack. »Die beiden Schatten sind weg, aber ich traue dem Frieden nicht. Wir warten hier noch eine Weile, bis wir ganz sicher sein können, dass die Luft rein ist. Übrigens …« Sie zeigte auf den Schriftzug über Benjamin. »Passt irgendwie, nicht wahr? Für die Stadt, meine ich. Dante Alighieri.«

»Du kannst die Worte lesen?«

»Ich bin keine Analphabetin, Ben.«

»Aber die Schriftzeichen auf der Tafel des Standbilds …« Benjamin drehte den Kopf und sah an der Wand hoch. Die Buchstaben verwandelten sich nicht in unleserliche Schnörkel. »Ein Zitat aus der Göttlichen Komödie. Hier scheint sich schon einmal jemand versteckt zu haben, wovor auch immer.«

»Jemand ohne Hoffnung«, murmelte Louise. »Das Leben kann sehr schwer sein, wenn selbst der Tod keinen Ausweg bietet.«

Benjamin trat zu ihr ans Fenster und war versucht, sie nach der Bedeutung ihrer letzten Worte zu fragen. Doch etwas hielt ihn davon ab. Während sie beide hinaussahen auf die nächtliche Stadt, musterte er sie aus dem Augenwinkel, sah ihr Profil und glaubte, tiefe Trauer darin zu erkennen, wie etwas Dunkles, das selbst dann auf ihrem Gesicht lag, als es das Licht vom glühenden Fleck am Himmel empfing.

»Was ist das?«, fragte er. »Was leuchtet da am Himmel?«

»Vielleicht der missglückte Versuch eines Monds. Du hast die Sonne gesehen; sie geht so einigermaßen, ebenso wie die

Wolken. Beim Mond scheint irgendetwas nicht geklappt zu haben.«

Benjamin sah sie groß an. »Willst du damit sagen …«

»Jemand hat diese Stadt gebaut«, sagte Louise leise. »Und vielleicht nicht nur die Stadt.« Als sie Benjamins verblüfften Blick bemerkte, fügte sie hinzu: »Es gibt Theorien. Jeder macht sich seine Gedanken. Was letztendlich wahr ist … Wer weiß das schon? Früher hat Hannibal die Ressourcen des Supermarkts zu dem Versuch genutzt, den Dingen auf den Grund zu gehen, aber in letzter Zeit macht er das immer seltener. Er fügt sich, findet sich ab, wie viele der anderen Alteingesessenen. Je länger sie hier sind, desto weniger Fragen stellen sie, desto weniger denken sie nach.«

Eine Zeit lang blickten sie schweigend hinaus und beobachteten die Dunkelheit zwischen den Gebäuden. Nirgends regte sich etwas; die beiden Schatten schienen tatsächlich verschwunden zu sein.

»Wer ist Laslo?«, fragte Benjamin nach einer Weile.

Diesmal war es an Louise, verblüfft zu sein. »Du kennst ihn?«

»Du hast ihn erwähnt. Kurz nach meinem Erwachen.«

»Tatsächlich?« Louise sah wieder nach draußen. »Laslo ist ein Arschloch. Einer von diesen Typen, die alles versprechen und nichts halten. Davon hab ich schon im Leben genug kennengelernt, und ich hatte gehofft, dass sie mir im Tod erspart bleiben würden.«

Benjamin dachte an Kattrin und all die Dinge, die er ihr versprochen hatte.

»Er wollte mich zur Bibliothek bringen«, fuhr Louise nach einigen Sekunden der Stille fort. »Angeblich kannte er einen sicheren Weg. Ich habe mehrmals versucht, sie zu erreichen, aber ich musste immer wieder umkehren. Auch deshalb war ich auf der Suche nach dem Arsenal, als ich dich fand, Ben. Mit einer Waffe wäre es einfacher, zur Bibliothek zu gelangen. Was Laslo betrifft ... Er bekam, was er wollte – mich –, und anschließend machte er sich auf und davon. Arschloch«, wiederholte sie.

Benjamin spürte, dass sie damit nicht die ganze Geschichte erzählt hatte, aber er verzichtete auf weitere Fragen, schaute in die Nacht und dachte an Kattrin.

Eine halbe Stunde später hörten sie in der Ferne ein Brummen, und Louise griff nach ihrem Rucksack. »Ich glaube, wir haben Glück«, sagte sie. »Das klingt nach einer Patrouille der Gemeinschaft.«

Als sie durch die Kellertür nach draußen traten, sah Benjamin noch einmal zu den roten Worten zurück, die jetzt nicht mehr von Dante Alighieri stammten, sondern lauteten: *Verlass die Stadt.* Er blinzelte, und die ursprüngliche Schrift kehrte zurück. Darüber war die Spinne aus ihrer Ecke verschwunden.

5

Sie fanden den Wagen dort, wo die Straße sich vor einem spitzwinklig zulaufenden Gebäude teilte: Rechts führte ein rissiges Asphaltband an dunklen Bürohäusern vorbei; links glänzte das regennasse gewölbte Kopfsteinpflaster einer schmalen Gasse zwischen Wohngebäuden, von dessen Wänden der Putz bröckelte. An der Gabelung standen wie vergessen Tische und Stühle eines leeren Cafés, das Benjamin an ein Bistro in Paris erinnerte. Vor drei Monaten hatte er dort mit Kattrin gesessen, und während sie von der nahen Seine schwärmte, hatte er an ein neues Projekt seiner Firma gedacht und den Schein der untergehenden Sonne als störend empfunden, weil ihn das Licht blendete.

So wie jetzt das Scheinwerferlicht des Wagens. Benjamin schirmte sich die Augen ab, als sie sich näherten, und Louise winkte mit beiden Armen. »He, ich bin's!«, rief sie. »Hört ihr mich?«

Die Fahrertür wurde geöffnet, und jemand stieg aus dem mit laufendem Motor wartenden Fahrzeug. Benjamin war noch immer geblendet und konnte keine Einzelheiten erkennen. »Louise? Was machst du denn hier? Ich dachte, du hättest dich auf der anderen Seite des Flusses niedergelassen.«

»Hallo, Katzmann!«, rief Louise, die offenbar die Stimme erkannte. Und zu Benjamin: »Sie sind tatsächlich von der Gemeinschaft. Hätte mich auch stark gewundert. Die Streuner haben keine Wagen. Aber man kann nie wissen.« Lauter fügte sie hinzu: »Ich habe einen Neuen dabei. Könnt ihr uns zu Hannibal bringen?«

Jemand schaltete von Fernlicht auf Abblendlicht um, und als sie noch etwas näher kamen, sah Benjamin, dass der Wagen schon bessere Zeiten erlebt hatte. Er schien aus den Resten mehrerer Fahrzeuge zusammengebastelt zu sein. Die vordere Stoßstange war krumm, ein Kotflügel war eingedrückt, und der Dachgepäckträger machte den Eindruck, bei einer starken Erschütterung abfallen zu können.

Der Fahrer umarmte Louise, als sie herankamen. »Hast dich rar gemacht.«

Sie zuckte die Schultern, eine Geste, die Benjamin bereits vertraut erschien. »Ich bin lieber allein als in schlechter Gesellschaft. Womit ich natürlich nicht dich meine. Und auch dich nicht, Mikado«, sagte sie nach einem Blick in den Wagen.

»Abigale vermisst dich«, sagte der Mann auf dem Beifahrersitz.

»Wenn sie mich wirklich vermisst, hätte sie längst was tun können«, erwiderte Louise scharf. »Aber hat sie jemals ganz offen gegen Hannibal Stellung bezogen?« Sie deutete auf Benjamin. »Das ist der Neue.«

»Ich bin Katzmann.« Der Fahrer streckte ihm die Hand entgegen, und Benjamin ergriff sie.

»Harthman«, sagte er. »Benjamin Harthman.

»Nein, nur Benjamin«, warf Louise ein. »Und für mich Ben.«

Katzmann drückte fest zu. Er war kräftig gebaut, das Gesicht breit und markant, mit einer langen, krummen Nase, dünnen Lippen und einer weißen Narbe auf der einen Wange, die sichelförmig bis zum Unterkiefer verlief. Struppiges blondes Haar fiel ihm auf breite Schultern, die in einer gefütterten Leinenjacke steckten. Benjamin schätzte ihn auf vierzig, und er wirkte wie ein Nordeuropäer. Vielleicht ein Schwede oder Norweger. Im Halfter am Gürtel steckte ein Revolver mit abgewetztem Griff.

»Steigt ein«, sagte Katzmann. »Wir wollten ohnehin zurück.«

Wenige Sekunden später saßen sie im Fond, und der Wagen rollte an dem Gebäude mit dem aufgelassenen Café vorbei über die asphaltierte Straße. Das Licht der Scheinwerfer stach durch die Nacht.

»Ist euch irgendwas aufgefallen?«, fragte der Beifahrer namens Mikado, ein dunkler, südländischer Typ, kleiner und schmaler als Katzmann. Er hatte ein Gewehr – der Schaft im Fußraum, der Lauf am Seitenfenster –, das ebenso alt wirkte wie Katzmanns Revolver. Seine Finger spielten dauernd an den Knöpfen und Reglern eines mobilen Funkgeräts herum, das aus der Zeit vor den ersten Handys zu stammen schien und in dessen Lautsprecher es zischte und knackte. Ein Walkie-Talkie, erinnerte sich Benjamin.

»Zwei Schatten«, antwortete Louise. »Es hat nicht viel gefehlt, und sie hätten uns erwischt.«

»Du hast mir noch immer nicht gesagt, warum wir vor ihnen geflohen sind«, wandte sich Benjamin an sie. »Warum sind die Schatten gefährlich?«

»Wenn sie dich berühren, verlierst du das Bewusstsein. Später erwachst du irgendwo in der Stadt, an einem Ort, den du vielleicht nie zuvor gesehen hast. Und du hast schreckliche Bilder im Kopf, ohne zu wissen, ob es echte Erinnerungen sind oder die Reste von Albträumen.« Sie schauderte. »Kowalski hat es zweimal erwischt, und einmal war es so schlimm, dass es ihn umbrachte. Was vielleicht erklärt, dass er übergeschnappt ist.«

»Der Schock, Benjamin«, sagte Katzmann. »Er ist die eigentliche Gefahr. Durch den Kontakt mit einem Schatten kommt es zu einem psychischen Schock, der fast so schlimm ist wie der des Todes. Wir wissen nicht, was mit den Leuten geschieht, die von den Schatten entführt werden. Niemand von uns möchte glauben, dass die albtraumhaften Bilder, die später das Erwachen begleiten, auf tatsächliche Ereignisse zurückgehen. Manchmal träumen die Betreffenden von einem

Feuer, das sie verbrennt, von einem Gebäude, das in Flammen steht und aus dem sie nicht fliehen können. Jedenfalls kommen die Schatten nicht in die Innenstadt. Solange wir dort bleiben, gibt es nichts zu befürchten.«

»Kennst du das neueste Gerücht, Louise?«, fragte Mikado. Seine Finger blieben an den Knöpfen des Funkgeräts in Bewegung, und das laute Kratzen aus dem Lautsprecher übertönte gelegentlich das Brummen des Motors.

»Ich bin ganz Ohr.«

»Angeblich versuchen die Streuner, sich die Schatten dienstbar zu machen. Es soll irgendetwas mit dem gelben Haus zu tun haben.«

Louise lachte. »So ein Quatsch!« Sie bemerkte Benjamins fragenden Blick. »Das gelbe Haus ist eine Art … Legende.«

»Es ist mehr als eine Legende«, sagte Mikado. »Ich hab's selbst gesehen, bei einer Patrouille.«

»Und wie lange?«

»Na schön, nur für ein paar Sekunden. Aber ich erinnere mich deutlich daran!«

Louise zuckte die Schultern und sagte zu Benjamin: »Das gelbe Haus erscheint gelegentlich in der Stadt, und zwar immer an einer anderen Stelle. Bisher ist es noch niemandem gelungen, es zu betreten. Weil es immer nur für ein paar Sekunden da ist und wieder verschwindet, wenn sich ihm jemand nähert.«

»Wie dem auch sei, irgendetwas geht vor«, sagte Katzmann und lenkte den Wagen über einen Platz. »Hannibal glaubt, dass die Streuner eine größere Sache planen. Deshalb hat er uns und zwei andere Patrouillen losgeschickt. Alle drei Wagen gleichzeitig unterwegs, Louise! Vielleicht wollen sie noch einmal versuchen, sich den Supermarkt zu schnappen.«

»Oh, da wir gerade vom Supermarkt sprechen … Ich habe hier eine Eintrittskarte.« Sie klopfte Benjamin aufs Bein.

»Und die wird Hannibal akzeptieren, keine Sorge.« Eine Stimme kam aus dem Lautsprecher, undeutlich und verzerrt. Mikado klopfte auf das Gerät, hob es und drückte eine Taste. »Bist du das, Oskar? Kannst du mich hören? Kommen.«

Die Stimme erwiderte etwas, aber lautes Kratzen und Knacken zerriss die Worte. Mikado schüttelte das Walkie-Talkie einige Male, ohne dass der Empfang besser wurde. »Irgendetwas in dieser Gegend stört die Signale.«

»Es dauert nicht mehr lange, bis wir den äußeren Ring erreichen«, sagte Katzmann. »Von dort müsste es klappen.« Er drehte kurz den Kopf und warf einen Blick in den Fond. »Neulich habe ich Laslo gesehen.«

»Ach«, brummte Louise.

»Hat versucht, den Nebel zu durchqueren.«

»Weil er ein Blödmann ist.«

»Vielleicht hat der Geiger ihm was eingeflüstert«, meinte Mikado, schüttelte den Kopf und hantierte noch immer am Funkgerät. Besonders besorgt schien er nicht zu sein, fand Benjamin, denn er sah nur gelegentlich aus dem Fenster und achtete kaum auf das Gewehr, das in den Kurven hin und her rutschte.

»Der Geiger?«, fragte er.

»Er gehört zur Gemeinschaft«, sagte Louise. »Du wirst schnell merken, warum man ihn so nennt.«

»Lass mich raten. Weil er Geige spielt?«

»Und sogar ziemlich gut«, sagte Katzmann und lenkte den

Wagen an einem Gebäudekomplex vorbei, der aus mehreren Kuppeln und Türmen bestand. Für Benjamin sah es nach einem Kongresszentrum aus. »Ich wette, er hat zu Lebzeiten Konzerte gegeben.«

»Aber daran erinnert er sich nicht, weil er das Gedächtnis verloren hat«, fügte Louise hinzu. »Zumindest teilweise. Ihm ist es als Einzigem gelungen, den Nebel zu durchqueren, aber dabei muss irgendetwas passiert sein, das ihm seine Erinnerungen nahm. Vielleicht traf er auf einen Schatten.«

»Er *sagt*, dass er den Nebel durchquert hat«, schränkte Mikado vorsichtig ein und lauschte kurz einem Zischen aus dem Lautsprecher. »Ich frage mich, wie er den Kreaturen entgangen sein will.«

»Ich glaube ihm«, brummte Katzmann. »Wir wissen, dass er die Stadt oben beim nördlichen Wasserturm verließ, während einer nebelfernen Phase. Einen Tag später fand man ihn im Süden beim Kranwald. Dazwischen liegen sechzig Kilometer. Irgendwie muss er dorthin gelangt sein. Eine Abkürzung durch den Nebel ist die einzige Erklärung.«

Benjamin konnte dieser Logik nicht ganz folgen. »Was hat es mit dem Nebel auf sich?«

»Er ist das Ende der Stadt«, sagten Katzmann, Mikado und Louise fast wie aus einem Mund.

»Und dahinter?«, fragte Benjamin. »Was befindet sich hinter dem Nebel? Was hat der Geiger dort gesehen?«

»Äh …«, sagte Katzmann.

Mikado sah über die Schulter und wechselte einen Blick mit Louise.

»Seid ihr so eingeschüchtert, dass euch solche Fragen selbst hier unangenehm sind?«, giftete Louise die beiden Männer an. Und zu Benjamin: »Niemand weiß, was sich hinter dem Nebel befindet. Wem oder was der Geiger dort auch begegnet sein mag, er hat's vergessen. Manchmal murmelt er in seinen Träumen davon, und wenn man genau hinhört, kann man das eine oder andere erfahren. So war's jedenfalls, als ich noch zur Gemeinschaft gehörte. Aber vielleicht klebt ihm Hannibal inzwischen nachts den Mund zu, wer weiß?«

»Ruhig Blut, Louise«, sagte Katzmann fast väterlich. »Wir haben nichts gegen Fragen, obwohl wir manchmal die Antworten nicht kennen. Aber wenn wir im Gloria sind, solltest du vorsichtiger sein. Wenn dich Hannibal hört, oder einer von den anderen … Dann könnte deine ›Eintrittskarte‹ ungültig werden. Und du möchtest doch in den Supermarkt, oder?«

Louise brummte etwas, das Benjamin nicht verstand, obwohl er dicht neben ihr saß. »Ich gebe den Rat an dich weiter, Ben. Als Neuer genießt du zu Anfang eine gewisse … Narrenfreiheit, aber verzichte besser darauf, Hannibal *oder sonst jemanden …«* Bei diesen Worten ging ihr Blick zu Mikado und Katzmann. »… zu fragen, wie man die Stadt verlassen kann. So was gilt als Subversion.«

»Jetzt übertreibst du, Louise«, brummte Katzmann.

»Der Nebel und was dahinter ist«, fuhr Louise laut fort, »das Loch und wohin es führt … Kein Wort davon, Ben, klar? Alles, was als Herausforderung des Status quo interpretiert werden könnte – verbeiß es dir. Wenn Hannibal merkt, dass du zur nachdenklichen Sorte gehörst, hält er dich für gefährlich und schmeißt dich raus. Er will, dass alles so bleibt, wie's ist.«

»Komm schon, Louise, jetzt tust du ihm Unrecht«, sagte

Katzmann. »Vor zwei Wochen hat er eine voll ausgerüstete Expedition ins Labyrinth geschickt, mit dem Auftrag, es zu erforschen.«

»Im Ernst?«, fragte Louise überrascht.

»Ich glaube, er ließ sich von Abigale dazu drängen«, meinte Mikado.

»Wer leitet die Expedition?«

»Petrow.«

Louise nickte langsam. »Petrow ist ein guter Mann. Hat noch nicht das Denken verlernt. Gibt es irgendwelche Nachrichten von der Expedition?«

»Bisher noch nicht.«

Eine Zeit lang schwiegen sie, und dafür war Benjamin dankbar. Ihm schwirrte der Kopf von Namen, mit denen er keine Gesichter in Verbindung bringen konnte, und von Dingen, die er nicht verstand. Er sah nach draußen und stellte fest, dass die Häuser nicht mehr völlig dunkel waren. Hier und dort sah er Licht in Fenstern.

Ein lautes Knacken kam aus dem Funkgerät, und dann: »Katzmann, Mikado, hört ihr mich?«

»Na endlich!« Mikado hob das Walkie-Talkie, erstattete jemandem namens Oskar Bericht und wies darauf hin, dass sie mit Louise und einem Neuen zurückkehrten. Es folgte ein längeres Gespräch, an dem Benjamin schnell das Interesse verlor. Er sah wieder hinaus in die Stadt, beobachtete die vielen dunklen und wenigen hellen Fenster. Seine Gedanken kehrten zu Kattrin zurück; er fühlte sich fast schuldig, schon seit einer ganzen Weile nicht mehr an sie gedacht zu haben, und fragte sich, was mit ihr geschehen sein mochte, wenn sie nach ihrem Tod irgendwo jenseits des Nebels angelangt war.

»Warum wollte Laslo durch den Nebel?«, fragte Louise etwa eine halbe Stunde später, als Mikado das Walkie-Talkie ausschaltete und es vor ihnen hell wurde.

»Vielleicht aus Liebeskummer«, sagte Katzmann.

»Ha!«, machte Louise.

Katzmann fuhr langsamer und steuerte den Wagen an einem Schlagbaum vorbei, den zwei in lange Mäntel gekleidete Männer gehoben hatten. Sie winkten, und Benjamin stellte fest, dass sie bewaffnet waren.

»Wir sind da«, sagte Katzmann.

Die Gemeinschaft

6

Vom hellen Licht zahlreicher Lampen der Nacht entrissen, ragte weiter vorn die weiße Fassade eines prunkvollen Gebäudes auf. Mehrere Stockwerke hohe kannelierte Säulen, die Benjamin an das Theater in der Stadt erinnerten, säumten die breite Treppe und wurden an den Flanken zu Pfeilern, die bis zum Dach reichten. Von zwei kleinen Scheinwerfern angestrahlt, formten über dem Eingang goldene Buchstaben das Wort »Gloria«, wobei das »G« leicht zur Seite geneigt war. Darüber bildeten fünf goldene Sterne einen Bogen. Einer von ihnen war irgendwann abgefallen, und man hatte mit goldener Farbe einen Stern in die Lücke gepinselt. Vor dem Hotel, das offenbar das Zentrum der Gemeinschaft bildete, erstreckte sich ein kleiner Park, mit Büschen, Bäumen, gepflegten Rasenflächen und Blumenbeeten. Beim Anblick dieser Gartenanlage fiel Benjamin auf, dass er zuvor in der Stadt nicht einen einzigen Baum gesehen hatte, auch keinen einzigen Grashalm am Rand der Bürgersteige oder in den vielen Rissen, die den Asphalt durchzogen. Als der Wagen vor der Treppe hielt, als Benjamin zusammen mit Louise, Katzmann und Mikado ausstieg, am Hotel hochsah, Musik und die Stimmen von Menschen hörte, die die Treppe herunterkamen und ihn begrüßten, als er dann langsam den Kopf drehte und über den Park blickte … Es fiel ihm plötzlich schwer, dies alles für Wirklichkeit zu halten. Stocksteif stand er da, umgeben von Stimmen, Gesichtern und Licht, und er dachte: Ich träume. Dies alles ist ein Traum. Wenn ich es will, wenn ich es *wirklich* will, kann ich daraus erwachen.

Er schloss die Augen, blendete die Stimmen aus, achtete nicht auf die Hand, die ihn am Arm berührte – Louise? –, und dachte: Wenn ich die Augen wieder öffne, ist dies vorbei. Aber dann wagte er plötzlich nicht, die Augen zu öffnen, weil er fürchtete, in einem Krankenhaus zu erwachen, ohne Beine. *Die Beine. Seht euch seine Beine an,* flüsterte es in seiner Erinnerung, und er fragte sich, was besser war: Das Leben in einem Traum, mit unversehrtem Körper, oder ein von Halluzinationen befreites Bewusstsein, das in einem verkrüppelten Leib steckte.

»Der Tod ist das größte Trauma unserer Existenz«, erklang eine sonore Stimme vor ihm. »Ich weiß, wie es dir geht. Auch mir ist es so ergangen, vor vielen Jahren. Wir alle wissen, wie du dich fühlst, und deshalb sagen wir dir: Herzlich willkommen. Bei uns bist du gut aufgehoben. Hier beginnt ein neues Leben für dich.«

Benjamin hob die Lider.

Der Mann, der vor ihm auf der untersten Treppenstufe stand, war kahlköpfig und hatte große, tief in den Höhlen liegende Augen. Falten schufen komplexe Muster an Augen und Mund, und die Nase war ein wenig schief. Benjamin schätzte den Mann auf gut sechzig, vielleicht sogar siebzig. Er schien recht schlank zu sein; Hose, Hemd und Jacke hätten auch zehn oder zwanzig Kilo mehr genug Platz geboten.

»Ich bin Hannibal«, sagte der Mann. »Und du …«

»Er heißt Benjamin«, warf Louise ein und trat vor. »Benjamin Harthman. Und *ich* habe ihn gefunden.«

Sie wirkte fast trotzig, fand Benjamin. Aber auch besorgt. Er ahnte, dass es hier eine Geschichte gab, die erst noch erzählt werden musste.

»Ich nehme an, du möchtest die Belohnung«, sagte Hannibal nach kurzem Zögern.

»Am besten sofort.«

»Na schön. Katzmann, Mikado … Bitte seid so freundlich.«

»Wir bringen sie zum Supermarkt, kein Problem.«

Louise trat etwas näher. »Mach's gut, Ben. Früher oder später laufen wir uns bestimmt wieder über den Weg. So groß ist die Stadt nun auch nicht.« Sie umarmte ihn kurz und flüsterte ihm dabei ins Ohr: »Denk dran: Keine zu neugierigen Fragen über Loch, Nebel und Labyrinth.«

Er sah ihr nach, als sie mit Katzmann und Mikado fortging. Vages Bedauern regte sich in ihm; er hätte es vorgezogen, wenn sie geblieben wäre.

Dann führte ihn Hannibal die Treppe hoch, die vielen Stimmen wurden lauter, man drückte ihm die Hand und klopfte ihm auf die Schulter, und er hörte immer wieder: »Willkommen.«

Weiches Licht erwartete ihn in der Lobby des Hotels, goldgelb wie der Schriftzug »Gloria« und die fünf Sterne darüber. Auf dem Weg an der Rezeption vorbei sah Benjamin überall Menschen: Sie saßen an den Tischen im Aufenthaltsraum, tanzten im Ballsaal, aus dem die Musik kam, die er zuvor gehört hatte, gingen die breite Treppe zu den Zimmern hoch oder kamen sie herab. Alle lächelten ihm zu und winkten, und für einige angenehme Sekunden fühlte sich Benjamin wie Teil einer großen Familie. Doch dann erinnerte er sich daran, dass er diese Familie gar nicht kannte – und dass sie aus irgendeinem Grund Louise verstoßen hatte.

»Wir haben ein Zimmer für dich vorbereitet«, sagte Hannibal freundlich. »Natürlich kannst du auch etwas essen, wenn du möchtest. Und die Kleidung wechseln«, fügte er mit einem Blick auf Benjamins fleckige Sachen hinzu. »Der Supermarkt stellt uns alles zur Verfügung, wie du bald sehen wirst. Ich weiß, dass du viele Fragen hast, aber bitte erlaube uns, dir zuvor einige Fragen zu stellen.«

Sie betraten ein Büro, in dem zwei Personen auf sie warteten: ein hagerer, ausgemergelt wirkender Mann, grau in einem grauen Anzug, mit einer Brille, deren dicke Gläser die Augen größer machte; und eine Frau, die etwas jünger war als Hannibal, aber im Gegensatz zu ihm recht mollig. Sie trug ein violettes Kostüm und auffallend rote Schuhe; offenbar mochte sie starke farbliche Kontraste. Das dichte dunkelrote Haar fiel bis knapp über die Schultern und umrahmte ein Gesicht, das so oval und fast so weiß war wie die Wolken, die Benjamin am seltsamen Himmel über der Stadt gesehen hatte. Das Lächeln darin wirkte warm und herzlich, vermittelte den Eindruck einer mütterlichen Frau, die es gut meinte. Sommersprossen zogen sich in einem rotbraunen Band von den Wangen über die Nase.

Hannibal deutete auf den dürren, farblosen Mann. »Das ist Jonas. Er führt das Protokoll. Damit alles seine Ordnung hat.«

Jonas nickte kurz und hielt seinen Stift bereit. Er saß in der

Ecke, an einem kleinen, pultartigen Tisch, auf dem ein großes aufgeschlagenes Buch lag.

»Und das ist Abigale, die Mutter unserer Gemeinschaft«, sagte Hannibal. »Ich bin …«

»Ihr Vater?« Die Worte sprangen Benjamin von den Lippen; er konnte sie nicht zurückhalten.

Hannibal lächelte nachsichtig. »So könnte man es nennen, ja. Ich nehme an, Louise hat dir von mir erzählt.«

»Ja.«

Hannibal nahm an dem großen Schreibtisch aus dunklem Holz in der Mitte des Zimmers Platz. Abigale saß bereits dort, vor sich eine dampfende Tasse. Es roch nach Tee. Das Fenster hinter ihnen war geschlossen, der Vorhang zugezogen. Das Licht im Zimmer stammte von einem kleinen Kronleuchter und flackerte kurz, als Benjamin aufsah.

»Unser Generator muss überholt werden«, sagte Hannibal. »Wir warten darauf, dass die benötigten Ersatzteile im Supermarkt erscheinen. Bitte setz dich, Benjamin.« Er deutete auf den Stuhl vor dem Schreibtisch. »Was auch immer dir Louise über mich erzählt hat … Warte, bevor du urteilst. Sieh dich um. Sprich mit den anderen. Lern unser Leben kennen.«

»Wir sind eine Oase inmitten einer Wüste«, sagte Abigale. Ihre Stimme passte zu dem Lächeln, war weich und sanft.

»Mit der Wüste meinen Sie die Stadt, nehme ich an?«

»Wir duzen uns, Benjamin«, sagte Hannibal. »Und ja, die Stadt ist wie eine Wüste, und wir sind das Leben in ihr. Die ›Oase‹ ist unsere Gemeinschaft, ein Hort der Zivilisation, umgeben von Anarchie. Wir müssen uns schützen, und dafür sind gewisse Regeln notwendig. Du wirst das alles verstehen, mit der Zeit. Lass uns nichts überstürzen. Noch stehst du unter dem Schock der Veränderung. Du brauchst Zeit, um deinen Tod zu verarbeiten und dich an alles zu gewöhnen. Sag mir, Benjamin … Wie bist du gestorben? Und wann?«

Benjamin saß inzwischen auf dem harten Stuhl. »Wann?«

»In welchem Jahr?«

»2010«, sagte Benjamin. »Am dreizehnten Mai, meinem vierzigsten Geburtstag.«

Hannibal und Abigale wechselten einen kurzen Blick.

»Ich bin im Jahr 1961 gestorben und jetzt dreißig Jahre hier«, sagte Abigale sanft.

»Ich bin fast achtzig Jahre hier und 1999 gestorben«, fügte Hannibal hinzu.

»Aber …«, begann Benjamin.

»Die Zeit ist asynchron«, fuhr Hannibal fort. »Während hier bei uns eine Minute vergeht, könnten in der anderen Welt, in der wir lebten, Tage oder Wochen vergehen. Oder umgekehrt. Menschen kommen aus unterschiedlichen Epochen zu uns. Einmal hatten wir jemanden aus dem neunzehnten Jahrhundert, aber er verschwand nach wenigen Wochen.«

»Er verschwand?«, wiederholte Benjamin und versuchte zu verstehen.

Hannibal und Abigale wechselten einen neuerlichen Blick. »Es kommt vor, dass Leute verschwinden«, sagte Abigale langsam. »Aber mach dir deshalb keine Sorgen, Benjamin. Bei uns bist du gut aufgehoben. Bitte sag uns jetzt: Wie bist du gestorben?«

Das Krachen, eine Leitplanke, die wie Pappe brach, das Ungetüm des heranrasenden Lastwagens … Benjamin sah und hörte es wieder, mit quälender Deutlichkeit. Er krallte die Hände unter die Sitzfläche des Stuhls und rief: »Kattrin! Vielleicht ist sie irgendwo in der Stadt! Wir müssen sie suchen!«

»Wer ist Kattrin?«, fragte Abigale.

»Meine Frau! Sie … Wir sind beide bei dem Unfall gestorben. Ich erwachte in der Stadt, bei Louise, die mich in einen Hauseingang gezogen hatte, aber Kattrin war nicht da, und dann kam der Nebel.« Er erzählte, was geschehen war, berichtete von den leeren Straßen und davon, dass er immer wieder nach Kattrin Ausschau gehalten hatte. Als er die beiden Schatten erwähnte, von denen Louise glaubte, dass sie beim Theater auf sie gewartet hätten, wurde Hannibal sehr ernst, gab dem Protokollführer ein Zeichen und machte sich eine Notiz.

»Es tut mir sehr leid um deine Frau, Benjamin«, sagte Abigale. »Wenn sie wie du in der Stadt erschienen ist, so wird man sie früher oder später finden und zu uns bringen. Alle wissen, dass wir so etwas mit einem Besuch des Supermarkts belohnen. Aber wenn der Tod sie nicht hierherbrachte …«

»Vielleicht betrifft dies allein dich«, sagte Hannibal.

»Was? Was soll mich betreffen?«

»Warum erscheinen nicht alle Toten in der Stadt, Benjamin? Es sterben dauernd Menschen, durch Krankheit, durch Unfälle, durch Gewalt. Aber nur wenige erwachen nach ihrem Tod hier in dieser Stadt. Unsere Gemeinschaft umfasst etwa dreihundert Personen, und die Anarchie dort draußen, bestehend aus den angeblichen ›Freien‹ und den Streunern … Vielleicht sind es noch einmal dreihundert Personen. Sechshundert Männer und Frauen, ein paar Kinder … Mehr nicht. Dafür muss es einen Grund geben.«

»Glaubst du an Gott, Benjamin?«, fragte Abigale.

Lieber Himmel, dachte Benjamin und versuchte sich nichts anmerken zu lassen. Hoffentlich bin ich hier nicht bei Fundamentalisten gelandet, von welcher Sorte auch immer.

»Ich bin nicht sicher, woran ich glauben soll«, antwortete er vorsichtig.

»Es gibt Theorien …«, begann Abigale.

»Ja, es gibt Theorien, aber nur eine von ihnen ist richtig«, sagte Hannibal. »Dies ist eine Prüfung. Wir sind hier, weil über uns entschieden werden soll. Und wenn die Entscheidung getroffen ist, so oder so, verschwindet der Betreffende.«

Es blitzte nicht in Hannibals Augen, und seine Stimme gewann auch nicht den hysterischen Klang eines religiösen Eiferers. Aber etwas in den Worten, ein vager Unterton, flüsterte Benjamin eine Warnung zu. Dieser Mann mochte sich ruhig und väterlich geben, doch er konnte auch hart und unerbittlich sein. Benjamin hätte gern gefragt: Was soll hier geprüft werden, wer entscheidet, und wohin verschwinden die Menschen, über die, wie auch immer, entschieden wurde? Aber er beherzigte Louises Rat und schwieg.

»Wir sind in einer Art Limbus, Benjamin«, erklang Abigales sanfte Stimme. »Wir haben in unserem Leben nicht genug Gutes getan, um nach dem Tod ins Paradies zu kommen. Aber die Last unserer Sünden ist auch nicht so groß, dass sie uns einen Platz in der Hölle reserviert hat. Darum geht es hier: um die Entscheidung zwischen Himmel und Hölle.«

»Du hast in deinem Leben Gutes getan, Benjamin, aber auch Böses«, betonte Hannibal, während in der Ecke Jonas' Stift über geduldiges Papier kratzte. Für Benjamin hörte es sich seltsam laut an. »Als du gestorben bist, hielt sich beides die Waage. Hier bietet sich dir eine große Chance. Wenn du genug Gutes tust, öffnen sich dir die Pforten des Paradieses.«

»Wer trifft die Entscheidung?«, fragte Benjamin und erinnerte sich an die Moschee, die er im Regen gesehen hatte, und an die von Louise erwähnten Tempel. »Gott? Wo ist er?« Glaubten Hannibal und Abigale, das Monopol auf den richtigen Gott zu haben?

»Eine Woche«, sagte Hannibal, ohne auf die Fragen einzugehen. »Wir geben dir eine Woche Zeit für *deine* Entscheidung. Sieh dich um. Sprich mit den anderen. Lern dein Leben nach dem Tod kennen.« Er und Abigale standen auf.

Benjamin erhob sich ebenfalls, aber etwas langsamer und mit dem Gefühl, etwas Wichtiges übersehen oder nicht verstanden zu haben. »Und dann?«

»Nach einer Woche musst du dich für oder gegen uns entscheiden«, sagte Hannibal, und diesmal lag so etwas wie väterliche Strenge in seiner Stimme. »Willst du Mitglied der Gemeinschaft werden oder dort draußen in der Stadt leben, im Chaos, als einer der sogenannten Unabhängigen?«

»Ohne den Supermarkt«, fügte Abigale sanft hinzu.

»Und noch etwas.« Hannibal kam hinter dem großen Schreibtisch hervor. »Überleg dir einen neuen Namen für deine neue Existenz. Benjamin ist tot, gestorben in der anderen Welt. Du bist in der Stadt neugeboren und brauchst einen neuen Namen.«

Bevor Benjamin etwas erwidern konnte, heulte plötzlich eine Sirene, und jemand riss die Tür auf und rief: »Die Petrow-Expedition ist zurück!«

7

Im Ballsaal ertönte keine Musik mehr, als Benjamin zusammen mit Hannibal, Abigale, Jonas und vielen anderen das Hotel verließ, aber aus einem der oberen Fenster, das trotz der Kühle geöffnet war, kamen traurige Geigenklänge. Er hörte sie nur wenige Sekunden lang; dann verloren sie sich wieder im anschwellenden Heulen der Sirene.

Hinter dem Hotel erstreckte sich ein leerer Parkplatz, der Asphalt so rissig wie die Straßen in der Stadt, und jenseits davon, außerhalb des von den Lampen erhellten Bereichs, erhoben sich die Silhouetten mehrerer zwei- und dreistöckiger Gebäude. Offenbar wohnte dort niemand – die Fenster waren dunkel –, und als sie näher kamen, vermutete Benjamin, dass es sich um alte Lagerhäuser handelte. Mehrere Gestalten waren aus einem dieser Gebäude gekommen, angeführt von jemandem in nasser Kleidung, und zwei trugen eine aus Stangen und Decken improvisierte Bahre. Dutzende von Männern und Frauen umringten sie, leuchteten mit Taschenlampen in schmutzige, erschöpfte Gesichter und bestürmten die Zurückgekehrten mit Fragen.

»Was ist mit Rinehard passiert?«

»Wo ist Lindsay?«

»Was habt ihr im Labyrinth gefunden?«

»Wie weit seid ihr gekommen?«

Nachdem Benjamin im Gedränge einige Male hin und her gestoßen worden war, hielt er sich abseits des Geschehens, beobachtete und versuchte zu verstehen. Mehrere Männer mit Taschenlampen betraten eins der dunklen Gebäude, kamen kurze Zeit später mit Hannibal wieder daraus hervor und machten sich zusammen mit ihm daran, den Eingang zu verbarrikadieren.

»Ich fürchte, das war die erste und letzte Expedition«, sagte jemand.

Benjamin drehte sich um. Abigale trat auf ihn zu, gefolgt von einem schmächtigen dunkelhaarigen Mann mit Farbflecken im Gesicht und an den Händen.

»Das ist Velazquez«, sagte Abigale. »Du teilst eine Suite mit ihm. Er wird dir dabei helfen, mit allem vertraut zu werden.«

»Ich würde dir gern die Hand schütteln, aber …« Velazquez hob sie und zeigte, dass sie von Farbe verschmiert war.

Benjamin nickte ihm zu und sah dann den Leuten hinterher. »Louise hat die Expedition erwähnt …«

»Hannibal war dagegen«, sagte Abigale offen und blickte ebenfalls über den Parkplatz. »Er wollte niemanden ins Labyrinth schicken, aber ich habe darauf bestanden. Neugier kann keine Sünde sein, habe ich gesagt. Und jetzt ist Rinehard verletzt und Lindsay verschwunden. Vielleicht hätte ich auf Hannibal hören sollen.«

Sie beobachteten, wie die Leute hinter der Ecke des Hotels verschwanden. Das Gloria schien ihre Stimmen zu schlucken, und um sie herum breitete sich die Stille der Nacht aus. Die Sirene heulte längst nicht mehr.

»Was ist das Labyrinth?«, fragte Benjamin, obwohl Louise ihm davon abgeraten hatte, solche Fragen zu stellen.

»Ein weit verzweigtes Tunnelsystem unter der Stadt«, antwortete Abigale. »Vielleicht war es irgendwann einmal ein U-Bahnnetz. Manche glauben, dass es eine Möglichkeit bietet, die Stadt zu verlassen.« Sie lächelte ihr sanftes Lächeln. »Vermutlich hat dir Louise gesagt, dass du solche Themen bei uns besser meiden solltest. Sie ist klug; es würde mich wundern, wenn sie dich nicht darauf hingewiesen hätte.«

Benjamin schwieg und stellte fest, dass auch Velazquez aufmerksam zuhörte.

»Wie du von den anderen erfahren wirst, mache ich kein Geheimnis daraus, dass ich die Dinge nicht immer so sehe wie Hannibal. Ich glaube, dass es nicht schaden kann, Fragen zu stellen. Die Neugier ist Teil der menschlichen Natur. Wie sollen wir den richtigen Weg finden, wenn wir die Augen verschließen? Das Labyrinth existiert, ob es uns gefällt oder nicht. Warum es nicht untersuchen?«

Benjamin deutete zu den Gebäuden auf der anderen Seite des Parkplatzes. Sie schienen noch dunkler geworden zu sein, ein Teil der Nacht. »Sie haben den Zugang verbarrikadiert.«

»Mir wird langsam kalt«, sagte Velazquez, der nur leichte Kleidung trug.

»Ja, gehen wir. Am besten bringst du Benjamin in euer Quartier. Er ist bestimmt müde nach all der Aufregung.«

»Nein, eigentlich nicht«, widersprach Benjamin. »Ich habe bei Louise geschlafen.« Dass sie ihn mit einem Fausthieb niedergestreckt hatte, erwähnte er nicht. »Wir mussten warten, bis sich der Nebel verzog.«

»Ich könnte ihm den Supermarkt zeigen«, sagte Velazquez hoffnungsvoll.

Benjamin sah, wie Abigale in der Dunkelheit die Schultern zuckte, was ihn an Louise erinnerte. »Warum nicht? Ich nehme an, du brauchst neue Farben, wie?«

Velazquez grinste mit perlweißen Zähnen. »Und noch einige Dinge.«

8

»Bestimmt haben sie dir ihren kleinen Vortrag über Gut und Böse gehalten«, sagte Velazquez. »Alles Humbug, wenn du mich fragst.«

Das Gloria lag inzwischen ein ganzes Stück hinter ihnen. Sie folgten dem Verlauf einer schmalen Straße, die an Wohngebäuden vorbeiführte, hinter deren Fenstern hier und dort Licht brannte. In der Ferne, über den Dächern der Stadt, zeichneten sich in der Dunkelheit die vagen Konturen eines Hügels ab. Als Benjamin sie beobachtete und Einzelheiten zu erkennen versuchte, merkte er, dass die Nacht nicht mehr völlig finster war wie noch während der Fahrt mit dem Wagen. Auf der rechten Seite des Hügels – im Osten? – verwandelte sich das Schwarz des sternenlosen Himmels allmählich in ein dunkles Grau. Bot es den ersten Hinweis auf einen neuen Tag? War eine ganze Nacht verstrichen, seit er in dem Hauseingang erwacht war? Er wollte auf seine Armbanduhr sehen und stellte fest, dass sie fehlte. Die in Gold eingefasste Seiko, Kattrins Geschenk zu seinem vierzigsten Geburtstag, hatte ihn nicht ins Jenseits begleitet.

»Abigale hat verschiedene Theorien erwähnt«, sagte er.

Velazquez schloss den Reißverschluss der Jacke, die er aus dem Hotel geholt hatte. Benjamin trug einen Parka, der etwas zu knapp saß, aber vor der Kälte schützte.

»Wenn du mich fragst ... Aliens.«

»Was?«

»Aliens«, wiederholte Velazquez. »Außerirdische. Wir sind entführt.« Er deutete mit dem Daumen nach oben. »Der komische Himmel, die seltsame Stadt ... Alles von ihnen konstruiert. Wir sind Teil eines Experiments. Die Außerirdischen wollen uns glauben machen, dass wir gestorben sind, aber die Unfälle, Krankheiten, was auch immer ... alles Illusion. Die Aliens haben uns entführt und beobachten, wie wir hier zurechtkommen.«

»Zu welchem Zweck?«, fragte Benjamin.

Velazquez hob und senkte die Schultern. »Was weiß ich? Kann ich den Aliens in die Köpfe sehen? Wenn sie überhaupt Köpfe haben.«

»Ich nehme an, das ist nicht die einzige alternative Theorie«, sagte Benjamin vorsichtig.

»Nein. Kowalski glaubt, dass wir in einem Moment gedehnter Zeit leben. Wenn man ihn danach fragt, brabbelt er von Atompilzen, Unschärferelationen und Quanten. Seiner Ansicht nach hat ein Atomkrieg die Welt vernichtet, und an einigen Stellen war die Energiedichte so hoch, dass wir zwar gestorben sind, unsere Seelen – unsere Quantensignaturen, wie er es nennt – aber auf ein höheres energetisches Niveau gehoben wurden. Er hält unsere Existenz ...« Eine Veränderung des Tonfalls machte deutlich, dass Velazquez zitierte. »... für subjektiv unendlich und objektiv real.«

»Ich verstehe«, sagte Benjamin nach einem Augenblick. »Gedehnte Zeit. Relativismus. Dilatation.«

Der kleinere Velazquez sah argwöhnisch zu ihm hoch. »Gehörst du zum gleichen Club?«

»Club?«

»Kowalski behauptet, Astrophysiker gewesen zu sein. Und du? Was bist du in deinem Leben gewesen?«

»Ich war ...«, begann Benjamin, und dann schwieg er, weil er nicht wusste, was er gewesen war. Er entsann sich an die

Firma und an Projekte, doch mehr fiel ihm nicht ein. »Wie seltsam. Ich erinnere mich nicht.«

Sie kamen an einem Wohnhaus vorbei, dessen untere Fenster alle dunkel waren. Eins von ihnen öffnete sich plötzlich, und ein Arm streckte sich Benjamin entgegen, ohne dass er den Körper sehen konnte, zu dem er gehörte. Die Hand hielt einen Zettel, auf dem etwas geschrieben stand. Die Finger verdeckten den Text, bis auf die ersten beiden Worte: Du musst …

»Stimmt was nicht?«

Benjamin merkte, dass er stehen geblieben war und auf das dunkle Fenster starrte, das sich gar nicht geöffnet hatte. Velazquez klopfte ihm auf den Rücken.

»Keine Sorge, es fällt dir bestimmt alles wieder ein. Du bist gerade erst gestorben. So was nimmt einen mit. Ich habe eine ganze Woche gebraucht, bis ich wieder einigermaßen klar im Kopf war, und manche schaffen das nie. Wie zum Beispiel Kowalski. Aber vielleicht war der auch schon vorher übergeschnappt.«

Als sie den Weg fortsetzten, glitt Benjamins Blick immer wieder über die Fenster zu beiden Seiten der Straße, aber nichts bewegte sich dort. Warum konnte er sich nicht daran erinnern, welchem Beruf er nachgegangen war? Und was hatte es mit dem Zettel und der Botschaft auf sich?

»Die Apothekerin Emily stammt aus Genf und ist dort nach eigenen Angaben im Jahr 2012 gestorben«, fuhr Velazquez fort. Er sprach noch immer im Plauderton, als nähme er seine eigenen Worte nicht ganz ernst. »Sie glaubt, dass die ganze Erde von einem kleinen Schwarzen Loch verschlungen worden ist, das bei einem Zwischenfall im Kernforschungszentrum CERN entstand. Ihrer Meinung nach befinden wir uns hier dicht hinter dem Ereignishorizont ebenjenes Schwarzen Lochs. Du solltest Emily und Kowalski miteinander reden hören, wenn sie im Gloria zusammenhocken, am besten nach ein paar Gläsern von Emilys Medizin. Für die Show könnte man Eintrittskarten verkaufen.« Velazquez schüttelte den Kopf. »Die Leute glauben die verrücktesten Sachen. Ich fürchte, die Aliens müssen zu dem Schluss gelangen, dass wir nicht besonders intelligent sind.«

»Hältst du es nicht für verrückt, an Aliens zu glauben?«, fragte Benjamin.

Voraus knickte die Straße nach rechts ab, und Licht drang hinter der Ecke hervor, strich über alten Asphalt, auf dem nur noch hier und dort einige feuchte Flecken an den Regen erinnerten. Velazquez blieb am Bordstein stehen, dicht neben einer Pfütze, deren schmutziges Wasser langsam in einem halbverstopften Abfluss verschwand.

»Kleiner Crashkurs für das Überleben nach dem Tod gefällig?« Seine Stimme klang jetzt anders, ernster und auch bitterer. »Die Leute glauben wirklich die verrücktesten Sachen, und wenn man einige verrückte Ideen beisteuert, wird man für einen von ihnen gehalten. Die Leute wollen sich an etwas festhalten, Benjamin. Sie brauchen etwas, das ihnen Halt gibt. Und Hannibal und Abigale geben vielen Mitgliedern der Gemeinschaft Halt. Andere sind hier, weil … Nun, weil es hier besser ist als dort draußen, wo man auf sich allein gestellt ist und riskiert, von den Streunern geschnappt zu werden. Wie gesagt, ich glaube nicht an den Humbug von Himmel und Hölle, aber das ist auch gar nicht nötig, solange ich mich an die Regeln halte.«

»Woraus bestehen diese Regeln?«, fragte Benjamin.

»Es läuft darauf hinaus, dass alle tun, was Hannibal und Abigale sagen. Oh, einmal im Monat findet eine Versammlung statt, und dann werden gemeinsam wichtige Entscheidungen getroffen, aber die Beschlüsse sehen immer so aus, wie es insbesondere Hannibal gefällt. Der Bursche hat Charisma, kein Zweifel. Und er kann gut reden. Er versteht es, den Leuten Hoffnung zu geben. Hoffnung darauf, den Himmel zu erreichen, das Paradies. Wir sitzen in dieser Stadt fest, Benjamin. Niemand kann sie verlassen. Der Nebel und die Kreaturen darin verhindern das. Hannibal will auch gar nicht, dass jemand versucht, aus der Stadt zu entkommen. Das ist eine der Regeln: Niemand versucht die Stadt zu verlassen; es wird nicht einmal darüber geredet.«

»Zu entkommen?«, wiederholte Benjamin und fröstelte plötzlich trotz des Parkas.

»Ein Paradies ist dies gewiss nicht, da haben Hannibal und Abigale Recht. Aber die Hölle? Wer weiß? Kommt darauf an, was man sich darunter vorstellt. Dort draußen jenseits der Gemeinschaft lebt es sich schlecht. Von den Streunern einmal ganz abgesehen: Die Unabhängigen müssen auf vieles verzichten, das wir dank des Supermarkts haben. Deshalb bin ich geblieben, obwohl ich nicht daran glaube, dass hier jemand darüber entscheidet, ob wir gut genug für den Himmel oder böse genug für die Hölle sind. Die Stadt ist die Stadt, Benjamin. Wir haben nur sie. Niemand von uns wird älter, hast du das gewusst? Wir leben hier bis in alle Ewigkeit. Oder bis die Aliens beschließen, das Experiment zu beenden und uns zur Erde zurückbringen.«

Benjamin sah ihn groß an, aber dann lächelte Velazquez.

»Wenn wir hier eine Ewigkeit verbringen müssen, warum dann auf Bequemlichkeit verzichten? Im Supermarkt gibt es alles, was wir brauchen. Auch jede Mengen Farben und Leinwand für mich. Wer nicht zur Gemeinschaft gehört, hat keinen Zutritt. Mit anderen Worten, mein lieber Benjamin …« Velazquez klopfte ihm auf den Rücken. »Der Supermarkt ist Hannibals Macht. Ohne ihn wäre er nichts. Ohne ihn würde die Gemeinschaft vermutlich gar nicht existieren. Darum will niemand hinausgeworfen werden, denn dadurch verliert man den Zugang zum Supermarkt. Komm und bestaune den Heiligen Gral der Auserwählten.«

Velazquez erreichte die Ecke, trat ins Licht und breitete die Arme aus. »*Ta-ta!*«

Der Supermarkt

9

Eine weite, dunkle Asphaltfläche lag vor dem hell erleuchteten Supermarkt; Lampen schufen darauf Inseln des Lichts. Aber nicht ein einziger Wagen stand auf den von verblassten Linien markierten Parkflächen, und es gab nur wenige Ohren, die die Musik hörten – sie kam aus hoch an den Laternenpfählen angebrachten Lautsprechern und hallte durch die Nacht. Einige dieser Ohren gehörten bewaffneten Männern, die an einer Barriere etwa zehn Meter vor dem breiten Eingang des Supermarkts Wache hielten.

Velazquez winkte ihnen schon von weitem zu. »Ich bin's«, sagte er und blieb kurz im Schein einer der Lampen stehen, damit ihn die Wächter erkennen konnten. »Das hier ist ein Neuer. Ich möchte ihm den Supermarkt zeigen. Abigale weiß Bescheid.«

Einer der drei Männer hinter der Barriere hob die Hand, und die beiden anderen nickten.

»Warum wird der Supermarkt bewacht?«, fragte Benjamin leise, als sie sich dem Eingang näherten.

»Die anderen Wächter hast du gar nicht gesehen«, erwiderte Velazquez. »Es sind jetzt immer zwanzig, sowohl am Tag als auch in der Nacht. Wegen der Streuner. Zwei sind drinnen, und fünfzehn weitere stecken in den Gebäuden dort drüben, gewissermaßen als Einsatzreserve. Ich bin sicher, dass uns die Hälfte von ihnen gerade aufmerksam beobachtet.« Er winkte erneut und deutete eine Verbeugung an, erst nach rechts und dann nach links. In einem Fenster des Gebäudes auf der rechten Seite blitzte eine Taschenlampe auf. »Warum der Supermarkt bewacht wird? Damit niemand hineinkann, der nicht hineindarf. Was würde sonst aus Hannibals Macht?«

Er deutete zum hohen, langen Schild über dem Eingang. »GOLDEN GLOBE«, stand dort in großen goldenen Lettern, und darunter »Die goldene Fundgrube«.

»Alles in Gold«, sagte Velazquez. »Passt zum Gloria und seinen fünf goldenen Sternen. Aber ob wir eine goldene Zukunft haben, muss sich erst noch erweisen.«

Die Tür öffnete sich vor ihnen, als sie noch knapp zwei Meter davon entfernt waren, und warme Luft schlug ihnen entgegen. Die Musik wurde etwas lauter, aber nicht so laut, dass sie störte. Links befanden sich die Kassen, mehr als ein Dutzend, alle unbesetzt. Velazquez führte Benjamin nach rechts, vorbei an einem großen Blumenstand mit Rosen und Tulpen.

»Nur heute«, säuselte eine Stimme aus den Lautsprechern in der Decke, während die Lautstärke der Musik gedämpft wurde. »Fünf rote Rosen und fünf Tulpen Ihrer Wahl, nur sechs Talann. Greifen Sie zu, solange der Vorrat reicht.«

Benjamin blieb stehen. »Was sind Talann?«, fragte er. »Und woher kommen die Blumen?« Er streckte die Hand nach einer Rose aus. Wassertropfen glitzerten wie kleine Kristalle auf ihren Blättern. »Sie sind frisch.«

»Ich kenne den Supermarkt seit zehn Jahren und weiß noch immer nicht, was Talann sind«, erwiderte Velazquez. »Vielleicht die Währung der Stadt. Aber es spielt keine Rolle, da man ohnehin nicht bezahlen muss. Nimm dir einfach, was dir gefällt.« Er hob den Zeigefinger, an dem noch immer gelbe Farbe klebte, obwohl er sich im Hotel, bevor sie aufgebrochen waren, Gesicht und Hände gewaschen hatte. »Aber nicht zu viel. In Maßen. Habgier, mein Lieber, ist Sünde und könnte die Tugendhaftigkeit der Gemeinschaft beeinträchtigen, die uns allen den Weg zum Paradies erschließen soll.«

Von den Auslagen einer nahen Bäckerei kam der Geruch frischer Backwaren. »Hast du Hunger?«, fragte Velazquez. »Möchtest du ein Brötchen? Oder darf's eine Brezel sein? Wie wär's mit einem Stück Kuchen? Sahne oder Obst? Vielleicht beides?«

Benjamin merkte plötzlich, dass ihm der Magen knurrte. Er nahm ein Brötchen mit blauen Streuseln und biss hinein. Es war so frisch, dass es sich im Innern noch etwas Wärme vom Backofen bewahrt hatte, und es schmeckte so köstlich, dass er kurz die Augen schloss. Als er sie wieder öffnete, hatte sich die Lücke in den Auslagen der Bäckerei geschlossen.

Velazquez bemerkte seinen erstaunten Blick. »Bäcker backen nachts, nicht wahr? Damit für die Kundschaft am Morgen alles bereit ist. Jetzt ist Nacht. Die Bäcker backen, wo auch immer.«

Leer und hell erleuchtet erstreckten sich die langen Gänge des Supermarkts vor ihnen. Benjamin aß das Brötchen, während sie an den gefüllten Regalen entlanggingen, und er versuchte, dieses Bild frappierender, absurder Normalität mit der leeren Stadt in Einklang zu bringen. Es gelang ihm nicht.

Der Stand mit Aufschnitt und Käse war sechs oder sieben Meter lang, und als Benjamin dort stehen blieb, wurde die Musik erneut leiser, und die freundliche Lautsprecherstimme sagte: »Gerade eingetroffen: Parmaschinken, hundert Gramm für nur einen Talann. So etwas finden Sie nur in der goldenen Fundgrube. Greifen Sie zu.«

»Pass auf.« Velazquez beugte sich über den Tresen, nahm eine Scheibe Schinken und stopfte sie sich mit der einen Hand in den Mund, deutete dabei mit der anderen auf den silbernen Teller, von dem die Scheibe stammte. Benjamin bemühte sich, genau hinzusehen, doch während eines Blinzelns, das nicht länger dauerte als einen Sekundenbruchteil, hatte eine neue Schinkenscheibe den Platz derjenigen eingenommen, die sich jetzt in Velazquez' Mund befand.

»Du hast es nicht gesehen, oder?« Velazquez schluckte. »Man kann noch so genau beobachten und versuchen, nicht zu blinzeln – man kriegt es einfach nicht mit. Wie die fehlenden Dinge ersetzt werden, meine ich. Eine Lücke im Regal oder auf dem Teller, und zack, im nächsten Moment ist sie aufgefüllt.«

»Aber wie …« Benjamin starrte noch immer auf den Teller.

»Wie das funktioniert? Keine Ahnung. Niemand hat es je herausgefunden. Die Stadt ist die Stadt, und der Supermarkt ist der Supermarkt. Was man auch nimmt, womit man sich die Taschen füllt … Spätestens nach einigen Tagen sind die Lücken wieder aufgefüllt. Bei leicht verderblichen Waren geht es schnell, bei anderen, wie zum Beispiel Konserven, dauert es länger. Aber leer werden die Regale nie. Was kann man sich mehr wünschen?«

Beschwingten Schrittes, fast wie in einem Tanz, ging Velazquez an den Auslagen vorbei und wirkte so unbeschwert wie ein Kind, als er Süßigkeiten einsteckte. Einen Schokoriegel wickelte er aus und schob ihn sich in den Mund. Das Papier zerknüllte er, sah sich um, entdeckte einen Abfallkorb und warf es hinein.

»Nichts auf den Boden fallen lassen«, sagte er. »Alles muss seine Ordnung haben. Alles muss sauber bleiben.«

Sie gingen weiter, und als Benjamin nach einigen Metern zurücksah, war der Abfallkorb wieder leer.

Einige Minuten später, in der Heimwerkerabteilung, in der Velazquez Farben für seine Bilder aussuchte, begegneten sie den beiden Wächtern im Inneren, die ihre Runde machten. Velazquez wechselte einige Worte mit den Männern, die bewaffnet waren, einer mit einer kleinen Pistole, die fast wie ein Spielzeug wirkte, der andere mit einem altertümlichen Revolver. Sie nickten Benjamin freundlich zu und setzten ihre Patrouille fort.

Als sie im nächsten Gang verschwunden waren, fragte Benjamin: »Warum ist der Supermarkt auch nachts geöffnet? Wir scheinen die einzigen Kunden zu sein.« Er hatte nach Louise Ausschau gehalten, aber sie schien ihren Belohnungsbesuch im Supermarkt bereits hinter sich zu haben. »Wenn man ihn nachts schließen würde, wären nicht so viele Wächter nötig. Und man könnte Strom sparen. All das Licht ...«

Velazquez drehte eine Farbtube auf und roch daran. »Wenn du glaubst, dass der Strom hier, wie im Gloria,von einem Generator kommt, so irrst du dich. Im Supermarkt gibt es immer Elektrizität. Auch außerhalb der Elektrostunden im Zentrum fließt hier ständig Strom. Woher er kommt? Keine

Ahnung, Mann. Man müsste die Leitungen ausbuddeln, um es herauszufinden, aber das will Hannibal nicht. Vielleicht fürchtet er, dass sich jemand über unsere Neugier ärgert und den Laden dichtmacht.« Er drehte die Tube zu und steckte sie ein; seine Hosen- und Jackentaschen waren bereits gut gefüllt. »Abigale hat einmal erzählt, dass man vor vielen Jahren versucht hat, den Supermarkt nachts zu schließen. Aber es klappt nicht. Er öffnet sich selbst wieder. Wenn man das Licht ausschaltet, geht es nach spätestens zehn Minuten wieder an. Wenn man die Türen abschließt, entriegeln sie sich nach einer Weile selbst. Die goldene Fundgrube will rund um die Uhr geöffnet bleiben. Mir soll's recht sein.«

In der Getränkeabteilung fehlten Spirituosen, und die Regale wiesen Lücken auf. »Hier erneuert sich der Bestand nur einmal pro Woche«, sagte Velazquez. Er holte eine Plastiktüte hervor und füllte sie mit Bierdosen. »Und es gibt nichts Hochprozentiges. Das ist einer der Gründe, warum Emilys Geschäfte so gut gehen. Ihre Medizin erfreut sich großer Beliebtheit, und sie erkauft sich damit Zugang zum Supermarkt.«

»Gehört sie nicht zur Gemeinschaft?«

»Sie hat sich dagegen entschieden, als Hannibal sie aufforderte, mit dem Schnapsbrennen aufzuhören. Im Supermarkt gibt's keine Spirituosen, und deshalb hält er hochprozentigen Alkohol für einen weiteren Stolperstein auf dem Weg zum Paradies. Was ihn und seine Anhänger allerdings nicht daran hindert, sich von der Apothekerin Schnaps ›schenken‹ zu lassen und ihr dafür Besuche im Supermarkt zu erlauben. Die typische Doppelmoral solcher Frömmler, wenn du mich fragst«, kommentierte Velazquez, senkte dabei aber die Stimme. »Hannibal und Abigale geht es um Quote und Durchschnitt, und sie folgen dabei einer Logik, die ich schon damals nicht nachvollziehen konnte, als sie sie mir erklärt haben. Darum sind sie auch so scharf auf Neue wie dich. Sie hoffen, die Tugendhaftigkeit der Gemeinschaft irgendwie auf ein solches Niveau heben zu können, dass der Nebel verschwindet und sich die Pforten des Paradieses öffnen. Oder so ähnlich. Ich hab den Versuch aufgegeben, es zu verstehen, Kumpel.« Es zischte, als er eine Bierdose öffnete. »Möchtest du auch eine?«

Benjamin wollte aus reiner Angewohnheit den Kopf schütteln, aber dann dachte er: Ach, was soll's. Es zischte erneut, und er trank. Das Bier hatte genau die richtige Temperatur und schmeckte köstlich. Er erinnerte sich an Louises Worte: Das Schlimmste, was einem passieren kann, ist bereits passiert. Er lächelte, zum ersten Mal seit seinem Tod, und ging weiter, sah sich die Auslagen an, hörte die Musik, fühlte sich ein wenig schuldig wegen des Biers, hörte weiter hinten Velazquez' Stimme ... und merkte erst nach einigen Sekunden, dass etwas in ihm den Rückzug antrat. Es fühlte sich an, als ginge er auf Distanz zu sich selbst – ein Teil von ihm schien zurückzuweichen und zu einem Beobachter zu werden, dessen Blickfeld allerdings eingeschränkt war und sich weiter verengte. Zuerst schob er es aufs Bier, aber er hatte nur einige wenige Schlucke getrunken. Entweder war dieses Bier außergewöhnlich stark, doch so schmeckte es eigentlich nicht, oder es geschah etwas anderes mit ihm. Für ein oder zwei Sekunden befürchtete er, dass seine Vermutung richtig war, dies alles könnte nicht mehr als ein Traum, ein Fieberwahn sein, aus dem er jetzt erwachte, um festzustellen, dass er im Krankenhaus lag und sein Körper dicht unter den Hüften endete. Doch der Supermarkt verschwand nicht. Er schien sich zu reduzieren auf etwas, das für Benjamin eine wesentliche Rolle spielte; seine Aufmerksamkeit sollte fokussiert und nicht von anderen Dingen abgelenkt werden.

Benjamin stellte fest, dass er vor einem großen Bücherregal stand. Sein Blick glitt über Covers und verharrte bei einem, das eine Stadt zeigte, umgeben von Flammen auf der einen Seite und Eis auf der anderen. Die Schriftzeichen über diesem Bild bestanden für einen Moment aus völlig sinnlos wirkenden Schnörkeln, Strichen und Punkten. Doch als er sich auf sie konzentrierte, wurden sie plötzlich zu Buchstaben, die sich zu Worten aneinanderreihten. »Die Stadt«, lautete der Titel des Buchs, und der Autor war seltsamerweise nicht angegeben. Benjamins Herz schlug schneller, als er das Buch nahm und es öffnete.

Auf den einzelnen Seiten zeigten sich ähnliche Schnörkel und Striche wie zuerst auf dem Cover, aber als Benjamins Blick länger als ein oder zwei Sekunden darauf verharrte, verwandelten sie sich ebenfalls. Die Druckerschwärze verblasste, und ein Glühen drang aus ihren grauen Resten, ein heller werdendes Leuchten, das von zahlreichen kleinen Flammen ausging. Erschrocken ließ Benjamin das Buch los, aber es fiel nicht etwa zu Boden, sondern schwebte vor dem Regal und gebar Flammenzungen, die aus dem Papier leckten, ohne es zu verbrennen, obwohl er deutlich ihre Hitze fühlte. Das Feuer knisterte und gleißte ihm entgegen, und zwischen den Flammen schien sich ein Gesicht zu formen. Benjamin versuchte es zu erkennen, aber schließlich zwang ihn die Hitze, die Augen zu schließen.

»Alles in Ordnung?«, fragte Velazquez.

Wie kann alles in Ordnung sein?, dachte Benjamin benommen. Wir sind tot und befinden uns in einer Stadt, von der wir nicht einmal sicher sein können, dass sie wirklich existiert! Wie kann unter solchen Umständen *irgendetwas* in Ordnung sein? Und er dachte: Fühlt er die Hitze nicht?

Er öffnete die Augen und stellte fest, dass er das Buch in der Hand hielt. Die Seiten waren glatt und kühl und voller schwarzer Buchstaben, die Worte bildeten, keine Schnörkel oder unverständliche Schriftzeichen. Benjamin starrte darauf hinab und las »Du musst«, zwei Worte, die die ganze Seite füllten. Besser gesagt, *fast* die ganze Seite. In der letzten Zeile stand geschrieben: Verlass die Stadt.

»Man könnte meinen, du hältst zum ersten Mal ein Buch in Händen«, sagte Velazquez.

»Zum ersten Mal? Ich?«, erwiderte Benjamin. »Wohl kaum.« Er hatte Hunderte, Tausende von Büchern gelesen. Ganz deutlich erinnerte er sich an all die Geschichten. »Es gibt eine Theorie, nach der jedes Buch, jede in Worte gefasste Idee, ein neues Universum schafft, woraus folgt: Es existieren unzählige Universen, und in jedem einzelnen ist die zentrale Idee eines Autors verwirklicht.« Er stellte das Buch ins Regal zurück. »Vielleicht gilt das auch für uns. Vielleicht verkörpern wir eine Geschichte, die irgendwo in einem Buch geschrieben steht.«

Velazquez strahlte. »Herzlich willkommen in der Gemeinschaft. Mit dieser Theorie bist du bei all den anderen gut aufgehoben.«

Benjamin drehte sich zu ihm um und erstarrte erschrocken, als ein Mann aus einer Öffnung in der Decke sprang, hinter Velazquez landete und ihm in den Kopf schoss.

10

Blut spritzte aus dem Hinterkopf, als die freundliche Lautsprecherstimme des Supermarkts verkündete: »Frisch eingetroffen: Blutorangen, nur zwei Talann das Kilo.«

Velazquez kippte nach vorn, die Augen weit aufgerissen und den Mund geöffnet, als wollte er noch etwas sagen. Benjamin sah den Mann hinter ihm: groß, die langen Haare im Nacken zusammengebunden, Wangen und Kinn unter einem ungepflegten Bart verborgen, die Augen stahlgrau, in ihnen der Glanz wilder Entschlossenheit. Die Kleidung des Mannes war verschlissen, an vielen Stellen geflickt, und die Kugel, die sich Velazquez in den Kopf gebohrt hatte, stammte aus einem uralten Revolver.

Benjamin stand wie gelähmt und wich nicht aus, als der Sterbende auf ihn fiel. Er ging mit ihm zu Boden und war geistesgegenwärtig genug, die Arme über den Kopf zu heben, um ihn vor dem Aufprall zu schützen. Velazquez lag auf ihm, den Mund dicht an seinem Ohr, und er hörte, wie er leise röchelte und dann ganz still wurde.

Der Angreifer trat einen Schritt näher und richtete den Revolver auf Benjamin.

Bevor er abdrücken konnte, erschien einer der beiden Wächter am Ende des Gangs, und eine Pistole knallte. Der Mann zuckte zusammen, grunzte überrascht und drehte sich um. Benjamin hörte das rasende Hämmern seines Herzens, als er unter der Leiche hervorkroch und hinter das Bücherregal robbte. Etwas Feuchtes klebte an seiner Wange. Er tastete danach und merkte, dass es Velazquez' Blut war.

»Besuchen Sie unsere Abteilung für schöneres Wohnen«,

sagte die sanfte Lautsprecherstimme. »Flauschige Teppiche für Ihr Wohnzimmer, Sessel zum Entspannen, Betten für angenehme Träume. Kaufen Sie jetzt und bezahlen Sie später, in bequemen Raten. Unsere Hausbank berät Sie gern. Kredit-Leicht-Gemacht, nur bei den Fundgruben von Golden Globe.«

Die in den Hintergrund gerückte Musik wurde wieder lauter, aber sie verlor sich in Geschrei und dem Krachen von Schüssen. Nicht weit entfernt polterte es, als ein Regal umstürzte, und als auch das Gestell mit den Büchern zu wackeln begann, krabbelte Benjamin auf Händen und Knien zum nächsten Korridor. Aus dem Augenwinkel sah er, wie sich Verkleidungselemente von der Decke lösten und Männer und Frauen durch die Öffnungen kletterten. Etwas surrte so dicht über ihn hinweg, dass er einen Luftzug spürte, und hinter ihm platzte eine Flasche Sirup. Glassplitter flogen in alle Richtungen, und klebrige Flüssigkeit tropfte auf Benjamin herab, rot wie Blut.

Der Supermarkt blutet, flüsterte ein Gedanke in ihm. Sie haben den Supermarkt verletzt.

Er duckte sich, als jemand ganz in der Nähe schoss. Instinktiv kniff er die Augen zusammen, und als er sie wenige Sekunden später wieder zu öffnen wagte, beobachtete er, wie die Glassplitter über den Boden krochen. Trotz der Schüsse und Schreie hörte er ein dumpfes Kratzen, als die Splitter zu dem Regal zurückkehrten, in dem die Flasche gestanden hatte, von der sie stammten. Wie in einer rückwärts abgespielten Aufnahme stiegen sie, der Schwerkraft trotzend, vom Boden auf, flogen hoch, trafen sich in einem Regalfach und fügten sich dort wieder zu einer Flasche zusammen. Der Sirup folgte ihrem Beispiel nicht, haftete an Benjamins Händen und dem Parka, aber die Flasche, jetzt wieder heil und mit einem lächelnden Kindergesicht auf dem Etikett, blieb nicht leer. Von unten her und begleitet von einem leisen Knistern, als zerknüllte jemand Stanniolpapier, füllte sie sich wieder mit roter Flüssigkeit.

Benjamin war von dem rätselhaften Vorgang so fasziniert, dass er die Gestalt an seiner Seite zuerst gar nicht bemerkte. Eine Frau stand dort, um die vierzig, die Augen hell in einem dunkel gefärbten Gesicht, gekleidet in eine schmutzige Hose und eine fleckige, fransige Jacke, die mehrere Löcher aufwies. In der linken Hand hielt sie eine Zwille aus Metall, und mit der rechten hatte sie das Gummiband gespannt.

»Aus gegebenem Anlass müssen wir darauf hinweisen, dass der Gebrauch von Schusswaffen im Supermarkt untersagt ist«, ertönte es aus dem Lautsprecher. Es war keine Frauenstimme mehr, sondern die eines Mannes. »Die verehrte Kundschaft wird gebeten, alle Waffen unseren Sicherheitsbeauftragten auszuhändigen.«

Und dann wurde es dunkel.

Brannte eben noch helles Licht in allen Bereichen des Supermarkts, von den Kassen bis hin zur Möbelabteilung ganz hinten, so herrschte jetzt fast völlige Finsternis in den Gängen. Durch eine Lücke zwischen den Regalen sah Benjamin, dass draußen auf dem Parkplatz noch immer Licht brannte, aber hier in der Mitte des Supermarktes kam kaum etwas davon an. Die Frau wurde zu einem Schemen inmitten von Schatten; ihre hellen Augen und die Zwille verschwanden im Dunkel.

Benjamin stieß sich von der Regalwand mit dem Sirup ab, rollte sich zur Seite und fühlte eine Sekunde später, wie ihn etwas mit schmerzhafter Wucht am Knie traf. Als er aufzustehen versuchte, gab das linke Bein nach, und aus einem Reflex heraus wollte er sich irgendwo festhalten. Er bekam ein mehr als zwei Meter hohes Gestell mit Gläsern und Gefäßen aus dünnem Porzellan zu fassen, das sofort ins Wanken geriet und umstürzte. Benjamin wich zur Seite und stieß gegen Konserven, die zu einer anderthalb Meter hohen Pyramide aufgeschichtet waren, verlor das Gleichgewicht und fiel in ein Durcheinander rollender Dosen. Schüsse knallten. Benjamin sprang auf, nur noch von dem Wunsch beseelt, nach draußen zu entkommen, weg von den Leuten, die offenbar auf alles schossen, was sich zwischen den Gängen bewegte. Streuner, dachte er, als er so schnell wie möglich durch die Dunkelheit hinkte, der breiten Fensterfront bei den Kassen entgegen. Vermutlich waren es die Streuner, von denen er schon mehrfach gehört hatte. Sie versuchten den Supermarkt unter ihre Kontrolle zu bringen.

Draußen ratterte eine automatische Waffe, und eine der großen Scheiben zerbarst. Mehrere Gestalten sprangen herein, vermutlich Wächter aus den Gebäuden zu beiden Seiten des Parkplatzes. Eine von ihnen bemerkte Benjamin, der den Arm hob und darauf hinweisen wollte, dass er nicht zu den Streunern gehörte. Doch vielleicht glaubte der Mann, dass er mit einer Waffe auf ihn zielen wollte, denn er schoss sofort.

Stechender Schmerz zuckte durch Benjamins rechten Oberarm, und gleichzeitig wurde er herumgerissen. Zwei oder drei benommene Sekunden später fand er sich auf dem Boden wieder, und ein glattrasiertes Gesicht erschien über ihm.

»Ich bin der Neue!«, stieß Benjamin hervor. »Ich bin Benjamin!«

»Ich weiß von keinem Neuen. Du …« Der Mann kam nicht dazu, den Satz zu beenden, denn plötzlich steckte ein Pfeil in seinem Hals. Er ließ die Pistole fallen, griff mit beiden Händen nach dem Pfeil, sank auf die Knie und gab dabei gurgelnde Geräusche von sich. Dann kippte er zur Seite, stieß mit dem Kopf gegen eine Trennwand und blieb röchelnd liegen, den Blick der weit aufgerissenen Augen auf Benjamin gerichtet.

Hinter ihm erschien die Frau, die zuvor mit einer Zwille auf ihn geschossen und ihn am Knie getroffen hatte. Doch diesmal hielt sie eine Armbrust in der Hand, auf deren Schiene bereits ein neuer Pfeil lag. Ihr Gesicht blieb völlig ausdruckslos, als sie auf Benjamin zielte.

In seiner Schulter brannte noch immer heißes Feuer, und die Pistole, die der Mann fallen gelassen hatte, lag zwei Meter entfernt, unerreichbar für ihn. Trotzdem hielt er sie plötzlich in der Hand, ohne dass er sich daran erinnern konnte, sie ergriffen zu haben, und richtete sie auf die Streunerin. In ihrem Gesicht änderte sich nichts; nur in ihren Augen schien kurz Überraschung aufzuleuchten, Benjamin war nicht ganz sicher. Er wollte abdrücken und schießen, bevor sie schoss, aber der Zeigefinger gehorchte ihm nicht.

»Verschwinde«, zischte er. »Hau ab.«

Die Frau hob eine Braue, wirbelte herum und stob davon.

»Der Gebrauch von Schusswaffen im Supermarkt ist verboten«, wiederholte die aus den Lautsprechern tönende Männerstimme. »Die verehrte Kundschaft wird darauf hingewiesen, dass wir nun Gegenmaßnahmen ergreifen. Bitte folgen Sie den Anweisungen der Sicherheitskräfte.«

Das Licht kehrte in den Supermarkt zurück, aber es kam

nicht von den Lampen, sondern aus der leeren Luft, aus dem Nichts: ein Glühen, das sich immer mehr ausdehnte und alle Schatten fraß. Benjamin ließ die Pistole fallen, als sie plötzlich so heiß wurde, dass er sich die Hände daran zu verbrennen drohte. Er versuchte den Schmerz in seiner Schulter zu ignorieren, rappelte sich auf, ergriff ein Bein des verletzten Mannes, der noch immer leise stöhnte, und zog ihn zum zerbrochenen Fenster. Hinter ihm fielen keine Schüsse mehr, und das Geschrei von Angreifern und Verteidigern wurde leiser. Ein Sirren schwoll an, wie von einem heranfliegenden Insektenschwarm, und das Glühen verwandelte sich in ein weißes Gleißen, dessen Intensität alle Farben verbrannte.

Benjamin erreichte die Fensterfront und hörte das Knirschen der Glassplitter unter seinen Schuhen ebenso wenig wie das Stöhnen des Verletzten. Männer und Frauen aus der Gemeinschaft erwarteten ihn draußen. Die Bewaffneten unter ihnen wichen vom Supermarkt zurück, und die anderen schirmten sich die Augen ab, als sie näher kamen. Mehr sah Benjamin nicht, denn er musste die Augen zukneifen – das grelle Licht blendete nicht nur, es verursachte einen Schmerz, der vom Sehnerv aus wie eine Woge durch den Körper lief. Hände ergriffen und stützten ihn, und er spürte sie wie durch dicke Wattelagen, selbst die Hand, die ihn an der rechten Schulter berührte. Das weiße Gleißen strahlte durch die Lider, und auf dieser Leinwand entstanden Bilder.

Er sah Gesichter von Personen, die ihm vertraut erschienen, an deren Namen er sich aber nicht erinnerte. Irgendetwas verband ihn mit diesen Leuten. Ihre Lippen bewegten sich, als sie versuchten ihm etwas zu sagen, aber das vom

Supermarkt kommende Sirren war noch immer so laut, dass er nichts verstand.

Ein neues Bild formte sich und präsentierte ihm eine andere Art von Vertrautheit. Wieder schwamm er in grenzenlosem Wasser, in einem Meer, das auf allen Seiten spiegelglatt bis zum Horizont reichte, grau unter einem grauen Himmel. Aber diesmal war er nicht allein. Nur ein Dutzend Meter entfernt sah er ein kleines Boot, und erleichtert schwamm er darauf zu. Doch als er sich ihm näherte, begann jemand darin zu rudern, und der Abstand vergrößerte sich wieder. Dieser Vorgang wiederholte sich mehrmals, und Benjamin fühlte seine Kräfte schwinden.

»Bitte lass mich an Bord!«, rief er. »Ich kann mich kaum noch über Wasser halten.«

Daraufhin drehte sich die Gestalt im Boot um, und er erkannte …

»Kattrin!«, rief Benjamin.

»Deine Kattrin ist nicht hier«, sagte Abigale. »Wir kümmern uns um dich.«

Das Hospital

11

Benjamin stand mit nacktem Oberkörper vor dem Spiegel des Badezimmers und betrachtete seinen rechten Oberarm. Dicht bei der Schulter wies eine kleine Rötung auf die Stelle hin, wo ihn die Kugel getroffen hatte. Die Wunde hatte sich in den vergangenen beiden Stunden geschlossen, nachdem das Projektil herausgewandert war. Benjamin griff in die Hosentasche, holte den kleinen Klumpen Blei hervor und betrachtete ihn nachdenklich. Wunden heilten schnell in diesem Jenseits, ohne dass sie besondere Behandlung erforderten, und Tote erwachten zu neuem Leben, wie zum Beispiel Velazquez, der in einem der Zimmer lag und seit einer Stunde wieder atmete.

Aber während der ersten Stunde hatte sich nicht ein Muskel in ihm gerührt. Die Lunge hatte sich nicht mit Luft gefüllt, das Herz hatte kein Blut durch die Adern gepumpt. Benjamin war kein Arzt. Er wusste nicht im Detail, was nach Eintritt des Todes mit dem Körper geschah, aber er vermutete, dass die Zersetzung auf dem zellularen Niveau sofort begann und insbesondere die Gehirnzellen betraf. Sechzig Minuten nach dem Exitus konnte es keine funktionierende neurale Leitstelle mehr geben, die organische Funktionen überwachte und steuerte. Doch Velazquez atmete – er *lebte*, ebenso wie die beiden Wächter, die im Supermarkt erschossen worden waren, und auch die Streuner, die ihren Angriff mit dem Leben bezahlt hatten. Beziehungsweise mit einem ihrer Leben.

Benjamin starrte in den Spiegel, sah sein vom weißen Licht des Supermarkts wie bei einem Sonnenbrand gerötetes Gesicht und dachte: Wie viele Leben haben wir nach unserem Tod? Seine Gedanken, registrierte er, kreisten in neuen, ungewohnten Bahnen, und er beobachtete sie wie jemand, der exotischen Geschöpfen bei ihren Bewegungen zusah und versuchte, einen Sinn darin zu erkennen. Er begriff plötzlich, dass er vorsichtig sein musste, denn irgendwo auf diesen mentalen Minenfeldern drohte Wahnsinn. Jenes Bild vom spiegelglatten Meer, das sich wiederholt hatte: Bot es einen ersten Hinweis darauf, dass er den Verstand zu verlieren drohte, dass sein Geist zerfranste wie ein altes Tuch?

Die Tür öffnete sich, und Hannibal sah herein. »Benjamin? Abigale hat mir gesagt, dass du Bescheid wissen wolltest.«

»Ja.« Er zog rasch das Hemd über, nahm den Parka mit dem Einschussloch im rechten Arm und trat zu Hannibal in den Flur. Dort kam ihm ein Mann entgegen, dessen Gesicht ebenfalls stark gerötet war. Am Hals zeigten sich zwei Flecken, einer auf der linken, der andere auf der rechten Seite.

»Ich bin Caspar«, sagte er. »Ich möchte mich bei dir entschuldigen und bedanken.«

Benjamin erinnerte sich. »Du hast auf mich geschossen, nicht wahr?« Sonnenbrand ist eine Verletzung der Haut, dachte er. Wieso haben sich die Hautzellen nicht längst davon erholt?

»Was ich sehr bedauere«, sagte Caspar, und Hannibal kommentierte die Worte mit einem zufriedenen Nicken. »Ich kannte dich nicht und habe dich für einen Streuner gehalten. Das tut mir sehr leid. Du hast mir trotzdem geholfen und mich nach draußen gebracht, wo mir jemand den Pfeil aus dem Hals gezogen hat. Andernfalls wäre ich im Supermarkt geblieben und dort vermutlich gestorben. Ist er inzwischen zurückgekehrt?« Die letzten Worte richtete er an Hannibal.

»Als ich hierhergekommen bin, wurde das Licht schwächer. Ich nehme an, dass er in der nächsten Stunde wieder erscheint.«

»Sprecht ihr vom Supermarkt?«, fragte Benjamin. »Ist er verschwunden?«

»Das dritte Mal, seitdem ich hier bin«, sagte Hannibal. »Das letzte Mal geschah das vor fast fünf Jahren. Diesmal dauert die Rückkehr besonders lange. Schluss damit. Wir können uns keine weiteren Auseinandersetzungen dieser Art leisten. Beim nächsten Mal bleibt der Supermarkt vielleicht ganz verschwunden.« Er hob den Zeigefinger. »Dies ist eine Prüfung. Wir werden auf die Probe gestellt.«

Caspar nickte ernst und wandte sich wieder an Benjamin. »Dank dir, Freund. Wenn du jemals Hilfe brauchst … Auf mich kannst du jederzeit zählen.«

Es schien eine Art Ritual zu sein, denn Caspar wartete ein neuerliches zufriedenes Lächeln von Hannibal ab, bevor er winkte und durch den langen Korridor davonging. Am Ende des Flurs hing eine analoge Uhr, aber ihr fehlten die Zeiger. Benjamin sah auf die helle Stelle am linken Handgelenk, wo er seine Uhr getragen hatte. Inzwischen wusste er, dass es in den bekannten Teilen der Stadt nur drei funktionierende

Uhren gab, eine im Hotel Gloria und eine zweite in der ansonsten völlig leeren Eingangshalle des Hospitals, in dem sie sich aufhielten. Die dritte befand sich angeblich in der Bibliothek, spielte für die Gemeinschaft aber keine Rolle, denn die Bibliothek galt als ein sehr gefährlicher Ort, von dem sich alle fernhielten.

»Die Zeit spielt für uns kaum mehr eine Rolle«, sagte Hannibal, der Benjamins Blick bemerkt hatte.

»Und doch ist immer wieder von Stunden und Minuten die Rede, manchmal auch von Jahren und Jahrzehnten.«

»Reine Angewohnheit, mein Freund. Wir denken in Tagen, Wochen und Monaten, weil diese Einteilung der Zeit unserem Leben eine Struktur verleiht.« Hannibal blieb an einem Fenster stehen, im Schein der Sonne, die rund und gelb über den Dächern der Stadt stand. Ihr Licht spiegelte sich auf dem haarlosen Schädel des Mannes wider, der sich schon seit fast acht Jahrzehnten in der Stadt befand. »Wir messen so, wie schnell wir vorankommen bei unserem Bemühen, den Ballast des Falschen und Sündigen abzustreifen. Aber wir sind hier keine Sklaven der Zeit, Benjamin, nicht wie in der Welt, aus der wir alle kommen. Zeiger und Ziffern bestimmen nicht mehr die Einteilung unserer Tage und Nächte. Es hat bestimmt einen Grund, warum die Vorsehung uns unsere Uhren genommen und nur diese beiden gegeben hat, eine hier im Hospital, dem Ort der Heilung, und die andere im Gloria, dem Zentrum unserer Gemeinschaft. Sie zeigen uns eine neue Zeit, die der Stadt. Vielleicht weisen sie nicht darauf hin, wie spät es ist, sondern wie spät es für uns *geworden* ist. Vielleicht haben die Uhren irgendwann, lange vor meiner Ankunft in der Stadt, mit einem Countdown begonnen, einem Countdown der Zeit, die uns für die Entscheidung zwischen Hölle und Paradies bleibt.«

Benjamin sah zur Uhr am Ende des Flurs und fragte sich, welche Zeit sie in dem Moment angezeigt hatte, als ihre Zeiger verschwunden waren. Es schien aus irgendeinem Grund wichtig zu sein – vielleicht hätten sie ihm gezeigt, wie spät es für *ihn* geworden war.

Es war ein seltsamer Gedanke, fand Benjamin, und damit einher ging ein seltsames Empfinden, eine Unruhe, die sich auf seine Präsenz in der Stadt bezog und ihn drängte, sie zu verlassen.

Hannibal führte ihn zu einer Tür. »Bevor wir zu ihm gehen, Benjamin … Ich möchte die Gelegenheit nutzen, dir ebenfalls meinen Dank auszusprechen. Du bist erst seit wenigen Stunden hier und zweifellos noch immer verwirrt von all dem Neuen und Ungewohnten, aber du hast bereits einem Mann das Leben gerettet und ihn damit vor den Qualen der Wiedergeburt bewahrt. Damit hast du schon jetzt neue Positivität in die Gemeinschaft gebracht. Wir *alle* danken dir dafür.« Er klopfte Benjamin auf die Schulter und öffnete die Tür.

Als sie das Zimmer betraten, kehrten Benjamins Gedanken von Vorsehung und Zeit zu dem Wunder zurück, das an diesem Ort stattgefunden hatte: Wiederauferstehung, Rückkehr von den Toten. Es stand außer Frage, dass Velazquez wirklich tot gewesen war. Niemand überlebte einen Schuss in den Hinterkopf aus nächster Nähe, und außerdem hatte Velazquez sein Leben direkt an Benjamins Ohr ausgehaucht. Aber dort lag er, in einem halbdunklen Zimmer, atmete, lebte und litt. Die zugezogenen Vorhänge sperrten den Sonnenschein aus. Er stöhnte leise, und eine Frau um die sechzig –

schlank, drahtig, das Gesicht von dünnen Falten durchzogen, das Haar kurz und dunkel, die Lippen auffallend rot – wischte ihm Schweiß von der Stirn. Besonders sanft ging sie dabei nicht zu Werke.

»Stell dich nicht so an, Velaz«, sagte sie. »So schlimm wie dein erster Tod kann's kaum sein.«

»Ich sterbe«, ächzte der Mann auf dem Bett, würgte, drehte den Kopf zur Seite und spuckte in eine bereitstehende Schüssel. Es roch nach einer Mischung aus Erbrochenem und Alkohol, urteilte Benjamins Nase.

»Das Gegenteil ist der Fall, mein Lieber«, sagte die Frau. »Du wirst wieder lebendig. Und meine Medizin hilft dir dabei. Möchtest du noch einen Schluck?«

»Wenn's unbedingt sein muss …«

Die Frau lachte leise, zog eine Flasche aus der Tasche, die sie an ihren Stuhl gehängt hatte, und gab etwas von ihrem Inhalt in eine Tasse. Dann stützte sie mit einer Hand den Kopf des vom Tod Zurückgekehrten und setzte ihm mit der anderen die Tasse an die Lippen.

»Das ist Emily«, sagte Hannibal mit gesenkter Stimme. »Man nennt sie auch die ›Apothekerin‹.«

»Ich habe schon von ihr gehört«, erwiderte Benjamin ebenso leise.

»Hoffentlich nur Gutes.« Emily hob die Flasche. »Möchten die Herren meine neueste Kreation probieren? Siebzehn Kräuter von den drei grünen Inseln der Stadt. Jede Menge Gesundheit. Holt Tote ins Leben zurück. Hier ist der Beweis«, sagte sie, deutete auf Velazquez und nahm selbst einen großzügigen Schluck. »Es geht dir doch schon viel besser, Velaz, nicht wahr?« Sie tätschelte ihm die Wange, und er stöhnte laut.

Hannibal trat zum Bett. »Was ist mit der Kugel?«

»Hier. Hab sie ihm aus der Nase gezogen.« Emily zeigte ihm einen kleinen Bleiklumpen, der dem ähnelte, der aus Benjamins Wunde gekommen war. »Kleiner Scherz«, fügte sie hinzu, als sie Hannibals Miene sah. »Ich hätte ziemlich tief bohren müssen, um ihm das Ding aus der Nase zu ziehen, und das hätte ihm wohl kaum gefallen. Stimmt's, Velaz?« Sie hob die Flasche und trank erneut.

»Emily …«, begann Hannibal in einem mahnenden Ton.

»Reg dich nicht auf, Hanni. Denk an deinen Blutdruck. In deinem Alter muss man auf so was achten. Sonst brauchst auch du bald meine Medizin.«

Hannibal seufzte. »Ich bin kaum älter als du, Emily.«

»Ich bin seit fünfzehn Jahren in der Stadt, Hanni, und du seit fast achtzig. Also bin ich sechsundsiebzig, und du gehst auf die hundertfünfzig zu.«

»Könntet ihr vielleicht etwas leiser sein?«, stöhnte Velazquez. »Und dass niemand auf die Idee kommt, die Vorhänge aufzuziehen. Das Licht tut weh.« Er blinzelte. »Bist du das, Benjamin?«

»Ja.« Er näherte sich dem Bett. Inzwischen hatten sich seine Augen ans Halbdunkel gewöhnt, und er sah, wie blass Velazquez war. »Wie geht es dir?«

»Verdammt mies, Mann. Ich rate niemandem, ein zweites Mal zu sterben. Ich …« Velazquez unterbrach sich, und die schwache Farbe, die in seine Wangen zurückgekehrt war, verschwand wieder. Hastig drehte er sich zur Seite, würgte und erbrach das, was er eben getrunken hatte, in die Schüssel.

Benjamin sah sich im Zimmer um. Auf der gegenüberliegenden Seite stand ein alter Röhrenfernseher auf einer Kommode, neben einer Vase mit staubigen Plastikblumen. Links neben dem Bett gab es eine Waschnische mit einem Becken, in das Emily gerade die Schüssel entleerte. Ein Tropf fehlte ebenso wie medizinische Geräte, die den Zustand des Patienten überwachten. Velazquez schien, von Emilys Medizin einmal abgesehen, ohne fremde Hilfe genesen zu sein. Aber wenn keine Behandlung erforderlich war, und Benjamin konnte sich an keine erinnern, was ihn selbst betraf … Warum brachte man die Verwundeten und Toten dann ins Hospital? Hätten sie nicht in ihren Zimmern im Gloria auf Heilung und Rückkehr ins Leben warten können?

Die Tür öffnete sich, und Abigale sah herein. »Entschuldigt bitte die Störung, aber … Hannibal, ein Gesandter der Streuner ist eingetroffen. Dago schlägt einen Austausch vor. Er hat zwei von unseren Leuten.«

Hannibal nickte und verabschiedete sich mit einem »Wir sehen uns später«, das nicht nur Benjamin galt, sondern auch Velazquez und Emily. Als er gegangen war, krümmte sich der schmächtige Mann im Bett zusammen und fluchte leise. »Verdammt, verdammt!«, flüsterte er, das Gesicht eine Grimasse. »Es zerreißt mir die Eingeweide.«

»Wenn du die Medizin immer wieder ausspuckst, können dir die Kräuter nicht helfen«, sagte Emily und gab ihm erneut zu trinken. Dann ließ sie die Flasche in ihrer Tasche verschwinden und stand auf, nachdem sie Velazquez ein letztes Mal die schweißfeuchte Wange getätschelt hatte. »Ich mache meine Runde, Velaz. Es gibt hier noch einige andere, die Medizin brauchen. Kopf hoch. Du hast es bald überstanden, und dann bist du wie neu.«

Sie nickte Benjamin zu. Hinter ihr schloss sich die Tür mit einem leisen Klicken.

»Wie ist es dir ergangen?«, fragte Velazquez, nachdem er ein oder zwei Minuten lang schwer geatmet hatte.

Benjamin nahm auf dem wackligen Stuhl Platz, auf dem eben noch die Apothekerin gesessen hatte. »Ein Schuss in den rechten Arm, dicht bei der Schulter. Die Kugel kam von ganz allein heraus. Ich nehme an, das ist auch bei dir passiert.«

»Ich habe keine Ahnung, was passiert ist«, sagte Velazquez leise. Schweiß stand auf seiner Stirn, aber er zitterte unter dem Laken, als wäre ihm kalt. »Irgendwas knallte mir im Supermarkt an den Hinterkopf, und dann bin ich hier erwacht. Mann, tut das weh! Vor allem im Bauch. Es fühlt sich an, als fräße sich etwas durch die Magenwand. Oh, ich hab's satt, das Sterben. Dies ist schon das zweite Mal ... Und weißt du, was das Schlimmste ist? Das Allerschlimmste?«

Benjamin sah in das verzerrte Gesicht hinab und wartete. Auf der rechten Wange, dicht bei der Nase, bemerkte er einen grünen Fleck: Farbe, die Wasser und Schweiß getrotzt hatte.

»Das verdammt nochmal Schlimmste am Tod ist, dass er stiehlt! Hast du gehört, Kumpel? Der Tod ist ein Dieb. Er klaut etwas aus unserem Gedächtnis und macht sich damit auf und davon.«

»Was klaut er?«

»Jedes Mal, wenn wir sterben, vergessen wir etwas. Kleine Dinge, oder auch große. Kommt ganz darauf an. Mann, hoffentlich habe ich nicht vergessen, wie man malt!«

»Der Tod ist ein Dieb ...«, murmelte Benjamin. Die Worte berührten etwas in ihm.

»Er klaut Erinnerungen«, sagte Velazquez mühsam. »So wie der Supermarkt unsere Waffen klaut.«

»Was?«, fragte Benjamin geistesabwesend.

»Hat's wieder das weiße Licht gegeben?«

»Ja.«

Velazquez schnaufte. »Dann sind die Waffen futsch. Erst werden sie so heiß, dass man sie fallen lassen muss, und dann verschwinden sie.«

»Der ganze Supermarkt ist verschwunden.«

»Meine Güte, dann muss es richtig schlimm gewesen sein. Ich hab's einmal erlebt, vor knapp fünf Jahren, als Dago zum letzten Mal versucht hat, uns die Fundgrube wegzuschnappen. Der Supermarkt mag keine Gewalt.« Velazquez stöhnte erneut. »Und ich auch nicht. Das mit den Waffen könnte für Hannibal zu einem echten Problem werden. Wir haben nur noch wenige, und wenn die Streuner vor uns das Arsenal finden, das es irgendwo am Stadtrand geben soll …« Seine Stimme wurde immer leiser und verklang, bevor er den Satz beendete.

Benjamin starrte erschrocken auf ihn hinab und befürchtete zuerst, dass es zu Komplikationen gekommen war. Doch dann wiesen regelmäßige Atemzüge darauf hin, dass Velazquez eingeschlafen war. Vielleicht lag darin das »Geheimnis« der Medizin; vielleicht half sie vor allem dadurch, dass sie entspannte und Schlaf brachte.

Benjamin stand auf, wandte sich aber nicht sofort vom Bett ab und beobachtete den Schlafenden, aus dessen Gesicht der Schmerz verschwunden war. Der Tod ist ein Dieb, dachte er. Was hat er mir gestohlen?

12

Was habe ich vergessen, als ich gestorben bin?, fragte sich Benjamin, als er Velazquez' Zimmer verließ und durch den langen Flur des Hospitals schritt. Es war eine paradoxe Frage, denn wenn er in der Lage gewesen wäre, sie zu beantworten, hätte er gar keinen Grund gehabt, sie zu stellen. Im Supermarkt hatte Velazquez ihn gefragt, was er im Leben gewesen war, und Benjamin hatte sich nicht daran erinnert. Es fiel ihm auch jetzt nicht ein. Er entsann sich an die Firma, an Projekte und daran, dass er zu viel gearbeitet und zu oft an die Arbeit gedacht hatte, die ihm wichtiger als alles andere gewesen war. Bis zu jenem Tag, als Kattrin ihn so traurig angesehen und ihm gesagt hatte, dass sie das nicht mehr ertrug. Er glaubte, sie vor sich zu sehen, in ihren großen Augen ein an Verzweiflung grenzender Kummer, und die Erinnerungen wurden so schwer, dass Benjamin im Treppenhaus des Hospitals stehen blieb, an einem Fenster, durch das man drei der sieben Hügel der Stadt sehen konnte. Ich bin achtunddreißig, hatte Kattrin bei der Aussprache am Tag vor dem fatalen Unfall gesagt. Wir wollten Kinder haben, erinnerst du dich? Zwei, vielleicht sogar drei.

Wir wollten ein paar Jahre warten, hatte er erwidert. Bis ich in der Firma nach oben gekommen bin, bis ich einen guten Posten habe und genug Geld verdiene. Und Kattrin sagte: Ben, inzwischen sind fünfzehn Jahre vergangen. Ist dir eigentlich klar: Ich bin mittlerweile so alt geworden, dass es riskant wird, Kinder zu bekommen? Das Leben zieht an uns vorbei, Ben. Und das Leben verzeiht nicht. Man bekommt nichts zurück, wenn man es vergeudet. Man erhält keine zweite Chance. Wir müssen unser Leben jetzt leben, Ben. Wir haben nur dieses eine.

Während er im Treppenhaus am Fenster stand und über die Stadt hinwegblickte, ohne sie zu sehen, nagte der Gedanke an ihm, warum er ausgerechnet das vergessen hatte, was ihm offenbar über viele Jahre hinweg sehr wichtig gewesen war. So wichtig, dass Kattrin den Sinn ihrer Ehe infrage gestellt hatte. Und was machte das aus ihm? Wenn ihm der Tod genau das gestohlen hatte, was zentraler Bestandteil seines Lebens gewesen war – was blieb dann von ihm übrig, in dieser neuen, völlig unerwarteten Existenz?

Wir müssen unser Leben jetzt leben, Ben. Wir haben nur dieses eine.

»Da hast du dich geirrt, Kattrin«, sagte er leise. »Was wir gehört, gelesen und geglaubt haben … Es stimmt nicht. Offenbar gibt es ein Leben nach dem Tod. Aber es ist ganz anders, als wir dachten.« Befand sie sich irgendwo dort draußen? War sie wie er am Stadtrand erwacht, in der Nähe des Nebels? Oder gar im Nebel, bei den Kreaturen?

Während ihm diese Gedanken durch den Kopf gingen, entstand Unruhe in ihm und baute einen Druck auf, der schließlich zu groß wurde und nach dem Ventil von Bewegung verlangte. Abrupt wandte er sich vom Fenster ab, aber anstatt den Weg nach unten fortzusetzen, verließ er das Treppenhaus und wanderte durch einen leeren Flur. Rechts und links standen manche Türen offen, und die Zimmer hinter ihnen waren ebenfalls leer, die Fenster staubig. Dies war der tote Teil des Hospitals, wie Abigale ihn genannt hatte. Die ersten fünf Etagen waren vollkommen leer, abgesehen von der Eingangshalle mit der funktionierenden Uhr: nicht ein

Stuhl oder Tisch, nicht eine Glühbirne oder Leuchtstoffröhre. Nichts außer leeren Wänden – an denen man noch die etwas helleren Stellen sehen konnte, wo früher Bilder gehangen hatten – und schmutzigen Fenstern. Einrichtung und Funktionalität des Hospitals beschränkten sich auf die oberen drei der insgesamt acht Etagen.

Benjamin hatte fast das Ende des Flurs erreicht und war noch immer tief in Gedanken versunken, als er leise Stimmen hörte, die aus einem der Zimmer kamen. Zwei weitere Schritte brachten ihn nahe genug an die Tür heran, dass er Worte verstehen konnte.

»Ich war von Anfang an dagegen, Abigale, das weißt du. Die Expedition hat uns nicht geholfen, sondern geschadet. Als ob wir mit Dago und seinen Streunern nicht schon genug Probleme hätten.«

»Der Supermarkt ist wieder da, die Krise überwunden. Die Toten leben, die Verletzten sind fast geheilt, und es wird ein Austausch stattfinden, der Cobain und Magdalena zu uns zurückbringt.«

»Wir haben wertvolle Waffen verloren. Und ich würde die fünf Streuner, die wir geschnappt haben, lieber ins Loch werfen, anstatt sie Dago zurückzugeben.«

Hannibal und Abigale, begriff Benjamin. Er war stehen geblieben, kaum zwei Meter von der geschlossenen Tür entfernt. Licht kam durch das hohe Milchglasfenster am Ende des Flurs, und dort führte eine schmalere Treppe nach oben. Neben ihr sah er, sonderbar scharf und klar, einen runden Abdruck auf dem Linoleumboden, vielleicht von einer verschwundenen Topfpflanze.

Er wollte sich umdrehen und in die Richtung zurückkehren, aus der er kam, aber seine Füße bewegten sich nicht. Etwas zwang ihn, das Gespräch zu belauschen.

»Es sind Menschen wie wir«, sagte Abigale sanft. »Wenn auch fehlgeleitet. Vergebung bringt uns allen Gutes.«

»Ich wäre der Letzte, der dir da widersprechen würde. Aber ich fürchte, dass wir die Streuner, die wir beim Austausch freilassen, beim nächsten Angriff wiedersehen. Was Petrow betrifft … Ich habe mit ihm gesprochen und meinen Standpunkt verdeutlicht. Er weiß, dass wir nicht nach Lindsay suchen werden. Es wird keine weitere Expedition ins Labyrinth geben.«

Zwei oder drei Sekunden lang herrschte Stille, und Benjamin dachte schon, das Gespräch sei beendet. Dann ertönte erneut Abigales Stimme.

»Etwas hat die Mauern eingerissen, Hannibal. Und nicht von *dieser* Seite. Etwas ist dort unten.«

»Was auch immer es sein mag: Es wird da unten bleiben und uns in Ruhe lassen, wenn wir unsere Nase nicht in Dinge stecken, die uns nichts angehen.«

»Das kann doch wohl nicht dein Ernst sein.« Abigale klang überrascht und auch verärgert. Benjamin fragte sich, in welchem Verhältnis die beiden Oberhäupter der Gemeinschaft zueinander standen. Bildeten sie ein Paar? »Du kennst sicher die Geschichte vom Vogel Strauß, oder?«

»Abi…«

»Wenn man die Augen schließt, verschwindet die Welt, aber es ist ein nur scheinbares Verschwinden. Sie existiert nach wie vor. Selbst wenn wir das Labyrinth ignorieren … Es existiert trotzdem, direkt unter unseren Füßen. Und etwas, das fähig ist, die dicken Mauern einzureißen, die deine Leute vor fast sechzig Jahren errichtet haben, könnte irgendwann den Ausgang finden und *zu uns kommen*, ob uns das gefällt oder nicht. Wir müssen herausfinden, was es ist. Das verlangt unsere Verantwortung für die Gemeinschaft.«

»Schöne Worte, Abigale. In Wirklichkeit möchtest du nur dort unten herumschnüffeln.«

»Neugier ist weder Vermessenheit noch Sünde. Wenn du das glaubst, irrst du dich gewaltig, mein Lieber.« Bei diesen Worten war Abigales Stimme erstaunlich hart. »Die Vorsehung, von der du so oft sprichst, hat uns einen Verstand gegeben, damit wir ihn benutzen.«

»Was niemand infrage stellt. Aber wenn wir ihn dazu verwenden, nach einem Weg aus der Stadt zu suchen, entziehen wir uns dem Sinn unserer hiesigen Existenz. Die Hybris des einen kann die endgültige Verdammnis aller sein. Wenn wir – und damit meine ich uns alle – diesen Limbus verlassen und das Paradies erreichen wollen, dürfen wir nicht zulassen, dass sich die Waage in die andere Richtung neigt. Jedes Risiko muss vermieden werden.«

»Auch auf die Gefahr hin, nicht mehr zwischen Gut und Böse unterscheiden zu können? Und was ist, *wenn wir uns irren*?«

»Abigale!«

»Hast du nie daran gedacht? An die Möglichkeit, dass wir falschliegen und eine der anderen Theorien stimmt? Vielleicht hat Kowalski mit seinen Quantensignaturen Recht. Vielleicht hat ein Atomkrieg stattgefunden, und wir sind verstrahlte Seelen mit der Illusion, zwischen Himmel und Hölle wählen zu können. Oder wir befinden uns tatsächlich hinter dem Ereignishorizont eines Schwarzen Lochs, das in

Genf entstand und die ganze Erde verschlang, wie Emily glaubt.«

»Emily trinkt zu viel.«

»Zweifellos. Und Kowalski ist verrückt. Aber auch Alkoholiker und Übergeschnappte haben lichte Momente. Wir können nicht *sicher* sein, Hannibal. Wir beide glauben, dass wir mit unserer Theorie vom Limbus Recht haben, und wir richten unser Handeln danach aus, aber Glaube allein genügt nicht. Wir *könnten* uns irren.«

»Das grenzt an Blasphemie!«

»Ach, Hannibal, du bist zu streng. Dir selbst und auch den anderen gegenüber. Warum sollten wir uns damit begnügen zu glauben, wenn wir die Möglichkeit haben, mehr herauszufinden? Warum die Augen vor dem Offensichtlichen verschließen und darauf verzichten, Fragen zu stellen? Jemand hat diese Stadt erbaut. Zu welchem Zweck? Warum ist sie größtenteils leer? Warum haben wir in einigen Gebäuden Hinweise darauf gefunden, dass sich frühere Bewohner verbarrikadiert haben? Wir *wissen*, dass es vor uns Menschen hier gab, noch vor Laurentius. Was ist aus ihnen geworden? Haben sie einen Weg aus der Stadt gefunden, an den Kreaturen im Nebel vorbei?«

Ein Weg aus der Stadt, dachte Benjamin und spürte ein Kribbeln.

»Vielleicht gelang es ihnen nicht, genug Positivität zu sammeln, damit sich die Waage in Richtung Paradies neigte«, sagte Hannibal streng. »Vielleicht öffneten sich die Pforten der Hölle für sie.«

»Oder sie benutzten ihren Verstand, verließen die Stadt und fanden zum Garten Eden.«

»Vielleicht besteht die Prüfung – oder eine der Prüfungen – genau darin, Abigale. Vielleicht hat man uns hierhergebracht, um zu sehen, ob wir der Neugier widerstehen und diesmal *nicht* die verbotene Frucht pflücken.« Hannibal schnaufte. »Nein, Abi, es wird keine weitere Expedition geben. Wenn wir dies alles hinter uns haben, wenn wieder Ruhe einkehrt, werde ich den Zugang zum Labyrinth vermauern lassen.«

»Dann wäre unsere Chance dahin, mehr herauszufinden«, sagte Abigale, und Benjamin glaubte, Niedergeschlagenheit in ihrer Stimme zu hören. »Petrow hat die Route siebzehn als vielversprechend bezeichnet. Sie könnte tatsächlich aus der Stadt führen.«

»Ich habe meine Entscheidung getroffen.«

»Ich dachte, wir treffen die Entscheidungen gemeinsam, Hannibal.«

»Ich habe dir einmal nachgegeben, mit dem Ergebnis, dass wir Lindsay verloren haben. Rinehard wird sich erholen, aber Lindsay bekommen wir nicht zurück, und du weißt, wie sehr sie immer bemüht war, Gutes zu tun. Sie wird uns fehlen.«

Der Linoleumboden knarrte unter Benjamins Fuß, als er sich bewegte.

»Hast du das gehört?«, fragte Hannibal auf der anderen Seite der Tür.

»Was denn?«

Benjamin schlich auf leisen Sohlen zum Ende des Flurs. Als sich die Tür hinter ihm öffnete, lief er und sprang die Stufen hoch. Wenige Sekunden später erreichte er den nächsten Stock, riss die Tür auf und sah vor sich einen langen Flur mit einigen Sitzbänken.

Das Geräusch von Schritten kam aus dem Treppenhaus.

Benjamin eilte zur ersten Tür auf der linken Seite, öffnete sie leise und betrat ein dunkles Zimmer. Als er die Tür wieder geschlossen hatte, verharrte er in Reglosigkeit, das Pochen seines Herzschlags so laut, dass er befürchtete, sich allein dadurch zu verraten.

Etwas Licht filterte durch die zugezogenen Vorhänge, und Benjamin stellte fest, dass er nicht allein war.

Eine junge Frau lag auf dem Bett, bleich und tot.

13

Benjamin stand vor dem Bett, starrte auf die Leiche hinab und wusste nicht, ob nur Sekunden oder Minuten vergangen waren. Die Stille im Zimmer schien aus dem toten Körper zu kommen, der fast so weiß war wie das Laken, das ihn umhüllte, und die Düsternis kroch unter den gesenkten Lidern hervor, als hätte sie die Augen gefüllt und es wäre noch genug für das Zimmer übrig. Die Frau war schön, selbst im Tod: das blonde Haar glatt und glänzend wie Seide, das Gesicht faltenlos, die Brauen schmal, die Wimpern lang. Benjamin betrachtete die geschlossenen Augen und fragte sich, was sie gesehen hatten, bevor sie wie Fenster zugefallen waren. Der Tod ist tatsächlich ein Dieb, dachte er. Und er stiehlt wahllos, die unwichtigen Dinge ebenso wie die wichtigen. Er nimmt sich, was wir uns im Leben genommen haben oder was uns geschenkt wurde, und er hinterlässt nichts als Leere. Er erinnerte sich daran, dass ihn dieser Gedanke zu Lebzeiten am meisten erschreckt hatte, die Vorstellung, sich im Tod aufzulösen und alles zu verlieren, was jemals eine Rolle für ihn gespielt hatte. Nicht der Schmerz des Sterbens hatte ihm Angst gemacht, sondern das Nichts jenseits davon, die Nacht, die nie wieder einem Tag weichen würde. Jahrmillionen und Jahrmilliarden des Todes, ohne einen Gedanken, ohne ein Gefühl, ohne eine Erinnerung und ohne Ende. Nichts und Leere, bis in alle Ewigkeit. Er war immer zu vernünftig – oder zu dumm? – gewesen, an einen Gott zu glauben, doch während er auf seinen vierzigsten Geburtstag zugesteuert war, hatte er die atheistische Hoffnungslosigkeit nicht als geistige Befreiung von den Fesseln der Religion empfunden, sondern zunehmend als Last.

Wer nichts erwartete, für den war etwas schon eine ganze Menge, und die Stadt war mehr als nur *etwas*. Sie mochte nur eine Zwischenstation sein, wenn Hannibal und Abigale Recht hatten, doch sie *lebten* hier. Es gab sogar einen Supermarkt, in dem man einkaufen konnte, ohne bezahlen zu müssen – für viele Menschen wäre das ihrer Vorstellung vom Paradies sehr nahegekommen. Aber diese Frau hier, nicht älter als fünfundzwanzig, und Velazquez und die anderen … Sie waren nach ihrem Tod noch einmal gestorben.

Benjamin dachte diese Gedanken, und gleichzeitig beobachtete er sich dabei, wie er sie dachte. Er belauschte die eigenen Überlegungen, so wie er zuvor an der Tür gelauscht hatte, als gäbe es zwischen diesen Gedanken etwas zu entdecken, das neue Einsichten ermöglichte.

Er streckte die Hand aus, und mit der Kuppe des Zeigefingers berührte er die Stirn der Toten. Die Fingerspitze wanderte nach unten, über den Nasenrücken, beschrieb von dort aus einen Bogen über die Wange zu den Lippen. Die Haut war kalt, die Augen blieben geschlossen, ebenso der Mund.

»Das ist Frederika«, sagte jemand hinter ihm. »Ein Schatten hat sie erwischt, bei einer Patrouille in der vergangenen Nacht.«

Benjamin hatte gar nicht gehört, wie Hannibal hereingekommen war. Er drehte den Kopf und sah, wie Hannibal die Tür hinter sich schloss und näher kam. Seine Augen schienen noch tiefer in den Höhlen zu liegen als sonst.

Es war Benjamin gleichgültig, dass Hannibal ihn hier gefunden hatte. Es spielte auch keine Rolle, ob er vermutete, dass er sein Gespräch mit Abigale belauscht hatte.

»Wird sie leben?«, fragte er und sprach leise, wie um die Tote nicht zu stören. »So wie Velazquez?«

»Ja. Aber da ein Schatten sie getötet hat … Dadurch dauert die Rückkehr ins Leben länger. Und sie ist jung. Aus irgendeinem Grund nimmt die Auferstehung bei den Jungen mehr Zeit in Anspruch.«

»Die Auferstehung«, murmelte Benjamin. Und dann stellte er eine Frage, die alle anderen Fragen in sich vereinte und ihn beschäftigte, seit er am Rand der Stadt erwacht war. »Wie ist das möglich?«

»Die ehrliche Antwort lautet: Wir wissen es nicht. Nicht einmal Laurentius weiß es, und er ist seit fast zweihundert Jahren in der Stadt. Ich vermute, man kann nur einmal ›richtig‹ sterben. Der Tod, der uns hierher in die Stadt brachte, war der eine, der ›richtige‹ Tod. Vielleicht existieren neben diesem einen großen Tod noch viele kleine. Und vielleicht sollten wir weniger nach dem Wie fragen und mehr nach dem Warum, mein lieber Benjamin. Was bedeutet es für uns, dass wir hier, in dieser Stadt, im Limbus, sterben können, ohne tot zu bleiben? Ist es ein Zeichen? Und wenn es ein Zeichen ist, wie sollen wir es verstehen?«

Hannibal sprach nicht wie ein Prediger, aber seine Stimme hatte etwas Eindringliches, dem sich Benjamin kaum entziehen konnte. Der kahlköpfige Mann mit der schiefen Nase war zweifellos ein guter Rhetoriker, und er hatte ein Charisma, das auch in seinen Gesten Ausdruck fand, in einer sehr eloquenten Körpersprache. Wenn man sich davon einfangen ließ, bekamen Hannibals Bewegungen und die Melodie seiner Stimme etwas Hypnotisches, das Zuhörer in den Bann schlug.

»Es gibt hier viele Dinge, die wir nicht erklären können«, fuhr Hannibal fort und sah dabei auf die reglose Frederika herab, deren goldenes Haar wie ein Schleier auf dem Kissen ausgebreitet lag. »Meiner Ansicht nach ist es auch gar nicht nötig, immer nach Erklärungen zu suchen. Nimm nur dieses Hospital, Benjamin. Warum sind die unteren fünf Etagen leer? Warum kann die Rückkehr vom kleinen Tod nur hier stattfinden, in diesem Gebäude, in seinen drei obersten Etagen?«

»Nur hier?«, fragte Benjamin.

Hannibal wandte den Blick nicht von der Leiche ab. »Die Toten müssen hierher ins Hospital gebracht werden, wenn sie möglichst rasch ins Leben zurückkehren sollen. Und Verletzungen heilen hier wesentlich schneller. Oh, draußen finden ebenfalls Wiederauferstehungen statt, aber sie erfordern mehr Zeit, manchmal bis zu zwei Wochen. So lange hat Kowalski einmal tot in einem Keller gelegen, bevor wir ihn fanden und hierherbrachten.«

»Zwei Wochen«, wiederholte Benjamin leise.

»Er fiel damals einem Schatten zum Opfer, wie auch diese Frau.«

»Ich habe sie gesehen«, sagte Benjamin. »Als Louise mich hierherbrachte. Wer oder was sind die Schatten?«

»Wir nehmen an, dass sie aus dem Loch kommen, das du früher oder später sehen wirst. Vielleicht sind es Engel, bereit dazu, uns den Weg zum Paradies zu zeigen – sobald wir fähig sind, sie zu verstehen. Oder es sind Gesandte der Hölle, Dämonen, die uns in die ewige Verdammnis entführen wollen.«

Hannibals Stimme bekam bei diesen Worten einen neuen Klang, und Benjamin fragte sich, ob er sie ernst meinte oder halb im Scherz. Wählte er diesen besonderen Tonfall, um über seine eigene Unsicherheit hinwegzutäuschen und sich nicht festnageln zu lassen? Benjamin versuchte ihn aus dem Augenwinkel zu mustern, ohne den Kopf zu drehen, doch Hannibals Gesicht gab nichts preis.

»Sieh nur, es beginnt«, sagte der Kahlköpfige.

Zwar kam etwas Licht durch die zugezogenen Vorhänge, aber es blieb schwach und verwischte alle Farben zu einem diffusen Grau. Dennoch glaubte Benjamin zu erkennen, dass die Wangen der jungen Frau nicht mehr ganz so bleich waren wie vorher. Fasziniert blickte er auf sie hinab und beobachtete eine vage Bewegung am Hals. Unter dem Laken schien sich kurz die Brust zu heben – pumpte das Herz wieder Blut durch die Adern?

Dann teilten sich die Lippen, und Frederika, von den Toten auferstanden, holte Luft.

»Es ist ein Wunder«, flüsterte Benjamin.

»Dies alles ist ein Wunder«, erwiderte Hannibal mit deutlicher Zufriedenheit in der Stimme. »Wir sind ins Grab gefallen und wieder herausgekommen, und hier können wir ewig leben, selbst im Tod.«

Es klang nach einem Zitat, und Benjamin fragte sich kurz, von wem es stammte.

»Es ist schneller gegangen als erwartet«, sagte Hannibal. Fürsorglich wie ein Vater rückte er das Laken zurecht und zog es der jetzt wieder atmenden Frau bis unters Kinn. »Ein Schatten-Tod kann recht lange dauern.« Er trat einen Schritt vom Bett zurück und sah Benjamin an. »Vielleicht liegt es daran, dass wir beide gut sind und ihr mit unserer Positivität geholfen haben. Du bist doch gut und positiv, nicht wahr, Benjamin? Du würdest nicht an Türen lauschen, oder?«

Benjamin erstarrte und antwortete nicht.

Hannibal legte ihm die Hand auf die Schulter. »Neugier gehört zur menschlichen Natur, darauf hat mich eine gewisse Person oft genug hingewiesen; aber sie kann auch gefährlich sein. Unsere Gemeinschaft besteht aus Menschen, die das Paradies erreichen möchten, Benjamin. Wenn du uns dabei helfen willst, bist du herzlich willkommen. Wenn nicht, musst du uns verlassen. Dir bleiben sechs Tage für die Entscheidung. Hast du dir bereits einen neuen Namen für dein neues Leben überlegt?«

»Nein.«

Die Hand wich von seiner Schulter. »Komm, überlassen wir Frederika ihrem Genesungsschlaf.« Draußen im Flur fügte Hannibal hinzu: »Wenn du nach all der Aufregung nicht zu müde bist … Vielleicht möchtest du die Leute kennenlernen, die in der vergangenen Nacht den Supermarkt überfallen haben.«

»Die Streuner.«

»Ja. Sie sind in vielerlei Hinsicht das genaue Gegenteil von uns. Wir planen einen Gefangenenaustausch, und dadurch hast du Gelegenheit, dir ein Bild zu machen. Außerdem … Die Streuner durchstreifen oft die Außenbezirke der Stadt. Wenn die Frau, die du suchst, irgendwo erschienen ist, wissen Dago und seine Leute vielleicht von ihr.«

Kattrin, dachte Benjamin und folgte Hannibal durch den Flur.

Der Austausch

14

Es sah aus, als zöge eine kleine Armee in den Krieg, aber es waren eher irreguläre Truppen: Männer und Frauen, jung und alt, ebenso unterschiedlich gekleidet wie bewaffnet. Das gemeinsame Element, gewissermaßen ihre Uniform, war die grimmige Entschlossenheit in ihren Gesichtern. Fast sechzig von dreihundert waren es, die meisten aus dem Hotel Gloria, einige wenige aus dem Hospital. Auf dem Weg zum Konkordatsplatz, wie sie ihn nannten – eine neutrale Zone außerhalb der Einflussgebiete von Streunern und Gemeinschaft –, stießen noch zwei Patrouillen zu dieser Streitmacht, die eine zu Fuß und die andere motorisiert. Am Steuer des Wagens erkannte Benjamin Katzmann und winkte ihm zu. Er blieb in der Nähe von Hannibal, der an der Spitze der Gruppe marschierte, in der rechten Hand eine halbautomatische Pistole. Hannibal ging mit ruhigen Schritten, als hätte er alle Zeit der Welt, durch die Straßen einer Stadt, auf der die Stille wie ein Gewicht lag. Und über der eine falsche Sonne schien. Benjamin sah mehrmals zu ihr hoch und beobachtete die gelbe Scheibe, von der die Wärme kam, die er im Gesicht fühlte. Es lag kein Dunst in der Luft, und der Schleier hoher Wolken fehlte ebenfalls, aber trotzdem war das Licht nicht grell – Benjamin konnte in die Sonne schauen, ohne dass er blinzeln musste, und wenn er anschließend den Blick senkte, gab es keine blinden Flecken in seiner Wahrnehmung. Ein Plagiat hing dort oben am Firmament, etwas, das sich als Sonne ausgab.

Etwa zweihundert Meter vor dem Konkordatsplatz, auf einer breiten, von altertümlichen Gebäuden mit üppig verzierten Fassaden gesäumten Straße, blieb Hannibal stehen und hob die linke Hand. Die Männer und Frauen hinter ihm verharrten, und ihre leisen Stimmen verstummten. Katzmann stellte den Motor des Patrouillenwagens ab. Das Flüstern des Winds, der an Hannibals langem Ledermantel zupfte – er sah aus wie ein in die Jahre gekommener Indiana Jones, der seinen Hut vergessen hatte, kam Benjamin in den Sinn –, schien sich in ein leises Stöhnen zu verwandeln. Abigale trat neben ihn und hob einen kleinen Feldstecher vor die Augen.

»Siehst du sie?«, fragte Hannibal.

»Nein. Sie sind noch nicht da.«

»Oder sie stecken in den Gebäuden dort drüben und warten darauf, dass *wir* zuerst aufkreuzen.« Er drehte sich um und winkte, woraufhin mehrere kleine Gruppen aufbrachen und in Seitenstraßen verschwanden. Zu ihnen gehörten auch einige der wenigen Männer und Frauen, die mit Schusswaffen bewaffnet waren. Die meisten anderen trugen Armbrüste, Bögen, improvisierte Lanzen und Klingen aller Art.

»Eine kleine Rückversicherung«, sagte Hannibal, als er Benjamins verwunderten Blick bemerkte. »Man kann nie wissen.«

Mikado näherte sich mit seinem Walkie-Talkie, in dessen

Lautsprecher es leise knisterte. »Die Beobachter sind schon seit einer ganzen Weile in Position. Sie melden keine besonderen Vorkommnisse. Alles ruhig.«

Hannibal nickte und wandte sich den fünf gefangenen Streunern zu. Ihnen waren die Hände auf den Rücken gebunden, und ein dickes Seil verband ihre Fesseln miteinander, gehalten von zwei besonders kräftigen Männern. »Wenn es allein nach mir gegangen wäre, stündet ihr jetzt am Rand des Loches«, sagte Hannibal mit einer Stimme kalt wie Eis. »Ich verspreche euch: Wenn wir euch noch einmal erwischen, wenn ihr uns noch einmal angreift, wo auch immer … Dann verschwindet ihr im Loch.«

Es waren vier Männer, und einer von ihnen spuckte Hannibal vor die Füße. Die fünfte Gefangene war eine Frau, gekleidet in eine schmutzige Hose und eine fleckige, fransige Jacke mit mehreren Löchern. Benjamin erkannte sie: die Frau mit der Armbrust. Sie hatte auf ihn gezielt, und er auf sie, mit der Pistole, die der vom Pfeil getroffene Caspar fallen gelassen hatte und plötzlich in seiner Hand erschienen war. Und keiner von ihnen hatte geschossen. Als sich ihre Blicke trafen, nickte sie ihm kurz zu.

Hannibal sah zum Himmel hoch. »Noch etwa eine halbe Stunde bis zwei Uhr«, sagte er, und Benjamin fragte sich, wie er das allein am Sonnenstand feststellen konnte. Vielleicht brauchte man achtzig Jahre Erfahrung dazu. »Gehen wir.«

Der Konkordatsplatz war so groß wie zwei Fußballfelder, und in seiner Mitte hatte es einst eine Grünfläche mit Blumenbeeten gegeben, umfasst von weißem Marmor. Jetzt wuchs dort nichts mehr. Nicht einmal ein Grashalm ragte aus dem braunen Flausch, der wie eine wärmende Decke auf dem grauen Boden ruhte. Im Springbrunnen daneben stand Wasser – wie trübes Glas, glatt und völlig unbewegt. Es sprudelte nicht mehr aus den Schnäbeln der drei Schwäne, auf deren weißen Rücken der Regen dunkle Spuren hinterlassen hatte. Weiter hinten, am Rand des Brunnens, umarmten sich zwei Engel, ihre Flügel halb ausgebreitet, und sahen voller Furcht gen Himmel, als erwarteten sie Schreckliches von dort.

Auf der anderen Seite der ehemaligen Grünfläche stand eine mehr als drei Meter hohe Statue. Benjamin wandte sich von den anderen ab, ging langsam an der marmornen Einfassung entlang und näherte sich dem ebenfalls aus weißem Marmor bestehenden Bildnis eines Mannes, der ihn an die Darstellung alter griechischer Philosophen erinnerte. Der Mann, der dort stand und seinen Blick über die sieben Hügel der Stadt schweifen ließ, trug einen ionischen Chiton, wie zur Zeit Homers gebräuchlich, und zwar über beiden Schultern, damals das Zeichen freier Männer. In der linken Hand hielt er einen seltsam geriffelten Stab, in der rechten ein aufgeschlagenes Buch. Während Hannibal und die anderen in den Schatten eines Gebäudes zurückwichen, vor dem sich ein Arkadengang entlangzog, blieb Benjamin bei der Statue stehen und sah genauer hin. Nein, es war kein Stab, sondern eine Schlange, der Kopf abgerundet wie der Knauf eines Gehstocks, und das Buch bestand aus winzigen Facetten. In der einen Hand die Schlange, bezwungen, in der anderen ein Buch, das in die Haut einer Schlange gebunden zu sein schien. Religiöse Symbolik?, fragte sich Benjamin. Der physische Sieg über die Schlange als Versinnbildlichung des Bösen, doch im Buch – und damit im Kopf des Menschen – ihr

Wissen. War also sie es, die den eigentlichen Sieg errungen hatte?

Neugierig geworden ging Benjamin noch einige Schritte und las, was auf der Tafel vor der Statue geschrieben stand:

EIN WANDRER KAM AUS EINEM ALTEN LAND,
UND SPRACH: »EIN RIESIG TRÜMMERBILD VON STEIN
STEHT IN DER WÜSTE, RUMPFLOS BEIN AN BEIN,
DAS HAUPT DANEBEN, HALB VERDECKT VOM SAND ...«

Die Konturen der Buchstaben zerflossen, wie hinter aufsteigender heißer Luft, wurden zu Schnörkeln, doch nur eine Sekunde später formten sie neue Worte.

»DER ZÜGE TROTZ BELEHRT UNS: WOHL VERSTAND
DER BILDNER, JENES EITLEN HOHNES SCHEIN
ZU LESEN, DER IN TOTEN STOFF HINEIN
GEPRÄGT DEN STEMPEL SEINER EHRNEN HAND.
UND AUF DEM SOCKEL STEHT DIE SCHRIFT: ›MEIN NAME
IST OZYMANDIAS, ALLER KÖN'GE KÖNIG:
SEHT MEINE WERKE, MÄCHT'GE, UND ERBEBT!‹
NICHTS WEITER BLIEB. EIN BILD VON DÜSTREM GRAME,
DEHNT UM DIE TRÄMMER ENDLOS, KAHL, EINTÖNIG
DIE WÜSTE SICH, DIE DEN KOLOSS BEGRÄBT.«

Ozymandias, dachte Benjamin. Wieder verschwanden die Buchstaben wie hinter einem Hitzeflirren, und dann erschienen Worte, die nicht zu dem Gedicht gehörten, das Percy Bysshe Shelley anderthalb Jahrhunderte vor seiner Geburt geschrieben hatte.

GEDENKE HIER, AN DIESEM ORT,
WIE VERGÄNGLICH GLANZ UND PRACHT,
WIE FALSCH MANCH EIN GEWICHT'GES WORT,
WIE TRÜGERISCH DER SICH'RE HORT,
UND DASS FALLEN KANN DIE GRÖSSTE MACHT.

Eine Wolke schob sich vor die Sonne, mit klaren, glatten Rändern, rund wie die Sonne und ebenso falsch wie sie. Die Grenzen zwischen Licht und Schatten schwanden, und leichter Wind berührte Benjamins Gesicht, brachte angenehme Kühle. Vor ihm auf der Tafel schmolzen die Buchstaben zu einem Brei aus Schnörkeln, die sich wie Würmer wanden, bevor sie neue Worte bildeten.

WIR ALLE FALLEN, UND EIN JEDER LANDET
IRGENDWO.

Die Worte klangen vertraut. Benjamin hatte das Gefühl, sie irgendwann in einem Roman gelesen zu haben, aber er konnte sich nicht an Titel oder Autor erinnern. Er wusste nur noch, dass es, unter anderem, um verlängertes Leben gegangen war.

Er sah zur Seite, zum Gebäude mit dem Arkadengang, wo die Mitglieder der Gemeinschaft mit den fünf gefangenen Streunern auf Dago warteten, und als er erneut auf die Tafel vor dem Bildnis des Mannes mit Buch und Schlange blickte, zeigte sie nur noch wenige Buchstaben:

BENJAMIN, DU MUSST …

Er starrte auf die Worte, in der Hoffnung, dass sich ihnen andere hinzufügten und Auskunft darüber gaben, was er musste. Er wartete so lange, bis sich ihm schließlich eine Hand auf die Schulter legte.

»Glaubst du, dass du die Schriftzeichen verstehen kannst, wenn du den Blick lange genug auf sie gerichtet hältst?«, fragte Hannibal. »Ich bin seit fast achtzig Jahren hier und weiß noch immer nicht, was dort geschrieben steht.«

»Aber …« Benjamin sah auf die Tafel, die wieder nur ein wirres Durcheinander aus Schnörkeln, Strichen und Punkten zeigte, ohne die kleinste Bewegung und ohne erkennbare Bedeutung. Die andere Statue fiel ihm ein, der Reiter auf dem Schlangenwesen in der vergangenen Nacht, der von Edgar Allan Poe stammende Text, den er gelesen hatte, während die Zeichen für Louise völlig unverständlich gewesen waren. Aber sie hatte die von Dante Alighieri stammenden Worte an der Wand des Kellers lesen können. Und dann das Buch im Supermarkt, aus dem Flammen gekommen waren und in dem die Worte »Du musst« eine ganze Seite gefüllt hatten. Was bedeutete das alles? Etwas kratzte in Benjamins Hinterkopf, ein wie eingeklemmter Gedanke, der versuchte sich zwischen alten, unwichtig gewordenen Erinnerungen hervorzuquetschen. Doch er bekam keine Gelegenheit, sich darauf zu konzentrieren.

Mikado eilte herbei und drehte an den Knöpfen seines Walkie-Talkies. »Ich habe keine Verbindung mehr mit den Beobachtern.«

»Wie lautet die letzte Meldung?«

»Dago und seine Leute müssten gleich hier sein.«

Hannibal wandte sich von der Statue ab und ging langsam

zum Springbrunnen mit den beiden Engeln, die Schlimmstes vom Himmel zu erwarten schienen. Die graue Pistole, die er zuvor in der Hand gehalten hatte, steckte jetzt in einer Halteschlaufe am Gürtel. Sein langer Ledermantel knarrte leise im Wind. Wie die Takelage eines Schiffes, dachte Benjamin und fragte sich, woher dieser Gedanke kam.

»Sind die anderen Gruppen in Position?«, fragte Hannibal.

»Ja«, bestätigte Mikado und schüttelte das Walkie-Talkie so, wie er es auch im Wagen getan hatte, als sie mit dem Patrouillenwagen durch die dunkle, verregnete Stadt gefahren waren.

»Gut.« Hannibal blieb am Brunnen stehen und sah zur anderen Seite des Platzes, wo Gestalten erschienen. »Da sind sie.«

Benjamin fühlte sich von einer seltsamen Anspannung erfasst, als er beobachtete, wie die Streuner den Platz betraten. Ihre Kleidung, das ließ sich auf den ersten Blick erkennen, war schlechter als die der Gemeinschaftsmitglieder, die Zugriff auf das unerschöpfliche Angebot des Supermarkts hatten: geflickte Hosen und Jacken, zerschlissene Hemden, die Farben verblichen, abgetragene Stiefel. Es waren sieben, alles Männer, und als sie näher kamen, erkannte Benjamin ihre hagere Statur – sie wirkten fast abgezehrt. Er fragte sich, woher sie ihre Nahrung bekamen, wenn ihnen der Supermarkt verwehrt blieb.

Hannibal machte einige Schritte zur Seite und blieb neben dem Springbrunnen stehen, vielleicht ein demonstrativer Verzicht auf Deckung. Abigale trat neben ihn; ein Dutzend Meter hinter ihnen warteten mehrere Bewaffnete – unter ihnen ein Schusswaffenträger – mit den fünf Gefangenen.

»Nur sieben, mehr nicht?«, murmelte Mikado und hielt sein Walkie-Talkie wie einen Schild.

»In den Gebäuden auf der anderen Seite gibt es sicher noch mehr«, sagte Hannibal ruhig. »Vielleicht auch Scharfschützen. Wir wissen nicht, wie viele Gewehre ihnen geblieben sind. Gib den anderen Bescheid. Sie sollen auf alles gefasst sein.«

Der kleine Mikado nickte und stob davon. Benjamin überlegte, was aus seinem Gewehr geworden war, auf das er im Patrouillenwagen so wenig achtgegeben hatte.

Die sieben Streuner blieben ein ganzes Stück hinter dem Springbrunnen stehen. Einer von ihnen hielt eine Schrotflinte in der Armbeuge, und die anderen waren mit einfachen Armbrüsten bewaffnet, bis auf den Mann, den Benjamin sofort als Anführer erkannte. Er schätzte ihn auf Mitte dreißig, und im Gegensatz zu seinen sechs Begleitern trug er keinen Bart und das Haar nicht schulterlang. Ein Dreispitz ruhte auf seinem Kopf, schwarz und mit goldenem Rand, ein Hut, der Benjamin an Napoleon erinnerte und nicht annähernd so alt und abgenutzt war wie die Kleidung. Im Halfter seines Hüftgürtels steckte ein silbrig glänzender Revolver mit weißem Griff.

»Wir haben unsere Gefangenen mitgebracht, Dago!«, rief Hannibal und deutete kurz nach hinten. »Wo sind deine?«

Der Mann mit dem Dreispitz – Dago, Anführer der Streuner, von Louise für noch verrückter gehalten als Kowalski und der Prediger – hob die Hand und winkte. Hinter ihm, am Rand des Platzes, kamen zwei Männer, die ähnlich schlecht gekleidet waren wie die anderen Streuner, aus einem dunklen Hauseingang. Jeder von ihnen führte einen gefesselten Gefangenen, der eine eine Frau in mittleren Jahren, der andere einen auffallend jungen Mann.

»Der Supermarkt ist verschwunden, habe ich gehört.« Dago löste sich von den sechs anderen Streunern und kam näher, während die übrigen beiden Männer die Gefangenen brachten.

»Inzwischen ist er wieder da.«

»Beim nächsten Mal, Hannibal, bleibt er vielleicht ganz weg.« Dago breitete die Arme aus. »Was wird dann aus deiner schönen Gemeinschaft?«

Fünf oder sechs Meter trennten Benjamin noch vom Anführer der Streuner, und er konnte den Revolver in seinem Gürtelhalfter besser erkennen. Ein Colt Walker, Modell 1847, staunte er, bei Sammlern sehr begehrt, weil nur tausendeinhundert davon hergestellt worden waren. Tausend davon hatten die Dragoner der First United States Mounted Rifles bekommen, hundert waren auf dem zivilen Markt verkauft worden. Die Basis dieser Waffe, erinnerte sich Benjamin mit wachsender Verwunderung, war der Paterson, aber in diesem Fall gab es unter dem Lauf eine Laderamme, und der zweite Unterschied betraf die Trommel: In diesem Fall nahm sie sechs Patronen vom Kaliber 44 auf. Der Colt Walker war der größte und schwerste jemals konstruierte Colt-Revolver: Er wog mehr als zweieinhalb Kilo, und sein Lauf hatte eine Länge von neun Zoll.

Benjamin starrte auf die verchromte Waffe mit dem Griff aus Elfenbein und dachte: Woher weiß ich das alles? Hatte ich im Leben mit Waffen zu tun?

»Was ist mit dem Burschen da?«, fragte Dago. »Hat er was mit den Augen?«

»Starr ihn nicht so an, Benjamin«, flüsterte Abigale, die neben ihm stand. »Das mag er nicht.«

Benjamin senkte den Kopf, in dem Aufruhr herrschte, doch bevor er den Blick zu Boden richtete, fiel ihm noch der rötliche Striemen am Hals des Mannes mit dem Dreispitz auf. Er zog sich von der einen Seite des Halses zur anderen – war Dago gehängt worden?

»Es ist ein Neuer«, sagte Hannibal. »Er kennt dich noch nicht.«

Benjamin hob den Kopf wieder, als er Dagos Blick spürte. Die Andeutung eines pockennarbigen Musters lag auf den Wangen seines schmalen Gesichts, und die dunklen Augen schienen anzuschwellen, als er seinerseits starrte, bis das Weiße fast ganz aus ihnen verschwunden war. Benjamins Blickfeld schrumpfte. Ein Teil des Springbrunnens und der ehemaligen Grünfläche schien sich aufzulösen, als sich seine Aufmerksamkeit auf Dago konzentrierte. Er glaubte, ein kurzes Flackern in den dunklen Augen zu erkennen, und dann fing die rechte Hand seinen Blick ein, als sie sich auf den weißen Griff des Colts legte.

»In welchem Teil der Stadt ist er erschienen?«, fragte Dago leise.

»Warum willst du das wissen?«, erwiderte Hannibal.

Plötzlich lachte Dago, das Weiße kehrte in seine Augen zurück, und er zuckte die Schultern. »Neugier?« Er winkte die Männer mit den beiden Gefangenen zu sich. »Sie haben nur ein paar Schrammen, das ist alles.«

»Fünf gegen zwei«, sagte Hannibal. »Du stehst in meiner Schuld.« Er nickte seinen Leuten zu. »Löst die Fesseln.«

Benjamin bemerkte die Blicke zwischen Dago und der

Frau, auf die er im Supermarkt fast mit der Pistole geschossen hätte. Sie lächelte, rieb sich die Handgelenke, trat an Dagos Seite und flüsterte ihm etwas zu. Er nickte, lächelte ebenfalls und hielt plötzlich den Colt in der Hand.

Es ging so schnell, dass Benjamin nicht einmal eine schemenhafte Bewegung sah. Im einen Moment war Dagos rechte Hand leer, im nächsten hielt sie die verchromte Waffe. Ihr Hahn war gespannt, und der Lauf zeigte auf Hannibal, der wie ungerührt auf die Waffe sah und keine Anstalten machte, seine Pistole zu ziehen.

»Dies ist der Konkordatsplatz«, sagte er langsam. »Hier gibt es keine Gewalt. Wir haben einen friedlichen Austausch vereinbart, Dago.«

Benjamin wagte es nicht, den Blick abzuwenden und festzustellen, wie sich die Mitglieder der Gemeinschaft verhielten. Der Wind lebte auf, zupfte etwas energischer an Hannibals langem Ledermantel und zerzauste Abigales rotes Haar. Ein dumpfes Grollen hallte über die Stadt, wie von einem heranziehenden Gewitter.

»Ich brauche nur den Finger zu krümmen, und du hättest ein hässliches Loch im Bauch, Hannibal.« Dago sprach im Plauderton. »Eine Kugel von diesem Kaliber ist groß genug, dir die Eingeweide zu zerreißen. Bei dieser geringen Entfernung würde sie aus dem Rücken austreten und hätte vielleicht noch genug Durchschlagskraft, einen deiner Leute da hinten zu erwischen.«

»Sie würden dich töten.«

»Oh, zweifellos. Und wahrscheinlich müssten noch einige andere dran glauben. Natürlich würden wir alle ins Leben zurückkehren, oder was man hier so Leben nennt, aber es wäre ziemlich unangenehm, nicht wahr? Und gibt es etwas Negativeres, als sich gegenseitig umzubringen? Dein Weg zum Paradies würde noch länger.«

Wieder eine blitzschnelle Bewegung, und der Revolver steckte im Gürtelhalfter. »Weißt du was? Ich lasse dich am Leben. Weil der Neue da meine Jasmin am Leben gelassen hat, im Supermarkt.«

Der junge Cobain und die ängstliche Magdalena, die noch immer auf der anderen Seite standen, eilten am Springbrunnen vorbei und liefen zur Gemeinschaftsgruppe vor dem Arkadengang.

»Aber beim nächsten Mal, Hannibal ... Beim nächsten Mal kommst du nicht so glimpflich davon, und das gilt nicht nur für dich, sondern für euch alle.« Der Plauderton verschwand; Dagos Stimme wurde zu einem Knurren. »Wenn du uns weiterhin den Zugang zum Supermarkt verweigerst, greifen wir irgendwann wieder an. Wir greifen so oft an, bis der Supermarkt ganz verschwindet, für immer. Und dann, mein lieber Hannibal, bekommst du eine Vorstellung davon, wie das Leben in dieser Stadt ohne Regale ist, die sich ständig neu füllen.«

Dago lachte plötzlich und breitete erneut die Arme aus. »Aber warum so viel Unbill? Warum so viel Ärger und Verdruss? Bist du nicht auf der Suche nach Tugendhaftigkeit? Geht es dir nicht um Positivität, auf dass sich der verdammte Nebel lichtet und das Paradies seine goldene Pforte für euch öffnet? Hier bietet sich dir eine ausgezeichnete Gelegenheit, jede Menge Pluspunkte auf deinem himmlischen Konto zu sammeln.« Er beugte sich vor und zischte etwas leiser: »Es wäre eine Chance zu zeigen, dass du es *ehrlich* meinst und dass euer Gequassel von Gut und Böse ein bisschen mehr ist als nur leeres Geschwätz. Liebe deinen Nächsten, Hannibal! Sagen dir diese Worte etwas? Oder dir, Abi? Sind wir nicht eure Nächsten?« Dago wich einen Schritt zurück, die Arme noch immer ausgebreitet. »Öffnet den Supermarkt für uns, und alle Feindseligkeiten finden ein Ende. Friede in der Stadt, überall Harmonie und Eintracht – Hosianna!«

Das Grollen wiederholte sich, und diesmal hob Benjamin den Blick. Es zogen dunkle Wolken über den Himmel, falsch wie die Sonne, aber nach einem Gewitter sah es nicht aus.

»Es ist die Stadt«, flüsterte Abigale neben ihm. Ein Sonnenstrahl fiel durch eine Lücke zwischen den Wolken, traf ihren Kopf und schien ihn in Brand zu setzen. Das vom Wind bewegte Haar erinnerte an Flammen. »Sie verändert sich und wächst.«

Das Wasser im Springbrunnen, zuvor glatt wie Glas, kräuselte sich und wurde trüber. Eben hatte Benjamin noch den steinernen Boden des Beckens sehen können; jetzt war dort alles dunkel.

»Nein«, sagte Hannibal.

Dago gab sich verblüfft. »Nein?«, wiederholte er und heuchelte Fassungslosigkeit. »Ein frommer Mann wie du, dem Guten verschrieben, will nichts von Nächstenliebe wissen?«

Abrupt fiel die Manieriertheit von ihm ab. Seine Miene verfinsterte sich, als er einen Schritt vortrat und den Zeigefinger auf Hannibal richtete. Abigale beachtete er überhaupt nicht. »Was bist du doch für ein scheinheiliger Heuchler, Hannibal«, sagte Dago leise. »Und du bist dümmer, als ich dachte. Fragst du dich nicht, was mit dir und den Deinen passiert, wenn wir das Arsenal finden?«

»Vielleicht existiert es gar nicht.«

Dago lächelte. »Du bluffst schlecht, Glatzkopf. Wir wissen beide, dass das Arsenal existiert. Irgendwo am Rand der Stadt, und der Rand gehört uns.«

»Euch, dem Nebel und den Kreaturen darin.«

»Irgendwann finden wir das Arsenal, und dann kannst du hier nicht mehr den Obermacker spielen, Glatzkopf. Dann nehmen wir uns den Supermarkt oder lassen ihn für immer verschwinden.«

Inzwischen war das Wasser im Springbrunnen schwarz wie Tinte. Immer wieder kräuselte sich die Oberfläche – etwas bewegte sich dort drin.

»Die nächsten Gefangenen, die wir machen, erwartet das Loch«, erwiderte Hannibal. Er sprach noch immer ruhig. »Sag das deinen Leuten.«

Kattrin, dachte Benjamin. Wir wollten ihn nach Kattrin fragen. Aber er brachte keinen Ton hervor, starrte in den Springbrunnen und beobachtete, wie mehrere Gestalten aus dem Wasser wuchsen, dunkel wie die Seele des Teufels.

Abigale ergriff Benjamins Arm und zog ihn mit sich, als sie zurückwich.

Vom Arkadengang kamen erschrockene Rufe, und die Streuner hinter Dago traten den Rückzug an. Der Mann mit der Schrotflinte hob seine Waffe, richtete sie aber nicht auf Hannibal oder andere Mitglieder der Gemeinschaft, sondern auf die finsteren Gestalten, die aus dem Springbrunnen traten.

»Nicht schießen«, sagte Dago, als hätte er Augen im Hinterkopf – er drehte sich nicht um. »Damit lässt sich ohnehin nichts gegen sie ausrichten. Engel oder Dämonen, Hannibal?« Seine Lippen formten ein dünnes Lächeln. »Himmel oder Hölle? Leben oder Tod?«

Vier Schatten kletterten aus dem Springbrunnen, und sie schienen Substanz zu haben, denn das Wasser bewegte sich dort, wo sie sich bewegten. Es perlte an den Beinen ab, die ölig glänzten, wo sich die Tropfen von ihnen lösten, und die Füße hinterließen feuchte Abdrücke auf dem Boden. Wie vier Taucher in Gummianzügen, die den ganzen Körper bedeckten, auch das Gesicht. Ein leises Knistern begleitete ihre Bewegungen, wie von statischer Elektrizität oder von Stanniolpapier, das jemand zerknüllte – es erinnerte Benjamin an die Flasche im Supermarkt, die sich von allein gefüllt hatte. Nach einigen Schritten blieben sie stehen, zwischen Hannibal und Dago auf der einen Seite und Abigale und Benjamin auf der anderen. Sinnesorgane waren nicht zu erkennen, aber die Schatten schienen sich zu orientieren oder Witterung aufzunehmen. Dann gingen sie weiter: Einer näherte sich Hannibal, und die drei anderen wandten sich Benjamin zu.

»Lauf!« Abigale machte sich mit klackenden roten Schuhen und wehendem feurigen Haar auf und davon.

Benjamin lief nicht; etwas hielt ihn fest.

Vielleicht war es das seltsame Duell der beiden Männer vor ihm, der eine kahlköpfig und in einem langen Ledermantel, der andere mit einer roten Narbe am Hals, einem zweieinhalb Kilo schweren 1847er Colt im Gürtelhalfter und einem Dreispitz auf dem Kopf. Bei diesem Duell ging es nicht darum, wer am schnellsten zog und schoss, sondern wer als Erster den Blickkontakt unterbrach und floh.

Am Himmel gab eine runde graue Wolke die Sonne frei, und plötzlich fiel wieder helles Licht auf den Konkordatsplatz. Es machte die Schatten noch dunkler; sie schienen aus konzentrierter, verdichteter Schwärze zu bestehen.

In der Ferne schlug eine Glocke: ein einzelner, einsamer, wie klagender Ton, der vom Wind getragen über die Stadt hallte. Er gab das Zeichen.

Hannibal und Dago wirbelten herum, als der Schatten sie fast erreicht hatte und die Arme nach ihnen ausstreckte. Sie rannten los, jeder zu seiner Seite des Platzes, Hannibal mit wehendem Mantel und Dago mit einer Hand auf seinem Dreispitz.

Der Austausch war beendet. Die Jagd begann.

15

Es war keine lange Jagd, was – wie Benjamin später erfuhr – vielleicht daran lag, dass der Konkordatsplatz nicht weit vom Stadtzentrum entfernt war, und dort hatten sich in all den Jahren nie Schatten gezeigt. Allerdings war es auch noch nie vorgekommen, dass welche aus dem alten Springbrunnen kletterten. Was auch immer Benjamin festgehalten hatte: Es ließ ihn los, als das Duell zwischen Hannibal und Dago mit einem Unentschieden zu Ende ging, und daraufhin lief er los, wie alle anderen. Während er floh, formte sich ein Bild vor seinem inneren Auge. Er sah einen Buckligen, der die Glocke schlug, die sie alle gehört hatten, eine deforme Gestalt in der Art des Glöckners von Notre Dame, und während dieser Bucklige die Glocke läutete, kauerte Kattrin in einer Ecke des Glockenturms und hielt sich die Ohren zu.

Zuerst folgte er dem Gros der Gemeinschaftsmitglieder in Richtung Hotel Gloria, aber schon bald stoben Hannibal,

Abigale, Mikado, Caspar und all die anderen auseinander. Sie liefen durch Seitenstraßen und schmale Gassen, jeder von ihnen in eine andere Richtung. Als Taktik durchaus vernünftig, dachte Benjamin, denn die drei Schatten konnten nicht alle verfolgen. Aber es bedeutete, dass er schon nach kurzer Zeit allein unterwegs war, auf einer schmalen kopfsteingepflasterten Straße, und als er einen Blick über die Schulter warf, sah er alle drei Schatten etwa hundert Meter hinter sich.

Sie waren langsam, stellte er fest, langsamer als die beiden Schatten, die in der vergangenen Nacht beim Theater auf Louise und ihn gewartet hatten. Aber in dem Gewirr von engen Straßen und halbdunklen Gassen verlor er schnell die Orientierung und wusste bald nicht mehr, ob er zum Stadtzentrum unterwegs war oder sich davon entfernte. Vielleicht näherte er sich, ohne es zu wissen, dem rätselhaften Loch, aus dem die Schatten angeblich stammten, und wenn weitere vor ihm auftauchten, saß er in der Falle. Er überlegte, ob er irgendwo Unterschlupf suchen sollte, als er weiter vorn, wo die Gasse nach rechts abknickte, Bewegung an einem Fenster sah. Mehrere Giebelhäuser standen dort so dicht nebeneinander, als lehnten sie Schulter an Schulter, und im zweiten Stock eines dieser Gebäude erschien eine Frau am Fenster: das Gesicht ein helles Oval, umgeben von braunen Locken, der Mund mit den vollen Lippen halb geöffnet, wie zu einem erstaunten »Oh«.

»Kattrin?«, fragte er atemlos.

Ein oder zwei Sekunden stand die Frau – Kattrin; es musste Kattrin sein – am Fenster, wandte sich dann ab und verschwand.

Benjamin lief die letzten Meter zum Haus, blieb kurz davor stehen und blickte in die Richtung, aus der er gekommen war. Von den Schatten war nichts zu sehen. Er sprang in den dunklen Hauseingang, eilte durch einen Flur, erreichte eine Treppe, hastete die Stufen hoch, blieb auf dem zweiten Treppenabsatz stehen und hielt den Atem an, so schwer ihm das auch fiel.

Völlige Stille umgab ihn, selbst das Flüstern des Winds war verstummt. Nichts regte sich. Nichts knisterte oder knarrte.

Nach dem Lauf durch die Straßen der Stadt gierte Benjamins Lunge nach Sauerstoff. Er öffnete den Mund ganz weit und versuchte, so leise wie möglich zu atmen. »Kattrin?«, flüsterte er schließlich. Er wagte nicht zu rufen, aus Angst, dass die Schatten ihn hörten.

Im zweiten Stock betrat er einen Flur, in dem es mehr Dunkelheit gab als Licht, und öffnete die erste Tür auf der rechten Seite. Wenn er nicht völlig die Orientierung verloren hatte, musste dies das Zimmer sein, an dessen Fenster er Kattrin gesehen hatte.

Nach einer Schrecksekunde, in der er den Raum voller fremder Leute glaubte, erkannte er die ein Dutzend oder mehr Gestalten als Schneiderpuppen, manche von ihnen nackt und staubig. An den anderen hingen die verblichenen Reste von Blusen, Röcken und Kleidern, so alte Stoffe, dass sie zu Staub zerfielen, als Benjamin sie berührte. Und das Fenster, an dem er Kattrin zu erkennen geglaubt hatte … Es war schmal und so schmutzig, dass die Welt dahinter schemenhaft blieb. Benjamin wahrte trotzdem einen sicheren Abstand, für den Fall, dass sich die Schatten dort draußen herumtrieben und noch immer nach ihm suchten.

»Kattrin«, murmelte er, erwartete aber keine Antwort

mehr. Er hatte sie nicht am Fenster gesehen; sein Unterbewusstsein hatte ihm einen Streich gespielt.

Mitten im Zimmer, das einmal die Werkstatt eines Schneiders gewesen sein musste, drehte er sich langsam um die eigene Achse. Wie lange brauchten diese Stoffe, um so brüchig und spröde zu werden, dass sie sich in Staub verwandelten, wenn man sie berührte? Wie viele Jahrzehnte oder Jahrhunderte?

In der Ecke stand ein Stuhl, und Benjamin nahm vorsichtig darauf Platz. Eine Zeit lang teilte er die Reglosigkeit der Puppen und wünschte sich, ebenso von Gedanken und Gefühlen befreit zu sein wie sie. Fast eine Stunde lang war er mit dem Aufruhr in seinem Innern beschäftigt, und als er im Kopf schließlich alles an den richtigen Platz gerückt hatte, verblasste das Licht des Tages. Er trat erneut zum Fenster, sah nach draußen und merkte sich die Stelle, an der die Sonne unterging. Dann verließ er das Zimmer, in dem eine Hoffnung gestorben war, kehrte auf die Straße zurück und begann mit einer wachsamen Wanderung durch die Stadt. Schatten begegnete er nicht, und Menschen ebenso wenig. Stille begleitete ihn, und ein Wind, der erstaunlich kalt war und von dem er in der anderen Welt geglaubt hätte, dass er Schnee ankündigte. Die Dunkelheit des Abends half ihm bei der Suche nach dem Hotel Gloria, dessen Lichter glücklicherweise schon von weitem zu sehen waren.

Diesmal erklang keine Musik aus geöffneten Fenstern des Hotels, und als Benjamin müde und hungrig das Foyer betrat, kam ihm Velazquez entgegen. Er war noch recht blass und zog aus irgendeinem Grund das eine Bein nach, aber ansonsten schien er sich recht gut vom Tod erholt zu haben.

»Da bist du ja!«, sagte er. »Wir haben dich überall gesucht! Wo hast du die ganze Zeit gesteckt, Mann? Weißt du schon das Neueste?«

»Nein.«

»Petrow ist verschwunden!«

Das Labyrinth

16

Benjamin schreckte mitten in der Nacht aus dem Schlaf, davon überzeugt, eine Stimme gehört zu haben, doch aus dem Nebenzimmer, dessen Tür einen Spaltbreit offen stand, kam nur leises Schnarchen – Velazquez schlief tief und fest. In der Luft hing der Geruch von Farben und Terpentin, obwohl die Staffelei im anderen Raum stand und kühle Luft durchs halb offene Fenster wehte. Draußen brannte noch immer Licht, aber es erklangen keine Stimmen.

In Dunkelheit und Stille lag er da, lauschte in die Nacht und hörte vor allem die eigenen Gedanken, die ihm laut durch den Kopf zogen; bei manchen hatte er das Gefühl, sie würden von einem anderen stammen. Was geschieht mit mir?, fragte er sich, während kühle Luft sein Gesicht erreichte und den Terpentingeruch erträglicher machte. Die Enttäuschung darüber, Kattrins Gestalt offenbar halluziniert zu haben, hatte sich schon abgeschwächt, bevor er zu Bett gegangen war, und jetzt verflüchtigten sich diese Eindrücke wie die vagen Bilder eines Traums, den man nicht festhalten konnte. Er versuchte, sich an Kattrins Gesicht zu erinnern, und merkte, wie schwer ihm das fiel. Andere Erinnerungen ließen sich leichter abrufen: ihre Aussprache, der Beschluss, mit gemeinsamen Anstrengungen ein neues Leben zu beginnen, das Gefühl, ein wichtiges Hindernis auf dem Weg zur Zufriedenheit überwunden zu haben, die Entschlossenheit, den neuen Weg konsequent zu beschreiten. Aber der neue Weg hatte sie, nur einen Tag später, direkt in den Tod geführt. Der Lastwagen, der die Leitplanke durchbrach, das Krachen …

Benjamin schloss die Augen. War es wirklich so geschehen?, fragte einer der Gedanken, die sich fremd anfühlten. War er auf diese Weise gestorben, und Kattrin mit ihm? Oder hatte ihn der Mann mit der Pistole erschossen? Woher stammte jenes Bild? Er konzentrierte sich darauf, sah den Finger, der sich wie in Zeitlupe um den Abzug krümmte, und hob den Blick zum Gesicht: ein Mann Mitte dreißig, mit dunklen Augen, die Wangen irgendwie … wellig, das Kinn spitz, am Hals eine seltsame Narbe …

Seine Lider zuckten nach oben, und Benjamin sah die wechselnden Muster, die das Licht der Lampen vor dem Hotel und die vom leichten Wind bewegten Gardinen an der Zimmerdecke schufen. Dago?, dachte er. Und das Meer, in dem er schwamm, bis seine Kräfte erlahmten und er ertrank? Und der Dachrand des hohen Gebäudes?

Etwas kratzte an seinen Gewissheiten und stellte sie infrage. Der Tod war ein Dieb – was hatte er ihm gestohlen? Das Wissen um die Arbeit, der er zu Lebzeiten nachgegangen war? Sie hatte eine große Rolle für ihn gespielt und in seinem Leben einen so dominierenden Platz eingenommen, dass seine Ehe in Gefahr geraten war. Aber konnte man tatsächlich etwas vergessen, das einen großen Teil des eigenen Lebens bestimmt hatte? Verlor man dadurch nicht einen großen Teil seiner selbst? Was war ihm so wichtig gewesen, dass Kattrin einen verzweifelten Appell an ihn gerichtet hatte? Ihre Worte klangen ihm noch immer in den Ohren: Wir müssen unser Leben jetzt leben, Ben. Wir haben nur dieses eine.

Wach auf, Ben, dachte er. Wach endlich auf.

Aber das war keine Lösung, denn er schlief nicht.

Etwas in ihm war in Bewegung geraten, so träge wie die Gezeiten, aber mit dem Gewicht eines ganzen Meeres dahinter.

Benjamin schlug die Decke zurück, stand auf und trat zum Fenster, nur mit einem Slip bekleidet. Kalte Luft strich ihm über die Haut, doch wenn er gehofft hatte, dass sie Klarheit bringen und ihm allen Ballast aus dem Kopf fegen könnte, so erwartete ihn eine Enttäuschung. Die bohrenden Fragen blieben. Dago, dachte er. Ein Mann, vor dem Louise ihn gewarnt hatte. Unberechenbar und gefährlich. Der Colt in seinem Gürtelhalfter … Vermutlich eine Imitation. Ein Nachbau. Wie sollte ein mehr als hundertsechzig Jahre alter Revolver, von dem nur tausendeinhundert Exemplare existiert hatten, in diese Stadt kommen? Und wieso hatte er die Waffe sofort erkannt und so gut über sie Bescheid gewusst?

Eine weitere Frage drängte sich ihm auf. Warum hatten es die Schatten auf ihn abgesehen?

Im Park vor dem Hotel ging jemand über einen Kiesweg und achtete darauf, in den Schatten zu bleiben. Ein Wächter. Benjamin beobachtete ihn und sah, wie er die Hand hob, wie es dicht vor dem Mund kurz aufglühte und der Mann – oder die Frau – Rauch ausstieß. Wer auch immer dort unten Wache hielt, er – oder sie – rauchte eine Zigarette.

Wie kann man heute noch rauchen?, dachte Benjamin. Obwohl jedes Kind weiß, wie schädlich das ist? Dann schüttelte er den Kopf. Louise hat Recht, setzte er seinen inneren Monolog fort. Das Schlimmste, was uns passieren kann, ist uns bereits passiert. Wir sind tot. Wir sind alle tot. Und selbst wenn wir es fertigbringen, noch einmal zu sterben – wir erwachen wieder zu unserem Leben nach dem Tod.

Benjamin merkte plötzlich, dass er zitterte, und er fragte sich, ob es nur an der Kälte lag.

Petrow fiel ihm ein, der Mann, der die Expedition ins Labyrinth geleitet hatte. Abigale und Hannibal hatten darauf hingewiesen, dass gelegentlich Menschen aus der Stadt verschwanden, angeblich dann, wenn bei ihnen die Entscheidung über Gut oder Böse und damit über Himmel oder Hölle gefallen war. Aber Hannibal schien zu vermuten, dass es für Petrows Verschwinden einen anderen Grund gab, denn laut Velazquez hatte er die Anweisung erteilt, den Zugang zum Labyrinth sofort am nächsten Morgen zuzumauern.

Benjamin hatte sich schon vom Fenster abgewandt und damit begonnen, sich anzuziehen, als ihm klarwurde, dass er – in all dem Durcheinander, das noch immer in seinem Kopf herrschte – ein Ziel hatte: Er wollte sich das Labyrinth ansehen.

17

Im Treppenhaus des Hotels hörte er die leisen Klänge einer vorsichtig und sanft gespielten Geige. Er blieb stehen, ergriffen von einer Melodie, die direkt zu seinem Herzen sprach und von einem Verlust erzählte, der so schwer wog, dass er die Seele erdrückte. Die einzelnen Töne waren wie Tränen, die jemand vergoss, der nicht getröstet werden konnte, und für einen Moment spielte Benjamin mit dem Gedanken, nach oben zu gehen und mit dem Geiger zu sprechen, den er am Abend, kurz nach seiner Rückkehr, in einer Ecke des Foyers gesehen hatte: ein schmächtiger Mann, fast so traurig wie seine Musik.

Benjamin gab sich einen Ruck und eilte die Treppe hinunter ins Foyer, wo so spät in der Nacht nur noch wenige Lampen brannten. Niemand hielt sich dort auf, und der nahe Ballsaal war ebenfalls leer.

Als Benjamin den Ausgang erreichte, verklang die Melodie der Geige, und er trat in die stille Nacht.

Sie war wirklich *still*. Einige Sekunden stand er reglos und lauschte einer Stille, so tief, dass sie in seinen Ohren rauschte. In der vergangenen Nacht, erst in der Gesellschaft von Louise und dann im Patrouillenwagen mit Katzmann und Mikado, war ihm nicht auf diese Weise bewusstgeworden, wie lautlos die Stadt sein konnte. Es zirpten keine Insekten. Es brummten keine Motoren. Es klapperten keine Türen und Fenster, und nirgends erklangen die Stimmen von Menschen. Diese Stille war wie Taubheit. Benjamin hob die Hand zum Ohr und schnippte mit den Fingern, um sich zu vergewissern, dass sein Gehör noch funktionierte.

Auf leisen Sohlen schlich er an der Seite des Hotels entlang und vermied es, über den Kies zu laufen, dessen Knirschen der Wächter im Park vielleicht gehört hätte.

Auf dem Parkplatz hinter dem Gloria brannten keine Lampen. Benjamin wartete an der Ecke, bis sich seine Augen an die Dunkelheit gewöhnt hatten. Auf der anderen Seite, neben dem verbarrikadierten Zugang des Lagerhauses, aus dem Petrow und seine Expedition gekommen waren, bewegte sich etwas: eine Silhouette, ein Schatten innerhalb von Schatten, in Gestalt eines Menschen. Ein Wächter, dachte Benjamin. Hannibal lässt den Eingang bewachen.

Er beschloss, einen Umweg zu machen, huschte an der Rückseite des Hotels entlang und verharrte kurz hinter großen Blumenkübeln, die nur nackte Erde enthielten, nicht einen Grashalm, nicht eine Blume. Benjamin bezweifelte, dass ihn der Wächter entdecken konnte, selbst wenn er in seine Richtung gesehen hätte, denn direkt hinter ihm ragte das auf dieser Seite völlig dunkle Gloria auf – es gab nichts, wovor sich seine Silhouette abzeichnen konnte.

Nach zwei Dutzend Metern erreichte er den Sichtschutz eines langgestreckten Nebengebäudes, und erst dort merkte er, dass die Nacht nicht mehr so still war wie vorher. Ein Brummen kam aus dem Gebäude; es stammte vermutlich vom Generator, der das Hotel mit elektrischem Strom versorgte. Eine schmale Straße führte an der Seite dieses Nebengebäudes entlang, und Benjamin folgte ihrem Verlauf, bis er sich fast auf einer Höhe mit dem Lagerhaus befand, das sein Ziel darstellte. Der Wächter hielt sich direkt neben dem Eingang auf, drehte sich gerade um und schlenderte zur etwa zehn Meter entfernten Ecke, blieb dort kurz stehen und kehrte zurück. Benjamin verharrte hinter einem verrosteten und verbeulten Müllcontainer und streckte den Arm hinein – leer. Er ging in die Hocke, suchte auf dem Boden, fand etwas, das sich nach einer Flasche anfühlte, richtete sich wieder auf und warf sie so weit wie möglich die Straße hinunter.

Wenige Sekunden später schepperte und klirrte es in der Dunkelheit.

Der Lichtkegel einer Taschenlampe stach durch die Finsternis, und der Wächter rief: »Wer ist da?«

Benjamin stand geduckt hinter dem Müllcontainer und wartete. Es dauerte nicht lange, bis das Licht der Taschenlampe über die Straße wanderte, gefolgt von dem Mann. Benjamin nutzte die Gelegenheit, trat auf der anderen Seite hinter dem Container hervor und lief so leise wie möglich zum Lagerhaus. Bretter versperrten den Weg ins Innere, und die ersten zwei oder drei, an denen er zerrte, waren so festgenagelt, dass sie sich nicht bewegten. Doch dicht über dem Boden fand er ein lockeres Brett und zog daran, bis es sich auf der einen Seite löste und ein wenig nach oben schieben ließ. Eine schmale Lücke entstand, gerade groß genug, dass er hindurchkriechen konnte.

Benjamin hatte die andere Seite erreicht und das Brett wieder zurechtgerückt, als er die Schritte des Wächters hörte. Das Licht der Taschenlampe strich über den Eingang, und als er rasch zurückwich, stieß er gegen etwas und wäre fast gefallen. Im letzten Moment hielt er sich fest und wagte erst wieder zu atmen, als der Wächter die Taschenlampe ausschaltete und seine Wanderung vor dem Lagerhaus fortsetzte.

War es draußen dunkel gewesen – trotz der Lampen vor dem Hotel, deren schwacher Widerschein den Parkplatz erreichte –, so herrschte im Innern des Lagerhauses rabenschwarze Finsternis. Benjamin wartete, bis sich seinen Augen zumindest vage Umrisse darboten, und stellte fest, dass er gegen eine Art Werkzeugwagen gestoßen war, der einige Meter vom Eingang entfernt auf der einen Seite stand. Daneben erhob sich ein regalartiges Gestell, darin Gegenstände, die zum größten Teil schemenhaft blieben. Einer hingegen wirkte vertraut. Benjamin sah auf den Boden, um Hindernisse rechtzeitig zu erkennen, setzte vorsichtig einen Fuß vor den anderen und näherte sich dem Gestell. Dort angekommen fand er seine Vermutung bestätigt: eine Kerosinlampe. Er schüttelte sie vorsichtig, hörte ein leises Gluckern und nickte zufrieden. Jetzt brauchte er nur noch etwas, mit dem sich die Lampe entzünden ließ. Behutsam tastete er in die einzelnen Fächer des Gestells und fand schließlich etwas, das sich nach einem Feuerzeug anfühlte. Er wagte nicht, es auszuprobieren – die Flamme hätte ihn verraten können.

Wo befand sich der Zugang zum Labyrinth?

Die Dunkelheit im hinteren Bereich der Lagerhalle war für Benjamins Augen undurchdringlich, und er begriff, dass ihm nichts anderes übrigblieb, als das Feuerzeug zu benutzen. Hinter einem großen Metallgebilde, einst vielleicht ein Traktor oder eine Zugmaschine, blieb er stehen und horchte. Von hier aus konnte er die Schritte des Wächters nicht mehr hören; er wusste also nicht, wann sich der Mann in unmittelbarer Nähe des Eingangs oder an der Ecke des Lagerhauses befand.

Benjamin hatte keine andere Wahl, als seinem Glück zu vertrauen. Er senkte die Hand mit dem Feuerzeug, blickte in die Finsternis, die den Rest des Lagerhauses mit Schwärze füllte, und konzentrierte sich. Innerhalb eines Sekundenbruchteils, bevor ihn die Flamme blendete, musste er möglichst viele Einzelheiten erkennen und sich einprägen.

Mit dem Daumen drehte er das kleine Rad am Feuerstein. Ein Funke flog, Gas entzündete sich.

Jähes Licht flammte auf, mit der Helligkeit eines Scheinwerfers. Benjamin starrte einen Moment und nahm dann den Daumen von der kleinen Taste, die das Gas aus der Düse des Feuerzeugs strömen ließ. Schlagartig kehrte die Dunkelheit zurück, für die vom plötzlichen Licht überraschten Augen noch finsterer als vorher. Er schloss die Augen, um sich ganz auf das Gehör zu konzentrieren, hielt den Atem an und lauschte.

Es blieb still. Der Wächter vor der Tür hatte nichts bemerkt.

Was hatte er während des kurzen Lichtscheins der Flamme gesehen? Benjamin rief ein Erinnerungsbild ab, und es erwies sich aus erstaunlich detailliert. In der Mitte des Lagers ragten in Abständen von knapp zehn Metern sechs kantige Pfeiler aus Beton empor, die das Dach trugen. Links von ihnen stand aufgebockt und ohne Räder das rostige Gerippe eines alten Fahrzeugs, vielleicht ein Reinigungswagen, der irgendwann einmal für die Säuberung der Straßen eingesetzt worden war. Weiter hinten lagen Reifen in unterschiedlichen Größen. Auf der rechten Seite …

Benjamin hielt die Augen weiterhin geschlossen, betrachtete das Erinnerungsbild wie ein Foto und fragte sich, ob er zu seinen Lebzeiten gelegentlich in Situationen geraten war, die es erforderten, sich innerhalb eines Sekundenbruchteils möglichst viele Einzelheiten einer bestimmten Szene einzuprägen. Es überraschte ihn, wie viel er gesehen hatte, und er vermutete, dass so etwas ein spezielles Gedächtnistraining erforderte.

Auf der rechten Seite stand eine lange Werkbank, darauf ruhten Karosserieteile neben Werkzeugen und Komponenten eines demontierten Motors. An der Rückwand gab es ein Geländer, und dahinter führten Treppenstufen nach unten. Auf dem Weg dorthin gab es keine Hindernisse.

Benjamin schätzte die Entfernung ab, etwa sechzig Meter, ging los und zählte seine Schritte. Als er glaubte, sein Ziel fast erreicht zu haben, streckte er die Hand mit dem Feuerzeug aus, setzte den Weg langsam fort und tastete dabei in der Dunkelheit nach dem Geländer.

Das Feuerzeug stieß mit einem leisen Klacken dagegen.

Das Geländer führte ihn zu den Stufen, und Benjamin vertraute sich ihnen an, trat eine nach der anderen hinunter – hier lag wieder unbekanntes Terrain vor ihm.

Nach zwanzig Stufen erreichte er ebenen Boden, und drei Schritte später stieß die ausgestreckte Hand an eine Mauer. Es ging links weiter, über eine zweite Treppe, die ebenfalls zwanzig Stufen hatte. An ihrem Ende blieb Benjamin stehen, fand eine offene Tür, drückte sie hinter sich halb zu und ließ sie los, als sie zu quietschen begann.

Nach zwei weiteren Schritten stieß er mit dem Fuß gegen etwas auf dem Boden und wäre fast gefallen. Er entzündete das Feuerzug und vergewisserte sich, dass durch die halb geschlossene Tür kaum Licht bis ins Treppenhaus reichte – der Wächter würde selbst dann keinen Widerschein sehen, wenn er vor dem Eingang des Lagerhauses stand und durch einen Spalt zwischen den Brettern blickte.

Er zündete die Kerosinlampe an und drehte den Docht herunter.

Mehrere Backsteine lagen vor ihm auf dem Boden, neben zwei Schubkarren, die noch mehr enthielten, einigen großen Eimern und einem Sack Zement. Rechts war der Beginn einer neuen Mauer zu erkennen – offenbar hatten Hannibals Leute am Abend mit der Arbeit begonnen und sie dann unterbrochen, als es spät geworden war.

Benjamin trat über die Steine hinweg in den Tunnel, der nach zwei Dutzend Metern zu einer weiteren Treppe führte, die steiler und viel länger war als die beiden anderen. Er hatte fast hundert Stufen gezählt, als er schließlich ihr Ende erreichte, und dort drehte er den Docht höher. Das Licht wurde heller und drängte die Dunkelheit um ihn herum etwas weiter zurück.

Die lange Treppe endete an einer mehrere Meter breiten Nische in der Wand eines Tunnels, der sich nach rechts erstreckte – Schienen verschwanden dort in der Finsternis. Links stand eine Draisine auf den Gleisen, und hinter ihr endete der Tunnel an einer Betonwand.

Benjamin leuchtete unschlüssig mit der Lampe. Was mache ich hier?, dachte er. Er hatte das Labyrinth sehen wollen, bevor Hannibal den Zugang vermauern ließ, und jetzt sah er es, zumindest den Anfang, doch das war nicht genug. Vorsichtig, Ben, flüsterten seine Gedanken, als er die Lampe höher hielt, erst die Draisine betrachtete und dann nach rechts sah, in die Dunkelheit, die dort auf ihn wartete. Bestimmt nennt man dies nicht ohne Grund Labyrinth. Du könntest dich verirren.

Seine Beine trafen die Entscheidung. Er war bereits einige Meter weit durch den Tunnel gegangen, während er noch überlegte, ob er die Draisine nehmen sollte. Vielleicht ein Weg aus der Stadt, wisperte eine Erinnerung in ihm. Erklärte das Petrows Verschwinden? War er ins Labyrinth zurückgekehrt, um die Stadt zu verlassen?

Eine sonderbare Aufregung verband sich mit dieser Vorstellung, und Benjamin ging schneller, ohne sich dessen bewusst zu sein. Hinter ihm verschlang die Finsternis die Nische mit der Treppe. Das Licht der Lampe hielt die Dunkelheit auf Distanz und tanzte über die Betonwände, an denen sich gelegentlich Schmierereien zeigten, Fragmente von Graffiti.

Nach etwa hundert Metern fiel Benjamin im Schotter zwischen den Schwellen etwas auf. Er bückte sich, leuchtete mit der Lampe und fand eine Armbanduhr, das lederne Band brüchig, das Glas gesprungen. Benjamin nahm sie und hielt sie ins Licht. Die Zeiger fehlten. Sie waren nicht abgebrochen, denn als er die Uhr bewegte, rutschte unter dem Glas nichts hin und her. Sie fehlten einfach, als hätte jemand die Uhr geöffnet und die Zeiger entfernt. Nachdenklich steckte er die Armbanduhr ein und ging weiter.

Nach noch einmal fünfzig Metern verbreiterte sich der Tunnel, und aus einem Gleis wurden zwei. Das erste, offenbar der Hauptstrang, führte an einem Bahnsteig vorbei, und das zweite, auf der linken Seite, war ein Abstellgleis. Dort stand ein Waggon.

Benjamin näherte sich und hielt die Lampe noch etwas höher. Die Fenster des Waggons waren von innen zugeklebt; die Außenflächen schienen einst bunt bemalt gewesen zu sein. Viel war von den Bildern nicht übrig: Rost hatte das Metall darunter zerfressen, den Lack abblättern lassen. Vor dem Eingang des Waggons zögerte Benjamin und lauschte, aber die Stille im Tunnel blieb absolut. Nichts regte sich in der Finsternis.

Plötzlich fielen ihm Abigales Worte ein. *Etwas ist dort unten*, hatte sie gesagt.

Benjamin betrat den Waggon und sah sofort die beiden Gestalten auf der hinteren Sitzbank.

Sie saßen eng umschlungen in der Ecke, trugen Jeans und dicke Jacken. Benjamin stand im Gang zwischen den Sitzen, leuchtete mit der Lampe und sagte: »Hallo?«

Die beiden Gestalten rührten sich nicht. Reglos saßen sie da und gaben keinen Ton von sich.

Als Benjamin näher kam, sah er, dass es Puppen waren, wie man sie in Schaufenstern verwendete. Jemand hatte ihnen Kleidung übergestreift und sie wie ein sich umarmendes Liebespaar in den Waggon gesetzt. Der Unbekannte hatte sich sogar die Mühe gemacht, ihnen individuelle Gesichter aufzumalen und den Augenpaaren Tränen zu geben – die beiden Puppen weinten. Benjamin betrachtete sie eine Zeit lang, hörte in Gedanken die traurigen Klänge der Geige und fühlte sich gerührt, obwohl diese beiden Gestalten weder Herz noch Seele hatten.

Dann verließ er den Waggon und dachte daran, dass Petrow und seine Expedition hier vorbeigekommen waren. Sicher hatten sie die beiden Puppen bemerkt, sie aber im Waggon sitzen lassen. Wer hatte sie dorthin gesetzt? Einige der ersten Menschen, die es vor vielen Jahren in dieser Stadt gegeben hatte und die dann verschwunden waren? Und wer hatte ihre Gesichter bemalt, ihnen Tränen verpasst? Benjamin ging zum nahen Bahnsteig, und dabei lag ein Schatten auf ihm, den die Lampe in seiner Hand nicht vertreiben konnte. Er war kalt wie der Schatten, den die grauen Wolken kurz vor seinem Tod auf Leib und Seele geworfen hatten, und von fremder Trauer durchdrungen, und plötzlich begriff er, dass die Liebenden im Waggon – die einzigen wahren Toten in dieser Stadt im Jenseits – ein Symbol waren für die Leere und Hoffnungslosigkeit in den Seelen der hier lebenden Menschen. Er hatte es bei Louise gespürt: einen Kummer mit tiefen Wurzeln in ihrem Denken und Fühlen, und auch in Velazquez, eine Hoffnungslosigkeit, die in Opportunismus und Zynismus Ausdruck fand; er hatte sich mit dem Leben in der Gemeinschaft arrangiert, obwohl er es alles andere als ideal fand, und flüchtete sich in seine Malerei. Trauer und Leere verschonten auch Hannibal und Dago nicht, die beiden großen Kontrahenten in der Stadt. Hannibal versteckte sie hinter den Regeln einer neuen Quasireligion, mit denen er versuchte, der neuen Welt, in der er sich befand – und in deren Mittelpunkt er sich sah –, einen Sinn zu geben. Dago hingegen hatte sich in Wahnsinn geflüchtet, in die Rolle eines Desperados, in der er sich wohlzufühlen schien. Jeder von ihnen versuchte auf seine Art und Weise, Kontrolle auszuüben, auf das eigene Leben und das der anderen Menschen. Aber wenn Benjamin Erinnerungsbilder ihrer Gesichter betrachtete, so sah er darin Tränen wie in jenen der beiden Puppen im Waggon.

Was die anderen betraf … Benjamin kannte sie nicht gut genug, um sich schon jetzt ein Bild zu machen. Abigale, Katzmann, Mikado, die Apothekerin Emily, die eine Möglichkeit gefunden hatte, Kummer und Schmerz in Alkohol zu ertränken, die junge Frederika, erneut vom Tod zurückgekehrt, der dankbare Caspar, die übrigen Männer und Frauen und wenigen Kinder, in den meisten Fällen nur Gesichter ohne Namen. Vielleicht hatte sich jeder von ihnen eine eigene kleine Nische geschaffen in dieser Stadt, die ihnen ein Leben nach dem Tod ermöglichte, sie aber auch festhielt und zu Gefangenen machte.

Denn das war die Stadt: ein Gefängnis. Die Frage, wer es

erbaut hatte, und zu welchem Zweck, rückte hinter eine andere, wichtigere zurück, die lautete: Gab es einen Weg hinaus, in die Freiheit?

Benjamin ging über den Bahnsteig und hob erneut die Lampe. Oben hing eine Uhr, aber auch ihr fehlten die Zeiger. Auf der rechten Seite, unter einer geplatzten Leuchtstoffröhre, endete ein Durchgang an einer Mauer, hinter der vielleicht eine Treppe nach oben führte. Nach kurzem Zögern ging Benjamin daran vorbei und bemerkte am Ende des Bahnsteigs mehrere Bündel am Boden. Er trat darauf zu. Halbvermoderte Kleidungsstücke und Decken bildeten mehrere Haufen, und dazwischen lagen Abfälle aller Art: zerknüllte Dosen, Reste von Tüten und Pappe, andere Dinge, die sich nicht mehr identifizieren ließen. Auf der linken Seite führten die Schienen durch den Tunnel und verschwanden in der Dunkelheit. Am Rand des Lichtscheins, zu beiden Seiten der Gleise, lagen Latten, Bretter, Stangen und verbeulte Tonnen an den Tunnelwänden. Benjamin sprang vom Bahnsteig auf den Schotter, ging einige Schritte und bemerkte ein Dreibein neben einer der Tonnen. Davor ragte eine rostige Eisenstange unter mehreren Brettern hervor.

Als er sich ihr bis auf zwei Meter genähert hatte, stellte er fest, dass es keine Stange war, sondern der Lauf eines alten Maschinengewehrs, von dem der Rest fehlte, bis auf das Dreibein. Und die Bretter und Fässer … Sie waren Teil einer Barrikade gewesen, die hier einst den Tunnel blockiert hatte und später für die Draisine beiseitegeräumt worden war.

Die Draisine ist noch da, dachte Benjamin und leuchtete in die Dunkelheit. Petrow hatte sich also zu Fuß auf den Weg gemacht – wenn er tatsächlich hierher zurückgekehrt war.

Route siebzehn, erinnerte er sich. Angeblich ein vielversprechender Weg. Vielleicht führte er aus der Stadt.

Etwas ist dort unten. Abigales Worte kamen ihm wieder in den Sinn, als er in die Dunkelheit starrte und sich fragte, welchen Zweck die Barrikade an diesem Ort einst erfüllt hatte. Wen hatte sie schützen sollen, und wovor?

Ein Kratzen kam aus der Finsternis.

Plötzliche Kälte kroch über Benjamins Nacken, als er sich umdrehte und in die Richtung sah, aus der er gekommen war. Etwas glühte dort in der Dunkelheit, so schwach, dass er es nur sah, wenn er nicht direkt den Blick darauf richtete.

Das kratzende Geräusch wiederholte sich, begleitet von einem leisen, dumpfen Quietschen.

Ein oder zwei Sekunden lang dachte Benjamin daran, die Lampe zu löschen, aber es hätte nur bedeutet, dass er nichts mehr sehen konnte, während das, was dort durch die Schwärze kroch, ihn vielleicht noch immer wahrnahm. Er sprang hinter eine der verbeulten Tonnen, was ihm natürlich nichts nützte, denn das Licht der Lampe musste schon von weitem zu sehen sein.

Das Kratzen und Quietschen wurde lauter, und etwas bewegte sich im Dunkeln. Umrisse schälten sich aus der Finsternis …

Die Draisine rollte über die Schienen, mit zwei Männern am Handhebel und einem dritten, der vorn stand und mit einer Taschenlampe leuchtete.

Benjamin atmete erleichtert auf – obgleich er ahnte, was ihn jetzt erwartete –, und trat hinter der Tonne hervor.

»Es ist der Neue!«, rief der Mann mit der Taschenlampe. Und: »Was machst du hier unten?«

Benjamin ging der herankommenden Draisine entgegen. Die Männer darauf kannte er nicht. Der ganz vorn war kräftig gebaut und bullig, ein Rausschmeißertyp, fand Benjamin; die anderen beiden, um die dreißig, musterten ihn neugierig.

»Ich wollte mich hier unten nur ein wenig umsehen«, sagte Benjamin. Er vermutete, dass der Wächter das lose Brett bemerkt und Hannibal benachrichtigt hatte.

Die Draisine hielt an, und die beiden Männer am Hebel zogen ihn hoch. Der dritte Mann richtete einen finsteren Blick auf ihn. »Es ist streng verboten, das Labyrinth aufzusuchen!«, brummte er.

Benjamin hatte solche Typen noch nie ausstehen können. »Und warum?«

»Es ist verboten!«, wiederholte der Mann, als sei das Erklärung genug. »Wir sollen dich zu Hannibal bringen.« Er nickte den beiden anderen Männern zu, die daraufhin wieder den Hebel betätigten. Quietschend setzte sich die Draisine in Bewegung und rollte dem Ende des Tunnels und der Treppe entgegen, die dort nach oben führte.

»Ich frage mich, was er von mir will«, sagte Benjamin mit leisem Spott und spürte, wie Ärger in ihm zu rumoren begann.

»Du kannst von Glück sagen, wenn du bei uns bleiben darfst!«

Wäre das tatsächlich Glück?, dachte Benjamin und sah zurück in den dunklen Tunnel. Irgendwo dort in der Finsternis gab es verschiedene Routen; eine trug die Nummer siebzehn und führte vielleicht aus der Stadt.

18

»Was hast du dir dabei gedacht?«, fragte Hannibal. Er stand hinter dem Schreibtisch am Fenster seines Büros, in dem er Benjamin in der ersten Nacht begrüßt hatte. Jonas saß wieder an dem pultartigen Tisch in der Ecke und wartete, den Stift dicht über dem Papier des großen aufgeschlagenen Buchs. Die Augen hinter den dicken Brillengläsern blickten aufmerksam und erwartungsvoll.

»Was ich mir dabei *gedacht* habe?« Louises mahnende Worte fielen Benjamin ein. Es wäre zweifellos vernünftig gewesen, ruhig zu bleiben und zu vermeiden, irgendeinen Standpunkt zu beziehen, bevor er nicht mehr über die Stadt und ihre Bewohner herausgefunden hatte, aber Hannibals Verhalten ging ihm plötzlich ganz gehörig gegen den Strich. »Ist dies *deine* Stadt? Wer hat dich zu ihrem Bürgermeister gewählt? Haben Louise und die anderen, die nicht zur Gemeinschaft gehören, ebenfalls ihre Stimme abgegeben? Und was ist mit Dago und seinen Leuten?«

Hannibal hatte nach draußen in die Nacht geblickt. Jetzt drehte er sich um, nahm Platz und stützte die Ellenbogen auf den Schreibtisch, dicht unter einer dort liegenden Aktenmappe. Jonas' Stift kratzte übers Papier.

»Du bist neu bei uns«, sagte Hannibal. »Du musst erst noch einen Platz in unserer Gemeinschaft finden, und vielleicht hast du deinen ersten Tod noch nicht ganz verwunden. Das halte ich dir zugute. Andernfalls würde ich dich jetzt sofort hinauswerfen.«

Benjamin konnte die Worte nicht zurückhalten; sie sprangen ihm von der Zunge. »Wer gibt dir das Recht …«

Hannibal hob die Hand. »Achtzig Jahre«, sagte er. »Achtzig Jahre geben mir das Recht. Ich habe die Gemeinschaft aufgebaut und in diesem Teil der Stadt für Ordnung gesorgt. Ich habe verhindert, dass sich Dagos Wahnsinn überall ausbreitet und allen die Chance auf das Paradies nimmt. Ich habe den Menschen hier Hoffnung gegeben. Und wenn sie diese Hoffnung behalten sollen, müssen Regeln beachtet werden, die …«

»Die du bestimmst, nicht wahr?« Das Brodeln in Benjamin dauerte an, hielt die Zunge in Bewegung. Er sah kurz zu Jonas, der voller Eifer schrieb. Das ist seine Welt, dachte er. Seine kleine Nische. Er sitzt da und schreibt auf, was er hört, und damit ist er zufrieden. Was erhofft sich jemand wie er vom Paradies? Stifte, die nie angespitzt werden müssen? Kugelschreiber, deren Tinte nie ausgeht? Jede Menge leere Blätter, die er mit Worten füllen kann?

Und Hannibal? Benjamin blickte dem kahlköpfigen, hageren Mann in die Augen, und für einen Moment gelang es ihm, hinter die charismatische Maske zu sehen und zu erkennen, was sich dort befand: jemand, der es in seinem Leben nach dem Tod zu Macht und Einfluss gebracht hatte. Und jemand, der seine Macht verlieren würde, wenn die Menschen einen Weg aus der Stadt fanden.

Plötzliche Ruhe überkam ihn, als er Hannibals innere Triebfeder zu verstehen begann. Vielleicht glaubte er an die Sache mit dem Limbus, vielleicht auch nicht. Ganz sicher aber glaubte er an sich als Oberhaupt der Gemeinschaft, an sein kleines Königreich, das er sich in den vergangenen acht Jahrzehnten geschaffen hatte. Darum war es eine »Sünde«, darüber zu sprechen, die Stadt zu verlassen. Oder im Labyrinth nach einem Weg zu suchen, der hinausführt. Es grenzte an Majestätsbeleidigung.

»Jede Zivilisation braucht ihre Regeln«, sagte Hannibal. »Für uns gilt das in einem besonderen Maße, denn wir alle balancieren auf der großen Waage, den Himmel auf der einen, die Hölle auf der anderen Seite.«

»Neugier ist weder Vermessenheit noch Sünde«, sagte Benjamin und genoss das innere Polster der Ruhe. Er lag weich darauf; es gab ihm Sicherheit.

Für ein oder zwei Sekunden verhärteten sich Hannibals Züge, und die Falten in seinem Gesicht schienen tiefer zu werden. »Du hast also gelauscht.«

»Ich weiß nicht, was du meinst«, sagte Benjamin unschuldig.

Jonas kritzelte glücklich in seiner Ecke.

Die Tür öffnete sich, und Abigale kam herein. Diesmal waren es violette Schuhe, die über den Boden klackten, keine roten, und darüber trug sie einen wadenlangen giftgrünen Rock. Ihr feuerrotes Haar war zerzaust. Sie legte Benjamin kurz die Hand auf die Schulter und lächelte, ging dann zu Jonas.

»Entschuldigt die Verspätung. Ich nehme an, ihr habt euer Gespräch schon begonnen?« Sie überflog, was der Sekretär geschrieben hatte. »Oh«, sagte sie, trat zum Schreibtisch in der Mitte des Raums und setzte sich neben Hannibal.

»Sei nicht zu streng mit ihm«, fügte sie hinzu. »Er ist gerade erst zu uns gekommen.«

»Hat Petrow die Stadt verlassen?«, fragte Benjamin. »Hat er die Route siebzehn genommen?«

Hannibal und Abigale wechselten einen kurzen Blick.

»Man kann die Stadt nicht verlassen«, erwiderte Abigale. »Der Nebel und die Kreaturen verhindern es. Erst wenn wir uns als würdig erwiesen haben, wird sich der Nebel lichten, und dann können wir alle den Limbus verlassen und durch die Pforten des Paradieses schreiten.«

Für Benjamin klang es hohl, nach Worten, die längst ihren Inhalt verloren hatten. Er fragte sich, ob Abigale wirklich glaubte, was sie da sagte. Aber vielleicht galten die Worte gar nicht ihm, sondern Hannibal. Vielleicht dienten sie vor allem dazu, Abigales Position im Mikrokosmos der Gemeinschaft zu sichern.

»Trotz deiner Aufsässigkeit gebe ich dir eine letzte Chance bei uns«, sagte Hannibal langsam. »Wenn du uns sagst, wer du bist.«

»Verzeihung?«

»Hat Dago dich zu uns geschickt? Um Unruhe zu stiften?«

»Wie bitte?«

»Warum hast du im Supermarkt nicht auf Jasmin geschossen?«

In der Ecke kratzte der Stift.

Benjamin war in Gedanken noch immer so sehr mit dem Labyrinth und Hannibals Regentschaft beschäftigt, dass er nicht sofort verstand, worum es ging. Dann sah er noch einmal die Frau mit der Armbrust vor sich, spürte das Gewicht der Pistole in der Hand, die eben noch zwei Meter entfernt gelegen hatte. Jasmin, Dagos Partnerin. Sie hatte nicht auf ihn geschossen, und er nicht auf sie. Und dann die Begegnung mit Dago auf dem Konkordatsplatz: Benjamins Blickfeld war geschrumpft, und etwas hatte seine Aufmerksamkeit so sehr auf den Anführer der Streuner fokussiert, dass alles andere zu verschwinden schien. Er erinnerte sich auch an das kurze Flackern in den dunklen Augen, wie … ein Erkennen? Aber das war unmöglich. Bei jener Gelegenheit hatte er Dago zum ersten Mal gesehen.

»Weil ich nicht sofort auf andere Menschen schieße«, antwortete Benjamin schließlich.

»Beim Austausch auf dem Platz ist etwas zwischen euch passiert«, sagte Hannibal. »Ich hab es gespürt.«

»Unsinn.«

»Ihr kennt euch.« Hannibals Stimme klang schärfer. »Hat er dich zu uns geschickt, damit du uns ausspionierst? Wo hat er dich gefunden?«

»Ist dies ein Verhör?«

»Antworte mir!«

Benjamin spürte, wie sich neuer Ärger in ihm regte. »Dies ist meine zweite Nacht in der Stadt. Louise hat mich gefunden und hierhergebracht.«

»Vielleicht steckt sie mit dir und Dago unter einer Decke!«

»Sie würde sich nicht mit Dago einlassen, Hannibal, das weißt du«, warf Abigale sanft ein.

»Wer weiß, was er ihr für ihre Dienste gegeben hat. Und ihm! Vielleicht ist er vor einigen Wochen in der Stadt erschienen und von Dago gefunden worden. Er hat schon einmal versucht, jemanden bei uns einzuschleusen. Geht es um den Supermarkt?« Hannibal wandte sich an Abigale. »Vielleicht war der Angriff letzte Nacht Teil eines Täuschungsmanövers. Benjamin wird dabei zu einem Opfer, damit er nicht in Verdacht gerät. Wir nehmen ihn in unsere Gemeinschaft auf, und er sondiert die Lage, gibt Dago und seinen Leuten schließlich Gelegenheit, den Supermarkt zu übernehmen. Hat der Plan so ausgesehen, Benjamin? Aber dann wollte es der Zufall, dass seine Waffe auf Jasmin zielte, und er konnte sie natürlich nicht erschießen, weil sie Dagos Freundin ist.«

Es folgte eine Stille, in der nur das Kratzen des übers Papier eilenden Stifts zu hören war. Wie froh muss Jonas sein, dachte Benjamin. So viele Worte, die er aufschreiben kann.

»Wenn das alles stimmt …«, sagte er langsam. »Wenn ich wirklich in Dagos Auftrag hier bin, um ihm die Möglichkeit zu geben, euch den Supermarkt wegzuschnappen … Warum bin ich dann in dieser Nacht ins Labyrinth hinuntergegangen? Warum habe ich riskiert, alles zu ruinieren?«

»Aus Dummheit?«, entgegnete Hannibal. »Weil du zu neugierig bist?«

Benjamin musterte den Mann, der knapp siebzig zu sein schien, aber schon seit fast achtzig Jahren in der Stadt lebte. Dumm war *er* gewiss nicht. Zumindest ein Teil seiner Erregung – vielleicht sogar alles – war gespielt. Er hatte ihn aus der Reserve locken wollen.

Abigale beugte sich vor. »Ich glaube dir, Benjamin. Du bist bestimmt kein von Dago geschickter Spion. Ich kenne Louise und vertraue ihr.«

Sie war wieder ganz die mütterliche Frau, die es gut meinte, doch Benjamin glaubte, dass auch sie eine Rolle spielte. Beide ergänzten sich, wie der böse und der gute Polizist: Der eine erschreckte und schüchterte ein, der andere beruhigte und gab Hoffnung. Einmal mehr fragte sich Benjamin, in welcher Beziehung sie zueinander standen. Ein Paar in dem Sinne schienen sie nicht zu sein. Oder doch?

»Ich glaube außerdem, dass du es gut meinst, Benjamin«,

fuhr Abigale fort. »Aber dir sollte klar sein: Als Mitglied unserer Gemeinschaft musst du dich an die Regeln halten, die unser Zusammenleben bestimmen. Heute Nacht hast du gegen eine der wichtigsten verstoßen, und ich möchte, dass du uns versprichst, so etwas nie wieder zu tun. Haben wir dein Ehrenwort?«

Wir befinden uns auf der Bühne eines Theaters, dachte Benjamin. Ich weiß nicht, was hier gespielt wird. Keine Komödie, fürchte ich, eher ein Drama, vielleicht sogar eine Tragödie. Ich wollte eigentlich nur Zuschauer sein, aber etwas hat mich hierhergebracht, zu den Schauspielern, die ihren Text gut kennen, während ich improvisieren muss.

Er hatte Louises Rat missachtet und ahnte, dass ein Leben ohne Zugang zum Supermarkt mit erheblichen Schwierigkeiten verbunden sein würde. Deshalb nickte er.

Abigale lächelte. »Ich bin sicher, dass du ein gutes Mitglied der Gemeinschaft wirst. Such dir bald einen neuen Namen für dein neues Leben aus, Benjamin. Er wird es dir erleichtern, einen Platz bei uns zu finden. Wenn ich dich zum Schluss noch etwas fragen darf …«

»Ja?«

»Die Schatten, die aus dem Brunnen auf dem Platz kamen … So etwas ist nie zuvor geschehen«, sagte Abigale nachdenklich und hielt dabei den Blick auf ihn gerichtet. »Drei von ihnen hatten es auf dich abgesehen. Wie die beiden Schatten, die Louise und dich verfolgten, als sie dich zu uns brachte. Hast du eine Erklärung dafür?«

Der Stift kratzte nicht mehr übers Papier und wartete, gespannt auf die nächsten Worte. Für einen Moment kroch die Stille der Nacht ins Zimmer.

»Nein«, sagte Benjamin. »Ich habe keine Ahnung, was sie von mir wollten.«

Jonas' Stift setzte seine Reise übers Protokollpapier fort.

Hannibal räusperte sich, öffnete die vor ihm liegende Aktenmappe und sah auf eine Liste hinab. »Morgen früh bricht eine Gruppe zum Elektrizitätswerk auf, um dort nach dem Rechten zu sehen, weil die letzten beiden Elektrostunden ausgeblieben sind. Ich möchte, dass du sie begleitest. Es gibt dir Gelegenheit, mehr von der Stadt zu sehen und dich nützlich zu machen.«

Mein erster Arbeitseinsatz, dachte Benjamin. Ich weiß nicht mehr, was ich früher gewesen bin, aber hier soll ich Kontrolleur eines Elektrizitätswerks sein.

Und aus wem auch immer die Gruppe bestand: Bestimmt gehörte ihr ein Gemeinschaftsmitglied an, das ihn im Auge behalten sollte.

»Ist das alles?«

»Ja. Dir bleiben noch ein paar Stunden, um zu schlafen. Ruh dich aus. Morgen erwartet dich ein langer Tag.«

Benjamin stand auf, ging zur Tür und zögerte.

»Wer gehört zu der Gruppe?«

Hannibal sah erneut auf die Liste. »Katzmann, Velazquez und Kowalski.«

Kowalski, dachte Benjamin, als er den Raum verließ. Das könnte interessant werden.

Ausblicke

19

Der Patrouillenwagen rollte über die Brücke, die den Fluss ohne Namen überspannte, und Benjamin fragte: »Woher kommt dieser Fluss? Und wohin strömt er?«

»Er kommt aus dem Nebel und verschwindet wieder darin«, antwortete der am Steuer sitzende Katzmann. Fahrtwind wehte durchs offene Seitenfenster und fuhr durch sein struppiges blondes Haar.

Ist er der Spion, der mich im Auge behalten soll?, fragte sich Benjamin. Obwohl »Spion« vielleicht das falsche Wort war. Ein Aufpasser. Jemand, der in Hannibals Auftrag darauf achtete, wie er sich verhielt, was er machte und sagte.

»Apropos Nebel«, brummte Velazquez, der ein wenig verdrießlich auf dem Beifahrersitz saß. Er hatte seine Farben mitgenommen, aber noch kein passendes Motiv gefunden. »Seht euch das an.«

Katzmann bremste, und der Wagen blieb mitten auf der Brücke stehen. Benjamin stieg zusammen mit den anderen aus und erinnerte sich an eine Fahrt auf dem Rhein, die er vor einigen Jahren mit Kattrin gemacht hatte. Der Fluss ohne Namen war an dieser Stelle so breit wie der Rhein bei Boppard, und ebenso braun. Er trat ans Geländer, sah zum Wasser hinab und beobachtete einen dicken Ast, der träge auf den Wellen tanzte und unter der Brücke verschwand. Einige Sekunden verstrichen, und dann begriff er plötzlich, was er gesehen hatte.

»He!« Er lief zur anderen Seite der Brücke. »Ein Ast schwimmt im Fluss! Da ist er!«

»Manchmal schwimmen Äste in Flüssen«, sagte Velazquez weise. Er war ihm gefolgt und blickte übers Geländer.

»Verstehst du denn nicht? Woher *kommt* der Ast? Ich habe keine Bäume oder andere Pflanzen in der Stadt gesehen, mit Ausnahme des kleinen Parks vor dem Hotel.«

»Es gibt drei grüne Inseln in der Stadt, und natürlich Laurentius' Baum, aber der ist eine Geschichte für sich«, dozierte Kowalski, der ebenfalls ausgestiegen war. Er rückte sich die Brille mit den rechteckigen Gläsern zurecht und blinzelte im Schein der falschen Sonne am Himmel. »Geschaffen von Fluktuationen in der Realitätsstruktur des Mikrokosmos, den wir ›Stadt‹ nennen. Eine ist der Park vor dem Hotel, wie du ganz richtig bemerkt hast, Benjamin. Die beiden anderen befinden sich an den Hängen von Aventin und Esquilin.« Er streckte die Hand aus und deutete, dem Sonnenstand nach zu urteilen, nach Norden. Zwei Hügel der Stadt ragten dort auf, vage graue Riesen im Morgendunst.

»Dies ist nicht Rom«, sagte Benjamin.

»Nein, leider nicht. Aber es sind sieben Hügel, nicht wahr? Wie in Rom. Deshalb habe ich sie nach den römischen Hügeln benannt.« Kowalski zog die Heckklappe des Patrouillenwagens auf, öffnete den großen, abgewetzten Koffer, den er mitgenommen hatte, und entnahm ihm eins seiner vielen Messinstrumente. Es bestand hauptsächlich aus beweglichen

Messingteilen und mehreren Linsen, die das Licht aus verschiedenen Richtungen einfingen und in ein Okular lenkten.

Benjamin sah dem Ast hinterher, bis er in den braunen Fluten verschwand. »Der Baum, von dem der Ast stammt, muss sich irgendwo im Nebel befinden. Oder jenseits davon.«

Und dort war er, der Nebel: eine graue Wand stromaufwärts, ein gestaltloser, gewaltiger Moloch, der langsam über den Fluss und die Bereiche rechts und links davon kroch. Er verschlang alles, was er berührte, und er brachte Kühle. Die Sonne schien, und es hingen nur wenige Wolken am Himmel, aber die Temperatur fiel. Benjamin fröstelte.

»Das Elektrizitätswerk können wir uns abschminken«, sagte Katzmann. »Es ist schon halb im Nebel verschwunden.«

Benjamin sah in die Richtung, in die er zeigte. Etwa zwei Kilometer entfernt, am anderen Ufer des Flusses, zogen graue Schwaden über die Außenanlagen eines Umspannwerks.

»Ich stelle ernste Inkongruenzen fest«, verkündete Kowalski und blickte durchs Okular seines Instruments. Einige Messingteile drehten sich mit einem leisen Summen, angetrieben von einer Batterie. »Ich fürchte, der Ereignishorizont unseres gedehnten Moments verschiebt sich.« Er sah vom Okular auf. »Das erklärt den Nebel.«

Velazquez wandte sich halb ab, fing kurz Benjamins Blick ein und verdrehte die Augen.

Kowalski war um die fünfzig, klein und hager, hatte schütteres Haar und trug einen anthrazitfarbenen Anzug aus dem Supermarkt. Das silberne Gestell der Brille mit den schmalen, rechteckigen Gläsern glänzte im Sonnenschein. Benjamin fand, dass Kowalski wie ein Universitätsprofessor im Ruhestand aussah. Er hatte eine gewisse Ähnlichkeit mit Townsend.

José Maria Townsend.

»Stimmt was nicht, Benjamin?«, fragte Velazquez.

Wie angewurzelt stand Benjamin neben dem eingedrückten Kotflügel des Patrouillenwagens, starrte ins Leere und versuchte das Bild festzuhalten: ein Gesicht wie aus Stein gemeißelt, kantig und markant, die Augen grauschwarz, wie Kowalskis Anzug, ein ernster Mann, der in die Abgründe der menschlichen Seele geschaut und dort die Hölle gesehen hatte.

Das Bild verschwand, wie knapp zwei Kilometer entfernt die Gebäude im Nebel. Benjamin lauschte einem vagen Erinnerungsecho, einer in unerreichbarer Ferne flüsternden Stimme, verstand jedoch kein Wort.

»Benjamin?« Velazquez kam noch etwas näher und flüsterte: »Alle wissen, dass Kowalski verrückt ist. Lass dich von ihm nicht irremachen.«

»Die Inkongruenzen nehmen zu.« Kowalski blickte wieder ins Okular und drehte an Einstellreglern. »Der Nebel kommt näher. Vielleicht erreicht er sogar die Brücke.«

»Die Brücke?«, erwiderte Katzmann skeptisch. Benjamin sah den Revolver in seinem Gürtelhalfter, der Griff abgewetzt wie Kowalskis Koffer, und dachte an Dagos verchromten Colt. »Wir sind hier nicht weit vom äußeren Ring entfernt. So weit ist der Nebel noch nie gekommen.«

Von Kowalskis Messgerät kam ein leises Sirren. Er ließ es sinken und sah auf eine Skala, an der ein dünner Zeiger zitterte. »Wie ich es mir dachte. Kollabierende Wellenfunktion. Wir müssen auf alles gefasst sein.«

Katzmann seufzte leise. »Leg deinen Realitätsdetektor, oder was auch immer das Ding ist, in den Koffer, Kowalski. Wir fahren.«

Velazquez zog die Beifahrertür auf und griff nach dem Walkie-Talkie. »Ich gebe dem Gloria Bescheid.«

»Geh bloß vorsichtig damit um«, sagte Katzmann. »Mikado macht dich zur Minna, wenn du sein kleines Spielzeug beschädigst.«

Velazquez schaltete das Funkgerät ein. »Oskar, hörst du mich? Hier ist Gruppe Katzmann.«

Zuerst kam nur das Knacken und Knistern aus dem Lautsprecher, das Benjamin auch in der ersten Nacht gehört hatte, als es Mikado nicht gelungen war, eine Verbindung mit dem Gloria herzustellen. Aber dann ertönte eine ferne Stimme. »Hier Oskar. Wie sieht's bei euch aus?«

»Nicht gut«, erwiderte Velazquez. Als er damit begann, Oskar die Situation zu schildern, schloss Kowalski die Heckklappe und näherte sich Benjamin.

»Du bist neu«, sagte er leise und warf einen kurzen Blick zum Wagen. Katzmann saß wieder am Steuer, hatte die Tür aber noch nicht geschlossen. Offenbar behielt er den Nebel im Auge. »Die anderen ... Sie halten mich für verrückt, weißt du. Aber das bin ich nicht. In Wirklichkeit gehöre ich zu den wenigen, die sich einen klaren Verstand bewahrt haben.«

»Tatsächlich?«, erwiderte Benjamin.

Kowalski rückte seine Brille zurecht. »Ich meine es ernst, Benjamin. Hältst du es vielleicht für normal, dass jemand glaubt, wir alle seien von irgendwelchen Aliens entführt worden?«

»Wenn du Velazquez meinst …«

»Nicht so laut, Benjamin.« Kowalski sah erneut zum Patrouillenwagen. »Und dann dieser Limbus-Unsinn und der übrige religiöse Firlefanz. Religion, mein Lieber, ist nicht das Opium des Volkes, wie einmal jemand gesagt hat, sondern gewissermaßen der letzte Strohhalm für die verzweifelte Seele. Mit ihr versuchen die Menschen, dem Sinnlosen Sinn zu geben und die Leere des Todes durch etwas zu füllen.« Er hob den Zeigefinger. »Religion ist – abgesehen von einem Machtinstrument, mit dem man das Volk früher bei der Stange gehalten hat – Ausdruck von Hilflosigkeit dem Unbekannten gegenüber. Wir sind der beste Beweis dafür, wie absurd das ist. Wir sind tot. Bist du einem Gott begegnet? Na bitte, ich auch nicht. Ergo, es gibt keinen. Ergo, Religion ist Mumpitz. Oh, zugegeben, das Jenseits steckt voller Dinge, die uns rätselhaft erscheinen, aber mit den Mitteln der Wissenschaft werden wir ihnen früher oder später zu Leibe rücken. Wir brauchen keinen Gott, um das Unerklärliche zu erklären.« Kowalski reckte den erhobenen Zeigefinger, und bedeutungsvoller Ernst lag in den Augen hinter den rechteckigen Brillengläsern. »Wir haben die Wissenschaft. Eines Tages wird sie uns einen Weg aus der Stadt zeigen. Ob es Hannibal und Abigale gefällt oder nicht. Aber das bleibt besser unter uns, mein lieber Benjamin. Schließlich möchten wir auch weiterhin in den Supermarkt, nicht wahr?« Ein Zwinkern folgte den letzten Worten.

»Erspar ihm deinen Die-Wissenschaft-schließt-alle-Türen-auf-Quark, Kowalski«, sagte Velazquez laut und legte das

Walkie-Talkie in den Wagen. »Benjamin hat eine Predigt von Hannibal hinter sich. Ich schätze, das reicht ihm vorerst. Kommt jetzt, wir fahren.«

Katzmann ließ den Motor an.

»Wohin geht die Reise?«, fragte Benjamin, als sie im Patrouillenwagen Platz nahmen.

»Wir sollen uns ein neues Gebäude ansehen.« Velazquez sah über die Schulter in den Fond. »Hast du das Grollen auf dem Konkordatsplatz nicht gehört? Die Stadt verändert sich und wächst. Sie wächst die ganze Zeit über, und wir sollen uns ansehen, was diesmal neu entstanden ist. Das Elektrizitätswerk nehmen wir uns vor, wenn sich der Nebel verzogen hat.«

Katzmann gab Gas.

20

Der Nebel verzog sich nicht. Die falsche Sonne kletterte über den Himmel, gefolgt von einigen falschen Wolken, aber ihr Schein richtete nichts gegen die grauen Schwaden aus. Langsam rollten und wogten sie über breite Straßen und durch schmale Gassen, verschluckten Brücken, krochen über Bürgersteige, schlichen in dunkle Hauseingänge, schauten in schmutzige Fenster und tasteten über Fassaden. Velazquez vergaß seine Verdrießlichkeit darüber, nicht malen zu können, und wies mehrmals darauf hin, wie ungewöhnlich es sei, dass der Nebel so weit ins Innere der Stadt vordringe. An einer großen Kreuzung mit Ampeln, die seit vielen Jahren keinen Verkehr mehr regelten, wies Kowalski auf die wissenschaftliche Notwendigkeit einiger Messungen hin und bat Katzmann anzuhalten. Doch der lehnte ab, denn Ausläufer des Nebels zeigten sich nur einige Hundert Meter hinter der Kreuzung. Kurz entschlossen bog er nach rechts ab und folgte dem Verlauf einer schmaleren Straße, die in einem weiten Bogen nach Westen führte. Rechts und links reihten sich leere Schaufenster aneinander, und bei einigen Geschäften standen die Türen offen. An den Fenstern der Wohnungen darüber hingen teilweise Gardinen, und einmal glaubte Benjamin, eine Bewegung zu sehen.

»Wohnt hier jemand?«, fragte er, als unebenes Kopfsteinpflaster den Asphalt ersetzte. Katzmann fuhr langsamer, und Kowalski murmelte etwas von Instrumenten im Koffer, die durch die Erschütterungen hoffentlich keinen Schaden nahmen.

»Einige Unabhängige«, antwortete Velazquez. »Dies ist doch die Gegend bei den drei Türmen, oder?« Er sah nach vorn.

Katzmann deutete zur linken Seite. »Dort steht einer. Seht ihr die Spitze über den Dächern?«

Benjamin behielt die Gardinen im Auge. »Wie überleben die Menschen, die hier wohnen?«, fragte er. »Wie kommen sie ohne den Supermarkt zurecht?«

»Schlecht«, sagte Katzmann. Er schien nicht sonderlich an einem Gespräch interessiert zu sein. Vielleicht war er zu sehr von der Notwendigkeit abgelenkt, einen anderen Weg zu ihrem Ziel zu suchen.

»Rebecca hat hier irgendwo einen Dachgarten, in dem sie Kräuter und Gemüse anbaut.« Auf dem holprigen Kopfsteinpflaster schaukelte der Wagen so sehr, dass Velazquez mit der einen Hand das Walkie-Talkie auf seinem Schoß festhielt und mit der anderen die Armbrust im Fußraum. Er hatte kein Gewehr bekommen wie Mikado bei der Patrouillenfahrt mit Katzmann. »So manches Zeugs, das Emily für ihre Medizin braucht, kriegt sie von Rebecca.«

»Laslo soll bei ihr untergekommen sein«, brummte Katzmann und bog links ab. Wenn Benjamin nicht völlig die Orientierung verloren hatte, ging es wieder in Richtung Stadtrand.

»Ernsthaft?« Velazquez sah ihn erstaunt an. »Sie ist zwanzig Jahre älter als er und hat für jedes dieser Jahre anderthalb Kilo zu viel auf den Rippen. Und nicht nur dort.«

Katzmann zuckte die Schultern. »Das ist es ja gerade. Bei ihr gibt es zu essen. Es heißt, sie unterhält gute Beziehungen zu den Streunern. Sie bringt nicht nur frisches Gemüse auf den Tisch, sondern auch Fleisch, und es stammt *nicht* aus dem Supermarkt.«

Velazquez verzog das Gesicht. »Glaubst du wirklich, es stammt … von den *Kreaturen*?«, ächzte er.

Katzmanns Antwort bestand aus einem neuerlichen Schulterzucken. »Ich muss bald nachschütten«, sagte er nach einer Weile.

»Sind wir schon so knapp dran?« Velazquez beugte sich nach links und sah auf die Tankanzeige. »Haben wir genug dabei?«

»Drei Kanister. Das reicht auf jeden Fall. Es ist jetzt nicht mehr weit; wir sind gleich da.«

Katzmann lenkte den Wagen durch einen Kreisverkehr, in dessen Mitte eine Säule mit ziselierten Darstellungen von

Schlangenwesen aufragte. Er bog nach rechts ab, in eine Asphaltstraße, und Kowalski seufzte erleichtert, als das Schaukeln aufhörte.

Nach gut hundert Metern hielt Katzmann an, weil ein Hindernis den Weg versperrte. »Bei meiner letzten Fahrt durch dieses Viertel war die Straße frei.«

Benjamin beugte sich vor. Das Hindernis sah aus wie ein großer Haufen Schrott, der mitten auf der Straße lag, etwa drei Meter breit und zwei hoch. Auf der einen Seite ragten Stoßstangen aus dem rostigen Durcheinander; auf der anderen ließ sich etwas erkennen, das Benjamin für die Kotflügel eines alten Lkws hielt.

»Vielleicht haben wir die Stadt bei etwas gestört«, sagte Velazquez.

»Wie auch immer ... kurze Pause.« Katzmann stellte den Motor ab, stieg aus und öffnete die Heckklappe. Während er sich daranmachte, den Inhalt von drei Zehn-Liter-Kanistern in den Tank zu geben – das Benzin stammte von der kleinen Tankstelle hinter dem Supermarkt –, gingen Velazquez und Benjamin zu dem Schrotthaufen und betrachteten ihn aus der Nähe. Kowalski stand hinten am Wagen und überprüfte den Inhalt seines Koffers.

»Das scheinen ... drei oder vier Autowracks zu sein«, sagte Benjamin. »Vollkommen ineinander verkeilt.« Und er fragte: »Woher stammen die Autos? Wer oder was hat sie so zusammengedrückt und dann hierhergebracht?«

»Die Stadt«, sagte Velazquez. »Komm, ich zeige dir was.«

Benjamin folgte ihm rechts an dem Schrotthaufen vorbei – die Lücke zwischen den zusammengepressten Wagen und der Mauer, die den schmalen Gehsteig auf der rechten Seite begrenzte, war knapp drei Meter breit – und zu einem etwa zwanzig Meter entfernten Tor in der Mauer. Beide Torflügel standen offen und gewährten Blick auf einen Schrottplatz voller alter Autos und Lastwagen. Jeweils fünf oder sechs lagen aufeinander und bildeten dicht an dicht stehende Stapel. Nichts regte sich zwischen den Türmen aus Blech; nirgends summten oder brummten die hydraulischen Systeme einer Presse.

»Darum gibt es nirgends Autowracks«, sagte Velazquez. »Die Stadt bringt sie hierher.«

»Die Stadt«, murmelte Benjamin.

»Frag mich nicht, wie sie es anstellt. Ich hab nicht die geringste Ahnung. Aber offenbar lässt sich die Stadt nicht gern dabei beobachten.« Mit dem Walkie-Talkie in der Hand deutete Velazquez zum Schrotthaufen. »Sie hat den Kram dort liegen lassen, als sie merkte, dass wir uns näherten.«

Benjamin sah zu den vierstöckigen Gebäuden auf der anderen Straßenseite. Die Fassaden waren grau, die Fenster schmutzig und leer, ohne Gardinen. Weiter links, in der Richtung, aus der sie kamen, ragten die drei Türme auf – im Licht der Sonne glänzten ihre Spitzen wie Gold. Keine Bäume oder Sträucher, nirgends Blumen, nicht ein einziger Grashalm in den Ritzen und Furchen, die Asphalt und Gehsteig durchzogen. Benjamin erinnerte sich an den Eindruck, den er in der ersten Nacht von der Stadt gewonnen hatte: dass sie nicht tot war, obwohl Tote in ihr wandelten.

»Es kann weitergehen!«, rief Katzmann und winkte.

Sie kehrten zum Patrouillenwagen zurück, den Katzmann eine Minute später durch die Lücke zwischen Schrotthaufen und Mauer steuerte. Benjamin sah durchs Rückfenster, als sie die Fahrt fortsetzten, und stellte sich vor, wie die ineinander verkeilten Autowracks von unsichtbaren Händen durchs offene Tor getragen und auf dem Schrottplatz abgesetzt wurden.

Etwa zehn Minuten später deutete Katzmann nach vorn. »Dort ist das Gebäude, das wir uns ansehen sollen.«

Es gehörte zu einer Gruppe von graubraunen Hochhäusern, die Benjamin an alte Aufnahmen von New York erinnerten. Es waren keine modernen, glatten Bauten aus Stahl und Glas, sondern stufenförmige Riesen in der Art des 1913 errichteten Woolworth Building.

»Es scheint mir nicht neu zu sein«, sagte Benjamin.

»Bis gestern hatte es siebenundfünfzig Stockwerke. Jetzt sind es zweiundsechzig.« Katzmann fuhr langsamer und hielt vor dem Wolkenkratzer. »Velazquez, gib eine Meldung an Oskar durch. Kowalski, Benjamin … Wir müssen vorsichtig sein. Vielleicht haben auch die Streuner gemerkt, dass dieses Gebäude gewachsen ist.«

Sie stiegen aus. Benjamin dachte an Dago und seine Meute, und Unbehagen erfasste ihn. »Wir sind nicht bewaffnet«, sagte er und meinte sich selbst und Kowalski, der die Heckklappe aufzog und seinen großer Koffer öffnete.

Katzmann klopfte auf seinen Revolver. »Das hier und die Armbrust sollten genügen.«

»Hilfst du mir bitte, Benjamin?«, rief Kowalski. »Ich möchte einige Instrumente mitnehmen, für wichtige Messungen in den neuen Etagen. Vielleicht finde ich dort endlich einen Hinweis auf die Wirkungsquanten dieser Stadt-Dimension.«

Benjamin ging zu ihm und nahm einige Dinge in Empfang, die er nicht identifizieren konnte. Katzmann schlang sich die Riemen eines Rucksacks um die Schultern, überprüfte seinen Revolver und schloss den Wagen ab, nachdem Velazquez den zweiten Rucksack genommen hatte, der unter anderem seine Farben enthielt.

Benjamin sah an dem Gebäude hoch. Die obersten fünf Stockwerke – die neuen – schienen etwas heller zu sein als die anderen. »Ich schätze, der Aufzug funktioniert nicht, oder?«

Katzmann lächelte schief und klopfte sich auf den Oberschenkel. »Beinarbeit, mein Lieber.«

Sie betraten das Gebäude, durchquerten eine große Eingangshalle, die an das Foyer eines Hotels erinnerte, fanden die Treppe und begannen mit dem Aufstieg.

Eine gute halbe Stunde später, im zweiundvierzigsten Stock, fanden sie eine Leiche.

Der Mann lag rücklings auf der Treppe, mit einem Messer im Herzen. Noch im Sterben schien er versucht zu haben, die Klinge aus der Wunde zu ziehen, denn beide Hände waren um den Griff geschlossen. Bart und Haar des Toten waren lang, das schmutzige Gesicht verzerrt. Er trug eine alte, verdreckte Jeans mit mehreren Löchern, darüber eine Jacke, die erstaunlich neu wirkte, ihm aber zu klein war. Bestimmt hatte sie an den Schultern gekniffen.

Weiter oben lagen mehrere leere Konservendosen, eine davon mit einem Faden dünn wie Nähgarn verbunden.

»Eine Warnfalle«, sagte Katzmann leise. Er hielt plötzlich seinen Revolver in der Hand und sah nach oben. »Der Dummkopf hat sie übersehen.«

Kowalski war weiter unten stehen geblieben und starrte so

erschrocken auf das Messer in der Brust des Toten, als würde dies all seine Theorien infrage stellen.

»Er kann noch nicht allzu lange tot sein«, flüsterte Velazquez und deutete auf eine dunkelrote Lache. »Das Blut ist noch nicht geronnen, und die Heilung beginnt gerade erst. Seht ihr?«

Das Messer zwischen den Händen des Toten bewegte sich. Benjamin beobachtete, wie es langsam, Millimeter um Millimeter, aus der Wunde kam.

Katzmann schlich nach oben, verharrte auf dem Treppenabsatz und starrte in den halbdunklen Flur. Nach einem Blick die Treppe hinauf kehrte er zurück. »Wer auch immer ihn erstochen hat, er ist verletzt. Blutspuren führen nach oben.«

»Dieser Bursche ist ein Streuner«, hauchte Velazquez. »Vielleicht sind noch andere im Gebäude. Wenn er aufwacht und Alarm schlägt …«

»Wir legen ihn in ein Apartment«, entschied Katzmann. Nach kurzem Zögern steckte er den Revolver ins Halfter. »Fass mit an.«

Benjamin nahm von Velazquez das Walkie-Talkie und die Armbrust entgegen, obwohl er bereits einige von Kowalskis Instrumenten trug. Als die beiden Männer den Toten anhoben, rutschte das Messer ganz aus der Wunde und fiel mit einem viel zu lauten Klacken auf die Treppe.

Nach wenigen Metern fanden sie in dem düsteren Flur eine offene Tür und betraten ein Apartment, in dem es noch dunkler war. Benjamin wartete in der Tür, bis sich seine Augen angepasst hatten, und beobachtete dann, wie Katzmann und Velazquez den Toten auf ein leise quietschendes

Bettgestell legten – abgesehen davon enthielt die Wohnung nur noch Reste zertrümmerter Möbel.

»Wir nehmen ihn später mit und bringen ihn ins Hospital«, sagte Katzmann. »Wer weiß, wie lange es hier dauern würde, bis er wieder lebendig wird.«

Benjamin starrte auf den Toten.

»Was auch immer geschieht, Benjamin«, flüsterte Kowalski besorgt. »Lass auf keinen Fall eins der Instrumente fallen. Es hat Monate gedauert, sie zu bauen.«

Velazquez nahm Funkgerät und Armbrust wieder an sich, und Katzmann zog die Tür des Apartments zu. »Jetzt finden wir heraus, wer sich hier sonst noch herumtreibt«, raunte er.

Sie schlichen die Treppe hoch und folgten den Blutspuren: kleine rote Tropfen auf jeder dritten oder vierten Stufe. Benjamin hatte sich zuvor erschöpft gefühlt von dem langen Aufstieg, aber inzwischen war die Müdigkeit verflogen. Er verabscheute es, die Arme nicht frei zu haben, und kurz zog er in Erwägung, die in Schaumstoff und dicke Pappe gehüllten Instrumente auf einem Treppenabsatz zurückzulassen. Aber das hätte Kowalski ihm sicher nicht verziehen.

Im sechsundfünfzigsten Stockwerk, dem vorletzten alten, entdeckte Katzmann eine weitere Warnfalle. Auf halbem Weg zum nächsten Treppenabsatz, an einer besonders dunklen Stelle zwischen zwei Fenstern, auf denen alter Schmutz eine dicke Schicht bildete und das Licht filterte, hob er die Hand und deutete auf einen Faden dicht über einer Stufe. Auch in diesem Fall war er dünn wie Nähgarn und nur zu erkennen, wenn man genau hinsah und wusste, wonach es Ausschau zu halten galt. Von einem kleinen Nagel in der Fußleiste rechts an der Wand führte er über die Stufe, um eine Stange des Geländers auf der linken Seite und dann nach oben, verschwand dort im Dunkel des nächsten Stocks.

Katzmann bedeutete den anderen, keinen Ton von sich zu geben, trat vorsichtig über den Faden hinweg und schlich auf Zehenspitzen nach oben, in die letzte alte Etage des Hochhauses. Er hielt jetzt wieder den Revolver in der Hand.

Benjamin wagte kaum zu atmen, als er ihm zusammen mit Velazquez folgte. Der Treppenabsatz, den sie kurz darauf erreichten, war der letzte, obwohl es über ihnen noch fünf andere Stockwerke gab. Wo weitere Stufen nach oben führen sollten, erstreckte sich eine weißgraue Wand, glatt und frei von Schmutz. Hinter dem Ende des wie abgeschnitten wirkenden Geländers bildeten fünf oder sechs leere Büchsen einen Stapel, und der Faden war um die unterste gewickelt. Links vom Treppenabsatz gab es einen kurzen, schmalen Korridor, in dem sich Schatten drängten, und auf der rechten Seite einen breiteren Flur, in dem ein alter wackliger Tisch stand und darauf ein Stuhl. Etwa anderthalb Meter über dem Stuhl wies die Decke eine kreisrunde Öffnung auf, die offenbar den einzigen Zugang zu den neuen Stockwerken des Gebäudes darstellte. Die Blutspur führte zum Tisch, und dorthin wandte sich Katzmann, setzte langsam und lautlos einen Fuß vor den anderen.

Benjamin erreichte den Treppenabsatz, sah nach links und entdeckte dort einen kleinen dunklen Fleck auf dem Boden.

»Katzmann!«, rief er, und praktisch im gleichen Moment löste sich ein Schemen aus der Dunkelheit auf der linken Seite, sprang vor und holte mit einer Stange aus.

Aber die Gestalt schlug nicht zu. »Katzmann?«, fragte sie.

»Lieber Himmel, Louise, fast hätte ich auf dich geschossen!« Katzmann schüttelte den Kopf und ließ den Revolver sinken.

Benjamin brachte die letzte Stufe hinter sich, in den Armen noch immer die Kowalski-Instrumente. Am liebsten hätte er sie beiseitegeworfen. »Bist du verletzt?«

»Oh, Ben, hallo.« Louise stellte die Stange an die Wand. Am linken Arm trug sie einen improvisierten Verband; Blut rann darunter hervor. »Meinst du das hier? Der Mistkerl hätte mich fast erwischt, trotz der Warnfalle. Ich hab ihn mit seinem eigenen Messer erledigt. Liegt er noch dort unten?«

»Nicht mehr«, sagte Katzmann. »Wir haben ihn in einem der Apartments untergebracht.«

»Gefesselt und geknebelt, nur für den Fall«, fügte Velazquez hinzu. »Es wird kein schönes Erwachen für ihn sein.«

Benjamin trat einen Schritt näher. »Ist es schlimm?«

»Es wird schon besser.« Louise lächelte matt. »Keine Sorge, es heilt.« Sie schnaufte verärgert. »Die verdammte Schlampe Jasmin. Als Dago und seine Truppe von eurem blöden Austausch zurückkehrten, bin ich ihr über den Weg gelaufen. Klar, dass so was *mir* passieren musste. Als ob die Stadt nicht groß genug wäre.«

Katzmann steckte den Revolver ins Halfter. »Was ist passiert?«

»Jasmin folgte mir zu meiner Hauptwohnung drüben beim Kanal, und ich bin so verdammt blöd gewesen, nichts zu merken.« Louise schüttelte den Kopf. »*Als* ich schließlich dahinterkam, war es zu spät. Sie hatte den anderen Streunern Bescheid gegeben, und die ganze Truppe fiel über meine Wohnung her. Ich konnte gerade noch rechtzeitig entwischen, aber meine Vorräte sind futsch.« Sie deutete auf ihren

Rucksack in der Ecke. »Nur ein paar Konserven und zwei Flaschen Medizin sind mir geblieben.«

Velazquez leckte sich die Lippen. »Besser als gar nichts.«

»Ich nehme an, deshalb bist du hier, nicht wahr?«, fragte Katzmann und deutete auf Tisch und Stuhl im Flur, unter dem runden Loch in der Decke.

»Ja. Ihr wisst doch, dass man in neu gewachsenen Teilen der Stadt manchmal interessante Dinge finden kann. Sie erscheinen nicht jeden Tag.« Louise warf Benjamin einen kurzen Blick zu. »Ich brauche Tauschobjekte, die Hannibal für nützlich genug hält, mich in den Supermarkt zu lassen. Einem von Dagos Leuten muss es gelungen sein, sich mir an die Fersen zu heften. Vielleicht wollte er Jasmin einen Gefallen tun. Die hat es auf mich abgesehen, seit der Sache mit Laslo.« Sie verdrehte die Augen.

»Hast du schon gehört?«, fragte Velazquez. »Laslo ist jetzt mit …«

Katzmann ließ ihn nicht ausreden. »Ich schlage vor, wir vertrödeln nicht noch mehr Zeit und sehen uns die neuen Stockwerke an.«

21

Die neuen Etagen, zumindest die unteren vier, sahen aus wie gerade errichtet: die weißen Wände so frisch getüncht, dass sie an manchen Stellen noch feucht waren, glänzender, makelloser Parkettboden, Anschlüsse für Küche und Heizung, die Badezimmer mit allen notwendigen Installationen versehen. Benjamin hob den Toilettendeckel und stellte fest, dass Wasser im Abfluss stand. Aber wohin die Dinge verschwanden, die hinuntergespült werden mussten, blieb ein Rätsel, denn die neuen fünf Stockwerke ruhten zwar auf den Außen- und Zwischenmauern des um viele Jahre älteren Gebäudes, waren aber nicht mit seinen Leitungssystemen verbunden. Es gab einen – leeren – Aufzugsschacht, der vom achtundfünfzigsten bis in den zweiundsechzigsten Stock führte, und es gab auch eine Treppe, aber die einzige Verbindung zu der siebenundfünfzigsten Etage und dem Rest des Gebäudes war das runde Loch in der Decke, unter das Louise einen Tisch geschoben und darauf einen Stuhl gestellt hatte.

Das letzte Stockwerk erwies sich als große und sehr angenehme Überraschung für sie alle. Ob die leeren Konservendosen, die Louise für ihre Warnfallen verwendet hatte, aus dieser Etage stammten, blieb Spekulationen überlassen – es hätte bedeutet, dass schon jemand vor ihnen da gewesen war, doch es gab keine Spuren, die darauf hindeuteten. Louise hatte sie in einer der Wohnungen weiter unten gefunden; vielleicht stammten sie von Unabhängigen, die irgendwann einmal dieses Gebäudes durchstreift hatten.

Die letzte Etage enthielt ein großes, vollständig eingerichtetes Apartment, zu dem auch noch eine geradezu riesige Dachterrasse gehörte, komplett mit Markise, Hollywoodschaukel, steinernem Grill, einem langen Tisch und gemütlichen Stühlen. Sieben Zimmer boten jeden Komfort: große Kingsize-Betten, eins mit einem ebenso großen Spiegel an der Decke; zwei Bäder mit Whirlpools, die Schränke darin aus Mahagoni; im Salon ein Flachbildfernseher mit einer Diagonalen von zwei Metern, eine Surround-Anlage (mit beidem ließ sich ohne Strom nichts anfangen) und eine Bar, die ebenso leer war wie die Teakholz-Kleiderschränke in den Schlafzimmern. Auf dem Schreibtisch im Arbeitszimmer stand ein PC, der ohne Elektrizität ebenso nutzlos war wie die Geräte im Wohnzimmer. Eine Schrankwand enthielt zahlreiche Bücher, viele von ihnen in Leder gebunden, aber als Benjamin sie aufschlug, fand er nur leere Seiten.

»Vielleicht hatte die Stadt noch keine Zeit, sie zu schreiben«, sagte Velazquez. Kowalski schien das für Unsinn zu halten, denn er verzog kurz das Gesicht und schüttelte den Kopf, verzichtete aber auf einen Kommentar, öffnete die Tür zur Dachterrasse und begann damit, seine Instrumente auszupacken und aufzubauen. Als er Benjamins Blick bemerkte, sagte er: »Von einem Punkt so weit über der Stadt kann ich die Gezeiten am besten messen.«

Bevor Benjamin fragen konnte, was er damit meinte, rief Katzmann aus der Küche: »He, seht euch das an!«

Er stand vor dem geöffneten Kühlschrank, und der Kühlschrank war voller Lebensmittel: Milch, Käse, Eier, Würstchen, in Stücke geschnittenes Fleisch, frisches Gemüse, eine geöffnete Dose mit Corned Beef, die sich Louise schnappte. Sie öffnete eine Schublade, fand eine Gabel, probierte einen ersten Bissen und schloss dabei genießerisch die Augen. »Die Dose kann erst vor kurzer Zeit geöffnet worden sein.«

»Von wem?«, fragte Benjamin, woraufhin sie mit den Schultern zuckte.

»Der Inhalt des Kühlschranks ist kalt«, sagte Katzmann. »Er muss bis vor kurzer Zeit in Betrieb gewesen sein.«

Zwei der Küchenschränke enthielten Konserven aller Art, und in den anderen fanden sie Töpfe und Teller.

Velazquez drehte an den Schaltern des Herds. »Kein Gas und kein Strom. Wir haben frische Lebensmittel, können aber nicht kochen.«

»Von wegen«, widersprach ihm Louise mit vollem Mund. »Wir holen uns das Holz zertrümmerter Möbel aus den unteren Etagen, zünden in einem der leeren Apartments ein Feuer an und kochen dort. Und wenn alles fertig ist, machen wir es uns hier gemütlich, am Kamin im Wohnzimmer. Ich weiß gar nicht mehr, wann ich zum letzten Mal in einem so riesigen Bett geschlafen habe.«

»Du willst hier übernachten?«, fragte Benjamin.

»Warum nicht?«

»Und was ist hiermit?« Velazquez deutete auf das Funkgerät. »Hannibal erwartet einen Bericht. Und er will bestimmt, dass wir bis heute Abend heimkehren.«

»Interferenzen«, sagte Louise und nahm noch einen Bissen aus der Dose. »Du hast immer wieder versucht dich mit ihm in Verbindung zu setzen, aber es klappte einfach nicht. Und überhaupt … Müsst ihr immer hüpfen und springen, wenn Hannibal mit den Fingern schnippt?«

Kowalski erschien in der Küchentür. »Wenn wir noch heute zurückwollen, müssen wir sofort aufbrechen«, sagte er ernst. »Der Nebel zieht tiefer in die Stadt, und wenn es so weitergeht, hat er dieses Gebäude in einer Viertelstunde erreicht.«

Einige Momente später standen sie alle auf der Dachterrasse und sahen aus dem zweiundsechzigsten Stock über die Stadt, die plötzlich geschrumpft wirkte. Es lag nicht nur an der Höhe, sondern auch und vor allem am Nebel, der wie ein graues Meer vom Stadtrand heranbrandete und seine

Wellen durch die Straßenschluchten schickte, vorbei an den sieben Hügeln, die wie gewaltige Felsen der plötzlichen Flut trotzten. Benjamin trat näher zur Brüstung, wagte einen Blick in die Tiefe und beobachtete weit, weit unten, wie selbst drei- und vierstöckige Gebäude im Grau verschwanden. Es war noch einige Straßenzüge vom Hochhaus entfernt, kam aber näher.

»Hier oben sind wir auf jeden Fall sicher«, sagte Velazquez.

Katzmann blickte ebenfalls in die Tiefe. »Der Wagen steht unten. Die Gemeinschaft hat nur drei, und wenn sie einen verliert ...«

»An wen denn? Der Nebel vertreibt alle aus dieser Gegend, auch die Streuner.«

»Ich habe die Karte drin liegen lassen«, sagte Katzmann. »Hat mich sechs Monate gekostet, sie zu zeichnen. Keine andere Karte enthält so viele Details. Auch die Wohnungen der Unabhängigen und unsere Depots jenseits des äußeren Rings sind darin eingezeichnet. Die Streuner könnten auf dumme Gedanken kommen, wenn sie ihnen in die Hände fällt.«

Velazquez schnippte mit den Fingern. »Wie wär's, wenn ich mit Benjamin runtergehe? Dieses Gebäude hat bestimmt eine Tiefgarage. Wir stellen den Wagen dort rein und holen die Karte und den übrigen Kram.« Er legte das Walkie-Talkie beiseite, behielt aber die Armbrust. »Unterwegs sehen wir nach dem Burschen, den Louise erstochen hat.«

»Von mir aus kann er bis zum Jüngsten Tag tot bleiben«, sagte Louise.

Bis zum Jüngsten Tag, dachte Benjamin, als er sich mit Velazquez auf den Weg machte. Er verließ die Penthouse-Wohnung nur ungern, was nicht nur an dem langen Weg nach unten und der noch viel beschwerlicheren Rückkehr nach oben lag. Kowalski war auf der Dachterrasse mit seinen Instrumenten und Messungen beschäftigt. Er zählte praktisch nicht, und das bedeutete, dass Katzmann und Louise allein waren. Er stellte sie sich im Schlafzimmer vor, auf dem großen Bett unterm Spiegel, und aus irgendeinem Grund gefiel ihm dieser Gedanke nicht.

Als sie den Patrouillenwagen in die Tiefgarage gefahren hatten und die Heckklappe des Wagens öffneten, um alles Nützliche mit nach oben zu nehmen, begriff Benjamin, warum sich Velazquez zu dieser Sache bereiterklärt hatte. Die Farben waren in seinem Rucksack nach oben gebracht worden, aber ihm fehlten Leinwand und Staffelei. Benjamin verzichtete auf einen Kommentar, steckte Katzmanns Karte ein – sie war voller Symbole, mit denen er nichts anfangen konnte –, und nahm einen dicken Köcher mit Armbrustpfeilen, jeder per Hand gefertigt. Der Supermarkt bot seinen Kunden weder Armbrüste noch Munition dafür an, und deshalb waren solche Objekte recht wertvoll. Ihre Herstellung erforderte Geschick und kostete Zeit.

Von der Tiefgarage aus gab es keinen direkten Aufgang ins Hochhaus; sie mussten also nach draußen und zum Eingang auf der Straßenseite.

Inzwischen hatte der Nebel das Gebäude erreicht und kroch mit trügerischer Trägheit über den Bürgersteig. Die Temperatur fiel – es war schon so kalt geworden, dass Benjamins Atem kondensierte. Weiter die Straße hinunter, in Richtung Norden, wenn ihn sein Orientierungssinn nicht täuschte, war der Nebel dichter und kletterte wie ein amorphes Geschöpf an den Fassaden der Gebäude empor. Bevor sie durch die große Glastür des Hochhauses ins Foyer traten, glaubte Benjamin, am Ende der Straße eine Bewegung in den grauen Schwaden gesehen zu haben, aber ganz sicher war er nicht.

Der Aufstieg dauerte länger als beim ersten Mal, obwohl Benjamin diesmal nur einen Köcher und keine empfindlichen Messinstrumente tragen musste. Schon im zehnten Stock protestierten die Muskeln in Waden und Oberschenkeln, und im zwanzigsten schloss sich der Rücken dem Protest an. Er schätzte, dass sie fast eine ganze Stunde für den Aufstieg brauchten, und als sie schließlich schnaufend und keuchend das Penthouse erreichten, platzten sie dort in eine gerade beginnende Party. Katzmann und Louise hatten Holz gesammelt, in einer der leeren Wohnungen im einundsechzigsten Stock ein Feuer angezündet und aus den Lebensmittelvorräten der Küche einen leckeren Eintopf zubereitet. Im Salon des Penthouse-Apartments erwarteten die beiden müden Kletterer ein Feuer im Kamin, ein gedeckter Tisch und eine geöffnete Flasche Medizin, nur noch halb voll.

»Überraschung!«, rief Louise und breitete die Arme aus. Ihre Augen glänzten. Von der Medizin, hoffte Benjamin.

Vom Topf in der Mitte des Tisches ging ein verlockender Duft aus. Zwei Kerzen brannten rechts und links.

Velazquez legte die Staffelei beiseite, griff nach der Flasche Medizin und nahm ein Glas. »Ihr habt einen Vorsprung, den es aufzuholen gilt«, sagte er zu Katzmann und Louise.

Benjamin sank dankbar auf einen Stuhl, ein recht nachdenklich wirkender Kowalski kam von der Dachterrasse, sie stießen an und genossen die Mahlzeit. Das Feuer im Kamin wärmte den Salon und hielt die Kälte fern, die mit dem Nebel gekommen war, das Essen brachte Wärme in den Bauch, und Benjamin fühlte sich nach und nach von Wohlbehagen erfasst. Jenseits der Fenster neigte sich der Tag dem Ende entgegen, und drinnen verbreiteten ein großes und zwei kleine Feuer goldenes Licht. Benjamin beschloss, es bei zwei Gläsern Medizin zu belassen, doch beim dritten Glas warf er alle Bedenken über Bord, und als sie Louises zweite Flasche öffneten, begann Katzmann zu singen.

»So höre meinen Sang!
Ich will dir singen
Von einem flinken Jüngling
Es war das Olaf Åsteson,
Der einst so lange schlief.
Von ihm will ich dir singen.
Er ging zur Ruh' am Weihnachtsabend.
Ein starker Schlaf umfing ihn bald,
Und nicht konnt' er erwachen,
Bevor am dreizehnten Tag
Das Volk zur Kirche ging.
Es war das Olaf Åsteson,
Der einst so lange schlief.
Von ihm will ich dir singen.
Er ging zur Ruh' am Weihnachtsabend.
Er hat geschlafen gar lange!
Erwachen könnt' er nicht,
Bevor am dreizehnten Tag
Der Vogel spreitet die Flügel …«

Katzmann unterbrach sich und trank einen Schluck. Louise und Velazquez klatschten. Der noch immer sehr nachdenkliche Kowalski stand auf und kehrte zu seinen Instrumenten auf der Dachterrasse zurück. Benjamin saß zurückgelehnt da, in wonnige Zufriedenheit gehüllt, nippte an seinem vierten Glas, sah Louise an und staunte darüber, wie sehr ihm ein paar Schlucke von der Medizin die Augen für ihre Schönheit öffneten. Sie bemerkte seinen Blick.

»Kennst du das Lied?«, fragte sie.

»Was? Ja. Das Traumlied von Olaf Åsteson. Eine alte norwegische Ballade.«

»Kannst du Norwegisch, Ben?«

»Nein.«

»Aber du hast den Text des Lieds verstanden, nicht wahr?«

Wie nett sie lächelt, dachte Benjamin. Fast so nett wie … Er suchte nach dem Namen, der eben noch durch sein Bewusstsein gewandert und plötzlich verschwunden war. So leicht vergessen … Er konnte keine große Rolle spielen.

»Ja, natürlich, jedes Wort.«

»Aber Katzmann hat in seiner Muttersprache gesungen, auf Norwegisch.«

Velazquez leerte sein Glas, stellte es ab und sagte: »Zeit für ein Meisterwerk.« Er verließ seinen Platz am Tisch, holte die Farben aus seinem Rucksack und machte sich an den Aufbau der Staffelei.

»Das Lied geht noch weiter«, verkündete Katzmann und sang erneut. Aber diesmal hörte Benjamin nur mit halbem Ohr hin und fragte sich, welche Sprache sie die ganze Zeit über gesprochen hatten. Deutsch natürlich, oder? Oder?

Louise füllte sein Glas, und er trank einen Schlank, um Ordnung in seine Gedanken zu bringen.

»Wir sprechen alle die gleiche Sprache«, sagte sie. »Woher wir auch kommen, aus welchem Land und von welchem Kontinent … Wir verstehen uns alle, obwohl wir jeweils unsere Muttersprache sprechen.«

Benjamin dachte darüber nach und war noch zu keinem Ergebnis gelangt, als Katzmann seine Vorstellung beendete mit:

»Groß stand da Sankt Michael
und wog auf seiner Waage,
wog die Seelen Christus zu,
dass er die Sünder trage.«

Diesmal klatschte Louise allein, denn Velazquez war mit Farben und Staffelei beschäftigt und Benjamin so tief in Gedanken versunken, dass er sogar sein Glas vergessen hatte. Er blickte erst auf, als Kowalski von der Dachterrasse kam und sagte: »Die Lage ist sehr, sehr ernst.«

Sie schien so ernst zu sein, dass er eine Stärkung brauchte. Er nahm die Brille mit den rechteckigen Gläsern ab, rieb sich die Augen, ergriff ein mit Medizin gefülltes Glas und leerte es in einem Zug. Er schüttelte sich kurz, setzte die Brille wieder auf und sank auf einen Stuhl.

»Die Gezeiten sind stärker als jemals zuvor«, sagte er, als erklärte das alles.

»Welche Gezeiten?«, fragte Benjamin.

»Die des Nebels. Er kommt und geht, mein lieber Benjamin. Er dringt in die Stadt vor und zieht sich wieder zurück, in einem Rhythmus von etwa acht Stunden, mehr oder weniger.« Kowalski seufzte schwer. »Ohne Uhren sind genaue chronologische Messungen schwierig.«

Benjamin griff in die Tasche und holte die Uhr hervor, die er im Tunnel zwischen den Gleisen gefunden hatte. Er schüttelte sie und hielt sie ans Ohr, hörte aber nicht ein einziges Ticken.

»Hab sie im Labyrinth gefunden«, sagte er. »Die Zeiger fehlen.« Er legte die Uhr auf den Tisch, nahm sein Glas und trank einen Schluck. Die Medizin half; er fühlte sich gut. »Die Medizin ist Medizin«, sagte er und war selbst von der Klugheit in diesen Worten beeindruckt.

Louise griff nach der Uhr. »Du hast sie im *Labyrinth* gefunden?«

»Unser Benjamin hat einen kleinen Ausflug gemacht«, sagte Velazquez. Er stand einige Meter entfernt an seiner Staffelei und schwang den Pinsel. Zwar bearbeitete er die Leinwand erst seit wenigen Minuten, hatte aber schon einige Farbflecken im Gesicht. »Und er hat sich dabei erwischen lassen. Hannibal war ziemlich sauer.«

Louise betrachtete die Uhr, drehte sie hin und her. »Wie sah es dort unten aus? Erzähl mir davon.«

»Ihr solltet mir besser zuhören«, sagte Kowalski. »Die ganze Stadt könnte in Gefahr sein.«

»Die ganze Stadt?«, fragte Katzmann und zwinkerte Louise zu, was Benjamin nicht sonderlich gefiel.

»Ja. Es hängt davon ab, was sich hinter dem Nebel befindet. Der Moment gedehnter Zeit, in dem wir uns befinden …« Kowalski legte eine dramatische Pause ein. »Er könnte zerreißen.

»Und das wäre … schlecht für uns?«, fragte Benjamin vorsichtig.

»Wir könnten aufhören zu existieren. Oder in eine andere Dimension geschleudert werden. Die Ergebnisse meiner letzten Messungen sind eindeutig: Die Gezeiten des Nebels werden stärker. Bei Flut dringt er tiefer in die Stadt vor, inzwischen fast bis zum äußeren Ring, und bei Ebbe weicht er weiter zurück. Außerdem scheint die Zeit zwischen den beiden Extremen zu schrumpfen. Ich befürchte, die Fluktuationen in der Realitätsstruktur der Stadt werden stärker.«

Angetrieben von einem dringenden Bedürfnis stand Benjamin auf, und als er Louises fragenden Blick bemerkte, sagte er: »Ich muss mal.«

Er trat in den Flur und merkte, dass der Boden unter ihm schwankte, was vermutlich an den gestörten Gezeiten lag. Im Bad angelangt pinkelte er nicht im Stehen, sondern ließ die Hose runter und setzte sich, stützte die Ellenbogen auf die Knie und das Kinn auf die Hände. Müdigkeit senkte seine Lider, während er sich erleichterte, und er dachte: Schlaf hier nicht ein, Ben, nicht hier auf dem Klo, nicht während du auf der Brille sitzt.

Nach ein oder zwei Minuten stand er wieder auf, spülte, fragte sich kurz, wohin der ganze Kram verschwand, und trat, die Hose inzwischen wieder hochgezogen, vor den Spiegel.

Das bin ich, dachte er und musterte den Fremden, der da aus dem Glas starrte. Benjamin Harthman, an seinem vierzigsten Geburtstag gestorben. Jemand, der seinen Job so verdammt ernst genommen hatte, dass seine Ehe fast dran zerbrochen wäre. Und jetzt erinnerte er sich nicht einmal mehr daran, woraus dieser Job bestand.

Benjamin hätte dem Mann im Spiegel gern zugeprostet, aber er hatte sein Glas im Wohnzimmer gelassen. Wangen und Stirn waren nicht mehr vom grellen Licht im Supermarkt gerötet. »Du könntest einen Schluck Medizin vertragen«, teilte er dem Fremden mit. »So hohlwangig wie du bist. Siehst übernächtigt aus, mein Lieber. Solltest dich mal wieder rasieren. Und dir die Haare kämmen. Andererseits ... Für eine Leiche bist du ganz gut drauf.«

Er grinste, und der Mann im Spiegel war so nett, das Grinsen zu erwidern.

Plötzlich fiel ihm etwas ein. Der Nebel. Kowalski hatte gesagt, dass er bei Ebbe weiter zurückwich.

Er wirbelte herum, verließ das Bad, lief durch Flur und Wohnzimmer, riss die Tür zur Dachterrasse auf und trat in die kalte Nacht.

»He, was ist los?«, rief Katzmann ihm nach.

Dunkel lag die Stadt da, um die sieben Hügel geschmiegt. Der Nebel hatte sie schrumpfen lassen, aber ein ganzes Stück vor ihrem Zentrum haltgemacht, wo die Lichter des Hotels Gloria in der Finsternis leuchteten. Das Glühen eines besonders großen Flecks am Himmel – der missratene Versuch eines Mondes – fiel aufs grauweiße Meer, aus dem die höheren Gebäude wie Inseln ragten. Der Ozean des Nebels umschloss die Stadt, war viel größer als sie und schien sich nur noch ein bisschen bemühen zu müssen, um sie ganz zu überfluten. Flut, dachte Benjamin. Wenn man etwas sehen kann, dann nur bei Ebbe. Acht Stunden, hatte Kowalski gesagt. Also kurz vor Morgengrauen.

Es war kalt draußen, und er kehrte ins Wohnzimmer zurück. Die anderen sahen ihn fragend an.

»Wie weit ist der Himmel entfernt?«, fragte Benjamin, setzte sich wieder an den Tisch und nahm sein Glas. »Ich meine, wir sind hier im zweiundsechzigsten Stock. Sonne und Mond sich nicht echt. Ich meine …«

»Sonne und Mond sind Effekte quantenmechanischer Tunnelung«, verkündete Kowalski und trank einen Schluck. »Ihr Licht erreicht uns von außerhalb der gedehnten Zeit und … erstarrt hier, gewissermaßen.«

»Wir sind erstarrt?«, fragte Benjamin.

Kowalski, dessen Augen inzwischen ein wenig glasig waren, breitete die Arme aus, blähte die Wangen auf und sagte: »Puff.«

»Puff?«, wiederholte Benjamin.

»Oder vielleicht auch … *Bamm!*«

»Er meint den Knall von Atomexplosionen«, sagte Louise.

»Wir alle sind im nuklearen Feuer gestorben, als auf der Erde der Dritte Weltkrieg ausbrach«, fuhr Kowalski fort. »Der Zufall wollte es, dass wir – ausgerechnet *wir* – in eine Zone so enorm hoher Energien gerieten, dass sich zum Zeitpunkt unseres Todes Quanteneffekte bemerkbar machten. Deshalb, mein lieber Benjamin, spreche ich von *gedehnter Zeit.* Wegen der Relativität.« Er leerte sein Glas, griff nach der Flasche und stellte sie wieder ab, weil sie leer war. »Darum sind nur wenige Menschen in der Stadt. Weil alle anderen in Bereichen niedrigerer Energie gestorben sind.«

»Aber dann …« Benjamin überlegte. »Aber dann hätten wir doch alle gleichzeitig in der Stadt ankommen müssen. Und außerdem, ich erinnere mich nicht an irgendwelche Atomexplosionen. Ich erinnere mich nur an …« Er runzelte die Stirn.

»Es liegt an den Quanten«, dozierte Kowalski. »Und an der Relativität. Eigentlich erstaunlich, dass er schon vor fast hundert Jahren alles ausgearbeitet hat.«

»Er?«

»Ja. Ein Wissenschaftskollege von mir, ein Physiker namens … Wie hieß er doch noch?« Kowalski war plötzlich der Panik nahe. »Lieber Himmel, ich habe seinen Namen vergessen! Irgendwas mit Steinen …«

Müdigkeit lähmte Benjamins Gedanken. Er stand auf und kämpfte dabei gegen ein enormes Gewicht an. »Ich bin völlig erledigt und muss ins Bett.«

Er wankte erneut durch den Flur, und wieder hielt der Boden unter seinen Füßen nicht still. Hinter ihm erklangen Stimmen, aber er achtete nicht darauf, betrat eins der Schlafzimmer, erreichte das Bett und streckte sich dankbar darauf aus. Acht Stunden, dachte er erschöpft. In acht Stunden ist Ebbe.

An der Decke sah er einen Mann, der auf einem großen Bett lag und zu ihm herabstarrte. Er winkte, der Mann winkte ebenfalls, und dann schlossen sie beide die Augen und schliefen.

22

Als Benjamin die Augen aufschlug, sah er Louise neben einem Mann im Bett. Halb zur Seite gedreht lag sie da, mit offenem Mund und nur mit einem dünnen T-Shirt bekleidet. Und der Mann neben ihr, das Haar zerzaust und die hohlen Wangen voller Bartstoppeln, starrte nach oben, als hätte er einen Geist gesehen.

Erste klare Gedanken krochen an den Kopfschmerzen vorbei, und Benjamin begriff, dass er ein Spiegelbild sah, dass er der Mann war, der dort neben Louise lag. Dann fragte einer der flüsternden Gedanken, wie viel Zeit vergangen war, wie viele von den acht Stunden bis zur Nebel-Ebbe er geschlafen hatte.

Vorsichtig, um Louise nicht zu wecken, schlug er die Decke zurück und stellte dabei fest, dass er nur die Unterhose trug. Wer hatte ihn ausgezogen? Rasch streifte er Socken, Hemd und Hose über, eilte durch den Flur und erreichte das Wohnzimmer. Dort blieb er kurz stehen und blinzelte verwirrt. Tisch und Stühle fehlten, ebenso der große Flachbildfernseher, die Surround-Anlage und die Bar. Der Kamin war blitzsauber, als hätte nie ein Feuer in ihm gebrannt.

Benjamin zog die Terrassentür auf, trat nach draußen und stieß dabei gegen etwas, das scheppernd umfiel. Es war eins von Kowalskis Instrumenten, eine Art Teleskop, das mit mehreren nach vorn gerichteten Antennen und einer Autobatterie aus dem Supermarkt verbunden war. Unten drehte sich etwas aus Messing, das nach einem Windmesser aussah. Benjamin versuchte nicht, das Gebilde wieder aufzurichten. Einige rasche Schritte trugen ihn zur Brüstung, und er sah über die Stadt, die ohne den Nebel in alle Richtungen gewachsen war. Am östlichen Horizont zeigte sich das erste Licht des Morgengrauens. Deutlich waren das silberne Band des namenlosen Flusses, der sich wie eine lange Schlange durch die Stadt wand, und die geraden Linien einiger Kanäle zu sehen, die hier und dort künstliches Licht widerspiegelten – es stammte aus bewohnten Gebäuden und von einigen Straßenlaternen.

Der falsche Mond stand im Westen über dem größten der sieben Hügel, und die kalte Luft war so klar, dass Benjamin auch an den dortigen Hängen, mindestens vierzig Kilometer entfernt, einzelne Lichter erkennen konnte. Wer wohnte dort? Unabhängige? Streuner? Stammte das Licht von elektrischen Lampen? Woher kam der Strom für sie? Von einem Generator wie im Gloria? Und woher kam das Benzin für den Generator?

Er sah nach Norden, wo sich der Nebel so weit zurückgezogen hatte, dass sein Blick über den Rand der Stadt hinausreichte. Eine dunkle Ebene erstreckte sich dort, an einer Stelle glitzerte Wasser – ein See? –, und ein Band zog sich durch die Dunkelheit, weder Fluss noch Kanal. Vielleicht eine Straße, dachte Benjamin. Eine Autobahn. Jenseits davon verhüllte der Nebel alle Einzelheiten: vages, mit der Finsternis der Nacht halb verschmolzenes Grau, das darauf wartete, wieder in die Stadt vorzurücken.

Etwas blinkte dort.

Benjamin trat noch etwas näher an die Brüstung heran, als könnte ihm das dabei helfen, mehr zu erkennen. Er richtete den Blick nicht genau auf die Stelle, wo er das Blinken gesehen hatte, sondern ein Stück daneben, und in der Peripherie seines Blickfelds erschienen Lichter, nicht zwei oder drei, sondern Dutzende, vielleicht sogar Hunderte, halb im Nebel verborgen und so schwach, dass sie miteinander verschmolzen. Eine Stadt, dachte er. Eine Stadt, jenseits der Stadt.

Die Kälte war ihm bereits durch die Socken in die Füße gekrochen, als Benjamin ins Apartment lief. »He, seht euch das an!«, rief er in den Flur. »Eine Stadt! Es gibt noch eine andere Stadt!«

Türen wurden geöffnet. Müde, verschlafene Gesichter erschienen.

»Der Nebel ist zurückgewichen!«, rief Benjamin. Müdigkeit und Kopfschmerzen waren vergessen. »Man kann die andere Stadt sehen! Sie ist voller Lichter und muss bewohnt sein!«

Kurze Zeit später traten sie alle mehr oder weniger angezogen auf die Dachterrasse, und Kowalski machte sich erschrocken daran, sein umgestürztes Instrument auf Schäden zu untersuchen.

»Ein plötzlicher Windstoß«, sagte Benjamin. »Ich wollte es festhalten, aber da fiel es schon.« Er eilte zur Brüstung und deutete nach Norden. »Halb im Nebel. Lichter. Ganz schwach.«

»Ich sehe nichts«, brummte Katzmann.

Velazquez, das Gesicht noch immer voller Farbe, starrte in die Nacht, zuckte die Schultern und wandte sich ab. »Hast du noch was von der Medizin, Louise?«

»Nein. Wir haben beide Flaschen geleert. He, ist euch aufgefallen, dass das Wohnzimmer halb ausgeräumt ist?«

»Die Stadt passt diese Etage den übrigen an«, brummte Katzmann, wandte sich von der Brüstung ab und verzog das Gesicht. »Mir dröhnt der Kopf. Lasst uns noch ein paar Stunden schlafen, bevor auch die Betten verschwinden.«

Benjamin sah nach Norden. Der Nebel war wieder in Bewegung geraten, kroch über die dunkle Ebene und fraß einen Teil des Bands, das vielleicht eine Autobahn war. Nirgends blinkte oder glühte es in ihm. »Ich habe sie gesehen«, sagte er. »Sie war wirklich da. Eine andere Stadt. Mit vielen Lichtern.«

»Quantenfluktuationen«, sagte Kowalski. »Verschränkung, Unschärfe und Relativität.« Er legte das Instrument vorsichtig beiseite. »Und jede Menge Alkohol.« Er folgte Katzmann und Velazquez ins Apartment.

»Komm, Ben«, sagte Louise. »Katzmann hat Recht. Lass uns schlafen, solange es hier noch so herrlich große Betten gibt.«

»Ich habe die andere Stadt wirklich gesehen!«

»Vielleicht hast du *etwas* gesehen«, sagte Louise sanft. »Aber ob es eine andere Stadt war …«

Als sie im Kingsize-Bett lagen, Benjamin wieder nur in Unterhose und Louise mit Slip und T-Shirt, sprach Louise zu seinem Spiegelbild: »Du hast doch gesagt, dass du vor einigen Jahren mit dem Trinken aufgehört hast. Wegen der Gesundheit.«

»Ja.«

»Vielleicht war dies der Grund.«

»Was meinst du mit *dies*?«

»Vielleicht hast du aufgehört, weil du Gespenster siehst, wenn du betrunken bist. Oder andere Städte im Nebel.«

»Ich versichere dir …«

Louise drehte sich zur Seite und hielt ihm den Zeigefinger an die Lippen. »Pscht. Sei ein braver Junge und schlaf.«

Einige Minuten später war Louise eingeschlafen, aber Benjamin lag wach da, fühlte noch immer die Fingerkuppe an den Lippen und starrte zum Mann an der Decke hoch. In seinen Augen glaubte er, ferne Lichter zu sehen, ganz schwach und von grauen Schleiern umhüllt.

Der Streuner befand sich nicht mehr in dem Apartment, in dem sie ihn zurückgelassen hatten, und das war nicht die einzige Überraschung, die sie am nächsten Morgen erwartete.

Tiefe Kratzer durchzogen den Lack des Patrouillenwagens, an einigen Stellen so tief, dass das Blech darunter aufgerissen war. Das Dach wies große Dellen auf, und die Heckscheibe war an mehreren Stellen gesprungen. Benjamin, Louise und Katzmann gingen langsam um den Wagen herum, den Velazquez gerade aus der Tiefgarage geholt hatte. Kowalski schleppte seine Instrumente herbei und legte sie vorsichtig auf den Bürgersteig.

»Ich schätze, der verschwundene Streuner hatte keine so langen Fingernägel«, sagte Benjamin.

»Kreaturen.« Louise sah sich die Kratzer in der Fahrertür aus der Nähe an. »Der Nebel ist in die Tiefgarage gekrochen, und die Kreaturen mit ihm. Ob sie sich den Streuner geschnappt haben?« Sie sah Katzmann an.

»So weit oben?« Katzmann blickte an dem Wolkenkratzer hoch. »Das bezweifle ich.«

»Hannibal meinte, dass Tote nur in den oberen Etagen des Hospitals wieder lebendig werden«, sagte Benjamin.

»Dort geht's am schnellsten«, erwiderte Louise.

Katzmann zuckte nur mit den Schultern.

Benjamin blickte sich um, aber die Straße war leer. Die Sonne stand im Westen über den Dächern und kletterte langsam am Himmel empor, durch einen vagen Dunst, der ihr Licht ein wenig trübte. Von Süden her zogen Wolken auf und versprachen Regen.

Velazquez stieg aus, öffnete die Heckklappe und half Kowalski dabei, seine Instrumente im großen Koffer zu verstauen. »Des Teufels Krallen«, sagte er und deutete auf die Kratzer.

Kowalski sah zur Sonne hoch. »Sie scheint mir kleiner zu sein als gestern«, murmelte er. »Selektive Strahlungsreduktion. Es könnte sein, dass es in diesem Teil der Stadt bald Winter wird.«

Sie verstauten alles hinten im Wagen – Velazquez' Staffelei, Kowalskis Instrumente und ihre Rucksäcke – und stiegen ein. Katzmann drehte den Zündschlüssel und nickte zufrieden, als der Motor sofort ansprang. Dann sah er über die Schulter. »Du kommst mit uns?«, fragte er Louise, die hinten zwischen Benjamin und Kowalski saß.

»Ich könnte ein bisschen Hilfe gebrauchen«, sagte sie halb verlegen.

»Hilfe?« Katzmann fuhr los.

»Ich hab praktisch nichts mehr«, sagte Louise. »Meine ganzen Vorräte sind hin. Ich muss unbedingt in den Supermarkt.«

Benjamin sah im Rückspiegel, wie Katzmann eine Grimasse schnitt. »Du weißt ja, wie Hannibal darüber denkt.«

»Verdammt, was soll ich machen, Katzmann? Ich stehe mit leeren Händen da. Ich hab nicht mal mehr was zu essen! Allein lässt man mich nicht in den Supermarkt. Ich brauche Hilfe.«

»Ich bringe dich hinein«, sagte Benjamin, noch bevor er richtig darüber nachgedacht hatte.

»He, Kumpel, immer langsam«, mahnte Velazquez. »Derzeit bist du bei Hannibal ohnehin nicht besonders gut angeschrieben. Wenn du erneut gegen die Regeln verstößt, schmeißt er dich raus.«

»Nur zehn Minuten, Katzmann, mehr nicht«, sagte Louise. »Ich nehme mir nur die wichtigsten Dinge. Verdammt, ich nehme doch niemandem etwas *weg*! Die Lücken in den Regalen füllen sich wieder.«

»Der Supermarkt ist nicht Hannibals Eigentum«, sagte Benjamin. »Ich finde es absurd, dass er allein darüber bestimmt. Alle sollten Zugang haben.«

»Benjamin, du bist erst seit ein paar Tagen in der Stadt ...«, begann Velazquez.

»Und wenn schon. Wir können Louise doch nicht einfach so hängenlassen. Sie hat mir geholfen, als ich in der Stadt angekommen bin. Jetzt helfe ich ihr. Bitte fahr uns zum Supermarkt, Katzmann.«

Velazquez befingerte die Schalter und Knöpfe des Walkie-Talkies auf seinem Schoß. »Ich glaube, es gibt noch immer Interferenzen«, sagte er mit einem Blick zu Katzmann.

Sie fuhren über eine Brücke. Das vom hohen Dunst gefilterte Licht der Sonne glänzte auf dem langsam fließenden Wasser.

»Na schön«, brummte Katzmann schließlich. »Na *schön*. Ich fahre euch hin, aber ich nehme dies nicht auf meine Kappe, damit das klar ist.«

Einblicke

23

Als sie den Supermarkt erreichten, fielen erste kalte Regentropfen aus dunkelgrauen Wolken.

»Du machst einen Fehler, Ben«, sagte Louise. »Ich danke dir, aber du machst einen Fehler.«

Hinter ihnen wendete Katzmann den verbeulten und zerkratzten Patrouillenwagen und steuerte ihn auf die Straße zurück. Velazquez und Kowalski winkten, und Benjamin hob kurz die Hand.

»Wieso?«, fragte er und schlug den Kragen seiner Jacke hoch. Es war kälter geworden.

»Noch bist du Mitglied der Gemeinschaft, Ben, und glaub mir: Mit Zugang zum Supermarkt lässt es sich hier leichter leben. Wenn du mir hilfst, schmeißt Hannibal dich vielleicht raus.«

»Wenn er davon erfährt.«

»Er wird davon erfahren.« Louise deutete über den großen Parkplatz zur Barriere vor dem Eingang des Supermarkts. Zwei Männer hielten dort Wache. »Sie kennen mich.«

»Und wenn schon.« So etwas wie Trotz regte sich in Benjamin. »Du hast mir geholfen, und ich …«

»Ben.« Louise legte ihm die Hand auf den Arm. »Ich finde

es nett, dass du mir helfen willst, wirklich. Aber ich fürchte, dir ist nicht ganz klar, welche Konsequenzen du herausforderst. Dies ist der einzige Supermarkt in der Stadt, und nur Mitglieder der Gemeinschaft haben Zugang. Alle anderen müssen sehen, wie sie zurechtkommen. Noch kannst du einfach in die Küche des Gloria gehen, wenn du Hunger hast. Oder du holst dir aus dem Supermarkt, wonach dir gerade der Sinn steht. Aber da draußen in der Stadt liegen die Lebensmittel nicht bequem in Regalen bereit. Die Menschen hungern dort, nicht nur die Streuner, auch viele der Unabhängigen. Man kann verhungern, Ben. Und wenn man danach erwacht, sind Hunger und Schwäche nicht weg. Man läuft Gefahr, immer wieder zu sterben, und mit jedem Tod wird es schlimmer.« Sie sah erneut zu den beiden Wachen. »Vielleicht kann ich mich irgendwie an ihnen vorbeimogeln. Ich behaupte einfach, ich hätte Hannibals Erlaubnis.«

»Du hast es im Wagen selbst gesagt«, erwiderte Benjamin. »Du nimmst niemandem etwas weg. Es ist nicht Hannibals Stadt. Der Supermarkt gehört ihm nicht.« Er nahm Louises Arm, und sie gingen langsam über den Parkplatz. Die beiden Wächter sahen ihnen entgegen.

»Du kennst hier niemanden, Ben«, sagte Louise. »Du kennst auch mich nicht. Weißt du, manchmal, wenn wir einsam sind, klammern wir uns an etwas fest, einer Hoffnung, einer Illusion, die wir für Wahrheit halten.«

»Ja?« Er forschte in ihrem Gesicht nach einem Hinweis darauf, was sie meinte.

»Mir ist aufgefallen, wie du mich gestern angesehen hast, Ben.« Sie blieb stehen, zehn oder zwölf Meter vor der Barriere. Mehr kalte Regentropfen klatschten auf sie beide herab.

»Ich wollte dir nur sagen: Verrenn dich in nichts, Ben. Du suchst nach Halt in einer Welt, die dir noch völlig fremd ist. Und wenn du ihn bei mir suchst, könntest du schnell aus dem Gleichgewicht geraten.«

Benjamin spürte, dass seine Ohren zu glühen begannen. Hoffentlich sah man es ihm nicht an. »Gestern Abend war ich betrunken.«

Louise lächelte kurz. »Es war ein schöner Abend. Nach langer Zeit.«

Der Trotz schlug tiefere Wurzeln in Benjamin, richtete sich nicht nur gegen Hannibal und seinen Herrschaftsanspruch, sondern auch – irgendwie – gegen ihn selbst. »Es ändert sich nichts. Ich helfe dir.«

»Ich hab dich gewarnt, Ben. Mach mir später keine Vorwürfe.«

Benjamin kannte die beiden Wächter an der Barriere nicht, aber sie kannten ihn.

»Das ist der Neue«, sagte einer von ihnen.

»Benjamin, nicht wahr?«, fragte der andere.

»Ja. Wir möchten kurz in den Supermarkt.« Benjamin wollte weitergehen, aber der erste Wächter trat vor.

»Louise gehört nicht mehr zur Gemeinschaft.« Er sah sie an. »Tut mir leid.«

»Sie hat Hannibal etwas gebracht, das er für wertvoll genug hält, ihr einen Besuch im Supermarkt zu erlauben.« Benjamin wartete keine Antwort ab und trat, Louises Hand in seiner, an dem Wächter vorbei.

Wenige Sekunden später öffnete sich die Glastür des Supermarkts vor ihnen, und gedämpfte Musik empfing sie. Nichts erinnerte mehr an die beim Kampf angerichteten

Schäden. Alle Scheiben waren heil, und die Regale standen, gut gefüllt, in Reih und Glied.

Benjamin warf einen Blick über die Schulter. Draußen sprachen die beiden Wächter miteinander, und der eine zuckte die Schultern.

Louise hatte es plötzlich sehr eilig. Sie schnappte sich einen Einkaufswagen und eilte damit fast im Laufschritt durch die Gänge. Benjamin folgte und nickte den anderen Gemeinschaftsmitgliedern zu, denen sie unterwegs begegneten. Ihren erstaunten Blicken, die insbesondere Louise galten, schenkte er keine Beachtung.

Louise hatte es vor allem auf Konserven abgesehen, auf Dinge, die sich lange hielten. Sie nahm sich nicht einmal die Zeit, sie in den Einkaufswagen zu stellen, ließ sie einfach hineinfallen, fügte ihnen Batterien und Einwegfeuerzeuge hinzu, einen bunten Karton, der einen kleinen Gaskocher enthielt, zwei Dosenöffner, dann schnell weiter zur nächsten Abteilung: zwei Decken, Unterwäsche, eine Jeans, einige Blusen, einen Pullover, eine Jacke …

»Langsam, langsam«, sagte Benjamin. »Du siehst ja nicht einmal nach, ob die Sachen die richtige Größe haben.« Er begriff, warum sie sich so beeilte: Louise rechnete damit, dass in einigen Minuten jemand aufkreuzte, der sie daran hindern würde, ihren »Einkauf« fortzusetzen.

»Aus dem Weg«, sagte sie, schob den Wagen an ihm vorbei und sauste weiter.

Die Musik wurde leiser, und eine Stimme säuselte: »Nutzen sie unser spezielles Angebot. Nur heute: Für jeweils fünfzig Talann Einkaufswert bekommen Sie ein Los unseres großen Preisausschreibens. Gewinnen Sie eine Mittelmeer-

Kreuzfahrt. Von Genua zur türkischen Riviera. Mit allem Komfort. Das bieten Ihnen nur die Fundgruben von Golden Globe.«

»Mittelmeer? Hast du gehört, Louise? Der Supermarkt wirbt mit einer *Mittelmeer*-Kreuzfahrt.«

Aber Louise war schon zwei Gänge weiter, und ihr Einkaufswagen füllte sich immer mehr. »Wie willst du das alles wegschaffen?«, fragte er.

Die Musik aus den verborgenen Lautsprechern verstummte ganz, und eine Männerstimme erklang: »Aus gegebenem Anlass möchten wir darauf hinweisen, dass in den Fundgruben von Golden Globe weder das Tragen noch der Gebrauch von Schusswaffen zugelassen sind. Wir danken Ihnen für Ihr Verständnis.« Die Musik kehrte zurück, und die anderen Kunden im Supermarkt, die kurz stehen geblieben waren, schlenderten weiter. Am Stand mit Aufschnitt und Käse, wo sich gerade einige Lücken füllten, stand ein gelangweilt wirkender Wächter, der weder Pistole noch Gewehr trug, sondern eine Armbrust. Bestimmt erkannte er Louise und wusste auch, dass sie nicht zur Gemeinschaft gehörte, aber sein Blick verweilte nur ein oder zwei Sekunden auf ihr und wanderte dann weiter. Vielleicht ging er davon aus, dass alle, die an den Wachen draußen vorbeigekommen waren, ein Recht darauf hatten, sich im Supermarkt aufzuhalten.

»Ich leihe mir den Einkaufswagen aus und schiebe ihn bis zur Tulpenstraße.«

»Tulpenstraße?«, wiederholte Benjamin und folgte Louise, als sie durch die Abteilung mit den Haushaltswaren hastete und dem Inhalt ihres Wagens einen Topf und eine Pfanne hinzufügte.

»So heißt die Straße.« Louise sprach schnell und machte zwischen den einzelnen Sätzen kaum eine Pause. »Das Schild ist noch zu sehen. Natürlich gibt's da keine Tulpen. In einem der Wohnhäuser habe ich mir einen kleinen Schlupfwinkel eingerichtet, den Dagos Truppe hoffentlich nicht kennt. Es ist nicht weit von hier, nur eine halbe Stunde zu Fuß.«

Also zwei oder drei Kilometer, dachte Benjamin. Immerhin. Als Louise am Ende eines Ganges Tütensuppen in den Einkaufswagen schaufelte – so schnell, dass sich die Lücken in den Regalen nicht sofort wieder füllten –, fragte Benjamin: »Warum hat Hannibal dich rausgeworfen? Er *hat* dich doch rausgeworfen, oder?«

Louise zögerte er. »Das hat er, ja. Weil ich dauernd dumme Fragen gestellt habe. Und weil …« Sie hob und senkte die Schultern. »Es ist eine lange Geschichte.«

»Wir haben Zeit«, sagte Benjamin.

»Nein, haben wir nicht.« Louise drehte den fast vollen Einkaufswagen und joggte damit in Richtung der Kassen. Ein *Dingdong* unterbrach die Hintergrundmusik, und eine fröhliche Stimme verkündete: »Frisch aus unserem Backofen: Pizza mit echtem Mozzarella. Ein großes Stück nur einen Talann. Greifen Sie zu!«

Benjamin hatte kurz gezögert und schloss zu Louise auf, als sie den Wagen an den Kassen vorbeischob. Vor ihnen glitt die große Glastür des Eingangs beiseite, und Hannibal betrat den Supermarkt, begleitet von zwei jungen, kräftig gebauten Männern, die Louise den Weg versperrten und ihren Einkaufswagen festhielten.

»Zugang ist dir nur dann gestattet, wenn du uns etwas

bringst, das wir gebrauchen können«, sagte Hannibal zu Louise. »Das weißt du doch. Und was dich betrifft, Benjamin … Du hast erneut gegen die Regeln verstoßen.«

»Ich habe nichts mehr«, sagte Louise. »Dagos Leute haben mir alles weggeschnappt.«

»Das ist dein Problem.«

»Lass mir diesen einen Wagen. Oder wenigstens die Hälfte davon.«

»Nein.«

»So viel wie ich tragen kann, Hannibal. Mehr nicht.«

»Du kennst die Regeln.«

»Ich stehe mit leeren Händen da!«

»Bring uns etwas, das einen Wert für uns hat. Hilf der Gemeinschaft, so hilft sie dir.« Hannibal nickte seinen beiden Begleitern zu. Einer von ihnen griff nach dem Einkaufswagen, und der andere löste Louises Hände davon, führte sie zur Tür und nach draußen.

»Was bildest du dir ein?«, zischte Benjamin. Zorn brannte in ihm. »Du aufgeblasener Popanz!«, hörte er sich knurren. »Louise hat niemandem etwas getan, und sie nimmt niemandem etwas weg.«

»Die Regeln müssen beachtet werden.« Hannibal sah an Benjamin herab. »Willst du mich schlagen?«

Benjamin stellte fest, dass er die Fäuste geballt hatte. Die Intensität seines Zorns überraschte ihn. »Alle Menschen in dieser Stadt könnten ein leichteres Leben haben. Der Supermarkt bietet genug. Aber du gefällst dir in der Rolle des kleinen Königs.«

»Wir sind nicht hier, damit wir ein leichtes Leben haben, Benjamin. Und du kennst die Stadt noch nicht gut genug, um …«, begann Hannibal, aber Benjamin ließ ihn nicht ausreden.

»Du hast Recht, die Stadt kenne ich noch nicht gut genug, aber ich kenne Leute wie dich. In meinem Leben bin ich Dutzenden von ihnen begegnet. Kleingeistige Borniertheit, die sich plötzlich in einer Machtposition wiederfindet und glaubt, andere Menschen mit ihrer vermeintlichen Größe beglücken zu müssen. Deine Regeln, die du dir sonstwo hinschieben kannst, dienen nur dazu, deine Macht zu sichern. Du …« Benjamin unterbrach sich, weil er plötzlich an Atemnot litt. Er schnappte nach Luft.

Hannibals schmales Gesicht blieb unbewegt, als er den Zeigefinger auf ihn richtete. »Du solltest dir besser überlegen, was du sagst, wenn du nicht sofort deinen Platz in der Gemeinschaft verlieren willst.« Er gab den beiden jungen Männern ein Zeichen. Einer von ihnen brachte Louises Einkaufswagen weg, und der andere ergriff Benjamin am Arm. »Ich glaube, wir sollten ein klärendes Gespräch führen«, sagte Hannibal. »Aber nicht hier.«

Er trat durch die Glastür in den Regen, und der junge Mann führte Benjamin ebenfalls nach draußen. Ich werde abgeführt, dachte er. Dies ist Hannibals Polizei.

24

Das Büro war leer. Der in seine Stifte und ins Protokollbuch verliebte Jonas saß nicht an seinem kleinen Tisch in der Ecke, und Abigale wartete nicht am großen Schreibtisch in der

Mitte des Raums, wie Benjamin vermutet hatte. Wusste sie, dass er hier war?

»Wer hat dir gesagt, dass ich Louise in den Supermarkt gebracht habe?«, fragte Benjamin. »So schnell wie du aufgekreuzt bist … Ich nehme an, einer der drei hat dir davon erzählt, nicht wahr? Kowalski? Nein, der interessiert sich nur für seine Berechnungen. Velazquez?«

»Er scheint noch immer mit dem Bild beschäftigt zu sein, das er gestern Abend im Penthouse gemalt hat. Irgendetwas daran beunruhigt ihn, habe ich gehört.« Hannibal öffnete eine kleine Tür auf der rechten Seite. Benjamin bemerkte sie erst jetzt, weil sie hinter einem Vorhang verborgen war.

»Also Katzmann«, sagte er und dachte: Vielleicht ist er doch ein Aufpasser.

»Katzmann ist ein sehr pflichtbewusstes und zuverlässiges Mitglied der Gemeinschaft. Er hat sich von Anfang an um Positivität bemüht.« Hannibal machte eine einladende Geste, und Benjamin betrat das Nebenzimmer. Eine einzelne Glühbirne brannte dort an der Decke, umgeben von einem staubigen türkisfarbenen Schirm. Hinter dem schmalen trüben Fenster regnete es in Strömen. Dumpfes Rauschen kam von draußen, kroch durchs Zimmer und schien lauter zu werden, als Benjamin ihm lauschte. In der Ecke links neben dem Fenster stand ein hochlehniger Sessel, durchgesessen und staubig wie der Lampenschirm, darüber ein Regal mit einigen dünnen lindgrünen Büchern. Auf der anderen Seite, hinter einem kleinen Pult, hing eine mehr als zwei Meter lange Anschlagtafel an der Wand. Zahlreiche Nadeln steckten darin, mit grünen, schwarzen, gelben und grauen Köpfen und kleinen Namensschildern.

»Du hingegen scheinst kein Interesse daran zu haben, das Gute in der Stadt zu mehren«, sagte Hannibal und schloss die Tür. »Was soll ich mit dir machen?«

»Du?«, fragte Benjamin.

Hannibal breitete die Arme aus. »Wir. Die Gemeinschaft. All die Menschen, die sich das Paradies erhoffen. Die jeden Tag aufs Neue ihren Teil leisten, damit das Gewicht des Guten auf der Waage dominiert und sich die Pforten des Limbus auf der Seite des Himmels für uns öffnen.«

»Das Gewicht des Guten auf der himmlischen Waage.« Benjamin schüttelte den Kopf. »Es fiel mir schon zu Lebzeiten schwer, an derartigen Unsinn zu glauben. Als Toter weiß ich mit quasireligiösem Unsinn erst recht nichts anzufangen.«

»Oh, ein Jünger der Rationalität«, sagte Hannibal. »Ein Anhänger der kühlen Vernunft. Vielleicht gar ein Mann der Wissenschaft wie Kowalski? Jemand, der glaubt, alles erklären zu können, wenn er nur genau genug misst?«

»Kowalski ist verrückt.«

»Und du, Benjamin? Bist du ebenfalls verrückt? Ist das die Erklärung für dein Verhalten? Bist du deshalb so zornig, ohne recht zu wissen, warum?«

»Ich weiß sehr genau, warum ich zornig bin!« Hannibals Ruhe schürte das Feuer in Benjamin. »Du hast Louise die Sachen weggenommen, die sie dringend braucht! Warum hast du *sie* hinausgeworfen? Weil sie zu viele unangenehme Fragen stellte?«

»Und weil sie eine Selbstmörderin ist.«

Benjamin sah Hannibal groß an. »Was?«

»Du hast richtig gehört. Selbstmord hat sie hierhergebracht. Das fanden wir erst später heraus. Sie behauptete zuerst, einem Unfall zum Opfer gefallen zu sein. Selbstmördern bleibt das Paradies verwehrt.«

Benjamin glaubte, seinen Ohren nicht trauen zu können. »Das ist hirnverbrannter katholischer Fundamentalismus!«

»Es ist Pragmatismus, Benjamin. Ich bin für dreihundert Menschen verantwortlich, die den Garten Eden erreichen wollen. Meine Aufgabe besteht darin, alle Hindernisse aus dem Weg zu räumen.« Hannibal deutete auf die Tafel. »Die vielen grünen Nadeln in der Mitte, das sind wir, die Gemeinschaft. Siehst du?« Er trat am Pult vorbei, nahm eine Nadel und las den Namen auf dem kleinen Schild. »Die alte Juanita. Starb mit fünfundsiebzig in Buenos Aires, als jemand versuchte, ihr die Handtasche zu stehlen. Sie stürzte, schlug mit dem Kopf aufs Pflaster, und zu Ende war ihr Leben.« Hannibal betrachtete die Nadel nachdenklich und steckte sie dann zurück. »Sie ist fast so lange hier wie ich und kennt die Anfänge der Gemeinschaft. Seit mehr als sieben Jahrzehnten wartet sie darauf, dass wir den Limbus verlassen können, dass wir genug Gutes getan haben, um das Böse in unserem Leben auszugleichen und die Pforte zum Paradies zu öffnen.«

»Hältst du es für gut, Menschen wie Louise, die Hilfe brauchen, einfach wegzuschicken, obwohl du weißt, wie schwer sie es ohne den Zugang zum Supermarkt haben werden?«

»Die Regeln geben uns Halt, Benjamin. Sie weisen uns den Weg und müssen beachtet werden.«

»Du hast die Wahrheit nicht für dich gepachtet, Hannibal. Vielleicht irrst du dich. Vielleicht ist alles, woran du glaubst, genau der Unsinn, für den ich ihn halte. Was dann? Hast du jemals darüber nachgedacht? Wer hat dann Schuld auf sich geladen? Menschen wie Louise, die so dreist waren, dir unangenehme Fragen zu stellen, oder du, der du ihnen die Möglichkeit vorenthalten hast, ein einigermaßen sorgenfreies Leben zu führen?«

»Ich bin fast achtzig Jahre in der Stadt, Benjamin, und du erst seit ein paar Tagen. Aus welchem Mund spricht hier Hybris? Wer von uns beiden kann besser über Sinn und Unsinn urteilen?« Er griff nach einer der grauen Nadeln, die unweit der vielen grünen im weichen Holz der Anschlagtafel steckten. Auf ihrem Namensschild stand ein B mit einem Punkt. »Das ist deine Nadel, Benjamin. Eine der Unentschiedenen. Wohin soll ich sie stecken? Hierher, in die Mitte, zu den grünen, oder besser dorthin, zu den schwarzen?« Er zeigte auf die schwarzen Nadeln, die auf dem Rest der Anschlagtafel verstreut waren.

Ich bin nur ein B mit einem Punkt für ihn, dachte Benjamin. Und ich bin grau wie der Nebel.

Worte fielen ihm ein, gesungen auf Norwegisch, hatte Louise gesagt.

»Groß stand da Sankt Michael, und wog auf seiner Waage, wog die Seelen Christus zu, dass er die Sünder trage«, murmelte Benjamin.

»Wie bitte?«, fragte Hannibal und hielt noch immer die graue Stecknadel in der Hand.

»Schon gut. Ich nehme an, die schwarzen Nadeln sind die Streuner, nicht wahr? Und die gelben?«

Sie waren nicht so zahlreich. Einige Dutzend, schätzte Benjamin. Über die Stadt verteilt, wenn die Anschlagtafel die Stadt darstellte.

»Die Unabhängigen«, antwortete Hannibal und steckte

die graue Nadel zu den grünen. »Sie haben ihre Chance noch nicht genutzt.«

»Und was ist mit der Nadel? Die rote dort.« Sie steckte abseits aller anderen in der Tafel.

»Das ist Laurentius. Er nimmt eine Sonderstellung ein.«

»All diese Menschen ...«, sagte Benjamin langsam. »Sie wollen einfach nur leben. Und das könnten sie, mit Zugang zum Supermarkt.« Ein langer Schritt brachte ihn an Hannibal vorbei, und mit der Hand stieß er einige der grünen Nadeln von der Tafel. »Es sind *Menschen*, Hannibal, keine Stecknadeln.«

Sie standen sich gegenüber, kaum einen halben Meter voneinander getrennt. Benjamin sah Hannibal in die Augen und versuchte in ihnen Gedanken und Regungen zu erkennen, doch sie verrieten nichts. Was auch immer dieser kahlköpfige Mann mit der schiefen Nase und den komplexen Faltenmustern in Mund- und Augenwinkeln dachte und fühlte, es blieb hinter einer Fassade aus unerschütterlicher Ruhe verborgen.

»Ich habe eine andere Stadt gesehen«, sagte Benjamin. »Heute Morgen, kurz vor Sonnenaufgang. Als der Nebel ganz weit zurückgewichen war. Ich habe eine andere Stadt gesehen. Voller Lichter. Bewohnt.«

»Du hast gar nichts gesehen, Benjamin.«

»Das passt dir nicht ins Konzept, wie? Ebenso wenig wie das Labyrinth und die Route siebzehn, die Petrow gefunden hat. Um deine Macht zu erhalten und dein kleines Königreich zu bewahren, behauptest du seit vielen Jahren, dass es da draußen nichts gibt und dass man die Stadt nicht verlassen kann. Beides ist falsch. Es *gibt* etwas da draußen, und man *kann* diese Stadt verlassen. Ich werde es beweisen.«

»Gar nichts wirst du, außer schweigen.« Hannibals Stimme war plötzlich kalt.

Benjamin sah ihm noch immer in die Augen. »Ist das eine Drohung?«

»Es ist eine letzte Chance für dich. Die allerletzte. Was du gesehen hast, war … ein Trugbild. Geschaffen von zu viel Alkohol und vielleicht deinen Wünschen. Die anderen haben nichts gesehen.«

»Katzmann hat dir auch davon erzählt, ja? Ein sehr gesprächiger Bursche, dieser Katzmann.«

»Du hast es seiner Fürsprache zu verdanken, dass ich dir trotz allem eine Chance gebe. Vergiss, was du gesehen hast oder gesehen zu haben glaubst. Sprich mit niemandem darüber. Schaff keine Unruhe. Versprich es mir, und versprich, dass du dich in Zukunft an die Regeln hältst. Dann darfst du in der Gemeinschaft bleiben.«

Der Zorn wich aus Benjamin, als er begriff: Nicht er war in die Ecke gedrängt, sondern Hannibal.

»Du willst mich kaufen«, sagte er. »Du willst dir mein Schweigen kaufen. Die Gemeinschaft soll nichts von der anderen Stadt erfahren. Damit niemand an deiner Macht rüttelt. Damit niemand auf den Gedanken kommt, von hier wegzugehen. Denn was sollte dann aus *dir* werden, Hannibal? Daran denkst du vor allem: an dich selbst!«

Hannibal atmete tief durch. »Du willst einfach nicht vernünftig werden, oder?«

»Vernunft ist, über das eigene Wohl hinaus zu denken«, sagte Benjamin. Er zögerte kurz und überlegte. Vielleicht war dies eine gute Gelegenheit. »Ich mache dir einen Vorschlag. Öffne den Supermarkt für alle, und ich sage niemandem, was ich heute Morgen kurz vor Sonnenaufgang gesehen habe.«

Einige Sekunden lang war nur das Rauschen des Regens zu hören. Dann sagte Hannibal:

»Ich habe bis zum Schluss gehofft, dass du ein Einsehen haben würdest, aber offenbar bist du unverbesserlich.« Er nahm die graue Nadel mit dem B und dem Punkt von den grünen fort und steckte sie in die Nähe der schwarzen. »Wie dumm von dir, Benjamin. Wie dumm.«

»Ich bin draußen, stimmt's?«

»Du lässt mir keine Wahl. Die Gemeinschaft muss vor Leuten wie dir geschützt werden.«

»Du willst nicht die Gemeinschaft schützen, sondern ihre Unwissenheit«, sagte Benjamin. »Die alte Leier. Wer unangenehme Fragen stellt und mehr weiß, als er wissen soll, ist den Mächtigen immer suspekt. In der menschlichen Geschichte gibt es zahlreiche Beispiele dafür, und hier wiederholt es sich. Weißt du, Hannibal, wenn du Recht haben solltest, wenn dies wirklich ein Limbus ist, in dem über Himmel oder Hölle für die Menschen hier entschieden werden soll … Dann bist du vielleicht das größte Hindernis auf dem Weg zum Paradies.«

Hannibals Gesicht verriet noch immer nichts, aber in seiner Schläfe pulsierte eine Ader. »Hol deine Sachen und verlass das Hotel. Auf der Stelle. Ich will dich hier nicht mehr sehen.«

Benjamin ging zur kleinen Tür und öffnete sie. »Und auch das entscheidest du ganz allein. Wie demokratisch, Euer Majestät.«

»Es steht nirgends davon geschrieben, dass im Jenseits Demokratie herrscht.«

25

Benjamin war bereits die Treppe hochgegangen und auf dem Weg durch den Flur, als ihm einfiel, dass er gar keine Sachen hatte, die er holen musste, bevor er das Hotel verließ. Er war mit leeren Händen in der Stadt angekommen, und mit leeren Händen würde er dem Gloria und der Gemeinschaft den Rücken kehren. Vor der Tür zögerte er und überlegte, ob er umkehren und sich auf den Weg machen sollte, ohne sich von Velazquez zu verabschieden. Dann gab er sich einen Ruck, öffnete die Tür und betrat die kleine Suite, die er nur einen Tag – beziehungsweise eine Nacht – mit dem Maler geteilt hatte.

Velazquez stand im Hauptraum am Fenster, Hände und Gesicht voller Farbe, und betrachtete das Bild, das er am vergangenen Abend gemalt hatte.

»Etwas stimmt nicht damit«, sagte er. »Sieh es dir an. Etwas stimmt nicht mit dem Bild.«

Benjamin sah es sich an. Es zeigte sie alle am Tisch im Salon des Penthouse-Apartments, wie sie Eintopf aßen und Medizin tranken. Katzmann hatte die Arme ausgebreitet und schien gerade seine norwegische Ballade zu singen, das Traumlied von Olaf Åsteson. Louise hörte ihm zu und lächelte, Kowalski war mit einem kleinen messinggelben Apparat beschäftigt, Velazquez – er hatte sich selbst gemalt – hatte sein Glas erhoben, und Benjamin, von der Seite dargestellt, blickte nachdenklich ins Kaminfeuer. Das Bild war nicht die fotografische Darstellung eines Moments, sondern fing die Atmosphäre ein und stellte den ganzen Abend dar.

»Du hast uns alle gut getroffen«, sagte Benjamin.

»Etwas stimmt nicht damit«, beharrte Velazquez. Es klang fast verzweifelt. »Ich habe mehr gemalt, als da war.«

»Wie meinst du das?«

»Sieh dir das Feuer im Kamin an. Sieh in die Flammen.«

Benjamin sah in die Flammen, die so gut dargestellt waren, dass er glaubte, das Knistern des Feuers zu hören. Und dann, zwischen den Flammen und teilweise aus ihnen geformt, sah er ein Gesicht.

»Du siehst es, nicht wahr?«, fragte Velazquez. »Ich bilde es mir nicht nur ein, oder?«

Es war weder das Gesicht des Teufels, das da aus den Flammen starrte, noch eine dämonische Fratze. Es war auch nicht das Ergebnis eines besonderen Zusammenwirkens von Licht und Schatten; dazu wies das Gesicht zu deutliche Merkmale auf. Jemand, der wie ein älterer Universitätsprofessor aussah, blickte aus den Flammen. Eine gewisse Ähnlichkeit mit Kowalski ließ sich nicht leugnen, und Benjamin erinnerte sich daran, dass ihm bei Kowalskis Anblick ein Name eingefallen war: José Maria Townsend.

Der nachdenkliche Benjamin auf dem Bild schien das Gesicht zu sehen oder es zumindest zu erahnen.

»Ich habe das Gesicht nicht gemalt, aber es ist da«, sagte Velazquez. »Und du siehst es. Nicht nur *du*, sondern auch der Benjamin auf dem Bild. Aber weißt du was? Weißt du was? Alle anderen sehen es nicht! Ich habe das Bild Katzmann gezeigt, der dabei war, und er sieht nur die Flammen.«

»Katzmann«, sagte Benjamin, und es klang nicht sehr freundlich. »Ich bin gekommen, um mich zu verabschieden.«

»Hannibal hat's wirklich getan, wie?«, fragte Velazquez. »Er hat dich rausgeworfen.«

»Ja.« Benjamin wich zur Tür zurück und hatte es plötzlich sehr eilig, in den Flur zurückzukehren. Das Bild beunruhigte ihn.

»Wenn du ein Quartier gefunden hast …«, rief ihm Velazquez nach, als er schon halb draußen war. »Gib mir Bescheid. Dann bring ich dir was.«

Benjamin winkte noch einmal und eilte zur Treppe. Einige traurige Geigenklänge begleiteten ihn die Stufen hinunter, und im Foyer begegnete er Abigale. Sie kam ihm mit einem Rucksack entgegen.

»Es tut mir leid«, sagte sie.

»Tatsächlich?« Benjamin wollte an ihr vorbeigehen.

»Hier, das ist für dich.« Sie reichte ihm den Rucksack. »Er enthält das eine oder andere, das du gebrauchen kannst.«

»Wie großzügig!« Benjamin erinnerte sich an das Gespräch zwischen Hannibal und Abigale im Hospital. »Was ist, wenn ihr euch irrt? Was hätte dies alles dann für einen Sinn?«

Er ließ Abigale stehen und ging in den Regen hinaus.

Abschied

26

Regen prasselte aufs Dach des zerkratzten Patrouillenwagens, der mit laufendem Motor neben dem kleinen Park vor dem Hotel Gloria stand. Die Fenster waren beschlagen, aber am Steuer saß jemand mit schulterlangem, blondem Haar, vermutlich Katzmann. Die Kapuze des Parkas tief in die Stirn gezogen, wich Benjamin einer großen Pfütze aus und fragte sich, ob er Katzmann zur Rede stellen oder ihn wenigstens um eine bestimmte Information bitten sollte. Dann bemerkte er eine Bewegung hinter dem Fenster des nahen Geräteschuppens, machte drei schnelle Schritte über den Kies und öffnete die Tür. Der kleine Mikado stand dort und hantierte mit Werkzeugen. Sein Walkie-Talkie lag auf dem nahen Tisch.

»Ich hätte es nicht aus der Hand geben sollen«, klagte er. »Die Batterie ist leer. Velazquez hat vergessen, es auszuschalten. Denkt nur an seine Bilder, an nichts anderes.«

Draußen hupte Katzmann.

»Ja, ja, ich komme.« Mikado nahm das Funkgerät und eine Ersatzbatterie, sah dann Benjamin an, mit einer Mischung aus Verlegenheit und Mitgefühl. »Ich weiß, dass Hannibal dich rausgeschmissen hat. Tut mir echt leid für dich. Hast du ein bestimmtes Ziel? Können wir dich mitnehmen?«

»Entschuldige, aber ich möchte nicht mit Katzmann im Auto sitzen.«

»Er hat es bestimmt nicht böse gemeint.«

»Klar, hier meinen es alle gut. Ich wollte dich nur um eine Information bitten. Kannst du mir den Weg zur Tulpenstraße beschreiben?«

»Zur Tulpenstraße?« Katzmann hupte erneut, und Mikado beschrieb mit raschen Worten den Weg, klopfte Benjamin dann kurz auf die Schulter und lief hinaus. Durchs Fenster sah Benjamin, wie sich die Beifahrertür öffnete und wieder schloss, und dann fuhr der Patrouillenwagen los.

Benjamin ließ die Tür des Geräteschuppens hinter sich zufallen, stapfte durch den Regen und fühlte sich ohne das Adrenalin des Zorns wie ein Narr. Er hätte einfach nur still sein müssen, und alles wäre nach ein paar Minuten überstanden gewesen. Er hätte Louise helfen können, indem er ihr Proviant aus dem Supermarkt brachte. Doch jetzt war er selbst ein Ausgestoßener, ohne Zugang zu den Regalen, die sich nicht leerten, ohne eine Bleibe, ein Fremder in einer Stadt, die er nicht kannte.

Warum musstest du unbedingt die Klappe aufreißen?, dachte er, während er durch den strömenden Regen ging, der auf die Straße prasselte, im Rinnstein rauschte und in den Abflüssen gurgelte. Er versuchte nicht mehr, den Pfützen auszuweichen, stapfte mitten hindurch und hatte nach kurzer Zeit nasse Füße. Wieso verhältst du dich wie ein Idiot, Benjamin Harthman?, fragte er sich und lauschte dem geistigen Echo des Namens, als wollte er sich vergewissern, dass es wirklich der seine war. Er fühlte sich richtig an und war mit zahlreichen Erinnerungen an sein Leben verbunden, aber manche Farben dieser Erinnerungen trübten sich, und an einigen Stellen gab es Lücken, wie in einem unfertigen Bild. Und der Zweifel lag inzwischen immer auf der Lauer, dazu bereit, alle Gewissheiten infrage zu stellen. So hielt er sich selbst für einen vernünftigen, rationalen Mann, doch seine Reaktionen auf Hannibals monokratisches Gebaren wiesen auf jemanden hin, der sich kaum unter Kontrolle hatte und vielleicht sogar zu Jähzorn neigte. Doch Arroganz, Anmaßung und Ungerechtigkeit gingen ihm entschieden gegen den Strich, und Hannibal vereinte diese drei Eigenschaften in sich. Es gibt gewiss nichts dagegen einzuwenden, für das Richtige einzutreten, aber warum den falschen Zeitpunkt dafür wählen? Warum sich selbst schaden, ohne dass sich etwas an der Situation änderte?

An der Kreuzung, die Mikado ihm beschrieben hatte, blieb Benjamin unter einem Vordach stehen und merkte, dass der Regen einen Weg durch das Schussloch im rechten Ärmel des Parkas gefunden hatte. Die Kugel war ihm in den Arm gedrungen und hatte ihn nicht getötet, aber seltsamerweise erinnerte ihn das Loch deutlich an seinen Tod, als stünde es in direktem Zusammenhang damit. Es rief ihm zu: Du bist tot, Benjamin, und als Toter lebst du in einer Stadt, die auf ihre eigene Art und Weise lebt. Kein Wunder, dass du glaubst, dich verändert zu haben. Wer würde sich unter solchen Umständen nicht verändern? Wahrscheinlich stehst du noch immer unter Schock.

Aber als er den Weg zur Tulpenstraße fortsetzte, vorbei an dem Gebäude mit der schwarzen Glasfront, das im Regen wie ein eingefangenes Stück Nacht wirkte, und über den kleinen runden Platz mit dem leeren Denkmalsockel in der

Mitte, ahnte Benjamin, dass Schock allein nicht als Erklärung genügte. Etwas in ihm war in Bewegung, etwas, das er noch nicht verstand, und vielleicht lag dort der Grund, warum er sich gegen Hannibal aufgelehnt hatte. Denn eigentlich galt die Auflehnung gar nicht ihm, sondern der Stadt. *Deshalb* hatte er sich des Nachts ins Labyrinth geschlichen, auf der Suche nach Route siebzehn und einem Weg aus der Stadt. *Deshalb* interessierte ihn alles, was einen Hinweis auf einen Weg aus der Stadt liefern konnte. *Deshalb* hätte er gar nicht darauf verzichten können, immer wieder danach zu fragen.

Erneut blieb Benjamin stehen, aber diesmal mitten auf der Straße, im strömenden Regen. Ruhe kam aus dem Nichts, wie schon zweimal zuvor, und wie in den beiden anderen Fällen geschaffen von einer plötzlichen Erkenntnis: Er musste dem Rätsel der Stadt auf den Grund gehen, denn es war die einzige Möglichkeit, sich selbst zu verstehen und eine Antwort auf die Frage zu finden: Wieso lebte er noch, nach seinem Tod?

Deshalb bin ich hier, dachte er. Um einen Weg hinaus zu finden.

Jeder einzelne Regentropfen, der ihm auf den Kopf fiel und ihm ins nasse Gesicht klatschte, bestätigte diesen Gedanken, und einige Sekunden lang gab sich Benjamin dem wohligen, die Seele wärmenden Gefühl hin, ein Auserwählter zu sein, jemand, der in die Stadt geschickt worden war, um ihr Geheimnis zu lüften und die Menschen, die es hierher verschlagen hatte, zu befreien.

Dann dachte er: So ein Quatsch! Menschenskind, Benjamin, wenn du in diese Richtung weiterdenkst, wird ein zweiter Hannibal aus dir. So leicht kann man hier durchdrehen.

Nein, es gab keinen Auserwählten, der dazu bestimmt war, das Licht zu finden und es allen anderen zu zeigen. Es gab nur die Stadt und Menschen, die nach ihrem Tod hier erwacht waren und versuchten so gut wie möglich in ihr zu leben, die eine Hälfte mit dem Supermarkt, die andere ohne.

Benjamin ging durch den Regen weiter.

Aber ich habe Licht gesehen, dachte er. Und nicht nur eins. Ich habe viele Lichter gesehen. Es gibt eine andere Stadt.

Es war ein blaues Schild mit weißer Schrift, regennass und an den Rändern von Rost zerfressen. Aber nur an den Rändern – das Wort »Tulpenstraße«, aus vertrauten Buchstaben geformt, war noch gut zu erkennen, nach all den Jahren. Nach wie vielen Jahren?, überlegte Benjamin, während er im langsam nachlassenden Regen stand und zu dem Schild hochsah. Es hatte schon einmal Menschen in der Stadt gegeben, hatte Abigale beim Gespräch mit Hannibal im Hospital gesagt, noch vor Laurentius, und der befand sich seit fast zweihundert Jahren in der Stadt. Die Straßen und Gebäude waren also mindestens zwei Jahrhunderte alt, wiesen aber nur geringe Anzeichen von Erosion und Verfall auf. Mehr als zweihundert Jahre … Zeit genug, um Unkraut meterhoch aus den Rissen im Asphalt sprießen und die kleineren Gebäude unter Bäumen und Büschen verschwinden zu lassen. Doch es standen noch alle Häuser, die großen wie die kleinen, und die meisten Fenster waren heil. Die Stadt lebt, dachte Benjamin, obgleich er noch immer keine klare Vorstellung von der Art dieses Lebens hatte. Vielleicht wächst sie nicht nur, sondern erneuert sich auch, wo sie es für nötig hält. Wir stecken in einem riesigen Organismus, dessen Komplexität wir nicht verstehen. Wir sind wie Mikroben darin, und die Schatten … Die Schatten sind wie Antikörper, die uns zu ergreifen versuchen und es insbesondere auf mich abgesehen haben. Vielleicht weil ich eine besonders gefährliche oder unangenehme Mikrobe bin?

Benjamin verzog das Gesicht, das ebenso nass war wie das Schild. Du phantasierst, mein Junge. Du lässt die inneren Zügel schießen. Die Schatten wie Antikörper. So ein Quatsch. Reiß dich zusammen, Mann!

»Die Dinge gibt es nur, weil ihre Schatten da sind«, murmelte er. Es waren nicht seine eigenen Worte; sie stammten aus einem Buch, das er vor vielen Jahren gelesen hatte. Er erinnerte sich daran, lange über sie nachgedacht zu haben, über ihre tiefere Bedeutung, und jetzt senkte er den Blick, suchte nach seinem Schatten und fand ihn nicht im Regen. Der Regen hat ihn weggewaschen, dachte er und fühlte, wie die eigenen Gedanken eine sonderbare Faszination auf ihn ausübten. Ich habe keinen Schatten mehr, und deshalb gibt es mich eigentlich gar nicht.

»Du bist nur noch zwei Gedanken vom Wahnsinn entfernt«, knurrte er und zwang sich zu einem Schritt, der ihn mitten in eine große Pfütze führte. »Wahnsinn wühlt in meinen Sinnen«, erinnerte er sich an Worte aus einem anderen Buch. »Und mein Herz ist krank und wund.« Er sah nach unten und stellte fest, dass er noch immer in der Pfütze stand. Ein weiterer Schritt brachte ihn aus ihr heraus.

Vor ihm glänzte das Kopfsteinpflaster der schmalen Tulpenstraße im Regen, und zu beiden Seiten tropfte es aus löchrigen Regenrinnen. Zwei- und dreistöckige Häuser mit Giebeldächern lehnten aneinander, in den Erdgeschossen leere

Läden und Cafés, an deren Tischen niemand saß. Die Etagen darüber bargen Wohnungen, aber so sehr Benjamin auch den Hals reckte: Er sah nirgends Licht hinter einem Fenster oder einen anderen Hinweis darauf, dass hier jemand wohnte. Die Straße war einige Hundert Meter lang; wie sollte er Louise hier finden? Indem er alle Wohnungen absuchte?

Benjamin formte mit den Händen einen Trichter vor dem Mund und rief: »Louise!«

Der Ruf verklang, ohne dass jemand antwortete, und wieder war nur das Prasseln des Regens zu hören. Benjamin trat zur linken Seite der Straße, ging über den Bürgersteig, vorbei an leeren Schaufenstern, und blieb an einer trockenen Stelle unter einem breiten Vordach stehen. Seine nassen Fußabdrücke auf dem schmalen Betonstreifen brachten ihn auf eine Idee. Louise war ebenfalls durch den Regen gegangen, und wenn sie eins dieser Häuser betreten hatte, so mussten Spuren zurückgeblieben sein, nasse Stellen, Abdrücke wie die seinen.

Er begann sofort mit der Suche, hielt in jedem Hauseingang nach kleinen Pfützen Ausschau, zurückgelassen von Füßen und nasser Kleidung. Eine Viertelstunde später, als nur noch vereinzelte Regentropfen fielen und sich Stille auszubreiten begann, nur unterbrochen vom Gluckern in den Abflüssen, wurde er fündig. Neben einem verwaisten Friseursalon, an dessen Fenster ein lächelndes Frauengesicht eine zu früheren Zeiten wohl modische Frisur präsentierte, stand eine schmale Tür halb offen, und als er sie ganz öffnete, sah er die Nässe von Fußspuren.

Benjamin betrat den Flur, in dem es selbst dann recht düster blieb, als er die Tür ganz öffnete. Er überlegte, ob er erneut rufen sollte, entschied sich aber dagegen – immerhin wusste er nicht, von wem die Fußspuren stammten. Er folgte ihnen zu einer Treppe aus altem Holz, das unter seinen Schritten knarrte. Benjamin ging dicht an der Wand, setzte vorsichtig einen Fuß vor den anderen und sah nach oben. Die Fenster an den Treppenabsätzen trugen eine dicke Kruste aus Staub und Schmutz, und draußen blieb die falsche Sonne noch immer hinter dichten Wolken verborgen – die Schatten im Treppenhaus gaben kaum etwas preis.

Er hatte fast den ersten Stock erreicht, als er sich plötzlich an die Warnfalle im Wolkenkratzer erinnerte und genau hinsah, bevor er den Fuß auf die nächste Stufe setzte. Die nassen Abdrücke führten weiter nach oben, in den zweiten Stock, und er folgte ihnen, noch wachsamer als zuvor. Kurz vor der zweiten Etage standen drei leere Blumentöpfe auf den letzten Stufen, direkt an der Wand, so dass jemand, der die Treppe heraufkam, gezwungen war, auf die Mitte der betreffenden Stufen zu treten. Benjamin zögerte und sah sich die Blumentöpfe aus der Nähe an. Sie enthielten dunkle Erde, fein wie Sand, und nichts schien an ihnen befestigt zu sein. Aber vielleicht befand sich etwas *unter* ihnen, ein verborgener Auslöser für irgendetwas, und möglicherweise wurde dieser Auslöser aktiv, wenn er die Töpfe bewegte.

Benjamin richtete sich auf und setzte den Fuß auf die Mitte der nächsten Stufe, genau dorthin, wo sich die feuchten Flecken der Fußspur befanden. Nichts geschah. Er zögerte, den Fuß über der nächsten Stufe, setzte ihn dann auf die übernächste, die letzte.

Ihr Holz knarrte und gab ein wenig unter ihm nach.

Eine Sekunde später sauste ein Besenstiel aus der Dunkelheit heran und traf ihn an der Stirn. Er kippte nach hinten, drehte sich zur Seite, prallte mit ausgestreckten Armen auf die Treppe, rollte die Stufen hinab und blieb verwirrt, benommen und voller Schmerzen auf dem Treppenabsatz liegen.

Von oben kam das Geräusch eiliger Schritte, und das Licht einer Taschenlampe fand ihn.

»Benjamin!«

»Louise?«, krächzte Benjamin.

27

»Du kannst von Glück sagen, dass du dir nichts gebrochen hast«, sagte Louise. »Die Heilung dauert hier viel länger als im Hospital.«

Benjamin streckte die Hände dem Feuer im Kamin entgegen. »Du hast eine seltsame Art, Besucher zu empfangen.« Er hatte sich eine alte, kratzige Decke um die Schultern geschlungen. Seine nassen Sachen hingen an einer Leine draußen auf dem Balkon, hinter der Brüstung, damit man sie von der Straße nicht sah. Allerdings ... Der Widerschein des Feuers konnte einem aufmerksamen Beobachter wohl kaum entgehen.

»Viel hat dir Abigale nicht mitgegeben, nur ein paar Büchsen, Streichhölzer und einen Kamm. Als bräuchte man hier einen Kamm zum Überleben.« Louise legte Benjamins Rucksack beiseite, nachdem sie ihm zwei Büchsen entnommen hatte. Sie stellte sie auf den umgedrehten Karton, der als

Tisch diente. »Ach, Ben, du hättest auf mich hören sollen. Das Leben mit dem Supermarkt ist weitaus einfacher.«

»Früher oder später wäre ich ohnehin mit Hannibal aneinandergeraten.«

»Ich fürchte, du weißt noch immer nicht, worauf du dich eingelassen hast«, sagte Louise leise. Sie öffnete die Büchsen und gab ihren Inhalt in einen Topf, den sie auf einen kleinen Gaskocher stellte. »Mein letztes Gas. Es reicht gerade noch, um diese Suppe zu erwärmen. Ein Festmahl wie gestern Abend wird's nicht, so viel steht fest.«

Benjamin hielt die Hände dem Feuer entgegengestreckt, als er den Kopf drehte. »Und wie geht's dann weiter?«

Louise saß auf einem wackligen Stuhl, der leise knarrte, wenn sie sich bewegte, wie die Stufen der Treppe. Hinter ihr lag eine alte, an mehreren Stelle aufgerissene Matratze auf dem Boden, darauf mehrere Decken – ihr Bett.

»Keine Ahnung.«

»Hast du überhaupt nichts mehr?«

»So gut wie nichts. Es befand sich alles in meiner Hauptwohnung beim Kanal, auch die Sachen vom letzten Einkauf. Ich wollte sie auf meine anderen Quartiere verteilen, aber dazu kam ich nicht mehr. Dagos Leute haben sich alles unter den Nagel gerissen. Verdammte Jasmin!« Sie ballte die Fäuste. »Wenn ich nur besser aufgepasst hätte!«

Benjamin starrte ins Feuer, beobachtete das Flackern und Züngeln der Flammen und dachte an das Gesicht in dem Kaminfeuer, das Velazquez gemalt hatte. Er erzählte Louise davon, als er sich auf den zweiten Klappstuhl am Karton-Tisch setzte, noch immer in die kratzige Decke gehüllt. Louise reichte ihm einen Teller mit Gulaschsuppe und ein Stück

Brot, das offenbar aus ihren eigenen Vorräten stammte und ziemlich hart war. Benjamin suchte verstohlen nach Schimmel daran.

»Velazquez war betrunken, wie wir alle«, sagte Louise. Die struppigen braunen Haarbüschel fielen ihr wieder in die Stirn, und Benjamin dachte daran, dass sie vielleicht den Kamm brauchte, den Abigale ihm mitgegeben hatte. »Jeder von uns hat Dinge gesehen, die nicht da waren.«

Benjamin ließ den Löffel sinken. »Ich habe sie wirklich gesehen, die andere Stadt. Wenn du das meinst. Eine Stadt mit vielen Lichtern. Bewohnt.«

Sie schüttelte den Kopf. »Ach, Ben …«

»Wir könnten versuchen sie zu erreichen. Die vielen Lichter deuten darauf hin, dass dort die Stromversorgung funktioniert. Vielleicht gibt es in jener Stadt Supermärkte wie den beim Gloria.«

Er wartete auf eine Antwort, aber Louise aß schweigend, und nach einer Weile sagte sie: »Erzähl mir vom Labyrinth.«

Und so erzählte Benjamin von seinem Ausflug in den Untergrund. Er schilderte die kurze Fahrt mit der Draisine, den Fund der Uhr, der die Zeiger fehlten, den Bahnsteig mit den halbvermoderten Kleidungsstücken, den zugemauerten Aufgang.

»Die Uhr«, sagte Louise nachdenklich. »Ich habe sie in der Penthouse-Wohnung zurückgelassen.«

»Macht nichts. Ihr fehlten ohnehin die Zeiger. Das Labyrinth … Es ist ein weit verzweigtes U-Bahn-System unter der Stadt, nicht wahr?«

»Ich bin nie dort unten gewesen, aber nach dem, was ich gehört habe … Ja, ich denke schon.«

»Diese Stadt ist alt«, sagte Benjamin. »Jahrhunderte. Ich habe im Hospital ein Gespräch zwischen Hannibal und Abigale belauscht …«

»Ach?« Louise musterte ihn neugierig, mit der Andeutung eines Lächelns auf den Lippen.

Benjamin fasste das Gespräch zusammen. »Die Stadt ist mindestens zweihundert Jahre alt, und die U-Bahn dürfte ebenso alt sein, nicht wahr?«

»Vermutlich.«

»Wie passt das zusammen? Geh zweihundert Jahre Stadtentwicklung zurück. Oder drei- oder vierhundert Jahre. Stell dir Paris, London oder Moskau im siebzehnten Jahrhundert vor. Ein U-Bahn-Netz gab es damals nicht.«

Etwas Verträumtes erschien in Louises Gesicht. »Weißt du, wie lange ich diese Namen nicht mehr gehört habe? Paris, London, Moskau …« Sie schüttelte den Kopf. »Du machst einen Denkfehler, Ben. Diese Stadt entwickelt sich nicht vom Alten zum Modernen. Sie lebt, ja, und sie wächst, du hast die neuen Stockwerke des Wolkenkratzers gesehen. Aber im Grunde genommen war sie vor zweihundert und mehr Jahren ebenso beschaffen wie heute. Sie verändert hier und dort Aussehen und Beschaffenheit, Ben, aber sie verändert nicht ihr *Wesen.*« Louise stand auf, nahm Teller und Topf und ging damit zum Balkon. Dort stand ein Eimer, der Regenwasser enthielt, und darin wusch sie alles ab. Kurze Zeit später kehrte sie zurück. »Außerdem kannst du der Stadt mit gewöhnlicher Logik ohnehin nicht beikommen.«

»Aber …«

»Nur einen Augenblick. Bin gleich wieder da.« Louise verschwand im Nebenzimmer, und Benjamin hörte etwas klappern. Als sie wieder in der Tür erschien, hielt sie eine große, zur Hälfte gefüllte Plastikflasche in der Hand. »Ich hoffe, man kann ihn noch trinken.«

»Was ist das?«

»Rotwein aus dem Supermarkt. Mehr als ein halbes Jahr alt.«

»Weine werden umso besser, je älter sie sind.«

»Nicht alle.« Louise nahm zwei Plastikbecher aus dem Karton neben dem Bett, füllte sie und gab Benjamin einen. Dann setzte sie sich wieder auf den wackligen Stuhl und prostete ihm zu.

Der Wein schmeckte ein wenig nach Essig, aber er war noch genießbar.

»Wenn es die U-Bahn gibt, seit die Stadt existiert, Louise … Warum habe ich dann nirgends Treppen gesehen, die hinabführen?«

Sie zuckte mit den Schultern. »Was weiß ich.«

»Wie dem auch sei«, sagte Benjamin. »Wir könnten die Stadt verlassen, verstehst du? Über die Route siebzehn. Petrow hat sie vermutlich genommen – er ist verschwunden.«

»Verschwunden?«, wiederholte Louise, aber sie schien in Gedanken woanders zu sein.

»Ja. Bestimmt ist er ins Labyrinth zurückgekehrt. Wir müssen nicht durch den Nebel, um die andere Stadt zu erreichen. Die U-Bahn-Tunnel bringen uns unter ihm hindurch.«

»Ach, Ben«, sagte Louise erneut. »Wie soll das denn gehen? Ohne Ausrüstung? Wie weit wäre der Weg? Luftlinie fünfzig oder sechzig Kilometer? Und in den Tunneln? Hundert oder mehr. Für einen so weiten Weg braucht man Trinkwasser, Proviant, Taschenlampen und andere Dinge. Und außerdem dürfte Hannibal den Zugang zum Labyrinth inzwischen geschlossen haben.«

»Velazquez hat versprochen, mir was zu bringen«, sagte Benjamin enttäuscht. »Und Caspar!« Er schnippte mit den Fingern.

»Was ist mit ihm?«, fragte Louise. Es klang müde.

»Er hat gesagt, dass er mir sehr dankbar ist. Dafür, dass ich ihn während des Kampfes aus dem Supermarkt gebracht habe. Ich gebe ihm die Möglichkeit, seine Dankbarkeit zu beweisen.«

»Indem er dir ein oder zwei volle Einkaufswagen aus dem Supermarkt bringt? Vergiss es, Ben. So dankbar er auch sein mag – niemand wird seinen Platz in der Gemeinschaft für dich riskieren.« Louise trank von dem Wein, verzog das Gesicht und stellte den Plastikbecher auf den Karton. »Ich bin hundemüde. Komm, wir legen uns hin.«

»Es ist noch hell draußen«, sagte Benjamin und fragte sich, ob Louises Worte eine Einladung waren.

»Es wird auch noch eine Weile hell bleiben.« Louise ging zur Matratze, zog die Hose aus, behielt aber ihr Hemd an und schlüpfte unter eine der Decken. »Nur ein bisschen ausruhen.«

Benjamin legte sich neben sie, in die kratzige Decke gehüllt, unter der er nur die Unterhose trug. In der sich nach einigen Minuten etwas zu regen begann, als Louise näher an ihn heranrückte und ihn die Wärme ihres Körpers erreichte. Eine Zeit lang lag er verwirrt da und fragte sich, ob er Louises Signale richtig deutete, und ob es überhaupt Signale waren. Er hörte ihren Atem, stellte sich vor, wie sie wartete …

Schließlich stützte er sich auf den Ellenbogen und sah sie an.

Sie hob die Brauen. »So wie du mich ansiehst, Ben … Hast du sie schon vergessen?«

»Vergessen? Wen?«

»Deine Kattrin.«

Kattrin, dachte er erschrocken und sank langsam auf die Matratze. Einen ganzen Tag hatte er nicht an sie gedacht. Die Frau, mit der er ein neues Leben hatte beginnen wollen. Und die mit ihm zusammen gestorben war, an seinem vierzigsten Geburtstag. Benommen lag er da und fühlte sich schuldig.

Louise griff unter der Decke nach seiner Hand. »So ist das. Alles verblasst. Die Erinnerungen an das Leben und an sein Ende … Alles wird grau und verschwommen, wie der Nebel. Wer weiß, vielleicht besteht der Nebel aus unserem vergessenen Leben. Denk gelegentlich daran, wie du gestorben bist, Ben. Denk an deinen Tod, damit du das Leben nicht vergisst.«

Sie lagen da und schwiegen, Louise müde und Benjamin in ein Netz aus Gedanken verstrickt. Wie hatte er Kattrin einfach so vergessen können? Als sie mit dem Patrouillenwagen unterwegs gewesen waren, und auch auf dem Weg zu Fuß hierher … Nicht ein einziges Mal hatte er an die Möglichkeit gedacht, dass Kattrin wie er in der Stadt angekommen war. Es fiel ihm sogar schwer, sich ihr Gesicht in Erinnerung zu rufen. Eine seltsame Angst befiel ihn, die Furcht davor, ein Stück von sich zu verlieren.

Es dauerte eine Weile, bis er sich beruhigte, und schließlich fragte er leise: »Warum hast du dich umgebracht, Louise?«

Sie gab keine Antwort, und als Benjamin zur Seite sah, stellte er fest, dass sie die Augen geschlossen hatte und schlief.

Irgendwann musste auch Benjamin eingeschlafen sein, und als er erwachte, hielt er Louise im Arm, warm und weich. Er strich ihr übers Haar und flüsterte: »Es wird alles gut.«

Aber vielleicht hatte er nur geträumt.

Als er das zweite Mal erwachte, war es dunkel im Zimmer; es roch so stark nach Staub und Moder, dass er die Nase rümpfte. Das Feuer im Kamin war heruntergebrannt, und durch das Fenster der Balkontür kam das fahle Licht des falschen Monds, gerade genug, dass er den schmutzigen Fußboden erkennen konnte. Wenigstens brauchen wir uns keine Gedanken über Ungeziefer zu machen, dachte Benjamin im Halbschlaf. Es gibt hier keins. Die Stadt lebt, und doch ist sie tot, ohne Insekten und ohne Pflanzen.

Dann fiel ihm die Spinne in dem Keller ein, in dem er sich mit Louise vor den Schatten versteckt hatte. Die Spinne, die plötzlich verschwunden war.

Ebenso wie Louise. Sie lag nicht mehr neben ihm.

Benjamin setzte sich abrupt auf. »Louise?«

Die Balkontür stand einen Spaltbreit offen, und Benjamins zum Trocknen aufgehängte Sachen flatterten wie kleine Fahnen im Wind. Andere Geräusche gab es nicht. Niemand antwortete ihm.

Er stand auf und zog sich die kratzige Decke wieder um die Schultern, denn es war kalt geworden. Sein Rucksack lehnte an dem wackligen Stuhl, auf dem Louise gesessen hatte, und auf dem Karton-Tisch lagen ein Zettel und ein zusammengefalteter Bogen Papier in einer Klarsichthülle. »Lieber Ben« stand ganz oben auf dem Zettel, und Benjamin nahm ihn und las.

Lieber Ben,
ich weiß, es ist dumm, einfach so zu verschwinden, aber ich kann Dich nicht mitnehmen. Es ist zu Deinem eigenen Besten, glaub mir. Ich lasse Dir eine Karte da, in der meine anderen kleinen Schlupfwinkel und einige Orientierungspunkte der Stadt eingezeichnet sind, damit Du dich zurechtfindest. Wenn alles gutgeht, treffen wir uns in zwei Tagen abends in meiner kleinen Absteige beim Kongresszentrum, einverstanden? Und da Du Dich jetzt sicher fragst, was gutgehen muss, damit wir uns treffen können: Ich habe vor, der Bibliothek einen Besuch abzustatten. Wenn ich sie erreichen und etwas aus ihr bergen kann, erkaufe ich mir damit Zugang zum Supermarkt. Es ist die einzige Möglichkeit. Ich kann nicht darauf warten, dass erneut jemand wie Du in der Stadt erscheint, und die Suche nach dem angeblichen Arsenal würde zu lange dauern und hätte vielleicht ohnehin keinen Sinn. Zwei Tage, Ben. So lange sollten Deine Vorräte reichen.

Bis bald!
Louise

Die Bibliothek, dachte Benjamin. Louise hatte während der ersten Fahrt im Patrouillenwagen davon erzählt, als sie mit Katzmann und Mikado auf dem Weg zur Gemeinschaft gewesen waren. Ein gefährlicher Ort, den sie schon mehrmals vergeblich zu erreichen versucht hatte. *Mit einer Waffe wäre es einfacher, zur Bibliothek zu gelangen,* hatte sie gesagt.

Benjamin zog die Karte aus der Plastikhülle und faltete sie auseinander. Es war eine sehr einfache, aufs Wesentliche beschränkte Darstellung der Stadt, und die Bibliothek war nicht eingezeichnet.

Er legte Zettel und Karte auf den Tisch, und als hätte er

damit das Zeichen gegeben, verklang draußen die leise Stimme des Windes. Die Kleidungsstücke hingen reglos an der Leine auf dem Balkon, verursachten kein Geräusch.

Stille breitete sich aus. Aber es war eine Stille, die den Atem anhielt und wartete.

Benjamin horchte.

Etwas näherte sich, sagte ihm sein Instinkt, und es war kein Mensch.

Schattenwege

28

Benjamin ließ die kratzige Decke zu Boden gleiten, huschte zur Balkontür und zog sie auf. Er hatte einen Kloß im Hals, und seine Hände zitterten, als er die Kleidungsstücke von der Leine nahm, sie überstreifte und einen Blick nach unten warf. Leer lag die Straße da, das Kopfsteinpflaster inzwischen trocken, rechts und links gesäumt von Pfützen. Nirgends regte sich etwas.

Er zog die Schuhe an, die noch feucht waren, ebenso wie der Parka mit dem Schussloch im Ärmel, kehrte in die Wohnung zurück und lauschte. Nicht das geringste Geräusch erklang, es kam nicht einmal ein leises Knistern vom Kamin. Und doch … Er fühlte etwas in dieser Stille, etwas, das auf ihn wartete.

Benjamin schwang sich den Rucksack auf den Rücken, steckte Louises Karte und den Brief ein und schlich zur Tür. Vorsichtig öffnete er sie einen Spaltbreit und spähte in den Flur, in dem es so dunkel war, dass er nicht einmal die Treppe sehen konnte.

Er machte einen vorsichtigen Schritt in den Flur; von seinen feuchten Schuhen kam ein leises Quietschen, das die Stille zu packen und zu zerreißen schien. Nach einigen Metern durch die Finsternis, bei der Treppe, verharrte Benjamin erneut, direkt neben einem an der Wand befestigten Gummiband – es hatte den Besenstiel gehalten, der ihm gegen den Kopf geknallt war. Wo lag das Ding? Er gab seinen Augen noch etwas mehr Zeit, sich an die Dunkelheit zu gewöhnen, und dann sah er den Besenstiel im Flur auf der anderen Seite der Treppe, an die Wand gelehnt.

Auf Zehenspitzen, um so wenig Geräusche wie möglich zu verursachen, machte er einige Schritte und ergriff den Besenstiel. Mit ihm in der Hand fühlte er sich ein wenig besser, aber nicht viel. Er wollte sich umdrehen und zur Treppe zurückkehren, als es direkt vor ihm fast unhörbar leise knisterte und sich ein Schatten von der Wand löste, an der sich eine dünne Eisschicht gebildet hatte, genau dort, wo eben noch der Besenstiel gelehnt hatte.

Ein jäher Adrenalinschub ließ Benjamin zurückspringen, und gleichzeitig schwang er den Besen. Der Stiel aus hartem Holz sauste herum, erreichte den Schatten und durchdrang ihn, ohne auf spürbaren Widerstand zu stoßen.

Benjamin ließ ihn fallen und rannte mit quietschenden Schuhen los.

Auf der Treppe nahm er mehrere Stufen auf einmal, obwohl er sie in der Dunkelheit kaum sehen konnte, und in den engen Kurven auf den Treppenabsätzen schien der Rucksack doppelt so schwer zu werden – er schwang herum und raubte Benjamin fast das Gleichgewicht. Er erreichte den ersten Stock, und die Stille floh vor ihm, vor dem Donnern seiner Schritte und dem Keuchen, als er weiter nach unten stürmte, ohne sich die Zeit für einen Blick über die Schulter zu nehmen.

Als er das Erdgeschoss erreichte, erschien ein zweiter Schatten vor ihm: die Silhouette einer menschlichen Gestalt, mit

Kopf, Armen, Rumpf und Beinen, so dunkel wie das Innere eines Grabs, Finsternis ohne Substanz. Ein leise knisterndes, kaltes Etwas ohne Augen, Ohren oder andere erkennbare Sinnesorgane, das aber dennoch den Eindruck vermittelte, Benjamin deutlich zu sehen und alles zu hören, selbst seinen rasenden Herzschlag.

Die schwarze Gestalt trat auf ihn zu, mit dem Knistern von Eis unter ihren Schritten. Ein Arm streckte sich Benjamin entgegen …

Er zuckte zurück, drehte sich um und sah in der Düsternis, wie der erste Schatten die Treppe herunterkam. Benjamin konnte nicht zurück, und der Weg nach draußen war ebenfalls versperrt.

Er holte tief Luft und sprang an dem zweiten Schatten vorbei in Richtung Haustür.

Der ausgestreckte Arm berührte ihn am Halsansatz, und eine Art elektrischer Schlag zuckte durch Benjamins Körper. Ihm wurde schwarz vor Augen.

Die hohen Baumwipfel rauschten wie ein Meer, und Benjamin sagte: »Einst war ganz Europa ein riesiger Wald, ein grünes Meer. Aber dann kamen die Römer und fällten die Bäume, bauten Palisaden und Schiffe.«

Er sah nach oben und beobachtete, wie sich Äste und Zweige bewegten, angestoßen von den unsichtbaren Händen des Winds. »Hörst du sie? Hörst du die Stimme des Winds?«

»Ja«, erwiderte Kattrin an seiner Seite. »Sie erzählt von anderen Zeiten, vom Anfang und Ende der Welt.«

Benjamin sagte etwas, und Kattrin lachte. Ihre Stimme klang anders, ein wenig schrill.

»Warum lachst du?«, fragte er.

»Ich lache, weil ich glücklich bin.«

»Und warum bist du glücklich?«

»Weil wir hier sind. Weil wir beschlossen haben, ein neues Leben zu beginnen.«

»Ist es unser Leben?«

»Wem sollte es sonst gehören?«

»Das ist die Frage.« Er sah sie an, auf der Suche nach den richtigen Worten, und vielleicht nach Antworten auf Fragen, die er erst noch stellen musste. »Wie lange möchtest du leben, Kattrin?«

Sie machte große Augen und lächelte. »Wie lange? Ich weiß nicht. Für immer?«

»Für immer«, murmelte er. »Das ist lange.«

Es war dunkel und kalt, und Benjamin lag irgendwo im Staub, der Körper bekleidet, doch Geist und Seele nackt, von dunklen, kalten Händen betastet. Er versuchte, die Augen zu öffnen, aber vielleicht waren sie schon offen, denn er sah eine Straße, oder etwas, das wie eine Straße aussah, der Asphalt von langen Rissen durchzogen. Dünne graue Nebelschwaden krochen darüber hinweg.

Die Gezeiten, dachte er alarmiert. Die Flut des Nebels kommt, und mit ihm die Kreaturen. Ich muss mich in Sicherheit bringen!

Eine schwarze Hand erschien vor seinem Gesicht und berührte seine Augen. Wieder kam es zu etwas, das sich wie ein elektrischer Schlag anfühlte, der diesmal vielleicht noch heftiger ausfiel.

Die Straße verschwand.

Das Wasser reichte überall bis zum Horizont, und nirgends war ein Schiff oder ein Boot in Sicht. Ein Mann schwamm dort, und Erleichterung breitete sich in seinem Gesicht aus, als er *ihn* sah.

Sie verschwand sofort wieder und wich Entsetzen, als *er* die Hand ausstreckte und ihm den Kopf unter Wasser drückte. Der Mann versuchte sich zu wehren, aber *er* war viel stärker und hielt den Kopf des anderen unter Wasser gedrückt, bis alle Bewegungen aufhörten.

Der Mann wich langsam zurück, als *er* die Pistole hob: ein Stück Metall in *seiner* Hand, auf den Mann dort gerichtet. Es krachte, so laut wie ein Lastwagen, der eine Leitplanke durchbrach, und die Kugel schlug in den Kopf des Mannes, zerfetzte einen Teil seines Gehirns, löschte Gedanken und Gefühle aus, setzte allen Hoffnungen und Plänen dieses Menschen ein Ende.

Was ist mit mir los?, dachte Benjamin, und es waren seine eigenen Gedanken, diesmal war er sicher. Er versuchte die Lider zu heben, aber sie wollten noch Leinwand für eine weitere Szene sein.

Er konnte sich nicht bewegen. Etwas hielt ihn auf dem Stuhl vor dem Schreibtisch fest, hinter dem ein Mann saß und sprach, ohne dass er etwas hörte. Er hatte ein Summen in den Ohren, das für nichts anderes Platz zu lassen schien.

Der Mann hinter dem Schreibtisch sah wie ein in die Jahre gekommener Universitätsprofessor aus: seriös und intelligent, freundlich und geduldig, in den Augen besonnene Weisheit.

Es war ein Mann, dem man vertrauen konnte, aber *er* vertraute ihm nicht, denn er wusste: Dieser Mann wollte etwas mit ihm anstellen.

Er sah sich um, was ihm nicht ganz leichtfiel, denn etwas hielt auch seinen Kopf fest. Bücher standen in Regalen, aber es gab auch Geräte, von denen vielleicht das Summen in seinen Ohren stammte, Geräte, mit denen er verbunden war. Er senkte den Blick und stellte fest, dass er eine Art Kittel trug. In seiner linken Armbeuge steckte eine Injektionsnadel, verbunden mit einem dünnen Schlauch.

»Es ist wichtig«, kam die Stimme des Mannes aus der Ferne. Sein Name fiel ihm ein: José Maria Townsend. Und er war kein Universitätsprofessor, nein, das war er nicht. Er wollte irgendetwas mit ihm machen. Was, hatte er vergessen. »Hören Sie das?«

Aus dem Summen in den Ohren wurde ein Rauschen, wie von Wind in hohen Baumwipfeln. »Stellen Sie sich einen Wald vor, Benjamin. Einen Wald mit hohen Bäumen und einem dichten Blätterdach, durch das hier und dort Sonnenschein fällt. Stellen Sie sich den Wind in den Baumkronen vor. Er rauscht, fast wie das Meer. Hören Sie es?«

Ja, er hörte es ganz deutlich. Ein Rauschen wie von einer nahen Brandung. Aber es stammte vom Wind in den Baumwipfeln.

»Und jetzt denken Sie an Kattrin«, sagte Townsend. »Es ist eine positive Assoziation. Wir haben darüber gesprochen, Benjamin, erinnern Sie sich?«

Er fühlte ihre Hand in der seinen, obwohl er weder Hände noch Arme bewegen konnte. Er sah sie neben sich stehen, ihr braunes Haar zerzaust. Sie lachte.

»Warum lachst du?«, krächzte er. Seine Stimme klang anders, fand er. Selbst die eigenen Gedanken fühlten sich fremd an.

»Weil ich glücklich bin«, sagte Kattrin.

Halt, nein, die Worte stammten nicht von ihr, sondern von dem Mann hinter dem Schreibtisch, von Townsend. Auch er lächelte, aber er lächelte nicht, weil er glücklich war.

»So ist es richtig, Benjamin. Sie sind auf dem richtigen Weg.«

Und du bist auf dem Holzweg, dachte Benjamin. Ich werde dich töten, sobald ich diese Arme und diese Hände wieder bewegen kann.

Benjamin würgte, nicht zum ersten Mal, und etwas floss und spritzte aus ihm hinaus. Mühsam öffnete er die Augen, und noch bevor er etwas sah, stieg ihm der Gestank des eigenen Erbrochenen in die Nase. Er lag im Rinnstein, stellte er fest, die Beine in einer Pfütze und der Kopf halb in der eigenen Kotze.

Nebelschwaden zogen über ihn hinweg, kalt und grau.

Ich muss aufstehen und weg von hier, dachte er, aber er konnte sich nicht bewegen. Er trug keine Fesseln – Schwäche hielt ihn fest.

In den trägen grauen Wogen bewegte sich etwas. Beine schnitten wie Messer durch die Schwaden, muskulös und pelzbesetzt. Sie trugen einen krötenartigen Körper, aus dem vorn ein breiter Kopf ragte, darin Augen wie die eines Krokodils und ein Maul mit Zähnen wie Dolche. Einige Meter entfernt blieb die Kreatur stehen, neigte den Kopf von einer Seite zur anderen und schnüffelte.

Benjamin lag mucksmäuschenstill und hielt unwillkürlich den Atem an.

Die Kreatur schnaubte leise, schnüffelte erneut, drehte den Kopf und sah in seine Richtung. Sie näherte sich, mit der geschmeidigen Eleganz einer Raubkatze, und ein dumpfes Knurren kam aus ihrer Kehle.

Benjamin wollte aufspringen und loslaufen, aber sein Körper verweigerte ihm auch diesmal den Gehorsam. Ihm war noch immer speiübel, und er fühlte sich vollkommen ausgelaugt. Für einen Moment fragte er sich, ob er durch den Kontakt mit dem Schatten gestorben und gerade wieder zum Leben erwacht war. Und wenn ihn dieses Wesen zerriss und verschlang? Würde er auch dann ins Leben zurückkehren?

Benjamin wollte es nicht herausfinden.

Die Kreatur kam so nahe heran, dass er ihren Atem riechen konnte, der noch schlimmer stank als sein Erbrochenes. In den Reptilienaugen schien ein Licht zu funkeln, als sie ihn anstarrten, wie überrascht von dieser unverhofft auf der Straße liegenden Mahlzeit. Das Wesen knurrte noch einmal, öffnete den Rachen …

Ein Schuss krachte, und ein kleine Fontäne aus dunklem Blut spritzte aus der Stirn der Kreatur. Der Kopf ruckte herum, das Geschöpf fauchte zornig und voller Schmerz, es duckte sich zum Sprung …

Das Knallen wiederholte sich, und dann noch zweimal schnell hintereinander, als die Kreatur trotz der tödlichen Verletzungen sprang. Unmittelbar darauf platschte es laut – offenbar war die Kreatur in eine Pfütze gefallen –, und dann folgte eine Stille, in der Benjamin lauter als jemals zuvor den Trommelwirbel seines Herzens hörte.

Schritte näherten sich, und ein Gesicht erschien über ihm: schmal, bärtig und abgezehrt, die Wangen eingefallen, die Augen tief in den Höhlen liegend, das aschblonde Haar lang und struppig. Ein Streuner?

»He, du wärst fast ein leckerer Happen für das Biest geworden. Was ist mit dir? Kannst du aufstehen?«

Benjamin konnte nicht einmal den Kopf schütteln. Er versuchte zu sprechen, doch es wurde nur ein Krächzen daraus.

In den dichter werdenden Nebelschwaden knurrte und zischte es.

»Ich schätze, wir sollten besser von hier verschwinden.« Der Mann drehte Benjamin auf die Seite, wodurch sein Gesicht in das Erbrochene geriet, und packte ihn am Parka. »Du stinkst, mein Junge. Das Zeug müssen wir abwaschen.«

Benjamin wurde auf recht unsanfte Weise herumgezerrt, und die Pfütze, in der bis eben seine Beine gelegen hatten, erschien direkt vor ihm – der Mann tauchte ihn hinein.

»So, und jetzt machen wir es uns in dem Haus dort gemütlich, bis sich der Nebel verzieht.« Der Mann zog ihn am Parka über den Bürgersteig und in einen Hauseingang. Das Gesicht hatte abgehärmt ausgesehen, aber der Streuner schien recht kräftig zu sein. »Bist einer von den Gemeinschaftstypen, was? Vielleicht kann ich dich als Geisel gebrauchen. Was hast du denn da in dem Rucksack? Dinge, die ich gebrauchen kann?«

Benjamin war noch immer von Schwäche gelähmt und fragte sich, ob er vom Regen in die Traufe geraten war.

29

»Ich habe Hunger«, brachte Benjamin hervor, als der Schmerz nachließ. Er lag in einer Ecke des Zimmers, in das der Streuner ihn geschleift hatte, auf harten, kalten Fliesen.

»Kein Wunder, dass dein Magen leer ist, nach all der Kotzerei.« Der Mann saß einige Meter entfernt an einer offenen Feuerstelle. Benjamin erinnerte sich daran, die Asche auf dem Boden gesehen zu haben, als der Streuner ihn hereingezogen hatte. Jemand war vor ihnen hier gewesen, irgendwann, und hatte auf den Fliesen ein Feuer angezündet. Hinter dem Mann lag Gerümpel an der Wand, die Reste von Möbeln und Kleidungsstücken.

Der Streuner saß auf etwas, das einmal die Rückenlehne eines Sessels gewesen war, und neben ihm lag Benjamins Rucksack. Er hatte ihm mehrere Konserven entnommen, zwei geöffnet und die mit den Bohnen in wenigen Minuten geleert. Jetzt machte er sich über die zweite Büchse her.

»Ananas«, sagte er genießerisch und fischte mit Zeige- und Mittelfinger eine weitere Scheibe heraus. »Ich weiß gar nicht mehr, wann ich zum letzten Mal Ananas gegessen habe.«

Der Schmerz ließ weiter nach, und Benjamin spürte, wie ein wenig Kraft zurückkehrte. Es war nicht genug, bei weitem nicht. »Ich habe Hunger«, krächzte er. »Und Durst.«

»Hast du nicht genug Regenwasser geschluckt?« Der Streuner mit dem struppigen Haar lachte, nahm die leere Dose, schöpfte damit Wasser aus einem Eimer und brachte sie Benjamin. Einen Schritt vor ihm blieb er stehen, hob warnend den Zeigefinger, und stellte die Büchse auf den Boden. »Keine Mätzchen, mein Lieber, sonst knallt's. Und zwar im wahrsten Sinne des Wortes.« Er klopfte kurz auf die Pistole hinter seinem Gürtel, wich dann zurück. »In Ordnung, jetzt kannst du die Dose nehmen.«

Benjamin wollte die Hand ausstrecken und stellte fest, dass er gefesselt war. Der Streuner hatte ihm eine Schnur um die Handgelenke geschlungen und verknotet.

Der Mann lachte erneut und nahm wieder am Feuer Platz. »Nur zu, trink.«

Benjamin griff mit beiden Händen nach der Büchse und trank Wasser, das nach Bohnen schmeckte. Kaum hatte er die Dose leergetrunken, bekam er Magenkrämpfe und übergab sich.

»Glaub nur nicht, dass ich erneut den Kellner für dich spiele«, sagte der Streuner und mampfte Ananas. »Was ist mit dir passiert, hm?«

»Ein Schatten …«, ächzte Benjamin. Seine Kehle schien in Flammen zu stehen.

»Oh, ein Schatten hat dich erwischt? Bist du tot gewesen? So wie du aussiehst …«

Zwei Tage, dachte Benjamin und erinnerte sich an den Brief, den Louise ihm geschrieben hatte. In zwei Tagen erwartete sie ihn in ihrem Quartier beim Kongresszentrum. Wie viel Zeit war vergangen?

»Wie lange habe ich … auf der Straße gelegen?«

»Was weiß ich?«, erwiderte der Streuner mit vollem Mund. »Hab nicht bei dir gesessen und die Stunden gezählt.«

»Das sind … meine Sachen, die du da isst.«

»Was du nicht sagst.« Der Mann holte die letzte Ananasscheibe aus der Büchse, schlang sie hinunter, trank den Saft und nahm die nächste Konserve. »Rindfleisch. Meine Güte, hast lauter Delikatessen mit dir herumgeschleppt.«

»Es ist alles, was ich … habe.« Das Brennen in der Kehle ließ allmählich nach, wie zuvor der Schmerz, aber die Schwäche blieb. Beine und Arme fühlten sich an, als bestünden die Knochen aus Blei.

Die Flammen des kleinen Feuers züngelten, der Streuner schmatzte genießerisch, und draußen im Nebel fauchte eine Kreatur.

Der Mann am Feuer neigte kurz den Kopf zur Seite. »Hörst du die Viecher? Sind ebenfalls hungrig. Fast hätten sie dich gekriegt.« Er lachte und sagte: »Aber vielleicht müssen sie nicht lange auf dich verzichten. Dago könnte beschließen, dich als Köder in einer unserer Fallen für die Kreaturen zu verwenden, solange du noch was auf den Rippen hast. Natürlich nur, wenn sich Hannibal nicht auf einen Handel einlässt. Aber er will dich bestimmt zurückhaben, oder? Schließlich stehen die Mitglieder der Gemeinschaft füreinander ein.«

Benjamin schwieg. Er hielt es für besser, nicht darauf hinzuweisen, dass Hannibal ihn hinausgeworfen hatte.

Der Schmerz kehrte zurück, breitete sich wie eine langsame Explosion im Bauch aus, strahlte in Arme und Beine, kroch bis in Finger und Zehen und schnitt wie mit einem Messer durch Benjamins Kopf. Eine Zeit lang nahm er nichts anderes wahr, nur diesen Schmerz, der ihn an Velazquez im Hospital erinnerte, und er fragte sich, ob er wirklich tot gewesen war, umgebracht von einem Schatten, der ihn entführt und … irgendetwas mit ihm angestellt hatte. Aber wenn das stimmte, wenn er wirklich als Leiche im Rinnstein gelegen hatte … Die Auferstehung außerhalb des Hospitals dauerte länger. Es konnten mehrere Tage vergangen sein, eine ganze Woche, vielleicht sogar zwei oder drei. Nein, das war unwahrscheinlich. So viel Zeit wäre bestimmt nicht verstrichen, ohne dass ihn die Kreaturen gefunden hätten.

Irgendwann ließ der Schmerz erneut nach, und als Benjamin die Augen öffnete, war es draußen nicht mehr dunkel. Das erste Licht des neuen Tages fiel durchs offene Fenster und schien mit dem Rauch zu wetteifern, der wie eine verirrte Nebelschwade davor in der Luft hing und sich kaum bewegte. Vorsichtig drehte Benjamin den Kopf.

Der Streuner, dessen Namen er noch immer nicht kannte, lag neben dem Gerümpel an der Wand, auf einem Lager aus Lumpen, mit einer gepolsterten Armlehne des Sessels als Kopfkissen; er schnarchte leise. Vom Feuer war nur noch glühende Asche übrig. Ein dünner Rauchfaden stieg davon auf und vereinte sich mit der Wolke am Fenster.

Die Bohnendose stand in der Nähe, wieder mit Wasser gefüllt. Benjamin nahm sie vorsichtig mit den gefesselten Händen, und diesmal trank er langsam, in kleinen Schlucken, obwohl es ihn danach verlangte, die Büchse in einem Zug zu leeren. Wieder entstand Übelkeit in ihm, aber sie hielt sich in Grenzen. Er beobachtete den Streuner und gelangte nach ein oder zwei Minuten zu dem Schluss, dass er wirklich schlief.

Dies war eine Chance, vielleicht seine einzige.

Er stellte die Büchse beiseite, zog die Beine an – langsam, nur kein Geräusch verursachen – und stand auf. Für einen Moment schwankte er und rang um sein Gleichgewicht, machte dann einen Schritt nach vorn … und spürte, wie seine Hände zur Seite gezogen wurden. Eine zweite Schnur war zwischen seinen Händen um die erste geschlungen und führte zu einem Haken in der Wand, an dem vielleicht einmal ein Heizungskörper befestigt gewesen war. Benjamin zog daran, doch das Ding löste sich nicht. Er schlich zur Wand, betastete den Knoten mit zitternden Fingern und musste sich nach einigen vergeblichen Versuchen eingestehen, dass er ihn nicht lösen konnte.

Auf der anderen Seite des Zimmers schnaufte der Streuner im Schlaf und drehte sich zur Seite. Deutlich war die Pistole hinter seinem Gürtel zu sehen.

Benjamin kehrte auf leisen Sohlen dorthin zurück, wo er auf dem Boden gelegen hatte, nahm die Büchse, betastete ihren Rand und fand, was er suchte: eine scharfe Stelle. Rasch drehte er die Dose und begann damit, an der zweiten Schnur zu sägen. Schon nach einer Minute war sie durchtrennt.

Benjamins Knie zitterten, und für einen Moment befürchtete er, sie könnten unter ihm nachgeben. Er biss die Zähne zusammen, drehte die Büchse und versuchte sich auch von der Fessel an seinen Händen zu befreien, doch das erwies sich als weitaus schwieriger. Mehrmals wäre ihm die Dose fast aus den Händen geglitten und zu Boden gefallen – das Scheppern hätte den Streuner sicher aus seinen Träumen gerissen.

Ein leises Knarren kam vom Fenster, als draußen Wind aufkam. Kalte Luft wehte herein und zerfaserte die Rauchwolke, die bis eben fast völlig bewegungslos gewesen war.

Benjamin bückte sich und stellte die Dose auf den Boden. Er brauchte mehr Zeit, um die Schnur an seinen Handgelenken zu durchtrennen, und die hatte er nicht. Der kalte Wind erreichte den Streuner und weckte ihn vielleicht.

Auf Zehenspitzen schlich er durchs Zimmer, vorbei an den Resten des Feuers, näherte sich dem Schlafenden, ging in die Hocke und streckte die gefesselten Hände nach der Pistole hinterm Gürtel aus.

Der Streuner schnaufte erneut – vielleicht spürte er bereits den vom Fenster kommenden kalten Wind – und machte Anstalten, sich ganz auf die Seite zu drehen. Das hätte bedeutet, dass die Pistole unter ihm unerreichbar gewesen wäre, und deshalb handelte Benjamin. Er brachte beide Hände heran, schloss die rechte um den Griff und riss die Pistole hinter dem Gürtel hervor. Der Streuner öffnete die Augen und kam halb in die Höhe, aber Benjamin war bereits einen raschen Schritt zurückgewichen und trat noch etwas weiter fort, die Waffe auf den Mann gerichtet.

»Bleib liegen«, sagte er.

»Kannst du überhaupt mit dem Ding umgehen?«, fragte der Streuner, und seine Lippen verzogen sich zu einem spöttischen Lächeln.

»Ich glaube, ich habe das richtige Ende auf dich gerichtet, du Komiker«, erwiderte Benjamin. »Bleib hübsch ruhig, wenn dir was an deinem Leben liegt.«

Der Mann grinste jetzt und setzte sich wie in Zeitlupe auf. »Es ist gar nicht so einfach, auf jemanden zu schießen. Du willst doch niemanden umbringen, oder? Die Gemeinschaft ist doch um ›Positivität‹ bemüht, wie es Hannibal nennt.«

Benjamin wich noch einen Schritt zurück. Er hatte die Pistole entsichert, ohne groß darüber nachzudenken, und merkte jetzt, wie vertraut sie sich in seiner Hand anfühlte. Dieses Empfinden lenkte ihn kurz ab, was der Streuner vielleicht für ein Zeichen von Unsicherheit hielt.

Der Mann stand auf. »Es würde Hannibal bestimmt nicht gefallen, wenn du jemanden erschießt.«

»Hannibal hat mich rausgeschmissen.« Benjamin zielte auf den Kopf des Streuners. »Und du Mistkerl hast dir den Bauch mit dem bisschen Proviant vollgeschlagen, den man mir mitgegeben hat.«

»He, he, ganz ruhig, Junge.« Der Streuner stand da und hob die Arme. »Hast du vergessen, dass ich dich vor der Kreatur gerettet habe? Ohne mich hätte dich das Biest zerfleischt und verschlungen. Es hätte dich irgendwann ausgeschissen, und Scheiße wird nicht lebendig, das steht fest.«

»Da bin ich mir nicht so sicher«, sagte Benjamin.

»Was soll das denn heißen, Mann? Nur weil ich mir einen kleinen Happen von deinen Vorräten genehmigt habe? Ist dir dein Leben nicht mal so viel wert? Komm schon, Mann, nimm die Waffe weg. Das Sterben ist verdammt unangenehm; ich möchte es nicht noch einmal durchmachen müssen. Was hältst du davon, wenn wir Freunde werden? Ich bringe dich zu Dago und lege bei ihm ein gutes Wort für dich ein. Bei uns bist du gut aufgehoben.«

»Als was?«, fragte Benjamin. »Als Köder für eine Kreaturenfalle?«

Der Streuner lachte und trat einen Schritt vor. »He, das war nur ein kleiner Scherz. Du glaubst doch nicht etwa …«

»Noch ein Schritt, und du hast eine Kugel in deiner dämlichen Birne!«

Der Mann blieb stehen und musterte Benjamin einige Sekunden lang. Dann lächelte er wieder. »Ach, komm, du würdest doch nicht wirklich auf mich schießen. Ich meine es doch nur gut mit dir.« Und dann sprang er.

Benjamin hielt die Pistole in beiden Händen und krümmte den Zeigefinger der Rechten. Es knallte, der Kopf des Streuners ruckte nach hinten, der Oberkörper folgte ihm, und der Mann fiel mit dem Rücken auf den Boden, in der Stirn ein hässliches Loch.

Benjamin sah auf den Toten hinab, und seine Mischung aus Erleichterung und Genugtuung löste sich fast sofort wieder auf, als ihm erschrocken klarwurde, dass er gerade einen Menschen erschossen hatte.

Er starrte auf die Pistole in seinen Händen und ließ sie fallen, als wäre sie plötzlich glühend heiß. Nur eine Sekunde später fühlte er sich wie ein Idiot, hob die Waffe wieder auf und steckte sie ein. Er konnte sich nicht daran erinnern, jemals auf jemanden geschossen zu haben; aber das Gefühl der Vertrautheit, das ihm die Pistole vermittelt hatte, irritierte ihn. Benjamin beschloss, später darüber nachzudenken. Rasch durchsuchte er die Taschen des Streuners, fand ein Messer und befreite sich damit von der Schnur an seinen Händen. Außerdem entdeckte er zwei Reservemagazine, die er ebenso einsteckte wie das Messer, nahm seinen Rucksack und eilte zur Tür. Dort hielt er inne, wie nach einer großen Anstrengung außer Atem, und zwang sich zur Ruhe. Sein Blick kehrte noch einmal zu dem Toten zurück.

Ich habe jemandem eine Kugel in den Kopf gejagt, und es ist mir *nicht* schwergefallen, dachte er voller Unbehagen. Dann eilte er hinaus.

Als er auf die Straße trat, in den kalten Morgen, fielen erste Schneeflocken, und eine dünne Eisschicht glitzerte auf den Pfützen.

30

Ich hätte ihm ins Bein schießen können, dachte Benjamin als er über den Bürgersteig ging, dicht an den Hauswänden entlang – er wollte keine Spuren im Schnee hinterlassen. Oder in den Arm, um ihn zu warnen. Aber ich habe auf den Kopf gezielt und auch getroffen. Es ist mir *leicht*gefallen, auf ihn zu schießen. Es war eine Erkenntnis, die ihn mit Unbehagen erfüllte, und Benjamin grübelte eine Zeit lang darüber nach, während er den Blick gesenkt hielt und beobachtete, wie sich seine Füße bewegten.

Die Schneeflocken, klein und kalt, fielen dichter, und der Wind, der zuvor eisige Luft ins Zimmer geweht hatte, legte sich. Die Stadt streifte ein weißes Gewand über, und ihre Stille wurde wie in Watte gehüllt. Benjamin erinnerte sich daran, dass Kowalski von »selektiver Strahlungsreduktion« gesprochen hatte, und davon, dass es »in diesem Teil der Stadt« Winter werden konnte. Befand er sich also in dem Stadtviertel mit dem Wolkenkratzer, in dem vier neue Stockwerke entstanden waren?

An der nächsten Straßenecke blieb Benjamin stehen, so dicht an der Hauswand, dass ihn nur wenige der fallenden Schneeflocken erreichten, griff in die Tasche des schmutzigen, nach Erbrochenem riechenden Parkas und holte die von Louise gezeichnete Karte hervor. Sie steckte nicht mehr in der Klarsichthülle, und Regennässe hatte die gezeichneten Linien und Hinweise verwischt. Benjamin fluchte, zerknüllte die nutzlos gewordene Karte und warf sie in den ruhig und senkrecht fallenden Schnee, der inzwischen so dicht geworden war, dass die Sichtweite auf sechzig oder siebzig Meter schrumpfte. Unter solchen Umständen war es sinnlos, eins der oberen Stockwerke aufzusuchen, aus den Fenstern zu sehen und nach Orientierungspunkten Ausschau zu halten. Wie sollte er den Treffpunkt finden, an dem Louise ihn erwartete? Er wusste nicht einmal, welche Richtung er einschlagen musste, um zum Kongresszentrum zu gelangen.

Benjamin ging weiter, die Hände tief in den Taschen vergraben und die Kapuze des Parkas über den Kopf gezogen – in der Nähe des erschossenen Streuners wollte er nicht bleiben. An manchen Stellen ließ es sich nicht vermeiden, dass er Fußabdrücke im Schnee hinterließ, aber wenn es weiterhin so stark schneite, würden sie in wenigen Minuten unter neuem Schnee verschwinden. Mehrmals tastete er nach der Pistole, wie um sich zu vergewissern, dass sie immer noch da war und sich nicht in Luft aufgelöst hatte. Ihre Präsenz beruhigte einen Teil von ihm und erschreckte einen anderen. Sie bedeutete, dass er sich verteidigen konnte, wenn es notwendig werden sollte, aber die Leichtigkeit, mit der er von der Waffe Gebrauch gemacht hatte, deutete auf eine verborgene Seite von ihm hin. Niemand, dessen moralisch-ethische Bremsen einigermaßen funktionierten, tötete einfach so einen anderen Menschen, und außerdem musste man mit einer solchen Pistole umgehen können. Benjamin hatte die Waffe wie selbstverständlich entsichert – seine Finger hatten von ganz allein gewusst, worauf es ankam. Dagos Colt fiel ihm ein. Er hatte den Revolver nicht nur sofort erkannt, sondern auch die historischen Fakten gekannt. Woher kam dieses Wissen? Wieso wusste er über Waffen Bescheid, obwohl es in seinen bewussten Erinnerungen nichts gab, das ihn mit Revolvern und Pistolen in Verbindung brachte? Der Tod, gemeiner Dieb ... Was hatte er ihm gestohlen, als er gestorben war? Und hatte er noch mehr vergessen? War er durch den Kontakt mit dem Schatten ein zweites Mal gestorben?

Wie lange hatte er im Rinnstein gelegen? Nur einige Minuten oder Stunden? Oder Tage?

Benjamin war so sehr in Gedanken versunken, dass er die Veränderung in seiner Umgebung erst bemerkte, als es ihm schwerer fiel, Einzelheiten auf der gegenüberliegenden Straßenseite zu erkennen, und er sich fragte, wieso es Abend wurde, obwohl doch gerade erst ein neuer Tag begonnen hatte. Vor dem mit Eisblumen verzierten Schaufenster eines leeren Ladens blieb er stehen, fröstelte trotz des dicken Parkas und beobachtete, wie sich die Wolke seines kondensierenden Atems in Düsternis verlor. Er sah in die Richtung, aus der er gekommen war – dort schien es heller zu sein. Neugierig geworden ging er weiter, hörte das leise Knirschen des Schnees unter seinen Schuhen und spürte, dass es noch kälter und dunkler wurde. Die Fenster zu beiden Seiten der Straße blieben finster. Nirgends brannte Licht, und die wenigen Gardinen, die sich hinter den Fensterscheiben zeigten, hingen in Fetzen. Hier wohnte niemand.

Weiter vorn, wo es fast so dunkel war wie in der Nacht, öffnete sich die Straße auf der rechten Seite zu einem Platz, und als Benjamin ihn erreichte, erinnerte er sich an die erste Nacht in der Stadt, als er mit Louise unterwegs gewesen war. Sie hatte von einem »Loch« gesprochen, das vielleicht in die »Unterwelt« führte.

Gestaltloses Schwarz wuchs aus der Mitte des Platzes, quoll über Absperrungen aus Brettern, Latten, Eisenstangen und verrosteten Blechen hinweg übers Pflaster, kroch an Hauswänden empor und über Dächer. Die Finsternis war nicht völlig reglos; Benjamin sah lange genug hin, um in ihr ein träges, wie ein in Zeitlupe gefangenes Wogen zu erkennen.

Die Beine trugen ihn näher, noch bevor er eine bewusste Entscheidung getroffen hatte, und mit jedem Schritt wurde es kälter. Hinter den Absperrungen, die einen sehr improvisierten Eindruck machten, klaffte ein großes Loch im Boden, mit gewölbten Rändern wie bei einem Trichter. Vielleicht sollten die Absperrungen verhindern, dass jemand dem Rand des Loches zu nahe kam und hineinstürzte.

Auf der linken Seite ragte etwas auf, das wie eine Tribüne aussah, und von ihr führte eine Rampe zum Loch hinab. Benjamin trat noch einige Schritte näher, obwohl in seinem Kopf erste Alarmglocken zu läuten begannen, und stellte fest, dass schmale Schienen über die Rampe führten, sich an der Seite des Loches fortsetzten und in einer langen Spirale in die Tiefe reichten. Ganz oben auf der Rampe stand ein hölzerner Wagen, der einer Lore ähnelte und mit Bremsklötzen gesichert war.

Benjamin duckte sich wider aller Vernunft durch eine Lücke in der Barriere und wollte einen Blick über den Rand in die Tiefe werfen, als es direkt vor ihm knisterte und ein Schatten aus dem Loch kletterte. Er reagierte ohne nachzudenken, wirbelte herum, sprang durch die Öffnung in der Absperrung zurück und lief.

Benjamin hatte einige Hundert Meter zurückgelegt, als er mitten auf der Straße im Schnee ausrutschte und der Länge nach hinfiel. Sofort rappelte er sich wieder auf, schnappte nach Luft und spürte das Zittern von Schwäche in den Knien.

Er sah zurück – leer erstreckte sich die weiße Straße und verschwand im fallenden Schnee. Von einem Schatten war weit und breit nichts zu sehen.

Ein Pfiff erklang, und auf der gegenüberliegenden Straßenseite traten zwei Gestalten aus einem schattigen Hauseingang. Eine von ihnen erkannte er sofort, obwohl sie die Kleidung gewechselt hatte und jetzt eine gefütterte Windjacke trug: Jasmin, die Streunerin aus dem Supermarkt, Dagos Partnerin, in der Hand eine Armbrust, die sie jedoch nicht auf ihn richtete. Ihr Begleiter war einer der Männer, die Dago beim Austausch auf dem Konkordatsplatz begleitet hatten.

»Wen haben wir denn da?«, sagte er und grinste.

Benjamins Knie zitterten noch immer und wiesen ihn darauf hin, dass ein weiterer Sprint über einige Hundert Meter nicht infrage kam. Außerdem wäre er ohnehin nicht schneller gewesen als ein Armbrustpfeil. Er beobachtete Jasmins Waffe und fragte sich, ob sie auf ihn schießen würde. Sie beantwortete die unausgesprochene Frage, indem sie die Armbrust hob.

»Sei vernünftig«, sagte sie.

»Ich bin wertlos für euch«, krächzte Benjamin. »Hannibal hat mich rausgeworfen. Ihr könnt mich nicht für einen neuen Austausch verwenden.« Er musste sich irgendwie aus dieser Situation herauswinden, und zwar schnell. Möglicherweise waren Jasmin und ihr grinsender Begleiter nicht allein. Wenn sich weitere Streuner in der Nähe befanden und einer von ihnen den Mann entdeckte, den er erschossen hatte, und wenn man dann auch noch die Pistole bei ihm fand …

Wie schnell konnte er die Pistole ziehen, die in der Parkatasche steckte? Nicht schnell genug, dachte er, als sein Blick zur Armbrust zurückkehrte.

Plötzlich verschwand das Grinsen des Mannes, und Jasmin hob erstaunt die Brauen. Fast im gleichen Moment legte sich Benjamin eine Hand auf die Schulter.

»Er gehört zu mir«, sagte jemand hinter ihm.

Jasmin ließ sofort die Armbrust sinken. »Oh«, erwiderte sie. »Nichts für ungut, aber *wir* haben ihn zuerst gesehen.« Sie kam noch einen Schritt näher, blieb dann aber unschlüssig stehen.

»Wer ihn zuerst gesehen hat, spielt keine Rolle«, sagte die Stimme hinter Benjamin. »Er gehört zu mir. Übrigens … richte Dago aus, dass es heute Vormittag eine Elektrostunde geben wird. Ich habe in der vergangenen Nacht davon geträumt.«

Jasmins Miene erhellte sich. »Danke für den Hinweis. Dago wird ihn zu schätzen wissen.« Sie winkte und kehrte mit ihrem Begleiter zum dunklen Hauseingang zurück. Am Fenster darüber bewegte sich eine dritte Gestalt, von der vermutlich der Pfiff gekommen war.

Benjamin drehte sich um und sah einen Greis, gehüllt in einen grünen Lodenmantel, der ihm fast bis zu den Füßen reichte. Das blasse Gesicht war vom Alter zerfurcht, und die wässrigen Augen wirkten fast farblos. Ein Greis, zehn oder fünfzehn Jahre älter als Hannibal. Die Knollennase über dem dünnlippigen Mund war von der Kälte gerötet.

Der Alte nahm die Hand von Benjamins Schulter und steckte sie schnell in die warme Manteltasche zurück.

»Du bist Benjamin, nicht wahr? Und du warst mit Louise

verabredet. Du willst mit ihr die Stadt verlassen, habe ich Recht?«

Benjamin starrte den Alten groß an. Schneeflocken fielen ihm aufs strähnige graue Haar. »Ja, aber …«

»Du hättest in ihrem Quartier beim Kongresszentrum vergeblich auf sie gewartet«, sagte der Greis. »Louise ist tot.«

»Was?«

»Ist das so schwer zu verstehen? Sie ist tot. Es hat sie bei der Bibliothek erwischt.«

»Aber …« Benjamin suchte nach Worten. »Wer bist du? Und woher weißt du das alles?«

Der Greis lächelte matt. »Ich bin Laurentius, und ein Apfel hat es mir geflüstert. Komm jetzt. Oder willst du hier festfrieren?«

Laurentius

31

Es schneite nicht mehr, und eine weiße Decke lag über diesem Teil der stillen Stadt. Ein besondere Klarheit hing in der Luft und hob alle Konturen deutlich hervor. In der Ferne sah Benjamin mehrere dünne Rauchfahnen aufsteigen – irgendwo saßen Menschen an Kaminen und wärmten sich.

Vor ihnen ragte einer der sieben Hügel der Stadt auf, viel höher als die römischen. Eine Straße schraubte sich am Hang empor und erinnerte Benjamin an die Schienen, die vom tribünenartigen Holzgerüst ausgehend an den Innenwänden des Lochs in die Tiefe führten.

»Die Straße ist viel zu lang«, verkündete Laurentius. »Dreimal führt sie um den ganzen Hügel herum. Über die Treppe kommen wir schneller nach oben.«

Benjamin sah die Treppe hoch. »Wie viele Stufen sind es?«

»Genau sechshundertsechsundsechzig«, erwiderte Laurentius fröhlich. »Eine interessante Zahl, nicht wahr? Ich habe mich oft gefragt, ob es Zufall ist.«

Benjamin stöhnte leise. »Müssen wir unbedingt hoch?«

»Willst du Louise sehen oder nicht? Na komm schon. Du hast ein gutes Training hinter dir. Bist das Treppenhaus in dem Wolkenkratzer zweimal rauf- und runtergestiegen.«

»Hat dir das ebenfalls ein Apfel zugeflüstert?«, fragte Benjamin und brachte die ersten Stufen hinter sich. Das Zittern in seinen Knien dauerte an, und sein Magen knurrte. Gleichzeitig war ihm übel – eine seltsame Mischung.

»Spar dir den Spott, mein Junge. Du wirst es verstehen, wenn wir oben sind.«

Der Aufstieg war noch anstrengender, als Benjamin befürchtet hatte – schon nach wenigen Minuten blieb er zum ersten Mal keuchend stehen. Laurentius nahm ihm den Rucksack ab.

»Dich kann ich nicht auch noch tragen«, sagte er.

»Bin ich tot gewesen?«, schnaufte Benjamin und zwang sich, den Fuß auf die nächste Stufe zu setzen. »Als mich der Schatten erwischte ... Hat er mich getötet?«

»Woher soll ich das wissen?«

»Ich denke, du sprichst mit allwissenden Äpfeln.«

Laurentius rümpfte die Nase. »Für jemanden, der so riecht wie du, bist du ganz schön frech, mein Junge.« Und dann begann er zu erzählen: von einem Baum, der oben auf dem Hügel wuchs, neben dem Observatorium, in dem er wohnte, einem Baum, an dem immer Äpfel hingen, ungeachtet der Jahreszeit in diesem Teil der Stadt. Er erzählte von Apfelkernen und Träumen, die ihm von Ereignissen und Menschen berichteten. Er erzählte von einem Hauptteleskop, das nur während einer Elektrostunde bewegt werden konnte, und von einem kleineren, das er auf die Bibliothek gerichtet hatte und durch das man die tote Louise sah. Während die Treppenstufen für Benjamin immer höher wurden und sich bei jedem schweren Schritt stechender Schmerz durch seine Beine fraß, ließ sich Laurentius im Plauderton über die ersten

Menschen aus, die vor zweihundert Jahren aus der Stadt verschwunden waren.

»Ich bin unmittelbar nach ihrem Verschwinden in der Stadt angekommen«, sagte er und trat behände von einer Stufe zur nächsten. »Außer mir gab's damals hier keine Menschenseele, mein Junge, nur den Nebel und die Kreaturen darin. Hat eine Weile gedauert, bis ich mich zurechtgefunden habe. Zum Glück bin ich in der Nähe des Supermarkts zu mir gekommen; das hat's leichter gemacht. Ich bin der Erste von den Zweiten«, fügte er hinzu und lachte meckernd.

Benjamin hätte gern die eine oder andere Frage gestellt, aber er bekam ohnehin kaum genug Luft. Laurentius sprach weiter, als würden seine Beine von jemand anders bewegt. So sah es tatsächlich aus: Arme und Oberkörper schienen zu ruhen, und bei den Bewegungen der Beine unter dem langen Lodenmantel zeigte sich jene besondere Art von Schwung, die Benjamin einmal bei einem Stelzenläufer gesehen hatte.

Als sie die Hälfte der Stufen hinter sich hatten, sank Benjamin zu Boden und japste. Er streckte alle viere von sich, den Kopf auf eine von Schnee gepolsterte Stufe gelegt. Laurentius hingegen zeigte nicht die geringsten Ermüdungserscheinungen und erzählte munter weiter. Er berichtete davon, wie er damals vor zwei Jahrhunderten die Stadt durchstreift und die ersten anderen Menschen gefunden hatte, die nach ihrem Tod hier erschienen waren. Etwa vierzig Jahre nach seinem Tod und dem Erwachen in der Stadt hatte er sich im Observatorium niedergelassen und damit begonnen, mit Hilfe der Teleskope nach den Erbauern Ausschau zu halten.«

»Nach den … Erbauern?«, keuchte Benjamin.

»Glaubst du, diese Stadt ist einfach so entstanden, mein Junge?«, erwiderte Laurentius und trat unruhig von einem Bein aufs andere. Offenbar konnte er es kaum abwarten, den Weg nach oben fortzusetzen. »Jemand hat sie erbaut.«

»Das hat auch … Louise gesagt«, erinnerte sich Benjamin.

»Louise ist ein kluges Mädchen. Das heißt, sie war es. Wie dem auch sei: Jemand hat die Stadt erbaut, und dieser Jemand …« Laurentius hob den Zeigefinger. »… ist noch immer hier am Werk. Denk nur an die vier neuen Stockwerke des Wolkenkratzers. Oder an die eingesammelten Autowracks. Ich suche nach den Erbauern. Und ich träume für Dagos Streuner, Hannibals Gemeinschaft und auch die Unabhängigen. Darum respektieren mich alle.«

»Und während du träumst, flüstern dir die Äpfel was zu?«

»Eigentlich nicht die Äpfel. Eher die Apfelkerne.«

Lieber Himmel, dachte Benjamin. Kowalski glaubt an Quanten, und dieser agile alte Knacker hört im Schlaf Äpfeln zu, beziehungsweise Apfelkernen. Mühsam stand er auf. »Lass uns weitergehen«, stöhnte er.

Laurentius setzte seine Erzählungen fort, aber Benjamin hörte nicht mehr hin. Um sich von den vielen Worten und dem anstrengenden Aufstieg abzulenken, dachte er an Louise. War sie wirklich tot? Oder gehörte diese Behauptung zu dem individuellen Wahn des Mannes, der ihn vor den Streunern gerettet hatte? Kowalski fiel ihm ein, und sein Hinweis darauf, dass er eigentlich gar nicht verrückt war, sondern zu den wenigen zählte, die sich in der Stadt einen klaren Verstand bewahrt hatten. Vernunft und Verrücktheit schienen hier so dicht beisammenzuliegen, dass das eine manchmal nicht vom anderen unterschieden werden konnte. War das der Preis, den man für das Leben nach dem Tod bezahlte? Verlor man früher oder später den Verstand?

Ich muss raus aus diesem Affentheater, dachte Benjamin, als er weiter oben das Ende der Treppe sah. Bevor ich ebenfalls überschnappe. Ich bin schon einmal kurz davor gewesen. Wer länger hierbleibt, rastet aus oder richtet sich eine kleine Nische ein, von allen anderen getrennt. So wie Velazquez. Aber selbst Velazquez hatte seltsame Gedanken im Kopf.

»Hörst du mir überhaupt zu?«, fragte Laurentius und blieb auf der obersten Stufe stehen.

»Ich bin … ganz Ohr«, ächzte Benjamin. Er stand vornübergebeugt, die Hände an die Beine gestützt. Es war noch immer kalt, aber seit einer halben Stunde schwitzte er in seinem Parka.

Laurentius drehte sich um und breitete die Arme aus. »Das ist mein kleines Reich. Und dort wächst der Baum, von dem ich dir erzählt habe.«

Eine weite Betonfläche, auf der Schnee eine mehrere Zentimeter dicke Schicht bildete, diente als Fundament für ein großes, quadratisches Gebäude mit der Kuppel eines Observatoriums, in der sich an mehreren Stellen die Öffnungen kleiner Fenster zeigten. Laurentius stakste bereits zum Baum, der etwa hundert Meter vom Gebäude entfernt stand, am Rand der Betonfläche: rund zehn Meter hoch, mit ausladender Krone. Er bot einen seltsamen Anblick, wirkte mit all den Blättern fehl am Platz in der weißen Winterlandschaft. Und er hing voller Früchte, wie Benjamin sah, als er Laurentius folgte.

Der Greis deutete stolz darauf. »Das ist er. Als käme er direkt aus dem Garten Eden.«

»Wie bitte?«

»Ich habe dir davon erzählt«, sagte Laurentius vorwurfsvoll. »Ich habe dir alles erklärt, mein Junge. Dies ist der Baum der Erkenntnis. Hast du nie die Bibel gelesen? Adam und Eva? Das Paradies? Die verbotene Frucht?«

Benjamin betrachtete die großen rot-grünen Äpfel und schüttelte langsam den Kopf. »Es wurde falsch übersetzt.«

Laurentius sah ihn erstaunt an.

»In der Bibel ist nicht von einem Apfel die Rede«, sagte Benjamin. »Das Bild der verbotenen Paradiesfrucht geht auf eine falsche Übersetzung des lateinischen Wortes *malum* zurück, das sowohl ›böse‹ als auch ›Apfelbaum‹ heißen kann.«

»Und woher weißt du das, mein Junge?«

»Ich habe … darüber gelesen«, sagte Benjamin, aber er wusste nicht mehr, wo. »Ich finde deinen Baum ja sehr interessant«, log er, »aber du hast von einem Teleskop gesprochen und wolltest mir Louise zeigen. Außerdem wäre ich dir sehr dankbar, wenn du einen Stuhl für mich hättest. Ich kann mich nämlich kaum mehr auf den Beinen halten.«

»Ein bisschen Tod, ein paar Treppenstufen und schon keinen Mumm mehr in den Knochen«, murmelte Laurentius und ging mit langen, energischen Schritten voraus. Benjamin folgte ihm ins Observatorium, die Beine steif und müde.

Der größte Teil des Erdgeschosses bestand aus leeren Zimmern, in denen Techniker und Wissenschaftler vielleicht einmal an Computern gesessen hatten und mit der Auswertung astronomischer Daten beschäftigt gewesen waren. Dieser Gedanke erschien Benjamin seltsam, und er versuchte ihn festzuhalten, während Laurentius ihn zu einer weiteren Treppe führte. Welchen Sinn hatte ein Observatorium in dieser Stadt? Welche Sterne sollten durch das große Hauptteleskop beobachtet werden, dessen Sockel, umgeben von Elektromotoren, in der Mitte des Gebäudes aufragte? Es gab keine richtigen Sterne am Himmel, nur Flecken, die versuchten wie Sterne auszusehen, und der Mond war ebenso falsch wie die Sonne.

Benjamins Beine protestierten heftig auf der ersten Stufe; er musste sich mit einer großen Willensanstrengung dazu zwingen, auch die nächsten zu erklimmen. Im ersten Stock führte ein Gang ringsum an den Wänden des Observatoriums entlang, und an einem der Fenster stand ein kleines, mobiles Teleskop. Den Stuhl dahinter zog Benjamin sofort zu sich heran, sank darauf und lehnte sich zurück. Die Erleichterung war so groß, dass er für einige Sekunden die Augen schloss.

Dann beugte er sich vor und sah durchs Okular.

»Die Schärfe lässt sich mit den Knöpfen an der Seite einstellen«, sagte Laurentius.

Benjamin drehte sie und sah Louise, so nahe, als wäre sie nur einige Meter entfernt. Sie lag auf dem Bauch, im Innenhof eines großen, barocken Bauwerks, den Kopf zur Seite gedreht und die Augen geschlossen. Drei schwarze Stäbe, jeder etwa einen Meter lang und mit nadeldünnen Widerhaken versehen, steckten in ihrem blutigen Rücken. Einer von ihnen bewegte sich und glitt langsam aus der Wunde, wie das Messer aus der Brust des Streuners, den Louise im Wolkenkratzer getötet hatte.

»Ich muss zu ihr und sie ins Hospital bringen!«, stieß Benjamin hervor und wollte aufspringen. Stattdessen glitt er zu Boden und schlief ein.

Plötzliche Musik riss ihn aus tiefem Erschöpfungsschlaf. Er hatte noch nicht ganz begriffen, wo er sich befand und was geschehen war, als Laurentius in seinem Blickfeld erschien und sich einem Gerät zuwandte, in dessen Display bunte Lichter tanzten.

»Entschuldigung, Entschuldigung!«, rief er, um den Lärm zu übertönen. Und als die schrillen Klänge zu einem leisen Summen im Hintergrund wurden: »Entschuldige, mein Junge, ich habe vergessen, die Musik auszuschalten, als die letzte Elektrostunde zu Ende ging. Die Stadt hat Strom! Sieh es dir an!«

Benjamin wäre lieber liegen geblieben – auf einem Feldbett im großen runden Raum, der den Sockel des Haupttelekops umgab –, aber Laurentius ergriff seinen Arm und zog ihn hoch. Er wankte zu einem der größeren Fenster im Erdgeschoss, lehnte sich dort schlaftrunken und mit immer noch weichen Knien an die Wand und sah nach draußen.

Die Stadt war voller Lichter. An vielen Stellen brannten Straßenlaternen, im Stadtzentrum blinkten zahlreiche Leuchtreklamen, und Ampeln regelten einen nicht existierenden Verkehr.

»Beeindruckend, nicht wahr?«, sagte Laurentius. »Das müsstest du nachts sehen. Dann könnte man dies für eine normale Stadt halten, voller lebender Menschen.«

Eine normale Stadt, voller Lichter. Benjamin dachte benommen an die andere Stadt, deren Lichter er im zurückweichenden Nebel gesehen hatte. War das die Erklärung? Eine »Elektrostunde«? Steckte nicht mehr dahinter als Strom, der plötzlich wieder durch Leitungen floss?

Er drehte sich um. »Ich muss zu Louise.«

»In deinem derzeitigen Zustand kämst du nicht einmal von diesem Hügel runter. Und außerdem bist du nackt, falls du es noch nicht bemerkt haben solltest. Ich habe deine Sachen in Seifenlauge gelegt.«

Benjamin blickte an sich herab und sah sein verschrumpeltes bestes Stück in einem Dschungel aus Haaren. Weiter unten bewegten sich zwei große Zehen, als wollten sie ihm zuwinken. Es war noch alles da, obwohl es eigentlich fehlen sollte. Er war gestorben, *weil* ihm die Beine abgerissen worden waren.

Sein Mund bewegte sich, während er noch nach unten starrte. »Wie bin ich gestorben?«

»Weißt du es nicht?«

»Ich erinnere mich an meinen Tod«, ächzte Benjamin. »Aber ich erinnere mich auch daran, auf andere Art und Weise gestorben zu sein.«

»He!«, rief Laurentius, der die letzten Worte nicht gehört zu haben schien. »*Das* nenne ich originell! Komm, mein Junge, sieh es dir an.«

Benjamin taumelte zum Hauptteleskop und sah durchs Okular, nachdem Laurentius zurückgewichen war.

»Ich sehe nichts, nur grauen Himmel.«

»Mach die Augen richtig auf.« Der Greis schnaufte. »Mein Junge, zu behaupten, dass du nach Rosen duftest, wäre stark übertrieben. Vielleicht sollte ich dich zu deinen Sachen in die Seifenlauge legen.«

Plötzlich sah Benjamin etwas, einen Ballon unter dem etwas hing. »Was ist das?«

»Hast du noch nie einen Heißluftballon gesehen, mein Junge? Kannst du erkennen, was auf dem Ballon geschrieben steht?«

Benjamin tastete nach den Hebeln und Schrauben für die manuelle Einstellung. Das Bild wurde schärfer. »Da steht … Phönix 1.«

»Und darunter?«

Unter den Namen des Ballons hatte jemand *Ihr könnt uns alle mal* geschrieben.

»Jemand, der die Stadt und ihre Bewohner liebt, kein Zweifel«, kommentierte Laurentius.

»Es befindet sich niemand in der Gondel«, sagte Benjamin, das Auge noch immer am Okular.

»Weil es ein Testballon ist. Mach Platz, mein Junge, mach Platz, damit ich feststellen kann, wer ihn gestartet hat.«

Benjamin trat zurück, aber Laurentius beugte sich nicht sofort übers Okular.

»Geh schlafen«, sagte er, und der scherzhaft-schrullige Ton verschwand aus seiner Stimme. »Sammle Kraft. Du wirst sie brauchen. Mach dir wegen Louise keine Sorgen. Ich habe geträumt, dass sie noch zwei Tage tot bleiben wird, und gerettet werden muss sie erst, wenn sie erwacht. Du hast also Zeit genug.« Laurentius deutete auf das große Teleskop. »Ein Heißluftballon, mein Junge. Eine wirklich originelle Idee. Noch nie hat jemand versucht, die Stadt auf diese Weise zu verlassen. Und weißt du was? Es könnte klappen! Denk daran, wenn du einschläfst. Vielleicht träumst du dann davon.«

Aber als sich Benjamin wieder aufs Feldbett legte, quetschte die Müdigkeit alle Gedanken aus seinem Gehirn und brachte völlig traumlosen Schlaf.

32

Es war dunkel geworden, die »Elektrostunde« war zu Ende. Kerzen und Öllampen brannten im Observatorium; ihr gelber Schein glättete alle Kanten. Das Hauptteleskop ließ sich ohne Strom nicht bewegen und blieb auf die Stelle des Himmels gerichtet, an der sie am Morgen den Testballon gesehen hatten. Benjamin saß an dem viel kleineren, mobilen Teleskop und spähte damit in den Nebel jenseits der Stadt, aber so sehr er auch suchte – nirgends leuchteten Lichter. Vielleicht lag es an den Nebelgezeiten; er kannte ihren Rhythmus nicht.

»Habe ich dir gesagt, dass er in der Sonne verglüht ist?«, sagte Laurentius hinter ihm.

»Wer?«, fragte Benjamin geistesabwesend. Er bewegte das kleine Teleskop vorsichtig und ließ es der Linie des Horizonts jenseits der Stadt folgen.

»Nicht wer, sondern was. Der Testballon. Ich habe ihn im Auge behalten, während du geschlafen hast, mein Junge. Er ist zu hoch aufgestiegen und in der Sonne verglüht. Darauf solltest du achten, wenn du dich mit Louise auf den Weg machst. Nicht zu hoch aufsteigen. Sonst lauft ihr Gefahr, in der Sonne zu verglühen.«

Benjamin drehte sich um.

Laurentius trug einen langen Kittel, der fast wie ein Nachthemd wirkte und ihm, wie der Lodenmantel, bis zu den Füßen reichte. Er hielt einen Zettel in der Hand und hob ihn. »Ich hab's dir aufgeschrieben. Nach meinen Berechnungen ist der Ballon bei den alten Fabriken gestartet, nicht weit vom Platz mit den zwei Pferden entfernt. Von der Bibliothek aus sind es etwa zwei Stunden zu Fuß.«

Benjamin starrte auf den Zettel. »Danke«, sagte er. Und dann fügte er hinzu: »Ich habe sie wirklich gesehen, die andere Stadt. Vom Wolkenkratzer aus. Als der Nebel ganz weit zurückgewichen ist.«

»Ich bin sicher, dass du *etwas* gesehen hast«, sagte Laurentius. »Es gibt etwas dort draußen jenseits des Nebels, kein Zweifel. Der Apfelbaum kommt von dort.«

»Was?«

Laurentius seufzte. »Ich hab dir davon erzählt, mein Junge. Komm jetzt, das Essen ist fertig. Ich höre deinen Magen bis hierher knurren.«

Benjamin hatte inzwischen ein Bad hinter sich – in der gleichen Seifenlauge, die den größten Teil des Schmutzes aus seiner zum Trocknen aufgehängten Kleidung gelöst hatte – und trug eine weite Hose, die aus Laurentius' Garderobe stammte, dazu ein dickes, kariertes Flanellhemd. Er folgte dem Greis zu einem der größeren Räume im Erdgeschoss, wo ein gußeiserner Ofen für angenehme Wärme sorgte. Laurentius öffnete die Klappe und legte Holz – Holz! – nach, wandte sich dann der großen Pfanne auf dem Ofen zu, in der es laut brutzelte. Ein aromatischer Geruch lag in der Luft. An den Wänden standen lange Glaskästen, wie die Ausstellungsvitrinen eines Museums, und sie enthielten sonderbare Gegenstände: einen alten Schuh aus zerfranstem Wildleder, rostige Nägel, einen Hammer, dem die Hälfte des Stiels fehlte, Schatullen, mehrere Münzen mit Schlangendarstellungen und andere Dinge, die offenbar Teil größerer Objekte gewesen waren.

»Fundstücke aus verschiedenen Teilen der Stadt«, erklärte Laurentius und stellte Teller auf den Tisch am Ofen. »Früher habe ich lange Streifzüge unternommen. Ist dir aufgefallen, dass es in der Stadt keine Fotos gibt? Nicht ein einziges! Ich habe in Hunderten von Wohnungen gesucht, auch in solchen, die zu neuen Gebäuden oder neu gewachsenen Gebäudeteilen gehörten, aber Fotos habe ich nie gefunden. Nicht ein Bild, das Menschen und ihre Umgebung zeigt. Als hätten sie nie existiert.«

Benjamin ging zum Tisch und nahm Platz. »Worauf willst du hinaus?«

»Vielleicht«, sagte Laurentius, brachte die Pfanne und legte Benjamin ein dickes Steak auf den Teller, »ist unser früheres Leben nur eine Illusion. Vielleicht ist die Stadt nur eine Illusion. Vielleicht sind wir längst bei Gott und nie von Ihm getrennt gewesen, wie es der Sündenfall behauptet. Vielleicht sind wir Teil Seiner Erinnerungen. Vielleicht schwirren wir beide als Gedanken durch Sein allmächtiges Bewusstsein.«

»Das halte ich, mit Verlaub, für esoterischen Stuss«, sagte Benjamin.

Laurentius lachte. »Ich auch, mein Junge, ich auch. Die Stadt existiert, kein Zweifel. Wir sind tot, und wir sind hier. Und jetzt iss.« Er nahm Platz, nachdem er sich selbst aus der Pfanne bedient hatte. Eine Schüssel enthielt Gemüse: Bohnen aus einer großen Konservendose.

»Was für ein Fleisch ist das?«, fragte Benjamin mit vollem Mund.

»Schmeckt's?«

»Ja.«

»Das ist die Hauptsache«, sagte Laurentius. »Und es ist nahrhaft.«

Ein bestimmter Verdacht regte sich in Benjamin, aber er schob den Gedanken sofort beiseite – sein leerer Magen verlangte es.

»Es gibt Theorien«, sagte Laurentius nach einer Weile und schob den Teller zurück, obwohl er noch nicht alles gegessen hatte. Er griff nach einem Beutel, der neben dem Ofen lag, holte mehrere Äpfel daraus hervor und begann sie aufzuschneiden.

»Ich weiß. Velazquez hat einige erwähnt. Hannibal und Abigale haben ihre eigene. Und Kowalski …«

Laurentius richtete einen schrumpeligen Zeigefinger auf ihn. »Glaub nicht alles, was man über Kowalski sagt. Er ist nicht so verrückt, wie die anderen behaupten. Nun, es gibt Theorien, und es gibt Wahrheiten, und der Baum dort draußen, der selbst im Winter Früchte trägt, ist eine solche Wahrheit. Er spricht zu mir, in meinen Träumen – das ist eine andere Wahrheit. Ich habe es dir erklärt, mein Junge, aber du hast nicht zugehört.«

»Ich war …«

»Du warst müde, ich weiß.« Laurentius hatte die Äpfel aufgeschnitten und entnahm ihnen schwarze Kerne. »Jetzt bist du wach. Hör zu. Der Baum ist von einem der ersten Menschen in dieser Stadt gepflanzt worden, vor mehr als zweihundert Jahren. Er war schon groß, als ich hier eintraf. Wer seinen Keim hierherbrachte, ist jenseits des Nebels gewesen und hat gesehen, was sich dort befindet. Vielleicht kehrte er zurück, um den anderen Menschen den Weg hinaus zu zeigen. Vielleicht hat er damals tatsächlich das Paradies gefunden, wer weiß, und dann könnte dies ein Ableger des biblischen Baums der Erkenntnis sein.« Laurentius legte die

Apfelkerne in eine Schale und zerrieb sie mit einem Mörser. »Möglicherweise sollte die ›verbotene Frucht‹ auch uns den Weg weisen. Aber irgendetwas scheint nicht richtig geklappt zu haben, denn bisher bin ich der Einzige, den die Äpfel von Dingen träumen lassen, die geschehen sind und geschehen werden. Kleiner Test gefällig?«

Benjamin deutete auf das schwarze Pulver. »Das ist eine Droge, richtig?«

Laurentius verzog das Gesicht. »Droge! Nenn es eine helfende Hand, die im Bewusstsein eine bis dahin verschlossene Tür öffnet.«

»Ich habe gerade gegessen und möchte nicht schon wieder kotzen«, sagte Benjamin.

»Keine Sorge, mein Junge. Du bist nicht der erste Gast an diesem Tisch. Und außerdem … Äpfel sind gesund, oder?« Er gab das schwarze Pulver in eine kleinere Pfanne, die er auf den Ofen stellte, und es dauerte nicht lange, bis dunkler Rauch emporkräuselte.

Wieder am Tisch richtete Laurentius einen plötzlich sehr ernsten Blick auf Benjamin. »Ich habe von dir geträumt. Von dir, Louise und der Stadt. Die Seelen sind miteinander verbunden, weißt du?«

»Sind sie das?« Benjamin sah argwöhnisch zum Ofen. Ein herber Duft, wie von Curry oder Muskat, ging von der Pfanne aus.

»Denk an die andere Welt zurück. Sieben Milliarden Bewohner auf der Erde. Oder sind es acht? Täglich sterben Tausende von Menschen. Sie fallen Unfällen oder Krankheiten zum Opfer. Sie begehen Selbstmord oder werden umgebracht. Oder sie kippen einfach um, weil sie alt sind. Aber hier in dieser Stadt sind nur etwa sechshundert, und es erscheinen nur selten Neue wie du. Warum?«

»Weißt du's?«

»Weil unsere Seelen miteinander verbunden sind, darum.« Laurentius lehnte sich zurück und atmete den von der Pfanne kommenden Dampf tief ein. »Wir alle stehen irgendwie miteinander in Beziehung. Das weiß auch Hannibal. Er glaubt, dass uns eine Art ›große Prüfung‹ vereint, bei der die Entscheidung zwischen Himmel und Hölle fällt. Deshalb ist er so scharf auf alles, was er aus der Bibliothek bekommen kann. Es ist keine gewöhnliche Bibliothek, mein Junge. Manche der Bücher dort geben Auskunft über die Menschen in dieser Stadt – sie enthalten die Geschichte ihres Lebens. Und vielleicht steht in ihnen auch geschrieben, was jeden einzelnen von uns erwartet.«

Plötzliches Interesse erwachte in Benjamin. »Gibt es dort auch ein Buch, das über mein Leben Auskunft gibt?«

Laurentius hatte sich zurückgelehnt und die Augen geschlossen. »Was? Oh, zweifellos. Ein interessanter Ort, die Bibliothek. Mit Büchern, die alle Fragen beantworten. Das erklärt vielleicht die vielen Fallen, die Neugierige davon abhalten sollen, sie zu betreten. Habe ich die Fallen erwähnt?« Er öffnete die Augen und beugte sich abrupt vor. »Hüte dich vor den Fallen. Sonst ergeht es dir wie Louise. Du musst einen sicheren Weg finden.«

Dumpfer Kopfschmerz pochte hinter Benjamins Stirn.

»Ich kriege Kopfschmerzen von dem Zeug«, sagte er und deutete zur Pfanne.

»Die Stadt verändert sich, mein Junge.« Laurentius' Stimme klang sehr ernst. »Es hat schon vor deiner Ankunft begonnen. Es kriechen mehr Schatten aus dem Loch. Die Gezeiten sind stärker geworden, und der Nebel dringt weiter in die Stadt vor. Als ich von dir und Louise träumte, habe ich im Supermarkt weißes Licht gesehen, so hell, dass es die Haut verbrennt, und dann verschwand der Supermarkt.«

»Es kam zu einem Überfall …« Benjamin verzog das Gesicht, als die Kopfschmerzen stärker wurden.

»Ich weiß. Das meine ich nicht. Der Supermarkt könnte erneut verschwinden, für längere Zeit. Vielleicht für immer.«

Etwas zerrte an Benjamins Gedanken, als wären es Gummibänder. Das Pochen zwischen seinen Schläfen gewann eine solche Intensität, dass er aufstand. »Ich muss frische Luft schnappen.«

Laurentius musterte ihn nachdenklich, die Pupillen deutlich geweitet. »Ich werde versuchen heute Nacht von deinem Tod zu träumen«, sagte er. »Vielleicht kann ich dir morgen davon berichten.«

Mit einem Presslufthammer im Kopf wankte Benjamin hinaus.

Benjamin trat nach draußen und sah im schwachen Schein einer Öllampe, wie Schneeflocken fielen, langsam und lautlos. Die Kopfschmerzen ließen in der kalten Luft schnell nach, und er fühlte sich von einer angenehmen Leichtigkeit erfasst. Er beobachtete die fallenden Flocken und stellte sich jede einzelne von ihnen als einen Gedanken vor, erstarrt in Eis und bereit, gedacht zu werden, wenn es nur genug Wärme gab, um sie alle aus ihrer Erstarrung zu befreien.

Ich bin bekifft, dachte er, kehrte ins Observatorium zurück und verbrachte eine geschätzte Stunde damit, durch das kleine Teleskop zu blicken und die Stadt zu beobachten, doch der Schnee verschleierte alle Einzelheiten.

Als er einen Blick in den Raum mit den Vitrinen und dem Ofen warf, war Laurentius nicht mehr da. Benjamin zuckte die Schultern, kehrte zu seinem Feldbett zurück, streckte sich darauf aus und lauschte, doch es gab keine leisen Stimmen, die versuchten ihm etwas zuzuflüstern. Ich verstehe die Sprache der Äpfel nicht, dachte er und schloss die Augen. Als er sie wieder öffnete, kam das Licht eines neuen Tages durch die Fenster.

Laurentius war verschwunden.

Zweimal durchsuchte Benjamin alle Räume des Observatoriums und sah sogar beim Baum nach, doch es war niemand ins Geäst zu den Äpfeln geklettert. Ratlos kehrte er zum Gebäude zurück, drehte sich dann aber vor der Tür um, als ihm etwas einfiel. Mit langen Schritten eilte er durch den frischen Schnee zur Treppe. Dort fand er keine Spuren, wohl aber bei der Straße, die dreimal um den Hügel führte – der Alte hatte den längeren, sichereren Weg gewählt.

Im Zimmer mit dem Ofen hingen noch immer Reste des würzigen Geruchs in der Luft, und auf dem Tisch lag der Zettel mit der Skizze der alten Fabriken und einer knappen Wegbeschreibung. Benjamin steckte ihn ein und verließ das Zimmer, als sich das dumpfe Pochen hinter seiner Stirn zu wiederholen begann.

Warum war Laurentius ohne ein Wort gegangen, ohne eine Mitteilung? Was hatte er in der vergangenen Nacht geträumt?

Benjamins Hunger war so groß, dass er einen der Äpfel aß,

wobei er darauf achtete, keinen der dunklen Kerne zu verschlucken. Dann ging er zum kleinen Teleskop, richtete es auf die Bibliothek und sah ins Okular. Louise lag noch immer im Innenhof des großen Gebäudes, in der gleichen Position wie zuvor, aber inzwischen hatten sich auch die beiden anderen schwarzen Stäbe aus ihrem Rücken gelöst.

Er bewegte das Teleskop vorsichtig und stellte fest, dass die Bibliothek von Ruinen umgeben war – eine schneefreie Schneise der Verwüstung führte von dort aus zum Stadtrand und in den Nebel. Laurentius hatte von Fallen gesprochen, und offenbar war Louise einer dieser Fallen zum Opfer gefallen, obwohl sie von den Gefahren bei der Bibliothek gewusst hatte. Wie sollte er ihr helfen, ohne genaue Kenntnis über die Fallen und ihre Wirkungsweise? Zwei Tage, hatte Laurentius gesagt. In einem Traum hatte er gesehen, dass Louise noch zwei Tage tot bleiben würde. Was bedeutete, dass Benjamin noch einen ganzen Tag auf die Rückkehr des Alten warten konnte.

Während eine blasse Sonne über den Himmel kletterte – eine Sonne, die tags zuvor den Testballon verbrannt hatte –, wanderte Benjamin von wachsender Unruhe getrieben durchs Observatorium. Als die Sonne, inzwischen heller und wieder goldgelb, ihren höchsten Stand erreichte und Laurentius noch immer nicht zurückgekehrt war, erinnerte sich Benjamin plötzlich daran, was Louise bei der ersten Fahrt mit dem Patrouillenwagen gesagt hatte. *Er wollte mich zur Bibliothek bringen. Angeblich kannte er einen sicheren Weg.* Laslo. Der jetzt bei Rebecca wohnte. In der Straße bei den drei Türmen.

Benjamin eilte zum Teleskop zurück, und nach kurzer Suche fand er die drei Türme, in einem Teil der Stadt, in dem es nicht geschneit hatte. Er entdeckte den Kreisverkehr und die Straße mit dem Kopfsteinpflaster, sah sich die Hausdächer an und fand eins, auf dem eine durchsichtige Plane gespannt war, unter der Pflanzen zu wachsen schienen. Der von Velazquez erwähnte Dachgarten.

Er brauchte nicht mehr zu warten, in der Hoffnung, von Laurentius Hinweise auf die Fallen zu bekommen. Laslo kannte einen sicheren Weg zur Bibliothek.

Benjamin holte seinen Parka, der inzwischen trocken und einigermaßen sauber war, streifte ihn über, griff in die Tasche … und stellte fest, dass die Pistole fehlte. Nachdem er Laurentius hingebungsvoll verflucht hatte, machte er sich auf die Suche nach der Waffe und fand sie schließlich in dem Raum, in dem der Greis schlief, einem Zimmer mit einer großen, offenbar selbst gemalten Sternkarte an der einen Wand. Auf der anderen Seite stellten fröhliche Farben einen alten Mann dar, der eine Art Toga trug, auf einer Wolke saß und vermutlich in eine würdevolle Aura gehüllt gewesen wäre, wenn er nicht die Zunge herausgestreckt, die Daumen in den Ohren gehabt und mit den Fingern gewackelt hätte. Die Pistole lag in der obersten Schublade des Schränkchens neben dem Bett, unter ihr ein Zettel mit den gekritzelten Worten: *Kleiner Scherz – viel Glück!*

»Er hat es gewusst«, murmelte Benjamin und nahm die Waffe. Als er seinen Rucksack und die restlichen Konserven nicht finden konnte, steckte er einige Äpfel ein und machte sich dann auf den Weg zu Laslo.

Die Bibliothek

33

Die Sonne stand schon tief über den Dächern, als Benjamin beschloss, seinen Beobachtungsposten in einer leeren Wohnung aufzugeben. Er hatte die Fenster unter dem Dachgarten auf der anderen Straßenseite lange genug observiert, um einigermaßen sicher zu sein, dass sich dort nur zwei Personen aufhielten, und er wollte nicht noch mehr Zeit verlieren. Unten im Hauseingang zögerte er und blickte in beide Richtungen über die Straße. Nirgends regte sich etwas. Am frühen Nachmittag war die Temperatur über den Gefrierpunkt gestiegen, und das reine Weiß des Schnees hatte sich in schmutzige Nässe verwandelt. Benjamin wich den Pfützen aus, als er über die Straße huschte, vorsichtig die Eingangstür des Wohnhauses mit dem Dachgarten aufdrückte und in den Flur trat. Als er die Treppe hochging und dabei nach Stolperdrähten und dergleichen Ausschau hielt, nahm er einen Geruch wahr, der von bratendem Fleisch und Rauch kündete. Im obersten Stock blieb er vor einer Tür stehen, hinter der gedämpfte Stimmen erklangen, und klopfte an.

Die Stimmen verstummten.

Schritte näherten sich der Tür.

»Wer ist da?«

»Ich heiße Benjamin und komme von der Gemeinschaft.« Er stand genau vor dem Guckloch und lächelte freundlich, während sich die Hand in der Parkatasche etwas fester um die Pistole schloss.

Es klackte mehrmals, als Riegel beiseitegeschoben wurden. Dann drehte sich ein Schlüssel im Schloss, und die Tür öffnete sich einen Spaltbreit. Ein misstrauisches Gesicht spähte in den Flur.

»Von der Gemeinschaft kommst du? Und was will Hannibal von mir?«

»Ich nehme an, du bist Laslo«, sagte Benjamin.

»Ja.«

»Es geht um Louise. Sie ist tot.«

»Wer ist es, Schatz?«, erklang eine Frauenstimme, untermalt von lautem Zischen und Brutzeln.

»Jemand von der Gemeinschaft. Heißt Benjamin.«

»Lass ihn herein, Schatz. Leute von der Gemeinschaft sind mir immer willkommen.«

Laslo schnitt eine skeptische Miene und öffnete die Tür.

Benjamin trat ein und bekam nach dem ersten Atemzug einen Hustenanfall. Es war zu warm, es stank nach halbverbranntem Fleisch, und Rauchschwaden so dicht wie Wolken hingen unter der Decke. Eine Frau erschien auf der anderen Seite in der Küchentür: um die sechzig und eher klein, aber mindestens neunzig Kilo schwer, das Haar unter einem Kopftuch, die Wangen gerötet. Die Brüste unter dem weiten Kittel wölbten sich so weit vor, dass sie eine Art Balkon formten, auf dem man Blumentöpfe hätte abstellen können. Wenn sie in ihre Töpfe und Pfannen sehen wollte, dachte Benjamin, durfte sie nicht zu nahe an den Herd herantreten.

»Der Abzug funktioniert nicht richtig«, sagte sie und wischte sich Schweiß von der Stirn. »Hab dich noch nie zuvor gesehen, Benjamin.«

»Ich bin erst vor ein paar Tagen in der Stadt angekommen.«

»Es geht um Louise«, wandte sich Laslo an die kleine, dicke Frau, die vermutlich Rebecca war. »Sie soll tot sein.« Sein Blick kehrte zu Benjamin zurück. »Wo ist da das Problem? Sie wird wieder erwachen. Und überhaupt …«, fügte er betont laut hinzu. »Louise interessiert mich nicht mehr.«

Rebecca lächelte und warf ihm einen Kuss zu. Sie wischte sich die Hände an ihrer fleckigen Schürze ab und kam näher, wobei sie vorsichtig navigieren musste, denn das Zimmer war mit Gerümpel vollgestopft. Alte Möbel, die vielleicht als Brennstoff für Herd und Ofen dienten, waren aufeinandergestapelt; die Gänge zwischen ihnen schienen fast zu schmal für Rebeccas breite Hüften. »Möchtest du heute Abend bei uns essen, Benjamin? Es gibt Kohl aus meinem Garten, dazu ein saftiges Lendenstück von einem Stachler, den mir Dagos Leute heute Morgen gebracht haben. Frisch gefangen.«

»Danke für die Einladung«, sagte Benjamin. »Aber das geht leider nicht. Laslo und ich, wir müssen uns sofort auf den Weg machen.«

»Müssen wir das?«, fragte Laslo.

Benjamin musterte ihn: ein paar Jahre jünger als er selbst, Haar und Kleidung sauber, das Gesicht weich, die Hände schmal und ohne Schwielen. So sah jemand aus, der an ein bequemes Leben gewöhnt war, und bei Rebecca schien er einen komfortablen Platz für sich gefunden zu haben.

»Louise ist bei dem Versuch gestorben, die Bibliothek zu erreichen«, sagte Benjamin. Als Laslo ihn nur anstarrte, fügte er hinzu: »Sie liegt dort tot auf dem Innenhof. Wir müssen zu ihr, bevor sie erwacht und weitere Fallen auslöst.«

»Was habe ich damit zu tun?«, fragte Laslo.

»Hannibal schickt mich zu dir«, log Benjamin. »Wir sollen Louise aus der Bibliothek holen. Dafür verspricht er dir und Rebecca zwei Besuche im Supermarkt.«

»Das hat Hannibal gesagt?«, fragte Rebecca. Sie stand an der Tür.

»Ja.«

Im geröteten Gesicht der dicken Frau veränderte sich etwas. »Rein zufällig bin ich heute Nachmittag Katzmann und Mikado begegnet, die auf ihrer Patrouillenfahrt vorbeikamen. Sie haben mir erzählt, dass Hannibal einen Neuen namens Benjamin aus der Gemeinschaft verstoßen hat.« Sie griff in die Tasche ihrer Schürze und holte ein langes Küchenmesser hervor. »Was wird hier gespielt?«

Benjamin zog die Pistole und wich zur Seite, damit er sowohl Laslo als auch Rebecca im Auge behalten konnte. Direkt hinter ihm stand hochkant eine alte Couch an der Wand; einige Federn ragten halb aus dem Polster. Die Couch knarrte und drohte umzustürzen, als Benjamin mit dem Rücken dagegen stieß.

»Von der Tür weg«, wies er Rebecca an. Und zu Laslo: »Wir beide machen einen kleinen Ausflug.«

»Du würdest doch nicht wirklich mit dem Ding schießen, oder?«, gurrte die Dicke.

Benjamin schoss, und die Kugel schlug dicht über Rebeccas Kopf durch die Tür. Sie ließ erschrocken das Messer fallen, duckte sich in die Ecke und presste die Hände an die Ohren.

»Zieh dir was Warmes an und komm mit«, sagte Benjamin zu Laslo und öffnete die Tür. Herrlich kühle und saubere Luft schwappte herein.

»Es gibt da ein Problem …«, begann Laslo.

»Du kriegst ein Problem hiermit, wenn du nicht sofort spurst.« Benjamin hob die Pistole und richtete sie auf Laslo.

Dreißig Sekunden später trug Laslo eine Jacke und ging vor Benjamin die Treppe hinunter. »Du machst da einen Fehler, Benjamin.«

»Das ist der übliche Spruch, wenn man eine Pistole im Rücken hat.«

»Im Ernst, Benjamin. Bitte lass mich dir erklären …«

»Da gibt es nichts zu erklären.« Sie erreichten das Ende der Treppe, schritten durch den kurzen Flur und traten nach draußen. »Wir holen Louise aus der Bibliothek.«

Es war dunkel geworden, als sie die Ruinen bei der Bibliothek erreichten. Der fahle Fleck des Mondes hing am Himmel, begleitet von kleineren Flecken, die vielleicht Sterne sein wollten, und in ihrem matten Licht sah Benjamin die Reste von Gebäuden, zwischen ihnen Ansammlungen von Schutt und Haufen aus verwittertem Holz. Es sah aus, als wäre es hier zu mehreren Explosionen gekommen und als hätte anschließend jemand halbherzig versucht aufzuräumen und Ordnung zu schaffen. Auf der linken Seite, einige Hundert Meter entfernt, führte die Schneise der Zerstörung, die Benjamin von Laurentius' Observatorium aus gesehen hatte, zum Stadtrand, und direkt voraus ragte die Bibliothek inmitten der Ruinen auf, ein von Zerstörung umgebener unversehrter Ort. Das Gebäude mit der barocken Ornamentik und den vier hohen Ecktürmen wirkte wie eine Mischung aus mittelalterlicher Burg und einem Lustschloss des siebzehnten oder achtzehnten Jahrhunderts. Benjamin schätzte die Breite der Front auf etwa hundert Meter, und in der Mitte führte ein großes Tor auf den Innenhof – dort war es so dunkel, dass er keine Einzelheiten erkennen konnte.

Nirgends brannte Licht. Nichts regte sich, bis auf den Staub, den der Wind aufwirbelte. Hier schien kein Schnee gefallen zu sein, und die Temperatur lag ein ganzes Stück über dem Gefrierpunkt, obwohl es Nacht geworden war. Diesen Teil der Stadt hatte der Winter noch nicht erreicht.

Benjamin stand an der Wand des letzten intakten Gebäudes vor den Ruinen, die Pistole noch immer auf Laslo gerichtet.

»Also los«, sagte er schließlich. »Zeig mir den Weg.«

Laslo ächzte leise. »Ich hab mehrmals versucht es dir zu erklären …«

»Du sollst keine Reden halten, sondern mir den sicheren Weg zur Bibliothek zeigen«, knurrte Benjamin und spürte die gleiche eiserne Entschlossenheit in sich, die er auch bei Rebecca gefühlt hatte. Es war keine fremde Rolle, in die er geschlüpft war. Die Schnelligkeit, mit der er in Rebeccas Wohnung die Pistole gezogen hatte, die Unbekümmertheit des Schusses dicht über den Kopf der dicken Frau hinweg, ohne jede Sorge, sie zu treffen – das alles war nicht aus der Not geboren, sondern ein Teil von ihm. Er verstellte sich nicht. Er handelte, wie er *früher gehandelt hatte*, in seinem Leben. So fühlte es sich an. Aber es schien ein anderes Leben zu sein als jenes, an das er sich erinnerte. Benjamin schob diesen Gedanke beiseite und stieß Laslo die Pistole in den Rücken. »Beweg dich.«

Laslo hob die Arme, blieb aber stehen und drehte sich halb um. »Verdammt, Benjamin, ich kenne keinen sicheren Weg. *Das* ist das Problem. Ich weiß nicht, wie man die Bibliothek erreichen kann, ohne die Fallen auszulösen.«

»Louise gegenüber hast du behauptet …«

»Sie hat dir davon erzählt, wie? Ich hab *gelogen*! Verdammt, ich wollte sie flachlegen, und ich wusste von ihrem Interesse an der Bibliothek und den angeblichen Lebensbüchern in ihr. Sie meinte, wenn sie nicht bald das Arsenal fände, bliebe ihr nichts anderes übrig, als es mit der Bibliothek zu versuchen, um Zugang zum Supermarkt zu bekommen.«

»Du wolltest sie flachlegen, wie?«

»He, reg dich nicht auf, Benjamin. Ich meine, was auch immer zwischen dir und Louise läuft … Unsere Sache war vor deiner Zeit.«

»Du hast sie angelogen.« Zorn stieg in Benjamin auf, ein hilfloser Zorn, der ihm selbst und der Situation galt, in der er sich befand. »Arschloch«, sagte er.

»Was?«

»So hat sie dich genannt. Arschloch. Und weißt du was? Ich glaube, sie hatte Recht.« Benjamin winkte mit der Waffe zu den Ruinen. »Gehen wir. Du machst den Anfang, und ich folge dir in einem Abstand von ein paar Metern. Und ich versichere dir, dass die Pistole die ganze Zeit über auf dich gerichtet bleibt.«

Das Licht des falschen Mondes fiel auf ein erschrockenes Gesicht. »He, Benjamin, das kannst du doch nicht mit mir machen!« Laslo hatte die Arme noch immer erhoben, und mit einem deutete er zur Schneise. »Der Nebel kommt, sieh nur! Es wäre Wahnsinn, jetzt zu versuchen, die Ruinen zu durchqueren. Wir würden die Bibliothek nie erreichen, bevor der Nebel da ist!«

Benjamin zielte auf Laslos Gesicht. »Geh los.«

»Was habe ich dir getan?«, jammerte Laslo. »Ich habe niemandem etwas getan!«

Benjamin gab ihm einen Stoß, und Laslo taumelte von der Hauswand fort in Richtung der Ruinen. Was mache ich da?, dachte Benjamin, aber es war eine leise Stimme, die ihm diese Frage stellte. Eine viele lautere in ihm sagte: Du musst die Bibliothek erreichen, bevor dir der Nebel den Weg abschneidet.

»Du hast keine Ahnung, wie gefährlich die Fallen sind!«, rief Laslo, als er die erste Ruine erreichte und mit großer Behutsamkeit einen Fuß vor den anderen setzte. »Sie …«

Es knackte leise, etwas surrte nur ein wenig lauter, und plötzlich riss es Laslo von den Beinen. Er kam nicht einmal dazu, einen Schrei auszustoßen. Er schrie erst einen Moment später, als er mit dem Kopf nach unten an einem Seil hing und, von seinem eigenen Bewegungsmoment getragen, auf eine halb eingestürzte Mauer zuschwang, aus der genau in seiner Höhe eine spitze Metallstange ragte.

Benjamin hörte ein knirschendes Geräusch, als sich die Stange in Laslos Rücken bohrte und ihre Spitze an der Brust wieder austrat. Der Schrei des Mannes verlor sich in einem Gurgeln, und dann herrschte Stille.

Du hast ihn getötet, flüsterte es in Benjamin. Genauso gut hättest du auf ihn schießen können.

Benjamin näherte sich der Stelle, an der die Seilfalle aktiv geworden war, blieb kurz davor stehen, sah zum Toten an der Mauer und versuchte sich mit dem Gedanken zu trösten, dass er wieder zum Leben erwachen würde. Es war ein schwacher Trost. Er fühlte sich elend, als er durch die Ruinen zur Bibliothek blickte, von der ihn nicht einmal ein halber Kilometer trennte. Ein klar erkennbarer Weg führte an den Gebäuderesten und Schutthaufen vorbei durch die Nacht, und es schien nirgends nennenswerte Hindernisse zu geben, aber Benjamin fragte sich voller Unbehagen, was sich zu beiden Seiten dieses Weges in den Schatten verbarg. Er überlegte, ob er umkehren und abwarten sollte, bis es wieder hell wurde, doch als er den Kopf drehte, sah er Nebelschwaden über die Straße hinter ihm kriechen.

Der Rückweg war abgeschnitten. Ihm blieb keine andere Wahl, als die Ruinen zu durchqueren.

Benjamin bückte sich, nahm einige Steine und warf den ersten. Er fiel einige Meter weiter vorn in den Staub, ohne dass etwas geschah. Trotzdem wartete Benjamin noch etwas länger, bevor er einige Schritte machte, erneut stehen blieb und den zweiten Stein warf. Woraufhin es in einer nahen Mauer knirschte, ein dünner Schemen über den Weg raste und in den Resten eines Gebäudes auf der anderen Seite verschwand.

Benjamin spürte, wie ihm kalter Schweiß ausbrach. Der Mond verschwand hinter einer Wolke, und die Schatten zwischen den Ruinen wurden dichter und größer, verbargen weitere Details. Wie auch der Nebel, der vom Stadtrand kam, Stück für Stück in die Schneise vorstieß und sich, etwas langsamer, auch zwischen den Ruinen ausbreitete. Am schnellsten drang er über die Straße hinter Benjamin vor, wie ein hungriges, amorphes Geschöpf, das Beute witterte. Leises Knurren ertönte dort aus den Schwaden.

Wie viel Zeit blieb ihm? Benjamin verglich die Geschwindigkeit des heranziehenden Nebels mit der Distanz, die ihn von der Bibliothek trennte, und gelangte zu dem Schluss, dass er das Tor in einigen Minuten erreicht haben musste, wenn er nicht in den Nebel geraten wollte.

Erneut warf er einen Stein und trat vor, als nichts geschah. Eine sehr zuverlässige Methode war das natürlich nicht: Vielleicht fiel der Stein auf die falsche Stelle – der Weg bot genug Platz für die Auslöser von Fallen. Benjamin sammelte weitere Steine und warf mehrere gleichzeitig, um die Wahrscheinlichkeit eines Treffers zu erhöhen. War sein Abstand groß genug? Oder riskierte er, von einer Falle erfasst zu werden, die er auf diese Weise selbst auslöste? Meter um Meter arbeitete er sich an den Ruinen vorbei. Von wem stammten diese Fallen?, überlegte er. Welchen Zweck erfüllten sie? Gingen sie auf die Erbauer der Stadt zurück? Plötzlich bedauerte er sehr, dass er keine Gelegenheit gefunden hatte, mit Laurentius darüber zu reden. Er wäre sicher in der Lage gewesen, ihm den einen oder anderen Tipp zu geben.

Auf halbem Wege durch die Ruinen begriff Benjamin, dass er es nicht rechtzeitig schaffen konnte. Er war noch etwa zweihundert Meter von der Bibliothek entfernt, und wenn der Mond hinter einer Wolke hervorkam, sah er durchs Tor Louise auf dem Innenhof liegen. Aber der Nebel war inzwischen so nahe, dass Benjamin Bewegungen von Kreaturen darin bemerkte und ein Geräusch wie von knirschenden Zähnen hörte. Einige Ausläufer des Nebels krochen an der hohen Mauer der Bibliothek entlang zum Tor, als ahnten sie, wohin er wollte, und als seien sie bestrebt, ihn an seinem Ziel zu empfangen. Benjamin warf einen Blick über die Schulter.

Der Nebel hatte inzwischen den toten Laslo verschluckt, glitt lautlos über den Weg, tastete sich über niedrige Mauerreste und Schutt. Er teilte sich kurz, wie von Wind erfasst, und für ein oder zwei Sekunden zeigte sich in den grauen Schwaden ein Wesen, das wie eine große doppelköpfige Schlange aussah.

Benjamin wusste, dass es alles auf eine Karte zu setzen galt. Er bückte sich, nahm möglichst viele Steine und warf sie nach vorn auf den Weg. Es knackte und knirschte, und mehrere Pfeile und Speere rasten durch die Nacht. Als wieder Ruhe einkehrte, lief Benjamin los und warf die restlichen Steine so weit wie möglich nach vorn.

Er hörte das Geräusch der eigenen Schritte, unnatürlich laut und begleitet von einem kehligen Knurren aus dem Nebel.

Dann gab der Boden unter ihm nach.

Ein triumphierend klingendes Fauchen kam aus den Schwaden hinter Benjamin, als er mit der linken Schulter an etwas vorbeischrammte und dann auf einen in der Dunkelheit verborgenen Boden prallte. Schmerz durchzuckte ihn, und er blieb benommen liegen.

34

Um ihn herum ragten Speere auf, und er verdankte es reinem Glück, nicht aufgespießt worden zu sein. Er war genau in die Lücke zwischen zwei spitzen Stangen gefallen und hatte eine von ihnen nur mit der Schulter gestreift.

Benjamin atmete schwer und drehte sich auf den Rücken, was ihm neuen Schmerz bescherte. Hatte er sich etwas gebrochen?

Er griff in die Parkatasche und holte die Pistole hervor, die er zuvor eingesteckt hatte, um beide Hände für die Steine frei zu haben. Mit dem Finger am Abzug richtete er sie nach oben.

Nebel floss träge in die Grube.

Die Wände, stellte Benjamin im matten Schein des Mondes fest, ragten etwa drei Meter weit auf, und es gab nirgends Vorsprünge, an denen man nach oben klettern konnte. Er saß in dieser Falle fest.

Die ersten kalten Finger des Nebels fanden ihn, wanderten über ihn hinweg, berührten Arme und Brust, strichen übers Gesicht. Wenn er sich nicht regte, wenn er still liegen blieb und keinen Ton von sich gab … Vielleicht fanden ihn die Kreaturen dann nicht. Benjamin versuchte sich daran zu erinnern, was er bisher über die seltsamen Geschöpfe im Nebel gehört hatte. Wenn er sich recht entsann, ließen sie Tote in Ruhe, bis sie wieder erwachten. Er war nicht tot, aber wenn ihn die Kreaturen für tot hielten …

Die kalten Finger des Nebels tasteten ihn nach Leben ab. Schließlich hielt Benjamin es nicht länger aus. Er musste atmen, sich die Lunge mit Luft füllen, und dabei hob sich seine Brust.

Noch mehr Nebel strömte in die Grube. Das kalte Grau füllte sie aus und stieg höher; einen Teil davon nahm Benjamin mit jedem Atemzug in sich auf. Kratzende Geräusche kamen von oben, wie von etwas, das über die Steine am Rand des Weges kroch. Es folgten brummende und knurrende

Laute, die ihren Ursprung in unmittelbarer Nähe der Grube zu haben schienen.

Benjamin wagte nicht aufzustehen, hielt die Pistole weiter nach oben gerichtet und beobachtete, wie mehrere große, sich vage im Nebel abzeichnende Gestalten an der Grube vorbeistapften. Einer dieser Schemen verharrte, grunzte kehlig und blickte über den Rand der Grube: ein Kopf wie ein Ameisenbär, Augen wie ein Krokodil, an der linken Schulter ein mehrgelenkiger Arm, von Schuppen bedeckt, an der rechten ein Bündel aus peitschenartigen Tentakeln, die wie fliegende Schlangen in die Grube schnellten, genau auf Benjamin zu.

Er drehte sich nach links, und ein Tentakel traf ihn an der rechten Seite, dort, wo der Parka bereits ein Schussloch aufwies. Stacheln bohrten sich in den Stoff, Widerhaken verfingen sich darin, und dann kam es zu einem Ruck, der Benjamin fast nach oben gerissen hätte. Mit der einen Hand hielt er sich an einem der aus dem Boden ragenden Speere fest, zielte mit der anderen und drückte ab.

Das Knallen des Schusses hallte unüberhörbar laut durch die Nacht. Über den beiden Reptilienaugen der Kreatur spritzte phosphoreszierendes Blut aus der geschuppten Stirn. Das Wesen schrie wie eine Katze, der man auf den Schwanz getreten war, schüttelte sich, verlor das Gleichgewicht und fiel in die Grube, wo sich ihm mehrere Speere in den Leib bohrten. Es floss noch mehr in der Dunkelheit leuchtendes Blut, und nach einigen letzten Zuckungen und einem wütenden Knurren blieb die Kreatur reglos liegen.

Ich habe mir gerade eine Treppe nach oben geschaffen, dachte Benjamin und versuchte beides im Auge zu behalten, sowohl die Kreatur, deren massiger, schuppiger Leib fast bis ganz nach oben reichte, als auch die Ränder der Grube. Die anderen Wesen mussten den Schuss gehört haben, aber erstaunlicherweise näherten sich keine weiteren Geschöpfe. Benjamin hörte sie stapfen und kriechen, vernahm ihr Grollen und Schnaufen, aber es erschienen keine neuen Schemen neben der Grube.

Langsam stand er auf, die Pistole wieder nach oben gerichtet, als er einigermaßen sicher sein konnte, dass die von Speeren durchbohrte Kreatur wirklich tot war. Mit der freien Hand bemühte er sich, den Tentakel von seiner rechten Schulter zu lösen, der dort wie eine Klette haftete. Die ganze Zeit über lauschte er, nicht unbedingt nach den Geräuschen der Nebelwesen, sondern nach denen der Fallen. Doch es surrte nichts, und das einzige Knirschen schien von Pranken und Klauen auf staubigem Boden zu kommen, nicht aber von versteckten Mechanismen, die sich anschickten, Unvorsichtigen böse Überraschungen zu bescheren. Sein Gehirn arbeitete fieberhaft, als er langsam an den Speeren vorbeitrat und sich dem toten Geschöpf näherte, über dessen Kadaver er aus der Grube klettern konnte. War es möglich, dass der Nebel die Fallen neutralisierte, dass sie erst wieder aktiv wurden, wenn die grauen Schwaden zum Stadtrand zurückwichen? Er wusste nicht, wie viele Kreaturen dort oben unterwegs waren, aber wenn der Nebel regelmäßig hierherkam, und mit ihm die Geschöpfe darin, hätte es nach einiger Zeit kaum mehr einsatzbereite Fallen geben können, weil zu viele von umhertappenden Wesen ausgelöst worden waren.

Neben dem stinkenden dunklen Schuppenberg verharrte Benjamin und horchte. Nach und nach wurde es wieder still, und nur noch vereinzelt kam ein Knurren aus dem Nebel. Als er eine Zeit lang nichts anderes gehört hatte als seinen eigenen Atem, zögerte Benjamin nicht länger und kletterte, die Pistole in der rechten Hand, an dem Kadaver hoch zum Rand der Grube. Dort spähte er in den dichten Nebel – die Sichtweite betrug nicht mehr als zehn oder fünfzehn Meter. Er versuchte sich zu orientieren: Er war von *dort* gekommen, was bedeutete, dass sich die jetzt im Nebel verborgene Bibliothek *da drüben* befand. Wie viele Meter trennten ihn noch von dem Gebäude? Er war losgelaufen, als die Entfernung etwa zweihundert Meter betragen hatte, und er glaubte, ungefähr fünfzig Meter weit gekommen zu sein.

Benjamin kletterte ganz aus der Grube, blieb an ihrem Rand stehen, horchte und wünschte sich Radaraugen. Der Nebel war in Bewegung, zog in dichten Schwaden dahin, verhüllte Ruinen und deckte Mauerreste zu. Benjamin orientierte sich erneut, ging geduckt los und hielt die Pistole schussbereit. Mehrmals erschienen Schemen im Nebel, aber wenn ihre Umrisse etwas mehr Substanz bekamen, waren es keine Kreaturen, sondern Säulenstümpfe oder Schutthaufen. Nach etwa zehn Metern hatte Benjamin noch immer keine Falle ausgelöst und wagte zu hoffen.

Hinter ihm zischte es.

Das Schlangenwesen mit den beiden Köpfen, das er zuvor im Nebel auf der Straße gesehen hatte, ragte dort halb aus dem dichten Grau und starrte ihn aus vier schwarzen Augen an. Zungen tasteten aus den Mäulern und nahmen Witterung auf.

Benjamin verzichtete darauf, die Pistole zu heben – er hätte gar nicht gewusst, auf welchen Kopf er zuerst schießen sollte. Er lief los, dorthin, wo er die Bibliothek vermutete, doch als er sicher war, mehr als hundert Meter zurückgelegt zu haben – ohne dass Pfeile herangeflogen waren oder sich eine weitere Grube unter ihm geöffnet hätte –, sah er noch immer kein Gebäude vor sich. Hatte er sich in der Richtung geirrt und, ohne es zu ahnen, eine Abzweigung des Weges genommen, die ihn nicht zur Bibliothek führte, sondern zur Schneise und damit zum Stadtrand, tiefer in den Nebel hinein?

Etwas Großes tauchte neben ihm auf, und zuerst vermutete Benjamin eine weitere Säule, doch dann baumelte ein Auge herab, groß wie ein Kürbis, und bevor es den Blick auf ihn fixieren konnte, rannte Benjamin weiter.

Vor ihm schälte sich etwas aus den Nebelschwaden, finster wie die Nacht, eine Mauer wie von einer Festung. Wo war das Tor? Benjamin vermutete es auf der rechten Seite, änderte den Kurs und lief weiter, atmete keuchend kalte, neblige Luft. Dort war der Eingang, eine Öffnung in der dunklen Wand, und er stürmte hinein, vorbei an einem mehrarmigen, pelzigen Etwas, das wie ein Tiger fauchte, mit einer Klaue nach ihm schlug und ihn nur knapp verfehlte.

Vor ihm erstreckte sich der Innenhof der Bibliothek.

Wo lag Louise? Der Nebel war hier nicht ganz so dicht wie im Bereich mit den Ruinen, aber es fiel Benjamin schwer, mehr als nur die Umrisse der Gebäudemauern zu erkennen. Er lief weiter und fragte sich, wie es Louise mit drei Speeren im Rücken bis auf den Innenhof geschafft hatte. Oder gab es auch hier Fallen? Ein lautes Trompeten ertönte irgendwo hinter ihm, wie von einem wütenden Elefanten, und er duckte sich unwillkürlich. Aus dem Augenwinkel sah er eine große, unförmige Gestalt, die auf der anderen Seite des Tors erschien und einen Moment später wieder verschwand.

Dann sah er Louise, und einige schnelle Schritte brachten ihn zu ihr.

Mit dem Gesicht nach unten lag sie da, die drei schwarzen Stäbe mit den nadeldünnen Widerhaken neben ihr. Geronnenes Blut bildete große Flecken auf dem Stoff, aber Benjamin vermutete, dass sich die Wunden unter der zerrissenen Kleidung inzwischen geschlossen hatten. Louise war bleich und tot, wie die junge Frederika im Hospital, doch etwas – die Stadt – reparierte den an ihrem Körper angerichteten Schaden und bewahrte die Zellen vor dem Verfall, bis der Moment für die Rückkehr des Lebens kam.

Benjamin steckte die Pistole ein, ergriff Louises Arme und zog sie zur Treppe. Als er kurz den Blick hob und über den Innenhof sah, bewegte sich etwas im Nebel beim Tor und kam näher. Er verdoppelte seine Anstrengungen und drehte Louise auf den Rücken, hakte dann die Arme unter ihre Achseln und zog sie die Treppe hoch zur breiten Tür. Sie bestand aus zwei gläsernen Flügeln, und ein Riss, der wie ein eingefangener Blitz aussah, durchzog die rechte Seite. Aber während Benjamin ihn noch betrachtete, schrumpfte der Riss, wie in einer rückwärts und langsam abgespielten Filmsequenz. Die Stadt repariert ihre Bewohner und sich selbst, zumindest hier, dachte er und zog Louise ins dunkle Innere des Gebäudes. Die Tür schloss sich wieder, und vielleicht bestand sie aus mehr als nur dünnem Glas, denn sie ließ die Nebenschwaden dahinter nicht passieren.

Benjamin zog Louise weiter, bis Dunkelheit sie beide umfing und vor den neugierigen Blicken der aus dem Nebel starrenden Kreaturenaugen verbarg. Erst dann wagte er es, Louise loszulassen, sich neben sie zu setzen, den Rücken an die Wand zu lehnen und erleichtert aufzuatmen.

35

»Der Nebel ist da, damit niemand die Stadt verlässt«, sagte Benjamin. »Die Fallen sind da, damit niemand die Bibliothek erreicht. Warum?«

Er hatte auf seinen Wanderungen durch die Bibliothek damit begonnen, Selbstgespräche zu führen und sich selbst Fragen zu stellen, während er darauf wartete, dass Louise wieder lebendig wurde. Sie lag im ersten Stock in einem Zimmer, das einmal ein Büro gewesen war und eine Couch enthielt. Dort ruhte sie, zugedeckt, obwohl das gar nicht nötig war, unter dem Kopf ein weiches Kissen, das sie als Tote vermutlich ebenso wenig brauchte wie die Decke. Aber es beruhigte Benjamin, sie gut aufgehoben zu wissen, als er die zahllosen Räume der Bibliothek durchstreifte. Er hatte ein wenig geschlafen, ein oder zwei Stunden vielleicht, dann einen von Laurentius' Äpfeln gegessen und den Rest der Nacht damit verbracht, die tote Louise zu beobachten und auf den Tag zu warten, damit Licht durch die Fenster fiel und die Dunkelheit aus der Bibliothek vertrieb. Bisher hatte er nicht eine einzige Öllampe gefunden, vielleicht aus gutem Grund. »Was passiert, wenn hier jemand ein Feuer anzündet und ein Brand ausbricht?«, fragte er die Stille, biss in den zweiten Apfel und achtete darauf, keine Kerne zu verschlucken. Er trug noch immer den am rechten Ärmel aufgerissenen Parka, denn es war kalt. »Würde es die Stadt zulassen, dass ihre Bibliothek abbrennt, mit all den Büchern darin?«

Es waren viele Bücher. Allein dieser Saal, der zwei Stockwerke umfasste und mehr als fünfzig Meter lang war, enthielt Tausende, vielleicht sogar Zehntausende. In Dutzenden von Reihen füllten sie die Regalwände, ohne eine einzige Lücke zwischen ihnen. Rollleitern gestatteten Zugang auch zu den Büchern ganz oben. Benjamin ging langsam an der einen Seite entlang, während er seinen Apfel aß, den Rest mit den Kernen schließlich in einen leeren Abfallkorb warf und sich fragte, ob er auf Jahre hinaus dort drin liegen bleiben würde.

In der Nähe eines Fensters, durch das genug Licht fiel, betrachtete er breite Buchrücken und las die Titel, die er entziffern konnte.

»Heliographische Erkenntnisse«, lautete einer, verfasst von einem gewissen R. P. Hoffmann. »Simplizistische Reifungen in goldumrandeten Blütenblättern«, lautete ein anderer, vom gleichen Autor. Neugierig geworden sah sich Benjamin weitere Bücher an und stellte fest, dass sie alle von R. P. Hoffmann stammten. Werke wie »Ockerfarbene Enttäuschungen«, »Ein Schritt zurück führt schnell zum Ziel«, »Der Geschmack der Zeit« und »Die Vermessung des Zorns« trugen den Namen dieses Autors. Benjamin wandte sich einer Leiter zu, rüttelte an ihr und gelangte zu dem Schluss, dass er ihrer Stabilität vertrauen durfte, wenn er sie nicht zu sehr auf die Probe stellte. Er kletterte nach oben, achtete nicht mehr auf die Titel der Bücher, sondern nur noch auf die Autorennamen. R. P. Hoffmann, wohin er auch sah. Er zog sich an den Regalwänden entlang, und unten quietschten die Rollen, als sich die Treppe bewegte. Benjamins Blick wanderte über die beiden obersten Buchreihen, dicht unter der mit Stuck verzierten Decke, und auch dort sah er nur Hoffmann-Werke, die unmöglich alle vom selben Autor stammen konnten – ein einzelner Mensch war bestimmt nicht imstande, so viel zu schreiben, selbst in hundert Jahren nicht. Dann fiel ihm ein etwas hellerer, fleckiger Buchrücken auf, so schmal, dass der Name des Autors nicht horizontal darauf geschrieben stand, sondern vertikal: J. M. Townsend.

Verblüfft zögerte er kurz, bevor er die Hand nach dem Buch ausstreckte und es aus dem Regal zog. Er öffnete es, und sofort sprangen ihm Worte entgegen.

Du musst dich erinnern, Benjamin.

Ganz oben auf der Treppe stand er, das Buch in plötzlich zitternden Händen. Er blätterte darin, nach vorn gebeugt, damit er nicht von der Leiter fiel, und auf allen Seiten stand dieser Satz: *Du musst dich erinnern, Benjamin.* Aber woran? Er blätterte immer schneller, auf der Suche nach einem Hinweis, und auf der letzten Seite fand er die Worte: *Denk an die Assoziationen.*

Das Bild vor seinen Augen verschwamm, und er hörte die Stimme des Windes in hohen Baumwipfeln. Ein Gesicht erschien vor ihm, aber es war nicht Kattrins Gesicht, sondern eine Fratze, die einem Mann gehörte – die Augen traten aus den Höhlen, und die Zunge zappelte zwischen den Lippen, als wollte sie aus dem Mund fliehen. Ich habe es mir versprochen, dachte er, während er noch fester zog. Ich habe mir versprochen, dich zu töten, und du bist so dumm gewesen, meine Hände frei zu geben. Siehst du sie? Nein, sehen kannst du sie nicht, aber fühlen, an deinem Hals, wie sie den Draht immer enger zusammenziehen. Wie fühlt es sich an zu sterben, Townsend?

Benjamin ließ das Buch fallen, schlang beide Arme um die Leiter und hielt sich fest, da er am ganzen Leib zitterte. Er schloss die Augen und sah andere Bücher in einer kleineren Bibliothek. Menschen befanden sich in der Nähe, einige von ihnen in Uniformen oder Kitteln. Er kannte diesen Ort, er war vertraut, vertrauter als die Stadt der lebenden Toten.

Er öffnete die Augen wieder, empfing das graue Licht des nächsten Fensters, von Staub gefiltert, und sah eine blasse Sonne, die über den Dächern der Stadt aufstieg. Das Rauschen von Wind in hohen Baumkronen begleitete ihn, als er langsam nach unten zurückkehrte, vorsichtig, eine Leitersprosse nach der anderen. Das Rauschen wurde immer leiser, je näher er dem Boden kam, und verlor sich in der Stille der Bibliothek, als er schließlich, noch immer zitternd, von der letzten Sprosse trat. Einige Sekunden lang starrte er auf das Buch hinab, das keinen Titel trug, nur den Namen J. M. Townsend, hob es dann auf und öffnete es.

Die Seiten waren leer. Enttäuscht und gleichzeitig erleichtert blätterte er, fand aber nirgends einen einzigen Buchstaben. Nach kurzem Zögern klappte er das Buch zu und steckte es ein.

»Was ist mit mir los?«, fragte Benjamin. »Warum geraten meine Erinnerungen durcheinander?«

Diesmal schien ihm die Bibliothek zu antworten, mit einem leisen Ticken, das von der Tür in der Rückwand kam. Benjamin näherte sich ihr, den Mund geöffnet wie ein staunendes Kind, und befürchtete, dass sich das Ticken als Halluzination erwies. Aber es verlor sich nicht in der Stille, wurde sogar lauter, als er die Tür öffnete und ein großes Lesezimmer betrat, mit Dutzenden von Stühlen und Sesseln an kleinen Tischen. Halb zugezogene Vorhänge hingen an den Fenstern, und deshalb gab es hier mehr Schatten als im Saal. Benjamin ging an den ersten Sesseln vorbei, lauschte einem vertrauten *Tick-tack* und fand schließlich die Uhr, von der es stammte: ein großes Zifferblatt zwischen den Porträts zweier ernst wirkender Männer in mittelalterlicher Kleidung, ausgestattet mit drei Zeigern, von denen einer im Sekundenrhythmus über die Markierungen am Rand wanderte. Es war neun Uhr und einundzwanzig Minuten. Darunter stand das Datum: Donnerstag, siebter Tellember des Jahres 10371.

Benjamin starrte auf die Buchstaben und Zahlen, versuchte zu verstehen und glaubte, einen besonderen Wind zu spüren, der nicht in hohen Baumwipfeln rauschte, sondern seine Gedanken wie welkes Laub durcheinanderwirbelte. Er hatte noch nie von einem Monat gehört, der Tellember hieß, und die Jahresangabe … Bedeutete sie, dass die Stadt über zehntausend Jahre alt war?

Der Sekundenzeiger erreichte die Zwölf ganz oben, und mit einem leisen Klicken rückte der Minutenzeiger auf den zweiundzwanzigsten Strich.

Benjamin fühlte sich plötzlich wie erstickt von verstreichender Zeit, drehte sich um und floh aus dem Lesezimmer mit der tickenden Uhr.

Als er in das Büro im ersten Stück zurückkehrte, saß Louise mit angezogenen Knien in der dunkelsten Ecke des Zimmers und weinte. Sie sah nur kurz auf, die Augen voller Tränen.

»In dieser Stadt kann man nicht einmal sterben und tot bleiben«, schluchzte sie. »So sehr man sich auch bemüht. Man wird immer wieder lebendig. Man müsste ins Loch springen, aber davor habe ich Angst!«

Benjamin ging vor ihr in die Hocke und wollte ihr übers Haar streichen, doch bevor seine Hand den Kopf erreichte, zog er sie wieder zurück.

»Bist du deshalb hierhergekommen?«, fragte er. »Ist das der Grund? Wolltest du sterben?«

»Die Stadt spielt mit uns, Ben«, jammerte Louise. »Und es ist ein grausames Spiel. Sie lässt uns keinen Frieden finden.« Sie hob den Kopf weit genug, um ihn über die Knie hinweg anzusehen. »Warum bist du gekommen? Warum hast du mich nicht auf dem Hof liegen lassen? Vielleicht hätten mich die Kreaturen zerfleischt. Dann wäre es endlich mit mir zu Ende gewesen.«

»Ich habe dich von Laurentius' Hügel aus durchs Teleskop gesehen und …«

»Wieso bist du *hier*?«, fragte Louise plötzlich und hob den Kopf noch etwas mehr. »Ich meine, wie bist du an den Fallen vorbeigekommen?«

Benjamin schilderte, wie er mit Steinen geworfen und so Fallen ausgelöst hatte. Er erzählte von der Grube und dem Nebel, und Laslo fiel ihm erst ganz am Schluss ein. »Ich dachte, dass er einen sicheren Weg zur Bibliothek kennt, aber er hatte keine Ahnung.«

»Es hat ihn erwischt?«, fragte Louise, schniefte und wischte sich mit dem Ärmel Tränen von den Wangen.

»Ja.«

Louise stand auf. »Das möchte ich sehen.«

Sie gingen in den obersten Stock der Bibliothek und betraten ein Zimmer, das sich über dem Tor befand und von dem aus man in die Richtung sehen konnte, aus der Benjamin gekommen war. Unterwegs blieb Louise mehrmals auf der Treppe stehen, lehnte sich an die Wand und schnappte nach Luft. Sie war noch sehr geschwächt, und erst langsam kehrte Farbe in ihr Gesicht zurück.

Durchs Fenster sahen sie über die Ruinen hinweg, und Benjamin deutete zu der Stelle, wo Laslo inzwischen von der Stange gerutscht war, die fleckig von seinem Blut aus einer halb eingestürzten Mauer ragte.

»Er war ein Arschloch«, sagte Louise. Sie hatte Mühe, sich auf den Beinen zu halten, zog einen Stuhl heran und sank darauf. »Mein Güte, ich fühle mich schrecklich!«

»Möchtest du was zu essen?« Benjamin holte einen Apfel hervor. »Stammt von Laurentius' Baum. Achte auf die Kerne. Medizin habe ich leider nicht.«

Louise biss heißhungrig hinein. »Wie ist es mit Wasser? Ich habe großen Durst. Vermutlich habe ich viel Blut verloren.«

Benjamin schüttelte den Kopf. »Laurentius muss gestern Morgen mit meinem Rucksack aufgebrochen sein. Ich konnte ihn nirgends finden.«

»Du bist nur mit den Äpfeln in den Taschen losgezogen, ohne Wasser?« Louise sah ihn ungläubig an.

Benjamin zuckte die Schultern.

»Ziemlich blöd von dir.«

»Ich wusste nicht, dass dies ein Intelligenztest ist!«

»Meine Güte, Ben, das ganze verdammte Leben ist ein Intelligenztest.« Louise machte eine Geste, die der Stadt galt. »Und der Tod erst recht, wie mir scheint. Vielleicht stellt uns etwas auf die Probe. Vielleicht ist die Stadt ein Test, den wir bestehen müssen, wenn wir richtig leben wollen. Oder richtig sterben«, fügte sie hinzu. »Hast du die Lebensbücher gefunden?«

»Nein.«

Mit einem leisen Ächzen stand Louise auf. »Lass uns nach ihnen suchen. Und nach Wasser.« Sie sah noch einmal aus dem Fenster. »Laslo war ein Arschloch, aber dies hat er nicht verdient. Wenn er im Nebel erwacht, erwischen ihn die Kreaturen. Und wenn er außerhalb des Nebels zu sich kommt, dort in den Ruinen, gerät er mit ziemlicher Sicherheit erneut in eine Falle.«

»Vielleicht können wir ihn auf dem Rückweg mitnehmen«, sagte Benjamin und dachte zum ersten Mal daran, dass sie die Ruinen noch einmal durchqueren mussten.

Louise sah ihn groß an. »In jener Richtung kämen wir keine zehn Meter weit. Es gibt nur einen Weg, der wenigstens für zehn Minuten Sicherheit bietet, von zwölf bis zehn nach zwölf. Ich hab den Stand der Sonne beobachtet und bin losgelaufen, als sie genau im Zenit stand, aber offenbar habe ich das Zeitfenster nicht genau genug getroffen. Die Speere erwischten mich, als ich den Zaun erreichte. Ich konnte mich noch bis zum Innenhof schleppen, und dann bin ich gestorben.«

»Zehn Minuten?«, fragte Benjamin nachdenklich.

»Ja. Da wir keine Uhr haben, bleibt uns nichts anderes übrig, als die Sonne zu beobachten und zu hoffen, dass wir Glück haben.«

Die Verlegenheit, die Benjamin während der letzten Momente begleitet hatte, fiel von ihm ab. »Vielleicht haben wir doch eine Uhr«, sagte er.

36

Im Keller hatten sie einen Waschraum gefunden, in dem Wasser aus einem Hahn kam, und nachdem Louise getrunken und noch einen von Laurentius' Äpfel gegessen hatte, ging es ihr besser.

»Davon hat nie jemand berichtet«, sagte sie und deutete zu der analogen Uhr zwischen den beiden Porträts. Sie zeigte zwei Minuten nach zehn, und es war noch immer der siebte Tellember des Jahres 10371, was auch immer das bedeutete.

»Die Bibliothek ist groß«, erwiderte Benjamin. »Die Leute, die vor uns hier waren, haben vielleicht nicht alle Zimmer gesehen.«

»Ich kenne nur einen, der vor uns hier war: Hannibal.«

Benjamin sah sie erstaunt an.

»Als ich noch zur Gemeinschaft gehörte … Er hat sich sehr um mich gekümmert. Mit großem Engagement.«

Benjamin hörte den besonderen Tonfall in ihrer Stimme. »Meinst du …?«

»Ja, er wollte mir an die Pelle. Hat's nicht besonders geschickt angestellt; vielleicht war er außer Übung. Abigale schien etwas zu ahnen, denn sie behielt uns genau im Auge. Nun, er führte mich herum, auch in das Zimmer mit der Tafel und den Stecknadeln.«

Benjamin nickte. »Die Nadeln hat er auch mir gezeigt.«

»Hast du das Regal über dem alten, durchgesessenen Sessel gesehen?«

Benjamin rief sich das Zimmer ins Gedächtnis zurück »Ja. Es standen einige Bücher darauf, schmal und lindgrün, wenn ich mich recht entsinne.«

»Lebensbücher von Mitgliedern der Gemeinschaft«, sagte Louise. »Er fand sie damals in der Bibliothek. Er hatte auch meins, aber es stand nicht bei den anderen. O nein, es hatte einen Sonderplatz, in einer Schublade seines Nachtschränkchens. Bettlektüre für unseren Herrn Saubermann: die Geschichte meines Lebens.«

Benjamin musterte Louise und wusste, dass dies nicht der richtige Zeitpunkt war, Fragen zu stellen.

»Vielleicht glaubte er deshalb, leichtes Spiel mit mir zu haben«, fuhr Louise fort, während ihr Blick wie gebannt dem Sekundenzeiger übers Zifferblatt folgte. »Als sich mir Gelegenheit bot, stahl ich ihm den Schlüssel und schlich mich in sein Zimmer. Ich wollte mein Lebensbuch holen, aber es lag nicht im Nachtschränkchen. Stattdessen fand ich Aufzeichnungen, die er von seinem Besuch in der Bibliothek angefertigt hatte. Daher weiß ich, wann und wie man die Bibliothek verlassen kann. Er erwischte mich in seinem Schlafzimmer und …« Louise hob und senkte die Schultern. »Am nächsten Tag warf er mich unter einem Vorwand raus. So viel zu seiner Vorstellung von Gut und Böse.«

Ihren Worten folgte eine Stille, in der man nur das Ticken der Uhr hörte.

Benjamin überlegte und fand eine logische Lücke in Louises Schilderungen. »Woher wusste Hannibal von dem Zehn-Minuten-Fenster, das es erlaubt, die Bibliothek zu verlassen?«

»Er fand es damals mit den Computern heraus.«

»Es gibt hier Computer?«

»Im obersten Stock. In der Verwaltung der Bibliothek.«

»Komm, das sehen wir uns an.«

Sie fanden ein Großraumbüro, mit Raumteilern, die einst die Illusion von Privatsphäre hatten schaffen sollen. Aber die Schreibtische und Schränke waren leer, und von Computern fehlte jede Spur.

»Vielleicht hat die Stadt sie verschwinden lassen«, sagte Louise. »Wir könnten ohnehin nichts mit PCs anfangen, weil es keinen Strom gibt. Hannibal hatte damals Glück. Als er hier war, begann eine Elektrostunde.«

Benjamin ging zur Fensterfront und blickte dort auf die Ruinen hinab. Die Stadt war so nah, und doch fern, hinter einer Barriere aus tödlichen Fallen. Laslo lag reglos vor den Resten der Mauer, über ihm die spitze Stange, die ihn durchbohrt hatte.

»Er tut mir leid«, sagte er. »Ich habe ihn gezwungen, mich zu begleiten. Weil ich dachte, dass er einen sicheren Weg zur Bibliothek kennt.«

Louise sah ihn von der Seite an. »Warum bist du hierhergekommen, trotz der Fallen?«

»Ich konnte dich doch nicht einfach so auf dem Hof liegen lassen.«

»Ben … Ich bin nicht Kattrin.«

»Ich weiß«, erwiderte er langsam. »Vielleicht gibt es gar keine Kattrin. Vielleicht gab es sie nie. Der Tod, an den ich mich zuerst erinnerte … Ich glaube, ich bin gar nicht auf jene Weise gestorben. Es ist eine falsche Erinnerung.«

»Eine falsche Erinnerung?«

Benjamin sah noch immer nach draußen. »Mein Gedächtnis liegt in Scherben. Ich bin dabei, die einzelnen Teile aufzusammeln, aber ich kann sie einfach nicht richtig zusammensetzen. Ich erinnere mich an verschiedene Tode.«

»In der anderen Welt kann man nur einmal sterben«, sagte Louise.

»Der Tod ist ein Dieb, nicht wahr? Vielleicht bin ich hier zum zweiten Mal gestorben, als mich der Schatten berührte.« In knappen Worten berichtete er von den Ereignissen nach dem Erwachen in Louises Quartier bis zur Begegnung mit Laurentius. »Vielleicht hat mich der Tod zweimal bestohlen. Vielleicht weiß ich deshalb nicht, was mit mir los ist. Ich ...« Benjamin suchte nach geeigneten Worten. »Manchmal habe ich das Gefühl, dass ich mir dies alles nur einbilde, dass die Stadt gar nicht wirklich existiert. Vielleicht liege ich irgendwo im Koma.« Er lächelte schief. »Oder ich sitze noch bei Laurentius in seinem Observatorium, atme den Rauch verbrennender Apfelkerne und träume dies alles im Drogenrausch.«

Louise lachte bitter. »Für ein Produkt deiner Phantasie fühle ich mich sehr real. Du wärst nicht der Erste, der hier überschnappt, Ben, und deshalb sage ich dir: Was auch immer du denkst und fühlst – mach nicht den Fehler, die Realität der Stadt in Zweifel zu ziehen. Wir sind hier, dies ist das Jenseits, und es ist keine Metapher, sondern die Wirklichkeit. Nur auf dieser Grundlage kannst du versuchen, Antworten auf deine Fragen zu finden.« Sie seufzte leise. »Wir verlieren wertvolle Zeit, Ben. Wie spät ist es jetzt?«

»Etwa halb elf?«

»Uns bleiben noch anderthalb Stunden, bis sich das Zeitfenster für den sicheren Weg zurück in die Stadt öffnet. Bis dahin müssen wir Lebensbücher finden. Nur damit kann ich mir Zugang zum Supermarkt kaufen.«

»Den brauchst du gar nicht.« Benjamin lächelte erneut,

nicht so schief wie zuvor. »Wir verlassen die Stadt. In einem Heißluftballon.«

»Du *bist* übergeschnappt«, sagte Louise.

Eine gute Stunde lang durchstreiften sie die Bibliothek. Hannibals Aufzeichnungen hatten keinen Hinweis darauf enthalten, in welchem Teil des großen Gebäudes die Lebensbücher untergebracht waren. Louise bestand darauf, trotzdem zu suchen und auf ihr Glück zu vertrauen. Benjamin gab nach, weil er hoffte, sein eigenes Lebensbuch zu finden, und darin Antworten auf alle Fragen, die ihn beschäftigten. Die Anzahl der Bücher und Schriftstücke in der Bibliothek ließ sich nicht annähernd abschätzen; sie gingen in die Hunderttausende, vermutete Benjamin, vielleicht sogar in die Millionen. Ein Saal mit vollen Regalen folgte dem anderen, flankiert von Lese- und Studierzimmern, in denen oft Porträts würdevoller Männer und Frauen hingen. Vielleicht, dachte Benjamin, waren es Professoren oder altehrwürdige Bibliothekare. Als er Louise darauf hinwies, schüttelte sie den Kopf und sagte:

»Einen solchen Denkfehler hast du schon einmal gemacht, Ben. Diese Stadt entwickelt sich nicht von der Vergangenheit in die Zukunft, und sie hat auch keine Geschichte im uns vertrauten Sinn. Sie war nie voller gewöhnlicher Menschen, die morgens zur Arbeit gingen oder hierherkamen, um für ihr Studium zu lernen. Die Stadt war immer statisch.«

»Obwohl sie wächst«, sagte Benjamin und betrachtete das Bildnis einer streng blickenden, viktorianischen Frau. Das verstaubte Bild neben ihr zeigte einen sehr ernsten Mann um die siebzig, mit grauen Augen und einem Monokel an einer dünnen Kette.

»Ja«, sagte Louise und ging an den nahen Regalen entlang. »Die Stadt wächst und verändert sich, und doch bleibt sie immer gleich. Es ist eine Stadt der Toten. Sie empfängt jene, die in der anderen Welt gestorben sind.«

»Aber nicht alle«, murmelte Benjamin. »Nur einige. Warum?« Als Louise nicht antwortete, fuhr er fort: »Laurentius glaubt, dass sich die Stadt immer dramatischer verändert. Er hat davon geträumt, dass der Supermarkt verschwindet.«

»Das wäre schlimm«, sagte Louise betroffen. »Ich hoffe, dass sich Laurentius dieses eine Mal irrt. Ich meine, Hannibal würde ich es gönnen, aber ohne den Supermarkt wäre das Leben für uns alle verdammt schwer.«

Benjamin wandte sich von den Porträts ab. »Nach meinem Gefühl ist mehr als eine Stunde vergangen. Es wird bald zwölf Uhr und damit Zeit, dass wir uns auf den Weg machen.«

»Es sei denn, wir bleiben noch einen Tag hier und setzen die Suche fort«, sagte Louise. »Wir haben noch ein paar Äpfel, und Wasser gibt's im Keller. Es hätte kaum einen Sinn, wenn ich mit leeren Händen zurückkehre. Außerdem würde es bedeuten, dass du dich in aller Ruhe nach deinem Lebensbuch umsehen kannst.«

Für einen Moment fühlte sich Benjamin in Versuchung geführt. Die Aussicht zu erfahren, wie er gestorben war und was es mit Townsend und den seltsamen Szenen auf sich hatte, an die er sich zu erinnern glaubte, war sehr verlockend. Aber es stand keineswegs fest, dass sie sein Lebensbuch bei einer längeren Suche finden würden – vielleicht befand es sich gar nicht in der Bibliothek. Außerdem hatte er das Gefühl, dass die Zeit drängte.

»Der nächste Ballon ist vielleicht ein richtiger und dient keinen Testzwecken. Laurentius hat von einer echten Chance gesprochen, die Stadt zu verlassen.«

»Willst du zu der anderen Stadt, deren Lichter du im Nebel gesehen hast?«, fragte Louise. Es klang irgendwie müde, fand Benjamin.

»Ich habe sie wirklich gesehen, und sie *war* voller Lichter!« Benjamin erwähnte nicht, dass er auch die Stadt, in der sie sich befanden, voller Lichter gesehen hatte, während der Elektrostunde. »Bestimmt gibt es dort Menschen!«

»Und wer sagt dir, dass sie es besser haben als wir hier?«

»Können sie es schlechter haben? Diese Stadt hier ist ein Gefängnis. Dago und Hannibal haben sie dazu gemacht.«

»Und dort draußen erhoffst du dir Freiheit und Erleuchtung?«, fragte Louise mit unüberhörbarer Ironie.

»Interessiert dich gar nicht, was sich dort draußen befindet?«, erwiderte Benjamin.

»Ich fürchte, ich weiß es schon. Dort draußen wimmelt es von Kreaturen.«

Benjamin breitete die Arme aus. »Was haben wir zu verlieren?«

»Nicht viel, zugegeben«, sagte Louise. Sie seufzte erneut. »Na schön.«

Benjamin folgte ihr zur Tür und wollte das Zimmer verlassen, als er im Regal auf der rechten Seite, dicht neben dem Vorhang am Fenster, einen schmalen lindgrünen Streifen bemerkte. Neugierig trat er näher und zog ein dünnes Buch aus dem Regal. Auf dem Deckel zeigten sich silberne Schnörkel und zu kleinen Gruppen angeordnete Punkte, und als Benjamin sie betrachtete, gerieten sie in Bewegung und bildeten lesbare Buchstaben. »Dr. Bertrand Gilbert Du Pont«, stand dort geschrieben, »genannt ›Agostino‹.«

»He, das ist ein Lebensbuch!« Louise war mit einigen schnellen Schritten an seiner Seite, nahm ihm das Buch aus den Händen und blätterte darin. »Oder vielleicht auch nicht. Ich sehe hier nur Punkte, Striche und Schnörkel, wie auf der Tafel bei der Statue des Kriegers.«

»Du kannst nichts davon entziffern?«

»Nicht ein Wort.« Sie gab ihm das Buch zurück.

Diesmal sah Benjamin auf dem Deckel sofort lesbare Worte, ohne dass sich sonderbare Zeichen neu anordnen mussten. »Kennst du einen gewissen Dr. Bertrand Gilbert Du Pont?«

»Hab nie von ihm gehört.«

»Beziehungsweise Agostino?«

»Oh, Agostino.« Louise nickte. »Der Tüftler. Ein Unabhängiger. Lebt im Norden der Stadt. Hab ihn schon lange nicht mehr gesehen. Du kannst das alles lesen?« Sie deutete auf das Buch.

Benjamin blätterte erneut und las eine Stelle. »Er ist homosexuell, wusstest du das?«

»Agostino? Nein, ich hatte keine Ahnung.«

Benjamin steckte das Buch nachdenklich zu dem anderen, von dem er Louise nichts erzählt hatte. »Gehen wir.«

Vom Lesezimmer mit der Uhr brauchten sie etwa drei Minuten bis zum Hinterausgang, und von dort war es eine weitere Minute bis zu dem Weg, der kaum als solcher zu erkennen war. Er führte in einem Bogen durch die Ruinen, und an einer Stelle verschwand er unter einer Mauer, die offenbar erst vor kurzer Zeit umgestürzt war.

»Bist du sicher, dass es der richtige Weg ist?«, fragte Benjamin, als sie an einem Fenster im ersten Stock standen und sich orientierten.

»Ja, bin ich«, bestätigte Louise.

»Und wenn du dich irrst?«

»Ich irre mich nicht«, sagte sie, und Benjamin hoffte, dass er sich den unsicheren Unterton in ihrer Stimme nur einbildete.

Sie warteten die letzten Minuten im Lesezimmer. Als die Uhr vier Minuten vor zwölf zeigte, brachen sie auf und gingen mit der gleichen Geschwindigkeit wie zuvor. Sie verließen die Bibliothek durch den Hinterausgang, traten in den frühlingshaft warmen Tag und schritten an einem verrosteten Maschendrahtzaun entlang, der mehrere Löcher aufwies – vielleicht waren Kreaturen hindurchgekrochen. Am Beginn des Weges warteten sie eine weitere Minute, und als Benjamin ruhig bis sechzig gezählt hatte, liefen sie los. Ihnen blieben etwa fünf Minuten.

Der Boden unter ihnen öffnete sich nicht, und wenn es hier Pfeile und Speere gab, so blieben sie zwischen den Ruinen rechts und links verborgen.

Hinter dem Hügel aus Schutt hatte Benjamin weitere Hindernisse befürchtet, die vom Fenster aus nicht zu sehen gewesen waren. Stattdessen wurde der Weg etwas breiter, wand sich um die Reste eines Turms und erreichte nach etwa hundertfünfzig Metern den rissigen Asphalt einer Straße, die von niedrigen Gebäuden gesäumt in die Stadt führte. Das Licht der falschen Sonne fiel dort auf Dächer, rot wie Rubin.

Als sie das Ende des Weges erreichten, ohne dass etwas geschehen war, schaute Benjamin fast ungläubig zurück. Jenseits des Ruinenfelds zeigte sich, vage und fern, die graue Wand des Nebels.

»Ich kann kaum glauben, dass es so einfach war«, sagte er.

»Ohne die Uhr wäre es alles andere als einfach gewesen«, erwiderte Louise und deutete auf den blutverkrusteten Rücken ihrer Jacke.

Als sich Benjamin umdrehte und über die Straße blickte, schwebte ein großer bunter Ballon über den Dächern der Stadt. In der Stille glaubte er, das Fauchen des Brenners zu hören, der heiße Luft in die Ballonhülle blies und ihn aufsteigen ließ. Diesmal war es kein Test: Im Korb standen Menschen, und einer von ihnen streckte den Arm aus und deutete über die Stadt.

»Sie fliegen ohne uns los!«, rief Benjamin.

In der Bibliothek herrschte Stille. Sonnenstrahlen krochen durch staubige Fenster, wanderten durch leere Räume und strichen über Bücher in Regalen. In einem Lesezimmer erreichten sie die Uhr zwischen den Porträts zweier ernst wirkender Männer in mittelalterlicher Kleidung. Sie hörte auf zu ticken, und ihre Zeiger verschwanden.

Der Ballon

37

Der Platz war rund und nicht so groß wie jener, auf dem der Gefangenenaustausch stattgefunden hatte. Zweistöckige Giebelhäuser umgaben ihn, mit Balkonen aus verwittertem Holz. In der Mitte des Platzes führten drei Stufen zu einer Plattform, auf der zwei schwarze Pferde standen. Benjamin ging langsam um sie herum und betrachtete sie von allen Seiten. Das linke Pferd hatte den Kopf halb gesenkt, und er glaubte fast, ein Schnauben von ihm zu hören. Das rechte wirkte temperamentvoller und schien Anstalten zu machen, auf die Hinterläufe zu steigen. Er berührte seine Flanken und erschrak fast, als er Wärme fühlte, wie von lebendigen Körpern. Aber das schwarze Material, aus dem die beiden Pferde bestanden – wie Obsidian – nahm nur die Wärme der Sonne auf. Auch die Luft war warm; dieser Teil der Stadt blieb vom Winter verschont.

»Dakota und Delight«, murmelte er und sah sich die Augen an. Sie spiegelten den Sonnenschein wider, aber es schien noch ein anderes Licht in ihnen zu geben, ein Funkeln in der Tiefe, das darauf wartete, nach oben zu steigen. »Man könnte sie für lebendig halten, wie in einem Moment erstarrt. Man könnte glauben, dass sie sich gleich bewegen, vom Sockel springen und über den Platz galoppieren.«

Wie über die Wiese. Vor dem inneren Auge sah er die beiden Pferde auf der anderen Seite des weißen Zauns, bei ihnen die junge Frau, die Muriel hieß und Townsends Tochter war. Er musste sich auf die Zehenspitzen stellen, um sie durch das Fenster mit den Gitterstäben zu sehen. Während er sie beobachtete, stellte er sich vor, wie er Muriel tötete, so wie er auch Townsend töten würde – oder hatte er das schon getan? –, sich anschließend auf den Rücken eines der beiden schwarzen Pferde schwang und in die Freiheit ritt.

»Ben?«

Er blinzelte im Licht der Sonne. »Ja?«

»Was ist mit dir?«, fragte Louise.

»Nichts«, sagte er und versuchte, seine wild umherfliegenden Gedanken einzufangen. Woher kamen jene seltsamen Bilder? »Es ist alles in Ordnung.«

»Du hast die Namen der Pferde genannt.« Als Benjamin nicht antwortete, fügte Louise hinzu: »Du bist komisch, Ben. Erst rennst du einige Kilometer, weil du es so eilig hast, und dann stehst du hier und bestaunst die beiden Pferdestatuen.«

Benjamin wandte sich mit einem Ruck von den Pferden ab. Dakota und Delight, dachte er. Ich kenne euch. Wie kommt ihr hierher? Wie kommt ihr in meinen Kopf? »Die alten Fabriken«, sagte er. »Von dort ist der Testballon gestartet. Sie sind hier in der Nähe, hat Laurentius gesagt. Kennst du sie?«

»Ich bin vor einigen Monaten dort gewesen, auf der Suche nach dem Arsenal«, erwiderte Louise und streckte den Arm aus. »Die Straße dort. In einer halben Stunde können wir da sein.«

»Also los.«

Stille umgab sie, als sie dem Verlauf der Straße folgten und dabei so weit wie möglich im Schatten der Häuser blieben, die während des ersten Kilometers dicht an dicht standen. Dann wuchsen die Abstände zwischen ihnen, und auch die Gebäude selbst veränderten sich. Giebelhäuser wichen funktionalen Gebäuden aus Glas und Beton, deren Mauern fleckig waren und in deren Fenstern manchmal die Scheiben fehlten – offenbar hielt es die Stadt nicht für nötig, sie zu reparieren. Wenn sie die Straße an einer Kreuzung überqueren mussten, blieben sie zunächst stehen und hielten wachsam Ausschau. Nirgends bewegte sich etwas, weder auf den Straßen noch hinter den Fenstern und in den dunklen, vom Sonnenschein unerreichten Hauseingängen. Nichts deutete darauf hin, dass sich Streuner in der Nähe befanden. Benjamin hob mehrmals den Kopf und beobachtete den Himmel. Der Ballon, den sie von der Bibliothek aus gesehen hatten, war längst in Richtung Stadtrand verschwunden, und ein weiterer war nicht in Sicht.

»Vielleicht hätten wir uns die Mühe sparen können«, sagte Louise. »Vielleicht gibt es keine weiteren Ballons.«

Benjamin wollte die Hoffnung nicht aufgeben. »Wir werden sehen.«

Die Fabrikgebäude waren lang und flach; zwischen ihnen erstreckten sich leere Parkplätze und Zufahrtsrampen. Der Wind strich mit einem wortlosen Flüstern über Asphalt und Beton und brachte ein etwa hundert Meter entferntes verrostetes Firmenschild zum Schaukeln – mit einem leisen Quietschen baumelte es vor dem Eingang eines Verwaltungstrakts hin und her.

Eine Stunde lang wanderten sie zwischen fast gleich aussehenden Gebäuden dahin. Hier und dort sahen sie durch Türen und Fenster, und überall bot sich ihnen das gleiche Bild: leere Büros und Produktionshallen, in denen es nur noch Staub gab.

»Als du hier nach dem Arsenal gesucht hast …«, sagte Benjamin enttäuscht. »Ist dir nichts aufgefallen?«

»Nein, nichts. Es war hier so menschenleer wie jetzt. Meine Güte, ich komme um vor Hunger. Hast du noch Äpfel?«

Benjamin griff in die Parkatasche. »Dies ist der letzte.«

Louise nahm ihn entgegen und biss hinein. »Ich esse nur die eine Hälfte, die andere ist für dich«, sagte sie mit vollem Mund. »He, vielleicht sollten wir diesmal auch die Kerne schlucken, damit sie uns zeigen, wo der Ballon gestartet ist.«

Benjamin drehte sich langsam um die eigene Achse und zog die Stirn kraus. »Sei mal ganz still.«

Louise machte große Augen und versuchte möglichst leise zu kauen und zu schlucken. Dann hielt sie den Atem an, und als nichts geschah und die Stille andauerte, schnappte sie schließlich nach Luft. »Hier ist nichts. Wir sind allein.« Sie bot ihm die Hälfte des Apfels an, doch er schüttelte stumm den Kopf und sah sich noch immer um. »Wir müssen uns bald auf die Suche nach Lebensmitteln und vor allem nach Wasser machen, Ben.«

Er hob die Hand.

»Was ist denn?«, fragte Louise und biss erneut in den Apfel.

»Ich bin mir nicht ganz sicher, aber … Komm.« Er ging zum nächsten Fabrikgebäude, das ein ganzes Stück höher war als die anderen und an der Vorderseite keine Fenster aufwies, nur eine große, verzinkte Schiebetür. Dicht davor blieb er stehen. »Hörst du nichts?«

Louise nahm den letzten Bissen und warf den Rest des Apfels mit den Kernen weg. »Nein.«

Benjamin legte die Hand auf die Schiebetür. »Wenn du es nicht hörst, kannst du es fühlen. Ein dumpfes Brummen, das die Tür vibrieren lässt. Fass mit an.«

Gemeinsam versuchten sie, die Tür aufzuschieben. Zuerst widersetzte sie sich ihren Bemühungen, aber dann rollte sie mit einem protestierenden Knarren beiseite. Ein dunkler, leerer Vorraum erwartete sie, mit einer geschlossenen Metalltür auf der anderen Seite.

»Jetzt höre ich es ebenfalls«, sagte Louise. »Es ist … wie ein Druck auf den Ohren.«

Benjamin blieb nachdenklich stehen und sah noch einmal nach draußen, wo sich nichts regte. »Im Supermarkt gibt es keine Abteilung für Heißluftballons, und selbst wenn es eine gäbe: Hannibal ließe niemanden hinein. Ich schätze, es ist alles andere als einfach, einen Ballon zu bauen. Und wenn man ihn irgendwo dort draußen zusammenbasteln würde, Stück für Stück, bestünde die Gefahr, dass die Streuner darauf aufmerksam werden, nicht wahr?«

Louise nickte. »Dagos Leute treiben sich überall am Rand herum.«

»Deshalb haben wir draußen nichts gefunden. Weil die Ballonbauer vorsichtig sein müssen. Vielleicht sind sie hier.« Benjamin ging zur Metalltür auf der anderen Seite des Raums und drückte die Klinke. »Abgeschlossen.«

»Lass es mich mal versuchen.« Louise griff nach der dünnen Schnur an ihrem Hals und zog daran. Zum Vorschein kam ein kleiner Beutel, dem sie etwas entnahm, das wie ein krummer dünner Nagel aussah. Damit trat sie zur Tür und machte sich am Schloss zu schaffen. Etwa eine halbe Minute später klickte es, und Louise lächelte zufrieden. »Voilà«, sagte sie und wiederholte die Geste, mit der sie ihn kurz nach seinem Erwachen in der Stadt in eine Wohnung eingeladen hatte.

Benjamin bedachte sie mit einem anerkennenden Blick, drückte erneut die Klinke und öffnete die Tür einen Spaltbreit. Sofort hörten sie beide ein sonderbares Surren und Rasseln.

Es stammte, wie sich kurz darauf herausstellte, von einem seltsamen Apparat, der aus einer großen Öffnung im Boden bis zur Decke ragte. Sie näherten sich ihm, nachdem sie festgestellt hatten, dass sich niemand in der Halle aufhielt. Die Vorrichtung war aus Kunststoff- und Metallteilen improvisiert: Rollen und Zahnräder, untereinander mit Seilen, breiten Gummibändern und Keilriemen verbunden. Oben, dicht unter der Decke, überwogen die Teile aus Metall und führten durch einen Schacht aufs Dach. Aus mehreren Oberlichtern daneben fiel Licht auf den Mechanismus und die große Öffnung im Boden.

Etwa einen Meter vor dem Rand des Lochs, das mindestens zwanzig Meter durchmaß, blieb Benjamin stehen, sah hinab und staunte. Hunderte von großen und kleinen Zahnrädern drehten sich dort, griffen fast geräuschlos ineinander, bewegten Wellen und armdicke Stangen. Alles war gut geölt und glänzte silbrig an einigen Stellen, in einem hellen Blau an anderen. Das Brummen, das Benjamin draußen gehört und als Vibration in der Tür gefühlt hatte – es stammte von diesen Zahn- und Schwungrädern, von den Wellen, die sich unter den Rändern des Loches im Boden fortsetzten.

»Was ist das?«, fragte Louise.

»Eine Maschine«, sagte Benjamin langsam und starrte in die Tiefe. »Oder besser: Teil einer gewaltigen Maschine unter unseren Füßen.« Das Licht reichte einige Dutzend Meter weit, aber etwas sagte ihm, dass sich die komplexe Masse aus Zahnrädern, Wellen und Stangen noch viel weiter in die Tiefe fortsetzte. Und nicht nur dorthin. Für einen Moment glaubte er, durch festen Boden zu sehen und einen Blick auf das ganze Ausmaß der Maschine werfen zu können, auf ein riesiges, wie von Titanen geschaffenes Uhrwerk, das ständig in Bewegung war, so gut geschmiert, dass es nur ein leises, kaum hörbares Brummen verursachte. »Vielleicht ist dies das Herz der Stadt, ihr Motor.« Eine Maschine, die das Jenseits antreibt, dachte er. Bestehend aus Tausenden und Abertausenden von Zahnrädern und Wellen.

Eine Zeit lang beobachteten sie beide die sich drehenden Zahnräder, von denen eine fast hypnotische Faszination ausging.

»Ich kann mir kaum vorstellen, dass Menschen so etwas gebaut haben«, fügte Benjamin hinzu und dachte an Velazquez' Theorie von Aliens, die in der Stadt ein Experiment durchführten.

»Die Maschine unter uns nicht«, sagte Louise. »Aber den Mechanismus darüber.«

Jemand hatte die Maschine angezapft, mithilfe einiger Riemen und eines großen Zahnrads, das aus Gusseisen zu bestehen schien und besonders breite Zähne hatte. Sie stahlen der kolossalen Maschine etwas von ihrer Kraft, leiteten sie nach oben weiter, bis hin zu den Metallteilen im Deckenschacht. Benjamin sah nach oben und bemerkte einen Schatten, der kurz über eins der Oberlichter strich.

»Jemand ist auf dem Dach«, sagte er leise und tastete instinktiv nach der Pistole in der Parkatasche. Aber er zog sie nicht. Er war hierhergekommen, um die Stadt in einem Ballon zu verlassen, nicht um jemanden zu erschießen.

Louise zeigte zur Treppe, die an der Rückwand der Halle nach oben führte. Sie eilten am Loch im Boden vorbei, stiegen die Treppe hoch, blieben oben vor der Tür stehen und wechselten einen Blick.

»Wenn die Ballonfahrer auf dem Dach sind, ist es vielleicht besser, sie nicht zu erschrecken«, sagte Benjamin leise.

Louise deutete zur Tür, als wollte sie ihm mitteilen: Ich überlasse dir den Vortritt.

Benjamin zögerte kurz, klopfte dann an die Tür und rief: »Hallo?«

Louise rollte mit den Augen. »Was Besseres fällt dir nicht ein?« Sie trat an Benjamin vorbei, öffnete die nicht abgeschlossene Tür und rief: »Hier sind zwei Besucher, die es gut meinen!«

»Das muss sich erst noch herausstellen«, brummte jemand und richtete eine Armbrust auf sie.

Der Mann war groß und schlank, trug einen fleckigen blauen Overall und hatte strähniges weißes Haar, das ihm wirr in die Stirn hing. Er schien zehn oder fünfzehn Jahre älter als Benjamin zu sein und hatte ein kantiges Gesicht, wie aus Stein gemeißelt.

Louise hob die Hände. »Ich bin's, Louise.«

Die Armbrust wanderte einige Zentimeter nach rechts. »Und der Bursche neben dir? Sehe ihn zum ersten Mal.«

»Er ist noch nicht lange in der Stadt und heißt Benjamin. Wir haben den Ballon gesehen.«

»Na bitte.« Der Mann ließ die Armbrust sinken und drehte sich halb um. »Hab ich's nicht gesagt? Jemand wird den Ballon sehen, wenn er am Tag startet, hab ich gesagt. Jemand wird ihn sehen und hierherkommen. Aber hat man auf mich gehört? Nein, hat man nicht. Und jetzt sind Fremde hier!«

Jemand anders trat in Benjamins Blickfeld, ein Mann um die fünfzig, der wie ein Universitätsprofessor aussah und eine Brille mit rechteckigen Gläsern trug. In den Händen hielt er ein Gerät aus Messing, an dem unten ein Pendel hin und her schwang.

»Kowalski?«, brachte Benjamin erstaunt hervor.

»So sieht man sich wieder, mein lieber Benjamin«, sagte Kowalski und fügte ernst hinzu: »Ich fürchte unser Wiedersehen steht unter keinem guten Stern. Mein Katastrophenmeter zeigt Wert zehn auf der positiven Skala. Das ist der höchste Wert seit Tagen. Wenn ich es nicht besser wüsste, würde ich sagen: Das Ende der Welt steht unmittelbar bevor.«

»Aber du weißt es besser«, sagte Louise.

»Natürlich, meine Liebe. Das Ende der Welt kann nicht bevorstehen, weil es bereits stattgefunden hat.«

»Was an den Quanten liegt.«

Kowalski wölbte eine Braue und sah sie über die Brille hinweg an. »Nein, es liegt nicht an den Quanten, sondern an den Atomexplosionen. Was du eigentlich wissen solltest, denn ich habe oft genug davon erzählt. Machst du dich vielleicht über mich lustig, junge Dame?«

»Das käme mir nie in den Sinn.«

Benjamin stellte fest, dass der Mann im fleckigen blauen Overall noch immer die Armbrust auf ihn gerichtet hielt. »Wir möchten euch begleiten, wenn ihr die Stadt verlasst.«

»Louise, mein lieber Benjamin …« Mit der freien Hand schob Kowalski die Brille höher auf den Nasenrücken. »Ich fürchte, ihr kommt zu spät. Ich meine, nicht für den ersten Ballon, der sich bereits auf den Weg gemacht hat, sondern auch für den zweiten, der in Bälde starten wird.«

»Nicht vor Einbruch der Nacht!«, warf der andere Mann ein. »Es muss dunkel sein, wenn wir losfliegen. Damit uns niemand sieht.«

»Wir haben leider keinen Platz mehr frei.« Kowalski deutete übers Dach zu einer kleinen Gruppe aus Männern und Frauen, die damit beschäftigt waren, die aus vielen einzelnen Stoffteilen zusammengenähte Hülle eines Heißluftballons auszubreiten und die Seile zu überprüfen, die ihn mit dem Korb verbanden. Zwei Männer waren damit beschäftigt, den Brenner zu montieren.

Der Mann im Overall hob die Armbrust. »Ihr habt ihn gehört. Wir haben keinen Platz mehr frei. Verschwindet!«

Benjamin beobachtete, wie Louise vorwurfsvoll den Kopf schüttelte und aufs Dach trat. Er folgte ihr zögernd, den Blick auf die Armbrust gerichtet.

»Warum so unfreundlich, Agostino?«, erwiderte sie und lächelte. »Wo ein Wille ist, da ist auch ein Weg.«

»Es wird schon jetzt ziemlich eng im Korb …«

»Bestimmt bietet er noch zwei weiteren Personen Platz, wenn wir alle ein wenig zusammenrücken. Wir können für den Flug bezahlen, nicht wahr, Ben?«

Benjamin hatte den Namen gehört und verstand. »Ich denke schon«, sagte er und griff in die Innentasche seines Parkas.

»Selbst wenn ihr den halben Supermarkt hierherbrächtet …«, begann Agostino.

»Wir haben dir ein kleines Buch mitgebracht, Bertrand Gilbert Du Pont.« Benjamin holte das lindgrüne Buch hervor. »Zwei Plätze im Korb des Ballons. Und dafür bieten wir dir die Geschichte deines Lebens.«

38

Die Sonne versank hinter den Dächern der Stadt, und Dunkelheit zog über den Himmel, hier und dort durchsetzt von den Flecken falscher Sterne. Agostino alias Bertrand Gilbert Du Pont saß abseits von allen anderen am Ende des von einer hohen Mauer umgebenen Daches und las im Licht einer Lampe im Buch seines Lebens. Manchmal sah Benjamin ihn schmunzeln; bei anderen Gelegenheiten schien er den Tränen nahe. Offenbar bereitete es ihm überhaupt keine Schwierigkeiten, die Worte und Sätze in seinem Lebensbuch zu entziffern.

»Kowalski und Agostino scheinen dicke Freunde zu sein«, sagte Benjamin leise. Sie saßen am Tisch, bei den Resten des Abendessens, während die anderen ihre Sachen packten. »Wenn Agostino schwul ist, wie es in dem Buch steht, so frage ich mich, ob Kowalski vielleicht auch …«

»Ist das wichtig für dich?«, erwiderte Louise und trank von

der Medizin. Die Flasche stand vor ihr auf dem Tisch und war noch halb voll.

»Wichtig? Nein. Ich habe nur darüber nachgedacht …«

»Fürchtest du, dass er versuchen könnte, dich zu verführen?«

»Mich zu verführen? Lieber Himmel, ich bin nicht … Ich meine …«

Louise lachte und hob ihr Glas. »Darauf ein Prosit!«

Benjamin hob sein eigenes Glas, nippte nur daran und dachte an Sex. »Sind in der Stadt jemals Kinder geboren worden?«

»Nein, nie. Wir sind tot, hast du das vergessen? Tote können keine Kinder zeugen. Die wenigen Jungen und Mädchen, die du in der Gemeinschaft gesehen hast, sind Opfer von Unfällen wie du.«

Falls ich das bin, dachte Benjamin und beobachtete, wie die Männer der Gruppe, unter ihnen Kowalski, die Hülle des Ballons mit einem Gebläse aufbliesen und über den Korb brachten. Die Flamme des Brenners schickte heiße Luft nach oben, und langsam richtete sich der Ballon auf. Halteseile spannten sich. Der Strom für das Gebläse, Agostinos Lampe und Kowalskis Geräte auf der anderen Seite des Daches stammte von einem Generator, der mit dem Mechanismus im nahen Schacht verbunden war. Agostino und Kowalski hatten einen Weg gefunden, die von der gewaltigen Maschine gestohlene Bewegungsenergie in elektrischen Strom umzuwandeln.

Etwas anderes fiel Benjamin ein, als er erneut an seinem Glas nippte. »Hältst du es nicht für einen extrem unwahrscheinlichen Zufall, dass wir in der Bibliothek ausgerechnet das Lebensbuch gefunden haben, das wir hier brauchten?«

»Wie meinst du das?«

»Ich glaube nicht an solche Zufälle«, sagte Benjamin. »Die Bibliothek hat uns das Buch mit Absicht gegeben. Weil sie wusste, dass wir es benötigen würden.«

Louise deutete auf das Glas in seiner Hand. »*Ich* glaube, du solltest damit vorsichtiger sein.«

»Im Ernst, Louise. Solche Zufälle gibt es nicht. Es steckt mehr dahinter. Und denk nur an die Uhr im Lesezimmer, die uns die genaue Zeit angab. Wie hätten wir die Bibliothek sonst verlassen können, ohne in eine der Fallen zu geraten? Vielleicht will die Stadt, dass wir sie verlassen.«

»Die Stadt ist kein denkendes Wesen, Ben.«

»Wir haben die Maschine gesehen, beziehungsweise einen Teil davon. Ein riesiges Gebilde aus Zahnrädern und Wellen. Alles dreht sich, alles ist in Bewegung. Ich weiß nicht, wie ein *mechanisches* Etwas – auch wenn es noch so groß ist – eine Stadt wie diese schaffen und erhalten kann. Aber ich weiß, dass eine solche Maschine geschmiert und gewartet werden muss. Wer kümmert sich darum? Wer repariert sie, wenn es irgendwo zu einem Schaden kommt? Wer wechselt defekte Teile aus?«

»Gott?«

»Glaubst du das wirklich?«

Louise zuckte die Schultern und trank noch einen Schluck Medizin. »Ich weiß nicht, was ich glauben soll, Ben«, sagte sie. Und dann, etwas lauter: »Spielt es überhaupt eine Rolle? Wir leben hier ein Leben nach dem Tod, ohne dass sich jemand um uns kümmert. Ob Gott die Stadt erschaffen hat, oder ob sie von hypothetischen Erbauern errichtet wurde – macht es einen Unterschied für uns?«

»Vielleicht sehen wir den Unterschied, wenn wir die Stadt verlassen.«

»Und wenn wir gar nichts sehen, außer Nebel, Ben? Hast du daran gedacht? Du hast die Stadt ein Gefängnis genannt, und in gewisser Weise stimmt das. Du sprichst davon, in die Freiheit zu entkommen, und vielleicht ist es dir ernst damit. Aber es ist nur die halbe Wahrheit. Du suchst Antworten, Ben. Es ist nicht die Unfreiheit in dieser Stadt, die dich quält. Es sind deine Fragen, die dich nicht in Ruhe lassen. Fragen, die dein Leben betreffen, und das, was uns hier umgibt. Du suchst nach einem *Sinn*, aber vielleicht gibt es gar keinen.« Louise trank einen Schluck, und Benjamin musterte sie, erstaunt von ihren Worten und der Tiefe darin. »Vielleicht ist das, was wir hier erleben, gar nichts Besonderes«, fuhr Louise gestärkt von der Medizin fort. »Was wissen wir vom Tod? Nichts. Niemand ist jemals zurückgekehrt, um uns davon zu berichten. Die Religionen könnten sich irren, sie alle. Vielleicht ist das, was wir hier erleben, ein völlig normales Jenseits.« Sie lachte leise, aber es klang nicht besonders lustig. »Vielleicht besteht der Sinn des Ganzen darin, dass es keinen Sinn gibt.«

»›Es gibt keinen Zufall. Und was uns blindes Ungefähr nur dünkt, gerade das steigt aus den tiefsten Quellen‹«, sagte Benjamin.

»Das klingt nach einem Zitat«, sagte Louise, das Glas auf halbem Weg zum Mund.

»Friedrich Schiller. Eins weiß ich von meinem Leben: Ich habe viel gelesen.«

»Auch ein Schiller kann sich irren.«

»Du bist betrunken, Louise.«

»Betrunken?« Sie zwinkerte ihm zu. »Es ist nur Medizin.«

Das letzte Licht des Tages schwand. Der Brenner fauchte, und seine Flamme warf einen flackernden Schein übers Dach. Die Halteseile knarrten, als sich der Ballon über dem Korb noch etwas mehr aufblähte.

Kowalski näherte sich. »Sitzt nicht einfach nur herum, ihr beiden. Macht euch nützlich. Hilfst du mir, die Geräte einzupacken, Benjamin?«

»Ich wusste gar nicht, dass du die Stadt verlassen willst«, sagte Benjamin, als sie sich daranmachten, einige große und kleine Apparaturen von ihren Kabelverbindungen zu lösen und auseinanderzunehmen. In der Nähe, am Ende des aus dem Gebäudeinnern kommenden Schachts, summte der Generator und verwandelte Bewegung in elektrischen Strom. »Im Hochhaus hast du nichts davon gesagt.«

»Aus gutem Grund, mein lieber Benjamin. Aus gutem Grund.«

»Wegen Katzmann? Scheint gern und viel zu reden, dieser Katzmann.«

»Hannibal hat den Zugang zum Labyrinth inzwischen zumauern lassen«, sagte Kowalski, ohne auf Benjamins Frage einzugehen. Er zog mehrere Kabel aus einem sehr komplex wirkenden Instrument, in dem, von Bügeln aus Messing und Aluminium umgeben, mehrere Pendel kreisförmig umeinander schwangen. Manchmal kamen sie sich sehr nahe, doch ein Kontakt blieb aus. Kowalski sah auf Anzeigen, betrachtete zitternd über Skalen wandernde Zeiger und schüttelte besorgt den Kopf. »Er hätte vermutlich auch den Bau der Ballons verhindert. Manchmal ist Unwissenheit ein Segen.« Er deutete auf den Generator. »Zwei Jahre haben Agostino und ich hier gearbeitet, unter strengster Geheimhaltung.«

»Ganz so geheim ist euer Projekt nun auch nicht«, sagte Benjamin und deutete auf die Leute beim Ballon. Sie hatten damit begonnen, ihre Sachen in den Korb zu laden.

Agostino saß noch immer am Rand des Dachs und las im Licht der Lampe in seinem Lebensbuch. Kowalski beugte sich vor und schaltete den Generator aus, woraufhin die Lampe erlosch. Agostino sah überrascht auf, und Kowalski winkte ihm zu. »Wir sind fast fertig. Achte darauf, dass die anderen nicht zu viel in den Korb packen. Wir haben zwei zusätzliche Passagiere, und das bedeutet, dass wir auf einen Teil des Gepäcks verzichten müssen.«

Agostino nickte, steckte das Buch ein und eilte zum Korb.

»Die anderen wissen erst seit wenigen Tagen von dieser Sache«, sagte Kowalski. Er hatte die Kabel aller Geräte und Apparate gelöst und legte einzelne Teile in zwei bereitstehende Koffer. »Eigentlich erst, seit Hannibal den Zugang zum Labyrinth versperrt hat. Einige von ihnen wollten sich mit Petrow auf den Weg machen. Die Route siebzehn schien vielversprechend zu sein. Aber dann verschwand Petrow, und damit waren jene Pläne dahin.«

Benjamin staunte darüber, wie vernünftig Kowalski klang, und er erinnerte sich an etwas, das Laurentius gesagt hatte: *Glaub nicht alles, was man über Kowalski sagt. Er ist nicht so verrückt, wie die anderen behaupten.*

»Hat Petrow die Stadt verlassen?«

»Er hat sich in Luft aufgelöst«, sagte Kowalski. »Und er ist nicht der Einzige. Einige weitere Mitglieder der Gemeinschaft sind verschwunden. Und auch Streuner, wie ich gehört habe. Es passt alles zusammen.«

»Was passt zusammen?«

»Der Moment gedehnter Zeit, erinnerst du dich? Wir haben darüber gesprochen. Inzwischen bin ich davon überzeugt, dass er zerreißen wird. Es ist keine Möglichkeit, mein lieber Benjamin, sondern Gewissheit. Die Fluktuationen in der Realitätsstruktur der Stadt nehmen immer mehr zu. Sieh nur diese Skala hier.«

Die Skala stammte von einem demontierten Apparat und reichte bis zu einem dicken roten Strich mit dem Wert 100. Beim letzten dünnen schwarzen Strich davor zeigte sich eine Markierung.

»Neunundneunzig«, sagte Kowalski. Er senkte den Kopf und sah Benjamin über die Brillengläser hinweg an. »Neunundneunzig! Hundert bedeutet Chaos und vielleicht totale Zerstörung. Als die Sonne unterging, hat der Zeiger bis neunundneunzig ausgeschlagen.«

Benjamin deutete in die Nacht. »Es ist ruhig in der Stadt.«

»Noch, mein lieber Benjamin. Noch. Und hinzu kommt, dass mein Katastrophenmeter Wert zehn auf der positiven Skala angezeigt hat.«

»Mir ist noch immer nicht ganz klar, was da zusammenpassen soll«, sagte Benjamin, als sie die letzten Einzelteile in den Koffern verstauten. Er wusste nicht, ob es Sinn hatte, das Gespräch mit Kowalski fortzusetzen, denn inzwischen schien er sich wieder in einer manischen Phase zu befinden. Aber so verrückt manche Bemerkungen auch klangen, sie gaben ihm zu denken. Laurentius hatte davon gesprochen, dass sich die Stadt veränderte. Und er hatte vom Verschwinden des Supermarkts geträumt, was das Leben aller Menschen in der Stadt verändert hätte, vor allem aber das der Gemeinschaftsmitglieder.

»Es hat immer Menschen gegeben, die die Stadt verlassen wollten, auch wenn Hannibal es nicht an die große Glocke hängt«, sagte Kowalski und schloss die Koffer. »Aber die Leute, die in den letzten Tagen verschwunden sind, unter ihnen Petrow ... Sie sind nicht fort, weil sie einen sicheren Weg aus der Stadt gefunden haben.« Er richtete sich auf, rückte seine Brille zurecht und fügte sehr ernst hinzu: »Sie sind aus dem Moment gedehnter Zeit gerutscht und nicht mehr *hier*.«

»Wo sind sie dann?«, fragte Benjamin.

»Ich habe nicht die geringste Ahnung.«

»Ben, Kowalski!«, rief Louise aus dem Korb des Ballons. »Wir warten nur noch auf euch!«

Das stimmte nicht ganz, denn Agostino stand am Rand des Daches auf einer Leiter und blickte mit einem Feldstecher über die hohe Mauer hinweg. Sein Verhalten erschien Benjamin sonderbar. Fürchtete er in der Nähe auf der Lauer liegende Beobachter? Wenn es solche Beobachter gab, so hatten sie den Ballon längst gesehen, denn er ragte weit über die Mauer hinaus.

Kowalski sah ein wenig traurig auf den Generator. »Ich bedauere, dass wir dies alles zurücklassen müssen. Zwei Jahre harte Arbeit ...«

»Was hat es mit der Maschine dort unten auf sich?«, fragte Benjamin, als sie zum Korb gingen, jeder von ihnen einen Koffer in der Hand.

»Deus ex machina«, erwiderte Kowalski. »Noch nie gehört? ›Gott aus der Maschine‹. Die Energie der Atomexplosionen, die uns hierherbrachte, in den Moment gedehnter Zeit, hat durch Quantenfluktuationen auch die Maschine geschaffen, und einen Deus ex machina, einen Gott aus der Maschine, der die Stadt schuf.«

Sie erreichten den Korb und hoben die Koffer. Louise und ein hagerer Mann, den Benjamin noch nie zuvor gesehen hatte, nahmen sie entgegen und fügten sie dem Gepäck auf der einen Seite hinzu. »Wir sind zu schwer«, sagte eine ältere Frau, die in der Ecke des Korbs stand und sich beide Hände an die Brust drückte. Sie war ziemlich bleich. »Mit all den Sachen sind wir bestimmt viel zu schwer! Wir sollten die Koffer zurücklassen.«

»Mit Verlaub«, entgegnete Kowalski würdevoll. »Eher bleibst du zurück, Miriam.« Er kletterte in den Korb. Benjamin stand bereits neben Louise und half ihm.

Agostino kehrte von der Leiter zurück. »Ich habe nichts gesehen, Pascal«, brummte er und steckte den Feldstecher in eine Tasche seines Overalls. »Draußen ist alles ruhig.«

»Ich hätte schwören können, vorhin das Licht von einer Fackel gesehen zu haben«, sagte der hagere Mann, der einen von Kowalskis Koffern entgegengenommen hatte.

Agostino schwang sich über den Rand des Korbs.

»Wir sind zu schwer«, klagte Miriam. »Wir sind bestimmt zu schwer.«

Mit Agostino standen zehn Personen im Korb, und hinzu kam das Gepäck – es war recht eng geworden. Kowalski zog an einer Leine, und über ihnen fauchte der Brenner. Seine Flamme schickte flackerndes Licht über das Dach des alten Fabrikgebäudes.

Die Halteseile knarrten.

»Es geht los«, verkündete Kowalski in einem feierlichen Ton. »Seile lösen.«

Agostino schob sich an den Passagieren vorbei und band die Halteseile los.

»Seile sind gelöst!«, rief er.

Der Ballon stieg langsam auf, Zentimeter um Zentimeter. Der Brenner fauchte unentwegt, und der von heißer Luft geschaffene Auftrieb hob den Ballon und seinen Korb in die Nacht. Bei den Passagieren kam es zu einem Moment der Unruhe, als der Ballon von leichtem Wind erfasst zur Seite driftete und der Korb gegen die Mauer stieß. Dann waren sie darüber hinweg und schwebten über der dunklen Stadt.

»Wir sind unterwegs«, sagte Benjamin zufrieden und stellte fest, dass er die Arme um Louise geschlungen hatte. Er ließ sie los. »Wenigstens können wir des Nachts nicht in die Sonne geraten und verbrennen, wie der Testballon.« Im Licht der Brennerflamme bemerkte er Kowalskis fragenden Blick und fügte hinzu: »Ich habe ihn gesehen, durch Laurentius' Teleskop.«

»Und wer weiß, wie viele Leute ihn sonst noch gesehen haben, auch ohne Teleskop«, klagte Agostino. »Und den Ballon des Predigers. Kein Start am Tag, während man uns sehen kann, habe ich gesagt. Aber hat man auf mich gehört? Nein, hat man nicht.«

»Der Prediger ist mit dem anderen Ballon unterwegs?«, fragte Louise.

»Da staunst du, was?«, erwiderte Agostino. Er klopfte auf die Taschen seines Overalls und schien sich vergewissern zu wollen, dass er sein Lebensbuch dabei hatte. »Hat wie wir die Zeichen erkannt, der Prediger. Vielleicht hat's ihm einer der

Götter zugeflüstert, deren Lehren er in den Kirchen und Tempeln der Stadt verkündete.« Agostino verstellte die Stimme. »Mein Sohn, du hast gut gepredigt, aber nun wird es Zeit, dass du die Stadt verlässt, denn dort sind bald alle am Arsch.« Er lachte, aber es stimmte niemand mit ein. »Allerdings scheint er dem Ballon nicht ganz zu trauen, denn er und die anderen haben die Fallschirme mitgenommen, die einzigen, die wir hatten.«

»Mir ist schlecht«, stöhnte Miriam, würgte und erbrach sich über den Rand des Korbs hinweg.

Kowalski ließ die Schnur los, und der Brenner über ihnen verstummte. Dunkelheit umfing sie.

»Da ist es wieder!«, entfuhr es dem Mann, den Agostino Pascal genannt hatte. »Das Licht!«

Benjamin sah es ebenfalls, und es schien tatsächlich von einer Fackel zu stammen. Einen Moment später sah er noch viel mehr, denn die ganze Stadt verwandelte sich in einen Lichterteppich.

»Eine Elektrostunde, ausgerechnet jetzt«, sagte Kowalski und blickte wie die anderen nach unten.

Überall brannten Lampen, und ihr Licht reichte bis zum Ballon, entriss ihn der Nacht. Benjamin stellte fest, dass sie sich dem Platz mit den zwei Pferden näherten, und dort standen mehrere Streuner. Einer von ihnen deutete nach oben, und die anderen hoben Armbrüste.

39

Einige Sekunden lang herrschte im Korb betroffene Stille. Alle blickten nach unten.

Dann sauste ein Armbrustbolzen dicht am Kopf der erneut würgenden Miriam vorbei, die ihre Übelkeit plötzlich zu vergessen schien und sich in einer Ecke des Korbs zusammenkauerte. Die anderen duckten sich, Kowalski zog an der Leine des Brenners, eine Flamme fauchte, und Agostino rief: »Bestimmt haben sie den anderen Ballon gesehen und sind neugierig geworden! Ich hab's gewusst. Wir hätten den Prediger aufhalten sollen.«

Der Ballon stieg auf, aber nur sehr langsam, und er geriet ins Licht einer Straßenlaterne, die ihren Schirm verloren hatte und auch nach oben strahlte.

»Da ist die Schlampe Jasmin«, sagte Louise, die offenbar bessere Augen hatte als Benjamin, denn er konnte keinen der Streuner auf dem Platz identifizieren. Dafür sah er die Statuen – beide Pferde standen auf den Hinterläufen.

Er beugte sich vor. »Sieh nur, die Pferdestatuen ...« Weiter kam er nicht, denn Louise riss ihn zurück. Nur einen Moment später raste etwas an seinem Gesicht vorbei und schlug oben in den Ballon.

Benjamins Augen mochten nicht so gut sein wie die von Louise, aber er sah das Loch, das der Armbrustbolzen in der Hülle des Ballons hinterlassen hatte, und er glaubte auch, ein Zischen zu hören, das nicht vom Brenner stammte.

»Höher!«, rief Pascal. »Wir müssen höher hinauf!«

»Schnell geht's nicht«, brummte Kowalski, der die Schnur des Brenners gezogen hielt.

»Wir sind zu schwer«, ächzte Miriam. »Wir sind viel zu schwer.«

Die anderen Passagiere drängten sich zusammen und wagten kaum, über den Rand des Korbs zu sehen.

Benjamin und Kowalski wechselten einen Blick.

»Nein«, sagte Kowalski.

»Wir haben keine Wahl«, sagte Benjamin und trat zum Gepäck.

»Zuerst die anderen Sachen!« Kowalski zog noch stärker an der Schnur, was aber überhaupt nichts nützte – der Brenner arbeitete bereits mit voller Leistung.

Louise half Benjamin dabei, die ersten Gepäckstücke über Bord zu werfen. Der Ballon reagierte träge und flog, vom leichten Wind erfasst, über den Platz mit den beiden Pferden. »Sieh dir die Statuen an«, sagte Benjamin zu Louise, als sie einen schweren, mit klappernden Dingen gefüllten Rucksack über den Rand des Korbs hinwegwuchteten. Etwa vierzig Meter weiter unten prallte er aufs Pflaster und platzte auseinander. Konservendosen rollten in alle Richtungen.

»Ich hab's gesehen, ich hab's gesehen.« Louise griff nach einer großen Reisetasche, visierte ein Ziel auf dem Boden an und ließ sie fallen. Fast hätte sie einen der Streuner getroffen, die sich daranmachten, die Büchsen einzusammeln. Zwei andere legten mit ihren Armbrüsten an und schossen. Ein Bolzen durchschlug den Korb genau dort, wo die bleiche Miriam kauerte, und bohrte sich ihr in den Rücken – sie riss die Augen auf und öffnete den Mund, brachte aber keinen Ton hervor. Mit einem letzten Zittern kippte sie zur Seite und regte sich nicht mehr.

Der zweite Bolzen traf den Ballon und hinterließ ein weiteres Loch in ihm, nicht weit vom ersten entfernt. Benjamin sah plötzlich, wie sich die beiden Löcher zu einem Riss vereinten, der innerhalb von nur zwei oder drei Sekunden mehrere Meter lange wurde, und der Ballon aus großer Höhe abstürzte …

Ein Blinzeln verscheuchte das Bild. Die Löcher waren klein, und es strömte heiße Luft aus ihnen, die sie für den Auftrieb brauchten, aber der noch immer feuernde Brenner und das verringerte Gewicht ließen den Ballon schneller aufsteigen. Außerdem wurde der Wind stärker. Der Platz mit den beiden Pferden blieb hinter ihnen zurück, und sie gerieten außer Reichweite der Armbrüste.

Louise hatte einen der beiden Koffer Kowalskis hochgehievt, doch Benjamin hielt sie zurück. »Ich glaube, das ist nicht mehr nötig«, sagte er.

Kowalski warf ihm einen dankbaren Blick zu.

Plötzlich gingen unter ihnen die Lichter aus, und mit einem Schlag kehrte die Dunkelheit zurück. Benjamin stellte Kowalskis Koffer an seinen Platz und beobachtete im Licht der Brennerflamme, wie ein bärtiger Mann Miriam vorsichtig umdrehte und ihr den Bolzen aus dem Rücken zog.

»Sie ist tot.« Der Mann richtete sich auf und warf den blutigen Bolzen in die Finsternis.

»Wir geben gut auf sie Acht«, sagte eine neben ihm stehende Frau. »In ein paar Tagen erwacht sie wieder.«

»Wer weiß, ob sie ins Leben zurückkehren kann, wenn wir die Stadt verlassen.« Louise hatte leise gesprochen, aber die anderen hörten sie trotzdem und richteten nachdenkliche Blicke auf Miriam.

Über ihnen fauchte der Brenner, und seine Flamme trug sie höher in die Nacht. In der Dunkelheit konnte Benjamin die beiden Löcher nicht sehen, aber zweifellos strömte noch immer heiße Luft aus ihnen.

»Wir haben es geschafft«, sagte Louise und schlang ihm den Arm um die Taille. »Wir sind unterwegs.«

Benjamin überlegte, ob er ihr von den beiden Löchern und dem visionären Bild erzählen sollte, das er kurz gesehen hatte. Er entschied sich dagegen und spürte, wie das Gefühl des Arms an seiner Taille viel von seiner Aufmerksamkeit beanspruchte. Louise streckte die freie Hand aus.

»Die Lichter dort drüben«, sagte sie. »Das Gloria, nehme ich an.«

Dunstfetzen zogen vorbei, als der Ballon noch höher stieg. Kowalski ließ die Schnur des Brenners los, um Treibstoff zu sparen, und in der Stille war nur das Knarren der Seile zu hören. Und ein Zischen von entweichender Luft. Benjamin vernahm es ganz deutlich, aber die anderen schienen es nicht zu bemerken. Dann sah er, wie Kowalski einen besorgten Blick nach oben richtete.

Der Wind wurde stärker und trieb ihnen weitere Dunstschwaden entgegen.

»Kann es Nebel geben, hier oben?«, fragte jemand.

»Das ist kein Nebel, es sind Wolken«, verkündete Agostino. Er war kaum mehr als eine Silhouette, als er neben Kowalski trat und kurz mit ihm flüsterte. Dann sahen sie beide nach oben.

»Was pfeift da so?«, fragte jemand anders.

»Der Wind«, sagte Kowalski. »Es ist nur der Wind.«

»Wolken.« Louise sah sich staunend um, obwohl es kaum

etwas zu sehen gab. Der ferne Lampenschein beim Hotel Gloria und die anderen wenigen Lichter in der Stadt verschwanden, als der Ballon durch dichtere Wolken schwebte. »Wie nah sind wir dem Himmel?«

Die Frage erschien Benjamin zunächst seltsam, doch dann verstand er. Wenn sie weiter aufstiegen ... Bestand dann die Gefahr, dass sie gegen den Himmel stießen?

Die Dunstschwaden blieben unter ihnen zurück, und über ihnen leuchteten die Flecken von Mond und Sternen. Benjamin sah zu ihnen hoch und fragte sich, wie nahe sie waren, und als er den Blick senkte, sah er Lichter in der Nacht: weit vor ihnen, und auch hinter ihnen und zu beiden Seiten. Sprachlos vor Verblüffung beobachtete er, wie einige dieser Lichter flackerten und verschwanden; an anderer Stelle entstanden dafür neue.

»Siehst du?«, brachte er hervor und ergriff Louises Arm. »Ich habe mich nicht geirrt. Es gibt eine andere Stadt.«

»Nicht nur eine«, sagte der neben ihm stehende Kowalski ergriffen. »Es sind ... Dutzende, vielleicht sogar Hunderte.« Er ließ die Schnur des Brenners los, öffnete hastig einen seiner beiden Koffer und holte ein Messinstrument hervor, das gewisse Ähnlichkeit mit einem Sextanten hatte.

Agostino stand am Rand des Korbs und sah durch seinen Feldstecher.

Hier und dort fiel der Schein der Flecken am nahen Himmel auf Wolken unter ihnen, und manche von ihnen bildeten große, flauschig wirkende Massen. An anderen Stellen war die Sicht frei, und dort waren große Nebelzonen zu sehen, wie graue Watte auf weiten Teilen der Welt. Inmitten dieser grauen Teppiche gab es zahlreiche dunkle Zonen, viele von ihnen rund, andere unregelmäßig geformt und wie zerfranst, und in einigen von ihnen strahlten Lichter.

Städte. Nicht eine. Nicht zehn oder zwanzig, sondern Hunderte, große und kleine, mehr als man zählen konnte.

»Die Welt ist nicht gekrümmt«, sagte Kowalski aufgeregt und spähte durch seinen speziellen Sextanten. »Es gibt keinen Krümmungshorizont wie bei der Erde. Hier reicht der Blick viel weiter.«

Die Passagiere gafften und vergaßen die tote Miriam.

Agostino streckte plötzlich den Arm aus. »Seht euch das an!«

Aus einer großen Stadt vor ihnen stiegen mehrere Lichter wie Glühwürmchen auf, zerplatzten und versprühten Funken.

Benjamin riss die Augen auf. »Ist das ein *Feuerwerk*?«

»Rechts davon!«, stieß Agostino hervor. »Die Lichtergruppe auf der rechten Seite.« Er wollte den Feldstecher Kowalski geben, aber Benjamin griff danach und sah hindurch. Das Fernglas war auf hohe Vergrößerung eingestellt, und das Bild tanzte. Benjamin versuchte den Feldstecher möglichst ruhig zu halten, drehte das Einstellrad und sah die dunklen Konturen eines Gebäudes. Auf dem Dach hatte jemand Scheinwerfer aufgestellt, und sie schienen zu einem Muster angeordnet zu sein. Sie formten Buchstaben, begriff Benjamin plötzlich, und die Buchstaben bildeten ein Wort.

»Hilfe«, las er. »Dort ruft jemand um Hilfe, mit Licht!«

In diesem Augenblick wurde das Pfeifen über ihnen zu einem lauten Zischen, und die Ballonhülle riss auf einer Länge von mehreren Metern auf. Heiße Luft entwich, der Auftrieb verringerte sich schnell, und der Ballon sank. Die Ereignisse entsprachen exakt dem visionären Bild, das Benjamin gesehen hatte.

Kowalski legte rasch sein Messinstrument in den offenen Koffer und zog dann die Schnur des Brenners. Eine Flamme fauchte, und ihr wechselhafter Schein fiel auf die erschrockenen Gesichter der Passagiere.

»Bewahrt die Ruhe«, sagte Kowalski, obwohl sich niemand regte. »Wir haben die Situation unter Kontrolle.«

»Was passiert?«, fragte jemand.

»Ich fürchte, wir stürzen ab«, sagte Agostino, was ihm einen finsteren Blick von Kowalski einbrachte.

Plötzlich sprachen alle durcheinander, und jemand schrie. Agostino trat zu Kowalski, der versuchte, mit dem Fuß den Koffer zu schließen, ohne die Schnur des Brenners loszulassen. Der Mann im blauen Overall ergriff die Seile und wollte nach oben klettern, aber Kowalski hielt ihn zurück. »Bist du übergeschnappt?«

»Ich habe es gesehen«, sagte Benjamin zu Louise, die sich mit einer Hand an ihm und mit der anderen am Rand des Korbs festklammerte. »Vorhin, als die Streuner auf uns schossen. Ich hab gesehen, was passieren würde, in einer Art Vision.«

»Und jetzt? Was passiert jetzt?«

»Wir fallen!«

Wolken umhüllten Korb und Ballon, aber schon nach wenigen Sekunden blieben sie über ihnen zurück. Sie fielen schneller – die Flamme des Brenners konnte nicht so viel warme Luft in den Ballon schicken, wie er durch den Riss verlor.

Benjamin sah nach unten. Das Licht des falschen Mondes

drang durch eine breite Lücke zwischen den Wolken, und in seinem Schein zeigte sich die Stadt – *ihre* Stadt – als dunkle Masse, umgeben von einem Meer aus Nebel. Aber der Nebel war erneut zurückgewichen, und Benjamin bemerkte das Glitzern eines Sees und in seiner Nähe ein fast schnurgerades Band, vielleicht eine Straße. Er erinnerte sich daran, beides von der Penthouse-Wohnung des Hochhauses gesehen zu haben.

»Ich bin gerade tot gewesen, Ben, und ein Sturz aus so großer Höhe ist eine verdammt unangenehme Art zu sterben.«

Der Brenner feuerte und feuerte, aber der Ballon über ihnen schrumpfte, und sie fielen immer schneller. Benjamin beobachtete, wie der Riss noch länger wurde, als Nähte nachgaben. Ein langer Stofffetzen flatterte im Wind, geriet in die Flamme und fing sofort Feuer. Funken flogen, kleinere Flammenzungen leckten nach Seilen und anderen Teilen der Hülle, und auf einmal brannte der Ballon lichterloh.

Louise klammerte sich mit beiden Händen an Benjamin, aber er merkte kaum etwas davon, denn zwei der Seile, die den Korb mit dem Ballon verbanden, gaben plötzlich nach, und der Korb kippte. Es gelang ihm gerade noch, sich am Rand festzuhalten, und im gespenstischen Schein der über ihnen lodernden Flammen sah er, wie mehrere Personen, unter ihnen der hagere Pascal, aus dem Korb fielen.

Dann rissen auch die anderen Seile, und sie alle stürzten in die Tiefe.

Tief unter der Stadt drehten sich Ritzel, die lange Zeit geruht hatten. Sie setzten große Zahnräder in Bewegung, und dadurch erwachte ein bestimmter Teil der Maschine zu neuer Aktivität. Kein Licht erreichte diesen Ort, an dem ewige Finsternis herrschte. Doch das Summen und

Surren, das hier in der Dunkelheit erklang, entschied weiter oben über die Länge von Tag und Nacht, über die Schwärze des Himmels und die Helligkeit der Sonne, über das Alter der Häuser und ihre Beschaffenheit. Es ließ das Wasser des Flusses strömen und in den Kanälen gelegentlich Luftblasen vom Boden aufsteigen. Manchmal fügte es Gebäuden Stockwerke hinzu und ersetzte zerbrochene Fensterscheiben.

Die Pendel der Kohärenz schwangen langsam und maßen die Grade der Wahrscheinlichkeit.

Die Geschehnisse in der Stadt – in den Städten – bildeten Muster innerhalb von Mustern, wie die Bilder von Mandelbrot-Mengen, in denen feine Verästelungen wuchsen und neue Muster bildeten. Alles hing zusammen; alles war miteinander verbunden. Das eine beeinflusste das andere.

Ein besonders großes Rad drehte sich nur einen Zahn weiter, und sein Klacken hallte wie das Pochen eines Taktgebers durch die Dunkelheit in diesem Teil der Maschine.

Weiter oben veränderten sich die Beziehungen zwischen Ursache und Wirkung. Menschen fielen, und einige von ihnen fielen anders als die anderen.

Gleichzeitig sorgten kausale Verknüpfungen dafür, dass sich die Lücken in den Regalen des Supermarkts langsamer füllten. Die Maschine dachte und fühlte nicht, aber ihre Wahrnehmungskomponenten und Erkenntnisstrukturen stellten fest, dass gewisse Geschehnisse einem wichtigen Höhepunkt entgegenstrebten, und daraufhin ordneten sie Bereitschaft an.

Die Bewegungen im tiefen, dunklen Innern der Maschine waren so langsam und träge wie Kontinentalverschiebungen. Aber wie bei Kontinenten, deren Kanten aufeinandertrafen, sammelte sich Kraft an, die sich früher oder später entladen musste.

Träume von Leben

40

Als Benjamin die Augen öffnete, sah er das letzte Licht des Tages, ein fahles Grau, davor die Schatten von Zweigen und Blättern. Ein Baum, dachte er. Ich sehe einen Baum. Und in der Stadt gibt es keine Bäume.

Dann schwebte Louises Gesicht über ihm, und als er sich zu bewegen versuchte, schien ihm jemand einen Dolch in den Rücken zu bohren.

»Bleib ganz ruhig liegen«, sagte Louise. »Du bist tot gewesen, Ben. Fast eine ganze Woche lang.« Etwas leiser fügte sie hinzu: »Bald muss ich wieder los, um Proviant zu holen. Dann binde ich dich fest, damit du nicht herunterfällst.« Sie hob den Arm, und ein Strick erschien in Benjamins Blickfeld. »Hiermit. Hast du verstanden? Es sind keine Fesseln. Kämpf nicht dagegen an.«

Tot. Zum zweiten, vielleicht sogar zum dritten Mal. Was hatte er vergessen? Benjamin horchte in sich hinein, als wäre es möglich, auf diese Weise leere Stellen in seinem Gedächtnis zu entdecken.

Sein Kopf rollte zur Seite, und er sah eine von dicken Ästen umschlungene Hütte. Weiter unten erstreckte sich eine graubraune Morastfläche, aus der hier und dort mangrovenartige Bäume ragten. Wo sind wir?, wollte Benjamin fragen, brachte aber nur ein Krächzen hervor.

Müde schloss er die Augen und sah neue Bilder.

Das Gitter am Fenster war anders, und das Zimmer hatte helle Wände. Es enthielt sogar einen bequemen, weichen Sessel.

»Ich gebe Ihnen ein neues Leben«, sagte der Mann am Tisch. »Nehmen Sie Platz, Benjamin.«

Zwei Männer standen an der Tür, groß, kräftig gebaut und nicht in Uniformen gekleidet. Sie beobachteten ihn wachsam.

»Wo bin ich hier?«, fragte er.

»Sie sind bei mir«, antwortete der Mann am Tisch. Er sah wie ein Professor aus: ein Gesicht wie aus Stein gemeißelt, die Augen grauschwarz und ernst. »In meiner Obhut. Setzen Sie sich, Benjamin.«

Die letzten Worte klangen etwas schärfer, und Benjamin sank nicht in den Sessel, sondern auf den zweiten gepolsterten Stuhl am Tisch. Der Professor auf der anderen Seite … Er kannte ihn. Er hieß Townsend, José Maria Townsend, und er hatte ihn schon einmal gesehen, in dem anderen Gebäude, in einem Zimmer mit harten Stühlen und Wächtern in Uniform.

Townsend sah ihm tief in die Augen. »Wer sitzt mir gegenüber?«

Benjamin sah sich verwundert um. »Ich?«, erwiderte er. »Ja, ich.«

»Und wer sind Sie?«

»Ich bin Benjamin Harthman.«

»Wissen Sie, was Sie getan haben, Benjamin?«

Für einen Sekundenbruchteil sah Benjamin Dutzende von weit aufgerissenen Augen, voller Entsetzen. »Angst«, sagte er. »Ich sehe Angst.«

Townsend schaute zur Seite, zu einer Frau, die in der Ecke stand, in unauffälliges Grau gekleidet. Sie war jünger als der Professor, aber in dem Blick, den sie und Townsend wechselten, spürte Benjamin eine besondere Vertrautheit. Dass er es bemerkte, erstaunte ihn. Etwas in ihm schien ein sehr aufmerksamer Beobachter zu sein, vielleicht noch wachsamer als die beiden Männer an der Tür, und auf alle Details zu achten. Es war ein lauerndes, wachsames Etwas, das nach Schwächen suchte, nach Gelegenheiten, die es nutzen konnte.

Die Frau trat vor, und als sie näher kam, erschien sie Benjamin vage vertraut. Er glaubte, sie schon einmal gesehen zu haben, an einem anderen Ort. Sie hatte eine schmutzige Hose getragen, und eine fleckige, fransige Jacke.

»Sie sind krank, Benjamin«, sagte die Frau. Ihre Stimme klang sanft. »Aber wir machen Sie wieder gesund.«

In Townsends Hand erschien ein Glas Wasser, das er vor Benjamin auf den Tisch stellte. Die andere Hand legte zwei blaue Tabletten daneben.

»Das ist Medizin«, sagte der Professor. »Sie wird Ihnen helfen.«

»Aber es geht mir gut«, erwiderte Benjamin. »Ich fühle mich nicht krank.«

»Nehmen Sie Ihre Medizin, Benjamin«, sagte Townsend, und wieder lag eine besondere Schärfe in diesen Worten. Benjamin konnte gar nicht anders, er musste gehorchen.

Er nahm die Tabletten und trank das Glas Wasser halb aus.

Benjamin erwachte schweißgebadet, obwohl es kalt war. Fieber brannte nicht nur in seinem Körper, sondern auch in der Seele; Gefühle und Gedanken standen in Flammen. Ein falscher Mond und falsche Sterne glühten matt an einem schwarzen Himmel, und der Wind bewegte Zweige, die aussahen wie lange, krumme Klauen. Benjamin lag halb in der Baumhütte, mit einem Strick an einen dicken Ast gefesselt. Instinktiv versuchte er sich zu befreien, aber dann erinnerte er sich an Louises Hinweis.

»Louise?«

Nur die leise Stimme des Winds antwortete ihm, wortlos und gleichgültig. Wo war Louise? Wo waren Kowalski und die anderen?

Benjamin atmete schwer, in der Hitze des Fiebers gefangen. Er versuchte den Kopf zu heben, aber dazu fehlte ihm die Kraft. Die Augen fielen ihm zu, und aus dem inneren Brodeln stiegen weitere Erinnerungsbilder auf.

Mehrmals fiel das Wort »Institut«, und schließlich begriff Benjamin, dass er sich in einer Spezialklinik befand. Welche Krankheiten hier behandelt wurden, blieb ihm zunächst ein Rätsel, und ein Teil von ihm staunte über die Gleichgültigkeit, mit der er dieser und anderen Fragen gegenüberstand. Er fühlte sich getrennt von dem, was um ihn herum und auch mit ihm selbst geschah, mehr Beobachter als Beteiligter. Was auch immer mit ihm passierte: Dieser Ort war besser als die kleine Zelle mit dem harten Stuhl, den uniformierten Wächtern und den anderen Leuten, die alle gleich gekleidet waren. Die Erinnerungen daran waren verschwommen, ohne Einzelheiten, bis auf diese: Er entsann sich an Gesichter wie Masken, die aber ihren Abscheu nicht verbergen konnten.

Die ersten Tage verbrachte er in dem Zimmer mit dem weichen Sessel. Dreimal täglich bekam er zwei von den blauen Tabletten, meistens von Townsend oder der Frau, die Vivian hieß und seine Partnerin und Assistentin zu sein schien. Er schaute oft aus dem Fenster, zur Wiese auf der anderen Seite des weißen Zauns. Zwei Pferde grasten dort, und manchmal ritt eine junge Frau eins von ihnen. Später erfuhr er, dass die junge Frau – Muriel – Townsends Tochter war und die beiden Pferde Dakota und Delight hießen.

Er wusste nicht, was die blauen Tabletten mit ihm anstellten. Verletzungen irgendeiner Art hatte er nicht an sich entdeckt und vermutete deshalb, dass die »Krankheit«, an der er litt, psychischer Natur war. Auf einer rein intellektuellen Ebene wusste er, dass ihn diese Erkenntnis beunruhigen sollte, ebenso wie der Umstand, dass er sich kaum an sein früheres Leben erinnerte, aber eine solche emotionale Reaktion blieb aus. Vielleicht lag hier die Wirkung der Medizin; möglicherweise schützte sie ihn vor inneren Wirren. Was auch immer der Fall sein mochte – er empfand die Ruhe als sehr angenehm.

Nach den ersten Tagen durfte er sein Zimmer verlassen und sich in einem bestimmten Teil des Instituts bewegen, zuerst immer von zwei kräftigen Pflegern begleitet, später dann nur noch von einem. Benjamin lernte, zwischen Personal und Patienten zu unterscheiden, und er merkte, dass es noch immer den beobachtenden Teil in ihm gab, ein lauerndes Selbst, das alles zur Kenntnis nahm, von der Helligkeit der Lampen bis zu den kleinsten Flecken auf dem Boden, von den Türen und ihren Schlössern über Medikamentenschränke bis hin zu den Überwachungskameras und Alarmsensoren. Dieser Aspekt von ihm, der unermüdliche Beobachter, sammelte jede noch so unwichtig scheinende Information und fügte sie wie kleine Mosaiksteine einem viel größeren Gesamtbild hinzu. Schon bald gelangte er zu dem Schluss, dass das Institut nicht nur ein Ort war, an dem Patienten geheilt werden sollten. Es war auch, wie der andere Ort, ein Gefängnis. Zahlreiche Sicherheitssysteme überwachten die Patienten, um sie daran zu hindern, das Gebäude zu verlassen.

Manchmal erschienen fremde Personen, Männer in Anzügen und Frauen in Kostümen. Sie sprachen mit Townsend und Vivian, richteten kritische Blicke auf ihn und nickten bedächtig. Einmal war ihnen Benjamin so nahe, dass er einige Gesprächsbrocken aufschnappte, Worte wie »Unzurechnungsfähigkeit«, »neue Behandlungsmethode« und »selektive Persönlichkeitsneutralisierung«.

Er lernte die übrigen Patienten kennen, die sich in dem für ihn zugänglichen Bereich des Instituts befanden, Männer und Frauen, die andere Medizin bekamen als er und ihm seltsame Geschichten erzählten. Was auch immer sie erlebt hatten, warum auch immer sie sich an diesem Ort aufhielten – für Benjamin blieb es bedeutungslos. Sie waren für ihn nicht mehr als lebendes Inventar einer begrenzten, überschaubaren Welt, die ihm bald nichts Neues mehr zu bieten hatte. Mit einer Ausnahme. Ihm fiel eine junge Frau auf, in eine Aura der Tristesse gehüllt, und etwas an dem Anblick berührte ihn. Einmal setzte er sich neben sie, mit der Absicht, ein Gespräch zu beginnen oder sie wenigstens nach ihrem

Namen zu fragen, aber als er die tiefe Trauer in ihren Augen sah, schnürte es ihm den Hals zu. Eine Zeit lang saßen sie stumm nebeneinander und blickten hinaus auf den Parkplatz, der zu einer unerreichbaren Welt gehörte.

Am nächsten Tag fand Benjamin heraus, in welchem Zimmer die Traurige wohnte. Er spielte gerade mit dem Gedanken, die Tür zu öffnen, als Townsend erschien, den betreffenden Raum betrat und die Tür hinter sich abschloss. Eine halbe Stunde später trat er wieder in den Flur, sein weißer Kittel noch immer glatt, ohne eine einzige Falte. Aber der Beobachter in Benjamin bemerkte die Veränderungen in seinem Gesicht: die Wangen leicht gerötet, links neben dem Mund ein kleiner Fleck, die Pupillen geweitet.

Als Townsend fort war, ging Benjamin durch den Flur und wartete, bis ihn der Blick des Pflegers, der ihn ständig im Auge behielt, für eine Sekunde verließ. Rasch öffnete er die Tür und trat ein.

Die junge Frau lag in einem zerwühlten Bett, zur Wand gedreht. Ihre nackten Schultern bebten, und Benjamin wusste, dass sie lautlos weinte.

Er näherte sich, nahm vorsichtig auf der Bettkante Platz und streckte die Hand aus. Als er die Traurige, die noch viel trauriger war als sonst, an der Schulter berührte, zuckte sie zusammen, drehte den Kopf und sah erschrocken zu ihm hoch.

»Ich bin es nur«, sagte Benjamin. »Ich tue dir nichts.«

Tränen rollten ihr über die Wangen, aber es waren lautlose Tränen, nicht von einem Schluchzen begleitet. »Er hat es wieder getan«, sagte sie leise.

»Was hat er getan?«

»Ich habe dich gesehen«, sagte die Traurige. »Du bist ein

guter Mensch. Du tust mir nichts. Aber er ist böse. Nimm dich vor ihm in Acht. Er ist ein böser Mensch.«

Die Tür ging auf, und der Pfleger sah herein. »Lass Françoise in Ruhe«, knurrte er.

»Er hat mir nichts getan«, sagte die Traurige.

»Ich habe ihr nichts getan, und ich will ihr auch nichts tun«, sagte Benjamin. Aber er stand auf, ging zur Tür und verließ das Zimmer.

Im Flur dachte er daran, dass er von der Traurigen sowohl etwas Wahres als auch etwas Unwahres gehört hatte. Es stimmte, er hatte der jungen Frau nichts tun wollen. Aber es stimmte nicht, dass er ein guter Mensch war. Da irrte sie sich. Denn das, was tief in ihm auf der Lauer lag, war ein Ungeheuer.

Ihm war heiß und kalt zugleich, als er erneut die Augen öffnete und eine blasse Sonne an einem grauen Himmel sah. Neben ihm ragte eine aus Ästen und Zweigen bestehende Wand der Baumhütte auf, und als er sich zu bewegen versuchte, merkte er, dass er noch immer gefesselt war.

»Wir müssen in die Stadt zurück«, sagte Louise. Sie beugte sich über ihn, das Gesicht voller Sorge.

»Nein«, krächzte Benjamin. »Nicht … in die Stadt.«

»Ich muss dich zum Hospital bringen, Ben. Wenn es mit dir so weitergeht, stirbst du erneut.« Hilflos fügte Louise hinzu: »Ich weiß nicht, was mit dir los ist. Wenn du weggetreten bist … Du trittst und schlägst um dich, redest mit anderen Stimmen. Manchmal starrst du mich an, als befände sich jemand anders hinter deinen Augen.«

Nicht zurück in die Stadt, dachte er. Dort geht es bald drunter und drüber.

Etwas kratzte und knackte, und Louise wandte sich zur Seite. »Da kommt schon wieder so ein Biest.«

Sie verschwand aus Benjamins Blickfeld, und er drehte mühsam den Kopf zur Seite. Louise hielt plötzlich eine Pistole in der Hand – die Waffe, die er in der Parkatasche gehabt hatte – und zielte damit nach unten. Dichte Nebelschwaden zogen langsam über die Sumpflandschaft. Etwas kam aus diesen grauen Wolken, eine schuppige Kreatur, wie eine Mischung aus Alligator und Waran, bohrte Krallen ins Holz des Baumstamms und kletterte langsam nach oben.

Louise schoss, und ein Knall zerriss die Stille über dem Sumpf.

Mit seltsamer Deutlichkeit sah Benjamin, wie grünes, phosphoreszierendes Blut dicht über den Augen aus dem Kopf des Wesens spritzte. Es knurrte wütend, und eine lange, schlangenartige Zunge tastete aus dem Maul. Die vorderen Tatzen bewegten sich, und es zog sich noch ein Stück am Baumstamm hoch.

Louise drückte erneut ab; der zweite Knall schien noch lauter zu sein als der erste. Die Kugel traf ein Auge, und das Geschöpf zuckte heftig zusammen. Dann lösten sich die Krallen aus dem Holz, und die Kreatur fiel, verschwand weiter unten im Nebel.

Louise kehrte zu Benjamin zurück. »Auf der anderen Seite hängt ein Boot neben der Hütte, Ben, und es ist nicht weit bis zum Fluss, der durch die Stadt fließt. Glaubst du, du kannst nach unten klettern?«

»Ja«, ächzte Benjamin, aber die Lider wurden erneut so schwer, dass er sie nicht oben halten konnte.

41

Benjamin saß vor dem Schreibtisch, in einem Zimmer, das ihm bereits vertraut geworden war, Townsends Büro, vermutete er. Diesmal hielt nichts seine Arme fest. Der Mann ihm gegenüber schien ihn nicht mehr für gefährlich zu halten, und das war ein Fehler, wusste Benjamin. Was auch immer die blauen Tabletten mit ihm machten oder mit ihm machen sollten, sie richteten nichts gegen den lauernden Beobachter in ihm aus, gegen das Monstrum, das auf eine weitere Chance wartete. Aber es blieb sein Geheimnis. Er verriet es niemandem, nicht einmal der Traurigen, mit der er mehrmals gesprochen hatte. Und erst recht nicht diesem Mann, der *böse* war, obwohl er sich als Freund gab.

Townsend hob ein Foto, das eine attraktive Frau zeigte: das Gesicht ein helles Oval, umgeben von braunen Locken, ein Mund mit vollen Lippen, große, freundlich blickende Augen.

»Kennen Sie diese Frau?«, fragte Townsend.

»Nein«, sagte Benjamin. »Ich sehe sie jetzt zum ersten Mal.«

»Das ist Kattrin, Ihre Ehefrau.«

»Ich bin nie verheiratet gewesen«, erwiderte Benjamin erstaunt.

»Kattrin wird Teil Ihres neuen Lebens sein.«

»Warum brauche ich ein neues Leben?«

»Ah«, sagte Townsend und lächelte zufrieden. Er hob etwas, das nach einem Formular aussah und Dutzende von Einträgen aufwies.

»Kennen Sie dies?«

»Ich weiß nicht.«

Townsend beugte sich vor, zeigte ihm das Blatt und deutete auf den Namenszug ganz unten. »Sehen Sie? Dies ist Ihre Unterschrift.«

Unbehagen regte sich in Benjamin. »Was habe ich unterschrieben?«

»Dass Sie sich ein neues Leben wünschen.« Townsend lehnte sich wieder zurück, und Zufriedenheit leuchtete in seinen grauen Augen. Er wirkte noch immer freundlich und gutmütig, aber der Beobachter in Benjamin sah das Böse in ihm, das die Traurige so oft zu spüren bekommen hatte. »Ihre alten Erinnerungen sind bereits in den Hintergrund gerückt. Wir ersetzen sie nach und nach durch neue, und dadurch werden Sie ein anderer.«

»Warum?«, fragte Benjamin. »Warum soll ich ein anderer werden?«

Townsend wurde sehr ernst und antwortete, aber Benjamin sah nur, wie sich die Lippen bewegten. Er hörte nicht ein einziges Wort.

Eines Morgens erwachte Benjamin müde und mit schmerzenden Muskeln, und als er in den Spiegel sah, fielen ihm mehrere kahle Stellen am Kopf auf.

Bei anderen Gelegenheiten schmerzten nicht nur die Muskeln. Manchmal erwartete ihn grelles Licht, wenn er die Augen öffnete, und es schien sich ihm in den Schädel zu bohren, bis in die hintersten Winkel, wie auf der Suche nach verborgenen Gedanken und Gefühlen. Lederriemen und Schellen hielten Arme und Beine fest, und schemenhafte Gestalten umringten seinen nackten Leib. Kanülen steckten in den Armbeugen, und Metallplättchen klebten am Kopf.

Wir geben Ihnen ein neues Leben, flüsterten Stimmen, und Benjamin wusste nicht, ob sie außerhalb von ihm erklangen oder tief in seinem Innern, an einem Ort des Schreckens.

Einmal lag er ruhig auf etwas, das nicht sein Bett war, mit einem summenden, klickenden Etwas vor den Augen, das ihm die Sicht nahm. Aus irgendeinem Grund übernahm der Beobachter in ihm die Kontrolle, obwohl er nichts sehen konnte, und er blieb reglos liegen, als schliefe er. Kurz darauf hörte er Stimmen, durch eine Tür gedämpft, aber dennoch scharf und energisch, wie bei einem Streit.

»Du bist wieder bei ihr gewesen.« Eine Frau. »Wie lange treibst du es schon mit ihr?«

»Hör endlich auf damit«, antwortete ein Mann. Townsend.

»Sie ist eine *Patientin*!«

»Willst du mir vielleicht eine Moralpredigt halten? Ausgerechnet du, Vivian?«

»Ich will, dass es aufhört!«, keifte die Frau. »Sofort. Du wirst nicht noch einmal zu ihr gehen! Du musst ihre Behandlung Robert überlassen.«

»Beruhig dich.«

»Sie ist kein schwerer Fall und gehört überhaupt nicht hierher. Ich habe mir die Akte angesehen. Du hast sie unter einem Vorwand zu uns geholt. Wenn das herauskommt, und auch der Rest …«

»Ich kann ihr ebenso helfen wie den anderen. Die neue Behandlungsmethode …«

»Ach, du *hilfst* ihr, indem du sie vögelst?«

»Vivian …«

»Damit ist jetzt Schluss. Endgültig. Wenn nicht …«

»Was dann?«

Die Stimmen wurde leiser, und Benjamin verstand nichts mehr. Der Beobachter in ihm merkte sich alles und begann damit, Pläne zu schmieden.

»Bleib still liegen, Ben«, erklang eine andere Stimme. »Zappel nicht so, um Himmels willen! Sonst kippen wir um.«

Louise hatte sich über ihn gebeugt, die Hände an seinen Oberarmen. Als sie sah, dass er die Augen geöffnet hatte, wich sie langsam zurück, griff nach Rudern und zog sie durchs Wasser. Benjamin begriff, dass sie in einem Boot lagen. Er fühlte sich noch immer schwer und schwach.

Der Mondfleck leuchtete am wolkenlosen Himmel, zum Greifen nahe, und sein Licht spiegelte sich auf dem Fluss wider. Nebelschwaden zogen an den etwa zwanzig Meter entfernten Ufern entlang, und einige Ausläufer tasteten übers dunkle Wasser.

»Ich versuche uns in der Mitte des Flusses zu halten«, sagte Louise, während sie ruderte. »Wir können nur hoffen, dass die Kreaturen schlechte Schwimmer sind und wir die Stadt erreichen, bevor der Nebel zu dicht wird.«

»Ich bin nicht den Baum heruntergeklettert«, krächzte Benjamin und versuchte still zu liegen – er bebte am ganzen Leib.

»Ich hab dich hinuntergebracht.« Louise ruderte langsam, sah dabei immer wieder nach rechts und links zu den Ufern, die in den Nebelschwaden kaum mehr zu sehen waren. »Mit Seilen, so etwas wie ein Flaschenzug. Ich nehme an, der Mann in der Baumhütte hat damit schwere Dinge hochgezogen.«

»Der Mann … in der Hütte?« Das Sprechen fiel Benjamin

sehr schwer. Er lallte wie betrunken; die einzelnen Silben schienen an der Zunge festzukleben. Seine Beine zuckten so heftig, dass das Boot schaukelte.

»Er muss mehrmals gestorben sein«, sagte Louise und ruderte weiter. Ein Knurren kam vom linken Ufer, und etwas Großes bewegte sich dort im trägen grauen Wogen. »Vielleicht ist er verhungert. Oder er war verletzt. Heilungen scheinen hier außerhalb der Stadt noch länger zu dauern. Ben … Was ist mit dir?«

»Ich erinnere mich«, brachte er hervor. Er versuchte den Kopf zu heben, und es gelang ihm auch, aber schon nach wenigen Sekunden wurde er so schwer, dass er ihn wieder sinken ließ. »Ich erinnere mich an mein Leben. Aber etwas stimmt nicht damit. Der Mann in der Hütte … Ist er tot geblieben?« Benjamin fragte, weil er wollte, dass Louise weiter mit ihm sprach. Ihre Stimme hielt ihn im Hier fest und schützte ihn vor den aus seinem Innern aufsteigenden Bildern.

»Er sah fast aus wie eine Mumie.« Louise zog die Ruder durchs Wasser, und das einzige Geräusch war ein leises Plätschern. Im Nebel zu beiden Seiten des Flusses blieb es still. »Nicht wie die alten aus Ägypten, sondern wie die anderen, die gut erhaltenen. Er lag zusammengekrümmt in einer Ecke und schien darauf zu warten, wieder lebendig zu werden.«

»Was machte er … hier im Sumpf? Wie kam er hierher?« Neues Zittern erfasste ihn, wie das Petit Mal eines epileptischen Anfalls.

Louise schüttelte hilflos den Kopf. »Keine Ahnung. Vielleicht hat er irgendwann einmal die Stadt verlassen, wie auch immer. Im Hospital könnte er bestimmt heilen, aber …« Sie klang plötzlich traurig, und ihre Trauer weckte die Erinnerungen in Benjamin. »Dieses Boot hat nur für zwei Personen Platz.«

Das Zittern wurde stärker, die Lider schwerer. Benjamin kämpfte gegen den Schlaf an, wenn es Schlaf war. »Was ist ... passiert? Der Ballon, er ging in Flammen auf ....«

»Wir sind in die Tiefe gestürzt«, sagte Louise. »Wir hätten beide tot sein müssen. Ich glaube, ich bin nicht gestorben.« Sie zögerte kurz. »Ganz sicher bin ich mir nicht. Als ich zu mir kam, lag ich auf einem weichen Moospolster, nicht weit von der kleinen Insel mit der Baumhütte entfernt. Das Moos war wie ein Kissen. Vielleicht hat es meinen Sturz abgefangen.«

»Aus mehreren Hundert Metern Höhe?«

»Du lagst in der Nähe und warst tot«, fuhr Louise fort. »Ich hab dich zum Baum mit der Hütte gezogen und mit den Seilen nach oben gebracht, als der Nebel kam, und die Kreaturen in ihm.« Sie sah ihn an, und Benjamin bemerkte die Verwunderung in ihrem Gesicht. »Wie ich das geschafft habe, ist mir ein Rätsel.«

Sprich weiter, dachte Benjamin und biss die Zähne zusammen, als Erinnerungsbilder an die Oberfläche seines Bewusstseins stiegen. »Was ist mit den anderen?«

»Ich weiß nicht, Ben.« Louise korrigierte den Kurs des Bootes, als sie merkte, dass die Strömung sie zum rechten Ufer trieb. »Ich habe niemanden gefunden, weder Kowalski noch Agostino oder einen der anderen. Es lagen auch keine Trümmerstücke des Ballons in der Nähe.«

Benjamins Beine zuckten, und Louise versuchte sie festzuhalten, nachdem sie die Ruder ins Boot gezogen hatte.

»Hör auf damit, Ben! Du bringst uns zum Kentern!«

»Es geht wieder los«, stöhnte Benjamin. »Sprich mit mir, Louise. Sprich weiter!«

Aber selbst wenn sie sprach – ihre Stimme erreichte ihn nicht mehr. Benjamin verdrehte die Augen, und sein Blick richtete sich nach innen.

Diesmal trug Townsend keinen weißen Kittel, sondern einen grauen Anzug, und er führte Benjamin durch einen für ihn neuen Teil des Gebäudes: die Bibliothek.

»Sie sind ein sehr belesener Mann, nicht wahr?«, fragte Townsend. Der Anzug ließ ihn noch mehr wie einen würdevollen Professor aussehen.

»Ich mag Bücher«, sagte Benjamin und sah sich um. Lehmbrauner Teppichboden dämpfte ihre Schritte, und leise klassische Musik kam aus Lautsprechern an der Decke. Eine Nocturne von Chopin, erkannte Benjamin.

»Mit wem spreche ich?«, fragte Townsend freundlich, doch es lag Wachsamkeit in seinen Augen.

»Ich bin Benjamin Harthman«, erwiderte Benjamin und wusste, was Townsend meinte.

»Welcher Benjamin Harthman?«

Er gab sich erstaunt. »Der eine, der richtige.«

»Sind Sie verheiratet, Benjamin?«

»Ja.«

»Nennen Sie mir den Namen ihrer Frau.«

»Sie heißt Kattrin.«

»Was sehen und fühlen Sie, wenn Sie an Kattrin denken, Benjamin?«

Er brauchte nicht einmal die Augen zu schließen, um es zu

sehen und zu hören: hohe Baumwipfel, das Rauschen des Winds in ihnen, warmer Sonnenschein, der durch ein Dach aus Blättern filterte; und ein ovales, lächelndes Gesicht, von braunen Locken umschmiegt. Er dachte daran, wie sie sich vor vielen Jahren kennengelernt hatten. Er erinnerte sich an die gemeinsam verbrachten Jahre, an gemeinsam unternommene Dinge und harte Arbeit, an eine sich zuspitzende Krise und die Entscheidung, noch einmal von vorn zu beginnen, den Ballast der Vergangenheit abzustreifen. Sie konnten es schaffen. Sie waren nicht mehr jung, aber auch noch nicht alt – in wenigen Tagen würde er seinen vierzigsten Geburtstag feiern.

Aber es waren falsche Erinnerungen, und das wusste Benjamin ganz genau, als er seine Eindrücke schilderte. Man hatte sie ihm mit chemisch unterstützter Hypnose und elektromagnetischer neuronaler Stimulation aufgezwungen. Dies alles war inszeniert. Er bewegte sich inmitten von bühnenartigen Kulissen, und fast jeder seiner Schritte gehorchte einer sorgfältig vorbereiteten Choreografie. Vielleicht verbargen sich selbst in den leisen Chopin-Klängen subliminale Signale, die Veränderungen in ihm bewirken sollten, zusammen mit den blauen Tabletten, die er jeden Tag nahm. Und die nicht wirkten.

Das war der eigentlich wichtige Punkt. Die Tabletten wirkten nicht, oder zumindest nicht so, wie es sich Townsend erhoffte. Offenbar ging es ihm um persönlichen Ruhm: Er wollte beweisen, dass eine von ihm entwickelte neue Behandlungsmethode funktionierte. Bestimmt hielt er sich für klug, und der beobachtende und lauernde Teil von Benjamin, der immer noch existierte, hätte ihm sagen können, dass er in Wirklichkeit dumm und vermessen war. Aber der andere Benjamin, der sich nicht auslöschen ließ, verriet nichts, denn er war klüger als Townsend.

»Von jetzt an steht Ihnen die Bibliothek zur Verfügung, Benjamin. Sie können jederzeit hierherkommen und lesen, wenn Sie möchten.« Townsend machte eine einladende Geste in Richtung der Bücherregale und Sessel. »Nur zu. Wählen Sie ein Buch aus und lesen Sie.«

Benjamin bedankte sich höflich, wie es seiner neuen Rolle entsprach, schritt an den Bücherregalen entlang und dachte: Sie werden ganz genau beobachten, welche Bücher ich auswähle und lese.

Sollten sie nur. Es spielte keine Rolle. Sie würden nicht finden, was in ihm auf der Lauer lag und viel genauer beobachtete als sie.

Er ließ seine Hand vom Zufall leiten, nahm ein Buch, schlug es auf und las:

»… ist mit Lust und Genügen falsch und genießt seine Falschheit mit Lust und Genügen …«

Die Hand des Zufalls übermittelte ihm eine Botschaft und zeigte dabei auf Townsend. Über das Buch hinweg sah Benjamin zu ihm und lächelte ebenso freundlich wie jener Mann, der wie ein Professor aussah. Aber hinter diesem Lächeln warteten gefletschte Zähne – wer von ihnen trug das größere Ungeheuer in sich?

Er stellte den Band ins Regal zurück, nahm einen anderen und überließ die Auswahl erneut dem Zufall.

»Diese Scheinheiligkeit, mit der ich mein Vorhaben ausführte, diese Falschheit, von der auf die Dauer der Zeit all meine Worte und Handlungen durchdrungen wurden, werden mir selbst nur einigermaßen verständlich, wenn ich die glühende, seltsame Hoffnung auf Abenteuer in Betracht ziehe, die mich zur Erfüllung meines so lange gehegten Wunsches trieb.«

Er erkannte den Text sofort: »Die denkwürdigen Erlebnisse des Arthur Gordon Pym« von Edgar Allan Poe. Und diesmal deutete der Zeigefinger des Zufalls nicht auf Townsend, der noch immer in der Tür der Bibliothek stand, sondern auf ihn selbst. Dahinter musste der andere Benjamin versteckt bleiben, hinter Schein und Falschheit, nicht in der Hoffnung auf ein Abenteuer, sondern um Mauern zu durchbrechen und das Böse zu bestrafen.

Bald durfte er auch draußen sitzen, auf einer Bank im kleinen Park neben dem Institut, aber Benjamin machte sich nichts vor. Sie behielten ihn die ganze Zeit über im Auge, auch dann, wenn er keine wachsamen Blicke auf sich spürte, und das bedeutete für ihn: Er musste den Plan, der in ihm immer deutlicher Gestalt annahm, auf einmal durchführen, nicht Schritt für Schritt. Inzwischen wusste er, wo sich die benötigten Schlüssel befanden, und er hatte auch herausgefunden, wie er an die Codes gelangen konnte, die er brauchte. In der Bibliothek gab es zwei Computer, die mit dem Intranet des Instituts verbunden waren. Kontrollprogramme überwachten Tastatureingaben und Netzwerkzugriffe, aber sie ließen sich manipulieren, wenn man wusste, worauf es ankam. Und mit Computern kannte sich Benjamin aus. Zwei seiner Opfer hatte er damit in die Falle gelockt.

Der Gedanke ließ ihn für zwei oder drei Sekunden innerlich erstarren. Er sah die beiden fratzenhaften, blutigen Gesichter vor dem inneren Auge, und fast überraschte es ihn, dass diese Erinnerungen noch existierten. Die Bilder des anderen, neuen Lebens waren deutlicher und näher, mit mehr Einzelheiten und besseren Kontrasten ausgestattet, aber sie waren falsch, das durfte er nicht vergessen. Er musste … sich erinnern. Oh, keine Sorge, ich erinnere mich, flüsterte das Lauernde in ihm, die gefletschten Zähne ein Grinsen. Und wenn du noch so viele Tabletten schlucken musst, und wenn sie dir noch so viele Elektroden an den Kopf kleben, ich bleibe bei dir. Wir sind unzertrennlich, nicht wahr?

Benjamin sah auf die beiden blauen Tabletten in seiner Hand hinab. Townsend und die anderen, sie beobachteten ihn, kein Zweifel. Sie wollten wissen, ob er die Tabletten auch nahm, wenn sie nicht bei ihm waren. Sie wollten wissen, ob er ihnen auch dann gehorchte, wenn sie keine direkte Kontrolle ausübten. Sie wollten wissen, wie weit sie ihn bereits in den neuen Benjamin verwandelt hatten.

Wie dumm ihr seid, dachte Benjamin und schluckte die Tabletten.

»Du solltest sie nicht nehmen, wenn du nicht musst.« Françoise saß neben ihm auf der Bank und blinzelte im Sonnenschein. »Sie verändern dich. Sie machen dich wehrlos, wenn du dich wehren willst.«

Benjamin sah sie überrascht an. Sie saßen oft nebeneinander auf dieser Bank, und manchmal hielten sie sich dabei an den Händen. Aber die Traurige sprach fast nie und starrte die meiste Zeit über ins Leere. Sie tat ihm leid.

Er hätte ihr gern die Wahrheit gesagt, doch vielleicht befand sich ein Lauscher in der Nähe, hinter einem der Büsche, oder es war ein Richtmikrofon auf ihn gerichtet. »Sie helfen mir«, sagte er deshalb. »Ich habe ein neues Leben bekommen.«

Die Traurige ergriff seine Hand. »Du tust mir nichts. Du bist ein guter Mensch. Aber die anderen sind böse.«

Ihre Worte fühlten sich gut an. Zufrieden saß er neben ihr und dachte daran, dass er ein guter Mensch sein wollte. Wenigstens für Françoise, damit sie weniger traurig war. Aber bevor er Lüge Wahrheit werden lassen und wirklich ein guter Mensch sein konnte, musste er den Bösen töten, der die Traurige noch trauriger machte.

42

Louise setzte ihm eine Flasche an die Lippen, und Benjamin trank gierig. Das Wasser war kalt, aber trotzdem brannte es hinten in seiner Kehle, und es schmeckte seltsam.

»Es ist Flusswasser«, sagte Louise, als ahnte sie seine Frage. »Ich habe nichts anderes.« Nach einer kurzen Pause fügte sie hinzu: »Ich weiß nicht, was ich machen soll, Ben. Es geht dir verdammt schlecht, und ich habe keine Ahnung, wie weit es noch bis zur Stadt ist.«

»Ich glaube, ich habe getötet.« Benjamin erlebte einen Moment der Klarheit. Die Bilder schwebten noch immer vor seinem inneren Auge, bereit dazu, die ganze Wahrnehmung zu beanspruchen, aber gleichzeitig war er *hier*, im Boot auf dem Fluss, in einer Nacht, die dunkler geworden war, weil sich Wolken vor den Mond geschoben hatten. Gelegentlich kam ein Zischen und Fauchen von den Kreaturen, die im Nebel an den Ufern verborgen blieben. »Menschen, meine ich.«

Louise musterte ihn voller Sorge, legte die Wasserflasche beiseite und nahm die Ruder. Das Boot trieb auf dem Fluss, der hier etwas breiter war und langsamer strömte.

»Was den Streuner betrifft, der dich gefangen genommen hat und dem du die Pistole abgenommen hast … Dir blieb keine Wahl.«

»Den meine ich nicht«, sagte Benjamin und erinnerte sich an das Gefühl von *Vertrautheit*, als er dem Streuner eine Kugel in den Kopf gejagt hatte. »In meinem Leben. Ich habe Menschen getötet, und es hat mir überhaupt nichts ausgemacht.«

Louise öffnete den Mund und schloss ihn wieder. Wortlos saß sie da, als wüsste sie nicht, was sie sagen sollte. Plötzlich wirkte sie hilflos und verloren.

»Die anderen Erinnerungen sind falsch«, sagte Benjamin und versuchte den Moment der Klarheit festzuhalten. Der Körper lag schwer wie Beton im Boot, die Muskeln schwach, aber der Geist schwebte leicht und ohne Fesseln. »Es hat nie eine Kattrin gegeben. Ich bin ein ganz anderer, als ich dachte.«

»Wir sind tot«, erwiderte Louise. »Wir sind nicht mehr die, die wir einmal waren.«

Benjamin spürte, wie er erneut zu zittern begann. Er konnte nichts dagegen tun.

»Du bist mehrmals gestorben«, fuhr Louise fort. »Vielleicht ist der Tod nicht nur ein Dieb, der Erinnerungen stiehlt. Vielleicht hat er dir andere Erinnerungen gegeben und alles durcheinandergebracht.«

Konnte das die Erklärung sein? All die Bilder, die in seinem Innern ein wirres Durcheinander bildeten – stammten sie nicht nur aus seiner eigenen Vergangenheit, seinem Leben, sondern auch von anderen Menschen, die irgendwann gestorben und hierhergekommen waren? Hoffnung erwachte in ihm, und Benjamin erkannte den Gedanken als Rettungsleine, die er sich selbst zuwarf. Er *wollte* glauben, dass die Erinnerungen jemand anders betrafen, ein anderes Leben.

Plötzlich wurde ihm übel. Er schaffte es gerade noch, den Kopf zur Seite zu drehen, bevor er sich übergab und das Flusswasser ausspie, das er eben getrunken hatte.

»Es geht wieder los«, ächzte er, als die Bilder in ihm zu einem Strudel wurden, der sein Bewusstsein ansaugte.

»Stirb nicht.« Louise ruderte wieder. »Stirb nicht noch einmal. Halt durch, bis wir in der Stadt sind. Es kann nicht mehr weit sein. Ich bringe dich zum Hospital, und dort wirst du dich erholen.«

Sie schien sich von ihm zu entfernen, denn ihre Stimme wurde immer leiser.

Dann sah Benjamin das Gesicht eines Mannes, der wie ein freundlicher Professor aussah.

Er stellt mich erneut auf die Probe, dachte Benjamin, ohne sich etwas anmerken zu lassen. Warum sonst führt er mich hierher? Das angebliche Vertrauen, das er mir damit zeigt, gehört zu den Kulissen der Bühne, auf der wir uns bewegen. Wir sind nicht allein, auch wenn es so aussieht. Bestimmt gibt es hier Augen und Ohren, die beobachten und lauschen. Bestimmt sind Leute in der Nähe, die eingreifen können, wenn ich beschließen sollte, diesem Mann die Hände um den Hals zu legen und zuzudrücken.

»Gefällt es Ihnen hier, Benjamin?«, fragte Townsend.

Es war ein Salon mit einem großen Kamin, Ledersesseln, einer Bücherwand und einem breiten Fenster, durch das man an den Stallungen vorbei bis zu den Bergen sehen konnte. Auf die Nähe des Instituts deutete nichts hin, obwohl der Raum zum selben Gebäudekomplex gehören musste.

»Es ist ruhig hier«, sagte Benjamin und sah sich um. »Still und friedlich.«

»Ein privater Salon.« Unüberhörbarer Stolz erklang in Townsends Stimme. »Meine Wohnung befindet sich im anderen Flügel des Gebäudes, wie Sie wissen. Manchmal ziehe ich mich hierher zurück, um … nachzudenken.«

Sie schritten über einen dicken Teppich, vorbei an einem Couchtisch mit eingelegten Fliesen. Auf dem Kaminsims standen kleine Statuen von Pferden, und zwei von ihnen waren Dakota und Delight nachempfunden. An der Wand daneben hingen Bilder, die sowohl die Pferde als auch Muriel zeigten. Benjamin fragte sich, was Townsend mehr liebte, Dakota und Delight oder seine Tochter. Als sie sich der Bücherwand näherten, bemerkte Benjamin ein anderes Foto, das Townsend mit Vivian zeigte: Sie standen Arm in Arm vor einem schneeweißen Mustang Shelby. Zwei parallele blaue Streifen führten von der Spitze bis zum Heck, und hinzu kamen Türschwellerstreifen mit einem GT350-Schriftzug. Ein

65er Shelby, erkannte Benjamin, bestens restauriert. Offenbar mochte Townsend teure Spielereien.

»Inzwischen sind wir Freunde, nicht wahr?«, fragte Townsend. Es schien eine rhetorische Frage zu sein, denn er fügte sofort hinzu: »Und weil wir Freunde geworden sind, möchte ich Ihnen etwas zeigen, Benjamin.«

Er drückte mit beiden Händen auf eine bestimmte Stelle der Bücherwand, und Benjamin hörte ein leises Klicken. Ein Teil der Regalwand ließ sich zur Seite ziehen, und es entstand ein Durchgang zu einem anderen Zimmer. Townsend trat durch die Öffnung, schaltete das Licht ein und breitete die Arme aus. »Meine kleine Sammlung«, sagte er.

Benjamin blieb in der Mitte des Zimmers stehen und drehte sich langsam um die eigene Achse. Abgeschlossene Schaukästen zogen sich an den weißen Wänden entlang, in ihnen Schusswaffen aller Art, von kleinen Pistolen bis hin zu großen Gewehren.

»Waffen haben Sie immer fasziniert, nicht wahr, Benjamin?«, fragte Townsend.

Der Beobachter in Benjamin duckte sich argwöhnisch, hielt aber weiterhin Ausschau und spitzte noch immer die Ohren.

»Ich fand sie einmal interessant«, antwortete er vorsichtig.

»Und jetzt nicht mehr?« Es schien wieder eine rhetorische Frage zu sein, denn Townsend lächelte kurz, öffnete einen Schaukasten, nahm eine der Waffen und legte sie auf den Tresen in der Mitte des Raums, direkt vor Benjamin. »Was ist das?«

Ein Blick auf die Waffe genügte Benjamin, um sie zu identifizieren. »Ein Colt Python mit Nickelfinish, Kaliber 357 Magnum.«

»Nehmen Sie ihn, Benjamin.«

Er starrte auf den Revolver hinab und zögerte zwei oder drei Sekunden. Dann bewegte sich seine rechte Hand, nahm die Waffe am braunen Griff und hob sie.

»Wie fühlt es sich an, Benjamin?«

Das Ungeheuer in Benjamin hob den Kopf und knurrte.

»Ich weiß nicht«, sagte er, aber das stimmte nicht. Der Revolver in seiner Hand fühlte sich angenehm vertraut an, als gehörte er genau dorthin, zwischen seine Finger, die ihn wie zärtlich hielten.

»Schließen Sie die Augen und sagen Sie mir, was Sie sehen, Benjamin.«

Er schloss die Augen und sah das Gesicht eines Mannes, den Mund zu einem wortlosen Schrei geöffnet. Wie in Zeitlupe schüttelte er den Kopf, wobei Schweißtropfen von Wangen und Haaren stoben. Es knallte, gedämpft und fern, und Benjamin sah die Kugel, einen silbergrauen Todesbringer, der sich dem Mann in die Stirn bohrte. Der Getroffene blinzelte noch einmal, und eine Perlenkette aus kleinen und mittelgroßen Blutstropfen flog aus dem Loch in der Stirn, während die Kugel Hirngewebe zerfetzte.

»Nichts«, log er. »Ich sehe nichts.«

Als er die Augen wieder öffnete, stand Townsend auf der anderen Seite des Tresens und lächelte. »Richten Sie die Waffe auf mich, Benjamin.«

»Was?«

»Zielen Sie auf mich. Nur zu.«

Langsam hob er den Revolver, bis der Lauf auf Townsends Brust zeigte. Anspannung erfasste ihn. Der Wunsch war groß, den Hahn zu ziehen und abzudrücken, und vielleicht hätte er es tatsächlich getan, wenn die Waffe geladen gewesen wäre. Aber ihr Gewicht verriet ihm, dass nur leichte Platzpatronen in der Trommel steckten. Townsend ging kein Risiko ein.

»Schießen Sie, Benjamin.«

»Nein, ich …«

»Schießen Sie!«, rief Townsend.

Benjamin starrte ihn an, der eine Teil erschrocken, der andere mit einem verborgen bleibenden wissenden Lächeln. Townsend wollte ihn auf die Probe stellen.

»Nein«, sagte er und legte den Colt Python auf den Tresen. »Ich will nicht auf Sie schießen.«

»Warum nicht, Benjamin? Weil wir Freunde geworden sind?«

»Ich möchte nicht auf Menschen schießen.«

»Das ist gut«, sagte Townsend leise. »Das ist sehr gut.« Er nahm den Revolver und drückte ihn vorsichtig in seine Halterung im Schaukasten. Dann winkte er Benjamin zu sich. »Sehen Sie sich diese Waffe an. Sie ist mein bestes Stück. Darauf bin ich besonders stolz.«

Benjamin trat näher, und sein Blick fiel auf einen anderen Colt, den er schon einmal gesehen hatte …

Zwei Tage später war Benjamin mit seinen Planungen fertig. Er wusste, wie er die Codes für die Sicherheitstüren bekommen konnte, hatte sich alle Einzelheiten der Baupläne des Instituts eingeprägt und kannte die Diensteinteilung des Personals. Jetzt brauchte er nur noch der Traurigen Bescheid zu geben und ihr zu sagen, dass sie in der kommenden Nacht fliehen würden. Sie wusste noch nichts; bisher hatte er ihr kein Wort gesagt, aus reiner Vorsicht. Bestimmt würde sie sich freuen, dem Bösen zu entkommen, und dieser Gedanke erfüllte auch Benjamin mit Freude, als er den Teil des Gebäudes aufsuchte, in dem sie untergebracht war.

Dort herrschte Aufruhr.

Ein in Weiß gekleideter Pfleger hämmerte an ihre Tür und rief immer wieder: »Machen Sie auf, Françoise!«

Ein anderer Pfleger eilte mit einem Universalschlüssel herbei, und wenige Sekunden später war die Tür offen. Einige weitere Männer und Frauen des Institutspersonals hielten die aufgeregten, neugierigen Patienten fern, unter ihnen auch Benjamin.

Die beiden Pfleger mussten hinter der Tür Möbel beiseiteschieben, und kurze Zeit später trugen sie eine blutüberströmte Frau aus dem Zimmer. Während Benjamin unter Schock stand, sah der Beobachter in ihm alles mit ruhiger, kristallklarer Deutlichkeit: die Schnitte im Gesicht, am Hals und an den Handgelenken, die trüben Augen, die kaum mehr Leben enthielten, den Schaum in den Mundwinkeln, vielleicht von einer Überdosis Medikamente.

Die anderen Patienten riefen und schrien, gestikulierten und liefen durcheinander, aber Benjamin ging still und stumm nach draußen. Im kleinen Park neben dem Institut sank er auf die Bank, auf der er so oft mit der Traurigen gesessen hatte, und blickte über den Teich hinweg ins Nichts. Er gab sich keinen Hoffnungen hin: Mit solchen Verletzungen kannte er sich gut genug aus, um zu wissen, dass Françoise nicht überleben würde.

Sie starb traurig, jetzt, in diesem Moment, und das war ein Gedanke, der sich schwer wie Blei auf Benjamins Seele legte.

Nach und nach reifte ein neuer Plan in ihm heran, ein Plan, der Strafe und Tod vorsah, nicht nur für einen, sondern für viele. Er brauchte zwei Waffen. Eine konnte er selbst herstellen, und die andere ließ sich beschaffen, mithilfe der ersten, denn er wusste, wo sich ein ganzes Arsenal befand.

Benjamin schnappte nach Luft. »Ich weiß, wo sich das Arsenal befindet!«, stieß er hervor.

Dichte Nebelschwaden zogen über den Fluss, und Louise schoss mit der Pistole auf einen Schuppenkopf, der dicht neben dem Boot aus dem Wasser kam. Zweimal knallte und ruckte die Waffe in ihrer Hand, und dann klickte sie nur noch.

»Wir könnten neue Munition gebrauchen«, sagte sie und griff wieder nach den Rudern. »Das waren die letzten beiden Patronen.«

Tief im stählernen, summenden Leib der Maschine gab es einen Raum mit Hebeln, die wie Stacheln und Dorne aus Wänden, Decke und auch einigen Stellen des Bodens ragten. Als sich das große Zahnrad bei den Pendeln der Kohärenz erneut bewegte, auch diesmal nur einen Zahn weiter, entstand eine Öffnung in der Decke, zwischen mehreren Hebeln, die fast bis zum Boden reichten, und ein Teil der Dunkelheit wich aus dem Raum.

Eine Gestalt stand dort, den Kopf wie nachdenklich zur Seite geneigt, und hob den Blick. Ganz weit oben zeigte sich ein blasser Fleck, ein winziger Ausschnitt des Himmels über dem Ende – oder dem Anfang – des langen Schachtes. Ereignismuster entfalteten sich dort oben, beeinflusst von der Maschine, und die sich entwickelnden Strukturen übten wiederum Einfluss auf die Bewegungen von Zahnrädern und Wellen aus.

Alles hing zusammen; alles war miteinander verbunden.

Eine Zeit lang stand die Gestalt still und schien dem Summen der Maschine zu lauschen. Dann streckte sie die Hand nach einem der langen Hebel aus, die aus der Wand vor ihr ragten, und zog ihn nach unten.

Das Arsenal

43

Die Sonne hing blass eine Handbreit über den Dächern der Stadt, in Morgendunst gehüllt. Die sieben Hügel ragten wie Buckel aus dem urbanen Rücken, stumm, unbewegt und ohne ein einziges Licht.

»Die Stadt scheint gestorben zu sein«, sagte Benjamin leise. So fühlte es sich an, als läge die Stadt tot vor ihnen. Etwas in ihr hatte sich verändert; Benjamin nahm es so deutlich wahr wie einen scharfen Brandgeruch in der Luft.

»Sie hat nie gelebt«, erwiderte Louise und zog die Ruder ins Boot, als sie eine der Anlegestellen erreichten. Zu beiden Seiten des Flusses ragten alte Lagerhäuser auf, die Fenster leer und dunkel, die Mauern grau wie die Dunstschleier über der Stadt und an den Hügelflanken. »Wir könnten den Weg fortsetzen, Ben. Der Nebel ist zurückgewichen und stellt keine Gefahr mehr dar. Der Fluss strömt mitten durch die Stadt. Wir könnten uns von ihm am Elektrizitätswerk vorbeitragen lassen und bei der Bogenbrücke an Land gehen. Von dort aus wäre es nicht mehr weit bis zum Hospital.«

»Es geht mir besser.«

»Du bist noch immer geschwächt«, sagte Louise skeptisch

und band das Boot fest. »Und wenn du wieder einen Anfall kriegst ...«

»Ich erhole mich, seit wir wieder in der Stadt sind. Sie übt einen heilenden Einfluss aus.« Das stimmte: Benjamin spürte, wie seine Kräfte zurückkehrten. Aber er fühlte auch, dass weitere Erinnerungen auf eine Gelegenheit warteten, in ihm aufzusteigen. Er wollte sich nicht erneut von ihnen überwältigen lassen und hoffte, dass es ihm in der Stadt gelang, sich unter Kontrolle zu halten. »Außerdem befindet sich das Arsenal in der Nähe.«

»Das glaubst du.«

»Ich weiß es.«

Sie kletterten die kurze Leiter zum Steg hoch, der vom Ufer aus etwa ein Dutzend Meter weit in den Fluss ragte. An den Kais in der Nähe lagen Frachtkähne und sogar einige Fischkutter. Rostfladen hingen an den Rümpfen, und die Namen der Schiffe waren längst unleserlich geworden. Benjamin blieb kurz stehen und streckte die Hand nach einem Seil aus, das zur Takelage eines Segelschiffes gehörte. Als er es berührte, löste es sich unter seinen Fingern auf.

»Der Stadt scheint nicht daran gelegen zu sein, die Schiffe und Lagerhäuser zu erhalten«, sagte Benjamin. »Ich frage mich, ob hier jemals Menschen gearbeitet haben. Sind Fischer mit diesen Kuttern aufgebrochen? Gab es Stauer, die die Frachtkähne be- und entladen haben?«

Louise zuckte die Schultern.

Benjamin sah an sich herab – seine Kleidung war zerrissen und schmutzig. Die Reste des Parkas hingen wie Lumpen an seinen Schultern. Er griff in die Innentasche, holte das aus der Bibliothek stammende Buch hervor und öffnete es. *Du musst dich erinnern,* hatte darin gestanden, und: *Denk an die Assoziationen.* Vielleicht waren neue Worte hinzugekommen, aber Flusswasser hatte die Buchstaben, aus denen sie bestanden, zerlaufen lassen. Benjamin klappte das Buch zu und steckte es wieder ein.

»Hast du ein Notquartier hier irgendwo in der Nähe?«, fragte er, als sie die Anlegestelle hinter sich ließen und über den Uferdamm schritten, vorbei an Kuttern und Kähnen wie Relikte aus einer fernen Vergangenheit.

»Ich habe eine kleine Bude drüben beim Stadion, aber das ist zehn Kilometer von hier entfernt«, sagte Louise. »Und außerdem gibt es dort keine Vorräte. Wir brauchen zu essen und zu trinken, Ben.«

Er blieb stehen, neben dem dunklen Eingang eines Lagerhauses, von dessen Mauern der Putz bröckelte. Ein Türflügel hing schief in den Angeln, der andere fehlte. »Du hast gesagt, dass ich tot gewesen bin. Fast eine Woche lang. Und du hast Proviant erwähnt.«

»Getrocknetes Fleisch«, erwiderte Louise und sah sich um. Alles blieb still, bis auf ein gelegentliches Plätschern vom Fluss. »Von Kreaturen, nehme ich an. Der arme Kerl hatte sich auf einem anderen Baum eine Art Räucherkammer eingerichtet. Ich konnte nur hinüber, wenn sich der Nebel verzog.«

Benjamin erlebte einen neuen Moment der Klarheit. Fenster schienen sich in seinem Innern zu öffnen, ließen Licht und frische Luft ins staubige Zwielicht seines Geistes. »Wir brauchen Lebensmittel«, sagte er und sah plötzlich alles ganz deutlich vor sich, wie einen von Lampen erhellten Weg, der durch die Finsternis der Ungewissheit führte. »Ich kenne einen Ort, wo wir sie bekommen können.«

»Wenn du glaubst, dass Hannibal Mitleid hat und uns einen Besuch im Supermarkt gestattet …«

»Wir fragen ihn nicht um Erlaubnis.« Benjamin atmete tief durch. »Hier ist der Plan. Wir finden das Arsenal und bewaffnen uns dort. Dann machen wir uns schnurstracks auf den Weg zum Supermarkt und verschaffen uns Zugang, mit Gewalt wenn nötig. Wir nehmen uns, was wir brauchen, Proviant, Werkzeuge und so weiter, stoßen ins Labyrinth vor und verlassen die Stadt über die von Petrow entdeckte Route siebzehn.«

Louise lächelte schief. »Es klingt einfach, aber die Schwierigkeiten fangen schon beim Arsenal an. Ich habe es lange gesucht, Ben. Weil ich die Waffen für unbeschränkten Zugang zum Supermarkt eintauschen wollte. Ich war auf der Suche danach, als ich dich fand, erinnerst du dich? Aber ich habe nie auch nur einen verdammten Hinweis auf das Arsenal gefunden, ebenso wenig wie Dagos Streuner und Hannibals Leute. Vielleicht ist es nur eine Legende, weiter nichts.«

»Wie habt ihr von der Existenz des Arsenals erfahren?«

Louise hob und senkte die Schultern. Ihre Kleidung befand sich in einem ähnlich schlechten Zustand wie die von Benjamin: Die Jacke war an mehreren Stellen aufgerissen, und Blut klebte an Hemd und Hose. Doch Gesicht und Hände waren sauber, mit Flusswasser gewaschen.

»Man erzählte sich schon davon, als ich in der Stadt eintraf«, antwortete sie. »Angeblich stammen alle Waffen in der Stadt aus dem Arsenal, obwohl man sie an verschiedenen Orten entdeckte. Hannibal erwähnte einmal, dass Laurentius vor vielen Jahren von dem Arsenal gesprochen hat. Und dann wäre da noch Kowalski. Er will einen Blick auf das Arsenal geworfen haben, als ihn die Schatten erwischten.«

»Kowalski …«, murmelte Benjamin und dachte an sein Katastrophenmeter, das zehn auf der positiven Skala angezeigt hatte. Er hatte Chaos in der Stadt vorausgesagt, ebenso wie Laurentius, und Benjamin nahm den scharfen Geruch der Veränderung erneut wahr, wie einen Schwelbrand kurz vor der ersten Flamme. »Kowalski ist nicht annähernd so verrückt, wie viele Leute glauben.«

»Kowalski ist tot«, sagte Louise. »Wie auch die anderen. Sie liegen irgendwo dort draußen im Sumpf. Oder die Kreaturen haben sie gefressen.«

»Mag sein. Oder sie sind irgendwie mit dem Leben davongekommen, so wie wir.«

»Wie *ich*. Du bist gestorben.«

Benjamin sah am nächsten Lagerhaus hoch. Rampen führten von den großen Türen zum Ufer, und für einen Moment erschienen ihm die Fenster darüber wie leere Augenhöhlen. Er kam sich beobachtet vor, und es fiel ihm schwer, dieses Gefühl abzuschütteln.

»Ich weiß, wo sich das Arsenal befindet«, sagte Benjamin mit fester Stimme. »Ich habe es gesehen, in der anderen Welt und auch hier.«

»In der anderen Welt?«, wiederholte Louise.

»In meinem Leben«, sagte Benjamin. »Ich habe das Arsenal in meinem Leben gesehen, als Waffensammlung, und ich glaube, ich bin auch dir begegnet.«

»Mir?«, fragte Louise verblüfft.

»Ja. Komm, lass uns gehen. Unterwegs erzähle ich dir alles.«

Als sie am Ufer des Flusses entlang stadteinwärts gingen, bewegte sich in einem dunklen Fenster etwas. Jemand saß dort, dürr und ausgemergelt, und blickte durch einen alten Feldstecher mit zerkratzten Linsen. Er beobachtete den Mann und die Frau, bis sie hinter der Ecke eines Lagerhauses verschwanden. Daraufhin nahm er seinen Rucksack, verließ das Gebäude und folgte dem Paar in sicherem Abstand.

»Dieses Institut, von dem du mir erzählt hast, Ben … Es klingt nach einem Gefängnis.«

»Die Fenster waren vergittert, und die Türen verfügten über spezielle Verriegelungssysteme«, sagte Benjamin. »Die meisten Menschen darin waren gefangen, und die anderen wachten über sie. Es gab auch Ärzte.« Er sprach langsam, als wollte er zunächst das Gewicht seiner Worte prüfen. Er hatte in jenem Gebäude etwas getan, etwas Schlimmes. Die Erinnerungen daran warteten in ihm, aber noch war er nicht bereit, sich ihnen zu stellen.

Sie folgten dem Verlauf einer schmalen Straße, die kaum mehr war als eine Gasse. Altes Kopfsteinpflaster schaute durch große Löcher im Asphalt. Rechts und links standen alte Häuser dicht an dicht, und oben blieb nur wenig Platz zwischen den vorstehenden Dächern. Benjamin stellte sich vor, wie Seeleute und Hafenarbeiter durch diese Straße unterwegs waren, wie Musik aus Lokalen ertönt war und Betrunkene gegrölt hatten. Aber es war geisterhaftes Leben, mit dem er diesen Teil der Stadt zu füllen versuchte, und die Phantome, von seiner Phantasie geschaffen, verbannten die Stille nur für wenige Sekunden. Dann kehrte das Schweigen der Stadt zurück, kroch in alle Ritzen und dämpfte sogar das Geräusch ihrer Schritte.

»Ich bin nie in einem solchen Gefängnis gewesen«, sagte Louise, als sie das Ende der Gasse erreichten und sich orientierten. »Zumindest erinnere ich mich nicht daran.«

»Wie bist du gestorben?«, fragte Benjamin sanft. »Auf welche Weise hast du Selbstmord begangen?«

Louise zögerte. »Darüber möchte ich eigentlich nicht reden.«

»Es könnte wichtig sein.«

»Wichtig wofür?«

»Um dies alles zu verstehen.«

Louise wandte sich nach rechts, in eine etwas breitere Straße. Dort standen die Häuser nicht mehr ganz so eng und wurden etwas höher. Hier und dort hingen leere Blumenkästen vor den Fenstern, und das Licht der Sonne spiegelte sich auf intaktem Glas wider.

»Wie weit ist es noch?«, fragte Benjamin.

»Deine Beschreibung passt auf ein Gebäude, das wir ›Amtsgericht‹ nennen. Noch eine Viertelstunde zu Fuß, mehr nicht.«

Fünf Minuten waren vergangen, als Louise sagte: »Ich habe versucht, mir die Halsschlagader aufzuschneiden, aber dabei muss ich mich ziemlich dumm angestellt haben. Ich weiß noch, dass ich dachte: Warum fließt nicht mehr Blut? Ich war verzweifelt und schnitt mir schließlich die Pulsadern an den Händen auf.«

»Was ist mit Medikamenten? Hast du vorher Medikamente genommen?«

Louise setzte langsam einen Fuß vor den anderen, fast wie

in Trance. »Jede Menge. Alles, was ich kriegen konnte. Ich hatte es geplant, schon Tage vorher.«

»Es könnte stimmen«, sagte Benjamin vorsichtig. »Du könntest Françoise sein.«

»Traurig genug bin ich gewesen, soviel steht fest. Und der behandelnde Arzt …«

»Hat er dich missbraucht?«

»Er war ein verdammter Mistkerl. Noch fieser und gemeiner als die anderen. Ich hätte das Messer nicht benutzen sollen, um mein Leben zu beenden, sondern um ihn zu töten.«

»Es passt«, sagte Benjamin, aber es klang ein wenig hilflos, selbst für seine eigenen Ohren.

»Was passt, Ben? Versuchst du noch immer, alles an seinen Platz zu rücken? Hältst du noch immer nach dem großen Sinn Ausschau, nach dem göttlichen *Darum* und *Deshalb*? Deine Suche ist sinnlos, Ben. Wir sind hier, und damit hat es sich. Wir sind gestorben, und wer von uns dachte, im Tod endlich Ruhe zu finden, hat eine verdammt unangenehme Überraschung erlebt, ein großes *Ätsch.*«

»Du hast die Maschine gesehen, und die anderen Städte, vom Ballon aus«, erwiderte Benjamin, als sie an leeren Fenstern vorbeigingen, hinter denen einst Waren gelegen oder Menschen gegessen und getrunken hatten. Oder waren sie nur Kulisse, nichts weiter als Staffage, von Anfang an ohne Leben gewesen? »Du hast die Lichtsignale gesehen, mit denen andere Menschen um Hilfe gerufen haben.«

»Eben. Nichts deutet darauf hin, dass es dort draußen besser ist als hier.«

»Willst du verhungern und sterben, um dann ins Leben zurückzukehren und erneut zu verhungern?«, hielt ihr Benjamin entgegen. »Dort draußen gibt es nicht nur den Nebel, das wissen wir jetzt. Macht dich das nicht nachdenklich? Dies alles muss einen *Sinn* haben. Es muss eine Erklärung geben.« Er hörte die Worte und wusste, dass sie nicht alles zum Ausdruck brachten, was er sagen wollte. »Gehört es nicht zur Natur des Menschen, Fragen zu stellen und nach Antworten zu suchen?«

»Gut«, sagte Louise, als hätte er ihr damit ein Stichwort gegeben. »Dann lass mich ebenfalls eine Frage stellen: Warum bist du in dem Institut gewesen, Ben?«

Unbehagen erfasste Benjamin. »Townsend hat eine neue Behandlungsmethode an mir ausprobiert.«

»Er hat dich behandelt«, sagte Louise. Sie ging noch immer mit langsamen Schritten und sah nach vorn. »*Warum* hat er dich behandelt, Ben? Warum hat er dir falsche Erinnerungen eingepflanzt?«

»Vielleicht weil ich … getötet habe.«

»Jene Erinnerungen sind sehr vage, wenn ich dich richtig verstanden habe. Wie Schatten von Albträumen. Warum sollten diese Erinnerungen realer sein als die anderen? Außerdem: Jemand, der getötet hat, kommt ins Gefängnis. In zivilisierten Ländern. In anderen bringt man ihn um.«

»Ich bin in einem wirklichen Gefängnis gewesen. Glaube ich jedenfalls.«

»Das meine ich, Ben. Du *glaubst* es, aber du *weißt* es nicht. Der Tod trennt dich vom Leben, und er hat unsere Erinnerungen durcheinandergewürfelt. Die Älteren unter uns, ich meine jene, die schon viele Jahre in der Stadt sind … Sie erinnern sich kaum mehr an ihr Leben. Weil es keine Rolle mehr spielt, Ben. Wir sind *tot*. Dies ist das Jenseits. Vielleicht führen wir hier ein neues ›Leben‹, oder es ist eine ätherische, transzendentale Existenz, die uns ein Leben vorgaukelt. Ich weiß es nicht. Der Mensch versucht, sich an Vertrautem festzuklammern, und vielleicht befinden wir uns deshalb in einer Stadt, die gar keine gewöhnliche Stadt sein kann! Was ich sagen will …« Louise unterbrach sich. Auch sie schien Schwierigkeiten mit der Unzulänglichkeit von Worten zu haben. »Suchst du vielleicht nach einer Tür, die aus dem Jenseits führt, nach einem Ausgang? Ist es das? Erhoffst du dir eine Möglichkeit zur *Rückkehr*?«

Sie kamen durch eine schmale Gasse, die gerade genug Platz bot, dass sie nebeneinander gehen konnten, und hier war das Geräusch ihrer Schritte etwas lauter. Über ihnen zeigte sich ein wolkenloser Ausschnitt des Himmels, und es blieb kühl. In diesem Teil der Stadt herrschte weder Sommer noch Winter. Es fühlte sich nach Herbst an, fand Benjamin.

»Ich habe von Anfang an den Drang verspürt, die Stadt zu verlassen«, sagte er fast wie zu sich selbst. »Zuerst war alles überwältigend neu für mich, und daher spürte ich den Drang nur als eine Unruhe, die ich auf den Schock des Todes zurückführte. Aber gleich in der ersten Nacht … Weißt du noch, die Schatten, die uns verfolgten? Du hast das ungewöhnlich genannt. Später erschienen sie erneut, auf dem Platz, wo der Gefangenenaustausch stattfand. Und ich begegnete ihnen ein drittes Mal, im Haus mit deinem Notquartier. Einer berührte mich, und vielleicht starb ich dabei; da bin ich mir noch immer nicht ganz sicher. Sie hatten es auf mich abgesehen, Louise. Auf *mich*. Und dann die Baumhütte. Du hast den mumifizierten Toten erwähnt.«

»Ja.«

»Warum haben die Kreaturen ihn nicht geholt? Er muss sich in seiner Hütte recht sicher gefühlt haben. Hast du dort Waffen entdeckt?«

Louise schüttelte den Kopf.

»Vermutlich hat er dort längere Zeit verbracht. Sonst hätte sich der Bau einer solchen Hütte in dem Baum und der ›Räucherkammer‹ in einem anderen kaum gelohnt. Irgendwie gelang es ihm, sich die Nebelwesen die ganze Zeit über vom Leib zu halten. Aber als wir in der Hütte waren … Wie oft musstest du von der Pistole Gebrauch machen, um hochkletternde Kreaturen abzuwehren?«

»Ich hab nicht mitgezählt. Jedenfalls sind deine beiden Reservemagazine fast dabei draufgegangen.«

»Und als du mich gefunden und in deine Wohnung gebracht hast … Sie befand sich im sechsten Stock, nicht wahr?«

»Ja.«

»Der Nebel stieg nicht so hoch, aber eine Kreatur kratzte an der Tür, erinnerst du dich?«

Louise blieb stehen. »Worauf willst du hinaus, Ben?«

»Nicht nur die Schatten hatten es auf mich abgesehen, sondern auch die Kreaturen. Und Laurentius, als er mit seinem Teleskop den Ballon entdeckte … Er legte mir praktisch nahe, die Stadt auf diese Weise zu verlassen.«

»Du fühlst dich gern im Mittelpunkt, wie?«, sagte Louise spöttisch. »Du scheinst daran gewöhnt zu sein, dass sich alles um dich dreht.«

»Quatsch. Es ist nur …« Ihm fiel etwas ein. »Unsere Seelen stehen miteinander Verbindung, hat Laurentius gesagt, und vielleicht stimmt das. Er meinte, dass wir alle irgendwie miteinander in Beziehung stehen. Wenn meine Erinnerungen an das Institut und die dortigen Ereignisse richtig sind, und wenn du Françoise bist …«

»Ich bin Louise.«

»Wenn du Françoise warst und es aus irgendeinem Grund vergessen hast … Es muss eine Erklärung dafür geben. Für dies alles.«

»Und das Arsenal …«

»Ich habe es genau gesehen«, sagte Benjamin sofort. »Nach den Erinnerungsbildern von Townsend, der mir seine Waffensammlung zeigte. Es befindet sich in einem drei- oder vierstöckigen Gebäude mit graubrauner Sandsteinfassade. Die Architektur ist dem Jugendstil nachempfunden, in der Art des Hauses Singer in Sankt Petersburg, wenn du damit etwas anfangen kannst.«

»Hab nie davon gehört.«

»Vier Säulen tragen ein Dach über dem Eingang. Das ›Amtsgericht‹, hast du gesagt.«

»Sieht das Gebäude, das dir in einer Vision erschien, so aus?« Louise trat aus der schmalen Gasse und deutete nach rechts.

Benjamin folgte ihr, und dort, auf der anderen Seite eines leeren Platzes, stand das »Amtsgericht«, genau so, wie er es beschrieben hatte.

44

Die Zimmer waren leer und voller Staub, die Fensterscheiben trüb von Schmutz. Etwas hellere Stellen an den Wänden deuteten darauf hin, dass dort einmal Bilder gehangen und Möbel gestanden hatten, aber nirgends fanden sie auch nur einen Stuhl.

Die Tür zum Kellergeschoss stand wie einladend offen.

»Nun?«, fragte Louise, als Benjamin zögerte. »Von Waffen keine Spur. Bisher haben wir nicht einmal eine einzige Patrone gefunden.«

»Sehen wir unten nach«, sagte Benjamin und ging die Treppe hinunter. Dunkelheit erwartete ihn, und Düsternis wurde daraus, als sich seine Augen darauf einstellten. Auch im Keller hatte sich überall eine dicke Staubschicht gebildet, und ihre Bewegungen wirbelten etwas davon auf. Louise nieste zweimal.

»Hier ist seit einer Ewigkeit niemand gewesen«, sagte sie.

Auch die Kellerräume waren leer, und nichts ließ erkennen, wofür man sie einst verwendet hatte. An manchen Stellen ragten rostige Nägel aus den Wänden, aber was auch immer sie einst gehalten hatten, war ebenso verschwunden wie die Einrichtung der Zimmer weiter oben.

Benjamin stand im Flur. Nur wenig Licht kam von den kleinen, schmutzigen Fenstern. »Vielleicht will die Stadt nicht, dass ich das Arsenal finde.«

Louise rollte mit den Augen. »Du solltest dich hören, Ben.«

Benjamin sah sie ernst an. »Hältst du mich für verrückt?«

»Ach, Ben.« Louise seufzte. »Nein, ich halte dich nicht für

verrückt, wenn dich das beruhigt, aber du bist noch immer geschwächt. Kein Wunder, dass in deinem Kopf das eine oder andere durcheinandergeraten ist. Ich hätte darauf bestehen sollen, dich zum Hospital zu bringen.«

»Es muss hier irgendwo sein.« Benjamin begann damit, die Wände abzutasten.

»Du hältst mich für die Françoise aus deinen Träumen; und diese Träume verwechselst du mit Erinnerungen«, sagte Louise müde. »Und du hältst die Waffensammlung für das Arsenal. Kommt dir das nicht selbst ein bisschen weit hergeholt vor?«

Erste Zweifel regten sich in Benjamin, aber er ließ sich nichts anmerken und fuhr damit fort, die Wände abzuklopfen. Er hatte das Gebäude ganz deutlich gesehen, für einen Sekundenbruchteil, als Townsend nach der Waffe gegriffen hatte, auf die er besonders stolz war. Aber das Amtsgericht enthielt an die hundert Zimmer, und wenn er in ihnen allen die Wände abtasten wollte, ohne eine einzige Stelle außer Acht zu lassen … Es hätte Tage gedauert, und so viel Zeit blieb ihnen nicht.

Aber der Keller … Er fühlte sich richtig an. Vielleicht deshalb, weil Laurentius Recht hatte und wirklich alles miteinander in Verbindung stand. Benjamin versuchte sein Bewusstsein von allem Ballast zu befreien und sich allein von Gefühl und Intuition leiten zu lassen. Er schloss die Augen und rief ein Erinnerungsbild ab, von dem kein gefährlicher Sog ausging, weil es seine Aufmerksamkeit schon einmal gefangen und gefesselt hatte. Noch einmal sah er, wie sie durch den privaten Salon gingen und Townsend auf eine bestimmte Stelle der Bücherwand drückte. Er merkte sich ihre Höhe und die Entfernung zu den Wänden rechts und links, aber als er die Lider wider hob, sah er eine aus ehemals weiß getünchten und längst grau gewordenen Steinen bestehende Kellerwand, die kleiner war als die Bücherwand in Townsends Salon, und auch niedriger. Er trat noch einen Schritt näher …

Unter ihm gab etwas nach.

Schnell wich er einen Schritt zurück, ging in die Hocke und wischte eine anderthalb Zentimeter dicke Schicht aus Staub ab, die sich in Jahrzehnten gebildet hatte. Zum Vorschein kam eine Klappe. Benjamin versuchte sie zu öffnen, aber es steckte zu viel Schmutz in den Fugen, und es gab keinen Ring, an dem man die Klappe hätte aufziehen können.

»Gib mir eins der Reservemagazine, schnell!«, stieß er aufgeregt hervor.

Louise, die noch immer die Pistole hatte, gab ihm ein leeres Magazin, und Benjamin setzte es am Rand an. Nach mehreren vergeblichen Versuchen gelang es ihm, die Klappe aufzuhebeln. Rostige Scharniere knarrten leise, als er sie aufzog. Eine Leiter führte in die Tiefe. Zu sehen waren nur die ersten Sprossen, ebenso rostig wie die Scharniere.

Louise hob die Hände und hielt sie mit den Innenflächen nach außen. »Nach dir, Ben.«

Er hatte den Fuß bereits auf der ersten Sprosse und begann mit dem Abstieg. Die Öffnung war gerade groß genug für seine Schultern, und weiter unten empfing ihn kühle, muffige Finsternis. »Haben wir eine Lampe?«, fragte er, und seine Stimme klang dumpf.

»Soll das ein Witz sein?«

»Oder Streichhölzer? Oder ein Feuerzeug?«

»Nein.«

»Ich sehe nicht einmal die eigene Hand vor Augen.«

»Warte, bis ich unten bin«, sagte Louise und kletterte die Leiter hinab.

Als sie neben ihm stand, kam ein wenig Licht durch die offene Luke, nicht mehr als ein schwaches Grau, das sich sofort in der Finsternis zu verlieren schien. Doch als Benjamin eine halbe Minute gewartet hatte, wirkte die Dunkelheit um ihn nicht mehr völlig undurchdringlich. Er glaubte, verschiedene Abstufungen von Schwarz zu erkennen.

»Glaubst du mir jetzt?«, fragte er leise.

»Wir haben noch immer nichts gefunden, Ben«, erwiderte die undeutliche Silhouette bei der Leiter. »Bis auf dieses finstere Loch.«

Benjamin ging los, den einen Arm nach vorn gestreckt und den anderen zur Seite. Ganz vorsichtig, damit er nirgends anstieß oder gar ins Leere trat, setzte er einen Fuß vor den anderen, und nach einigen Metern ertastete er etwas, das sich nach einer Tür anfühlte. Er fand die Klinke und drückte sie – nichts geschah. Doch im Schloss steckte ein Schlüssel, und als er ihn drehte, ließ sich die Tür öffnen. Ihre Angeln quietschten leise.

Das Zimmer dahinter roch anders, und Benjamin wusste sofort, dass sie das Arsenal gefunden hatten, noch bevor er die Waffen in den Regalen und Gestellen an den Wänden sah, hinter halb zugezogenen Vorhängen. Auf der einen Seite gab es ein schmales rechteckiges Fenster, durch das nicht einmal ein Kind hätte kriechen können. Es war verstaubt, aber nicht so schmutzig wie die anderen Fenster im Keller; dahinter bemerkte Benjamin einen Lichtschacht, oben mit einem

Gitter abgedeckt. Deshalb war es in diesem Zimmer nicht völlig dunkel.

Benjamin zog einen Vorhang beiseite und sah die Umrisse von Waffen. Sie lagen in staubigen Regalen, ebenfalls von Staub bedeckt, ruhten in kleinen Gestellen oder hingen an Wandhaken: Pistolen, Revolver und Gewehre, halb- und vollautomatisch, keine historischen Sammlerstücke, sondern moderne Waffen, genug, um ein kleines Heer auszurüsten. Benjamin hörte, wie Louise in den Schubladen einer Vitrine direkt neben der Tür kramte, und nach einigen Sekunden hörte er ein Klicken, und es wurde hell. Er kniff die an die Dunkelheit gewöhnten Augen zusammen, bis sie sich erneut angepasst hatten.

Louise hielt eine Taschenlampe in der Hand und leuchtete damit über die Wände.

Er lächelte zufrieden und erleichtert. »Na, was sagst du jetzt?«

»Ich sage: Donnerwetter.« Sie zog ebenfalls einen Vorhang beiseite, entdeckte weitere Regale und noch mehr Waffen. In einer Ecke sah Benjamin Granaten und Panzerfäuste.

Vorsichtig löste er eine Maschinenpistole aus ihrem Gestell. »Dies ist eine Heckler & Koch MP7«, sagte er und drehte die Waffe. Abgesehen vom Staub befand sie sich in einem guten Zustand. Das Magazin war gefüllt. »Sie hat eine Kadenz von etwa 950 Schuss pro Minute, mit einer Mündungsgeschwindigkeit von mehr als siebenhundert Meter pro Sekunde. Eine Waffe dieser Art mit ein paar Magazinen würde genügen, um den Supermarkt zu erobern.«

Louise zog weitere Vorhänge beiseite und leuchtete mit ihrer Taschenlampe. »Hier liegt Munition«, sagte sie staunend. »Jede Menge.«

Benjamin ging langsam an den Regalen entlang, und sein Blick glitt über schwarze Pistolen und Sturmgewehre, manche von ihnen mit Zielfernrohren und Zielmarkierungslasern ausgestattet.

»Hier ist ein Durchgang.« Louise schob eine auf Rollen montierte Regalwand beiseite, und dahinter lag ein zweites Zimmer, vielleicht noch größer als das erste.

Es enthielt ebenfalls Waffen, alte und moderne, und einige Stellen an den Wänden waren leer.

»Die leeren Stellen …«, sagte Benjamin nachdenklich, nahm eine Browning 9mm Halbautomatik in die Hand, betrachtete sie kurz und legte sie wieder zurück. »Vielleicht ruhten dort die Waffen, die man in der Stadt gefunden hat.«

»Wie konnten sie hier verschwinden, obwohl niemand von diesem Arsenal weiß?«, erwiderte Louise.

Benjamin drehte sich zu ihr um. »Na bitte«, sagte er. »Jetzt stellst du ebenfalls Fragen und suchst Antworten.«

»Hier ist eine weitere Frage: Hat dieser Ort Ähnlichkeit mit der Waffensammlung, die du in deinem Traum gesehen hast?«

Benjamin stellte fest, dass Louise es vermied, von Erinnerungen zu sprechen.

»Nein.«

Louise entdeckte eine zweite bewegliche Regalwand und schob sie vorsichtig beiseite. Die Waffen darin klapperten.

Benjamin sah sich die älteren Revolver an, ohne genau zu wissen, wonach er suchte. Eine Lücke fiel ihm auf, zwischen

Waffen, die aus dem neunzehnten Jahrhundert stammten. Die Lücke befand sich unter einer Winchester Modell 1886, wie in verblasster Schrift auf dem kleinen Schild stand. Benjamin wusste, woher auch immer, dass von diesem Modell und seiner Variante 71 bis 1922 über hundertfünfzigtausend Exemplare verkauft worden waren. Es handelte sich also nicht um eine Rarität wie …

Er zuckte zusammen, als ihm eine Erinnerung wie ein Schmerz durch den Kopf zuckte, zu schnell, als dass er sie hätte festhalten und mehr erkennen können als den Schemen eines Gesichts, das vielleicht Townsend gehörte, vielleicht aber auch jemand anderem. Für einen Moment glaubte er, die Waffe zu sehen, kein Gewehr, sondern einen Revolver. Aber als das Bild klarere Konturen zu gewinnen begann, tauchten andere Erinnerungen auf und nahmen seine volle Aufmerksamkeit in Anspruch.

Benjamin schnappte nach Luft, stützte sich an der Wand ab und kämpfte gegen die memoriale Flutwelle an. Mehrere kritische Sekunden vergingen, während derer sein Bewusstsein auf einem schmalen Grat wandelte, dann wichen die Erinnerungen – und es *waren* Erinnerungen – in die dunklen Gewölbe des Unbewussten zurück.

»Sieh dir *das* an, Ben!«

Ein wenig Licht kam hinter der Regalwand hervor, die Louise beiseitegeschoben hatte, und Benjamin trat darauf zu. Hinter den Regalen fand er eine schmale Wendeltreppe aus Metall, die nicht einen einzigen Rostfleck aufwies und aussah, als wäre sie erst vor einigen Stunden montiert worden. Mehr Licht kam von unten.

Benjamin ging die Stufen hinunter.

Als er das Ende der Treppe erreichte, wurden seine Augen groß.

Der Lichtkegel der Taschenlampe, die Louise in einer Schublade der Vitrine gefunden hatte, strich durch einen Saal, dessen Ende irgendwo in der Dunkelheit verborgen lag. Benjamin schätzte die Breite auf dreißig bis vierzig Meter, und wohin er auch sah: Überall lagen, standen und hingen Waffen aller Art. In Regalen und an Halterungen an den Wänden, in Schaukästen und auf Tresen, in den zahlreichen Fächern bis zur Decke reichender Raumteiler, die an die Bücherwände in der Bibliothek erinnerten – alles war voller Waffen.

Louise drückte die Hand auf eine weiße Fläche an der Wand.

Langsam wich die Dunkelheit aus dem Saal.

Licht breitete sich aus, ohne dass irgendwo Lampen oder Leuchtstoffröhren zu erkennen waren, mattes Licht, das aus der leeren Luft kam und die Finsternis aus allen Winkeln und Ecken vertrieb. Und in diesem Licht sah Benjamin, dass der Saal endlos zu sein schien. Die Tresen und Raumteiler mit den Fächern schrumpften in perspektivischer Verkleinerung, wurden in der Ferne zu Punkten und Strichen.

»Die Zimmer oben sind nur ein Aperitif«, sagte Louise. »Dies ist der Hauptgang.«

Die beiden Räume oberhalb der Treppe enthielten Hunderte von Pistolen, Revolvern und Gewehren, aber hier lagerten Hunderttausende, oder gar Millionen Waffen, unter ihnen auch Maschinengewehre und leichte Geschütze. Sie schienen darauf zu warten, dass ein neuer Weltkrieg ausbrach.

Benjamin sah nicht nur Vertrautes. Der Eingangsbereich des eigentlichen Arsenals war altertümlichen Waffen vorbehalten, unter ihnen Vorderlader mit Steinschlössern, aber je weiter sein Blick durch den Saal wanderte, desto moderner wurden die Waffen, bis sie schließlich ein futuristisch anmutendes Entwicklungsstadium erreichten. Am Rand seiner Sichtweite, dort, wo die Umrisse einzelner Objekte miteinander verschwammen, lagerten einige Gegenstände, die gar nicht mehr als Waffen zu erkennen waren, unter ihnen etwas, dass aussah wie eine Rüstung aus Leichtmetall, mit beweglichen Segmenten und nach vorn gerichteten dornartigen Erweiterungen an den Armen.

Von der Vergangenheit in die Zukunft, dachte Benjamin und glaubte, Hannibals Stimme zu hören: *Die Zeit ist asynchron.*

»Wenn das hier in die falschen Hände gerät …«, sagte Louise.

»Das werden wir verhindern«, erklang eine andere Stimme.

Eine Hand aus Eis schloss sich um Benjamins Herz, als er sich umdrehte. Drei Streuner standen im Eingang des Arsenals, und zwei weitere kamen die Treppe herunter.

»Louise, Benjamin …« Dago verbeugte sich spöttisch und nahm dabei seinen Dreispitz ab. »Ich danke euch, dass ihr uns den Weg gezeigt habt. Ich muss sagen, dies übertrifft meine kühnsten Erwartungen.«

Neben ihm standen seine Partnerin Jasmin und der Mann, den Benjamin erschossen und dessen Pistole er an sich genommen hatte. In den Augen des Wiederauferstandenen blitzte es zornig. Rhythmisches Klacken kündigte zwei weitere die Treppe herunterkommende Streuner an.

Dago richtete sich wieder auf und lächelte ein kühles, überlegenes Lächeln.

»Jasmin, du verdammte Schlampe!«, zischte Louise. »Wir haben noch eine Rechnung offen.«

»Wir können sie sofort begleichen, wenn du möchtest«, sagte Jasmin und richtete eine Armbrust auf sie.

»Bleib ruhig«, flüsterte Benjamin der jungen Frau an seiner Seite zu.

»Ja, lasst uns ruhig bleiben«, sagte Dago und kam langsam näher. Deutlich zeigte sich der rote Striemen an seinem Hals, doch Benjamins Blick galt der Waffe im Gürtelhalfter, dem verchromten Colt mit dem weißen Griff. »Gefällt dir mein Revolver?« Dago zog ihn, spannte spielerisch den Hahn und zielte auf Benjamins Brust. »Nicht schlecht, zugegeben. Aber was ist er schon im Vergleich mit all dem hier?« Er breitete die Arme aus und lachte laut. »Was würde Hannibal jetzt wohl sagen?« Dago lachte erneut, drehte den Colt elegant und schob ihn ins Halfter zurück.

»Er würde dich zum Teufel schicken«, sagte Louise.

»O nein, meine Liebe. Das übersteigt seine Macht bei weitem. Er kann mich höchstens zum Teufel *wünschen.* Und selbst das wird er nur in Gedanken tun, nicht aber mit laut ausgesprochenen Worten, die mich verärgern könnten. Denn von jetzt an, werte Louise, haben *wir* das Sagen in der Stadt. Oh, keine Sorge, du und dein Begleiter, ihr bekommt natürlich euren Teil des Ruhms. Wenn wir Hannibal aus dem Gloria verjagen und den Supermarkt übernehmen, werde ich nicht versäumen, ihn darauf hinzuweisen, dass ihr uns zum Arsenal gebracht habt. Ehre wem Ehre gebührt!« Er wandte sich an den Streuner, den Benjamin nach der Begegnung mit dem Schatten und der Kreatur auf der Straße erschossen hatte. »Hol die anderen, Alex. Wir rüsten uns aus, und anschließend knöpfen wir uns die Gemeinschaft vor.«

»Vorher möchte ich noch etwas erledigen, wenn du gestattest.« Der Mann mit dem struppigen aschblonden Haar trat zu Benjamin und blieb vor ihm stehen. »Auch wir haben noch eine Rechnung zu begleichen«, knurrte er. »Ich habe dies für dich.«

Er schmetterte Benjamin die Faust ins Gesicht.

Der Angriff

45

Sie waren nur noch einige Kilometer vom Stadtzentrum und dem Gloria entfernt, als sie das polternde Brummen eines Motors hörten – es klang nach einem Patrouillenwagen der Gemeinschaft.

»Oh, man schickt uns ein Empfangskomitee«, sagte Dago. »Sehr aufmerksam von Hannibal. Und ist es nicht angemessen, dass sich das neue Oberhaupt der Stadt chauffieren lässt?« Er winkte, und seine schwer bewaffneten Leute – mehr als hundert – stoben auseinander. Es sah gut vorbereitet aus, obwohl es improvisiert sein musste: Die Männer und Frauen liefen in verschiedene Richtungen, verbargen sich in Seitengassen und Hauseingängen. Es dauerte nur wenige Sekunden, und dann standen nur noch sechs Personen auf der Straße: Benjamin, Louise, Dago, Jasmin, Alex und ein weiterer Streuner, der ein Scharfschützengewehr vom Typ DSR 1 trug.

Das Motorbrummen wurde lauter, und hundert Meter vor ihnen tauchte ein Wagen hinter einer Kurve auf. Er wurde sofort langsamer, als der Fahrer die Gruppe sah, und hielt schließlich an. Das Fahrzeug war verbeult; der Dachgepäckträger schien einmal abgefallen und dann wieder notdürftig befestigt worden zu sein. Die Seiten sah Benjamin nicht, aber er vermutete dort tiefe Kratzer, wie von Krallen oder Klauen. Es war der Patrouillenwagen, mit dem sie zum Hochhaus gefahren waren.

»Das dürfte Katzmann sein«, sagte Louise leise. »Vermutlich mit Mikado.«

»Keinen Mucks«, knurrte Alex hinter ihnen. Er hielt eine Beretta in der Hand, und selbst ohne Augen im Hinterkopf glaubte Benjamin zu sehen, dass sie auf ihn gerichtet war.

»Soll ich sie erledigen?« Der Streuner mit dem Scharfschützengewehr hob seine Waffe. »Es wäre überhaupt kein Problem.«

»Aber nicht doch. Warum schießen, wenn einige freundlich Worte genügen?« Dago lachte und schlenderte dem Wagen entgegen. Benjamin bekam einen Stoß in den Rücken und folgte ihm.

Als sie sich dem Patrouillenwagen näherten, sah Benjamin, dass tatsächlich Katzmann am Steuer saß, die Hände am Lenkrad. Neben ihm saß der kleine Mikado und sprach in sein Funkgerät.

»Er gibt Hannibal Bescheid«, sagte Jasmin, die in jeder Hand eine Browning High Power hielt und ein Sturmgewehr M16 auf dem Rücken trug. Sie sah aus wie Lara Croft, die zu einem neuen Abenteuer aufbrach.

»Soll er, meine Liebe, soll er«, entgegnete Dago, und sein Lächeln wuchs in die Breite. Er hob die Uzi, gab einen Feuerstoß ab und lachte.

Die beiden Männer im Patrouillenwagen bekamen große Augen.

»Aussteigen, wenn ich bitten darf!«, rief Dago, nickte dem Scharfschützen zu, der sein Gewehr daraufhin an die Schulter setzte und trat noch einige Schritte näher. Er gab sich lässig und entspannt, aber es entging Benjamins Aufmerksamkeit nicht, dass er bereit war, sofort zur Seite zu springen, sollte Katzmann aufs Gas treten.

Fahrer- und Beifahrertür schwangen auf, und zwei Männer stiegen aus, der eine kräftig gebaut, blond und mit einer weißen Narbe im Gesicht, der andere klein und dunkelhaarig.

»Das Gewehr bleibt im Wagen, Mikado«, sagte Jasmin. »Und das Funkgerät …«

»Das kann er behalten«, sagte Dago großzügig und winkte mit der freien Hand. Hinter ihnen kehrten die anderen Streuner auf die Straße zurück, Dutzende von Männern und Frauen, die meisten von ihnen zerlumpt und abgezehrt, aber alle bis an die Zähne bewaffnet. Einige von ihnen trugen sogar Panzerfäuste. »Soll er Hannibal ruhig mitteilen, was er sieht.«

Mikado sprach aufgeregt in sein Walkie-Talkie, und Katzmann sagte entgeistert: »Ihr habt das Arsenal gefunden.«

»Richtig geraten, mein Freund«, erwiderte Dago. »Oh, natürlich nicht ohne Hilfe«, fügte er hinzu, als sich die anderen Streuner näherten, eine Streitmacht, die sich anschickte, die ganze Stadt zu erobern. Und es waren nicht einmal alle. Noch einmal hundert rüsteten sich derzeit im Arsenal mit Waffen aus. »Immerhin haben wir viele Jahre nach dem Arsenal gesucht, ohne auch nur eine Spur zu finden. Der Neue war so nett, es uns zu zeigen, jener Benjamin, den Hannibal aus eurer Gemeinschaft ausgeschlossen hat. Er und Louise. O ja, wir haben ihnen viel zu verdanken.« Er drehte sich halb um und verbeugte sich vor Benjamin und Louise, hinter denen Alex leise zischte: »Kein Wort, oder es knallt.«

»Es ist ein weiterer Beweis für Hannibals Verbohrtheit«, sagte Dago und wandte sich wieder ganz dem Patrouillenwagen zu. »Wenn er Benjamin bei sich behalten hätte, wäre jetzt die Gemeinschaft im Besitz des Arsenals. Aber so ...« Er hob seine Uzi. »Nun, danke, dass ihr mir euren Wagen überlassen wollt. Sehr freundlich von euch.«

Mikado klappte den Mund auf und machte ihn wieder zu. Katzmann presste die Lippen zusammen. Benjamin versuchte seinen Blick einzufangen und ihm wortlos zu verstehen zu geben, dass Dago log, dass sie seine Gefangenen waren, doch Katzmann vermied es, ihn anzusehen. Er nickte seinem Begleiter zu und wollte gehen, aber Dagos Stimme hielt ihn noch einmal zurück.

»Dein Revolver, Katzi«, sagte Dago. »Es ist wirklich nett von dir, dass du ihn hierlassen willst. Ich weiß es sehr zu schätzen.«

Katzmann zog seinen Revolver aus dem Halfter am Gürtel und ließ ihn fallen. »Komm«, sagte er dann zu Mikado, der das Funkgerät in beiden Armen hielt und es an sich drückte, als wollte er damit verschmelzen.

»Keine Sorge, wir nehmen dir dein Spielzeug nicht weg, Mikado.« Dago gestikulierte großzügig. »Behalt es nur. Sprich mit Hannibal und sag ihm, dass wir vorhaben, ihm einen Besuch abzustatten. Ich wäre ihm sehr verbunden, wenn er die Zeit bis zu unserem Eintreffen nutzen würde, eine kleine Abschiedsrede vorzubereiten, mit der er sein Zepter ganz offiziell an mich übergibt. Dadurch bliebe uns allen viel Ärger erspart. Er kann mich beim Supermarkt begrüßen. Dorthin ist diese Gruppe unterwegs; ich wollte schon lange mal wieder richtig einkaufen. Falls er keine Lust hat, zum Supermarkt zu kommen … Macht nichts. Eine zweite Gruppe, ebenso groß wie diese und ähnlich ausgerüstet, ist inzwischen auf dem Weg zum Gloria. Danke, dass ihr mir zugehört habt. Ihr könnt jetzt gehen.«

Die beiden Gemeinschaftsmitglieder gingen los, und nach einigen Metern begannen sie zu laufen. Mikado sah mehrmals über die Schulter, als könnte er nicht glauben, dass Dago sie tatsächlich ziehen ließ. Sie folgten dem Verlauf der Kurve und gerieten außer Sicht.

»Hältst du das für klug?«, fragte Jasmin leise, als sie zum verwaisten Wagen schritten, der mit laufendem Motor dastand. »Dies gibt Hannibal Gelegenheit, Vorbereitungen zu treffen.«

»Und wenn schon. Er hat nicht die geringste Chance gegen uns.« Dago sah Benjamin und Louise an. »Ich fürchte, von jetzt an habt ihr in der Gemeinschaft keine Freunde mehr. Hannibal und die Seinen dürften ziemlich sauer auf euch sein, wenn sie erfahren, dass ihr uns zum Arsenal geführt habt. Jemand könnte gar auf den Gedanken kommen, Rache zu üben und euch ins Loch zu werfen für das, was ihr getan habt.«

Benjamin wandte den Blick nicht von Dago ab, doch aus dem Augenwinkel sah er, dass Louise sehr blass war.

»Wir haben nichts getan«, sagte er.

»Ach?« Dago hob seine Uzi und gab eine Salve in die Luft ab. »Und was ist das hier? Und das?« Seine Geste galt all den anderen Waffen.

Benjamin schwieg.

Dago zog die Fahrertür des verbeulten und zerkratzten Patrouillenwagens ganz auf und verneigte sich vor Jasmin. »Ich überlasse dir das Steuer, meine Liebe. Alex, du nimmst mit unseren beiden ... Gästen hinten Platz und passt auf, dass sie keine Dummheiten machen. Ich lasse mich von dir chauffieren, Jasmin, wenn du erlaubst.«

Sie lächelte. »Wie ein General.«

Als sie fuhren, im Schritttempo vor hundert Schwerbewaffneten, auf dem Weg zum Supermarkt, sagte Dago: »General Dago, das gefällt mir.«

Als sie eine Dreiviertelstunde später den Parkplatz des Supermarkts erreichten, war die Sonne untergegangen, und Dunkelheit breitete sich in der Stadt aus. Aber nicht hier. Die Lampen auf der weiten Parkfläche brannten, und helles Licht drang durch die Glasfront des Supermarkts. Musik erklang aus Lautsprechern.

Vor dem Eingang des Supermarkts hatte die Gemeinschaft eine halbkreisförmige Barriere aus allem errichtet, was gerade zur Hand gewesen war: Tische, Stühle, Kommoden und andere Möbelstücke, die wie Bergrücken aus dem Durcheinander ragten und wie die Töpfe und Eimer in den Lücken zwischen ihnen aus dem Supermarkt stammten. Hinter der Barriere tauchten Köpfe und die Läufe von Waffen auf. Wie viele Verteidiger dort in Stellung gegangen waren, ließ sich kaum abschätzen, aber mehr als zwei Dutzend Bewaffnete konnten es kaum sein. Dago hatte Recht, fand Benjamin. Gegen seine aus mehr als hundert Leuten bestehende und gut ausgerüstete Truppe hatten sie nicht die geringste Chance.

Der Wagen hielt am Rand des Platzes, und die Streuner schwärmten aus, während fröhliche Musik aus den Lautsprechern drang, unterbrochen von Hinweisen auf Sonderangebote im Supermarkt.

»Heute ist der Eins-neunundneunzig-Tag, nur noch wenige Stunden«, hieß es, als die Streuner Maschinenpistolen, ein MG, Gewehre und Panzerfäuste auf die Barrikade richteten, die plötzlich lächerlich fragil wirkte. »Zweihundert Gramm Parmaschinken, ein Sechserpack Premium-Bier, null Komma sieben Liter Merlot, jeweils nur eins neunundneunzig. Beachten Sie auch unsere ›Nehmen Sie drei und bezahlen Sie zwei‹-Angebote. Unser Golden-Globe-Team wünscht Ihnen einen angenehmen Einkauf.«

Jasmin stellte den Motor ab, und sie stiegen aus.

»Wir müssen irgendwas tun, verdammt!«, flüsterte Louise.

»Was denn?«, erwiderte Benjamin ebenso leise und fühlte sich hilflos.

»Klappe halten«, knurrte Alex und rammte ihm den Lauf seiner Beretta in die Seite. Er sah das Blitzen in Benjamins Augen. »Na los, mach was. Oder sag was. Gib mir einen Grund, dich zu erschießen, du Arsch.«

Benjamin schwieg.

Dago räusperte sich und rückte den Dreispitz auf seinem Kopf zurecht. »Wenn ich bitten darf, Jasmin …«

Sie nickte ihm zu und trat einige Schritte vor. »Inzwischen habt ihr sicher erfahren, dass wir das Arsenal gefunden haben«, rief sie den Verteidigern hinter der Barrikade zu, während wieder Musik aus den Lautsprechern auf dem Parkplatz kam. »Wir sind euch weit überlegen und könnten uns einfach nehmen, was wir wollen. Aber General Dago ist sehr großzügig und gibt euch Gelegenheit, eure Waffen niederzulegen und zu gehen, ohne dass jemand von euch zu Schaden kommt.«

»Wer ist General Dago?«, ertönte es hinter der Barriere.

Dago trat vor und schwenkte den Dreispitz mit der linken Hand. In der rechten hielt er immer noch die Uzi, deren Magazin er im Wagen gewechselt hatte. »Meine Wenigkeit«, antwortete er. »Ich bin befördert worden.«

Hinter der Barriere tauchte ein Kopf auf, mit Farbflecken im Gesicht. Velazquez, dachte Benjamin. »Du hast hier nichts verloren, Dago. Der Supermarkt gehört uns.«

»Ja, genau«, bestätigte Dago. »Uns. Er gehört *uns.* Es freut mich, dass du das einsiehst. Wenn ihr nun so freundlich wärt, eure Waffen niederzulegen und hinter dem lächerlichen Ding da hervorzukommen ... Niemand wird euch ein Haar krümmen, mein Ehrenwort als General.«

Benjamin hörte, wie Jasmin sagte: »Sie könnten dir eine Kugel verpassen, Dago. Ihre Waffen sind nicht annähernd so gut wie unsere, aber wenn jemand von ihnen ein einigermaßen ordentliches Gewehr hat und gut genug zielen kann ...«

»Sie werden es nicht wagen«, erwiderte Dago unbekümmert. »Und wenn doch ... Es ist nicht weit bis zum Hospital. Selbst wenn es mich erwischt ... Ich wäre morgen früh wieder auf den Beinen, meine Liebe.«

Sie sind verrückt, dachte Benjamin nicht zum ersten Mal. Ich bin von Verrückten umgeben.

Hinter der Barrikade bewegten sich Köpfe – die Verteidiger schienen zu beratschlagen. Unterdessen verkündete der Supermarkt: »Unsere Heimwerkerabteilung sagt Ihnen heute: Machen Sie Nägel mit Köpfen! Komplette Pavillons aus erstklassigem Kiefernholz, ideal für Ihren Garten, nur neunhundertneunundneunzig Talann.«

»Ich warte auf eine Antwort«, sagte Dago laut genug, dass man ihn hinter der Barriere hörte.

In der Ferne erklangen Schüsse.

»Hannibal hat nicht mal genug Grips in seinem verdammten Dickschädel, um zu erkennen, wann ein Kampf sinnlos ist«, brummte Dago, hob den Kopf und fügte lauter hinzu: »Unsere zweite Gruppe ist gerade dabei, das Gloria zu übernehmen. Ich fordere euch noch einmal auf, die Waffen niederzulegen.«

Eine Stimme brummte hinter der Barrikade, und die Worte klangen wie »Fahr zur Hölle«.

»Kann es sein, dass man mir nicht den gebührenden Respekt zollt?«, wandte sich Dago kurz an Jasmin. Dann sah er wieder zum Supermarkt. »Ich gebe euch genau zehn Sekunden Zeit, um von dort zu verschwinden. Wer hinter der Barrikade bleibt, wird sterben, und vielleicht schmeißen wir die Toten ins Loch. Alex?«

»Eins!«, rief der Streuner, dessen Beretta Benjamin im Rücken hatte. »Zwei …«

»Nur heute Abend«, ertönte es aus den Lautsprechern. »Pizza aus dem Holzkohleofen, mit italienischem Mozzarella aus Kampanien, zum Sonderpreis von nur vier neunundneunzig.«

»… fünf … sechs …«

Hinter der Barrikade liefen Männer und Frauen los und rannten zum Supermarkt, dessen Türen sich vor ihnen öffneten. Dago schüttelte missbilligend den Kopf. »Wie dumm. Sie wollen es einfach nicht einsehen.« Er drehte sich halb um. »Weg mit der Barriere, Sonja.«

Eine wie Lara Crofts Schwester aussehende Frau trat vor, hob ihre Panzerfaust und feuerte. Eine kleine Rakete raste über den Parkplatz, schlug in die Barrikade und explodierte.

Die Nacht schien sich in Tag zu verwandeln.

Ein Feuerball hing plötzlich vor dem Supermarkt und überstrahlte das durch die breite Fensterfront fallende Licht. Funken sprühende Trümmerstücke flogen in alle Richtungen, und eine Druckwelle fegte über den Parkplatz, wie ein plötzlicher Orkan. Benjamin wollte sich fallen lassen, aber Alex hielt ihn mit einer Hand fest und drückte ihm mit der anderen den Lauf der Beretta an den Nacken.

Als das Donnern der Explosion verhallte, peitschten Schüsse. Eine Kugel schlug dicht vor Benjamin auf den Boden und heulte als Querschläger davon.

Die Fenster der Gebäude am Rand des Parkplatzes waren plötzlich voller Schützen. Hannibal wollte sich nicht ergeben; er hatte die Dreiviertelstunde genutzt, um eine Falle vorzubereiten.

Einige Streuner gingen zu Boden, von Kugeln, Pfeilen und Armbrustbolzen getroffen, aber die anderen verteilten sich sofort und erwiderten das Feuer mit Waffen, die denen der Verteidiger weit überlegen waren. Das auf einem Dreibein montierte MG, das eben noch auf die Barrikade gerichtet gewesen war, wurde gedreht und schickte einen Kugelhagel zu den Häusern auf der anderen Seite des Parkplatzes. Scheiben zerbarsten. Fensterrahmen splitterten. Tiefe Löcher bildeten sich in den Gebäudefronten. Das Rattern automatischer Waffen gesellte sich dem Dröhnen des Maschinengewehrs hinzu. Dago schoss mit seiner Uzi, schwenkte sie dabei hin und her. Jasmin feuerte mit ihren beiden Browning High Power, eine auf den Supermarkt gerichtet und die andere auf das Gebäude links daneben. Als die Magazine leer geschossen waren, drehte sie die beiden Pistolen wie ein Westernheld, steckte sie in die Gürtelhalfter, nahm das M16 vom Rücken und gab mehrere Feuerstöße damit ab, bevor sie auf Einzelfeuer umschaltete und auf die Mündungsblitze in den Fenstern zielte. Sie versuchte gar nicht, in Deckung zu gehen, ebenso wenig wie Dago.

Für Benjamin hatte die Szene etwas Surreales. Sie standen auf dem großen Parkplatz, völlig ungeschützt, und überall um sie herum knallten Schüsse, während fröhliche Musik aus den Lautsprechern klang – die plötzlich einer warnenden Männerstimme wich:

»Aus gegebenem Anlass müssen wir darauf hinweisen, dass der Gebrauch von Schusswaffen im Bereich des Supermarkts untersagt ist. Die verehrte Kundschaft wird gebeten, alle Waffen unseren Sicherheitsbeauftragten auszuhändigen.«

Dago lachte, wechselte erneut das Magazin seiner Uzi und feuerte auf einen dunklen Hauseingang. Ein Mann taumelte daraus hervor, ließ sein Gewehr fallen und sank zu Boden.

Benjamin begriff, dass er etwas unternehmen musste, trotz der Beretta an seinem Nacken. Dies konnte nicht lange gutgehen. Es flogen einfach zu viele Kugeln, als dass er damit rechnen durfte, mit heiler Haut davonzukommen. Er überlegte noch, wie er den hinter ihm stehenden Alex außer Gefecht setzen konnte, ohne zu riskieren, von ihm erschossen zu werden, als plötzlich eine kleine Faust an ihm vorbeisauste und den Mann an der Schläfe traf. Trotz seiner Überraschung reagierte Benjamin sofort, duckte sich zur Seite und schlug seinerseits zu, nach dem Arm mit der Beretta. Die Hand des Streuners flog nach oben und zur Seite, und im gleichen Moment entlud sich die Pistole mit einem Krachen, das für einen Moment alle anderen Geräusche übertönte.

Benjamin glaubte, den Luftzug der Kugel zu spüren, die ihn nur knapp verfehlte.

Der Mann ging zu Boden, und Louise versetzte ihm einen Tritt ans Kinn, der ihn endgültig ins Reich der Träume schickte. Dann wirbelte sie wie eine Kung-Fu-Kämpferin um die eigene Achse und streckte das andere Bein – ihr Fuß traf Jasmin, die sich gerade umdrehen wollte, an der Seite. Benjamin riss ihr das Sturmgewehr aus den Händen und feuerte einen Schuss auf Dago ab, der sich anschickte, die Uzi auf ihn zu richten. Er erfuhr nicht, ob er getroffen hatte, denn Louise riss ihn mit sich, als sie in Richtung Supermarkt loslief.

»Ich hab die ganze Zeit gewartet, dass du was tust!«, stieß sie hervor und rannte wie der Teufel.

Sie war so schnell, dass Benjamin Mühe hatte, an ihrer Seite zu bleiben. »Ich *hab* was getan!«

»Aber erst, nachdem *ich* was getan habe!«

Hinter ihnen ratterte Dagos Uzi. Benjamin gab Louise einen Stoß, und hechtete mit ihr zusammen zur Seite, hinter die Reste eines Schranks, der Teil der Barrikade gewesen war – die Explosion hatte ihn zerrissen und weggeschleudert.

Benjamin hörte, wie Dago rief: »Sonja!«

Louise war eine halbe Sekunde vor ihm auf den Beinen, und mit einem raschen Blick über die Schulter stellte er fest, dass Lara Crofts Schwester ihre Panzerfaust hob.

Sie sprinteten dem Licht vor ihnen entgegen, das falsche Sicherheit versprach.

46

Vor ihnen glitten die beiden Hälften einer gläsernen Tür auseinander, und angenehme Hintergrundmusik empfing sie. Als sich die Tür hinter ihnen wieder zu schließen begann, schmetterte das Geschoss in die Fensterfront und explodierte.

Benjamin und Louise hatten Glück. Die Druckwelle riss sie von den Beinen, und deshalb entgingen sie den vielen Splittern, die wie kleine Messer aus Glas durch den Eingangsbereich des Supermarkts jagten. Außerdem lagen Matratzen in der Nähe – »7-Zonen-Kaltschaummatratzen ›Träumesüß‹, nur 199^{99} Tl das Stück« –, die den Aufprall dämpften.

Jemand feuerte aus dem Innern des Supermarkts nach draußen. Die Antwort bestand aus dem Rattern automatischer Waffen, deren Kugeln mehrere Kassenblöcke zertrümmerten, durch die Decke des Supermarkts frästen und Lampen zerschlugen.

Die Musik hörte auf.

»Der Gebrauch von Schusswaffen im Supermarkt ist verboten«, ertönte erneut die Männerstimme aus den Lautsprechern. »Die verehrte Kundschaft wird darauf hingewiesen, dass wir nun Gegenmaßnahmen ergreifen. Bitte folgen Sie den Anweisungen der Sicherheitskräfte.«

Es wurde nicht dunkel, wie nach der Warnung beim ersten Kampf im Supermarkt, den Benjamin miterlebt hatte. Es kam auch kein weißes Gleißen, begleitet von einem immer lauter werdenden Sirren. Es geschah überhaupt nichts, abgesehen davon, dass die Lautsprecher schwiegen.

Benjamin lag zwischen den Matratzen und sah sich um.

»Vielleicht funktionieren die Sicherheitsmechanismen des Supermarkts nicht mehr«, sagte er zu Louise.

»Da sind zwei von ihnen!«, rief jemand, und ein Armbrustbolzen raste dicht über ihn hinweg und bohrte sich in die Matratze hinter Louise.

»Wir sind keine …«, begann Benjamin und verstummte, als dem Bolzen zwei in seine Richtung abgegebene Schüsse folgten. Er zog den Kopf ein und kroch unter einer Kassenschranke hinweg. Louise folgte ihm, zerrte dabei eine Matratze mit sich und hielt sie wie einen Schild. Ein weiterer Schuss hinterließ darin ein Loch am oberen Rand.

»Wir schnappen uns, was wir kriegen können«, sagte Benjamin schnell, als Louise ihn erreichte. In ihren grünbraunen Augen spiegelte sich das Licht der Lampe direkt über ihnen wider, und einige braune Haarbüschel klebten an ihrer feuchten Stirn. Es war nicht nur der Schweiß von Aufregung und vielleicht auch von Furcht – die Temperatur stieg. »Und dann verschwinden wir von hier.«

»Du hast das verdammte Gewehr verloren!«, erwiderte sie.

Der Sprung hinter die Reste des Schranks, dachte Benjamin. Dabei hatte er das M16 losgelassen.

Dagos Uzi ratterte, in einer Entfernung von kaum zehn Metern, und als Benjamin vorsichtig den Kopf hob, sah er ihn: den Dreispitz auf dem Kopf, der Striemen wie ein rotes Band am Hals, die Andeutung eines pockennarbigen Musters auf den Wangen, in den Augen das Glitzern eines Irren, der durch ganz neue Territorien des Wahnsinns wandelte. Er lachte und schoss, lachte noch etwas lauter und schoss erneut. Eine Kugel der Verteidiger traf ihn am linken Arm, und Benjamin beobachtete ein kurzes rotes Spritzen, aber wenn Dago

Schmerzen empfand, so verloren sie sich in der Ekstase völliger Ausgeflipptheit. Jasmin erschien neben ihm und feuerte mit ihren beiden Browning High Power; offenbar hatte sie inzwischen nachgeladen.

Weitere Streuner erreichten den Supermarkt, unter ihnen auch Sonja, die ihre Panzerfaust bereithielt.

Wenn sie das Ding hier drin einsetzt, sind wir alle erledigt, dachte Benjamin. Zusammen mit Louise krabbelte er nach rechts, in einen Bereich des Supermarkts, der von Verteidigern und Streunern weitgehend verschont zu sein schien. »Vorn kommen wir nicht mehr raus!« Er musste fast brüllen, damit Louise ihn verstand, obwohl sie nur einen Meter entfernt auf allen vieren an einem Regal mit Konserven entlanghastete. Fast ständig peitschten und krachten Schüsse; auf der anderen Seite des Supermarkts, drüben bei der Möbelabteilung, kam es zu einigen kleineren Explosionen. »Gibt es hier irgendwo einen Hinterausgang?«

Louise nickte und sagte etwas, das Benjamin nicht verstand. Sie kam auf die Beine und winkte, und er folgte ihr, als sie zum Ende des Regals lief und dort vorsichtig um die Ecke spähte. Benjamin blieb dicht hinter Louise stehen, die rechte Wange neben einigen Dosen mit Erbsensuppe, und nahm ihren Geruch wahr. Sie schwitzte, aber er empfand ihren Schweißgeruch keineswegs als unangenehm, im Gegenteil. Sie riecht und ich stinke, dachte Benjamin. Und dann dachte er: Was gehen mir für blödsinnige Gedanken durch den Kopf.

Es wurde immer wärmer. Inzwischen musste die Temperatur bei siebenundzwanzig oder achtundzwanzig Grad liegen, und sie stieg weiter. Benjamin wischte sich Schweiß von der Stirn.

Rauchschwaden zogen durch den Supermarkt, manche von ihnen grau wie der Nebel, der am Rand der Stadt auf die nächste Flut wartete, andere finster wie die Nacht. In einer der dunklen Wolken bekam Louise einen Hustenanfall. Offenbar hatte jemand in der Nähe gestanden, verborgen in den dichten Schwaden, denn plötzlich tauchte eine Gestalt neben ihr auf, mit einer Armbrust bewaffnet – vermutlich jemand aus der Gemeinschaft.

»Wir sind keine ...«, begann Benjamin noch einmal und begriff dann, dass es sinnlos war. Erklärungen kosteten Zeit, viel mehr Zeit, als ein Zeigefinger brauchte, den Abzug der Armbrust zu drücken.

Er sprang, nutzte das eigene Bewegungsmoment und rammte dem Gemeinschaftsmitglied, dessen Namen er nicht kannte, die Faust ins Gesicht. Der Mann klappte mit einem Ächzen zusammen.

Zwei Gänge entfernt ratterte eine Uzi, und irres Gelächter kam durch die Rauchschwaden.

»Ich habe ein Sonderangebot für euch!«, rief Dago den Verteidigern zu. »Für jede Kugel, die ihr uns schickt, kriegt ihr zehn zurück. Ist das nicht großzügig?«

Es wurde heller, und Benjamin sah nach oben, um festzustellen, ob etwas mit den Lampen geschah. Aber das Licht kam nicht von dort, sondern wie aus der Luft selbst, durchdrang auch die dunkelsten Rauchschwaden und schuf messerscharfe Kontraste. Gleichzeitig erklang eine Stimme, die wie das Licht keinen erkennbaren Ursprung hatte.

»Hiermit werden alle Kunden aufgefordert, unverzüglich den Supermarkt zu verlassen.« Ein Mann schien diese Worte zu sprechen, aber es war bestimmt kein gewöhnlicher Mann, fand Benjamin. Wenn Schicksal und Verhängnis eine Stimme hatten, dann musste sie so klingen: voller Autorität, von Zweifel unberührt und nicht den geringsten Widerspruch zulassend. »Wir stellen massive Verstöße gegen die Regeln der Golden-Globe-Supermärkte fest und sehen uns gezwungen, energische Gegenmaßnahmen zu ergreifen.«

»Wo ist der Hinterausgang?«, stieß Benjamin hervor.

Louise trat über den Bewusstlosen am Boden hinweg und streckte den Arm aus. »Dort drüben.«

»Füll dir die Taschen!«, rief Benjamin, um das schnell anschwellende Sirren zu übertönen, das aus allen Richtungen kam. »Und dann nichts wie weg!«

Innerhalb von nur wenigen Sekunden wurde das Licht so hell, dass es blendete. Benjamin griff blindlings in die Regale und war dankbar für den zerrissenen Parka, den er noch immer trug und dessen Taschen mehr Platz boten als die der Hose.

Benjamins Hände ertasteten etwas, das sich nach einer Taschenlampe anfühlte, und er fügte den Gegenstand den anderen Objekten in seinen Taschen hinzu. Vor ihm eilte Louise an einem Regal entlang, das offenbar Töpfe enthielt, und als sie sich dahinter nach rechts wandte, erschien eine Gestalt vor ihr.

»Ich *liebe* solche Zufälle«, sagte Jasmin und richtete ihre beiden Browning auf sie. Neben ihr lag ein Verteidiger mit einem Loch in der Stirn im Gang.

Benjamin wollte sich nach vorn werfen und Louise beiseitestoßen, aber es war bereits zu spät. Die grimmig lächelnde Jasmin, eine dunkle Silhouette im Gleißen, schoss mit beiden Waffen.

Aber die Kugeln erreichten Louise nicht.

Sie schwebten etwa zehn Zentimeter vor den Läufen, wie festgehalten von den Flammen, die aus den Mündungen leckten. Es knallte nicht einmal. Benjamin hörte nur ein dumpfes fernes Grollen, übertönt vom insektenartigen Sirren. Von einem zeitlosen Moment umgeben beobachtete Benjamin, wie die beiden Pistolen in Jasmins Händen transparent wurden, als verwandelte sich Metall in Glas, und dann verschwanden sie. Das Glühen der Mündungsflammen verlor sich im weißen Strahlen, das auch die Regale des Supermarkts aufzulösen begann, und die beiden Kugeln, nicht mehr vom Feuer festgehalten, fielen zu Boden, aber so langsam, als hätte sich die Luft in zähen Brei verwandelt. Auf dem Weg nach unten verloren sie immer mehr Substanz, und nur noch zwei Stäubchen waren von ihnen übrig, als sie den Boden erreichten.

Der Moment dehnte sich wie ein Gummiband.

Überall im Supermarkt verschwanden die Waffen. Benjamin sah es durch die Regale, die dort gläserne Transparenz gewannen, wo er den Blick auf sie richtete. Sonja brauchte nicht mehr zu überlegen, ob sie von ihrer Panzerfaust Gebrauch machen sollte oder nicht, denn plötzlich waren ihre Hände leer. Dagos Zeigefinger war um einen nicht mehr existierenden Abzug gekrümmt und sein lachendes Gesicht zu einer Fratze geworden. Angreifer und Verteidiger, Streuner und Mitglieder der Gemeinschaft, sie alle waren erstarrt und plötzlich ohne Waffen. Selbst die Armbrüste verschwanden.

Es betraf nicht nur die Männer und Frauen im Supermarkt. Auch draußen hatte der Kampf plötzlich aufgehört, denn es gab nichts mehr, womit Dagos und Hannibals Leute schießen konnten. Das weiße Gleißen drang durch die zerstörte Fensterfront des Supermarkts, schluckte das Licht der Lampen auf dem Parkplatz, strahlte bis zu den Gebäuden am Rand der weiten Asphaltfläche und kroch dort durch Türen und Fenster.

Die Nacht wich zurück. Sie floh vor dem Leuchten, das aus dem Supermarkt kam und heller wurde als jemals zuvor. In weiter entfernten Teilen der Stadt krallte sich die Dunkelheit in Straßen und Gassen fest, in leeren Zimmern hinter schmutzigen Fensterscheiben und in muffigen Kellern, aber selbst dort machte sich das Gleißen bemerkbar. Ein Glitzern wie von Feenstaub lag in der Luft, suchte und funkelte überall dort etwas stärker, wo es Waffen fand, von Zwillen und Armbrüsten bis hin zu Maschinenpistolen – alles verschwand.

In den oberen beiden Räumen des Arsenals tastete das Funkeln über Haken und Halterungen, und es hinterließ leere Regale. Es kroch die Wendeltreppe hinunter, die völlig ohne Rost war, breitete sich in dem schier endlosen Saal aus und ließ auch dort die Waffen verschwinden, die alten ebenso wie die modernen und futuristischen. Der Saal, dessen Inhalt ausgereicht hätte, die Armeen einer ganzen Welt auszurüsten, leerte sich, als ginge eine Flutwelle des Nichts durch ihn, und als schließlich keine einzige Waffe mehr in den zahllosen Fächern ruhte, zog sich das Glitzern zurück, und die Nacht verschlang den Saal und seine Regalwände.

Am Rand der Stadt, im Nebel, der durch die Straßen zu wogen begann, hoben die Kreaturen ihre schuppigen, hornigen Köpfe und knurrten. Sie schienen die Veränderung zu spüren, und freudige Unruhe erfasste sie, als sie dem Nebel folgten. Ihre Krallen und Klauen kratzten über rissigen Asphalt und hinterließen Furchen in altem, sprödem Beton.

All das sah und hörte Benjamin, mit wie in die Ferne geworfenen Augen und Ohren. Dann schnellte das metaphorische Gummiband des gedehnten Moments zurück, mit einem Geräusch, das fast wie ein Quietschen klang.

»Was zum Teufel …«, zischte Jasmin verblüfft, als sie merkte, dass ihre Hände plötzlich leer waren.

Das weiße Leuchten gewann eine solche Intensität, dass Benjamin die Augen zusammenkneifen musste, und er beobachtete, wie Jasmin ebenso transparent wurde wie zuvor die Waffen. Die Regale und ihr gesamter Inhalt wirkten plötzlich wie aus Glas. Für einen Sekundenbruchteil sah Benjamin die Umrisse der Organe in Jasmins Bauchhöhle und der Lungenflügel hinter den Rippen. Dann sprang er an ihr vorbei, packte Louise mit einer Hand, in der sich die Knochen abzeichneten, und stürzte mit ihr der Tür des Hinterausgangs entgegen. Es handelte sich um einen Notausgang, und zum Glück war die Tür nicht abgeschlossen. Benjamin und Louise wankten in die kühle Nacht hinaus. Heiße Luft und grelles Gleißen folgten ihnen zur Tankstelle, die Hannibals Patrouillenwagen mit Benzin versorgte, und als sich Benjamin dort umdrehte, verschwand der Supermarkt in einem weißen Strahlen, das in seinem Kern einen silbernen Ton gewann. Für einen Augenblick glaubte Benjamin, die gewaltige Maschine zu sehen, nicht einige wenige Zahnräder, die sich wie schwerfällig drehten, sondern einen ganzen Wald aus Rädern und Stangen, jede einzelne Komponente – und davon gab es Millionen – mit ihrem eigenen Bewegungsmoment. Dann verblasste das Gleißen allmählich, und dahinter wurde der Parkplatz sichtbar. Gestalten bewegten sich dort, zwischen anderen, die reglos auf dem Boden lagen.

Benjamin starrte auf seine Hand – die Knochen waren nicht mehr zu sehen.

»Weg von hier, bevor sie uns bemerken«, sagte er und lief zusammen mit Louise los.

47

Das Hotel Gloria war so hell erleuchtet wie in jener Nacht, als Benjamin es zum ersten Mal gesehen hatte, aber es ertönten weder Stimmen noch Musik. Stille herrschte auch in diesem Teil der Stadt, und es war eine Stille, die wortlos und stumm von Zerstörung und Tod erzählte. Leichen lagen auf der Zufahrt, ihre Kleidung blutig, ihre Schusswunden bereits halb geschlossen. Die Treppe vor dem Eingang war von Glassplittern zerschossener Fenster übersät, und von den fünf goldenen Sternen über der großen Tür war nur noch der eine übrig, den man mit goldener Farbe ergänzt hatte.

Benjamin und Louise näherten sich vorsichtig und blieben vor der untersten Stufe stehen, neben der Leiche einer molligen Frau, die ein zitronengelbes Kostüm und türkisfarbene Schuhe trug. Die Tote lag auf dem Bauch, den Kopf zur Seite gedreht, und deutlich waren die Sommersprossen auf der verschrammten Wange und der Nase zu sehen.

»Es hat Abigale erwischt«, sagte Benjamin.

»Wir könnten sie ins Hospital bringen.« Louise deutete auf

die anderen Toten. »Sie alle, einen nach dem anderen. Dort würden sie sich schnell erholen. Schon morgen wären sie wieder auf den Beinen.«

Benjamin schüttelte den Kopf. »Es würde viel zu lange dauern. Bestimmt sind nicht alle Gemeinschaftsmitglieder tot. Früher oder später würden wir Überlebenden begegnen, unter ihnen vielleicht Hannibal, und die sind bestimmt nicht gut auf uns zu sprechen.«

»Wir könnten ihnen erklären, dass Dago gelogen hat«, sagte Louise, aber es klang hilflos.

»Und wer würde uns glauben?«

Louise zuckte die Schultern.

»Der Zugang zum Labyrinth befindet sich in einem der Lagerhäuser hinter dem Hotel«, sagte Benjamin. »Komm.«

»Warte.« Louise sah zum Eingang des Hotels und schien mit sich selbst zu ringen. »Zuerst hole ich mir mein Lebensbuch.«

Sie trat an Abigale vorbei auf die erste Treppenstufe und wich einer Blutlache aus.

»Du weißt doch gar nicht, wo es sich befindet.« Benjamin spürte, dass die Zeit drängte. »Es hat nicht in Hannibals Nachtschränkchen gelegen, das hast du selbst gesagt.«

»Entweder ist es in seiner Suite oder im Nebenzimmer des Büros. Weggeworfen oder verbrannt hat er es bestimmt nicht, der Mistkerl.«

Benjamin folgte Louise widerstrebend ins Hotel, obwohl alles in ihm danach drängte, so schnell wie möglich ins Labyrinth hinabzusteigen. In der Lobby lagen weitere Leichen, einige auf dem Boden, alle viere von sich gestreckt, andere in den Sesseln der Sitzecken. Im Aufenthaltsraum war eine

Frau in mittleren Jahren unter einen Tisch gekrochen und dort offenbar von einem Querschläger getroffen worden. Aus weit aufgerissenen Augen starrte sie ins Leere, und auf ihrem Gesicht zeigte sich eine Mischung aus Überraschung und Empörung.

Louise eilte die Treppe hoch und geriet außer Sicht. Benjamin ging langsamer, vorbei am von Kugeln durchlöcherten Empfangstresen und den zerrissenen, blutverschmierten Vorhängen daneben. Dort lag eins der wenigen Kinder der Gemeinschaft, ein Junge von elf oder zwölf Jahren, vielleicht ebenso von einem Querschläger getroffen wie die Frau im Speiseraum – die Angreifer hatten offenbar wild um sich geschossen, ohne groß zu zielen. Auch er würde wieder zum Leben erwachen, selbst wenn man ihn nicht ins Hospital brachte, aber welche Erinnerungen stahl ihm der Tod? Jäher Zorn stieg in Benjamin auf, ungestüm, heiß und wild, und er merkte, wie er die Fäuste ballte, während er auf den Jungen starrte. Dass Kinder starben, erschien ihm falsch und ungerecht genug, aber dass sie hier, in der Stadt der Toten, erneut sterben mussten, wenn auch mit der Aussicht auf baldige Wiederauferstehung, kam einer Verhöhnung gleich.

Er wandte sich von dem toten Knaben ab, und die Stille senkte sich schwer auf ihn.

Plötzlich kamen die Klänge einer Geige von oben.

Benjamin lauschte ihnen mit zur Seite geneigtem Kopf und spürte, wie sich sein Zorn in Kummer verwandelte. Diese zarte, sanfte Melodie, die sich in der Stille entfaltete, erzählte eine traurige Geschichte von Leben und Tod, von Illusionen und zerstörten Hoffnungen. Jeder einzelne Ton fand ein Echo in Benjamin, hallte durch die Gewölbe seines Geistes und ließ ihn fühlen, was mit all den Toten geschehen war. Für einige wenige Sekunden fühlte er ihren Tod wie eine Bürde mit dem Gewicht eines Berges. Er stöhnte und taumelte, wäre unter dieser gewaltigen Last fast auf die Knie gesunken.

Ohne eine bewusste Entscheidung drehte er sich zur Treppe um und ging ihre Stufen hoch. Er wankte durch einen Flur, vorbei an einer Frau, die am Ende einer langen Blutspur lag. In der Tür des Zimmers, aus der die Ton gewordene Trauer kam, blieb er stehen. Dort saß er, der Geiger, auf einem Stuhl am offenen Fenster, durch das leichter, kühler Wind wehte und an den Gardinen zupfte. Der kleine, schmächtige Mann blickte hinaus in die Nacht, während er den Bogen über die Saiten der Geige zog. Im Licht der Nachttischlampe sah Benjamin Tränen, die dem Geiger über die Wangen rollten, und er merkte, dass seine eigenen Wangen feucht waren.

Schließlich ließ der Spieler Bogen und Geige sinken. Die Stille kehrte zurück, füllte die von den Tönen hinterlassenen Lücken.

»Was soll jetzt aus uns werden?«, murmelte der Geiger. »Was soll nur aus uns werden?«

»Wo sind all die anderen?«, fragte Benjamin. »Es können doch nicht alle tot sein.«

»Sie sind zum Supermarkt gelaufen, um beim Kampf gegen Dagos Leute zu helfen.« Der Geiger sah noch immer aus dem Fenster. »Es ist deine Schuld.«

»Was?«

»Der Supermarkt ... Er ist verschwunden, und diesmal wird er nicht zurückkehren. Ich fühle es. Die ganze Stadt verändert sich. Nichts wird mehr so sein, wie es einmal war. Und es ist deine Schuld.«

»Ich habe Dago nicht zum Arsenal geführt! Ich …«

»Du bist hier«, sagte der Geiger. »Du bist in der Stadt. Mit dir begann alles.« Er drehte den Kopf und sah Benjamin an. »Etwas ist aus dem Labyrinth gekommen, weißt du das? Nachdem du dort unten warst. Es hat Petrow und die anderen geholt, die verschwunden sind.«

»Es ist nicht meine Schuld!«, stieß Benjamin hervor. »Ich bin ebenso Opfer wie ihr …«

»Vielleicht stimmt das«, erklang einer vertraute Stimme hinter ihm. »Aber selbst wenn du die Wahrheit sagst: Hannibal wird dir nicht glauben.«

Benjamin wandte sich um.

Velazquez stand dort, mit Farbspritzern im Gesicht und an den Händen. Am rechten Ärmel klebte Blut.

»Hannibal und die anderen sind auf dem Rückweg hierher, um die Toten ins Hospital zu bringen. Wenn sie dich sehen …« Er schüttelte den Kopf. »Du solltest besser verschwinden, und zwar schnell.«

»Ich habe nichts getan!«

»Die anderen haben Dago gehört und dich bei ihm gesehen. Dich und Louise, die dich hierherbrachte. Hannibal glaubt, dass es von Anfang an eine Falle war, dass du bei uns eingeschleust worden bist.« Velazquez hob die Hand, als Benjamin heftig widersprechen wollte. »Man würde dich vor Gericht stellen, und du bekämst Gelegenheit, dich zu verteidigen, aber glaub mir, niemand würde dir glauben. Alle suchen nach einem Sündenbock, und Hannibal zeigt mit dem Finger auf dich.«

»Aber …«

»Mach dich auf und davon, solange du noch Gelegenheit hast. Und nimm Louise mit – ich hab sie drüben bei Hannibals Bude gesehen. Wenn Hannibal euch erwischt … Es dürfte damit enden, dass er euch ins Loch wirft.«

»Wenn Hannibal erfährt, dass du mich gewarnt hast …« Benjamin sah zum Mann mit der Geige.

»Der Geiger sagt nichts«, erwiderte Velazquez. »Und was mich betrifft … Ich habe dich nicht gesehen.«

Benjamin klopfte ihm kurz auf die Schulter und wollte sich abwenden, aber dann zögerte er. »Wir verlassen die Stadt, Louise und ich. Du könntest mitkommen.«

Velazquez lächelte schief. »Ich warte lieber, bis die Aliens ihre Experimente beenden und uns holen. Wer weiß, vielleicht ist es jetzt so weit. Wenn der Supermarkt verschwunden bleibt, wenn es mit der ganzen Stadt bergab geht … Vielleicht bedeutet es, dass die Aliens bald kommen und uns zurückbringen.«

»Glaubst du das wirklich?«

Velazquez' Lächeln wurde etwas größer und zeigte seine perlweißen Zähne. »Was meinst du?« Er wurde wieder ernst. »Es wird geschehen, was geschehen wird. Ich kann nichts daran ändern.«

»Du könntest mit uns kommen«, wiederholte Benjamin.

»Hannibal erwischt dich, wenn du noch mehr Zeit vergeudest, Kumpel.«

»Na schön. Mach's gut, Velaz«, sagte Benjamin und lief durch den Flur.

Louise war ganz offensichtlich in Hannibals Suite gewesen, denn im dortigen Schlafzimmer lagen die Schubladen des Nachtschränkchens auf dem Boden, und ihr Inhalt war verstreut. »Louise?«

In der Stille waren nur leise Geigenklänge zu hören, durch zwei Stockwerke gedämpft. Das Büro, dachte Benjamin, machte kehrt und lief erneut durch Flure, in denen Leichen lagen. Kugeln hatten Löcher in Türen geschlagen und Dellen in Wänden hinterlassen.

Als Benjamin das Büro erreichte, in dem er mit Hannibal und Abigale gesprochen hatte, in der Nacht nach seiner Ankunft in der Stadt, hörte er ein leises Wimmern und sah jemanden, der beim kleinen Tisch in der Ecke hockte, einen hageren, ausgemergelten Mann, die Brille mit den dicken Gläsern schief auf der Nase. Verängstigt hockte er da und drückte sich das große Protokollbuch mit beiden Armen an die Brust, als sei es sein wertvollster Besitz. Er sah nicht auf, als Benjamin hereinkam, krümmte sich nur noch mehr zusammen und wimmerte etwas lauter.

Auf der rechten Seite war der Vorhang beiseitegezogen, und die schmale Tür stand offen.

Benjamin betrat das Nebenzimmer mit der Tafel und den Stecknadeln. Louise saß in dem durchgesessenen Sessel und las in einem lindgrünen Buch, das vermutlich aus dem Regal über ihr stammte. Lebensmittel aus dem Supermarkt beulten die Taschen ihrer Jeans und der Jacke aus.

»Louise?«

Sie war bleich, und ihre Augen verschlangen die Worte in dem Buch.

»Wir müssen weg von hier, Louise. Hannibal und die anderen sind unterwegs. Wenn sie uns erwischen, werfen sie uns ins Loch.«

»Er hat es hierhergebracht«, sagte die junge Frau. »Er hat es zu den anderen gestellt.« Sie deutete zum Regal hoch, zu den anderen lindgrünen Büchern. »Vielleicht hatte er genug. Oder Abigale hat ein Machtwort gesprochen.«

»Hast du gehört, Louise?« Benjamin trat näher. »Wenn Hannibal mit den anderen Überlebenden hier eintrifft, müssen wir weg sein. Komm.« Er streckte die Hand aus.

»Mein Leben war schrecklich.« Louise blätterte erneut. Sie weinte nicht, aber Benjamin sah Kummer und Schmerz in ihren Augen. »Es war noch viel schrecklicher, als ich dachte. Weißt du, manchmal meint es das Gedächtnis gut mit uns und legt gewisse Dinge in dunklen Ecken ab, wo man sie nicht so leicht wiederfindet. Aber hier steht alles, jede kleinste Kleinigkeit. Und wenn ich daran denke, dass sich Hannibal Nacht für Nacht daran aufgegeilt hat …«

Benjamin zog ihr das Buch aus der Hand. »Komm jetzt, wir müssen gehen!«

Louise sprang auf und griff nach dem Buch. »Dies ist nichts für dich. Es gehört mir.« Sie ließ das lindgrüne Lebensbuch unter ihrer zerrissenen Jacke verschwinden.

Benjamin ergriff ihre Hand, zog sie ins Büro, wo noch immer Jonas vor sich hin wimmerte, und von dort aus in den Flur. Anschließend ging es die Treppe hinunter in die Lobby, vorbei an den Toten und nach draußen in die kühle Nacht.

Stimmen kamen von der Straße.

Benjamin und Louise eilten an der Vorderfront des Hotels vorbei und wichen der Leiche eines bis auf die Knochen abgemagerten Streuners aus. Er trug geflickte Sachen, die ihm zu groß waren und mehrere Schusslöcher aufwiesen. Blut klebte im langen zerzausten Haar.

Der Parkplatz hinter dem Gloria lag in völliger Dunkelheit. Es war nicht zu erkennen, ob vor dem Lagerhaus mit dem Zugang zum Labyrinth noch jemand Wache hielt.

Als sie das Gebäude am Ende des Parkplatzes erreichten, hatten sich Benjamins Augen wieder an die Dunkelheit gewöhnt. Der Eingang war nicht mehr mit Brettern versperrt. Hannibal hatte ihn zumauern lassen, aber anschließend war etwas von innen durch die Mauer gebrochen, mit solcher Wucht, dass es einen Teil der Wand völlig zertrümmert hatte.

»Etwas hat von drinnen die Mauer durchbrochen«, sagte Louise verwundert.

»Der Geiger hat etwas erwähnt, das aus dem Labyrinth gekommen ist«, sagte Benjamin. Er nahm erneut Louises Hand und stieg mit ihr über die Reste der Mauer hinweg. Finster erstreckte sich das Innere des Lagerhauses vor ihnen. Auch Abigale hatte von einem *Etwas* im Labyrinth gesprochen, als Benjamin sie und Hannibal im Hospital belauscht hatte.

Die Taschenlampe fiel ihm ein, die er im Supermarkt an sich genommen hatte. Rasch holte er sie hervor und schaltete sie ein.

Ihr Licht strich rechts über die Werkbank, auf der noch immer Karosserie- und Motorteile lagen. Links erhob sich das aufgebockte rostige Gerippe eines alten Fahrzeugs. Der Lampenschein reichte bis zur Rückwand, wo hinter dem Geländer eine Treppe in die Tiefe führte.

»Hier liegen keine Werkzeuge«, sagte Louise. »Nicht ein Brecheisen oder so. Was ist so kräftig, dass es mit bloßen

Händen – oder was auch immer – eine Mauer durchbrechen kann?«

In seiner Erinnerung hörte Benjamin Abigales Stimme hinter einer geschlossenen Tür. *Etwas, das fähig ist, die dicken Mauern einzureißen, die deine Leute vor fast sechzig Jahren errichtet haben, könnte irgendwann den Ausgang finden und* zu uns kommen, *ob uns das gefällt oder nicht. Wir müssen herausfinden, was es ist.*

»Keine Ahnung«, erwiderte Benjamin.

»Vielleicht sollten wir in die Stadt fliehen.« Louise wollte nach draußen zurückkehren, aber Benjamin hielt sie fest. Der kühle Wind wehte Stimmen heran, und Licht tastete über den dunklen Parkplatz. Benjamin schloss die Hand ums vordere Ende der Taschenlampe und dämpfte so ihren Schein; seine Finger färbten sich rot. »Ich schätze, das sind Hannibal und die anderen. Vielleicht hat uns jemand von ihnen gesehen, als wir aus dem Hotel kamen.«

Sie liefen zur Treppe, die in dunkle Tiefen führte.

In dunklen Tiefen

48

Zwanzig Stufen nach unten, dann drei Schritte nach links und eine zweite Treppe hinab, noch einmal zwanzig Stufen. Als Benjamin zum ersten Mal diesen Weg genommen hatte, war es dunkel gewesen; jetzt gestattete er sich ein wenig Licht zwischen den Fingern vor dem Glas der Taschenlampe. Am Ende der zweiten Treppe erwartete sie die Metalltür, die bei seinem ersten Ausflug in die dunkle Tiefe halb offen gestanden hatte. Jetzt war sie geschlossen, und für einen Moment befürchtete Benjamin, dass sie verriegelt sein könnte. Aber sie ließ sich öffnen, als er die Klinke drückte, und er stieß sie ganz auf.

Auf der anderen Seite drückte er sie wieder zu und nahm die Hand vom Glas der Lampe. Es wurde heller.

»Wir müssen die Tür irgendwie blockieren.«

Es standen nicht mehr zwei Schubkarren in der Nähe, sondern nur noch eine, darin ein halb mit Wasser gefüllter Eimer. Hannibals Leute hatten hier unten unmittelbar nach der Rückkehr von Petrows Expedition mit dem Bau einer Mauer begonnen und sie vermutlich ein oder zwei Tage später fertiggestellt, aber das vom Geiger erwähnte Etwas hatte sie zerschmettert. Überall lagen Steine verstreut, und die

Mauer wies ein großes Loch auf, das vom Boden bis zur Decke reichte.

»Das gefällt mir ganz und gar nicht«, sagte Louise leise und spähte argwöhnisch in die Dunkelheit jenseits der Mauerreste.

»Hilf mir mit der Schubkarre.« Benjamin nahm den Eimer heraus, drehte die Schubkarre zusammen mit Louise und stellte sie so auf, dass sich die Kante direkt unter der Klinke befand und die Griffe auf dem Boden ruhten.

»Das hält nicht lange«, sagte Louise skeptisch, als sie ihr Werk im Licht der Taschenlampe betrachteten.

»Aber hoffentlich lange genug.«

Sie traten durchs Loch in der Mauer in einen Tunnel, der nach zwei Dutzend Schritten zu einer weiteren Treppe führte, viel länger und steiler als die beiden anderen. Nach fast hundert Stufen erreichten sie ihr Ende und den Tunnel mit den Schienen. Dort stand auch die von Benjamin erwartete Draisine auf den Gleisen, und dahinter endete der Tunnel an einer Betonwand.

»Da ist unser Transportmittel.« Benjamin sprang auf die Draisine und half Louise hoch. Sie griffen nach dem großen Handhebel, Benjamin auf der einen Seite und Louise auf der anderen, und begannen zu pumpen. Quietschend und knarrend setzte sich der Wagen aus rostigem Eisen und altem Holz in Bewegung. Zwei oder drei Meter weit rollte er und blieb dann so plötzlich stehen, dass Louise taumelte und fiel. Sie stand sofort wieder auf.

»Was ist los?«

Benjamin sprang von der Draisine herunter, ging nach hinten, leuchtete mit der Taschenlampe und fand eine Kette.

»Hannibals Leute haben das Ding an die Kette gelegt.«

Geräusche kamen aus dem dunklen Schacht mit der fast hundert Stufen langen Treppe, ein Klappern und das Brummen von Stimmen.

»Sie haben die Tür aufgebrochen«, sagte Louise.

Benjamin zerrte an der Kette. »Verdammtes Ding. Wir brauchen eine Stange oder was in der Art.« Er betastete seine Taschen. »Was hast du aus dem Supermarkt mitgebracht?«

Louise begann damit, die Taschen ihrer Jacke und der Hose auf der Draisine zu entleeren. Eine kleine Zange befand sich unter den zum Vorschein kommenden Objekten, und sie warf sie Benjamin zu. Er steckte sie in ein Kettenglied und zog und zerrte, mit dem Ergebnis, dass sich die Zange verbog. Er warf sie beiseite.

»Wie ist die Kette gesichert?«, fragte Louise und kam zu ihm.

Benjamin leuchtete auf ein Vorhängeschloss. »Damit.« Lautere Geräusche tönten von der Treppe. Benjamin sah besorgt zur dunklen Schachtöffnung in der Wandnische. »Es hätte keinen Sinn, zu Fuß zu fliehen. Sie würden uns nach kurzer Zeit mit der Draisine einholen.«

Louise zog an ihrer dünnen Halsschnur, holte den daran hängenden kleinen Beutel hervor, den Benjamin schon einmal gesehen hatte, und entnahm ihm einen improvisierten Dietrich. Damit stocherte sie in dem Vorhängeschloss herum, während Benjamin mit wachsender Unruhe wartete. Inzwischen konnte man einzelne Stimmen hören.

»Louise …«

»Stör mich nicht!«

»Es wäre nett, wenn du dich etwas beeilen könntest. Wir kriegen gleich Besuch.«

Benjamin sah sich nach etwas um, das sich als Waffe verwenden ließ, aber den einzigen geeigneten Gegenstand hielt er bereits in der Hand: die Taschenlampe.

Es klickte, und Louise sagte zufrieden: »Na bitte.«

Sie sprangen wieder auf die Draisine und betätigten den großen Handhebel, der sich zuerst nur sehr schwer bewegen ließ. Träge rollte das schwere Gefährt über die Schienen, und als sie sechs oder sieben Meter zurückgelegt hatten, erschienen mehrere Gestalten hinter ihnen auf den Gleisen.

Benjamin schaltete die Taschenlampe aus, und vor ihnen wurde es von einem Augenblick zum anderen stockfinster. Steine flogen, und einer von ihnen streifte ihn an der Schläfe.

»Duck dich!«

Die Lichtkegel von Taschenlampen folgten ihnen, und mehrere Gestalten liefen über den Schotter zwischen den Gleisen, aber Benjamin und Louise legten sich richtig ins Zeug, und die Draisine wurde schneller, quietschte und knarrte durch die Dunkelheit.

»Wir kriegen euch!«, ertönte es hinter ihnen. »Früher oder später kriegen wir euch!«

»Wir haben nichts getan!«, rief Benjamin zurück. Die Antwort bestand aus weiteren Steinen.

Ein oder zwei weitere Minuten lang hoben und senkten sie den Hebel mit ganzer Kraft und gerieten dabei ins Schwitzen. Sie rollten an dem Waggon auf dem Abstellgleis vorbei, dessen Fenster von innen verklebt waren und auf dessen hinterer Sitzbank, in der Ecke, zwei angekleidete Puppen saßen, eng umschlungen und mit aufgemalten weinenden Gesichtern. Benjamin schaltete die Taschenlampe wieder ein und leuchtete auch über den Bahnsteig auf der rechten Seite, über die Uhr ohne Zeiger und den Durchgang hinter der geplatzten Leuchtstoffröhre – die dortige Mauer, hinter der vielleicht eine Treppe nach oben führte, war intakt. Der Bahnsteig verschwand hinter ihnen in der Dunkelheit, und voraus erschienen die Reste der Barrikade rechts und links neben den Schienen, bestehend aus Latten, Brettern, Stangen und verbeulten Tonnen. Die Draisine war so schnell geworden, dass Benjamin nicht genug Zeit blieb, die Reste des alten Maschinengewehrs in dem Durcheinander zu erkennen. Oder vielleicht hatten sie sich ebenfalls aufgelöst, wie alle anderen Waffen in der Stadt.

Das brachte Benjamin auf einen Gedanken.

»Ich habe es gesehen«, sagte er, als Louise den Handhebel losließ und sich schnaufend setzte. »Wie all die Waffen verschwunden sind. Nicht nur im Supermarkt, sondern überall in der Stadt. Auch im Arsenal.«

»Leuchte nach vorn«, sagte Louise, als sich Benjamin zur Seite wandte und das Licht seiner Taschenlampe über die Betonwände des Tunnels strich. »Ich möchte sehen, wohin wir fahren.«

Die Draisine rollte langsamer, als auch Benjamin den Handhebel losließ.

»Das weiße Gleißen wurde zu einem geisterhaften Glitzern in der Luft, und wo es Waffen fand, ließ es sie verschwinden«, sagte er. »Auch wenn Dagos Leute zum Arsenal zurückkehren … Es ist leer.«

»Du kannst es nicht gesehen haben«, erwiderte Louise, die allmählich wieder zu Atem kam und den Blick nach vorn gerichtet hielt. »Wir waren die ganze Zeit über zusammen, und ich habe nichts dergleichen beobachtet.«

Hinter ihnen war es ebenso dunkel wie vor ihnen. Nirgends tastete das Licht von Taschenlampen durch die Finsternis, aber Benjamin zweifelte nicht daran, dass ihnen Hannibals Leute weiterhin folgten – sie hatten zornig und entschlossen genug geklungen. Deshalb sorgte er dafür, dass die Draisine in Bewegung blieb. Ihr Quietschen und Knarren hallte durch den Tunnel, und wenn sich jemand – oder *etwas* – vor ihnen befand, so wusste er oder es, dass sie kamen. Es ließ sich nicht ändern.

»Ich habe es wirklich gesehen«, bekräftigte Benjamin, während Louise die Beine nach vorn streckte und sich mit den Armen abstützte. Der Fahrtwind spielte mit ihrem braunen Haar. »Diesmal haben sich die Abwehrsysteme des Supermarkts in der ganzen Stadt ausgewirkt. Es sind nicht nur die Schusswaffen verschwunden, sondern auch alle anderen, Zwillen, Armbrüste und so weiter.« Er glaubte sogar, sich an eine Fallgrube am Rand der Stadt zu erinnern, bestimmt für Kreaturen, deren Fleisch unter anderem in Rebeccas Pfannen landete – die Speere und Lanzen darin, bestehend aus Stangen mit großen und kleinen Glassplittern, hatten sich wie Pistolen, Gewehre und alles andere in Luft aufgelöst.

»Und wenn schon.« Louise zuckte die Schultern. »Ich schätze, uns betrifft das nicht mehr. Oder vielleicht doch. Es bedeutet, dass die Verfolger nicht auf uns schießen können.«

Benjamin fühlte, wie er sich von den jüngsten Anstrengungen zu erholen begann – die Arbeit am Handhebel fiel ihm leichter als zuvor.

Eine Zeit lang verhinderten nur das Quietschen und Knarren der Draisine, dass es völlig still wurde. Benjamin leuchtete mit der Lampe nach vorn in pechschwarze Dunkelheit, die das Licht aufzusaugen schien, und fragte sich, ob in seinen oder Louises Taschen Batterien steckten.

»Also?«, fragte Louise schließlich.

»Also was?«

»Wo ist die Route siebzehn?«

»Keine Ahnung.«

»Wie bitte?« Louise drehte sich halb um. »Du hast gesagt, dass die Route siebzehn aus der Stadt führt! Aber du weißt nicht einmal, wo sie sich befindet?«

»Ich habe gehört …«

»Hörensagen! Lieber Himmel, Ben, bist du von allen guten Geistern verlassen? Ich bin dir ins Labyrinth gefolgt, weil ich dachte, dass du die Route siebzehn *kennst*!«

»Petrow kannte sie«, verteidigte sich Benjamin. »Und er hielt sie für vielversprechend. Sie muss hier irgendwo sein. Petrow kann nur diesen Weg genommen haben.«

Louise schüttelte den Kopf und sah nach vorn in die Dunkelheit.

»Du brauchst dich nicht so anzustrengen, Ben«, sagte sie nach einer Weile. »Wir sind zu schnell. Wenn vor uns ein Hindernis auftaucht, sollten wir rechtzeitig anhalten können.«

»Ich strenge mich gar nicht an. Ich …« Benjamin ließ den Handhebel los, der von ganz allein auf und ab tanzte. Und die Draisine wurde nicht etwa langsamer, sondern schneller.

Louise stand auf. »Dies ist ein Gefälle. Die Gleise führen nach unten. Hat das Ding eine Bremse?«

Benjamin zog an einem Hebel, der durch den Holzboden

der Draisine nach unten reichte. Das Quietschen wurde lauter, etwas brach, und plötzlich ließ sich der Hebel mühelos vor und zurück bewegen, ohne auf Widerstand zu stoßen.

»Die Bremse ist hin«, sagte Benjamin.

49

Immer schneller huschten die Betonwände rechts und links an der Draisine vorbei, deren Rattern und Rasseln so anschwoll, als wollte sie aus den Gleisen springen. Benjamin und Louise kauerten auf dem alten Holz und versuchten sich irgendwo festzuhalten, mieden dabei die Nähe des sich inzwischen rasend schnell auf und ab bewegenden Handhebels. Das Licht der Taschenlampe verlor sich vor ihnen in einer Dunkelheit, die nicht verriet, wohin die Reise ging.

»Wir müssen das Ding irgendwie anhalten!«, rief Louise.

Benjamin zerrte am Hebel der Bremse, aber so sehr er auch an ihm zog, es kam nur ein Kratzen von unten, ohne dass die Draisine Bereitschaft zeigte, langsamer zu werden. Er schätzte ihre Geschwindigkeit auf inzwischen vierzig oder fünfzig Stundenkilometer, und das bedeutete: Sie konnten nicht mehr abspringen; dafür war es zu spät.

»Was auch immer passiert …« Louise wandte sich ihm halb zu, und der Fahrtwind blies ihr das Haar aus dem Gesicht. »Lass auf keinen Fall die Lampe los. Dann wäre es völlig finster, und ich *hasse* es, wenn es dunkel ist.«

Die Geräusche veränderten sich, wurden lauter und dumpfer, obwohl der Abstand zu Wänden und Decke gleich blieb.

Benjamin leuchtete erneut nach vorn, und diesmal blieb die Finsternis vor ihnen nicht völlig amorph – etwas glitzerte dort.

»Was ist das?«, übertönte Louises Stimme das Rattern.

»Keine Ahnung. Ich …« Das Glitzern wurde deutlicher. »Wasser! Dort vorn ist Wasser.«

Die Schienen verschwanden darin. Und etwa zwanzig Meter weiter hinten ragte etwas auf, keine Mauer mit einer Tunnelöffnung, sondern ein Wall aus Schutt, dunkel und massiv.

Es blieb ihnen keine Zeit, irgendwelche Vorbereitungen zu treffen. Benjamin dachte noch daran, zusammen mit Louise nach vorn zu kriechen und in dem Augenblick zu springen, in dem die Draisine das Wasser erreichte, aber sie waren viel zu schnell, und Benjamins Körper reagierte einfach zu langsam. Der Wagen aus rostigem Eisen und halb vermodertem Holz raste ins Wasser hinein, das wie eine Bremse wirkte, die plötzlich jemand betätigte.

Benjamin und Louise wurden von ihrem Bewegungsmoment nach vorn geschleudert.

Zum Glück prallten sie nicht gegen den Schuttwall, sondern stürzten ins Wasser, das eiskalt war, und tief. Benjamin bewegte die Beine, ohne dass die Füße den Grund berührten. Nach einigen orientierungslosen Sekunden schwamm er in die Richtung, die er für oben hielt, und schnappte erleichtert nach Luft, als sein Kopf die Wasseroberfläche durchstieß.

Es war nicht völlig dunkel, was ihn zugleich überraschte und erleichterte. Einige Meter weiter vorn, auf einem schmalen, uferartigen Streifen vor dem Schuttwall, lag seine Taschenlampe.

Neben ihm platschte es, und Benjamin packte Louise am Kragen ihrer Jacke. »Verdammt!«, stieß sie hervor und schnappte nach Luft. »Verdammt!«

Benjamin schwamm und zog Louise mit sich zum Ufer vor dem Wall.

»Geh nicht aus«, stöhnte die junge Frau und meinte die Lampe. »Geh bitte nicht aus.«

Wenige Sekunden später saßen sie auf dem Uferstreifen, Benjamin mit der Taschenlampe in der Hand, die wie durch ein Wunder heil geblieben war, und zitterten in der Kälte.

»Ich hab alles verloren«, sagte Louise und schlang die Arme um sich, als könnte sie auf diese Weise Wärme finden.

»Was hast du verloren?«

»All die Sachen aus dem Supermarkt. Ich hab den Inhalt meiner Taschen auf die Draisine gelegt, und jetzt liegen sie zusammen mit dem Ding irgendwo dort im Wasser. Was hast du eingesteckt?«

Benjamin legte die Lampe so zwischen zwei Steine, dass sie zur rissigen Betondecke leuchtete. Dann leerte er die Taschen von Parka und Hose.

»Kekse«, sagte Louise. »Und Zwieback. Voller Wasser und halb zermanscht.« Sie bohrte den Zeigefinger in die breiige Masse. »Was Besseres hast du im Supermarkt nicht gefunden?«

»Ich habe nach rechts und links gegriffen und mir die Taschen gefüllt«, verteidigte sich Benjamin. »Wir hatten es ziemlich eilig, erinnerst du dich?«

Im Widerschein des Lichts betrachtete er die Objekte auf dem Boden: eine Rolle Paketschnur, ein kleiner Plastikbehälter mit Nägeln, eine aufgerissene Packung Zwieback, der langsam in sich zusammensank, zwei Päckchen mit Keksen, die ein ähnliches Schicksal erlitten wie der Zwieback, eine Dose Bohnensuppe, eine dicke Kerze, ein Stück Seife, das nach Lavendel roch, eine Tafel Schokolade und drei Dosen Premium-Bier.

Papier zerriss unter Louises Fingern, und sie steckte sich ein großes Stück Schokolade in den Mund. Dann öffnete sie eine Dose Bier und trank.

»Keine Batterien«, stellte sie fest. »Wie lange reichen die in der Lampe? Und an Streichhölzer oder ein Feuerzeug für die Kerze hast du nicht gedacht.«

»Zu jenem Zeitpunkt habe ich nur daran gedacht, den Supermarkt so schnell wie möglich zu verlassen.« Benjamin nahm ebenfalls eine Dose und trank.

»Als Ausrüstung für einen langen Marsch durchs Labyrinth gibt das nicht viel her«, sagte Louise und fügte spöttisch hinzu: »Da können wir von Glück sagen, dass uns gar kein langer Marsch bevorsteht. Von wegen Route siebzehn und so. Hier ist Endstation, Ben.«

Offenbar war irgendwann ein Teil der Decke eingestürzt, und vielleicht hatte auch der Boden nachgegeben. Durch einsickerndes Wasser war anschließend ein kleiner See entstanden, in dem die Schienen verschwanden. Allerdings: Ein solcher See entstand nicht in ein paar Tagen. So etwas dauerte eine Weile.

»Das Labyrinth ist gar kein Labyrinth, sondern eine Sackgasse«, betonte Louise und setzte die Dose erneut an die Lippen.

»Petrows Gruppe muss viel weiter als nur bis hierher ins Tunnelsystem vorgestoßen sein.« Benjamin griff nach der Lampe. »Es muss einen Weg geben.«

Er leuchtete durch die Höhle. Die Tunnelöffnung auf der anderen Seite wirkte wie ein aufgerissenes Maul, und mit etwas Phantasie wurden die Schienen zu einer bis ins Wasser ausgestreckten Zunge.

Das Maul knurrte.

Aus dem Augenwinkel sah Benjamin, wie Louise neben ihm erstarrte, die Bierdose noch immer erhoben. So hörte es sich an: wie ein Knurren. Aber als sich das Geräusch wiederholte, wurde ein fernes Kratzen und Knarren daraus.

»Wie weit sind wir gekommen, was meinst du?« Benjamin hielt wieder die Finger vor das Glas der Taschenlampe. Es wurde dunkler in der Höhle.

Louise schauderte und ließ die Bierdose wie in Zeitlupe sinken. »Ein paar Kilometer?«

»Ich schätze, der Tunnel wirkt wie ein natürlicher Verstärker. Man hört darin auch ferne Geräusche.«

Das Kratzen wiederholte sich und klang nicht mehr ganz so weit entfernt.

»Was nähert sich da?«, fragte Louise und wich unwillkürlich zurück. Weit kam sie nicht – sie stieß mit dem Rücken an den Schuttwall.

»Ich glaube, Hannibal und seine Leute haben eine zweite Draisine auf die Gleise gestellt«, sagte Benjamin. »Vielleicht gab es noch eine, irgendwo in der Lagerhalle.« Er stand auf und leuchtete.

Das Wasser bewegte sich.

Es war ihm schon zuvor aufgefallen, aber er hatte nicht darauf geachtet. Es gab eine leichte Strömung in Richtung der linken Höhlenecke, und dort entdeckte er im Licht der Taschenlampe ein blaues Seil. Es war an einem in die Betonwand getriebenen Haken befestigt und außerdem um einen in der Nähe liegenden Felsblock geschlungen.

»Der Weg geht unter Wasser weiter«, sagte Benjamin. »Siehst du? Petrow hat ihn mit dem blauen Seil dort drüben markiert. Wenn wir tauchen, gelangen wir auf die andere Seite des Schuttwalls.«

»Tauchen? Ohne zu wissen wohin?« Louise versuchte noch weiter zurückzuweichen. »Ohne mich, Ben. Ohne mich.«

»Willst du hier warten, bis Hannibal kommt?«

Wieder ertönte das Kratzen aus dem Tunnel auf der anderen Seite des kleinen Sees, diesmal begleitet von einem Quietschen.

»Würde die Taschenlampe unter Wasser funktionieren?«

»Wahrscheinlich nicht«, sagte Benjamin und steckte die Sachen ein, die er zuvor auf den Boden gelegt hatte. Nur die Zwieback- und Keks-Päckchen ließ er liegen; damit konnten sie ohnehin nichts anfangen. »Es wäre sicher besser, wenn ich vorher die Batterien herausnehme.«

»Warte!«, stieß Louise hervor, als er sich daranmachte, die Taschenlampe aufzuschrauben. »Vielleicht habe ich vergessen, dich darauf hinzuweisen. Ich ... fürchte mich vor der Dunkelheit.«

»Was?« Er sah sie groß an, die Finger noch immer vor dem Glas der Lampe. Louises Gesicht war ein bleiches Oval, umgeben von Finsternis.

»Als Kind bin ich manchmal eingesperrt gewesen.« Louise senkte den Kopf. »In einem kleinen, dunklen Keller. Obwohl meine Mutter genau wusste, dass ich in dunklen, geschlossenen Räumen einen Koller kriege. Ich glaube, ich habe damals stundenlang geschrien und mir an der Tür die Finger blutig gekratzt. Seit damals fürchte ich mich vor der Dunkelheit.«

Benjamin musterte sie und nickte langsam. »Deshalb warst du nicht begeistert von der Idee, die Stadt durchs Labyrinth zu verlassen.«

»Es ist einer der Gründe, ja.«

»Vielleicht sind es falsche Erinnerungen, so wie meine.«

»Nein, das glaube ich nicht. Sie fühlen sich nicht falsch an.«

Benjamin ersparte sich den Hinweis, dass auch seine Erinnerungen zu Anfang nicht das Gefühl von Falschheit vermittelt hatten. Für solche Diskussionen blieb ihnen keine Zeit – die aus dem Tunnel auf der anderen Seite des kleinen Sees dringenden Geräusche wurden lauter, und es hörte sich tatsächlich immer mehr nach einer zweiten Draisine an.

»Wir haben keine Wahl, Louise. Du musst da durch.«

Sie rutschte zur Seite und schüttelte so heftig den Kopf, dass Tropfen aus ihrem nassen Haar flogen.

Benjamin legte die Taschenlampe eingeschaltet neben sie. »Hier hast du die Lampe«, sagte er und streifte den Parka ab; das Wasser machte ihn sehr schwer. »Ich sehe mir die Sache an, und anschließend entscheiden wir, einverstanden?«

»Ohne Licht kannst du da unten überhaupt nichts sehen.«

»Ich verschaffe mir einen Eindruck von der Lage«, sagte Benjamin geduldig. Er ging über den Uferstreifen, bis er das Seil erreichte, und an der Seite des Felsens fand er eine Markierung, die er vorher nicht gesehen hatte, einen nach unten deutenden Pfeil.

»Ich bin gleich wieder da!«, rief er Louise zu, holte tief Luft und sprang.

Dunkles, kaltes Wasser schloss sich um ihn.

Zuerst gab es noch ein wenig Licht, in dem er Luftblasen aufsteigen sah, aber es verschwand schnell, als er tiefer sank und sich dabei mit der linken Hand am Seil festhielt. Nach wenigen Metern sah er gar nichts mehr und schloss die Augen, um sich ganz auf den Tastsinn zu konzentrieren. Die rechte Hand strich über Beton und Felsen, fühlte eine stärker werdende Strömung und griff ins Leere – ein Tunnel. Petrow und seine Expedition konnten nur diesen Weg genommen haben. Der Zugang zu Route siebzehn musste irgendwo auf der anderen Seite des Schuttwalls liegen, am Ende des überfluteten Tunnels. Benjamin zog sich an dem Seil zurück.

Als er wieder auftauchte, versuchte er sich zu erinnern. Vor dem inneren Auge sah er noch einmal Petrow und die anderen, als sie in jener Nacht aus dem Labyrinth zurückkehrten, mit Rinehard auf einer aus Stangen und Decken improvisierten Bahre. Waren sie bei ihrer Rückkehr nass gewesen? Aufmerksam besah er sich das Erinnerungsbild und glaubte zu erkennen, dass Petrow nasse Kleidung getragen hatte, die anderen aber nicht. War der Expeditionsleiter alleine durch den Tunnel geschwommen?

»Was ist?«, rief Louise, als Benjamin wieder aus dem Wasser stieg. »Was hast du gefunden?«

Die nassen Sachen würden ein Problem sein, aber erst, nachdem sie den überfluteten Tunnel hinter sich gebracht hatten. Eins nach dem anderen, dachte Benjamin.

»Das Seil markiert den Weg zur anderen Seite des Schuttwalls«, sagte er und stapfte über den Uferstreifen. Louise hockte mit angezogenen Beinen da, die Arme um die Knie geschlungen, und zitterte. »Wir müssen ihm nur folgen. Es ist nicht weit. Du schaffst es bestimmt.«

Den letzten Worten gab er mehr Zuversicht, als er empfand. Er wusste nicht, wie lang sie unter Wasser bleiben mussten und wie stark die Strömung wurde, möglicherweise so stark, dass sie nicht zurückschwimmen konnten. Vielleicht, dachte Benjamin, irre ich mich und Petrow und seine Leute haben einen ganz anderen Weg genommen, eine Abzweigung im Tunnel, an der wir vorbeigerast sind. Andererseits … Warum dann das Seil?

Das Klappern und Quietschen aus dem Tunnel war jetzt bedrohlich nah.

»Wenn wir Hannibal alles erklären … Warum sollte er uns nicht glauben?«, fragte Louise und sah zu Benjamin auf. Ihre Augen enthielten eine Mischung aus Trotz und Verzweiflung.

»Weil er uns nicht glauben will«, sagte Benjamin und hörte die Wahrheit in seinen Worten. »Weil er einen Schuldigen sucht, jemanden, den er für alles verantwortlich machen kann.«

»Verdammt«, zischte Louise und stand auf. »Verdammt.«

Benjamin holte aus den Parkataschen die Rolle Schnur hervor. »Wir binden uns aneinander, damit wir uns unter Wasser nicht verlieren«, sagte er und knüpfte das Ende des Stricks um sein rechtes Handgelenk. Dann rollte er einen Meter ab und wollte die Schnur durchreißen, was sich jedoch als sehr schwer erwies.

»Die Zange«, sagte Louise. »Die Zange, die ich dir gegeben habe …«

Schnell lauter werdendes Rasseln kam aus dem Tunnel, und es war nicht mehr nur schwarz darin. Erstes Licht zeigte sich in der Finsternis.

»Sie hat sich an der Kette verbogen.«

»Aber sie verbiegt sich bestimmt nicht an einer Schnur.«

»Ich hab die Zange weggeworfen.«

»Du hast sie …« Louise schüttelte den Kopf.

Benjamin biss so fest, dass die Zähne schmerzten, und schließlich gab die Schnur nach. Er band sie um Louises linkes Handgelenk, nahm die Taschenlampe, schraubte sie auf und zog die beiden Batterien heraus.

Es wurde dunkel, aber nicht ganz. Ein schwaches Glühen kam aus dem Tunnel, gerade genug, damit sie die Umrisse des Schuttwalls, des Uferstreifens und der Betonwände erkennen konnten. Benjamin und Louise eilten zum Seil und traten dort ins kalte Wasser.

Louise zitterte stärker.

»Also los«, sagte Benjamin.

Sie holten Luft und tauchten.

Die Wasseroberfläche hatte sich noch nicht wieder geglättet, als im Tunnel auf der anderen Seite des kleinen Sees eine Draisine mit mehreren Männern erschien, die mit ihren Taschenlampen in die Höhle leuchteten.

50

Es war kalt und finster, und Benjamin fühlte sich von der Strömung erfasst, als er mit der linken Hand nach dem Seil griff. Mit der rechten hielt er Louises Unterarm dicht über der verknoteten Schnur, die sie beide miteinander verband. Ihr Gesicht sah er nicht. Nach zwei oder drei Metern sah er überhaupt nichts mehr, und wie beim ersten Mal schloss er die Augen, konzentrierte sich ganz auf die übrigen Sinne. Er drückte Louises Arm, um ihr zu signalisieren, dass alles in Ordnung war.

Der überflutete Tunnel nahm sie auf, und um sie herum herrschte stockrabenschwarze Finsternis. Der Parka schien sich in Blei zu verwandeln, doch jetzt gab es für Benjamin keine Möglichkeit mehr, sich von dieser Last zu befreien; er musste damit zurechtkommen.

Sie schwammen durch den Tunnel, und Louise ließ sich von Benjamin leiten, der sich seinerseits vom Seil die Richtung weisen ließ. Als nach einer halben Minute noch immer Felsen oder Beton den Weg nach oben versperrten, wurde Louise unruhig, und in Benjamin wuchs die Sorge. Er wusste nicht, wie lang der überflutete Tunnel war. Er hatte angenommen, dass es direkt hinter dem Schuttwall eine Möglichkeit geben würde, an die Wasseroberfläche zurückzukehren, aber vielleicht hatte der Boden über eine Länge von Dutzenden oder gar Hunderten Metern nachgegeben, woraufhin ein ausgedehntes überflutetes Höhlensystem entstanden war. Das kann nicht sein, dachte er, während er spürte, wie ihm die Luft knapp wurde. Er glaubte nach wie vor, dass Petrow und seine Gruppe diesen Weg genommen hatten, und er erinnerte sich nicht daran, bei ihrer Rückkehr Sauerstoffgeräte oder dergleichen gesehen zu haben.

Er begann damit, dem Seil in der Strömung nicht nur zu folgen, sondern sich daran entlangzuziehen.

Plötzlich zappelte Louise, und ihr Arm rutschte ihm aus der Hand. Es folgte ein kurzer Ruck, als der Zwirn riss oder sich von Louises Handgelenk löste. Wie das möglich war, blieb Benjamin ein Rätsel – vielleicht hatte das Wasser die Schnur aufgeweicht, oder der Knoten hatte sich gelöst.

Er griff in die Dunkelheit, doch Louise war nicht mehr da.

Benjamin schätzte, dass ihm noch etwa zwanzig Sekunden blieben – länger konnte er die Luft nicht anhalten. Er ließ das Seil los, stieß sich mit den Füßen von der Wand ab und schwamm mit ausgestreckten Armen in die Mitte des Tunnels. Mit dem Kopf stieß er an die Decke, so heftig, dass er fast den Mund geöffnet und dem Atemreflex nachgegeben hätte, und nur einen Moment später bekam er ein Bein zu fassen, das nach ihm trat, als hielte es ihn für einen Angreifer. Benjamin schloss die Hand fest um die Fußknöchel, zog die Gestalt, der das Bein gehörte, zu sich und ruderte gleichzeitig mit dem linken Arm, damit sie in der Strömung noch etwas schneller vorankamen. Der Drang, Luft zu holen, wurde immer stärker, und der Druck in Benjamins Brust nahm zu, dehnte sich in den Kopf aus. Er glaubte, platzen zu müssen, wenn er nicht gleich den Mund öffnete.

Nach oben. Er hielt es einfach nicht länger aus – er musste nach oben und atmen!

Er zog Louise mit sich, nicht am Bein, sondern an der Jacke, die sie noch immer trug, und für ein oder zwei schreckliche Sekunden befürchtete er, in der Finsternis die Orientierung verloren zu haben und gar nicht nach oben zu schwimmen, sondern nach unten, sich noch weiter von der Luft zu entfernen – wenn es hier welche gab.

Doch dann durchstieß sein Kopf die Wasseroberfläche, und der erste Atemzug brachte wunderbare Erleichterung – der Druck in ihm ließ abrupt nach, und die hungernde Lunge saugte sich voll Luft.

In der Nähe keuchte Louise. Sie schlug nach ihm, als er sie festzuhalten versuchte, schluckte Wasser und hustete.

»Wir haben es geschafft!«, brachte er schwer atmend hervor. »Hörst du? Wir sind auf der anderen Seite des Schuttwalls. Au!« Eine Faust traf ihn an der Schläfe.

Irgendwie schaffte er es, sie zu packen, und dann schwamm er nach links, in der Hoffnung, dort bald auf ein Ufer zu treffen. Es blieb völlig dunkel um sie herum, so finster wie unter Wasser, und schließlich berührte Benjamin etwas, das sich nach einer Felskante anfühlte.

»Hier«, sagte er, nahm Louises Hand und führte sie zum Felsen. »Hier ist das Ufer. Ich ziehe mich hoch, und dann helfe ich dir? Hast du verstanden?«

»J-ja.«

»Schwimm nicht weg, Louise. In dieser Dunkelheit fiele es mir verdammt schwer, dich wiederzufinden.«

»Es ist dunkel«, sagte Louise mit zittriger Stimme. »Völlig dunkel.«

»Ich weiß. Aber gleich bist du aus dem Wasser.«

Benjamin kletterte ans Ufer, und Louise war vernünftig genug zu warten, bis er nach ihren Armen griff und sie hochzog. »Bleib da sitzen, hörst du? Lehn dich an die Wand und bleib sitzen.«

»Was machst du?«

»Ich lege die Taschenlampe und ihre Batterien dort drüben hin, damit sie trocknen. Wenn sie trocken sind, mache ich Licht.«

»Und wenn die Lampe nicht mehr funktioniert?«

»Sie wird funktionieren, glaub mir«, sagte Benjamin, obwohl er da keineswegs so sicher war. »Wichtig ist, dass du ruhig bleibst.«

»Geh nicht weg. Lass mich in dieser verfluchten Dunkelheit nicht allein.«

Er rückte nahe an sie heran und merkte, wie sehr sie zitterte. Es lag nicht nur an der Angst vor der Finsternis, sondern auch an der Kälte.

»Runter mit den nassen Sachen«, sagte Benjamin und zog Parka, Hemd und Hose aus. »Wenigstens sind wir jetzt nicht mehr so schmutzig.«

»Und wenn schon«, kam es aus dem Dunkeln. Benjamin lächelte unwillkürlich, als er den Ärger in Louises Stimme hörte. Der Schock war halb überwunden.

Zehn oder fünfzehn Minuten lang saßen sie halbnackt nebeneinander und versuchten sich gegenseitig zu wärmen. Dann zuckte Louise plötzlich zusammen.

»Meine Jacke!«, entfuhr es ihr. »Wo ist meine Jacke?«

»Noch immer dort, wo du sie hingelegt hast«, erwiderte Benjamin geduldig und hörte, wie Louise in der Dunkelheit kramte. »Was suchst du?«

Louise antwortete nicht. Nach einigen weiteren Sekunden seufzte sie, kehrte zur Wärme von Benjamins Körper zurück und sagte: »Es ist noch da. Ich habe es nicht im Wasser verloren.«

Das Lebensbuch, dachte er, griff nach der Taschenlampe und fragte sich, wie lange es dauerte, bis ihre Verfolger den ersten Tauchversuch unternahmen. Er legte die Batterien in die Lampe, schraubte sie zu und betätigte den Schalter. Nichts geschah; es blieb dunkel.

»Verdammt, verdammt!«, fluchte Louise. »Ich hab's gewusst.«

Benjamin schüttelte die Lampe, und schließlich kam etwas Licht von ihr, nicht so viel wie zuvor, aber immerhin.

»Wir hatten in letzter Zeit ziemlich viel Pech«, sagte Benjamin. »Ich glaube, das Schicksal war uns etwas schuldig.«

Vor ihnen fiel das Licht der Taschenlampe auf einige von der Petrow-Expedition zurückgelassene Gegenstände: vier Rucksäcke, offenbar teilweise mit Proviant gefüllt, und eine alte, halb vermoderte Kiste.

Louise hatte eine Dose geöffnet und fischte Pfirsichstücke heraus. »Was glaubst du?«, fragte sie mit vollem Mund.

Benjamin glaubte, dass ihre Brüste hübsch waren, nicht zu klein und nicht zu groß. Er versuchte, nicht hinzusehen, als er sich zum Feuer vorbeugte, das zwischen ihnen brannte. Einer der vier Rucksäcke am Ufer hatte mehrere Feuerzeuge enthalten, und das Holz der alten Kiste war einigermaßen trocken.

Ihre Kleidung hing an krummen Stangen und trocknete in der Nähe der Flammen. Das Feuer hatten sie in einem nur zehn Meter langen und an einer Felswand endenden Seitentunnel entzündet, damit sein Schein nicht direkt auf die große Wasserfläche fiel. Benjamin bezweifelte zwar, dass das Licht auch auf der anderen Seite des überfluteten Tunnels zu sehen gewesen wäre, aber er wollte vermeiden, den Verfolgern einen Hinweis zu geben. Im flackernden Schein zeigten sich Kratzer und Schrammen in Louises Gesicht und an ihren Händen, Erinnerungen an das Chaos im Supermarkt. Benjamin betrachtete die eigenen Hände und stellte fest, dass sie nicht viel besser aussahen.

»Ob ich was glaube?«, fragte er, zog ein weiteres Würstchen aus der Dose und biss hinein.

»Schwimmen Hannibal und seine Leute uns hinterher?« Louise kaute genießerisch.

»Ich weiß nicht, ob sie gesehen haben, wie wir unter Wasser verschwunden sind«, antwortete Benjamin nachdenklich. »Und selbst *wenn* sie uns dabei beobachtet haben: Vielleicht glauben sie, dass wir ertrunken sind.«

»Hannibal ist nicht dumm.«

»Wenn sie tauchen, finden sie den überfluteten Tunnel«, setzte Benjamin seine Überlegungen fort und blickte dabei zum See, der kaum größer war als jener auf der anderen Seite des Schuttwalls. Durch die einige Meter entfernte Tunnelöffnung sahen sie nur einen Ausschnitt davon, doch das Licht reichte bis zum anderen Ufer, zu den Schienen, die dort aus dem Wasser kamen und an einem Bahnsteig aus Beton entlangführten. Sie konnten trockenen Fußes zur anderen Seite gelangen, das hatte Benjamin bereits herausgefunden; der Uferstreifen war überall breit genug. »Aber sie können nicht wissen, wie lang er ist. Auch für sie ist er völlig finster.«

»Es sei denn, sie haben wasserdichte Lampen.« Louise stellte die leere Büchse beiseite. »Und vielleicht wissen sie vom See und dem Tunnel. Immerhin waren sie hier unten und haben Mauern errichtet.«

Benjamin seufzte. »Kannst du nicht einmal ein bisschen optimistischer sein?«

»Optimismus ist Blödsinn, Ben. Im Leben, und offenbar auch im Tod, kommt es auf Realismus an. Man muss die Dinge so sehen, wie sie sind.«

»Wir sind einen Schritt weiter«, sagte Benjamin. »Wir haben zu essen und bald wieder trockene Sachen. Ist das nichts?«

Louise zuckte die Schultern, wodurch sich ihre Brüste auf reizvolle Weise bewegten.

Benjamin, nur mit einem Slip bekleidet, stand auf. »Ich sehe mir nochmal die Rucksäcke an. Pass du auf, dass unsere Sachen nichts ins Feuer fallen.«

Die vier Rucksäcke lagen an einer besonders breiten Stelle des Ufers, neben mehreren verbogenen Stangen und einer zerrissenen Plane. Dahinter, vor einer kleinen Nische in der Felswand, sah Benjamin die Reste von zwei Schlafsäcken, wie von großen Messern zerfetzt. Oder von Krallen, dachte er und spürte, wie sich Unbehagen in ihm regte.

Als er damit begann, noch einmal den Inhalt der Rucksäcke durchzugehen, hörte er plötzlich ein Blubbern und Platschen, das vom Schuttwall kam, der die beiden Höhlen und Seen voneinander trennte. Dicht davor stiegen Luftblasen auf.

Benjamin nahm zwei Rucksäcke und eilte damit zu Louise zurück.

»Was ist los?«, fragte sie, als sie sein Gesicht sah. In der einen Hand hielt sie eine Dose Aprikosen.

»Ich hab was gehört.« Benjamin griff nach Hemd und Hose. Sie waren noch nicht trocken, aber auch nicht mehr ganz so nass wie vorher. Als er Louises erschrockenen Blick bemerkte, fügte er hinzu: »Ich fürchte, Hannibal und seine Leute sind unterwegs. Vor dem Schuttwall sind Luftblasen aufgestiegen.«

Er zog den Parka an und warf sich dann einen Rucksack über die Schultern. Louise stopfte sich hastig den Rest des Doseninhalts in den Mund und streifte dann ihre feuchte Kleidung über. Die Lederjacke war in einem erbärmlichen Zustand, ebenso wie Benjamins Parka, aber sie wollte nicht darauf verzichten und ließ die drei noch auf dem Boden stehenden Konserven in ihren Taschen verschwinden. Benjamin vergewisserte sich, dass er die Feuerzeuge eingesteckt hatte, und trat dann das Feuer aus.

Es wurde dunkel.

Wie zuvor gab die Taschenlampe nur wenig Licht – sie sahen die Wände zu beiden Seiten und die Tunnelöffnung weiter vorn, mehr nicht. Der See lag in Finsternis, ebenso die Gleise und der Bahnsteig auf der anderen Seite. Als sie das Ufer erreichten, platschte es rechts, aus der Richtung des Schuttwalls, und in der Dunkelheit wirkte das Geräusch so laut, dass Louise zusammenzuckte.

Sie wandten sich nach links und folgten dem Verlauf des schmalen Uferstreifens am See entlang. Der Boden war nicht überall eben und bestand teilweise aus losem Geröll, das unter ihnen in Bewegung geriet. Sie hielten sich an den Händen, und schließlich erreichten sie die Schienen und den Bahnsteig daneben. Das Platschen hatte inzwischen aufgehört; es herrschte wieder völlige Stille.

»Vielleicht war es nur aufsteigendes Gas«, flüsterte Louise hoffnungsvoll.

Sie kletterten auf den Bahnsteig, der so sauber war, als hätte man ihn gerade gefegt. Weiter vorn standen Sitzbänke mit abblätterndem Lack, und dahinter hing eine Uhr ohne Zeiger an der Decke. Ein Gang führte dort nach rechts, endete aber schon nach wenigen Metern an einer Betonwand.

»Vielleicht gab es hier einmal einen Weg nach oben«, sagte Louise leise.

Benjamin trat nahe an die Betonwand heran und leuchtete mit der Lampe. »Sieh dir das hier an.«

Louise strich mit den Fingerspitzen über die Wand. »Linien?«

»Es sind keine Linien, sondern …«

»Kratzer.« Louise wich zurück. »Von Krallen.«

»Ja, so sieht's aus. Vielleicht hat das *Etwas* auch versucht, diese Barriere zu durchbrechen, aber sie besteht nicht aus Ziegelsteinen. Offenbar reichte seine Kraft nicht aus, Beton zu durchstoßen.«

»Das finde ich sehr beruhigend«, sagte Louise voller Sarkasmus und sah sich um.

Benjamin schwenkte die Lampe, und an der Wand des Ganges fiel ihr Licht auf einen aus schnörkeligen Zeichen bestehenden Schriftzug. Als er sich darauf konzentrierte, veränderten sich die Schriftzeichen. Ausgang, las er in Gedanken und fragte sich, wohin dieser Ausgang einst geführt hatte. Nach oben in die Stadt? Aber er entsann sich nicht daran, irgendwo in der Stadt Treppen gesehen zu haben, die zu einer U-Bahn-Station hinabführten.

Hinter ihnen platschte es erneut beim Schuttwall. Benjamin deutete nach vorn, in die Dunkelheit jenseits des Bahnsteigs. »Gehen wir.«

Am Ende der Plattform angelangt sprangen sie aufs Gleisbett und gingen auf dem Schotter zwischen den Schienen. Das Licht der Taschenlampe wurde mal schwächer, mal stärker, und schließlich schaltete Benjamin sie aus und zündete die aus dem Supermarkt stammende Kerze an, deren Flamme kurzlebige Schatten über die Wände tanzen ließ.

Nach etwa hundert Metern mündete der Tunnel mit den Schienen in einen Saal, so groß, dass der Kerzenschein nicht bis zur gegenüberliegenden Wand reichte. In der Mitte ragte etwas auf, ein regloser, dunkler Koloss.

Benjamin begann zu ahnen, womit sie es zu tun hatten, als er links und rechts weitere Gleise sah. Langsam näherte er sich dem finsteren Riesen vor ihnen, und nach und nach holte das Licht der Kerze Einzelheiten aus der Dunkelheit. Eine Lokomotive stand dort vor ihnen, auf einer großen Drehscheibe, die es erlaubte, den U-Bahn-Verkehr in verschiedene Tunnel zu leiten. Und jemand hatte mit gelber Farbe »Emma« an ihre Seite geschrieben.

»Emma«, sagte Benjamin laut und lächelte unwillkürlich. »Jim Knopf.«

Louise sah ihn verwirrt an. »Was?«

»Hast du nie was von Jim Knopf und Lukas, dem Lokomotivführer gehört? Ihre Lok hieß Emma. Als Kind war ich begeistert davon. Ich habe alle Bücher von Michael Ende gelesen. Hab sie regelrecht verschlungen.«

Louise schüttelte den Kopf und sah an der Lokomotive hoch. Benjamin kletterte in den Führerstand und gab dabei auf die Kerze Acht. Er sah sich kurz die Instrumente an, kehrte dann zurück. »Die Emma von Lukas und Jim Knopf war natürlich eine Dampflok. Dies Ding hier … Ich kenne mich nicht mit Lokomotiven aus, aber ich nehme an, dass es eine elektrische Lok ist. Wer weiß, ob es hier unten während einer Elektrostunde in der Stadt Strom gibt. Wäre es nicht schön, wenn wir mit einer Lok durchs Labyrinth fahren könnten, bis zur nächsten Stadt?«

»Falls die Tunnel so weit reichen«, sagte Louise. »Und falls sie überhaupt aus der Stadt führen.«

»Das werden wir bald herausfinden. Route siebzehn. Suchen wir sie.«

Sie gingen an der Lok vorbei zum nächsten Tunnel, über dem ein Schild an der Wand hing. Es war halb verrostet, die Aufschrift aber noch erkennbar: 7.

»Die Tunnel sind nummeriert«, sagte Benjamin. »Suchen wir die 17.«

Das Schild über dem nächsten U-Bahn-Tunnel zeigte eine 8 und darunter einen Namen, der sich nicht mehr entziffern ließ. Benjamin und Louise gingen weiter und trugen dabei das flackernde Licht der Kerze durch den Saal. Schließlich erreichten sie den sechzehnten Tunnel, und der daneben trug die Nummer eins.

»Es sind nur sechzehn«, sagte Louise. »Die Route siebzehn existiert überhaupt nicht.«

»Das kann nicht sein. Wir müssen etwas übersehen haben. Hier, halt die Kerze.« Benjamin holte die Taschenlampe hervor, trat von der Drehscheibe herunter und ging zum nächsten Tunnel. Von seiner Öffnung aus wanderte er an der Wand entlang, leuchtete mit der Taschenlampe und hielt nach irgendwelchen Hinweisen Ausschau, während Louise mit der Kerze bei der Elektrolok wartete. Zwischen den Tunneln dreizehn und vierzehn entdeckte er eine kleine Metalltür, im gleichen Grau wie die Betonwand – vielleicht hatte er sie deshalb im schwachen Kerzenschein übersehen. Als er sie öffnete, fand er ein Loch im Boden, und darin die rostigen Sprossen einer Leiter. Er leuchtete in die Öffnung, doch ein Ende des Schachtes war nicht zu erkennen.

Neben die Metalltür hatte jemand eine »17« in den Beton gekratzt, zu erkennen nur, wenn er mit der Taschenlampe von der Seite leuchtete.

Dies wird Louise nicht gefallen, dachte Benjamin und rief: »Ich habe die Route siebzehn gefunden!«

Route siebzehn

51

»Das gefällt mir nicht«, sagte Louise zum dritten oder vierten Mal. »Hätte ich mich nur nicht auf diesen Blödsinn eingelassen, verdammt!«

»Was beschwerst du dich?«, erwiderte Benjamin. »Ich klettere unter dir. Wenn es hier unten ein Monster gibt, so erwischt es mich zuerst.«

»Ha! Dann sehe ich, was mir blüht, verdammt!«

»Louise, ich wäre dir sehr verbunden, wenn du die Kerze so halten könntest, dass mir nicht dauernd Wachs auf den Kopf tropft. Und außerdem ... Ist dir aufgefallen, dass du immer öfter ›verdammt‹ sagst?«

»Vielleicht liegt es daran, dass unsere Situation immer beschissener wird, verdammt!«

Benjamin kletterte weiter in die Tiefe, rostige Sprosse um rostige Sprosse, während ihm heiße Wachstropfen auf den Kopf fielen. Ein Ende der Leiter war nicht in Sicht, der Schacht bedrückend eng. Es wurde kühler, und die Feuchtigkeit der Kleidung machte sich auf unangenehme Weise bemerkbar.

»Ich halte nicht mehr lange durch, Ben«, sagte Louise, nachdem sie eine Zeit lang nur geschnauft hatte. »Ich bin fix und fertig. Wir haben eine Menge hinter uns.«

Ich noch mehr, dachte Benjamin. Ich bin tot gewesen.

»Wenn wir das Ende des Schachtes erreichen, suchen wir uns eine geeignete Stelle und machen Rast.«

»Vielleicht hat der Schacht gar kein Ende«, kam Louises Stimme von oben. »Vielleicht geht er immer so weiter, Dutzende, Hunderte von Kilometern. Vielleicht ist es ganz gut, dass alles dunkel ist, denn so sehen wir nicht, dass unsere Bemühungen völlig sinnlos sind ...«

»Höre ich da den Beginn einer Hysterie?«, fragte Benjamin.

»Was hast du erwartet? Kühle Sachlichkeit? Ich meine, kühl ist es, sogar kalt.«

Benjamin schätzte, dass sie weitere hundert Meter zurückgelegt hatten, als er plötzlich Boden unter den Füßen spürte. »Ich muss dich enttäuschen«, sagte er nach oben. »Der Schacht hat doch ein Ende.«

Kurze Zeit später stand Louise neben ihm und leuchtete mit der Kerze. Er sah ihr Zittern, gab aber vor, es nicht zu bemerken. Es lag nicht allein an der niedrigen Temperatur. Benjamin versuchte sich vorzustellen, wie dies für jemanden sein musste, der aufgrund eines Kindheitstraumas Angst vor der Dunkelheit hatte und vielleicht auch an Klaustrophobie litt. Leicht war es bestimmt nicht für Louise.

Zwei Tunnel führten aus der Kammer mit der Leiter, der eine direkt vor den Sprossen und der andere auf der rechten Seite. Ein Pfeil an der Wand, im gleichen Gelb gemalt wie das Wort »Emma« an der Elektrolok, deutete zum rechten Gang.

»Wenigstens gibt es Wegweiser«, sagte Louise und deutete in den rechten Tunnel. »Nach dir.«

Der Tunnel durchmaß zuerst kaum mehr als anderthalb

Meter, und im Kerzenschein zeigten sich Wände nicht nur aus Beton, sondern auch aus Felsgestein. Nach vierzig oder fünfzig Metern wurde er breiter, so dass sie nebeneinandergehen konnten.

»Wenigstens brauchen wir nicht zu befürchten, dass sich hier unten Ungeziefer herumtreibt, wie Ratten oder dergleichen«, sagte Benjamin.

»Und wenn schon«, erwiderte Louise leise. Er sah ihren Bewegungen an, wie müde sie war.

»Woran liegt das?«, fragte er. »Ich meine, warum gibt es in der Stadt, und offenbar auch hier, nicht eine einzige Ratte? Wo Menschen leben, gibt es immer welche. Menschen und Ratten gehören praktisch zusammen.« Benjamin dachte kurz daran, welche philosophischen Überlegungen auf dieser Grundlage angestellt werden konnten, gelangte dann aber zu dem Schluss, dass man solche Gedanken nur denken konnte, wenn man sehr erschöpft war.

»Wir ›leben‹ nicht«, sagte Louise. »Wir sind tot.« Nach kurzem Zögern, während sie wie eine Marionette einen Fuß vor den anderen setzte, fügte sie hinzu: »Ratten haben bestimmt keine Seele. Vielleicht ist das der Grund, warum es in der Stadt keine gibt, und auch keine anderen Tiere. Und keine Pflanzen, abgesehen von jenen in den drei grünen Inseln, und von Laurentius' Baum.« Aus dem Augenwinkel sah Benjamin, wie ein flüchtiges Lächeln über ihre Lippen huschte. »Seine Äpfel sind lecker.«

»Was ist mit der Spinne?«, fragte Benjamin. »Ich meine die Spinne in dem Keller, in dem wir uns vor den Schatten versteckt haben, in der ersten Nacht. Weißt du noch? Du hast sie gesehen, nicht wahr?«

Louise zuckte die Schultern.

»Haben Spinnen Seelen?«

»Das will ich nicht hoffen. Es würde uns auf eine Stufe mit ihnen stellen.«

»Aber du hast sie gesehen, in dem Keller?«

»Ja«, gab Louise widerstrebend zu, und aus irgendeinem Grund machte Benjamin das sehr nachdenklich. Während er in die Dunkelheit vor ihnen starrte, in die Schwärze jenseits des Kerzenscheins, besann er sich auf seine Erinnerungen, ob wahr oder falsch, und fühlte ganz deutlich, ohne den Hauch eines Zweifels, dass er Spinnen immer verabscheut hatte. Und dann hatte er eine gesehen, im ersten Keller der Stadt im Jenseits, den er betreten hatte. Obwohl es hier nur Menschen gab, und ein paar Pflanzen, die aber nur an drei Orten wuchsen. Ein Zufall? Oder steckte mehr dahinter? Benjamin neigte immer weniger dazu, an Zufälle zu glauben. Laurentius' Hinweis, dass alle Seelen miteinander verbunden waren, führte ihn zu der Frage, ob es vielleicht noch andere Verbindungen gab.

»Warum bist du plötzlich so still?«, fragte Louise nach einer Weile. »Ich mag es nicht, wenn du so still bist.« Sie schauderte. »Dann kommt mir die Dunkelheit noch dunkler vor, und die Wände scheinen näher zu kriechen.«

»Ich hab an die Spinne gedacht«, sagte Benjamin.

»Im Ernst?« Sie sah kurz zur Seite, und plötzlich kicherte sie. »Ich glaube, du spinnst.«

Benjamin lachte leise, und ein Teil der Anspannung, die ihm bis eben gar nicht richtig bewusst gewesen war, fiel von ihm ab.

Voraus wurde der Tunnel breiter, und in einer Nische, die

wie eine Haltebucht wirkte, obwohl es hier weder Schienen noch ein Gleisbett gab, fanden sie mehrere Kunststoffbehälter und eine große Kiste. An der Wand bildeten verblasste Schriftzeichen unleserlich gewordene Worte. In einer Ecke standen mehrere Flaschen aus Plastik, und zwei von ihnen enthielten Wasser.

Louise kramte in den Behältern. »Kleidung und Decken«, sagte sie. »Vielleicht finden wir saubere Sachen in unserer Größe. Lass uns hier Pause machen, Ben.«

Er nickte geistesabwesend und sah sich im Licht der Kerze um, die Louise auf den Boden gestellt hatte. Weiter vorn, wo sich der Tunnel fortsetzte, wichen die Betonwände erneut Felsgestein. Auf der linken Seite, dicht unter der Decke, entdeckte Benjamin eine dunkle, vergitterte Öffnung und dahinter einen Schacht, der zumindest die ersten ein oder zwei Meter waagerecht zu verlaufen schien. Welchem Zweck er diente und warum er vergittert war, blieb Spekulationen überlassen.

»Fisch in Dosen!«, rief Louise. »Magst du Fisch in Dosen, Ben? Und Corned Beef. Und Bohnen mit Thunfisch.« Sie hatte sich über die Kiste gebeugt und ließ es darin klappern. »Das hier ist fast wie im Supermarkt. Und Medizin! Ich habe eine Flasche Medizin gefunden, Ben!«

Sie schraubte sie auf und nahm einen Schluck. »O ja, da fühlt man sich gleich besser, Emily sei's gedankt.«

»Ich schätze, die Petrow-Expedition hat dies hier als eine Art Basislager benutzt«, sagte Benjamin, nahm die Flasche von Louise entgegen und trank. Die leicht trübe Flüssigkeit hinter dem klaren Glas brannte noch mehr in der Kehle als Emilys gewöhnliche Medizin. Vielleicht war dies eine spezielle Arznei, für schwere Fälle bestimmt. »Aber woher stammt die Kiste, Louise? Sie ist fast zu groß für den engen Schacht, durch den wir geklettert sind. Und die Konserven, die Medizin hier und das Wasser in den Plastikflaschen dort ... Ich nehme an, das alles ist nicht so alt wie die Schriftzeichen an der Wand. Jemand war vor der Petrow-Expedition hier.«

Louise war dabei, sich umzuziehen. Völlig nackt stand sie da und streifte einen Slip über, der ihr etwas zu groß war, dann eine schwarze Drillichhose und darüber einen dicken grauen Wollpullover. Wohlig strich sie über die Ärmel. »Kratzt ein wenig, ist aber warm.«

»Die Kunststoffbehälter und die Kiste sind relativ neu hier«, fuhr Benjamin fort. »Aber die Schrift an der Wand ist alt, viele Jahre, vielleicht viele Jahrzehnte. Jemand anders hat diesen Weg genommen, lange vor Petrow und seinen Leuten. Und hast du das Gitter dort oben gesehen? Wohin führt der Schacht? Er ist zu schmal für einen erwachsenen Menschen.«

»Komm und setz dich, Ben.« Louise breitete eine Decke auf dem Boden aus. »Lass uns essen und Medizin trinken. Und dann können wir endlich schlafen.« Als Benjamin zögerte, fügte sie hinzu: »Ich gehe keinen Schritt weiter, bevor ich nicht geschlafen habe. Hannibal hat die Verfolgung bestimmt längst aufgegeben, und wir brauchen beide Gelegenheit, neue Kräfte zu sammeln.«

Benjamin setzte sich zu ihr, und sein Blick ging erneut zu den verblassten, unleserlich gewordenen Schriftzeichen an der Wand. Einige Sekunden lang wartete er darauf, dass sie sich neu anordneten, wie die Schnörkel, Punkte und Linien, die für ihn plötzlich zu entzifferbaren Wörtern wurden, aber sie veränderten sich nicht – ihre Botschaft blieb in der Vergangenheit verloren.

Sie tranken und aßen, und Benjamin staunte über die Mengen, die Louises Magen aufnehmen konnte. Je mehr sie trank, desto mehr redete sie, und ihre Worte, die nicht alle einen Sinn ergaben, hielten die Stille auf Distanz, trieben sie in den dunklen Tunnel zurück. Aber schließlich, als die Flasche mit der Medizin fast leer war, gab Louise ihrer Erschöpfung nach, kroch unter die zweite Decke, die sie zuvor ausgebreitet hatte, legte den Kopf auf einen der beiden Rucksäcke und schlief sofort ein.

Stille kroch heran, und die Kerze brannte mit fast unbewegter Flamme.

Benjamin brachte es nicht fertig, sie auszupusten – Louise sollte Licht haben, wenn sie die Augen öffnete. Für eine Weile hing er seinen Gedanken nach, und einige von ihnen gefielen ihm nicht. Dann streckte er sich neben Louise aus, lauschte ihren gleichmäßigen Atemzügen und schloss die Augen.

Fast sofort begann der Traum.

Er konnte die Augen nicht öffnen. Sosehr er sich auch bemühte, die Lider blieben unten, und für einen schrecklichen Moment dachte er, man hätte sie ihm zugenäht. Ich bin betäubt, dachte er dann. Aber nicht ganz, nicht richtig. Ein Teil von mir ist wach. Ich kann hören.

Eine Stimme erklang in der Nähe, war aber gedämpft, wie gefiltert.

»Was du mit ihm machst, ist verboten«, sagte diese Stimme. Benjamin erkannte sie, konnte ihr aber keinen Namen zuordnen. Ein Teil seines Gedächtnisses schien ebenso gelähmt zu sein wie seine Lider. »Es geht weit über das hinaus, was mit den Behörden vereinbart wurde.«

»Meinst du diesen Narren Kingsley?« Die zweite Stimme war näher, deutlicher und noch vertrauter. Benjamin hatte sie öfter gehört als die andere. »Er versteht überhaupt nichts von diesen Dingen. Der Idiot kann einen chirurgischen Eingriff nicht von subliminaler Manipulation unterscheiden.«

»Unterschätz ihn nicht«, sagte die erste, dumpfere Stimme. Vivian. Plötzlich fiel es ihm ein. Es war Vivian, die da sprach. Und die zweite Stimme ... Ein weiterer Name stieg aus der zähen Melasse seiner Erinnerungen. Townsend. Ein Freund. Er war in guten Händen.

Doch dann schlich ein anderer Gedanke durch seinen Kopf. Townsend ist kein Freund, flüsterte dieser Gedanke. Er tut nur so. Er stellt was mit dir an. Er verändert dich. Er schaut in dich hinein und sieht alles.

Wirklich alles?, fragte Benjamin. Und der Gedanke antwortete: *fast* alles. Aber du musst auf der Hut sein. Vertrau ihm nicht. Er möchte, dass du ihm vertraust, denn das macht es ihm leichter, doch dadurch öffnest du ihm Tür und Tor. Möchtest du zu jemand anderem werden?

Ich weiß nicht ...

Du weißt es vielleicht nicht, aber ich weiß es genau. Ich möchte *nicht* jemand anders sein. *Wir* möchten es nicht, hast du verstanden?

Benjamin spürte etwas Kaltes am Kopf und versuchte erneut, die Lider zu heben und zu *sehen*, aber sie waren noch immer starr und steif. Elektroden. Oder Sensoren. Townsend befestigte sie an seinem Kopf.

»Kingsley wird zufrieden sein, wenn wir einen Erfolg vorweisen können«, sagte Townsend, der falsche Freund. »Nur darauf kommt es an, erfolgreich zu sein. Alles andere spielt keine Rolle.«

»Der Zweck heiligt die Mittel?«

»Worte, Vivian«, sagte Townsend. Irgendwo klickte es, und Benjamin spürte ein Kribbeln, das sich nur schwer lokalisieren ließ. Es ging von seinem Hinterkopf aus und schien über die Innenseite der Schädeldecke zu kriechen. Es fühlte sich seltsam an, wie ein Finger, der sich langsam durchs Gehirn bohrte, auf der Suche nach was? »Es sind nur Worte. Letztendlich zählen vor allem Taten. Und Ergebnisse. Ich werde Kingsley und den anderen bald ein konkretes Resultat vorweisen können, und dann spielt der Weg, der dorthin führte, keine Rolle mehr.« Und etwas lauter: »Benjamin?«

»Ja?« Er konnte sprechen!

»Wer sind Sie?«

»Ich bin Benjamin Harthman«, sagte er sofort, die Augen noch immer geschlossen.

»Sind Sie verheiratet?«

»Ja«, antwortete Benjamin. »Meine Frau heißt Kattrin, und ich vermisse sie. Ist sie hier?«

»Sie wird bald kommen und Sie besuchen, Benjamin. Aber vorher …« Etwas klickte.

Jäher Schmerz schnitt durch Benjamins Bewusstsein, zerfräste die Gedanken und wirbelte die einzelnen Fragmente wie in einem Sturm durcheinander.

Benjamin schlief und wusste, dass er schlief, aber er konnte nicht aufwachen. Er lag neben Louise unter der Decke, im Licht der mit ruhiger Flamme brennenden Kerze, gefangen in einem Traum, der Erinnerungen miteinander vermischte, ohne Rücksicht auf die zeitliche Ordnung zu nehmen. Er spürte, wie er sich auf die Seite drehte, und gab sich kurz der Hoffnung hin, dass es ihm vielleicht gelang, die Augen zu öffnen, aber seine Lider schienen auch hier gelähmt zu sein.

Die Bilder eines neuen Traums entfalteten sich und saugten ihn auf.

In der Bibliothek des Instituts gab es zwei PCs, beide über Router mit dem lokalen Netzwerk verbunden, und Benjamin saß an einem von ihnen. Das die Tastatureingaben überwachende Kontrollprogramm hatte er schon am vergangenen Tag ausgehebelt – es genügte eine bestimmte Tastenkombination, um das Neutralisierungsskript aufzurufen. Bevor er die Sicherheitspläne auf den Schirm rief, sah er sich noch einmal um. Die anderen Patienten waren draußen im Garten und genossen den Sonnenschein. Die Bibliothek war leer, bis auf eine alte Frau in der Ecke, die das graue Haar hochgesteckt trug und seit zwei Stunden auf die gleiche Seite in einem Buch starrte, das sie auch noch verkehrt herum hielt.

Benjamin beobachtete sie eine Zeit lang. Trug sie eine Maske? Taxierten ihn hinter dieser Maske zwei wache Augen und registrierten jede seiner Bewegungen? Das ist Paranoia, flüsterte es in ihm. Und deshalb bist du nicht hier, nicht wegen Paranoia.

Als er den Blick durch die Bibliothek wandern ließ, spürte er deutlich, wie sehr sich seine Einstellung inzwischen geändert hatte. Das Institut war kein Krankenhaus, in dem man versuchte, ihm und den anderen – unter ihnen die Alte mit dem Buch, und die Traurige – zu helfen. Es war eine andere Art von Gefängnis, trotz Sonnenschein und Park. Nicht die greise Frau mit dem grauen Haarknoten trug eine Maske, sondern dieses große Gebäude mit den vielen Zimmern, die alle hell waren, obwohl in manchen etwas Dunkles wartete. Und Townsend, der gutmütige Professor, war kein Freund, obwohl er oft lächelte und wohlwollend klingende Worte an ihn richtete. Er war ein *Böser*, der Verbotenes anstellte, mit ihm und vielleicht auch mit den anderen.

Er hatte die Traurige in den Tod getrieben.

Diese Erkenntnis ließ ihn für einige Sekunden innehalten. Wie seltsam. Eben hatte er noch gedacht, dass sie draußen auf der Bank saß, dort vielleicht auf ihn wartete. Aber jetzt erinnerte er sich daran, dass sie tot war – die Pfleger hatten sie blutüberströmt aus ihrem Zimmer getragen. Es war einer der Gründe, und vielleicht der Hauptgrund, warum er an diesem Computer saß.

Benjamin drückte Tasten, und der erste Sicherheitsplan erschien auf dem Monitor vor ihm, von den Kontrollprogrammen nicht protokolliert. Zehn Minuten später lehnte er sich zurück und stellte sich das Institut nicht mehr nur als ein Gefängnis vor, sondern auch als eine Festung. Der Eindruck, dass alles um ihn herum eine Maske trug, hatte sich verstärkt. So freundlich die einzelnen Zimmer und Gemeinschaftsräume auch wirkten: Die Eingabe eines bestimmten Codes konnte sie in Zellen verwandeln, Türen und Fenster mit Stahlblenden verschließen. Die dafür notwendigen Befehle unterlagen verschiedenen Sicherheitsprioritäten – es ließen sich nicht nur einzelne Bereiche des Instituts abriegeln, sondern auch das ganze Gebäude.

Benjamin erfuhr einige zusätzliche Details.

Während er noch darüber nachdachte, wie er vorgehen sollte, und wann, spürte er eine neue Präsenz in der Bibliothek. Er beugte sich vor und betätigte wie beiläufig Tasten, die den Sicherheitsplan vom Monitor verschwinden ließen und ein neues Skript starteten. Es reaktivierte die Kontrollprogramme und erweiterte das Protokoll um die Aufrufe harmloser Webseiten.

»Warum gehen Sie nicht nach draußen, Benjamin? Es ist so ein schöner Tag nach all dem Regen, den wir hatten. Und es soll bald noch mehr geben.«

Benjamin drehte sich um und lächelte, aber es war ein falsches Lächeln, denn es trug ebenso eine Maske wie alles um ihn herum. Dies ist eine Welt der Masken, dachte er, als Vivian näher kam. Manche sind dick, andere sind dünn. Gewisse Leute tragen sogar doppelte Masken. Gelegentlich nehmen sie eine ab und behaupten, darunter käme ihr wahres Gesicht zum Vorschein. Aber das stimmt nicht. Niemand zeigt sein wahres Gesicht.

Er fragte sich, was hinter Vivians Maske steckte.

Townsends Gesicht wirkte wie aus Stein gemeißelt, aber bei Vivian erschienen alle Konturen wie abgeschliffen. Benjamin schätzte, dass Vivian mindestens zwanzig Jahre jünger war als Townsend. Er hatte manchmal überlegt, was sie miteinander verband, wo es doch so viele Unterschiede zwischen ihnen gab. Sie war nicht die leibliche Mutter von Muriel, so viel glaubte er inzwischen zu wissen, und auch nicht Townsends Ehefrau. Doch ihre Beziehung war zweifellos nicht nur beruflicher Natur.

»Ich bin mit Recherchen beschäftigt gewesen«, sagte er

und versuchte, sich das Gesicht mit den blauen Augen, der geraden Nase und den eher dünnen Lippen einzuprägen. Etwas hinderte ihn daran. Vivian war keineswegs unscheinbar, wenn auch nicht hinreißend schön. Er hätte in der Lage sein sollen, sich ein Bild von ihr einzuprägen und es jederzeit abzurufen, um Einzelheiten zu betrachten. Aber die Details des Erinnerungsbilds verschwammen schon, wenn er den Blick auch nur für wenige Sekunden von ihr abwandte.

Vivian strich ihr halblanges, blondes Haar zurück und sah auf den Schirm. »Buddha«, sagte sie. »Erleuchtung und Erkenntnis.«

»Vielleicht ist dies mein Uruvela«, erwiderte Benjamin und behielt Vivian im Auge. Wusste sie genug über Buddha, um diesen Hinweis zu verstehen?

»Und unter welchem Feigenbaum wird Ihnen hier Erleuchtung zuteil?«, fragte Vivian.

Damit überraschte sie ihn, und für einen seltsamen Moment, der ihm fast die eigene Maske vom Gesicht gerissen hätte, spürte er eine Verbindung zwischen ihnen beiden. »Vielleicht ist es kein Baum, sondern ein Mann.«

»Townsend?«

»Ja.«

Vivian seufzte leise und senkte kurz den Blick. Dann sah sie wieder auf und fragte: »Es geht Ihnen besser, nicht wahr?«

»Ja«, sagte Benjamin, und diesmal lächelte er *hinter* seiner Maske. »Viel besser.«

Er fragte sich, ob er sie töten sollte, nicht hier und heute, aber vor der entscheidenden Phase seines Plans, vielleicht kurz vor Townsend. Sollte er sie erwürgen, mit bloßen Händen? Oder sie erschlagen, mit einem stumpfen Gegenstand, wie die Forensiker sagten? Aber nein, eine Sonderbehandlung war in ihrem Fall nicht nötig, denn sie hatte ihm nichts getan, zumindest nicht direkt. Er erinnerte sich sogar an so etwas wie Mitgefühl von ihr, und auch jetzt erschien ein sonderbarer Glanz in ihren blauen Augen, als bedauerte sie ihn. Das ärgerte Benjamin, denn er wollte kein Mitleid. Es ärgerte ihn so sehr, dass er kurz erwog, sie auf der Stelle zu töten – die graue Alte in der Ecke starrte noch immer in ihr Buch – und sofort mit der Umsetzung seines Plans zu beginnen. Aber das wäre dumm gewesen, fand der lauernde Beobachter in ihm, denn es hielten sich zu viele Leute draußen auf, und sie sollten alle im Gebäude sein, wenn es so weit war. Außerdem brauchte er gar nicht die eigenen Hände zu bemühen, um Vivian vom Leben in den Tod zu befördern. Sie würde ohnehin sterben, zusammen mit den anderen.

Niemand würde aus dem Institut entkommen.

52

Die Flamme der Kerze, bisher unbewegt, flackerte plötzlich, obwohl die beiden Schläfer reglos unter der Decke lagen. Benjamin erwachte wie durch eine Berührung, lag völlig still da und versuchte weiterhin ruhig und gleichmäßig zu atmen. Ganz langsam öffnete er die Augen einen Spaltbreit und sah das tanzende Licht der Kerze – ihre Flamme duckte sich wie im Wind.

Dahinter, in der Dunkelheit des Tunnels, duckte sich etwas anderes wie zum Sprung, eine Gestalt, schwärzer als die Finsternis, die sie umgab. Als sich die Flamme wie trotzig aufrichtete, reichte ihr Licht weiter, und etwas davon entriss dem Dunkel die Konturen der Gestalt. Durch den schmalen Schlitz unter seinen Lidern sah Benjamin die bucklige Karikatur eines Menschen: Der Kopf schien ohne Hals auf den Schultern zu sitzen, der rechte Arm war ein ganzes Stück länger als der linke, der Rumpf gebeugt, die Beine krumm. Die Gestalt war nackt und geschlechtslos: Da hing oder baumelte nichts zwischen den muskulösen Beinen, und eine Körperöffnung fehlte. Der Bauch war glatt, ohne Nabel. Das Gesicht …

Benjamin versuchte es zu erkennen, aber ein Teil der Dunkelheit lag darüber wie ein Schleier und verwehrte ihm den Blick auf die Züge der Gestalt. Sie trat einen Schritt näher, mit einem Knarren wie von Leder, und hob die Arme. Die Hände waren groß, wahre Pranken, und die Finger endeten in langen Krallen. Zwei Augen blitzten hinter dem dunklen Schleier, ein Glitzern reiner Bosheit, das allerdings auch seltsam vertraut wirkte.

Eine Kreatur?, dachte Benjamin und wagte noch immer nicht, sich zu rühren. Hier unten im Labyrinth, ohne den Nebel?

Ein Knurren kam von dem Geschöpf, und eine Erinnerung wurde in Benjamin wach: Als Kind hatte er sich beim Blättern in Dinosauerierbüchern vorgestellt, dass ein Tyrannosaurus auf diese Weise grollte, wenn er auf ein vor Entsetzen gelähmtes Opfer hinabstarrte.

Vorsichtig stieß er Louise an. Aber sie regte sich nicht. Er hörte auch kein Atmen mehr von ihr. Er drehte den Kopf, gerade weit genug, damit er Louise ansehen konnte, starrte in ihr bleiches Gesicht und begriff, dass sie tot war. Aber wie konnte sie sterben, einfach so, in einer Welt, in der man immer wieder zum Leben erwachte?

Als er wieder zum Tunnel sah, stand das dunkle Geschöpf direkt vor ihm, nicht mehr als zwei Meter entfernt, ein schwarzer Berg aus Muskeln und Sehnen. Das Gesicht zwischen den Schultern, wie mit ihnen verwachsen, blieb dunkel und ohne Einzelheiten, obwohl das Licht der Kerze Details des Körpers zeigte – Benjamin konnte einzelne Muskelstränge unter der schwarzen Haut voneinander unterscheiden.

Wieder knurrte das Wesen und schien zu versuchen, ihm etwas zu sagen. Als er nicht reagierte, hob es den langen rechten Arm und schlug mit den Krallen zu.

Benjamin beobachtete, wie sie ihm in die Brust drangen und Blut aus den Wunden strömte, als die Krallen Messern gleich durch seinen Leib schnitten. Kann das sein?, dachte er. Sterbe ich jetzt, getötet von etwas, das ich kenne?

Das war ein sonderbarer Gedanke, fand er, gnädigerweise vom Schmerz des Körpers getrennt. Er fühlte nichts in Brust und Bauch, kein Stechen und kein Brennen, aber dafür fühlte er etwas im Gesicht.

Benjamin blinzelte und sah die Hand kommen, konnte ihr aber nicht mehr ausweichen. Sie klatschte ihm, alles andere als sanft, mitten ins Gesicht, und diesmal *fühlte* er ein Brennen.

»Au«, sagte er.

»Na endlich!« Louise atmete tief durch. »Ich versuche seit einer halben Ewigkeit, dich zu wecken …«

»Ich habe geträumt.«

»Dies ist kein Traum. Ich höre was.«

Ihr Schweigen forderte ihn auf, in die Stille zu horchen.

Benjamin lag noch immer unter der Decke, blickte an sich herab und nahm erleichtert zur Kenntnis, unverletzt zu sein. Es war tatsächlich ein Traum gewesen.

Er hob den Kopf.

Die Kerze war etwas weiter heruntergebrannt als in seinem Traum, und im Tunnel gab es nur Dunkelheit, sonst nichts.

»Hörst du es?«, hauchte Louise.

»Nein, ich …«

In der Finsternis knarrte es, wie von Leder.

Das Geräusch kam nicht aus dem Tunnel, sondern aus der vergitterten Öffnung dicht unter der Decke. Der kleine Schacht dahinter bot nicht genug Platz für einen normal gewachsenen Menschen, geschweige denn für das Geschöpf, das Benjamin in seinem Traum gesehen hatte. Aber die Geräusche deuteten darauf hin, dass sich etwas näherte, und Benjamin war nicht scharf darauf zu erfahren, worum es sich handelte.

Er stand auf und griff nach seinem Rucksack. »Pack ein, was wir gebrauchen können«, sagte er zu Louise. »Dann machen wir uns auf den Weg.«

Wie sich herausstellte, enthielt die Kiste nicht nur einige weitere Konserven, sondern auch eine Öllampe nebst einer Flasche Öl. Benjamin zündete sie an, löschte die Kerze und leuchtete zum Gitter hoch. Für einen Augenblick gewann er den Eindruck, dass sich dort etwas bewegte, aber was auch immer es sein mochte, es wich sofort zurück.

»Meine Güte, jetzt ist mir klar, warum der verdammte Rucksack so schwer war«, sagte Louise. Sie saß neben den

Plastikbehältern, vor sich den geöffneten Rucksack. »Steigeisen. Er enthält Seile, Steigeisen und anderen Bergsteigerkram, Ben! Warum hast du diesen verdammten Rucksack genommen und nicht einen der anderen?«

»Was?« Benjamin beobachtete noch immer das Gitter.

»Es lagen vier Rucksäcke am Ufer, wenn ich richtig gezählt habe. Steigeisen! Willst du einen Berg erklimmen? Hast du hier irgendwo einen Berg gesehen, Ben?« Louise schüttelte den Kopf, zog die Steigeisen und den Rest der Bergsteigerausrüstung aus dem Rucksack und stopfte stattdessen Konserven hinein. »Möchtest du noch einen Schluck Medizin?«

»Nein.« Benjamin leuchtete in den Tunnel. Hatte sich dort etwas bewegt?

»Umso besser.« Louise trank den übrig gebliebenen Rest und warf die leere Flasche achtlos beiseite. Dann stand sie auf und schwang sich den Rucksack auf den Rücken. »Ich bin so weit.« Sie deutete auf Benjamins schmutzige Sachen. »Möchtest du nicht die Kleidung wechseln, Ben?«

Er griff in einen der Plastikbehälter, nahm ein zerknittertes Hemd und eine dunkle Hose, fügte beides dem Inhalt seines Rucksacks hinzu und streifte dann den zerrissenen Parka über. »Wir können los.«

Louise rümpfte die Nase. »In den Sachen duftest du nicht gerade nach Rosen.«

Benjamin grinste trotz seines Unbehagens, als ihm einfiel, dass Laurentius ähnliche Worte an ihn gerichtet habe. »Na so was«, erwiderte er und hob die Brauen. »Dabei habe ich doch gerade erst bei Laurentius gebadet! Wie lange ist das her? Nur einige Wochen, schätzungsweise.«

Im Licht der Öllampe gingen sie durch den Tunnel, vorbei

an Wänden, teils aus Felsgestein, teils aus Beton. Sie hatten nicht mehr als fünfzig oder sechzig Meter zurückgelegt, als es plötzlich hinter ihnen klirrte.

Louise griff nach Benjamins Arm. »Das war die Flasche Medizin, die ich weggeworfen habe. Etwas ist gegen sie gestoßen.«

Sie wechselten einen kurzen Blick und gingen schneller.

»Wie Sterne am nächtlichen Himmel«, sagte Louise. »In der Stadt muss Tag sein.«

»Wenn das Licht von der Stadt kommt.«

Benjamin hatte die Öllampe heruntergedreht; das Licht von oben wirkte jetzt heller. Sie befanden sich in einer großen Höhle, in deren Mitte eine völlig verrostete Lore stand. Schief und wie trostlos hockte sie auf Schienen, die in einem von mehreren Tunneln verschwanden. Auf der anderen Seite verliefen schmale Rampen und Stege zu kleineren Öffnungen in den Wänden, fünf oder sechs Meter über dem Boden. Ebenso durchlöchert wie die Wände war auch die Decke. Dutzende von Schächten führten nach oben, manche von ihnen so schmal, dass nicht einmal ein Bein in sie hineingepasst hätte. Andere boten etwa so viel Platz wie der Schacht, durch den Benjamin und Louise in die Tiefe geklettert waren. An mehreren Stellen hingen Strickleitern herab. Benjamin hatte an einer von ihnen gezogen, und die Stricke waren sofort gerissen.

Am Ende dieser Schächte – die Entfernung ließ sich nur schwer abschätzen, aber Benjamin vermutete, dass es mehrere Hundert Meter waren – zeigte sich Licht, das an der hohen, dunklen Höhlendecke tatsächlich aussah wie der Schein von Sternen an einem schwarzen Firmament.

»Woher soll das Licht sonst kommen?«

»Denk an das Arsenal«, sagte Benjamin und trat langsam durch die Höhle, die Öllampe hoch erhoben. »Woher kam dort das Licht?«

»Wir könnten versuchen nach oben zu klettern«, sagte Louise nach einer kurzen Pause. »Zurück in die Stadt.«

»Wenn sie dort oben wirklich auf uns wartet. Außerdem wollten wir die Stadt verlassen.«

»Du wolltest sie verlassen, Ben.«

»Wir waren uns doch einig.«

Louise zuckte die Schultern und blickte in die Richtung, aus der sie gekommen waren. Nichts regte sich in dem Tunnel, aber das Licht der Lampe reichte auch nicht sehr weit, und was sich jenseits ihres matten Scheins befand, blieb verborgen.

»Welchem Zweck könnte dieser Raum einst gedient haben?« Benjamin ging langsam umher und deutete auf die Reste der Lore und die Schienen. »Ein Verkehrsknotenpunkt? Wofür? Ich glaube nicht, dass dies hier zum U-Bahn-System gehörte. Vielleicht wurde in diesen Schächten etwas abgebaut.«

Louise sah noch immer nach oben, als sehnte sie sich in die Stadt zurück. Schließlich senkte sie den Kopf, trat unter einen der vertikalen Schächte und griff nach der dort hängenden Strickleiter. Es erging ihr nicht anders als zuvor Benjamin – die Stricke zerbröckelten unter ihren Fingern.

»Stell dir eine Welt vor, in der man bei Ausgrabungen die Knochen von seltsamen Geschöpfen findet«, sagte sie und folgte Benjamin durch die große Höhle. Das Licht der Öllampe huschte über steinerne Wände; Beton gab es hier nicht. »Bei Untersuchungen stellt sich heraus, dass die Knochen Millionen von Jahren alt sind und von prähistorischen Tieren stammen, die einst auf jener Welt wandelten.«

»Wie die Dinosaurier auf der Erde«, warf Benjamin ein.

»Wie die Dinosaurier«, bestätigte Louise. »Mithilfe der Knochen rekonstruieren die Archäologen die biologische Geschichte der Welt. Aber was sie nicht wissen: Die Knochen *scheinen* nur Jahrmillionen alt zu sein. Ein Gott, beziehungsweise eine Wesenheit mächtig wie ein Gott, versteckte sie bei der Erschaffung jener Welt im Boden, damit sie irgendwann von Archäologen gefunden werden, die aus ihnen ein viel größeres Alter der Welt ableiten.«

Benjamin drehte sich zu ihr um. »Du meinst, alles um uns herum könnte ein … Trick sein.«

»Vielleicht gab es die Lore dort gestern noch gar nicht«, sagte Louise. »Vielleicht entstand sie, wenige Sekunden bevor wir die Höhle erreichten. Die Strickleitern dort, deren Stricke zerfallen, wenn man sie berührt … Vielleicht sind sie erst wenige Minuten alt.«

Benjamin nickte. »Ich weiß, was du meinst. Du willst damit sagen … Der Schein kann trügen.«

»Wir sind tot, Ben«, sagte Louise ernst, und ihre Stimme klang dabei fast wie die der Traurigen in seiner Erinnerung. »Es ist leicht, das zu vergessen, weil wir uns lebendig fühlen, weil wir sprechen und uns bewegen, denken und fühlen. Aber wir sind *tot*. Und dies ist weder das Paradies noch die Hölle. Glaube ich jedenfalls.« Sie breitete die Arme aus und drehte sich im Kreis. »Vielleicht erlaubt sich jemand einen Scherz mit uns. Vielleicht hat etwas im Augenblick des Todes unsere Seelen geschnappt und hierhergebracht, um mit uns zu … spielen. Um zu sehen, wie wir reagieren. Vielleicht sitzt in diesem Augenblick irgendwo ein Gott oder was weiß ich über uns gebeugt und lacht sich schlapp, weil wir auf seinen dämlichen Streich hereinfallen und uns fragen, welchem Zweck dieser Ort *einst* gedient haben könnte.«

Es erklang viel Zorn in diesen Worten, fand Benjamin. Zorn und auch eine gehörige Portion Hilflosigkeit.

»An etwas müssen wir uns halten«, sagte er und klopfte an die Wand. Sie fühlte sich fest an, und sehr real. »Wir können nicht alles infrage stellen. Diese Tunnel und Schächte, sie existieren und sind der Rahmen für unser Handeln. Diese Felswände lassen sich nicht einfach wegdenken. Was die Stadt betrifft, Louise … Wir können nicht zurück, selbst wenn es von hier aus einen Weg gäbe. Hannibal oder Dago, früher oder später würde uns einer von ihnen erwischen.«

»Eins steht fest«, brummte Louise. »Wenn ich jemals demjenigen begegnen sollte, der für dies alles verantwortlich ist … Er kriegt von mir einen verdammten Tritt in seinen verdammten Hintern. Ich hab mein Leben für schlimm genug gehalten, aber dies alles …«

Benjamin hob die Lampe, um in ihrem Schein an der Wand nach Markierungen zu suchen, und dabei bemerkte er die Schrammen auf seinem Handrücken. »Wie lange haben wir geschlafen, Louise, was meinst du?«

»Keine Ahnung. Ein paar Stunden vermutlich.«

»Sieh dir deine Hände an. Was ist mit ihnen?«

»Was soll mit ihnen sein? Sie sind verschrammt«, sagte Louise, und dann: »Oh.«

»Ja. Die Kratzer sind nicht verschwunden, obwohl wir einige Stunden geschlafen haben.«

»Wir heilen hier langsamer als in der Stadt.«

Etwas grollte in der Dunkelheit hinter ihnen.

»Was war das?«, entfuhr es Louise. »Verdammt, verdammt, nach einer Miezekatze klang das nicht.«

Benjamin wusste, wonach es klang, aber er sagte nichts und setzte die Suche nach Hinweisen fort. Mit wachsender Ungeduld versuchte er, Rillen im Fels neben den Tunneleingängen als Teile von Nummerierungen zu deuten, musste sich dabei allerdings eingestehen, dass er sich von reinem Wunschdenken leiten ließ. Als seine Suche bei den Tunneln ohne Erfolg blieb, nahm er sich die kleinen Öffnungen am Ende der Rampen und Stege vor, doch auch dort hatte sich niemand die Mühe gemacht, Zahlen an die Felswand zu malen oder zu kratzen. Wieder leuchtete er mit der Lampe, sah sich in der großen Höhle um und fragte sich, ob sie überhaupt zur Route siebzehn gehörte.

Das Licht strich über die Felswände und die verrostete Lore in der Mitte, und als es den Tunnel erreichte, der sie hierhergeführt hatte, bewegte sich dort etwas, ein Schatten in der Dunkelheit, groß und mit viel mehr Substanz als ein gewöhnlicher Schemen.

Louise wich zurück und prallte dabei gegen die Reste der Lore.

Die Situation verlangte eine sofortige Entscheidung von Benjamin. Er traf sie, aber leicht fiel sie ihm nicht. Die Lampe kratzte über den Stein neben dem Loch in der Wand.

»Hier«, sagte er und deutete auf die Öffnung, neben der er stand. »Hier setzt sich die Route siebzehn fort. Ich habe die Markierung endlich gefunden.«

Louise eilte über den Steg zu ihm, verfolgt vom Knurren

des dunklen Wesens im Tunnel. Sie hielt die Riemen an ihren Schultern fest, damit der Rucksack auf ihrem Rücken nicht zu sehr wackelte.

»Na endlich!«, stieß sie hervor und warf einen kurzen Blick auf die von Benjamins Lampe stammenden Kratzer, die eine grobe 17 ergaben. Wenn sie genauer hingesehen hätte, wäre ihr kaum entgangen, dass es sich um neue Kratzer handelte, nicht annähernd so alt wie die anderen. Aber Benjamin hielt die Lampe bereits in die Öffnung, so dass kaum mehr Licht die angebliche Routenmarkierung erreichte, und Louise hatte es ohnehin sehr eilig damit, den kleinen Tunnel zu betreten. Sie schob Benjamin weiter hinein.

»Schneller!«, drängte sie, und da war sie wieder, ihre Angst vor der Dunkelheit und den Monstern darin. In diesem Fall war zumindest ein Ungeheuer kein Produkt ihrer Phantasie.

Sie eilten durch den kleinen Tunnel, und Benjamin fragte sich voller Unbehagen, wohin er führte.

53

Einen Tag später – sie schätzten zumindest, dass sie einen Tag unterwegs gewesen waren – kamen Louise Zweifel.

»Bist du sicher, dass dieser Tunnel hier zur Route siebzehn gehört?«, fragte sie, als sie an einer Stelle rasteten, wo ein breiter, schluchtartiger Riss im Felsgestein den Tunnel unterbrach. Vor ihnen schien ein gewaltiges Messer durch den Granit geschnitten und sich dann zurückgezogen zu haben. Übrig geblieben war ein Abgrund zwischen zwei Felswänden, etwa ein Dutzend Meter breit und unergründlich tief. Das Rauschen von Wasser kam unten aus der Finsternis, für das Licht von Öl- und Taschenlampe unerreichbar. Auf der anderen Seite setzte sich der Tunnel fort, wie von einem überdimensionalen Wurm in den Fels gebohrt. Eine Brücke führte hinüber, wirkte nicht nur stabil, sondern auch recht neu. Sie bestand aus mit Stricken verknüpften Plastikteilen und einigen wenigen Holzplanken. Stammte sie vielleicht von Petrow und seinen Leuten? Konnte es sein, dass Benjamin in der Höhle rein zufällig den richtigen Weg gewählt hatte?

Er bezweifelte es. Dinge, die zu schön waren, um wahr zu sein, waren meistens auch nicht wahr.

»Wir haben keine Karte«, sagte er vorsichtig. »Aber du hast die 17 neben dem Tunnelzugang gesehen. Irgendwohin führt dieser Weg«, fügte er weise hinzu.

»Solche Bemerkungen liebe ich«, kommentierte Louise. »Sie triefen regelrecht vor Klugheit. Wenn ich so etwas höre, frage ich mich immer: Warum, Louise, bist du nicht selbst darauf gekommen?«

Sie hatten einige Konservendosen geöffnet und tranken Wasser. Um Öl zu sparen, hatte Benjamin den Docht der Lampe heruntergedreht. Ihr matter Schein reichte gerade bis zur Brücke, und nachdenklich betrachtete er ihre Bestandteile, während er von einem Würstchen abbiss und kaute.

»Das Holz«, sagte er.

»Ja? Was ist damit?«

»Wieso gibt es hier Holz?« Benjamin legte beim Kauen eine kurze Pause ein, als forderte dieser Gedanke seine ganze Aufmerksamkeit. »Ich meine, in der Stadt gibt es keine Bäume.«

»Bis auf Laurentius' Prachtstück und die in den drei grünen Inseln.«

»Das sind nur ein paar, und ich kann mich nicht daran erinnern, irgendwo Holzfäller gesehen zu haben. Du?«

Louise schüttelte den Kopf und klaubte Erbsen und Möhren aus ihrer Dose.

»Woher kommt das Holz dort in der Brücke? Und die Kiste bei den Kunststoffbehältern. Sie war ebenfalls aus Holz. Und Teile der Draisine, mit der wir ganz zu Anfang unterwegs gewesen sind. Kann es sein, dass es früher einmal Bäume in der Stadt gegeben hat?«

»Nicht während meiner Zeit«, sagte Louise mit vollem Mund.

»Wir wissen, dass es draußen im Nebel Bäume gibt.« Benjamin kaute wieder, aber ganz langsam, als leisteten die Kiefer Hilfe bei der Gedankenarbeit. »Sümpfe und Wälder und was weiß ich, zwischen den Städten. Aber wie kam das Holz hierher? Wer baute daraus die Draisine und die Kiste?« Er lächelte plötzlich. »Es ist der Beweis, wenn überhaupt noch einer nötig war.«

Louise starrte ihn einige Sekunden groß an und verzog dann das Gesicht. »Das Holz in der Brücke dort ist der Beweis dafür, dass dieser Weg aus der Stadt führt? Willst du darauf hinaus?«

Ein plötzlicher Windzug erreichte die Flamme in der Lampe durch die geöffnete Klappe und schüttelte sie. Schatten tanzten wild über die Wände, und dann ging die Flamme aus.

Von einem Augenblick zum anderen war es stockfinster.

»Ben?«

»Ja?« Er tastete umher, fand seinen Rucksack und suchte darin nach einem Feuerzeug.

»Du weißt doch, wie sehr ich das hasse.«

»Ich hab die Flamme nicht ausgepustet«, sagte Benjamin und erkannte im gleichen Moment, dass er Louise mit solchen Bemerkungen kaum beruhigen konnte.

»Woher kam der Wind, Ben?« Louises Stimme vibrierte. »Was hat sich in unserer Nähe bewegt?«

»Hier ist das Feuerzeug …«

»Warte, Ben.«

Zwei oder drei Sekunden lang herrschte Stille, bis auf das dumpfe Rauschen des Wassers in den Tiefen der Schlucht.

»Siehst du das?«

»Es ist dunkel, Louise«, sagte Benjamin. »Und ich dachte, du verabscheust die Dunkelheit.«

»Es ist nicht *ganz* dunkel, Ben. Man sieht es aus dem Augenwinkel. Im Tunnel auf der anderen Seite. Versuch es mal.«

Benjamin versuchte es, und tatsächlich: Als er nicht direkt den Blick darauf richtete, sah er einen Hauch von Licht im Tunnel auf der anderen Seite der Brücke.

Die plötzliche Flamme des Feuerzeugs vertrieb den fahlen Schein. Benjamin entzündete die Öllampe, drehte den Docht etwas höher und schloss die Klappe. Dann packte er Decke und Konserven in den Rucksack. Louise stand bereits, als er sich aufrichtete.

Die Brücke schwankte und knarrte unter ihnen, obwohl sie darauf achteten, keine abrupten Bewegungen zu machen. Für einige lange Sekunden schien alles in der Schwebe zu sein, über einem Hunderte von Metern tiefen Abgrund, in dem irgendwo das Wasser eines unterirdischen Flusses strömte: Benjamin und Louise auf der zitternden Brücke, die zusammengebundenen Plastik- und Holzteile unter ihren Füßen und das Licht, auf allen Seiten, auch oben und unten, von Dunkelheit umgeben. Dann erreichten sie die andere Seite der Schlucht, ohne dass die Brücke unter ihnen nachgegeben hätte, und folgten dem Verlauf des Tunnels, froh darüber, wieder festen Boden unter den Füßen zu haben.

Nach etwa hundert Metern stießen sie auf eine nach oben führende Treppe, und der fahle Schein war inzwischen hell genug, dass sie die Öllampe löschen konnten. Benjamin zögerte kurz und wechselte einen Blick mit Louise, die wortlos die Brauen wölbte, trat dann auf die erste Stufe und ging langsam die schmale Treppe hoch. Louise blieb dicht hinter ihm und spähte gelegentlich an ihm vorbei nach oben.

»Ich höre was«, flüsterte sie, als sie etwa die Hälfte der Treppe zurückgelegt hatten. Oben zeigte sich ein Torbogen, umrahmt von Schwärze; gelbweißes Licht fiel hindurch auf die Stufen.

Benjamin blieb stehen und lauschte. Etwas klimperte, wie ein Windspiel in der Ferne, so leise, dass es sich fast im Rauschen des Blutes in den Ohren verlor.

»Was ist das?«, fragte Louise leise und sah nach oben.

»Ich schätze, das finden wir gleich heraus.« Benjamin stieg weiter hinauf, eine steinerne Stufe nach der anderen, und schließlich erreichte er den Torbogen. Dahinter erstreckte sich ein ovaler Saal; der Boden war mit goldenen Fliesen ausgelegt, von denen der gelbe Anteil des Lichts stammte. Der Rest kam wie im Arsenal aus der leeren Luft – nirgends gab es Lampen oder Leuchtkörper.

Der Saal war nicht leer. Menschen standen darin, Männer und Frauen, Dutzende, vielleicht hundert. Inmitten der Erwachsenen bemerkte Benjamin ein Kind, ein Mädchen von sieben oder acht Jahren, mit langen blonden Zöpfen.

Niemand von ihnen rührte sich. Kein Wunder: Die Menschen im Saal, jeder einzelne von ihnen, bestanden aus buntem Glas.

Das Klirren, das sie zuvor gehört hatten, wie von einem Windspiel in der Ferne – es stammte von dem Glas dieser Menschen.

»Das ist Petrow«, sagte Louise und deutete auf einen Mann in mittleren Jahren, mit einem grauschwarzen Spitzbart, der wie aus zahlreichen kleinen Kristallen zusammengesetzt glitzerte. Er stand nur wenige Meter hinter dem Torbogen, die eine Hand erhoben, als wollte er etwas abwehren, die andere halb nach hinten gestreckt. Seine Kleidung – dunkle Hose, kariertes Hemd und eine gefütterte Denim-Jacke – bestand aus einzelnen Glasstücken, mit dünnen schwarzen Linien dazwischen. Gesicht und Hände schienen aus fugenlosem Glas zu bestehen, aber als Benjamin näher herantrat und genauer hinsah, erkannte er wie bei der Kleidung einzelne Teile, kleiner als bei Hose, Hemd und Jacke, aber größer als die winzigen Kristalle des Barts.

Während er noch vor dem Mann stand, den Louise als Petrow identifiziert hatte, kam ein leises Klirren von der Gestalt, und Benjamin gewann den Eindruck, dass sich die Brust bewegt und der Glanz in den Augen verändert hatte.

»Sie leben«, sagte Benjamin. »Sie sind aus Glas, aber sie leben.«

Er streckte die Hand aus.

»Fass ihn nicht an!«, zischte Louise.

Es war schon zu spät. Benjamins Finger berührten Petrows Wange, die sich kalt und glatt anfühlte, nicht wie Glas, sondern wie Eis. Das Glitzern in den Augen veränderte sich erneut, und Benjamin glaubte, Furcht zu erkennen. Dann hörte er ein dumpfes Knirschen und trat zurück.

Die Linien zwischen den Kristallen und Glaselementen … Sie dehnten sich aus, wie winzige Spalten an einer Bruchstelle im Eis. Der Vorgang beschleunigte sich, als wäre eine Lawine losgetreten worden. Scherben und Kristalle, wie Diamanten schimmernd, fielen zu Boden. Die Beine lösten sich auf, und der Rumpf folgte; ein Teil von ihm verwandelte sich in glitzernden Staub. Dann fiel der Kopf, und als er den Boden erreichte, war er schon zu einer losen Ansammlung aus Kristallsplittern und Scherben geworden.

Benjamin starrte auf die Reste des Mannes, der eine Expedition durchs Labyrinth geführt und die Route siebzehn entdeckt hatte.

»Das wollte ich nicht. Ich …« Benjamin sprach nicht weiter, als erneut ein Klimpern und Klirren durch den großen Saal ging. Die übrigen Männer und Frauen, und auch das Mädchen mit den Zöpfen, standen so unbewegt wie zuvor, aber auf der anderen Seite des ovalen Saals kam eine dunkle Gestalt aus einer Tunnelöffnung, die unterschiedlich langen Arme um eine Frau aus Glas geschlungen. Die Gestalt wankte zu den anderen gläsernen Menschen, fügte ihnen die Frau hinzu, kehrte dann zum Tunnel zurück und verschwand wieder.

Benjamin war wie erstarrt gewesen und hatte den Atem

angehalten. Langsam ließ er ihn entweichen und holte Luft.

Louise starrte zum Tunnel. »Ben?«

»Ja?«

»Hast du das Gesicht des Wesens gesehen?«

»Nein«, log er, sein Innerstes in Aufruhr.

»Bei der letzten Begegnung mit dem Geschöpf habe ich das Gesicht nicht erkennen können, aber diesmal … Warum hat es dein Gesicht, Ben?«

Er hatte es ebenfalls gesehen. Für nicht länger als eine Sekunde hatte sich der dunkle Schleier gehoben, und dahinter war sein Gesicht zum Vorschein gekommen, wie in einem Zerrspiegel, aber doch unverkennbar das seine.

»Ich weiß es nicht«, sagte Benjamin und stöhnte leise. Welche Bedeutung verbarg sich hier? Er ahnte etwas, schreckte aber vor dem Gedanken zurück.

»Ich meine, das kann doch kein Zufall sein.« Louise deutete auf die Frau, die das Wesen gebracht hatte. »Das ist Anja. Ich kenne sie von meiner Zeit bei der Gemeinschaft. Petrow, Anja …« Sie ging langsam zwischen den gläsernen Männern und Frauen umher. »Hier ist Ilmar«, sagte sie und deutete auf einen nordischen Burschen, der Katzmann ähnlich sah. »Er verschwand vor neun Jahren. Hannibal und Abigale hielten ihn für jemanden, bei dem die ›göttliche Macht‹ die Entscheidung über Gut und Böse getroffen hatte. Sie wussten nur nicht zu sagen, wohin er verschwunden war, ins Paradies oder in die Hölle.«

Es fiel Benjamin schwer, den besonderen Klang von Louises Stimme bei diesen Worten zu deuten. War es Spott, der da in ihrer Stimme mitschwang, vielleicht auch Verachtung, oder einfach nur Verwunderung, vermischt mit Argwohn ihm gegenüber? Seine Gedanken waren wirr und wanden sich wie zu einem Knäuel verknotete Schlangen.

»Und dort steht Matthias mit der goldenen Stimme.« Louise näherte sich einem langgliedrigen, schmächtigen Mann in mittleren Jahren, der auf seinem ansonsten kahlen Kopf einen grauweißen Haarkranz hatte, der zu einer Krone aus Kristallen geworden war. »Du hättest hören sollen, wie er zur Musik des Geigers sang, Ben.«

Jetzt lag kein Argwohn mehr in ihrer Stimme, nur noch Erstaunen. Während Benjamin noch versuchte, das Chaos in seinem Innern zu ordnen, beobachtete er, dass sie sicheren Abstand zu den gläsernen Gestalten wahrte.

»Er verschwand eines Nachts bei einer Patrouille«, fuhr Louise fort und sah in die glänzenden, kristallenen Augen des Mannes. »Es geschah kurz vor meinem Rauswurf aus der Gemeinschaft. Mikado erzählte später, sie hätten beim nördlichen Wasserturm gehalten, um sich ein bisschen die Beine zu vertreten, und plötzlich sei ein Schatten aufgetaucht, der aber kein normaler Schatten war. Hannibal konnte mit diesen Schilderungen nicht viel anfangen und ging von einem Kontakt mit einem gewöhnlichen Schatten aus. Jetzt wissen wir, was Matthias hierherbrachte, ihn und all die anderen. Wenn Hannibal dies sähe …« Sie schüttelte den Kopf. »Dann müsste er eingestehen, dass sein ganzer Limbus-Schwachsinn genau das ist: Schwachsinn.«

»Aber warum?«, murmelte Benjamin und blieb vor dem Mädchen mit den Zöpfen stehen. Es lebte, wie Petrow: Wenn er ganz genau hinsah, bemerkte er wie in Zeitlupe ablaufende Bewegungen des Brustkorbs. Das Mädchen atmete. Vielleicht sah es ihn sogar. Welche Gedanken gingen ihm durch den Kopf, langsam und träge wie Schnecken? Was fühlte es? Entsetzen angesichts seiner gläsernen Existenz? »Warum sind all diese Menschen hierhergebracht worden? Warum die Verwandlung in Glas? Und warum ausgerechnet sie?«

»Weißt du das nicht?« Es klang fast herausfordernd. »Das Ding, das Petrow, Matthias und die anderen hierhergebracht hat, *trägt dein Gesicht, Ben*!«

Benjamin hob den Blick vom Mädchen und sah Frederika.

Ganz deutlich erinnerte er sich daran, wie sie im Bett des Hospitals lag, nach ihrem Tod: jung, bleich und schön, das goldene Haar wie ein Schleier auf dem Kissen ausgebreitet. Er erinnerte sich auch an ihren ersten Atemzug bei der Rückkehr vom Tod, an die Veränderung ihres Gesichts – etwas schien unter die erschlaffte Haut gekrochen zu sein und ihr wieder Leben gegeben zu haben. Und jetzt stand sie hier, inmitten der anderen Verschwunden, der Entführten.

»Ben?«

Er wandte sich ab; sein Hals fühlte sich wie zugeschnürt an, in der Kehle saß ein Klumpen groß wie ein Backstein. Da war er wieder, der Aufmerksamkeit fordernde Gedanke, ein Gedanke, der Erklärung versprach. Aber Benjamin wollte diesen Gedanken nicht denken, denn er fürchtete die Erklärung.

Er ging an den Gläsernen vorbei, weg von Louise, als könnte er auf diese Weise der Frage ebenso entkommen wie der Antwort, und näherte sich einem dunklen Rechteck auf der linken Seite des Saals. Es ragte am Rand der Menschengruppe auf, umspielt vom goldenen Licht der Fliesen: eine Tür, eingelassen in einen schwarzen Rahmen. Benjamin ging langsam um sie herum und stellte fest, dass sie von beiden Seiten genau gleich aussah, als wäre sie ihr eigenes Spiegelbild.

»Ben ...« Louise näherte sich mit langen Schritten und wich dabei den zu Glas und Kristall erstarrten Menschen aus. »Das Ding mit deinem Gesicht und den Händen wie Klauen ... Hat jenes Wesen die von Hannibal errichteten Mauern durchbrochen? *Warum sieht es aus wie du, Ben?*«

»Ich weiß es nicht«, erwiderte Benjamin, aber das stimmte nicht. Die Wahrheit lag in ihm auf der Lauer, wie der Beobachter im Benjamin Harthman seiner Träume, und wartete nur darauf, dass er den inneren Blick darauf richtete. »Vielleicht hat es mich irgendwo in den Tunneln gesehen und daraufhin mein Gesicht nachgebildet.«

»Weil du so hübsch bist?«, fragte Louise spöttisch. »Weil dem Geschöpf dein Gesicht gut gefällt? Willst du mich auf den Arm nehmen, Ben? Dies muss einen *Grund* haben!«

Benjamin ging erneut um die Tür herum, streckte die Hand nach dem Knauf aus und zögerte, ohne ihn zu berühren.

»Du weißt es, Ben.« Im goldenen Licht, das von den Fliesen aufzusteigen schien, sah Louise ihm in die Augen und suchte dort nach der Wahrheit, gegen die er sich wehrte. »Heraus damit!«

Das goldene Licht flackerte wie der Schein einer Kerze, und die dunkle Gestalt kehrte aus dem Tunnel auf der anderen Seite zurück, mit einem Knurren, das aus den Tiefen eines Dinosaurierrachens zu kommen schien. Ein ledriges Knarzen begleitete jede Bewegung, als das Geschöpf zielstrebig näher kam, in der Gangart eines großen Affen. Es hob die

Pranken, und lange Krallen glänzten wie Messerklingen. Achtlos stieß es im Weg stehende Gläserne beiseite.

Männer und Frauen fielen auseinander, verwandelten sich in Scherben und glitzernden Kristallstaub. Das dunkle Wesen mit Benjamins Gesicht – und es *war* sein Gesicht, daran bestand nicht der geringste Zweifel – stapfte heran und streckte ihnen die Arme entgegen.

Benjamin riss die Tür auf. Eine silberne Wand erstreckte sich darin, wie aus Quecksilber, und als Benjamin sie berührte, gab sie nach. Er spürte ein Prickeln, das von den Fingerspitzen ausging und sich in seinem ganzen Körper fortpflanzte, und kleine Wellen liefen durch die silbrige Substanz, ausgehend von der Stelle, die er berührt hatte.

Er sah zurück. Das dunkle, geschlechtslose Wesen mit der ledrigen Haut hatte sie fast erreicht und war so nahe, dass Benjamin seinen scharfen Geruch wahrnahm, wie von Ammoniak.

Er packte Louises Hand und zog sie mit sich, als er durch die silberne Membran in der Tür trat.

Das Ticken der Zeit

54

Sie kamen aus einem Labyrinth und gerieten in ein anderes. Das erste bestand aus Gängen, Höhlen und Tunneln, in denen einst U-Bahnen unterwegs gewesen waren – oder auch nicht, wenn Louise Recht hatte und alles nur der Scherz eines sich köstlich amüsierenden göttlichen Beobachters war –, das andere aus einer endlosen Folge von Räumen mit angehaltener Zeit.

So sah es aus, und so fühlte es sich an.

»Jetzt wissen wir, was aus den Uhren der Stadt geworden ist«, sagte Louise, als sie das dritte Zimmer betraten. »Sie sind alle hier. Vielleicht hat das dunkle Wesen mit deinem Gesicht sie hierhergebracht.«

Standuhren waren an der linken, schiefergrauen Wand in diesem über hundert Quadratmeter großen Raum aufgereiht. Bei manchen von ihnen hingen die langen Pendel gerade, bei anderen waren sie nach links oder rechts geneigt, und es tat dem Blick des Beobachters weh, weil er damit rechnete – weil die Gesetze von Logik und Schwerkraft es *verlangten* –, dass die betreffenden Pendel ihre begonnene Bewegung zu Ende führten. An den übrigen Wänden zeigte sich das Sammelsurium aus analogen und digitalen Uhren, das sie aus den beiden anderen Zimmern kannten. Manche von ihnen steckten in staubigen gläsernen Gehäusen; andere präsentierten ihre feinmechanischen Eingeweide. Die Zifferblätter wirkten in vielen Fällen verschwommen, wie nicht ganz vorhanden, aber die Zeiger – aus schwarzem Kunststoff, angelaufenem Kupfer oder rostigem Eisen – hatten klare Konturen. Keiner von ihnen bewegte sich. Stille hing in den Zimmern, deren Grau an den Nebel erinnerte, eine Stille, die Anspannung vermittelte und in Benjamin den Eindruck erweckte, als wartete sie auf etwas.

Das vierte Zimmer, noch etwas größer als das dritte, war voller Armbanduhren, von billiger, bunter Plastikware bis hin zu teuren, luxuriösen Einzelanfertigungen. Sie stapelten sich an den Wänden, hingen in dicken Trauben von der Decke herab und bildeten meterhohe Haufen auf dem Boden. Als Benjamin die Hand nach einer von ihnen ausstreckte, stellte er fest, dass er sie nicht berühren konnte, und bei genauerem Hinsehen machte er die Entdeckung, dass sie sich auch untereinander nicht berührten. Jede Uhr war von allen anderen getrennt, auch wenn die Abstände nicht einmal genug Platz für ein Haar ließen.

»Nichts hält sie«, sagte Benjamin und deutete auf einen Haufen. »Jede von ihnen schwebt, und nirgends kommt es zu einem Kontakt. Man könnte meinen, jede Uhr befände sich in ihrem eigenen kleinen Universum, ohne Verbindung zu den anderen.«

Sie gingen weiter, von Zimmer zu Zimmer, und gaben es bald auf, sie zu zählen. Woher das Licht kam – hier nicht gelbweiß wie im Saal der Gläsernen, sondern fast so grau wie die Wände –, blieb ein Rätsel, aber daran vergeudete Benjamin ohnehin keinen Gedanken mehr. Seine Überlegungen galten ganz anderen Dingen.

Zum Beispiel … den Veränderungen, die er nach und nach bei den Zimmern bemerkte. Zuerst waren es offene Torbögen, durch die sie von einem Raum in den nächsten gelangten, und bald wurden kurze Flure daraus, mit Schlangendarstellungen an den Wänden, die er bereits von den Denkmälern der Stadt kannte. Manchmal zeigten die verblassten Bilder auch einen Mann, der eine Art Rüstung trug und in der einen Hand ein blutiges Schwert hielt, in der anderen den Kopf einer großen Schlange oder vielleicht eines Drachen. Neben diesen Bildern in den Fluren gab es gelegentlich Gruppen von Schriftzeichen, doch so sehr sich Benjamin auch auf sie konzentrierte, diesmal ordneten sie sich nicht zu verständlichen Buchstaben.

»Woher kommen all diese Uhren?«, fragte Louise in einem weiteren Zimmer, vielleicht dem hundertsten, durch das sie wanderten. Diesmal waren die meisten Uhren digital und zeigten nicht nur die Zeit, sondern auch das Datum. Die Angaben reichten von »13.07.1881« bis »05.04.2021«.

»Die Zeit in der Stadt ist asynchron, hat Hannibal gesagt«, erwiderte Benjamin. »Er meinte, eine Minute hier könnte in der Welt unseres Lebens Tage oder Wochen entsprechen. Er wies auch darauf hin, dass Menschen aus unterschiedlichen Epochen in die Stadt kamen, und er erwähnte jemanden aus dem neunzehnten Jahrhundert, der nach wenigen Wochen verschwand.«

Louise blieb in der Mitte des großen Zimmers stehen und drehte sich einmal um die eigene Achse. Für den Bruchteil einer Sekunde glaubte Benjamin, wellenförmige Bewegungen zu erkennen, die von ihr ausgingen und sich im grauen Licht ausbreiteten, wie zuvor die Kräuselungen in der quecksilberartigen Membran. »Lebensuhren?«, fragte sie. »Glaubst du, dies alles könnten Lebensuhren sein? Oder *Todes*uhren?«, fügte sie nach kurzem Nachdenken hinzu.

»Laurentius hat Menschen erwähnt, die früher in der Stadt lebten und sie dann verließen. Und dann wären da noch die anderen Städte, deren Lichter wir gesehen haben. Vielleicht sind das hier ...« Benjamin machte eine Geste, die nicht nur dem Zimmer galt, in dem sie sich gerade befanden, sondern auch allen anderen. »... die Uhren aller Menschen, die jemals gestorben sind.«

»Es gibt hier verdammt viele Uhren«, räumte Louise ein. »Aber ob es *so* viele sind ... Wie viele Menschen haben jemals auf der Erde gelebt?«

»Etwa hundert Milliarden«, sagte Benjamin, der sich erinnerte, darüber gelesen zu haben. Die Zeit ist hier asynchron, wiederholte er in Gedanken und spürte, wie eine Verbindung zu der Wahrheit entstand, die er in einen dunklen Winkel seines Selbst verbannt hatte und die immer wieder versuchte ins Licht zu kriechen. Die zeitlichen Abläufe stimmen nicht überein, flüsterte es in ihm. Jahre vergehen, obwohl an einem anderen Ort nur Sekunden verstreichen.

»So viele können es nicht sein«, sagte Louise und sah sich erneut um. »Einige Millionen vielleicht, wenn's hoch kommt ...«

»Wer weiß, wie viele Zimmer es noch gibt«, entgegnete Benjamin und fügte dann den einen Gedanken hinzu, der ihn ebenfalls schon seit einer ganzen Weile beschäftigte. »Und wer weiß, wo wir sind.«

Louise nickte. »Ich schätze, dies hat nicht mehr viel mit Route siebzehn zu tun, oder?«

»Wohl kaum«, bestätigte Benjamin und war froh, nicht auf seine Lüge eingehen zu müssen.

»Und wie kommen wir hier raus, wohin auch immer?«

Es war eine Frage, die während der nächsten beiden Tage im Labyrinth der Uhrenzimmer immer mehr an Aktualität gewann, weil allmählich ihre Vorräte zur Neige gingen. Ihre Rucksäcke wurden leichter und erinnerten sie daran, dass sich immer weniger Konserven darin befanden, und als sich am Ende des zweiten Tages noch immer kein Ausgang zeigte, begannen sie damit, ihr Wasser zu rationieren. Manchmal gab es in den Fluren Abzweigungen, aber sie führten nur in andere Teile des Uhrenlabyrinths – in manchen Räumen lag der Staub zentimeterdick, in anderen schien gerade jemand saubergemacht und alle Uhren geputzt zu haben.

Als ihnen nur noch eine Plastikflasche mit Wasser blieb, fanden sie die Tür.

Sie war schwarz wie die im Saal mit den gläsernen Menschen, aber es schien eine normale Tür zu sein, eingelassen in eine Wand und gesäumt von zwei großen Standuhren mit besonders langen, wuchtigen Pendeln, das eine nach links geneigt, das andere nach rechts. Doch als Benjamin versuchte sie zu öffnen, blieb sie geschlossen. Er drückte die Klinke, rüttelte und zog, aber die Tür öffnete sich nicht.

Louise setzte sich auf den Boden, öffnete ihren Rucksack und entnahm ihm die letzte Dose, die ausgerechnet Sauerkraut enthielt.

»Na prächtig«, sagte sie. »Sauerkraut und warmes Wasser.

Was kann man sich mehr wünschen? Es ist angerichtet, der Herr.«

Benjamin wandte sich von der Tür ab und stieß dabei gegen die linke Standuhr. Sie wackelte kurz und knarrte dabei.

»Ich habe sie berührt«, sagte er.

Louise trank Wasser, langsam, in kleinen Schlucken, und zuckte dabei die Schultern.

»Die anderen Uhren konnten wir nicht berühren, aber diese …«

Benjamin streckte die Hand nach dem schiefen Pendel der Uhr aus, und diesmal gab es keine unsichtbare Barriere, die einen Kontakt verhinderte. Das Pendel, glatt und kalt wie Eis, bewegte sich mit einem Knarren, das leiser war als zuvor das der Uhr, schwang in die Vertikale und darüber hinaus zur anderen Seite, kehrte zurück …

Tick, machte es, und es folgte ein *Tack,* dumpf und unheilvoll.

Für einen Augenblick, oder vielleicht auch für zwei, herrschte Stille.

Tick, machte es dann erneut, und diesmal fand das Geräusch an anderen Stellen im Raum Echos. Sekundenzeiger bewegten sich, rückten nach langer Rast einen Strich weiter. *Tick.* Minutenzeiger zitterten, als könnten sie es gar nicht abwarten, sich endlich aus ihrer Starre zu lösen. Stundenzeiger schliefen noch, bemerkten aber die plötzliche Aktivität und bereiteten sich aufs Erwachen vor.

Tick-tack, machte es. *Tick-tack, tick-tack.*

Die Uhren weckten sich gegenseitig. Waren es erst vereinzelte Zeiger, die über verschwommene, nicht genau zu erkennende – weil nur ihre Schatten hier waren, während sich die Originale in der Stadt befanden?, überlegte Benjamin – Zifferblätter krochen, so wurden es schnell immer mehr, und das Ticken nahm an Lautstärke ständig zu, schwoll zu einem akustischen Orkan an, der durch die endlos vielen Zimmer des Uhrenlabyrinths fegte. Louise rief etwas, vielleicht schrie sie sogar, aber Benjamin sah nur, wie sich ihr Mund bewegte. Er hörte keinen Ton von ihr, denn alles verlor sich in dem Donnern Tausender oder gar Millionen schlagender Uhren, deren Zeiger die Zeit in kleine Stücke schnitten.

Er hielt sich die Ohren zu, und zuerst half das, zumindest ein wenig, aber das millionenfache *Tick-tack* erreichte eine solche Intensität, dass der Boden unter ihm zitterte und die Vibrationen des Geräuschs seinen ganzen Körper durchdrangen. Louise lief zur Tür und versuchte sie zu öffnen, doch bevor Benjamin erkennen konnte, ob ihre Bemühungen erfolgreich waren, wurde ihm plötzlich schwarz vor Augen. Der Lärm der vielen schlagenden Uhren – beziehungsweise die Gefahr, davon überwältigt zu werden – schien in seinem Kopf einen Schalter umzulegen. Sein Bewusstsein floh, und die Erinnerungen, die die ganze Zeit über in ihm gelauert hatten, nutzten ihre Chance und fingen seine Aufmerksamkeit ein.

55

Regen peitschte ans breite Fenster und störte sogar die Stille in Townsends privatem Salon.

»Das sieht nicht gut aus«, sagte der Leiter des Instituts,

blieb am Fenster stehen und beobachtete die dunklen Wolken. »So viel Regen in so kurzer Zeit. Die Erde kann ihn nicht aufnehmen. Verstehen Sie das, Benjamin?«

Benjamin verstand es natürlich, und im Gegensatz zu Townsend fand er, dass alles gut aussah. Bei einem solchen Wetter kamen keine Besucher. Der Regen würde die Straße durch die Berge aufweichen, und vielleicht kam es sogar zu Erdrutschen. Während der nächsten Stunden – bestimmt die ganze Nacht und vielleicht auch einen Teil des Tages – würde das Institut isoliert sein.

Die Zeit war gekommen.

Benjamin lächelte, zufrieden darüber, dass er seinen Plan ausführen konnte. Townsend verstand das Lächeln falsch.

»Oh, natürlich verstehen Sie das«, sagte er, wandte sich vom Fenster ab und ging zum Kamin, in dem ein wärmendes Feuer brannte. Es war kalt geworden. Benjamin beobachtete die Flammen fasziniert; sie schienen ebenfalls zu lächeln, als wüssten sie, was geschehen würde. »Immerhin geht es Ihnen viel besser, nicht wahr?«

»Es geht mir gut«, sagte Benjamin.

»Wissen Sie, was wir mit Ihnen gemacht haben?« Townsend stand da, die Hände dem Feuer entgegengestreckt, und kehrte ihm den Rücken zu. Benjamin glaubte, den Gegenstand in seiner Tasche zu fühlen, obwohl er ihn nicht berührte, und er fragte sich, ob er jetzt sofort handeln sollte. Doch etwas ließ ihn zögern. Vielleicht wollte ein Teil von ihm den Augenblick genießen.

»Sie haben mich geheilt.«

Townsend lachte leise. »Noch nicht ganz. Wir haben Sie zu einem neuen, besseren Menschen gemacht, Benjamin. Es fehlen noch einige Stücke, aber die werden wir nach und nach hinzufügen.« Townsend warf ihm einen kurzen Blick zu. »Es freut mich, dass wir Freunde geworden sind, Benjamin. Das macht alles noch besser.«

Du hast Françoise umgebracht, dachte Benjamin, während er lächelte. Wir sind keine Freunde. Wir hätten es nie sein können.

»Als man Sie zu uns brachte, herrschte in Ihrem Kopf ein ziemliches Durcheinander«, sagte Townsend und wärmte sich am Feuer. Er sprach jetzt fast wie mit sich selbst. »Sie haben Schlimmes angerichtet, Benjamin. Erinnern Sie sich daran?«

Er versuchte sich daran zu erinnern, hörte aber das Rauschen des Winds in hohen Baumwipfeln und sah ein Gesicht, das ihn voller Hoffnung ansah. Kattrin.

»Ich höre den Wind«, sagte er, weil er wusste, dass Townsend es von ihm erwartete. »Und ich sehe das Gesicht meiner Frau.«

Diesmal wandte sich Townsend nicht zu ihm um, aber Benjamin sah trotzdem sein Schmunzeln.

»Das ist gut, Benjamin«, sagte er. »Das ist sehr gut. Wissen Sie, die wahre Bedeutung Ihrer Heilung – nennen wir es mal so – geht über Ihren individuellen Fall hinaus. Natürlich freut es mich auf einer persönlichen Ebene, dass es Ihnen so viel bessergeht, aber es freut mich *auch*, dass wir an Ihrem Beispiel die Wirksamkeit der von mir entwickelten neuen Behandlungsmethode gezeigt haben.« Er drehte den Kopf und lächelte auf eine andere Weise, nicht herablassend, aber gönnerhaft und selbstzufrieden. »Sie werden der Wissenschaft neue Horizonte erschließen, Benjamin. Darauf können Sie stolz sein. Zumindest in diesen Minuten, denn nachher werden Sie dieses Gespräch natürlich vergessen, wie alles andere, damit Sie ganz der neue Benjamin Harthman sein können.«

»Warum darf ich mich nicht an alles erinnern?«, fragte Benjamin und trat etwas näher. Der Moment war fast da.

»Weil bestimmte Erinnerungen Sie nur belasten würden«, antwortete Townsend bereitwillig. »Und weil ich beweisen möchte, dass es wirklich möglich ist, die Psyche ganz neu zu konstruieren. Ich habe in Ihrem Kopf ein Haus gebaut, Benjamin, ein neues Haus, in dem Sie fortan wohnen können. Zusammen mit Kattrin.«

»Ein Haus in meinem Kopf?«, wiederholte Benjamin und trat noch einen Schritt näher. Er spürte die Wärme des Feuers und wusste, dass es nur ein Vorgeschmack war. »Mit Backsteinen, die ebenso viel Substanz haben wie Gedanken? Und darin soll ich mit einer Frau wohnen, die gar nicht existiert?«

Townsend war so sehr in seine Träumereien von Erfolg und Ruhm versunken, dass es einige Sekunden dauerte, bis er Verdacht schöpfte. Und als das geschah, war es bereits zu spät für ihn. Eigentlich war sein Schicksal in dem Augenblick besiegelt gewesen, als sie seinen privaten Salon betreten hatten, der von keiner Überwachungskamera erfasst wurde, aber während jener ersten Momente in diesem Raum hatte er noch eine Chance gehabt. Doch jetzt lag das kleine Gerät, mit dem der Institutleiter selbst hier einen Alarm auslösen konnte, auf der Ablage neben der Tür, unerreichbar für ihn. Er war bereits tot; er wusste es nur noch nicht.

»Haben Sie gerade gesagt, dass Kattrin gar nicht existiert?«, fragte Townsend und sah an Benjamin vorbei zur Tür. Der Weg war versperrt.

Im Kamin knackte und knisterte das Feuer. Flammen züngelten, und Benjamin stellte sich vor, dass sie Bescheid wussten und auf ihre größeren Brüder und Schwestern warteten.

»Warum haben Sie es getan?«, fragte Benjamin und machte noch einen Schritt, der ihn direkt vor Townsend brachte. Der Mann erschien ihm plötzlich klein, geradezu winzig. Vielleicht lag es daran, dass er selbst gewachsen war: Der andere Benjamin in seinem Innern, der bisher alles beobachtet und manchmal wütend die Zähne gefletscht hatte, dehnte sich aus, und mit ihm kamen alle Erinnerungen.

»Warum ich Ihnen geholfen habe? Ich bin Arzt, Benjamin, und Ihr Freund.« Er versuchte an ihm vorbeizugelangen, aber Benjamin trat zur Seite und versperrte ihm erneut den Weg.

»Warum haben Sie die Traurige missbraucht und in den Tod getrieben?«

»Die Traurige?«

»Françoise.«

Die Farbe wich aus Townsends Gesicht. »Ich habe nicht … Ich meine … Wer sind Sie, Benjamin? Wer spricht da?«

»Ich heiße Benjamin Harthman, und ich bin nicht verheiratet. Kattrin existiert nicht.«

José Maria Townsend öffnete den Mund, vielleicht um zu schreien, um Hilfe zu rufen oder zu fluchen. Aber welche Worte auch immer er artikulieren wollte, sie blieben ihm im Hals stecken, als Benjamin in einer blitzartigen Bewegung die Garrotte aus der Tasche riss und Townsend den Draht um die Kehle schlang.

Der Mann, der so sehr einem freundlichen Professor ähnelte und doch, wie Benjamin wusste, durch und durch verdorben war, reagierte erstaunlich schnell. Das Entsetzen in seinen Augen war noch nicht richtig aufgeleuchtet, als er schon die Hände gehoben hatte; und er schaffte es, Zeige- und Mittelfinger der rechten Hand hinter den Draht zu schieben, der sich ihm um den Hals schlang. Es nützte ihm nichts und verlängerte seinen Todeskampf nur um einige Sekunden. Während ihm die Augen, jetzt voller Schrecken, aus den Höhlen quollen, genauso wie die Zunge aus dem Mund, zuckte die freie Hand durch die Luft, fand Benjamins Gesicht und kratzte. Benjamin kniff die Augen zu und zog den Draht noch enger, hörte das Röcheln des Sterbenden – wie fühlte er sich jetzt, der Mann, der eben noch von Ruhm geträumt hatte? – und spürte sein Zittern und Beben. Schließlich fiel die Hand von Benjamins Gesicht, und der Körper erschlaffte. Benjamin öffnete die Augen und ließ Townsend zu Boden sinken, ohne die aus zwei Holzstücken und einem Draht improvisierte Garrotte zu lockern. Manchmal stellten sich die Opfer tot, obwohl in Wirklichkeit noch genug Leben in ihnen steckte, um Widerstand zu leisten.

Aber der Leiter des Instituts regte sich auch nicht mehr, als Benjamin den Draht schließlich lockerte und dann ganz vom Hals löste. Zurück blieb ein dunkler Kranz am Hals, aus dem an einigen Stellen Blut sickerte. Die Augen, groß und das Weiße blutunterlaufen, starrten ins Leere.

Benjamin sah auf den Toten hinab und empfand so etwas wie grimmige Befriedigung. Das Knistern des Feuers im Kamin, das Licht der züngelnden Flammen, das Prasseln des Regens am breiten Fenster und die Blitze, die in der Ferne aus dunklen Wolken zuckten – das alles vereinte sich zu einer Symphonie aus Licht und Ton, mit einer Botschaft, die sich direkt an ihn richtete. *Es ist so weit,* lautete sie. *Führe deinen Plan aus. Säubere diesen Ort, an dem so viel Böses geschah.*

Er steckte die Garrotte ein, zog den kleinen Schlüsselbund aus der Tasche des Toten, ging mit ruhigen Schritten zur Bücherwand und drückte auf die Stelle, die er sich gemerkt hatte, zwischen Melvilles *Moby Dick* und drei Bänden mit gesammelten Werken von James Fenimore Cooper. Es klickte, und als Benjamin zog, schwang ein Teil der Regalwand auf. Er trat ins Zimmer auf der anderen Seite und schaltete das Licht ein.

Donner grollte in der Ferne.

Der stille Beobachter in Benjamin hatte sich alle Einzelheiten des Raums eingeprägt. Ohne zu zögern näherte er sich einem bestimmten Schaukasten, schloss ihn mit einem Schlüssel des Bunds auf und entnahm die Walther P99, für die er sich bereits entschieden hatte. Er ließ den Schaukasten offen, und als er sich dem Schrank mit der Munition zuwandte, fiel sein Blick auf den Revolver, den Townsend als sein »bestes Stück« bezeichnet hatte, eine Waffe, von der es nur noch wenige Exemplare gab.

Der Munitionsschrank ließ sich ebenso einfach öffnen wie zuvor der Schaukasten, und wenig später war das Stangenmagazin mit Patronen vom Kaliber 9 mm Parabellum gefüllt.

Wieder im Salon sah er sich noch einmal um und hörte trotz des Regenprasselns die eigenen Herzschläge wie das dumpfe Pochen eines Metronoms, das die Geschwindigkeit seiner Gedanken und seines Handelns bestimmte. Er sah alles ganz deutlich vor sich, die Einzelheiten des Plans und ihre zeitliche Abstimmung, wie Zahnräder, die perfekt ineinandergriffen und deren Bewegung etwas Größeres antrieb. Er selbst war plötzlich Teil dieses Mechanismus, der sich nicht mehr aufhalten ließ.

Er nahm Townsends Laptop, dessen Passwörter er kannte, verließ den Salon und machte sich auf den Weg in den Keller. Mehrere Sicherheitsbarrieren trennten ihn von seinem Ziel, aber sie stellten kein Problem dar, denn mithilfe des Laptops, über WLAN mit dem Netzwerk des Instituts verbunden, konnte er alle Türen öffnen. Was die beiden im Erdgeschoss patrouillierenden Wächter betraf … Dafür hatte er die Walther. Für sie und alle anderen, die versuchten ihn aufzuhalten.

Im Flur ging Benjamin etwas schneller und dachte daran, dass nur die Pferde draußen in den Stallungen überleben würden, und vielleicht Muriel, wenn sie dort bei den Tieren war.

Das Dröhnen der Uhren und das Donnern verstreichender Zeit hallten durch Benjamins Kopf. Er öffnete die Augen und sah überall Uhren, analoge und digitale, kleine und große, mit rasch wechselnden Zahlen oder Zeigern, die unterschiedlich schnell über Zifferblätter eilten, angetrieben von Sekunden, Minuten und Stunden. Die Zeit ist asynchron, dachte er, als er die Uhren beobachtete. Manche Menschen waren erst seit wenigen Jahren in der Stadt, andere seit Jahrzehnten oder noch länger, wie Laurentius, der fast zweihundert Jahre in ihr verbracht hatte, oder Hannibal mit seinen acht Jahrzehnten. Es lag an der asynchronen Zeit an diesem Ort, denn die meisten von ihnen waren in der anderen Welt zum gleichen Zeitpunkt gestorben. Das wusste Benjamin jetzt, wie er auch um andere Dinge Bescheid wusste.

»Mach dich nicht so verdammt schwer, Ben!«, ächzte eine vertraute Stimme. »Kannst du mir nicht ein bisschen helfen?«

Louise. Er hörte sie, trotz des Dröhnens und Donnerns, oder vielleicht las er nur die Worte von ihren Lippen, und sein Gehirn gab ihnen Klang. Sie hatte ihm die Hände unter die Achseln geschoben und zog ihn zur Tür. Zur *offenen* Tür. Dahinter waren gelbe Wände zu sehen, und eine weitere Tür, die einmal gelb gewesen war, aber einen großen Teil ihres Anstrichs verloren hatte. Sie stand ebenfalls offen und gewährte Blick auf eine Straße mit feucht glänzendem Kopfsteinpflaster, gesäumt von schmalen, Wand an Wand stehenden Häusern.

»Es ist das gelbe Haus!«, stieß Louise hervor. »Hast du gehört? Hörst du mich überhaupt? Dieser verdammte Lärm! Es ist das gelbe Haus. Die schwarze Tür führt ins gelbe Haus. Beziehungsweise hinaus.«

Benjamin erinnerte sich vage daran, von einem – oder *dem* – gelben Haus gehört zu haben, während der Fahrt mit dem Patrouillenwagen einige Stunden nach seiner Ankunft in der Stadt. Er entsann sich nicht an Einzelheiten, aber das spielte auch keine Rolle. Wichtig war nur, dass er dem Lärm der tickenden Zeit entkam.

Er versuchte aufzustehen oder sich mit den Armen abzustützen, doch der Körper gehörte ihm nicht, hing schlaff und schwer an Louises Händen, als sie ihn durch die Tür zog. Auf der Schwelle, beziehungsweise darüber, spürte Benjamin einen kurzen Widerstand, wie beim Durchdringen der quecksilberartigen Membran im Saal der Gläsernen, und dann befand er sich auf der anderen Seite, umgeben von kühler Luft, die von der Straße ins gelbe Haus wehte. Aus dem Getöse der Uhren wurde ein sanftes Flüstern und Raunen, wie von Wind in hohen Baumwipfeln, fand Benjamin, und dieser Gedanke, leichtfertig gedacht, ließ ihn zurücksinken in den tückischen Treibsand der Erinnerungen.

56

Zwei Wächter lagen tot im Flur des Erdgeschosses, der eine mit einem Loch in der Stirn, der andere mit einer Kugel im Herzen. Der Pfleger, auf den Benjamin gerade geschossen hatte, blutete nur aus dem Oberschenkel, aber es leuchtete Todesangst in seinen Augen, als er sich zur Tür schleppte. Benjamin wartete geduldig, bis sich der Verletzte auf der anderen Seite befand, drückte dann die Return-Taste des Laptops und beobachtete, wie sich die Tür schloss und mit einem Klicken verriegelte. Sie hatte weder Klinke noch Knauf, nur einen kleinen Scanner, dafür bestimmt, die Codekarten des Instituts aufzunehmen und die Signale des in ihnen integrierten Chips zu empfangen. Selbst wenn die anderen Pfleger im Gebäude über solche Karten verfügten, sie konnten jetzt nichts mehr mit ihnen anfangen, denn er hatte den Zugangscode geändert.

Benjamin ging in die Hocke, den Laptop auf den Knien, und betätigte Tasten, die unter seinen Fingern klickten wie der Verriegelungsmechanismus der Stahltüren, die sich jetzt überall im Institut schlossen, den Schotten eines Schiffes gleich. Er lächelte bei diesem Gedanken und stellte sich das Gebäude wie die *Titanic* vor, einen von Menschen geschaffenen Koloss, der den Gewalten der Natur trotzen sollte und ihnen doch zum Opfer fallen würde. Aber in diesem Fall war es nicht Eis oder Wasser, die Zerstörung und Tod brachten, obwohl er das Prasseln von Regen an den vergitterten Kellerfenstern hörte.

Die erwartete schematische Darstellung erschien auf dem Bildschirm, begleitet von einem warnenden Hinweis, den Benjamin mit einem weiteren Druck auf die Return-Taste beendete.

Alarmsignale heulten durchs Gebäude. Der Zentralrechner des lokalen Netzwerks schickte jetzt einen automatischen Notruf in die Telefonleitungen, und Benjamin beobachtete in den Ereignisanzeigen die Fortschritte bei der Notfallprozedur. Er hatte die Telefonleitungen nicht unterbrechen können, und selbst wenn er dazu in der Lage gewesen wäre: Es gab noch andere Möglichkeiten, einen Notruf abzusetzen, zum Beispiel per Funk. Stattdessen hatte er der Prozedur ein kleines Programm hinzugefügt, dass der ersten Nachricht eine zweite hinzufügte, die schlicht lautete: Fehlalarm.

Ob die Empfänger der beiden Nachrichten, vermutlich die Polizei im nächsten Ort, an die Authentizität der zweiten Nachricht glaubten oder nicht (Warum eigentlich nicht? Sie stammte vom gleichen Rechner, der festgestellt hatte, dass die Sensoren falsche Daten übermittelten), war Benjamin letztlich gleichgültig. Eventuell losgeschickte Einsatzkräfte konnten ohnehin nicht rechtzeitig zur Stelle sein. Das Wetter war viel zu schlecht; der Regen hatte, wie er aus den letzten Fernsehnachrichten wusste, eine Brücke unterspült und mindestens einen Erdrutsch ausgelöst.

Das Instituts-»Schiff« stampfte in schwerer See, allein in dieser Nacht.

Es würde eine heiße Nacht werden, im wahrsten Sinne des Wortes.

Eilige Schritte näherten sich, und eine Stimme ertönte. »Was machen Sie da?«

Benjamin hob den Blick vom Laptop und sah den Hausmeister, einen fülligen Mann in blauer Arbeitskleidung, das Gesicht rund und rosig. Ernesto hieß er, und vielleicht hatte er wieder getrunken. Benjamin hatte ihn einmal dabei beobachtet, während eines heimlichen Streifzugs durchs Kellergeschoss. Jim Beam war sein bester Freund, versteckt hinter dem Werkzeugwagen im dritten Kellerraum, und manchmal auch Johnnie Walker, der im Hohlraum hinter der Treppe auf ihn wartete.

Benjamin hob die Walther und schoss. Es knallte, und die Waffe zitterte kurz in seiner Hand, als sie dem Hausmeister einen schnellen Tod brachte. Der Mann brach mit einem überraschten Gesichtsausdruck zusammen, völlig lautlos, ohne ein letztes Röcheln, das das Ende seines Lebens markierte.

Benjamin stand auf, ging zu dem Toten und sah auf ihn hinab. »Ich hätte dir gern einen letzten Schluck gegönnt«, sagte er. »Aber so ist es besser für dich. Schnell und schmerzlos. Ohne zu begreifen, was dir geschah. Bei den anderen wird es länger dauern. Und sie werden wissen, was mit ihnen geschieht.«

Er wollte sich abwenden, doch etwas ließ ihn zögern und

veranlasste ihn, in die Augen des Toten zu schauen. Er fragte sich, ob es stimmte, ob man in den Augen eines gerade Gestorbenen das Jenseits sehen konnte, und erstaunt merkte er, wie etwas in ihm bei diesem Gedanken erschauderte.

Benjamin ging weiter.

Noch immer heulte der Alarm durchs Gebäude, und ein Tastendruck schaltete die Sirenen und Klingeln aus. Die sicherheitsverglasten Fenster waren ebenso verriegelt wie die Türen, und außerdem hatten sich draußen Stahlblenden vor sie geschoben. Selbst wenn es jemandem gelang, ein Fenster einzuschlagen: Für die Stahlblenden hätte er schwere Werkzeuge benötigt, die es nur im Keller gab, vor einem unscheinbaren Karton mit Freund Jim Beam in der Ecke, und der Zugang zum Keller war blockiert. Alle Menschen im Gebäude saßen in der Falle. Auch er selbst. Das war ein Gedanke, der ihn ein bisschen traurig stimmte, ein ganz kleines bisschen.

Die Tür zum großen Heizungsraum öffnete sich für Benjamin, als er sich mit dem Laptop übers Netzwerk als autorisierte Person ausgab. Es war das erste Mal, dass er diesen Raum betrat, aber die technischen Einzelheiten der Anlage dort kannte er aus im Internet frei verfügbaren Datenblättern. Er wusste, wie sie funktionierte, und er wusste auch, wo und wie er sie manipulieren musste, um das gewünschte Resultat zu erzielen.

Auf der linken Seite, jenseits des vergitterten Fensters dicht unter der Decke, flackerte ein Blitz in der stürmischen Nacht, wie ein Zeichen, wie ein Signal.

Benjamin rief die Grafiken der Heizkessel auf den Schirm und begann damit, die Leistung hochzufahren. Er öffnete

Ventile, die eigentlich geschlossen bleiben sollten, was dazu führte, dass der Druck in manchen Leitungen stieg, und Gas aus den Reservetanks herangeführt wurde.

Die Vorbereitungen dauerten nicht länger als fünf Minuten. Benjamin folgte der Routine, die er bei mehreren theoretischen Probeläufen entwickelt hatte, und ein kleines Skript half ihm dabei, die Sicherheitsroutinen des Zentralrechners zu überlisten. Als alles getan war, verließ er den Heizungsraum und schob einen Stuhl vor die Tür, damit sie sich nicht schließen konnte. Seine Schritte blieben ruhig, als er durch den Flur ging, zum letzten Raum, in dem das Notstromaggregat auf seinen Einsatz wartete. Nachdem er dort die Tür hinter sich geschlossen hatte – das Gas sollte diesen Raum nicht zu schnell erreichen –, öffnete er die Treibstoffleitungen des mit Diesel betriebenen Aggregats und ließ die ölige, stinkende Flüssigkeit über den Boden laufen. Er beobachtete, wie sie sich auf den Fliesen ausbreitete und zur Tür kroch, als wüsste sie, was sich dahinter anbahnte, und als wollte sie bereit sein.

Neben dem Aggregat standen einige Reservekanister, zwei von ihnen gefüllt. Als Benjamin sie nahm, kam in der dunklen Ecke ein alter, fleckiger Karton zum Vorschein. Neugierig geworden öffnete er ihn und fand eine halb volle Flasche französischen Cognac sowie mehrere Pornohefte, ebenso fleckig wie der Karton – Ernesto schien an diesem Ort besondere Anlässe gefeiert zu haben.

Benjamin öffnete die Flasche und roch daran. Schon vor Jahren hatte er dem Alkohol abgeschworen, aber dies war eine ganz besondere Gelegenheit, nicht wahr? Er setzte die Flasche an die Lippen, trank einen Schluck und spürte, wie ihm der Cognac in der Kehle brannte. Es war billiger Fusel – guten, teuren Cognac hatte sich Ernesto nicht leisten können –, aber Benjamin genoss das Brennen im Hals, denn es kündigte ein anderes, reinigendes Feuer an.

Er trank, während es nach Diesel roch, und dann auch, immer stärker, nach Gas. Draußen grollte der Donner des Gewitters. Blitze flackerten, und Böen warfen Regen gegen die Fenster. Zwischen zwei Schlucken Cognac fragte sich Benjamin, wie es den anderen Menschen im Gebäude erging. Er stellte sich vor, wie sie an Türen zerrten und versuchten Fenster einzuschlagen. Jene unter ihnen, die an Klaustrophobie litten, gerieten vielleicht schon jetzt in Verzweiflung, obwohl sie erst in einigen Minuten guten Grund dafür bekommen würden. Er dachte auch an die Traurige, an Françoise, deren Hand er gehalten und deren seltenes Lächeln er gesehen hatte. Was hatte sie empfunden, während ihrer letzten Momente, als mit dem Blut, rot und warm, das Leben aus ihr floss? Was hatte sie gefühlt, als der Tod herangekrochen war und ihre Seele umarmt hatte?

Erinnere dich an sie, dachte Benjamin, als er die Flasche neben den Karton mit den Pornoheften stellte und das Feuerzeug hervorholte. Du musst dich an sie erinnern, und an alles andere.

Der Gasgeruch war inzwischen sehr stark geworden, und Benjamin begriff, dass er nicht länger warten durfte, wenn er nicht riskieren wollte, das Bewusstsein zu verlieren. Er trug die beiden vollen Kanister in die Mitte des Zimmers, schraubte die Deckel ab und stieß die Kanister mit dem Fuß um. Noch mehr Diesel lief über den Boden.

Als Benjamin die Tür öffnete, wurde der Gasgeruch überwältigend. Er stinkt, der Tod, dachte er. Ich rieche seinen stinkenden Atem.

Er hob das Feuerzeug und betrachtete es einige Sekunden lang. Welche Macht ich habe, dachte er. Ein kleiner Druck auf die Taste bedeutet den Unterschied zwischen Leben und Tod, nicht nur für mich, sondern für alle im Gebäude.

Dies war er, der gloriose Moment des Feuers.

Du musst dich erinnern, dachte Benjamin. Nimm die Erinnerungen mit in den Tod. Halt sie fest.

Er drückte die Taste des Feuerzeugs. Ein Funke sprang, aber die kleine Flamme wurde sofort von einer viel größeren verschlungen. Das Gas brannte nicht einfach, es explodierte, mit einer so gewaltigen Hitze, dass Benjamin bereits verkohlt war, als ihn die Druckwelle an die Rückwand des Raums mit dem Notstromaggregat schmetterte.

Mit dem Tod kam ein seltsamer Geruch, wie von Ammoniak, und Benjamins Erinnerungen wirbelten durcheinander, die echten wie die falschen.

Benjamin öffnete die Augen und blinzelte im Schein der Sonne, die über ihm an einem opalblauen Himmel hing, rechts und links gesäumt von Hausdächern. Die grauen Wolken seines kondensierenden Atems dämpften ihr Licht. Kälte strich ihm übers Gesicht, aber es war eine angenehme Kälte. Weitaus weniger angenehm war die Hand, die ihn am Kragen packte und auf die Beine zerrte. Sie gehörte Hannibal.

Am Ende der Gasse, in der sie sich befanden, sah er die Grünanlagen des Hotels Gloria. Die dortigen Pflanzen wirkten seltsam verkümmert und halb verwelkt.

Nur zwei oder drei Meter entfernt hielten Katzmann und

Mikado Louise an den Armen fest. Sie fluchte hingebungsvoll und versuchte nach ihnen zu treten. Weiter hinten stand ein Patrouillenwagen mit abgestelltem Motor.

Auf der rechten Seite ragte das gelbe Haus auf, klein und schmal, wie zwischen die anderen Häuser gequetscht, die Tür offen.

»Die Stadt hat euch zu uns zurückgebracht«, sagte Hannibal mit grimmiger Zufriedenheit. »Damit wir über euch richten.«

Tief im Innern der Maschine drehte sich erneut das große Zahnrad bei den Pendeln der Kohärenz.

Und im Saal mit den vielen Hebeln, die wie Stacheln und Dornen aus Wänden, Decke und selbst dem Boden ragten, stand ein Mann, lächelte und biss in einen Apfel.

Der Prozess

57

Jonas saß an seinem Tisch in der Ecke, glücklich mit Stift und Protokollbuch. Der dürre Mann mit der Brille, deren dicke Gläser seine Augen so groß erscheinen ließen, schrieb und schrieb, obwohl niemand ein Wort sprach. Dies ist seine kleine Welt, dachte Benjamin. Und daran hält er fest, so wie seine Finger den Stift halten. Solange er in das große Buch schreiben kann, ist seine Welt in Ordnung. Einige Sekunden lang beobachtete er ihn mit dem sachlich-kühlen, klinischen Interesse, das ein Biologe dem Exemplar einer neuen Spezies entgegenbrachte.

Das Fenster hinter dem großen Schreibtisch in der Mitte des Raums war geschlossen, der Vorhang zugezogen. Hannibal saß dort, in einem Anzug fast so grau wie die Aura, die seinen Protokollführer umgab. Das Licht der Deckenlampe spiegelte sich auf seinem kahlen Schädel wider. Die Augen lagen noch tiefer in den Höhlen, und die Falten in seinem Gesicht schienen länger geworden zu sein. Abigale, von den Toten wiederauferstanden, hatte neben ihm Platz genommen, und Benjamin versuchte ihren Blick zu deuten. Etwas Seltsames lag darin, fast so etwas wie Ehrfurcht, während das Gesicht vor allem Sorge zeigte. Benjamin hatte vor allem mit Ärger und Zorn gerechnet, mit Kummer und Gram. Abigale trug ihr dichtes, dunkelrotes Haar sorgfältig frisiert, und ihr violettes Kostüm – vielleicht dasselbe, das sie bei ihrer ersten Begegnung getragen hatte, kurz nach seiner Ankunft in der Stadt – war offenbar frisch gebügelt. Ihre gelben Schuhe erinnerten ihn an das schmale Haus, dessen Tür Louise und ihn aus dem Labyrinth in die Stadt zurückgebracht hatte.

»Wo ist Louise?«, fragte er. »Was ist mit ihr geschehen?«

»Nichts«, antwortete Hannibal sofort. »Sie befindet sich hier im Hotel, und ich versichere dir, dass es ihr gutgeht. Wir möchten nacheinander mit euch sprechen.«

»Nur das wollt ihr? Mit uns ›sprechen‹? Hast du nicht gesagt, dass ihr über uns zu ›richten‹ gedenkt?«

Hannibal und Abigale wechselten einen Blick. Benjamin musterte die mollige Frau, deren Sommersprossen etwas dunkler waren und sich dadurch deutlicher abzeichneten. Die Schrammen, die er auf der Wange der toten Abigale gesehen hatte, waren verschwunden.

Er betrachtete seine Hände. Die Haut war glatt, ohne Kratzer, unverbrannt.

Unverbrannt …

Die Erinnerungen – deutlich wie Bilder an den Wänden und mühelos zu betrachten, ohne die Gefahr, sich in ihnen zu verlieren – waren in mentaler Reichweite, präsent und nah. Und zwar *alle* Erinnerungen, auch die anderen, mit der Wahrheit verknüpften, die er inzwischen zwar kannte, der er sich aber noch nicht ganz zu stellen wagte. Dazu hatte er noch nicht den Mut gefunden; vielleicht war die Zeit noch nicht reif.

»Wohin ist der Supermarkt verschwunden?«, fragte Hannibal. »Wann kehrt er zurück?«

Aus dem Augenwinkel sah Benjamin, wie Jonas' Stift noch etwas schneller übers Papier des großen Protokollbuchs wanderte.

»Woher soll ich das wissen?«, erwiderte er.

»Ohne den Supermarkt wird es uns allen sehr schlecht ergehen, Benjamin«, sagte Abigale sanft. »Noch schlechter als es den Streunern bisher ergangen ist. All die Dinge, die unser Leben in der Stadt erträglich machen, stammen aus dem Supermarkt. Ohne ihn ...«

»Ohne ihn müsstet ihr zum Beispiel Kreaturen fangen und ihr Fleisch braten, wie Rebecca«, sagte Benjamin und lauschte dem Klang der eigenen Stimme. Erneut musterte er Abigale und nahm dabei zur Kenntnis, welche Mühe sie sich für ihr äußeres Erscheinungsbild gegeben hatte. Was für Jonas der Stift, waren für Abigale Frisur und Kleidung. Sie versuchte auf ihre eigene Art und Weise, sich an einer Welt festzuklammern, die um sie herum zusammenbrach. Für einen Moment stellte Benjamin sie sich an einer großen Bratpfanne vor, in einer Küche, in der es nach Kreaturenfleisch roch, mit Hannibal, der am Tisch saß und mit Messer und Gabel in der Hand auf sein Steak wartete. Der Gedanke entlockte ihm ein Lächeln.

Hannibals Züge verhärteten sich ein wenig. »Findest du unsere Situation komisch?«

»Hungernde Menschen sind nie komisch«, sagte Benjamin. »Ich finde es auch nicht komisch, dass manche Menschen in der Stadt alles bekamen, was sie wollten, während andere Not litten.«

Wieder tauschten Hannibal und Abigale einen kurzen Blick aus, und einmal mehr gewann Benjamin den Eindruck, dass sie auf einer Ebene miteinander kommunizierten, zu der er keinen Zugang hatte.

»Ist das der Grund?«, fragte Abigale schließlich. »Bist du zu uns geschickt worden, um uns zu strafen?«

»Was?«

»Wir sind bereit, Abbitte zu leisten«, sagte Hannibal ernst. »Wir möchten hiermit ausdrücklich betonen, dass es uns leidtut. Wenn du dafür sorgst, dass der Supermarkt zurückkehrt, sind wir bereit, auch den Streunern Zugang zu gewähren.«

»Für wen haltet ihr mich?«, fragte Benjamin verblüfft. »Für einen göttlichen Gesandten?«

»Es hat mit dir begonnen«, sagte Abigale vorsichtig. »Die Veränderungen in der Stadt, der Nebel, der immer näher kommt, das Verschwinden von Personen, der zunehmende Konflikt mit Dago und seinen Leuten … Du hast den Streunern das Arsenal gezeigt.«

»Das habe ich nicht«, warf Benjamin ein. »Ich meine, ja, sie haben es durch mich entdeckt, aber nur weil …«

Hannibal hob die Hände. »Wir nehmen an, du hattest einen guten Grund dafür. Vielleicht wolltest du uns – und damit meine ich uns alle in der Stadt – auf die Probe stellen, und als es dann zum Angriff auf den Supermarkt kam … Er hatte uns gewarnt. Aber wir haben nicht auf die Stimme gehört. Du siehst uns in Reue, Benjamin.«

Ich sehe euch in Irrungen und Wirrungen, dachte Benjamin verwundert.

»Wenn du der bist, für den wir dich halten, Benjamin«, sagte Abigale, »so wisse dies: Wir haben versucht, das Gute zu mehren und das Böse zu tilgen. Wir sind immer, von Anfang an, bestrebt gewesen, die letzten Hindernisse auf dem Weg zum Paradies beiseitezuräumen. Wenn wir dabei Fehler gemacht haben, so bedauern wir das und sind bereit aus ihnen zu lernen.«

Hannibal und Abigale sahen ihn erwartungsvoll an. Das aus der Zimmerecke kommende Kratzen des Stifts hörte auf, und Jonas saß reglos da, über das Protokollbuch gebeugt, gefangen in einem ganz eigenen Moment der Anspannung.

Sie sind übergeschnappt, dachte Benjamin und erinnerte sich – es geschah nicht zum ersten Mal, dass ihm dieser Gedanke durch den Kopf ging. Hier sind alle verrückt.

Und dann dachte er: *Natürlich* sind hier alle verrückt. Eigentlich kann es gar nicht anders sein.

»Ich muss überlegen«, sagte er, um Zeit zu gewinnen. »Ich muss nachdenken.«

»Natürlich«, sagte Hannibal sofort, und in der Ecke kratzte wieder der Stift übers Papier. Benjamin fragte sich kurz, wer Jonas im Institut gewesen sein mochte, von all den Personen, die im Feuer gestorben waren. »Jonas wird dir dein Zimmer zeigen.«

Der hagere kleine Sekretär stand auf und wirkte unglücklich, als er den Stift aus der Hand legen musste. Mit einem leisen Schniefen eilte er zur Tür und öffnete sie.

»Außerdem möchte ich mit Louise reden«, sagte Benjamin.

»Jonas bringt dich zu ihr«, sagte Abigale, bevor Hannibal antworten konnte.

Benjamin nickte zufrieden und ging zur Tür.

»Bitte überlege nicht zu lange«, fügte Abigale hinzu. »Wir brauchen den Supermarkt.«

Benjamin sah noch einmal zurück, dachte dabei an die zahllosen Zimmer mit den Uhren und die asynchrone Zeit. »Wie lange ist er schon weg?«

»Drei Monate«, sagte Abigale mit schwerer Stimme. »Inzwischen sind es schon drei Monate, und unsere letzten Reserven schwinden dahin.«

Als die Tür aufging, flog Benjamin etwas entgegen, und aus einem Reflex heraus duckte er sich. Jonas war kleiner als er, und deshalb flog die Vase über ihn hinweg und zerbrach an der Flurwand.

»Oh«, sagte Louise, als sie Benjamin sah. »Ich habe dich nicht erkannt.«

»Du hast dir gar nicht die Zeit genommen, mich zu erkennen.«

Louise stand neben der Kommode, wütend, die Fäuste geballt. »Und wenn schon. Die Vase hätte dich ruhig treffen können. Du hättest es verdient gehabt. Letztendlich verdanke ich dies alles dir.«

»Jeder scheint zu glauben, dass ich an allem schuld bin«, sagte Benjamin, nachdem Jonas geflohen war. Er schloss die Tür. »Und doch, es gibt Hoffnung.«

»Hoffnung worauf? Auf ein schnelles Ende?« Louise schnaufte.

Benjamin trat auf sie zu. »Hat man dich gut behandelt?«

»Man hat mich eingesperrt! Es wird ein Verfahren stattfinden, gegen uns beide. Und ich weiß schon, wie das Urteil lauten wird! Hast du vergessen, was Hannibal gesagt hat?«

»Offenbar hat er es sich anders überlegt.« Benjamin setzte sich aufs Bett. »Aus irgendeinem Grund scheint er seine Meinung geändert zu haben. Offenbar hält er mich für eine Art göttlichen Gesandten.«

»Für einen *was*?«

»Du hast richtig gehört. Hannibal und Abigale haben mich gebeten, den Supermarkt zurückkehren zu lassen. Sie scheinen zu glauben, dass das in meiner Macht liegt. Er ist schon drei Monate weg«, fügte Benjamin nach einer kurzen Pause hinzu. »So viel Zeit ist hier in der Stadt vergangen, während wir unten im Labyrinth waren.«

»Hast du ihnen davon erzählt? Von den Tunneln, dem Saal mit den Gläsernen und den Zimmern mit den vielen Uhren?«

Das dunkle Geschöpf mit seinem Gesicht erwähnte sie nicht, stellte Benjamin fest.

»Nein. Und du?«

»Und ich?« Louise schnaubte und stapfte aufgebracht durchs Zimmer. »Mich hat man hier einfach vergessen. Ich habe nichts zu essen bekommen, nicht einen Schluck zu trinken, und das nach allem, was wir hinter uns haben.« Sie blieb stehen. »Drei Monate, sagst du? Ohne Supermarkt? Dann dürfte die Gemeinschaft inzwischen am Hungertuch nagen.«

Die Männer und Frauen, die Benjamin unterwegs gesehen hatte, waren ihm abgemagert erschienen, wenn auch nicht so abgezehrt wie die Streuner, an die er sich erinnerte. »Vermutlich sind die Lebensmittel hier schon seit einer ganzen Weile rationiert. Das Hospital scheint noch zu funktionieren. Abigale lebt wieder, ebenso die anderen Gemeinschaftsmitglieder, die beim Angriff von Dagos Leuten starben. Auf dem Weg hierher habe ich einige von ihnen gesehen. Außerdem … Unsere Kratzer sind verschwunden, hast du gesehen?.«

»Ja, die Stadt hat uns geheilt.« Louise setzte ihre unruhige Wanderung fort.

Benjamin klopfte aufs Bett. »Komm, setz dich zu mir. Du machst mich nervös, wenn du da wie ein Leopard im Käfig herumläufst.«

Sie kam und setzte sich, die Fäuste noch immer geballt, in den Augen ein Licht des Zorns. Benjamin strich ihr übers struppige braune Haar. Sie lehnte sich an ihn, verzog dann aber das Gesicht und wich zurück.

»Du solltest dich endlich von dem zerrissenen Parka trennen«, sagte sie. »Das Ding stinkt, und du siehst darin aus wie …«

»Wie ein Streuner?«

Sie zuckte mit den Achseln und sah ihn dann etwas genauer an. »Was ist mit dir, Ben? Du hast dich irgendwie verändert?«

»Weil ich jetzt Bescheid weiß«, sagte er. »Weil ich zwischen richtigen und falschen Erinnerungen unterscheiden kann. Als du mich aus dem gelben Haus gezogen hast, habe ich noch einmal die Ereignisse durchlebt, die mich hierherbrachten. Die uns alle an diesen Ort brachten.«

Mit ruhigen Worten erzählte er vom Institut, schilderte die Vorbereitungen und schließlich die Ausführung seines Plans. »Kattrin und den Unfall auf der Autobahn hat es nie gegeben«, betonte er noch einmal. »Das waren falsche Erinnerungen, die Townsend mir in den Kopf gesetzt hat. Sie gehörten zu der neuen Person, in die er mich verwandeln wollte. Aber es hat nicht geklappt. Was auch immer er mit mir anstellte, es gelang ihm nicht, mein wahres Ich ganz auszulöschen. Es blieb da, als ein auf der Lauer liegender Beobachter, der Informationen sammelte und auf den richtigen Moment wartete. Die Leute in dieser Stadt, Louise … Sie sind mehr oder weniger verrückt, und das aus gutem Grund. Sie stammen aus dem Institut. Sie sind wegen des Feuers hier!«

Sie musterte ihn, und dabei bildeten sich dünne Falten in ihrer Stirn. »Ich glaube, das musst du mir etwas genauer erklären.«

»Ich habe die Sicherheitssysteme des Instituts aktiviert, die dazu bestimmt waren, Patienten an der Flucht zu hindern«, sagte Benjamin geduldig. »Niemand konnte aus dem Gebäude entkommen, weder Patienten noch Pfleger. Und dann habe ich unten im Keller die Gasleitungen geöffnet und das ganze Institut in Flammen aufgehen lassen. Ich bezweifle, dass jemand überlebt hat.«

Louise hörte stumm zu, und ihrem Gesicht war nicht anzusehen, was sie von seinen Worten hielt.

»Hunderte von Menschen befanden sich in dem Institut, die meisten von ihnen mehr oder weniger verrückt. Es muss eine Art psychiatrische Klinik gewesen sein, und die Patienten in ihr … Der Tod im Feuer brachte sie zusammen mit mir hierher. Deshalb kommen mir hier viele Leute so vor, als hätten sie nicht alle Tassen im Schrank.« Benjamin fühlte die Skepsis in Louises Blick, als er tief Luft holte. »Ich weiß, du möchtest einwenden, dass die Menschen hier unterschiedlich lang in der Stadt sind, manche wenige Jahre, andere Jahrzehnte. Aber denk an die asynchrone Zeit, an die vielen Uhren, die wir gesehen haben. Sie gingen unterschiedlich schnell.«

»Ben …«

Ein Teil der neuen Gelassenheit in Benjamin wich prickelnder Aufregung. »Du bist die Traurige, Louise. Ich spüre es. Du bist Françoise, von Townsend missbraucht und in den Selbstmord getrieben. Dein Tod war es, der mich dazu brachte, den Plan zu entwickeln und das Institut niederzubrennen, mit allen darin.«

»Ach, jetzt soll *ich* an allem schuld sein?«, entfuhr es Louise.

»Nein, nein, ich meine ...«

»Und Townsend, den du vor dem Feuer getötet hast? Zu wem ist er hier geworden? Zu Hannibal? Und seine Gespielin, diese Vivian, ist sie hier vielleicht als Abigale aufgetaucht?«

Benjamin hörte den spöttischen Klang in Louises Stimme und fühlte sich davon verletzt. Es hatte ihn so sehr erleichtert, endlich die Wahrheit zu erkennen, und es schmerzte, ausgerechnet von Louise Spott dafür zu ernten. »Nein, ich glaube, Townsend und Vivian ...«

»Weißt du was, Ben?« Louise sah ihn groß an. »Ich fürchte, *du* bist übergeschnappt. Glaubst du etwa, du hättest dies erschaffen, die Stadt und alles? Hannibal hält dich vielleicht für einen göttlichen Gesandten, der ihm den verdammten Supermarkt zurückbringen kann, aber du scheinst noch einen Schritt weiter zu gehen und dich für Gott zu halten! Und außerdem, wenn du Recht hast, wenn deine Träume vom Institut und dem ganzen anderen Kram auf echten Erinnerungen basieren ... Weißt du, wozu dich das macht? Zu einem Massenmörder!«

Eine Wolke schob sich über Benjamins Seele und verdunkelte sie. Dort war sie, die letzte Wahrheit, zum Greifen nahe, finster und bedrohlich.

Louise stand auf und lief erneut durchs Zimmer, wie von einem inneren Motor angetrieben, der sich nicht abstellen ließ. »Letztendlich spielt es gar keine Rolle, warum wir hier sind, Ben. Wir sind tot und hier in dieser Stadt im Jenseits, nur darauf kommt es an.«

»Aber verstehst du denn nicht?« Hörte Benjamin da Hilflosigkeit in seiner Stimme, oder fühlte er sie nur? »Das Warum bestimmt vielleicht unseren weiteren Weg. Du hast die anderen Städte gesehen, Louise. Du weißt, dass es jenseits des Nebels mit den Kreaturen noch viel mehr gibt, dass diese Welt, dieses Jenseits, viel mehr umfasst als nur die Stadt. Vielleicht muss uns klarwerden, was uns hierherbrachte, damit wir zu neuen Ufern aufbrechen können.«

»›Zu neuen Ufern‹«, wiederholte Louise und schüttelte den Kopf. »Das klingt wie aus einem der Bücher, die du gelesen hast. Und vielleicht stammt auch der Rest aus Büchern. Hast du an diese Möglichkeit gedacht, Ben? Vielleicht hat dein Tod alles durcheinandergewürfelt. Vielleicht hast du irgendwann einmal von jemandem gelesen, der in der Klapsmühle landete, dort einer Gehirnwäsche unterzogen wurde, komplett ausrastete und den ganzen Laden abfackelte. Als du gestorben bist, vermischten sich die Erinnerungen daran mit den anderen, richtigen, und jetzt glaubst du, das alles sei tatsächlich geschehen.«

»Nein«, sagte Benjamin. Er war sicher, klar zwischen Fiktion und Realität unterscheiden zu können. Er glaubte sogar, noch den Geschmack des billigen französischen Cognacs im Mund zu haben. »Es ist so geschehen, wie ich es dir gesagt habe.«

»*Mich* hast du nicht umgebracht – das habe ich selbst erledigt, in deinem Traum ebenso wie in meiner Realität. Aber wenn du Recht hast, bist du für den Tod fast aller anderen hier in der Stadt verantwortlich. Lass es sie besser nicht wissen. Sie sind bereits sauer auf uns, weil wir den Streunern angeblich das Arsenal gezeigt haben und weil der Supermarkt verschwunden ist. Wenn sie erfahren, dass sie wegen dir hier sind, in der Stadt im Jenseits …« Louise ging zum Fenster und zog den Vorhang beiseite. Draußen war es inzwischen Nacht geworden, sah Benjamin, aber im kleinen Park mit den verwelkenden Pflanzen brannten die Lampen.

»Es ist kalt geworden«, sagte Louise und schaute nach draußen. »Der Winter kommt in diesen Teil der Stadt. Sieh nur, es fallen erste Schneeflocken.«

Benjamin stand auf. »Lass uns gehen.«

Louise drehte sich um. »Was, einfach so?«

»Warum nicht? Immerhin bin ich ein göttlicher Gesandter, oder vielleicht sogar Gott selbst, und wer hält so jemanden auf?«

58

Als sie durch den Hotelflur gingen, fragte sich Benjamin, ob die Zeit noch immer asynchron war. Stille herrschte; kein einziger Laut kam aus den Zimmern. Und sie begegneten niemandem. Hier und dort standen Türen offen, doch die entsprechenden Räume waren leer.

»Wo sind alle?«, fragte Louise leise.

»Ich habe nicht die geringste Ahnung«, erwiderte Benjamin verwundert.

Es ertönten nicht einmal Geigenklänge, als sie die Treppe hinuntergingen. Überall brannten Lampen – der Generator hinter dem Gloria lieferte also Strom. War nur der Supermarkt verschwunden und nicht auch die zu ihm gehörende Tankstelle?

Louise ergriff Benjamins Arm. »Mir ist unheimlich, Ben.«

Auch im Foyer hielt sich niemand auf. Sie gingen an der Rezeption vorbei, warfen einen Blick in den leeren Speisesaal und den Aufenthaltsraum auf der anderen Seite. Nirgends zeigte sich eine Menschenseele, und Benjamin erschauderte innerlich, als er sich vorstellte, dass die dunkle Gestalt aus dem Labyrinth gekommen war und Hannibal und die anderen fortgebracht hatte. Er versuchte sich nichts anmerken zu lassen, aber Louise schien über eine Art sechsten Sinn zu verfügen und zu ahnen, was in ihm vor sich ging.

»Du denkst an das Monster und die Gläsernen, nicht wahr?«, fragte sie und sprach noch immer leise.

»Es war kein Monster«, erwiderte Benjamin schwach. »Nicht in dem Sinn.«

»Du *verteidigst* es?« Louise richtete einen ungläubigen Blick auf ihn.

»Ich wollte nur sagen …«

»Ich habe schon verstanden, Ben«, zischte Louise. »Mir ist auch aufgefallen, dass du das Wesen mit deinem Gesicht vorhin nicht erwähnt hast. Wenn du es gewesen bist, der all die Menschen hierherbrachte, an diesen Ort im Jenseits … Was hat dann jenes Geschöpf mit all dem zu tun?«

Sie waren stehen geblieben, und Benjamin deutete zum Ausgang. »Lass uns gehen, solange wir Gelegenheit dazu haben.«

»Du weichst mir aus«, sagte Louise, als sie sich wieder in Bewegung setzten.

»Die Antwort lautet: Ich weiß es nicht. Es ist mir ein Rätsel, was jenes Wesen mit all dem hier zu tun hat.«

Aber das stimmte nicht. Das Wissen wartete in ihm, ebenso in Reichweite wie die letzte Wahrheit; er schreckte nur davor zurück, die geistige Hand danach auszustrecken.

Kälte erwartete sie draußen; die Temperatur lag knapp unter dem Gefrierpunkt. Schneeflocken fielen, klein und vereinzelt, als könnte sich der Himmel nicht entscheiden, ob er es wirklich schneien lassen sollte. Es war dunkel – die Lampen im kleinen Park vor dem Hotel brannten nicht mehr. Jenseits des Lichts, das aus dem Foyer und den Fenstern fiel, erstreckte sich rabenschwarze Finsternis.

Vorsichtig traten sie die von einer hauchdünnen Eisschicht überzogenen Treppenstufen hinunter und auf den Kies der Zufahrt, der unter ihren langsamen, zögernden Schritten knirschte.

»Als der Supermarkt verschwand, war Hannibal verdammt wütend.« Louise sah sich immer wieder um, doch nirgends regte sich etwas in der Nacht. »Er war so verdammt sauer, dass er uns ins Labyrinth gefolgt ist. Ich meine, er muss wirklich eine Stinkwut auf uns gehabt haben.«

»Obwohl uns überhaupt keine Schuld traf«, warf Benjamin ein.

»Obwohl uns überhaupt keine Schuld trifft«, sagte Louise, sah sich erneut um und fügte hinzu: »Zumindest mich nicht. Und dann, als er uns schließlich erwischt, drei Monate später nach der hiesigen Zeit, ausgehungert und ohne den gewohnten Komfort, den ein gut sortierter Supermarkt bietet, da ist er natürlich entschlossen, uns zur Rechenschaft zu ziehen. Ganz klar. Doch dann überlegt er es sich anders, scheint plötzlich ganz lieb und zahm zu werden und ... verschwindet spurlos, zusammen mit allen anderen. Was soll das, frage ich dich. Was steckt dahinter?«

Sie erreichten das Ende der Zufahrt, und die Nacht schien sich um sie zu verdichten. Mehr Schneeflocken tanzten im Licht, das vom Hotel kam und hier sehr schwach war.

Als sie auf die Straße traten, bewegte sich etwas vor ihnen in der Dunkelheit. Eine kahlköpfige Gestalt löste sich aus den Schatten, gefolgt von einer zweiten, deren gelbe Schuhe das wenige Licht einfingen.

»Es freut mich, dass ihr gekommen seid, um uns den Supermarkt zurückzubringen«, sagte Hannibal.

Benjamin spürte erneut Louises Hand an seinem Arm. Ihre Finger drückten fest zu.

Die Schneeflocken fielen langsamer, als warteten auch sie auf eine Antwort.

»Deshalb bist du doch gekommen, nicht wahr?«, fragte Abigale sanft.

Es war ein sonderbarer Moment. Benjamin fühlte sich wie in einem Schwebezustand, zwischen Lüge und Wahrheit. Er hätte versuchen können, alles zu erklären, von Anfang an, aber Hannibal lebte seit vielen Jahrzehnten in der Stadt. Ihre besondere Realität bestimmte sein Denken und Empfinden, und Benjamin zweifelte an seiner Bereitschaft, über den Horizont des Vertrauten hinauszusehen und bisherige Glaubensgrundsätze infrage zu stellen. Hannibal war davon überzeugt, die Wahrheit schon vor langer Zeit gefunden zu haben und sie gut zu kennen. Sie gab ihm Halt; sie war das Gerüst seiner hiesigen Existenz. Und wie hätte Benjamin seine Behauptungen beweisen können?

»Lauf«, flüsterte er Louise zu. »So schnell du kannst.«

Er wirbelte herum und lief los. Seine stampfenden Beine trugen ihn über die Straße, tiefer in die Nacht, weg vom Licht des Hotels und den beiden Gestalten, die ihn für fähig hielten, den Supermarkt zurückzubringen. Louise folgte ihm, und er wollte ihre Hand ergreifen, sie mit sich ziehen, als plötzlich Silhouetten in der Dunkelheit vor ihm erschienen.

Benjamin wurde langsamer und blieb schließlich stehen.

Eine Barriere aus Menschen versperrte den Weg. Sie standen alle dort, die Mitglieder der Gemeinschaft, abgemagert und in verschlissener Kleidung, die sie nicht mehr durch neue aus dem Supermarkt ersetzen konnten. Jemand zündete eine Öllampe an, und andere folgten dem Beispiel. Flackerndes, unruhiges Licht drängte die Nacht zurück und zeigte den Tanz der Schneeflocken. Benjamin erkannte den hünenhaften Katzmann, dessen blondes Haar noch länger war und ihm ein ganzes Stück über die Schultern reichte. Neben ihm stand Mikado, den Riemen des Walkie-Talkie über die Schulter geschlungen. Und Velazquez, mit Farbspritzern in einem Gesicht, das schmaler und hohlwangiger geworden war. Und Cobain und Magdalena, die beim Gefangenenaustausch auf dem Konkordatsplatz zur Gemeinschaft zurückgekehrt waren. Und Caspar, der versprochen hatte, dass Benjamin jederzeit auf ihn zählen konnte – jetzt lag tiefe Enttäuschung in seinem Blick. Sie alle starrten stumm, während sich Hannibal und Abigale näherten.

»Ihr hattet eure Chance«, sagte Hannibal ernst. »Ihr habt sie nicht genutzt.«

»Ich *kann* den Supermarkt nicht zurückholen!«, stieß Benjamin hervor. »Ich habe ihn nicht verschwinden lassen.«

»Es hat mit dir begonnen«, sagte Abigale traurig. »Und es wird mit dir enden.«

»Was soll das heißen? He!«, entfuhr es Benjamin, als Katzmann und ein zweiter, immer noch recht kräftig gebauter Mann vortraten und ihn packten. Zwei andere Gemeinschaftsglieder ergriffen Louise an den Armen. »Sie hat mit dieser Sache überhaupt nichts zu tun!«, sagte Benjamin schnell. Dann wurde ihm klar, wie sich das anhörte, und er fügte rasch hinzu: »Und ich auch nicht.«

Am linken Straßenrand löste sich eine Gestalt aus der Menge. Sie trug einen grünen Lodenmantel, der ihr fast bis zu den Füßen reichte; ihr blasses Gesicht war eine Faltenlandschaft, die Knollennase über dem dünnlippigen Mund gerötet. Die anderen Gemeinschaftsmitglieder machten dem greisenhaften Mann respektvoll Platz.

»Dies ist ein Fehler, Hannibal«, sagte Laurentius.

»Ich habe einen Fehler gemacht, als ich auf dich gehört und ihm diese letzte Chance gegeben habe. Er hätte noch einmal entkommen können.«

»Er wäre tatsächlich in der Lage, den Supermarkt zurückzubringen«, sagte Laurentius.

»Das ist doch Blödsinn!«, rief Benjamin und versuchte vergeblich, sich aus dem Griff der beiden Männer zu befreien.

»Ganz und gar nicht, mein Junge. Du könntest den Supermarkt zurückbringen, du weißt es nur nicht.« Laurentius musterte ihn kurz und wandte sich dann an Hannibal. Der Schnee fiel dichter und schneller. »Lass ihn gehen, Hannibal. Benjamin ist kein Bote des Bösen.«

»Wir werden über ihn richten«, verkündete Hannibal und

hob die Stimme. »Wir werden die Fakten prüfen und dann entscheiden.«

»Oh, mit den Fakten ist das so eine Sache«, erwiderte Laurentius und stimmte ein meckerndes Lachen an. Er drehte sich um, ging an Benjamin vorbei und sagte leise: »Du hättest die Stadt verlassen sollen, als du Gelegenheit dazu hattest, mein Junge.«

Sie verbrachten die Nacht im Hotel, in einem Zimmer im zweiten Stock. Während es draußen friedlich schneite – der Schnee fiel ruhig, ungestört von Wind –, zogen die traurigen Klänge einer Geige durch das große Gebäude. Benjamin versuchte sie zu ignorieren und sich seine Gelassenheit zu bewahren, aber das wurde immer schwerer, als eine Stunde nach der anderen verging, ohne dass Schlaf kam. Schließlich hielt er es nicht mehr aus, im Bett zu liegen, stand leise auf, setzte sich ans Fenster und beobachtete den Schnee, der die Stadt in eine weiße Decke hüllte und sie unschuldig wirken ließ. Der Eindruck täuschte. Es war keine Stadt der Unschuld, sondern ein Gefängnis, wie die beiden anderen, die er zu Lebzeiten kennengelernt hatte – die reguläre Strafanstalt und das Institut. Und nun saß er in diesem großen, besonders perfiden Gefängnis in einer Zelle und wartete darauf, dass man ihn zu einer Verhandlung abholte, die nur eine Farce sein konnte.

Im Licht der Lampen, die nun wieder im kleinen Park vor dem Gloria leuchteten, beobachtete er den fallenden Schnee und verglich die einzelnen Flocken mit Seelen, Kräften ausgesetzt, die sie nicht verstanden und gegen die sie nichts ausrichten konnten. Hannibal glaubte, die Kräfte zu kennen, die das Schicksal der Seelen bestimmten, und er agierte auf der

Grundlage dieser Überzeugungen. Er blieb kohärent in seiner besonderen Form des Wahns, in der es für andere Erklärungen der Welt keinen Platz gab.

Noch immer wehten leise Geigenklänge durchs Hotel, und Benjamin stellte sich den Geiger vor, wie er den Bogen langsam über die Saiten zog. Und Velazquez an seiner Leinwand. Und Mikado mit seinem Walkie-Talkie. Und all die anderen, die hier eine Nische für sich gefunden hatten, für ihr Leben im Jenseits, jeder von ihnen mit eigenen Gedanken, Ideen und Theorien über das Leben nach dem Tod.

Am Rande des Lichtscheins, dort, wo das Weiß des frisch gefallenen Schnees in die Dunkelheit der Nacht überging, bewegte sich etwas, und für einen Moment glaubte Benjamin, eine dunkle Gestalt zu erkennen, groß, den Rücken gebeugt, die Arme unterschiedlich lang, nackt und ohne Geschlecht. Ein Gesicht erschien in der Finsternis, vielleicht nur geschaffen von seiner Phantasie – sein eigenes Gesicht.

Benjamin schnappte nach Luft. Die Erinnerungen waren an ihren Platz gerückt und ergaben ein Bild, in dem es kaum mehr Lücken gab und das der Realität entsprach, wie er wusste, den Ereignissen, die *tatsächlich stattgefunden hatten.* Aber nicht alle Fragen waren beantwortet, und die letzte Wahrheit blieb unberührt.

»Wir sind bereits verurteilt«, sagte Louise.

Benjamin drehte überrascht den Kopf. »Ich habe gedacht, du schläfst.«

»Nein. Meine Gedanken kreisen.« Louise rollte auf die Seite. »Hannibal wird irgendwas Schlimmes mit uns anstellen. In der Hoffnung, dass er damit den Gott oder die Götter der Stadt besänftigt, was auch immer.«

»Selbst wenn er uns umbringt …«, sagte Benjamin. »Die Stadt heilt uns.«

»Ja, aber …«

Ein Schlüssel drehte sich im Schloss, und die Tür schwang auf. Licht vom Flur fiel ins Zimmer, und ein hagerer, kahlköpfiger Mann trat ein, in Kleidung gehüllt, die ihm zwei Nummern zu groß zu sein schien.

»Der Prozess beginnt in einer Stunde, bei Sonnenaufgang«, sagte Hannibal und gab sich Mühe, würdevoll zu sprechen.

»Warum machst du dir überhaupt die Mühe, einen Prozess zu veranstalten?«, erwiderte Louise vom Bett. »Das Urteil steht doch schon fest.«

Hannibal sah sie an. »Dass du dich mit ihm zusammengetan hast, wundert mich nicht. Ihr passt zueinander. Der Zerstörer von Ordnung und Hoffnung, und eine billige …«

Bei den letzten Worten hörte Benjamin ein Zittern in Hannibals Stimme. Er wandte sich ganz vom Fenster ab.

»Weißt du, wer Louise ist, Benjamin? Hat sie es dir gesagt?«

»Ich weiß besser als du, wer sie ist.«

»Glaubst du, Benjamin? Ich habe hier etwas für dich.« Hannibal hielt plötzlich ein lindgrünes Buch in der Hand. »Du solltest dies lesen. Dann weißt du Bescheid über … deine Louise.«

Louise, nur in Hemd und Slip, war mit einem Satz aus dem Bett, stürzte Hannibal entgegen und wollte ihm das Buch aus der Hand reißen, aber er wich zur Seite und warf es Benjamin zu, der es auffing. Sofort wirbelte Louise zu ihm herum.

»Das gehört mir!«, rief sie und lief auf ihn zu. »Es ist mein Leben!«

Benjamin reichte ihr das lindgrüne Lebensbuch, ohne es aufgeschlagen zu haben.

»Sie ist eine Hure, Benjamin«, sagte Hannibal. »Sie ist die Tochter einer Hure, die nie erfahren hat, wer ihr Vater war, und als Hure hat sie ihr elendes Leben verbracht, bis sie ihm selbst ein Ende setzte.« Er öffnete die Tür. »Eine Stunde«, betonte er noch einmal und ging. Erneut drehte sich der Schlüssel im Schloss.

Louise saß auf dem Bett, das Lebensbuch in beiden Händen, und Tränen rannen ihr über die Wangen, ohne dass sie einen Ton von sich gab.

»Verdammtes Arschloch«, sagte sie schließlich. Nach einigen Sekunden fügte sie hinzu: »Damit meine ich nicht dich, sondern ihn.«

»Wer auch immer wir im Leben gewesen sind, Louise ...«, sagte Benjamin langsam und spürte, dass er eine tiefe Wahrheit in Worte fasste. »Hier, im Tod, können wir jemand anders sein. Wir können alles hinter uns lassen.«

Louise schniefte leise. »Das hast du schön gesagt, Ben. Und vielleicht hast du sogar Recht. Aber Hannibal ist trotzdem ein verdammtes Arschloch.«

59

Der Prozess begann im Speisesaal des Hotels, als draußen tauender Schnee im Licht der emporsteigenden falschen Sonne glitzerte. Die Tische waren so aufgestellt, das mehr als zweihundert Zuschauer zu beiden Seiten und hinten im Raum sitzen konnten. Im vorderen Drittel des großen Raums bildeten mehrere Tische eine Reihe für Anklage und Verteidigung, und ganz vorn stand eine Art Richterpult. Die Gemeinschaft hatte sich bereits versammelt, und als Benjamin zusammen mit Louise hereingeführt wurde, sah er auch einige Streuner, die rechts und links hinter den Tischen an den Wänden standen – sie schienen keine Gefangenen zu sein. Dago und Jasmin befanden sich nicht unter ihnen, aber er bemerkte Rebecca, die nicht mehr so dick war und ihm einen finsteren Blick zuwarf. Ihr Anblick erinnerte ihn an Laslo, und für einen Moment fragte er sich, was aus ihm geworden war.

Gemurmel setzte ein, als Benjamin und Louise durch den Saal geführt wurden, und die Stimmen schwollen an, bis Hannibal schließlich einen Holzhammer nahm und damit aufs Pult klopfte.

»Ruhe im Gerichtssaal!«, rief er und klopfte erneut. »Ruhe!« Als es still geworden war, deutete er auf die Gemeinschaftsmitglieder, die mit Körben durch den Saal gingen. »Wenn jeder von euch einen Zettel bekommen hat, nehme ich selbst drei aus diesem Korb hier und lese die darauf geschriebenen Zahlen vor. Wer von euch die betreffenden Zahlen gezogen hat, ist damit zum Richter berufen.«

Erneut breitete sich Unruhe aus. Männer und Frauen tuschelten miteinander. Wer keinen Sitzplatz gefunden hatte, stand hinten im Saal oder zu beiden Seiten. Alle Mitglieder der Gemeinschaft schienen anwesend zu sein, und auch viele Streuner. Die Unterschiede zwischen den beiden Gruppen waren nicht mehr so groß, fand Benjamin, als er sich zusammen mit Louise an einen Tisch setzte, auf dem ein Schild mit der krakeligen Aufschrift »Die Angeklagten« stand.

Als die Gemeinschaftsmitglieder mit den Körben ihre Runde gemacht hatten, zog Hannibal Zettel aus dem Korb auf dem Pult und verlas die Zahlen. Die ersten beiden Gemeinschaftsmitglieder, die aufstanden und nach vorn kamen, kannte Benjamin nicht: ein Mann mit schütterem Haar und Stoppelbart, gekleidet in eine schmutzige Arbeitshose und einen dicken Rollkragenpullover, und eine junge Frau, nicht älter als zweiundzwanzig oder dreiundzwanzig, die Benjamin an Frederika erinnerte, obwohl ihr Haar nicht blond war, sondern schwarz wie die Finsternis im Labyrinth. Der dritte Richter war Velazquez, und er sah alles andere als erfreut aus. Als er an den Tischen vorbeiging, warf er Benjamin einen entschuldigenden Blick zu. Dann wandte er sich Hannibal zu und hob beide Hände, an denen sich Farbflecke zeigten.

»Ich bin nicht der Richtige für diese Aufgabe«, sagte er, und es klang fast gequält. »Benjamin war mein Zimmergenosse, wenn auch nur für kurze Zeit. Er ist mir ein Freund geworden. Ich kann nicht objektiv urteilen.«

»Umso besser«, erwiderte Hannibal und winkte ihn zum Richterpult. »Ich vermute, der Angeklagte weiß einen Freund im Richter-Trio zu schätzen.«

»Ganz gleich, wie sehr er sich für uns einsetzt«, flüsterte Louise Benjamin zu. »Das Urteil steht fest.«

»Ich übernehme die Anklage«, verkündete Hannibal, als die drei Richter am Pult Platz genommen hatten, mit Velazquez in der Mitte. »Wer ist bereit, die Angeklagten zu verteidigen?«

Den Worten folgte Stille im Saal. Köpfe drehten sich, und auch Benjamin sah sich um. Schließlich trat jemand vor, der neben der Tür gestanden hatte, ein greisenhafter Mann in einem grünen, fußlangen Lodenmantel.

»Ich übernehme die Verteidigung«, sagte Laurentius, und ein Murmeln ging durch den Saal. Selbst Hannibal wirkte überrascht. »Zusammen mit einem Assistenten, wenn ihr gestattet.« Er reckte den Hals. »Ich fürchte nur, er ist ein wenig spät dran.«

Es kam Bewegung in die Männer und Frauen, die im Eingang des umfunktionierten Speisesaals standen. Jemand bahnte sich keuchend einen Weg durch das dortige Gedränge und schleppte einen großen Koffer, der recht schwer zu sein schien. Der kleine, hagere Mann hatte beide Hände um den Griff geschlossen, wankte durch den breiten Mittelgang und folgte Laurentius. Dabei fiel Benjamin erneut dessen seltsame Gangart auf: Die Beine bewegten sich unter ihm, aber der Rest des Körpers schien zu ruhen.

»Kowalski«, ächzte Louise leise. »Da sind wir wirklich in guten Händen.«

Benjamin gaffte. »Aber hast du nicht gesagt, dass er irgendwo im Sumpf liegt, tot und ohne Hoffnung auf Wiedergeburt?«

Louise zuckte die Schultern. »Vielleicht hatte er Glück, so wie wir.«

»Aber wie ist er in die Stadt zurückgekehrt? Und was ist mit Agostino und den anderen?« Benjamin wollte aufstehen und zu Kowalski gehen, doch Laurentius legte ihm die Hand auf die Schulter.

»Bleib sitzen, mein Junge«, sagte der Greis. »Es ist alles in Ordnung.«

»O ja«, brummte Louise. »Es könnte gar nicht besser sein.«

Am Tisch der Verteidigung ließ Kowalski den Koffer stehen, wischte sich mit dem Handrücken einen dünnen Schweißfilm von der Stirn und rückte die Brille mit den rechteckigen Gläsern zurecht. »So sieht man sich wieder, mein lieber Benjamin. Und Louise … Es freut mich, dass es euch gut geht.« Er öffnete seinen Koffer und begann damit, ihm komplex wirkende Instrumente zu entnehmen, die hauptsächlich aus Messing bestanden.

»Ja, ich fürchte nur, dass es uns schon bald sehr viel schlechter gehen wird«, entgegnete Louise.

»Optimismus«, sagte Laurentius fröhlich, und Benjamin fragte sich, wie viele Apfelkerne er intus hatte. »Man muss immer optimistisch bleiben. Das Licht der Hoffnung kann auch in finsterster Nacht leuchten.«

»Nicht wenn es jemand auspustet«, sagte Louise.

Benjamin beugte sich vor. »Wie ist es euch ergangen, Kowalski? Was ist mit den anderen? Wie bist du zurückgekehrt.«

Kowalski hatte mehrere Instrumente aufgestellt, sie miteinander verbunden und Pendel in Bewegung gesetzt, die in einem ruhigen Rhythmus klickten und klackten. Er hob sein Katastrophenmeter und sah auf die Anzeige. »Elf auf der positiven Skala. Elf! Was? Oh, ich weiß nicht, was aus den anderen geworden ist, mein lieber Benjamin. Als ich wieder zu mir kam, lag ich irgendwo im Sumpf, zum Glück in der Nähe eines Flusses. Noch mehr Glück wollte es, dass ein Floß am Ufer lag. Fluss plus Floß gleich Rückkehr zur Stadt.« Er lächelte, und sein Lächeln wirkte fast so irr wie das des Alten im grünen Lodenmantel. Vielleicht haben sie zusammen Apfelkerne geraucht, dachte Benjamin. »Unterwegs habe ich den Prediger aufgegabelt, als ein betendes Häufchen Elend.

Im Gerippe eines Baums. An den Resten eines Fallschirms hängend.«

»Du hast vergessen, dass ich euch geholfen habe«, sagte Laurentius.

»Du bist im Sumpf gewesen?«, entfuhr es Benjamin. »Du hast die Stadt verlassen, durch den Nebel?«

Laurentius verzog andeutungsweise das Gesicht. »Nicht so laut, mein Junge. Oder willst du, dass uns alle hören?«

»Seid ihr so weit?«, rief der einige Meter entfernt stehende Hannibal.

»Gleich, gleich«, erwiderte Kowalski nervös. »Ich muss der Anordnung nur noch einen Zufallsmesser hinzufügen.«

Benjamin sah kurz zur Seite und stellte fest, dass Abigale am Tisch der Verteidigung Platz genommen hatte.

Während Kowalski mit Messingstangen und kleinen Schwungrädern hantierte, trat Laurentius etwas näher. »Ich kenne Wege, mein lieber Benjamin.«

»Einen davon hättest du mir zeigen können«, zischte Benjamin.

»Habe ich auch. Oder hast du den Ballon vergessen?«

»Ich meine …«

»Das reicht jetzt!« Hannibal hob die Hand. »Als Vertreter der Anklage greife ich ebenfalls auf die Hilfe eines Assistenten zurück.«

Benjamin dachte zuerst, dass er Abigale meinte, aber neuerliche Unruhe im Saal wies auf einen Neuankömmling hin. Es war ein kleiner Mann, in einen pechschwarzen Talar gekleidet; auf dem Kopf trug er einen trichterförmigen Hut aus blauem Samt, wie ein Zaubererhut mit Sternen und Monden besetzt. Dutzende von unterschiedlich langen und dicken

Ketten, offenbar aus Gold und Silber, hingen an dem dünnen Hals des schmächtigen Mannes, an dem der Kehlkopf wie eine Geschwulst wirkte. In der rechten Hand hielt er eine Art Zepter, in der linken einen großen runden Schild, der zahlreiche verschiedene religiöse Symbole zeigte: Kreuze, die neunzackigen Sterne des Bahaismus, das aus dem Buddhismus stammende achtspeichige Rad der Lehre, das Om des Hinduismus, den Halbmond des Islam, die Menora, den siebenarmigen Leuchter der jüdischen Liturgie, das Agnus Dei des Christentums und viele andere – Benjamin kannte sie aus den Büchern, die er gelesen hatte. Gesäumt waren sie von Ranken, die aus miteinander verschlungenen Armen bestanden, was vermutlich Gemeinschaft, Versöhnung und Verbundenheit bedeuten sollte.

Obwohl Benjamin den Mann zum ersten Mal sah, wusste er doch, um wen es sich handelte.

»Ich nehme an, das ist der Prediger, von dem du mir erzählt hast«, flüsterte er Louise zu. Sie nickte nur.

Hannibal nahm den Prediger beiseite und wechselte einige leise Worte mit ihm. Dann setzten sie sich beide an den Tisch der Anklage, und Hannibal nickte dem Richter-Trio am Pult zu. »Wir sind so weit.«

Die drei Richter, unter ihnen Velazquez, berieten sich kurz, und schließlich räusperte sich der Mann mit dem dicken Rollkragenpullover.

»Äh, die Verhandlung ist eröffnet«, sagte er und klopfte versuchsweise mit dem Hammer aufs Pult. »Das Wort hat die Anklage.«

Hannibal war sofort wieder auf den Beinen und trat hinter dem Tisch der Anklage hervor.

»Das Gericht hat sich heute hier versammelt, um über den Mann zu richten, der Unheil über unsere Stadt gebracht hat und für das Verschwinden des Supermarkts verantwortlich ist«, begann er.

»Einspruch, Euer Ehren!«, rief Laurentius und stand auf. »Es steht keineswegs fest, dass Benjamin Unheil über die Stadt brachte.«

»Das Wort hat die Anklage«, betonte Hannibal. »Die Verteidigung hat später Gelegenheit, ihren Standpunkt darzulegen.«

Er begann mit einer langsamen Wanderung vor dem Richterpult. »Als Benjamin, der übrigens noch immer seinen alten Namen trägt und es nicht für nötig hielt, sich einen neuen zu geben … Als er in der Stadt ankam, haben wir ihn großzügig in unsere Gemeinschaft aufgenommen. Er wurde auf die Regeln hingewiesen, die unser Zusammenleben bestimmen …«

»Einspruch, Euer Ehren!«, rief Laurentius, der noch immer stand und grinste, als hielte er die ganze Sache für einen Riesenspaß. »Wie kann man von Zusammen*leben* sprechen, obwohl wir doch alle wissen, dass wir tot sind?«

Der vorsitzende Richter – der Mann mit dem Rollkragenpullover – wollte mit dem Hammer aufs Pult schlagen, aber Hannibal ignorierte Laurentius' Worte einfach und fuhr fort:

»… und die uns dabei helfen sollen, das Gute zu mehren und das Böse zu tilgen, auf dass wir alle diesen Limbus verlassen und das Paradies erreichen können, um dort ein ewiges *Leben* zu führen, glücklich und ohne Not.« Hannibal betonte das Wort »Leben« und bedachte den immer noch grinsenden Laurentius dabei mit einem strengen Blick. »Aber Benjamin hat unsere Großzügigkeit von Anfang an ausgenutzt und gegen die Regeln verstoßen, ganz offensichtlich mit der Absicht, Unruhe in unsere Gemeinschaft zu bringen. Schon kurz nach seiner Ankunft hat er sich ins Labyrinth geschlichen, obwohl er um das Verbot wusste, und wir alle kennen die Konsequenzen: Etwas erwachte in den dunklen Tiefen, etwas, das Mauern durchbrach und Brüder und Schwestern von uns entführte. Caspar und Emily haben es gesehen, nicht wahr?«

Hannibal blieb stehen und sah in Richtung Eingang des Speisesaals. Die an einem der Tische sitzende Apothekerin stand auf. »Ja, das stimmt«, sagte sie ernst. »Ich habe gesehen, wie das … Ding Frederika packte und mit ihr verschwand.«

»Und du, Caspar?«

Der Mann, der Benjamin Hilfe versprochen hatte, wenn er sie brauchte, stand nicht weit entfernt und nickte kummervoll. »Ich habe es ebenfalls gesehen.«

»Dieses dunkle Geschöpf, das unsere Frederika verschleppte, und vermutlich auch die anderen … Könnt ihr uns sein Gesicht beschreiben?«

»Es hatte Benjamins Gesicht.«

Ein Raunen ging durch die Menge, als hätte jemand die Fenster für den Wind geöffnet, und Benjamin spürte Dutzende von Blicken im Nacken.

»Es läuft nicht gut«, flüsterte er Laurentius zu, der nach wie vor glückselig lächelte, während Kowalski an seinen Instrumenten hantierte, auf Skalen blickte und den Kopf schüttelte.

»Was hast du erwartet?«, erwiderte Louise ebenso leise.

Der Gedanke an Flucht kam Benjamin in den Sinn, verschwand aber sofort wieder – er wusste nur zu genau, dass jeder Versuch in dieser Richtung sinnlos gewesen wäre.

Hinter dem Pult rutschte Velazquez unruhig auf seinem Stuhl hin und her. Der Mann mit dem Rollkragenpullover ließ sich die gute Gelegenheit nicht entgehen und schlug mit dem Hammer.

»Ruhe im Gerichtssaal!«, rief er, sich plötzlich seiner Autorität bewusst.

Hannibal nahm die Wanderung vor dem Pult wieder auf. »Zuerst habe ich Benjamin für jemanden gehalten, den Dago zu uns geschickt hat.« Er sah zu den Streunern auf der einen Seite des Saals und deutete eine Verbeugung an. »Das war zur Zeit des Zwistes, wie wir alle wissen, bevor uns die Tragik nach dem Verschwinden des Supermarkts zusammenführte.«

Louise schnaufte leise, aber doch laut genug, dass Hannibal sie hörte.

»Vielleicht erinnern sich einige von euch an die seltsamen Blicke, die Dago und Benjamin beim Gefangenenaustausch auf dem Konkordatsplatz wechselten. Sie schienen sich zu kennen, obwohl sie sich eigentlich gar nicht kennen konnten – immerhin war Benjamin gerade erst in der Stadt eingetroffen. Aber inzwischen wissen wir alle, dass Benjamin viel mehr ist, dass er etwas weitaus Schlimmeres darstellt. Er ist ein Gesandter des Bösen.«

»Hört, hört!«, rief jemand.

»Einspruch, Euer Ehren.« Laurentius wandte sich lächelnd ans Richter-Trio. »Das sind nichts weiter als abergläubische Spekulationen.«

»Einspruch stattge…«, begann Velazquez.

»Einspruch *abgelehnt*!«, entschied der Mann mit dem Rollkragenpullover und ließ den Hammer aufs Pult knallen. Hannibal belohnte ihn mit einem zufriedenen Nicken. Dann drehte er sich ruckartig um und richtete den Zeigefinger auf Benjamin. »Das Böse hat diesen Mann zu uns geschickt!«, donnerte er. »Um uns von unserem Weg zum Paradies abzubringen. Um …«

»Einspruch!« Laurentius hob beide Arme, und Kowalski hob mit gerunzelter Stirn den Blick von einer Instrumentenanzeige, die ihm besondere Sorge zu bereiten schien. »Wenn das Böse Benjamin geschickt hat, so trifft ihn keine individuelle Schuld, weil er nur im Auftrag handelt. Und da es ihm ganz offensichtlich gelungen ist, euch vom Weg zum Paradies abzubringen, kann es mit dem Guten in der Gemeinschaft nicht weit her gewesen sein, meinst du nicht?«

Hannibal holte tief Luft.

»Du gibst also zu, dass Benjamin uns im Auftrag des Bösen Unheil brachte?«

»Nun …« Laurentius schien nach geeigneten Worten zu suchen.

»Was ist das denn für eine Verteidigung?«, entfuhr es Louise.

»Gibst du zu, dass er den Streunern das Arsenal zeigte, damit sie uns angreifen und den Supermarkt erobern konnten? Gibst du zu, dass es letztendlich Benjamin war, der den Supermarkt verschwinden ließ und uns damit alle in diese … wenig erfreuliche Situation brachte?«

Stille folgte. Velazquez verzog wie gequält das Gesicht. Der Mann mit dem Rollkragenpullover beugte sich vor, den Hammer gehoben. Die junge Frau an seiner Seite, die Benjamin an Frederika erinnerte, wirkte völlig verunsichert. Die Zuschauer im Saal warteten gespannt.

Die Stille dauerte an, und Benjamin hatte das Gefühl, dass sich der Moment in die Länge zog, wie bei der Ausbreitung des weißen Leuchtens vom Supermarkt durch die Stadt. Ein Moment gedehnter Zeit, dachte er, wie abseits der Ereignisse. Kowalski hätte seine Freude daran gehabt. Diesmal glitzerte und gleißte nichts, aber Benjamins Gedanken schienen mehr Zeit zu haben, sich zu entfalten und neue Verbindungen zu knüpfen. Er fragte sich, wer Hannibal in der anderen Welt gewesen war. Hannibal und Abigale … Er hatte sie für Townsend und Vivian gehalten, obwohl es auffällige Unterschiede gab, nicht nur im Aussehen, sondern auch im Wesen, und im Gefühl, das sie ihm vermittelten. Aber wenn nicht Townsend, wer war Hannibal dann gewesen? Hatte er zu jenen gehört, die im Institut Opfer der Flammen geworden waren? Oder kam er von ganz woanders? Und die anderen … Er ließ den Blick durch den Saal streichen. Mikado und Katzmann, Rebecca, Caspar, die Apothekerin Emily, all die anderen … Wer waren sie gewesen? Welche Namen hatten sie in der anderen Welt getragen, welches Leben geführt? Erinnerte sich niemand von ihnen? Erkannte ihn niemand?

»Äh, Laurentius …«, sagte Kowalski verlegen.

»Gibst du es zu?«, rief Hannibal. Er war etwas näher gekommen, wahrte jedoch einen respektvollen Abstand zu dem Alten.

»Ich gebe überhaupt nichts zu«, verkündete Laurentius. »Mein Mandant ist unschuldig. Er …«

»Laurentius!«, zischte Kowalski.

»Was ist denn?«

»Die Anzeigen! Sieh sie dir an.«

Aufgeregt deutete Kowalski auf Zeiger, die über Skalen zitterten, und die beiden Männer tuschelten miteinander.

»Was gibt es da zu flüstern?«, fragte Hannibal verärgert.

Laurentius und Kowalski wechselten einen ernsten Blick. Schließlich sagte der greisenhafte Mann im grünen Lodenmantel: »Ich kann die Wahrheit nicht leugnen.«

»Wie bitte?«, stieß Louise hervor.

»Was?« Hannibal schien ebenso überrascht zu sein wie sie. Mit einigen schnellen Schritten war er bei den Instrumenten und betrachtete die klickend schwingenden Pendel. »Was ist los? Was zeigen die Apparate an?« Und als Kowalski nicht sofort antwortete: »Heraus damit, Mann!«

»Sie zeigen Chaos an«, sagte Kowalski. »Und im Zentrum dieses Chaos befindet sich Benjamin.«

»Na bitte!«, triumphierte Hannibal. »Ich habe es gewusst!« Er kehrte zum Richterpult zurück, drehte sich um und sprach zum Publikum. »Benjamin steht im Zentrum des Chaos, das uns heimgesucht hat. Er trägt, wenn nicht die Schuld, so doch die Verantwortung.«

»Und ich dachte, du wolltest uns helfen«, wandte sich Louise vorwurfsvoll an Kowalski, während Hannibal wortgewaltig erklärte, warum Benjamin – und auch Louise – unbedingt bestraft werden mussten.

»Ich *wollte* euch helfen«, erwiderte Kowalski betreten. »Aber die Instrumente messen, was sie messen. Dies ist Wissenschaft, meine Liebe. Tut mir leid.«

Benjamin beobachtete Hannibal, wie er redete und gestikulierte. Was er hörte und sah, war Bigotterie. Dort sprach jemand, der das Gute beschwor und das Böse verdammte, ein

Mann, der in einer Frau, die im Leben eine Hure gewesen war, leichte Beute gesehen hatte, jemand, der sich in seiner Rolle als Oberhaupt, ja als Retter der Gemeinschaft gefiel, sich in der eigenen Wichtigkeit sonnte und wahrscheinlich sogar an seine verlogene kleine Welt glaubte. Ein kleingeistiger Mann, der sich groß gab, und der mit jedem Anhänger schrumpfte, den er verlor.

Laurentius hörte ihm zu, ohne ein einziges Mal Einspruch zu erheben. Er grinste nicht mehr, schien sich aber noch immer zu amüsieren; ab und zu lag ein hintergründiges Lächeln auf seinen Lippen.

»Wir haben Benjamin Gelegenheit gegeben, den Supermarkt zurückzubringen und damit seine Sündigkeit zu überwinden«, betonte Hannibal. »Ihr wisst, dass Laurentius zu mir und Abigale kam und meinte, Benjamin sei unschuldig und in der Lage, den Supermarkt zurückzubringen. Wir alle kennen Laurentius. Er ist der Älteste in der Stadt; er ist von uns allen am längsten hier. Er verdient Respekt, und deshalb beschlossen wir, Benjamin eine Chance zu geben. Und was hat er getan?«

»Er wollte fliehen!«, erklangen mehrere Stimmen im Saal.

»Ja, er wollte fliehen, und damit bewies er endgültig seine Schuld!«

Benjamin sprang auf. »Ich wollte fliehen, weil ich genau das hier befürchtet habe, eine Farce!«

Der Mann mit dem Rollkragenpullover knallte den Hammer aufs Pult.

»Der Angeklagte hat zu schweigen, solange das Gericht keine direkte Frage an ihn richtet. Sein Verteidiger spricht für ihn.«

»Wenn er denn spricht und nicht einfach nur lächelt«, brummte Louise.

»Die Anklage hat ihren Fall fast vollständig vorgetragen«, verkündete Hannibal und ging zu seiner Seite der vorderen Tischreihe. »Das Wort hat nun der Prediger, der uns erklären wird, welche Strafe notwendig ist, damit die Macht, die uns nach unserem Tod in diese Stadt brachte, wieder wohlwollend auf uns herabsieht.«

»Ein funktionierender Supermarkt ist für dich göttliches Wohlwollen?«, sagte Benjamin, der noch immer stand. »Und als der Supermarkt noch da war und sich seine Regale immer wieder füllten, da hast du es für richtig gehalten, Dagos Streuner hungern zu lassen. Ein beeindruckendes Beispiel von Nächstenliebe und Barmherzigkeit!«

»Der Angeklagte soll schweigen!«, ereiferte sich der vorsitzende Richter und klopfte mit dem Hammer.

»Und gibt es nicht ein himmlisches Gebot, das Lügen verbietet, Hannibal?«, fuhr Benjamin fort und versuchte, nicht auf die immer lauter werdenden Hammerschläge zu achten. »Aber du hast die Gemeinschaft belogen, als du immer wieder behauptet hast, es gäbe nichts außerhalb des Nebels mit den Kreaturen. Da draußen gibt es sehr wohl etwas. Andere Städte. Wir haben sie gesehen, vom Korb eines aufgestiegenen Heißluftballons. Dort draußen gibt es andere Städte und andere Menschen. Wie passt das in dein Bild vom Jenseits, Hannibal? Und das dunkle Wesen, das Mauern im Labyrinth durchbricht … Es hat schon vor sechzig Jahren welche durchbrochen, als ich noch nicht in der Stadt war. Ich habe nichts damit zu tun.«

Benjamin wusste nicht, warum er dies sagte. Vielleicht war

es der Wunsch, die Wahrheit zu beeinflussen oder ihr zu entkommen.

»Warum hat es dann dein Gesicht?«, fragte Abigale in die Stille. »Kannst du uns das erklären, Benjamin?«

»Frag nicht mich, sondern jenes Wesen, was auch immer es ist!«

Der Prediger stand mit klirrenden Ketten auf und hob das Zepter. Die Hände vollführten rollende Bewegungen, und Karten erschienen zwischen seinen Fingern.

»Ich habe Tarot- und Kipperkarten betrachtet«, sagte er, und bunte Karten flogen durch die Luft, von einer Hand zur anderen. Ein kurzer Wink ließ sie wie durch Magie verschwinden. »Ich habe den Glanz der Perlen der Weisheit gesehen«, fuhr der Prediger fort. Plötzlich lösten sich kleine leuchtende Kugeln von der linken Hand, schwebten wie von unsichtbaren Fingern getragen und sanken der rechten Hand entgegen. »Ich habe die Schnüre der Zukunft geworfen und beobachtet, welche Knoten sie binden.« Ein Gewirr aus Linien entstand in der Luft, und jede von ihnen, dünn wie ein Haar, bewegte sich einer Schlange gleich. Hier und dort bildeten sich glitzernde Knoten. Einige Sekunden lang hingen sie vor dem Prediger in der Luft, verschwanden dann mit einem leisen Knistern, das man vermutlich bis in die hintersten Reihen hörte – es war mucksmäuschenstill im Saal. Der vorsitzende Richter gaffte, halb übers Pult vorgebeugt, und schien seinen Hammer vergessen zu haben.

Selbst Benjamin konnte sich einer gewissen Faszination nicht erwehren. Die Bewegungen des Predigers, Tonfall und Lautstärke seiner Stimme, das Flackern und Leuchten der Gegenstände, die zwischen seinen langen, agilen Fingern erschienen oder vor ihm in der leeren Luft leuchteten – alles war perfekt aufeinander abgestimmt. Hannibals Bewegungen und Stimme bekamen etwas Hypnotisches, wenn es ihm gelang, die Aufmerksamkeit seiner Zuhörer zu fesseln, doch der Prediger erzielte eine Wirkung, die noch tiefer ging und die Seele zu berühren schien.

»Hast du nicht gesagt, dass der Prediger in allen Kirchen und Tempeln der Stadt spricht, dabei aber nur wenige Zuhörer hat?«, flüsterte Benjamin Louise zu.

»Bei seinen Predigten schwafelt er wirres Zeug«, erwiderte sie. »Dies ist eine gut vorbereitete Show.«

Eine Show. Plötzlich erinnerte sich Benjamin an einen Nachmittag im Institut, an einen Mann, der zu Besuch gekommen und im großen Saal aufgetreten war, wo sich alle versammelt hatten. Der Erhabene Antonius, so hatte er sich genannt. Gekleidet in ein glitzerndes Gewand, das immer wieder die Farbe wechselte, hatte er die Zuschauer, Patienten wie Pfleger, mit seinen Zauberkunststücken verblüfft.

Antonius, der Zauberkünstler. Und hier war ein Prediger aus ihm geworden, jemand, der die Zuschauer mit scheinbarer Magie verblüffte und ihre Seelen beeinflusste. Die Gasexplosion im Keller des Instituts, das Feuer, die hungrigen Flammen, die das ganze Gebäude gefressen hatten … War Antonius zu jenem Zeitpunkt im Institut gewesen? Die Seelen sind miteinander verbunden, erinnerte sich Benjamin an Laurentius' Worte und fragte sich, was das in diesem Zusammenhang bedeutete.

»Ich bin in den Kirchen und Tempeln der Stadt gewesen«, sagte der Prediger mit sonorer Stimme. »Ich habe um Erleuchtung gebetet.« Ein kurzer Wink mit der rechten Hand, und eine kleine Sonne ging über seinem Kopf auf. Für zwei oder drei Sekunden strahlte sie hell und schien mit der falschen Sonne zu wetteifern, die draußen den Schnee schmolz. Dann erlosch sie, und einige funkelnde Stäubchen senkten sich aufs Haupt des Predigers. »Ich habe die Stimme der Macht gehört und weiß: Um das Chaos aus der Stadt zu vertreiben, muss der Verursacher des Chaos aus ihr verschwinden. Der Supermarkt kehrt nur zurück, wenn Benjamin und Louise uns verlassen, für immer.«

»Das ist genau das, was wir wollen«, sagte Benjamin erstaunt.

Hannibal achtete nicht auf ihn. »Was schlägst du vor?«, fragte er den Prediger.

Der Mann mit dem schwarzen Talar und dem trichterförmigen Hut auf dem Kopf breitete die Arme aus. »Es gibt nur eine Lösung für das Problem, und nur eine gerechte Strafe: das Loch.«

Benjamin hörte, wie Louise nach Luft schnappte.

Hannibal wandte sich dem Pult zu und deutete eine Verbeugung an. »Dem habe ich nichts hinzuzufügen, Hohes Gericht.« Er kehrte zu Abigale zurück. Der Prediger folgte ihm und nahm ebenfalls am Tisch der Anklage Platz.

Der vorsitzende Richter blinzelte mehrmals. »Das Wort hat die Verteidigung«, sagte er dann und fügte seinen Worten ein Hammerklopfen hinzu.

Benjamin richtete einen erwartungsvollen Blick auf Laurentius, der einige Schritte vortrat, tief Luft holte und sagte:

»Mein Mandant … ist unschuldig.«

Das Richter-Trio wartete.

»Er hat nichts getan«, fügte Laurentius hinzu und lächelte.

»Das ist alles?«, fragte der vorsitzende Richter und hielt den Hammer bereit. »Hast du keine Beweise für seine Unschuld?«

»Wie soll ich beweisen, dass er *nichts* getan hat?«, entgegnete Laurentius. Er sah zu Kowalski, der noch immer an seinen klickenden und klackenden Apparaten hantierte, wandte sich dann an Benjamin und sagte: »Ich kann leider nichts mehr tun. Es ist, wie es ist.«

Dann griff er in die Manteltasche und fragte: »Möchte jemand einen Apfel?«

Das Loch

60

Es wurde kälter, als sie sich dem Loch näherten. Benjamin zerrte ein letztes Mal an dem Strick, mit dem seine Hände auf den Rücken gefesselt waren. Neben ihm schien Louise mit jedem Schritt bleicher zu werden, und wenige Meter vor der Absperrung blieb sie stehen.

»Weiter«, knurrte Hannibal. Der Mann hinter Louise gab ihr einen Stoß, nicht grob, aber auch nicht sanft, und sie wankte nach vorn, der Barriere aus Brettern, Latten, Eisenstangen und verrosteten Blechen entgegen. Eine dünne Schicht aus Raureif hatte sich darauf gebildet und glitzerte im Licht der untergehenden Sonne. Dahinter öffnete sich das schwarze Maul des Lochs.

Vor ihnen ging der Prediger, der jetzt einen dicken Mantel über seinem Talar trug und ein rundes Gefäß an einer langen Kette schwang. Rauch kam daraus hervor, und immer wieder murmelte er etwas. Vielleicht gab er dem Loch und der Hinrichtung – denn darauf sollte es hinauslaufen – seinen Segen. Weiter hinten, am Rand des Platzes, hatten sich Gemeinschaftsmitglieder, Streuner und Unabhängige eingefunden, viele von ihnen dick vermummt. Nur einige wenige Zuschauer wagten sich bis zur Absperrung vor. Die anderen hielten sich davon fern, aus Furcht vor Schatten, die jederzeit aus dem finsteren Schlund kommen konnten.

Auf der linken Seite öffnete Hannibal einen Durchgang in der Barriere, und der Prediger trat mit schwingender Räucherkugel zur Tribüne. Hölzerne Stufen knarrten unter ihm, als er die Treppe hochstieg. Zwei kräftige Hände packten Benjamin an den Oberarmen und dirigierten ihn nach oben, wo der lorenartige Wagen auf den Schienen wartete, die ins Loch führten.

Als sie auf der Tribüne waren, kam plötzlich Wind auf, und der Prediger musste seinen Trichterhut festhalten, damit er ihm nicht vom Kopf geweht wurde. Schneeflocken tanzten im schwächer werdenden Licht – der Tag neigte sich dem Ende entgegen.

Der Tag stirbt, dachte Benjamin. Und wir mit ihm. Aber wir sind bereits tot und können nicht sterben, zumindest nicht auf Dauer. Es sei denn …

Er blickte ins Loch, aus dem die Schatten kamen und das viel tiefer war als der tiefste Abgrund, den sie im Labyrinth gesehen hatten. Unter der Stadt heilten keine Kratzer, erinnerte sich Benjamin. Unter der Stadt, tief unten im dunklen Leib dieser Welt, konnten vielleicht auch Tote für immer sterben.

»Wo ist der verdammte Mistkerl?« Louise stand neben ihm, die Hände ebenfalls auf dem Rücken gefesselt, und drehte den Kopf. »Oder hat er nicht den Mumm, hier aufzukreuzen und sich das Spektakel anzusehen?«

»Er steht dort drüben«, sagte Benjamin. »Auf der anderen Seite des Platzes.«

Dort stand er, Laurentius, den Kragen des grünen Lodenmantels hochgeklappt, die Hände tief in den Taschen. Benjamin konnte sein Gesicht kaum erkennen, stellte sich aber ein Lächeln darin vor.

Der Prediger ging zum Wagen auf den Schienen und schwang auch dort die Räucherkugel. Auf Hannibals Zeichen hin öffnete einer der Männer, die Benjamin festgehalten hatten, die hintere Klappe des Wagens.

»Ich habe immer gewusst, dass Laurentius einen ganz besonderen Sinn für Humor hat«, sagte Louise. »Aber wenn dies ein Scherz sein soll, so kann ich beim besten Willen nicht darüber lachen.«

Sie leistete keinen Widerstand, als ein Gemeinschaftsmitglied sie zur Lore führte. Der Mann, der die Klappe geöffnet hatte, wollte Benjamin erneut am Arm ergreifen, aber er schüttelte die Hand ab und stieg selbst in den Wagen. Nur die etwa vier oder fünf Meter lange Rampe trennte sie jetzt noch vom Loch. Zwei mit Seilen verbundene Bremsklötze verhinderten, dass die Lore losrollte.

Während sich Hannibal mit einer kurzen Ansprache an die Zuschauer wandte und auf das vom Richter-Trio mit der Mehrheit von zwei Stimmen gefällte Urteil hinwies – Velazquez hatte sich gegen das Loch ausgesprochen –, sah Benjamin erneut zur anderen Seite des Platzes und stellte fest, dass Laurentius verschwunden war, was ihn aus irgendeinem Grund nicht überraschte. Sein Blick wanderte weiter, zu den Zuschauern, wie auf der Suche nach etwas.

Und er fand, was er suchte: einen Mann, der einen Dreispitz auf dem Kopf trug, schwarz und mit goldenem Rand, das Gesicht darunter leicht pockennarbig. Dago, mit Jasmin an seiner Seite.

»*Er* ist es«, hauchte Benjamin, so leise, dass nicht einmal Louise ihn hörte.

Dago schien etwa fünfunddreißig zu sein und sah nicht wie ein Professor aus. Aber der Striemen an seinem Hals, wie von einer Garrotte, bot einen deutlichen Hinweis, und Benjamin erinnerte sich daran, als er ihm auf dem Konkordatsplatz in die Augen gesehen hatte, an das Gefühl, diesen Mann zu kennen. Dagos Gürtelhalfter war leer – das weiße Leuchten aus dem Supermarkt hatte auch seine Waffe verschwinden lassen –, aber Benjamin erinnerte sich an den Colt Walker, Modell 1847. Den gleichen Colt hatte Benjamin in einer privaten Waffensammlung gesehen, und Townsend hatte sie »mein bestes Stück« genannt.

»Dago ist Townsend«, flüsterte er Louise zu. Aber sie hörte ihn nicht, starrte nur entsetzt ins Loch.

Hannibal beendete seine Ansprache und griff nach dem Seil der Bremsklötze.

»Habt ihr noch etwas zu sagen, bevor das Urteil vollstreckt wird?«, fragte er.

Wind pfiff über den Platz, und es klang nach Banshee-Heulen. Wie von diesem Heulen herbeigerufen, stiegen Worte aus Benjamins Gedächtnis, und reihten sich zu den Zeilen eines Gedichts aneinander, das er vor langer Zeit gelesen hatte, nicht in der Bibliothek des Instituts, auch nicht in der des anderen Gefängnisses. Die Worte stammten aus dem Leben davor, das noch immer grau und konturlos war, weil er es so wollte.

Aus Blut Vergangner kommen wir,
Doch sind wir ohne Erben.
In leere Himmel ragen wir
Und können nicht mehr sterben.
Dieses Verströmen in die Zeit
Und dies Hinübergleiten:
Den Leib verlassen wie ein Kleid,
Kann uns nicht mehr geschehen.
Wir, deren Gang vom Weg beschwert,
Den wir als Letzte kamen,
Wir werden einst von Gott zerstört,
Wie Dinge ohne Namen.

Das Heulen des Winds schwoll kurz an, als wollte es die Worte unterstreichen und ihnen zusätzliche Bedeutung geben. Dann verstummte es, und Stille senkte sich auf den Platz. Mehr Schneeflocken fielen, und das letzte Licht des Tages verblasste schnell. Hier und dort wurden Öllampen entzündet.

»Du bist nicht Gott«, sagte Benjamin und sah Hannibal dabei in die Augen. »Du kannst uns nicht zerstören.«

»Wir werden sehen«, erwiderte Hannibal und zog das Seil. Die Bremsklötze sprangen von den Schienen, und die hölzerne Lore – woher kommt ihr Holz?, dachte Benjamin kurz – rollte die Rampe hinunter.

Louise blieb tapfer und schrie nicht, als der Wagen das Ende der Rampe erreichte und über die Gleise quietschte, die am Rand des Lochs spiralförmig in die Tiefe führten. Sie hockte in einer Ecke der wackelnden, schwankenden Lore, zerrte an ihren Fesseln und sagte immer wieder: »Ich sehe und höre nichts, la-la-la!«

»Kannst du mir die Hände losbinden?« Das Rattern wurde lauter, und die schlingernden Bewegungen der Lore nahmen zu, als sich Benjamin neben Louise hockte, mit dem Rücken zu ihr. Es wurde schnell dunkler; über ihnen schrumpfte die Öffnung des Lochs, wie von der Finsternis verschlungen.

»La-la-la«, sagte Louise noch lauter. »Ich sehe nichts, und ich höre nichts!«

»Bind mir die Hände los!«, sagte Benjamin und rückte näher an sie heran. »Vielleicht können wir dieses Ding irgendwie abbremsen und nach oben klettern.«

»La-la-la«, sang Louise wie ein Kind, das die Treppe in einen dunklen Keller hinabging. Aber sie schien Benjamin verstanden zu haben, denn ihre Finger tasteten über den Strick, der um seine Handgelenke geschlungen war. Sie zupften und zogen, und schließlich, nach einer endlos langen Minute, löste sich die Fessel, und Benjamin bekam die Hände frei.

»Wer hat Angst vorm schwarzen Mann«, sagte Louise mit zittriger Stimme, als sie den Strick fortzog. »Und wenn er kommt, was tust du dann …«

Immer schneller jagte die Lore an den Innenwänden des Loches entlang, und aus dem Quietschen wurde ein Heulen wie von tausend gequälten Geistern. Benjamin drehte sich um und machte sich daran, Louise von ihren Fesseln zu befreien. Das von oben kommende Licht reichte gerade noch aus, ihre Augen zu sehen – sie waren groß und voller Angst.

Benjamin kroch durch den Wagen, und eine besonders heftige Erschütterung warf ihn zur Seite. Für einen Moment befürchtete er, dass die Lore ganz aus den Gleisen springen und in die Tiefe stürzen könnte, aber die rasende Fahrt auf den Schienen ging weiter, vorbei an einer Wand, die völlig glatt wirkte, wie von einem scharfen Messer geschnitten, und sich immer mehr in der Dunkelheit verlor.

»Warum bremst du nicht?«, jammerte Louise in ihrer Ecke.

»Weil ich noch keine Bremse gefunden habe«, erwiderte Benjamin und tastete über den Boden der Lore, ohne einen Hebel oder dergleichen zu entdecken. »Ich fürchte es gibt gar keine.«

»La-la-la«, sang Louise.

»Bist du wirklich eine Hure gewesen?«, rief Benjamin.

»Was?«

»Bist du wirklich …«

»Das fragst du mich *jetzt*?«

»Ja. Vielleicht habe ich später keine Gelegenheit mehr dazu.«

Die Lore schüttelte sich wie ein bockendes Pferd, und als Benjamin den Kopf hob, fuhr ihm starker Fahrtwind ins Haar. Er machte kehrt und kroch zu Louise zurück. Was auch immer geschah, sie waren den Ereignissen hilflos ausgeliefert.

»Oh«, kam Louises Stimme aus der Dunkelheit. »Oh.« Und dann: »Ich glaube, ich muss mich übergeben.«

Benjamin wich zur Seite aus, aber etwas von dem Schwall aus Erbrochenem traf trotzdem seinen zerrissenen Parka, der daraufhin noch etwas strenger roch.

Über ihnen gab es kaum mehr Licht, nur noch eine vage graue Schliere, die in der Dunkelheit verschwand, noch während Benjamin sie beobachtete. Die Finsternis, erfüllt vom

Rattern der Lore und dem Pfeifen ihrer Räder auf den Gleisen, schloss sich ganz um sie.

Benjamin rückte näher an Louise heran. Der Fahrtwind riss den Gestank des Erbrochenen fort.

»Bist du wirklich eine Hure gewesen?«, wiederholte er und fragte sich, warum er keine Furcht empfand. Hatte er noch nicht richtig begriffen, was geschah?

Seite an Seite saßen sie in der Dunkelheit, im Rücken die geschlossene hintere Klappe des ratternden, wackelnden Wagens. Louise schniefte.

»Ja, bin ich«, sagte sie. »Ich bin eine verdammte Hure gewesen. Und?«

»Nichts und. Wie kam es dazu?«, fragte Benjamin und spürte, wie sich ungeachtet der Umstände eine sonderbare Ruhe in ihm ausbreitete. Sie konnten nichts tun. Was auch immer passierte, es ließ sich nicht ändern.

»Wie kommt es zu so etwas?«, erwiderte Louise. »Vielleicht lag es ein bisschen daran, dass meine Mutter eine Hure war und ich in den ›Les bricks‹ von Marseilles aufgewachsen bin.«

»Ich nehme an, die ›Les bricks‹ sind kein besonders gutes Viertel, oder?«

»Ha!«, machte Louise. »Ich lernte viele ›Onkel‹ kennen. Sie gingen dauernd bei uns ein und aus, und ich fragte mich damals, wie es kam, dass wir so viele Verwandte hatten und doch allein lebten.«

Louise schwieg kurz, und Benjamin tastete im Dunkeln nach ihrer Hand. Das Wackeln und Schwanken der Lore ließ ein wenig nach, und das Pfeifen der Räder war nicht mehr ganz so laut.

»Es geht nicht mehr so steil hinab«, sagte Benjamin. Als Louise nicht weitersprach, fragte er: »Hat dich deine Mutter gezwungen …?«

»Sie hat mich eingesperrt«, sagte Louise. Benjamin spürte, wie sie die Beine anzog und die Arme darum schlang. »Zuerst in die Besenkammer. Als ich so dumm war, an der Tür zu rütteln, kam ich in den Keller. Ben?«

»Ich bin hier«, sagte er.

»Ich weiß, dass du da bist, verdammt! Wir sind verrückt, weißt du das?«

»Warum?«

»Weil wir hier sitzen und über mein Leben reden, während wir in diesem verdammten Wagen in den Tod rasen.«

»Wir werden nicht sterben«, sagte Benjamin.

»Weil du es sagst?«

»Weil wir nicht sterben werden.« Er wusste es, ohne jeden Zweifel. Nicht der Tod erwartete sie, sondern …

Benjamin runzelte die Stirn und versuchte den Gedanken festzuhalten, aber er entwand sich ihm wie eine Schlange.

»Habe ich dir gesagt, dass ich in der Stadt nichts mehr gefürchtet habe als das Loch, Ben?«

Er nickte, was sie natürlich nicht sehen konnte. »Darauf hast du hingewiesen.«

»Und jetzt stecke ich mittendrin!«

»Nicht mittendrin«, sagte Benjamin. »Ich schätze, wir sind fast am Boden.« Er richtete sich halb auf, und tatsächlich: Der Fahrtwind war nicht mehr so stark wie vorher. »Was geschah dann?«, fragte er.

»Was?«

»Nachdem dich deine Mutter eingesperrt hat.«

»Irgendeiner der ›Onkel‹ bemerkte mich und bot ihr offenbar viel Geld. Und sie brauchte die Knete. Erst für Koks und dann für Heroin. Sie muss mir irgendwas gegeben haben, vielleicht in meinen Tee, was weiß ich. Ich erinnere mich daran, dass ich benommen war und wie aus einem Traum erwachte, mit diesem Kerl auf und *in* mir. Es war *widerlich.* So begann es, und von da an ging's bergab.«

Benjamin horchte. Noch immer kam ein Pfeifen von den Rädern der Lore, aber es war nicht mehr annähernd so laut wie vorher, und hinter diesem Pfeifen knisterte etwas in der Finsternis.

»Und weiter?«, fragte er mit geteilter Aufmerksamkeit.

»Schließlich teilte meine Mutter nicht nur ihre Freier mit mir – die *sie* bezahlten, nicht mich –, sondern auch die verdammten Drogen. Eines Tages starb sie an einer Überdosis, und ich machte dort weiter, wo sie aufgehört hatte. Ich kannte nichts anderes. Die Schule hatte ich längst geschmissen, und außerdem machte ich zu Anfang ziemlich viel Kohle. Für schicke Klamotten und so. Aber dann ging immer mehr für Drogen drauf, und irgendwann hatte ich einen Zusammenbruch und bin in einer Klinik aufgewacht. Der dortige Chefarzt …«

»Townsend«, warf Benjamin ein und spürte, wie die Lore noch langsamer wurde.

»Er war ein verdammter Mistkerl. Er … Ach, es würde zu weit führen, den ganzen Kram zu erzählen. Jedenfalls, ich sammelte Medikamente, alles, was ich kriegen konnte, schluckte den ganzen Kram und schnitt mir die Pulsadern auf, nach dem vergeblichen Versuch mit den Halsschlagadern.«

»Du bist sie«, sagte Benjamin. »Die Traurige, die ich im Institut kennengelernt habe. Françoise.«

»Ich bin Louise. Ich bin immer Louise gewesen, tut mir leid.«

Der Tod ist ein Dieb, dachte Benjamin. Er stiehlt Erinnerungen, und vielleicht verändert er jene, die er uns lässt.

»Louise?«

»Was willst du noch, Ben? Ich hab dir alles erzählt. Das Wichtigste. Der Rest ist Kleinkram.«

»Wir stehen, Louise. Wir bewegen uns nicht mehr.« Benjamin richtete sich langsam auf, und es wehte ihm kein Fahrtwind ins Gesicht. »Schade, dass uns Hannibal keine Lampe mitgegeben hat.«

»Ich glaube …« Louise erhob sich ebenfalls und klopfte ihre Taschen ab. »Ja, da sind sie. Streichhölzer. Ich hab sie in dem Hotelzimmer gefunden, in das man mich gesperrt hat. Niemand hat's gemerkt, obwohl solche Sachen inzwischen recht wertvoll sein dürften.«

Benjamin hörte ein Ratschen, und das jähe Licht einer Flamme blendete ihn. Er kniff die Augen zusammen …

Louise schrie.

Direkt vor ihnen stand eine dunkle Gestalt, die Beine krumm, der Rücken gebeugt, die Arme unterschiedlich lang. Aber inzwischen war das Wesen gewachsen, denn es ragte fast fünf Meter auf, und die tatzenartigen Hände endeten in langen Krallen. Das Gesicht – Benjamins Gesicht – war zu einer Grimasse verzerrt, erfüllt von einem seltsamen Schmerz. Ein Grollen kam aus der Kehle, aber es klang nicht bedrohlich.

Louise ließ das Streichholz fallen.

Die Dunkelheit kehrte zurück, und mit ihr kam eine vertraut klingende Stimme.

»Wie findet ihr meinen kleinen Freund?«

61

»Laurentius?«, fragte Benjamin.

»Wen hast du hier unten erwartet, mein Junge? Hannibal? Ich beobachte euch schon seit einer ganzen Weile. Interessantes Gespräch, das ihr da geführt habt. Man erfährt so manches, wenn Leute, die sich unbeobachtet wähnen, miteinander sprechen. Oh, ihr könnt im Dunkeln nicht sehen, das habe ich ganz vergessen. Moment.«

Ein Licht erschien in der Finsternis, aber nicht so plötzlich wie das der Streichholzflamme, sondern sanft und langsam. Die Umrisse des ins Riesenhafte gewachsenen dunklen Wesens zeichneten sich in der zurückweichenden Dunkelheit ab, und neben ihm stand eine kleinere Gestalt, in einen grünen Lodenmantel gehüllt. Laurentius hielt eine Lampe, in der kein Öl brannte: Das Licht kam nicht von einer Flamme, sondern von mehreren glimmenden Punkten, die hinter dem Glas schwebten. Mit der freien Hand klopfte er dem neben ihm aufragenden Geschöpf ans Bein.

»Ich glaube, ihr kennt euch schon, nicht wahr?«

Der dunkle Riese knurrte, stützte sich wie ein Gorilla auf die Fingerknöchel und brachte sein Gesicht ganz nahe an Benjamin heran. Der Geruch von Ammoniak wurde so stark, dass diesem der Atem stockte.

Laurentius lächelte noch immer. »Na, erinnert er dich an etwas, der Geruch?«

Unmittelbar nach der Gasexplosion im Keller des Instituts, kurz vor seinem Tod … Benjamin entsann sich daran, Ammoniak gerochen zu haben.

Das dunkle Geschöpf mit der ledrigen Haut grollte, und als Benjamin ihm in die Augen sah – in das Spiegelbild seiner eigenen Augen –, erkannte er tiefen Schmerz darin. Das Wesen streckte eine Klauenhand aus …

»O nein, kommt nicht infrage«, sagte Laurentius und trat zwischen den dunklen Riesen und Benjamin. »Er möchte in dich zurück, Benjamin. Er möchte dorthin, wo er früher in dir wohnte.«

»Was?«

Laurentius drehte sich um und musterte ihn erstaunt. »Weißt du es noch nicht? Ahnst du es nicht einmal?«

»Was soll ich ahnen, verdammt? Was wird hier gespielt?«

»Gespielt, Benjamin?« Das Lächeln verschwand von Laurentius' Lippen. »Hältst du dies alles, auch den Tod, für ein Spiel?«

»Ben …«

Benjamin sah Louise an, die bleich und zitternd neben ihm stand. »Mir ist schlecht, Ben«, ächzte sie. »Und ich kann mich kaum mehr auf den Beinen halten.«

»Oh, die junge Dame hat einen Schock erlitten.« Laurentius klatschte in die Hände. »Wie konnte ich das nur übersehen!« Er öffnete die Klappe seiner Lampe, und einige der Lichtpunkte kamen heraus, stiegen auf und strahlten heller.

Die Dunkelheit um sie herum wogte wie ein Nebel, als wollte sie sich der Helligkeit widersetzen, doch dann wich sie zurück. Das Licht breitete sich aus, in einer so immensen Höhle, dass die Decke zu einem schwarzen Himmel wurde und die Wände zum fernen Horizont einer Welt unter der Welt. Benjamin sah in die Richtung, aus der sie gekommen waren. Ein Tunnel erstreckte sich dort, mit einem vorn geöffneten Wagen aus Holz auf glänzenden, völlig rostfreien Schienen. Er erinnerte sich gar nicht daran, dass sie die Lore verlassen hatten.

Als Benjamin wieder nach vorn blickte, hatte das Licht das Heer der Schatten erreicht.

Zu Tausenden standen sie da, reglos und stumm, glitzerndes Eis unter ihren Füßen: dunkle Gestalten ohne Gesichter, wie eine Armee, die auf den Einsatzbefehl ihres Kommandeurs wartete.

»Gefallen sie euch, meine kleinen Helfer?«, fragte Laurentius stolz.

»*Deine* kleinen Helfer?«, brachte Benjamin hervor.

»Oder auch deine, wie man's nimmt. Es kommt ganz auf die Perspektive an.« Nach einem Blick in Benjamins Gesicht fügte er hinzu: »Du hast es noch immer nicht begriffen, oder?«

»Ich wäre euch sehr dankbar, wenn ihr eure Verwirrspiele auf später verschieben könntet.« Louise taumelte.

»Oh, ich bitte um Verzeihung, junge Dame.« Laurentius streckte die freie Hand aus und deutete am leise knurrenden dunklen Riesen vorbei zu den Gebäuden, die sich einige Kilometer entfernt an die Hänge eines in dieser dunklen Unterwelt aufragenden Hügels schmiegten. Auf der Kuppe dieses Hügels stand ein mehrere Hundert Meter hoher Turm, und als Laurentius die Finger bewegte, brannte dort plötzlich Licht in den Fenstern.

»Das ist zu weit.« Louise schwankte so sehr, dass Benjamin sie stützte. »Ich schaffe es nicht bis dorthin.«

»Möchtet ihr den Turm erreichen?«, fragte Laurentius und hob die Brauen.

»Ja, aber …«

»Du auch, Benjamin?«

»Laurentius, hör endlich auf …«

»Dies ist wichtig, Benjamin. Du musst endlich verstehen.«

»Was sollen wir verstehen, verdammt?«, fragte Louise und stützte sich schwer auf Benjamin. »Red endlich Klartext!«

»Ihr müsst beide verstehen, aber vor allem er, denn er hat euch hierhergebracht. Das weiß er inzwischen, aber er hat immer noch nicht die richtigen Schlüsse daraus gezogen. Möchtest du zu dem Turm, Benjamin? Er ist gewissermaßen die Nabe dieser Welt.«

»Wenn wir dort ausruhen können …«

»Ja, dort könnt ihr ausruhen«, sagte Laurentius. »Und ich werde versuchen euch alles zu erklären.«

»Na gut, ich möchte zum Turm, ja.«

»Dann mach den Schritt, mein Junge.«

Benjamin trat vor …

… und stand plötzlich auf einem Balkon, mindestens zweihundert Meter über den dunklen Gebäuden an den Hängen des Hügels.

»Na, war doch gar nicht so schwer«, sagte Laurentius hinter ihm, während sich Benjamins Hände am niedrigen Geländer festkrallten und Louise neben ihm mit einem überraschten Seufzen zu Boden sank.

Ein Feuer brannte im Kamin, mit leisem Knacken und Knistern, und wohlige Wärme breitete sich in dem großen Raum aus, einer Mischung aus Küche und Salon. Louise saß am Feuer, zurückgelehnt in einem Schaukelstuhl und mit einer Decke über den Beinen. Benjamin und Laurentius hatten nach der Mahlzeit – einem Eintopf, der ebenso lecker gewesen war wie das Essen in Laurentius' Observatorium – den Tisch abgeräumt und dann wieder dort Platz genommen, mit einer Kanne Tee zwischen sich.

»Ich schätze, Hannibal wäre ziemlich sauer, wenn er uns jetzt sähe«, sagte Louise und schnaufte zufrieden. »Was ist mit den anderen Leuten passiert, die er ins Loch geschickt hat? Hast du sie ebenfalls bei dir bewirtet? Und warum ist niemand von ihnen zurückgekehrt?«

»Weil eine Rückkehr nicht möglich ist. Nicht in die Stadt, aus der ihr kommt. Wer ihr Wirkungsfeld verlässt, kann nicht zurück. Im Labyrinth wart ihr nahe dran. Dir fiel auf, dass die Kratzer nicht von deinen Händen verschwanden, Benjamin. Aus gutem Grund. Ihr seid dem Rand des Einflussbereichs dieser Jenseitsmaschine sehr nahe gewesen.«

»Jenseitsmaschine?«, wiederholte Benjamin und dachte an die großen Zahnräder, die er im alten Fabrikgebäude gesehen hatte, kurz vor dem Aufbruch mit dem Heißluftballon. Er beugte sich vor. »Heraus damit, Laurentius. Wer bist du? Was geht hier vor? Was hat es mit der ›Jenseitsmaschine‹ auf sich?«

»In dieser Reihenfolge?«, fragte Laurentius. Er holte drei Äpfel hervor und begann damit, sie zu schälen.

»Wie wär's, wenn du mit dem Anfang beginnst?«, schlug Louise vor.

»Tja, aber mit welchem Anfang, meine Liebe? Mit eurem

oder mit meinem? Bei euch begann alles mit dem Tod.« Laurentius sah von den Äpfeln auf. »Die Gasexplosion im Keller des Instituts. Das Feuer, dem das ganze Gebäude zum Opfer fiel … Ihr seid darin verbrannt, und der Tod brachte euch in die Stadt. Das mit der asynchronen Zeit weißt du ja inzwischen, Benjamin. Manche der Toten kamen hier vor vielen Jahren und Jahrzehnten an, andere, wie du, erst vor kurzem.«

»Ist sie die Traurige?«, fragte Benjamin. »Ist sie Françoise?«

»Ich denke schon.«

»Du weißt es nicht genau?«

»Woher soll ich es *genau* wissen?«, erwiderte Laurentius. »Ich bin nicht das Hirn der Jenseitsmaschine, nur ihr Aufseher. Jemand, der darauf achtet, dass alle Zahnräder richtig ineinandergreifen, und das ist nicht nur im übertragenen Sinn gemeint.« Er zuckte die Schultern. »Wenn ihr mich fragt: Sie hätten sich die Mühe sparen können.«

»Sie? Wen meinst du mit ›sie‹?«

»Eins nach dem anderen, mein Junge.« Laurentius stand auf, brachte Louise einen geschälten Apfel und kehrte dann zum Tisch zurück, der in der Mitte des Zimmers stand, umgeben von Säulen aus blutrotem Marmor, darin die Darstellungen von Schlangen. Den zweiten geschälten Apfel bekam Benjamin. »Esst die Kerne ruhig mit. Es kann nicht schaden, zusätzliche Türen und Fenster in eurem Bewusstsein zu öffnen, auf dass es gut gelüftet wird und Erkenntnis Einzug halten kann.«

Das Feuer im Kamin knackte, und ein Scheit sank tiefer in die Glut. Funken stiegen auf. Louise biss in den Apfel und kaute.

»Das Institut, die Flammen und dann die Stadt«, sagte

Benjamin, den Blick auf Laurentius gerichtet. »Ich nehme an, es gibt einen Zusammenhang mit der Maschine.«

Der alte Mann auf der anderen Seite des Tisches lächelte entzückt. »Bravo! Der Apfel wirkt schon. Du hast die Gasexplosion im Institut verursacht. Es war dein Feuer, das all diese Menschen verbrannte, und als die Jenseitsmaschine deine – nun, nennen wir es ›Seele‹; Kowalski würde vielleicht von einer ›Quantensignatur‹ sprechen – empfing, holte sie auch all die anderen hierher.«

»Weil die Seelen miteinander verbunden sind«, sinnierte Benjamin.

»Durch ein Geflecht aus direkter und indirekter Verantwortung. Und durch Erinnerungen. Apropos Erinnerungen. Du hast im Augenblick des Todes versucht, dir deine echten zu bewahren, aber sie vermischten sich mit denen, die Townsend dir eingepflanzt hat, und das Resultat war Chaos. Nun, deine Verantwortung – deine Schuld – war es, die die anderen Menschen im Institut in die Stadt brachte, unter ihnen den Mann, den du zuvor eigenhändig umgebracht hast.«

»Dago«, sagte Benjamin. »Townsend.«

»Ja. Und die Seelen – beziehungsweise Quantensignaturen – der anderen verfügten ebenfalls über Verbindungen, manche stark, andere schwach. Das brachte auch Menschen hierher, die nicht im Institut gestorben sind. Zum Beispiel jemanden, den du gehasst hast, Louise.«

Sie hatte den Apfel ganz aufgegessen, entfaltete die Decke und zog sie trotz des wärmenden Feuers bis zu den Schultern hoch. »Ich habe damals viele Leute gehasst.«

»Aber einen Mann vielleicht noch mehr als die anderen?«

»Der erste«, sagte sie nachdenklich. »Der miese Typ, der

auf mir lag, als ich aus der Benommenheit erwachte. Der es erst mit meiner Mutter trieb und dann mit mir. Er stank, der widerliche Kerl. Und er sang, wenn er kam.«

»Was sang er, Louise? Vielleicht ein kleines Hosianna?«

»Leclerc«, hauchte Louise. »Jetzt fällt mir sein Name wieder ein. Der verdammte Kerl hieß Leclerc. Und ja, er sang immer ein verdammtes Hosianna. Hielt Vorträge, kaum dass er fertig war. Wollte uns vom falschen Weg abbringen und so weiter. Was für ein verdammter scheinheiliger Heuchler! Hatte die Hose noch nicht ganz zu, als er von Sünde faselte, von einer Waage, die das Gute in der einen Waagschale und das Böse in der anderen hält …« Louises Augen wurden groß. »Nein!«

»Doch«, sagte Laurentius.

»Leclerc ist … Hannibal? Das erklärt so einiges.«

»Er starb an dem Tag, als das Institut niederbrannte. Stürzte in Paris in einen offenen Gully.«

»Er fiel in ein Loch«, sagte Louise. »Das passt!«

»Die Maschine reagiert auf Verbindungen und die Nähe des Todes«, betonte Laurentius. »Deshalb kam Leclerc hierher und nicht in eine der anderen Städte.«

»Aber warum erinnern wir uns nicht?«, fragte Louise, während Benjamin versuchte, seine plötzlich wirren Gedanken zu ordnen. »Wenn ich wirklich die Traurige bin, und Hannibal Leclerc … Wieso erinnern wir uns nicht daran?«

»Weil Benjamin eine Anomalie ist«, erwiderte Laurentius. »Womit wir beim Problem wären. Er hätte die Stadt längst verlassen sollen. Er brachte hier alles durcheinander.«

»Hast du mich deshalb auf den Ballon hingewiesen?«, fragte Benjamin, die Reste des Apfels auf halbem Weg zum Mund.

»Es war ein Wink mit dem Zaunpfahl und fast schon zu viel des Guten. Dort oben, mitten im Wirkungsfeld der Maschine, sind meine Möglichkeiten begrenzt. Dort unterliege auch ich der besonderen Logik der Maschine, soweit man dabei von Logik sprechen kann.«

»Und Kowalskis Messungen«, erinnerte sich Benjamin. »Die Anzeigen seines Unheilsmeters ...«

»Wie ich schon sagte: Kowalski ist nicht annähernd so verrückt, wie viele glauben.«

»Wieso ist Ben eine Anomalie?«, warf Louise ein.

»Wegen seiner Erinnerungen, nehme ich an. Der Tod ist ein Dieb, wisst ihr. Besser gesagt: Die Jenseitsmaschine ist ein Dieb. Bei jedem Tod stiehlt sie Erinnerungen. Fragt mich nicht, warum und was genau sie damit anstellt – das haben sie mir damals nicht erklärt. Aus einigen dieser Erinnerungen baut sie die Stadt. Sie benutzt sie gewissermaßen wie Blaupausen, denn hier geht es um Erwartungen, Teuerste.« Laurentius lehnte sich zurück. »Die Maschine reagiert auf das, was die Toten vom Jenseits erwarten.« Plötzlich lächelte der Alte wieder. »Deshalb wäre Benjamin durchaus imstande gewesen, den Supermarkt zurückzubringen. Das habe ich Hannibal gesagt, und es war nicht gelogen.«

»Das mit der Anomalie verstehe ich noch immer nicht ganz«, sagte Louise. »Ebenso unklar bleibt mir, warum wir uns nicht erinnern. Ich weiß, ja, ich habe mir das Leben genommen, wie die Traurige – Françoise – in Bens Institut. Aber ich bin Louise.«

»In Benjamins Kopf herrschte dank Townsend ein riesiges Durcheinander, mein Kind«, antwortete Laurentius, griff nach seinem Becher und trank einen Schluck Tee. »Und dieses Durcheinander übertrug sich auf die Maschine. Deshalb schlugen die Zeiger von Kowalskis Katastrophenmeter aus. Weil die mit Chaos konfrontierte Maschine versuchte Ordnung zu schaffen. Nun, ihr Lieben, es ist eine kluge, aber keine intelligente Maschine, wenn ich so sagen darf. Sie nahm *hier* Erinnerungen und stopfte *dort* Löcher mit ihnen. Aber das ging nur kurze Zeit gut, und es dauerte nicht lange, bis die Pendel der Kohärenz in Bewegung gerieten.«

»Die Pendel der Kohärenz?«, wiederholte Louise und verdrehte die Augen. »O Mann, ich hätte auf den verdammten Apfel verzichten sollen. Sind wir auf einem Trip, Ben? Bilden wir uns das alles nur ein?«

Benjamin hielt seine Gedanken fest, die wie welkes Laub im Wind davonwirbeln wollten, in Richtungen, die ihm nicht behagten.

»Dein Benjamin ist beschäftigt«, sagte Laurentius und grinste. »Mit sich selbst. Er sträubt sich noch.«

»Er sträubt sich?«, fragte Louise. »Wogegen?«

»Wogegen sträuben sich die Menschen meistens, meine Liebe? Gegen die Wahrheit. Wo waren wir stehen geblieben?«

»Bei Pendeln, Kohärenz und einer Maschine, die zwar klug ist, aber nicht intelligent, was auch immer das heißen mag«, sagte Louise bissig.

»Ja, genau, meine Liebe. Genau.« Laurentius schürzte kurz die Lippen. »Die Pendel der Kohärenz – ich kann sie euch zeigen, wenn ihr wollt – setzten sich also in Bewegung, und das geschieht, wenn die Maschine versucht ein Gleichgewicht wiederherzustellen. Doch mit seinen chaotischen Erinnerungen und den vielen Verbindungen zu jenen, die Benjamin, äh, ins Jenseits beförderte, störte er dieses Gleichgewicht, und deshalb musste er aus der Stadt entfernt werden.«

»Die Schatten«, sagte Benjamin. Die Gedanken entglitten ihm. »Weißt du noch, Louise? Die Schatten, die es unmittelbar nach meinem Erscheinen in der Stadt auf mich abgesehen hatten?«

Laurentius nickte. »Sie sollten dich fortbringen, ja.«

»Aber das klappte nicht.«

»Nein, und deshalb blieben die Pendel der Kohärenz in Bewegung. Die Maschine schickte weitere Schatten. Stellt sie euch wie Antikörper eines lebenden Organismus vor, nur dass sie in diesem Fall Teil der Maschine sind. Oder vielleicht auch nicht.« Der zerfurchten Stirn des Alten gesellten sich weitere Falten hinzu. »Manchmal denke ich darüber nach, wisst ihr. Zeit dafür habe ich ja genug, wenn ich hier unten bin. Ja, und manchmal habe ich gedacht, dass sie vielleicht gar nicht Teil der Maschine sind, sondern zu *ihnen* gehören.«

Louise gab ihren Platz am Feuer auf und kam zum Tisch, die Decke um die Schultern geschlungen. Sie setzte sich neben Benjamin und rückte nahe an ihn heran, als suchte sie seine Wärme. »Zu ihnen«, brummte sie. »Hat das ebenfalls was mit der Kohärenz zu tun?«

»Wie man's nimmt«, erwiderte Laurentius. »Könnte durchaus sein. Nun, als das mit den Schatten nicht klappte, musste sich die Maschine was anderes einfallen lassen. Sie gab Benjamin den immer stärker werdenden Wunsch, die Stadt zu verlassen, was ihn in Konflikt mit Hannibal brachte. Doch das Ungleichgewicht nahm weiter zu, und deshalb führte sie ihn – euch – schließlich zum Arsenal.«

»Wodurch es zum Kampf zwischen Streunern und Gemeinschaft kam«, sagte Benjamin. »Und wodurch der Supermarkt verschwand.«

»Richtig. Ihr seid ins Labyrinth geflohen, und die Maschine hoffte – wenn sie hoffen kann, da bin ich mir nicht ganz sicher –, ihr würdet ihren Einflussbereich verlassen. Doch das geschah nicht. Ihr seid in die Stadt zurückgekehrt, und deshalb musste eine andere Lösung für das Problem gefunden werden.«

»Das Loch.«

»Das Loch, ja. Jetzt befindet ihr euch nicht mehr im Wirkungsfeld der Maschine, und sie kann das Gleichgewicht in der Stadt wiederherstellen.« Laurentius hob die Hände. »So einfach ist das alles.«

Einige Sekunden herrschte Stille, nur gestört vom leisen Knacken des Feuers im Kamin.

»Du hast uns noch nicht gesagt, was es mit deinem ›kleinen Freund‹ auf sich hat«, sagte Louise schließlich. »Ich meine das dunkle Monster mit Benjamins Gesicht.«

»Oh, ich dachte, das wäre inzwischen klargeworden. Der arme Kerl ist Benjamins dunkle Hälfte, die sich im Augenblick des Todes von ihm getrennt hat, Townsend sei's gedankt.«

Die Maschine

62

»Sind wir noch immer im Turm?«, fragte Louise, als sie durch einen Flur schritten, der mindestens hundert Meter lang war und nicht in den Turm passte, zumindest nicht horizontal. Benjamin nahm ihre Stimme wahr, als hätte er Wattepfropfen in den Ohren, denn er war noch immer mit sich selbst beschäftigt, vielleicht noch mehr als vorher.

»O ja, meine Liebe«, erwiderte Laurentius aufgeräumt und biss in einen weiteren Apfel. Die Taschen seines grünen Lodenmantels, den er auch hier trug, schienen viele davon zu enthalten, und auch andere Dinge. »Er ist die Nabe dieser Welt, ihr Zentrum. Ich glaube, darauf habe ich schon hingewiesen, nicht wahr? Bist du sicher, dass du nicht noch einen Apfel möchtest?«

»Ganz sicher. Was ich jetzt gebrauchen könnte, wäre ein Schluck Medizin.«

»Warum hast du das nicht gleich gesagt, Teuerste?« Laurentius griff grinsend in die andere Manteltasche und holte eine Flasche aus ihr hervor. »Medizin gefällig?«

Louise griff nach der Flasche, schraubte sie auf und trank. Anschließend holte sie tief Luft. »Eindeutig Medizin«, sagte sie anerkennend. »Von der besten Sorte. Ben?«

Er nahm die Flasche geistesabwesend entgegen und trank ebenfalls. Die klare Flüssigkeit brannte in seiner Kehle, aber er merkte es kaum. Seine Gedanken rasten, prallten von den Innenwänden seines Schädels ab und kehrten ins Zentrum des Bewusstseins zurück, auch jene, die er nicht dort haben wollte.

Louise zog die Flasche aus Benjamins Hand und trank erneut. »Was ist mit deinen Manteltaschen?«, fragte sie Laurentius. »Was da alles drinsteckt ... Sie scheinen wie ein kleiner Supermarkt zu sein.«

Laurentius lachte, ohne auf die Worte einzugehen. An einem der Gemälde, die an den Wänden zu beiden Seiten des Flurs hingen, blieb er stehen und deutete auf die Darstellung eines würdevoll aussehenden alten Mannes. Im Hintergrund war die dunkle Stadt zu sehen, und wenn man genau hinsah – und das tat Benjamin –, konnte man Schlangen auf den Dächern erkennen. Einige von ihnen schienen Flügel zu haben.

»Vielleicht wird hier auch einmal ein Bild von mir hängen«, sagte Laurentius. Er biss erneut in den Apfel und kaute nachdenklich.

»Wer sind diese Leute?«, fragte Louise.

»Meine Vorgänger. Die früheren Aufseher der Maschine.«

»Was ist aus ihnen geworden?«

Der Alte zuckte die Schultern. »Keine Ahnung. Gräber habe ich keine gefunden. Aufseher sterben hier unten nicht, im Gegensatz zu Menschen. Das heißt, Menschen würden hier natürlich auch nicht sterben, zumindest nicht im üblichen Sinn. Schließlich sind sie bereits tot. Aber ihre Seelen würden ... die begonnene Reise fortsetzen.«

»Wohin?«, fragte Louise und trank noch einen Schluck.

Ein kleiner, leiser Gedanke kroch an die Oberfläche von Benjamins Bewusstsein und flüsterte dort: Sie muss sehr krank sein, wenn sie so viel Medizin braucht.

»Wie groß ist die Welt des Lebens?«, erwiderte Laurentius.

»Die Erde? Ziemlich groß.«

»Nein, nicht die Erde. Die ganze Welt des Lebens. Das Universum.«

»Das Universum ist *verdammt* groß«, sagte Louise.

Laurentius nickte. »Will ich meinen. Nun, die Welt des Todes, das Jenseits, ist noch größer. Das beantwortet nicht deine Frage, wohin die Seelen der Toten die Reise fortsetzen würden, wenn sie sich nicht in einer der vielen Städte niederlassen. Aber es gibt dir zumindest eine Vorstellung von den zahlreichen Möglichkeiten.«

»Aber wenn deine Vorgänger nicht gestorben sind …«, sagte Louise, als sie weitergingen, vorbei an den vielen Bildern, auf eine Tür am Ende des Flurs zu. »Was ist dann aus ihnen geworden?«

»Ich nehme an, sie sind abberufen worden. Um ganz ehrlich zu sein, ich warte schon seit einer ganzen Weile darauf, etwas von *ihnen* zu hören. Eine Zeit lang mag es ja ganz interessant sein, die Maschine zu beaufsichtigen und die Entwicklung der Stadt zu beobachten, aber nach zehntausend Jahren wünscht man sich eine Abwechslung.«

Louise hatte die Flasche an den Mund gesetzt und ließ sie wieder sinken. »Zehntausend Jahre?«

»Ungefähr. Es können ein paar mehr oder weniger sein. Benjamin, mein Junge«, sagte Laurentius. »Warum so schweigsam? Bist du noch immer in deinen Gedanken gefangen?«

»Du hast gesagt, Aufseher würden hier unten nicht sterben, im Gegensatz zu Menschen«, kam es langsam von Benjamins Lippen. »Außerdem hast du von unterschiedlichen Anfängen gesprochen, und davon, dass bei uns – bei Louise und mir – alles mit dem Tod begann. Aber nicht bei dir. Du bist nicht als Toter hierhergekommen. Was bist du, Laurentius? Kein Mensch, nehme ich an.«

»Oh, ich weiß selbst nicht, wer oder was ich bin. Vielleicht habe ich's vergessen; nach so langer Zeit vergisst man das eine oder andere. Aber ich sehe wie ein Mensch aus, nicht wahr? Ein bisschen alt vielleicht, aber nicht zu klapprig.« Laurentius zwickte sich in den Arm. »Und ehrlich gesagt, ich fühle mich auch wie ein Mensch. Aber bin ich einer?« Er schüttelte langsam den Kopf. »Nein, ich glaube nicht. *Sie* haben mich hierhergebracht, und fragt mich nicht, wie meine Kindheit und Jugend verlaufen sind, denn es gab weder das eine noch das andere. Ich bin immer alt gewesen, zehn Jahrtausende lang. Meine Existenz begann als Aufseher, und vielleicht werde ich wie die anderen vor mir abberufen, wenn ich zu müde werde. Vielleicht erfahre ich dann, wer oder was ich bin.« Sie erreichten das Ende des Flurs. »Bis dahin bin ich Laurentius, manchmal ›der Alte‹ genannt, ein Sonderling in der Stadt und unter ihr der Aufseher der Maschine.«

»Was ist mit den anderen Städten, die wir gesehen haben?«, fragte Benjamin, als Laurentius die Tür öffnen wollte. »Gibt es auch dort Aufseher und Jenseitsmaschinen?«

»Vielleicht habt ihr Gelegenheit, das herauszufinden«, sagte Laurentius und zögerte. »Nun, ich finde die Fragen interessant, die ihr bisher *nicht* gestellt habt. Aber noch ist Zeit. Zunächst möchte ich euch die Maschine zeigen.«

Er öffnete die Tür.

»Jetzt sind wir nicht mehr im Innern des Turms, so viel steht fest«, hauchte Louise.

Sie standen auf einer runden Plattform, mitten in einem riesigen, mindestens zweihundert Meter durchmessenden Saal. Ein schmaler Steg verband die Plattform mit dem Flur. Wohin man auch blickte, nach oben und unten, nach rechts und links: Überall bewegten sich kleine und große Zahnräder, die perfekt ineinandergriffen, ohne dass es irgendwo knirschte oder knackte. Ein leises Summen hing in der Luft, wie von einem fernen Bienenschwarm. Hier und dort drehten sich Wellen und Schwungscheiben zwischen den Zahnrädern, und an manchen Stellen ragten Objekte hervor, die Benjamin zunächst für Stangen oder Dornen hielt, bis ihm klarwurde, dass es sich um Hebel handelte. Er fragte sich, wie man sie betätigte, denn von der Plattform aus ließen sie sich nicht erreichen.

Die Höhe des Saals konnte er nicht einmal abschätzen, denn das zwischen den Zahnrädern und Wellen schimmernde Licht reichte nur einige Hundert Meter weit nach oben, und Dunkelheit verbarg den Rest. Aus dieser Finsternis reichten fünf Pendel herab, etwa einen Meter dick und goldgelb, wie das Messing von Kowalskis Apparaten. Sie endeten in etwa doppelt so dicken, massiv wirkenden Kugeln und schwangen langsam, wie träge, von einer Seite des Saals zur anderen. Eins der fünf Pendel kam der Plattform dabei sehr nahe. Benjamin hörte ein dumpfes Brummen, als es vorbeischwang, und fühlte, wie ihm verdrängte Luft über die Wangen strich.

»Das sind die zehn Kilometer langen Pendel der Kohärenz«, sagte Laurentius, und in seiner Stimme erklang unüberhörbarer Stolz. »Hier trifft die Maschine ihre Entscheidungen.« Er beobachtete die Pendel mit Kennerblick. »Sie sind schon etwas langsamer geworden. Was vermutlich bedeutet, dass die Stadt zur Ruhe kommt. Die Anomalie ist aus ihr verschwunden.«

»Wie können Zahnräder eine Stadt erschaffen und dabei die Erinnerungen von Toten als Blaupausen benutzen?«, fragte Benjamin langsam.

»Dies hier ist gewissermaßen der Antrieb der Jenseitsmaschine«, erklärte Laurentius. »Ihr Motor. Ich zeige euch gleich, wo die Stadt erschaffen wird. Aber vorher … Seht euch das Geländer an.«

Es schien aus Metall zu bestehen, aus ineinander verschlungenen schmiedeeisernen Teilen. Als sich Benjamin noch etwas mehr darauf konzentrierte, gerieten einige Teile in Bewegung und entpuppten sich als umeinander gewundene Schlangen. Instinktiv wich er einen Schritt zurück, und sofort hörten die Bewegungen auf.

»Hast du das gesehen?«, fragte er Louise.

»Die Schlangen?« Sie trank einen Schluck Medizin. »Ja, ich denke schon.« Sie bot ihm die Flasche an.

Er trank ebenfalls und gab die Flasche zurück. Wenn der Alkohol und die Apfelkerne auf ihn wirkten, so merkte er nichts davon, zumindest nicht bewusst, was vermutlich an der allgemeinen Aufregung lag, und am immer noch ziemlich großen Durcheinander in seinem Kopf.

»Na?«, fragte Laurentius.

»Na was?«

»Kommt da keine Frage?«

»Die Schlangen …« Benjamin versuchte einen klaren Gedanken zu fassen. »Die Darstellungen der Schlangenwesen in der Stadt.«

»Gut beobachtet«, erwiderte Laurentius. »Aber ich höre noch immer keine Frage.«

»Was sind die Schlangen?«, fragte Louise. »Was bedeuten sie?«

Laurentius lächelte. »Die Schlangen sind *sie.*«

»Was?«, fragte Benjamin.

»Eine sehr intelligente Frage, mein Junge«, spottete Laurentius, während die fünf Pendel der Kohärenz weiter durch den Raum schwangen und die Zahnräder und Wellen sich drehten. Das Licht zwischen ihnen leuchtete nicht gleichmäßig. An einigen Stellen schwächte es sich ab, an anderen strahlte es heller. »Damit liegst du in jedem Fall richtig.«

»Die Schlangen sind deine … Auftraggeber?«, wandte sich Louise an den Alten.

»Du bist nicht auf den Kopf gefallen, junge Dame«, sagte Laurentius. »Im Gegensatz zu deinem Freund hier. Ja, die Schlangen machten mich hier zum Aufseher ihrer Maschine.«

»Aber …«

»Ja, Benjamin?«

»Was bedeutet das alles?«

»Gut gefragt, mein Junge. Leider lautet die Antwort: Ich weiß es nicht.«

»Hör endlich auf damit, verdammt!«, entfuhr es Louise plötzlich. Ihre zornige Stimme übertönte das bienenschwarmartige Summen der Maschine. »Hör auf damit, dir einen Spaß mit uns zu machen! Und lass dir nicht alles einzeln aus der Nase ziehen, verdammt!«

»Ich lasse mir nichts aus der Nase ziehen, zumindest nicht gern.« Der Alte hob abwehrend die Hände, als Louise einen drohenden Schritt auf ihn zutrat. »Schon gut, schon gut. Ja, die Schlangen brachten mich hierher. Und ja, sie bauten die Maschine. Nehme ich an. Um die Seelen – beziehungsweise Quantensignaturen – gestorbener Menschen in der Stadt zu empfangen.«

»Warum?«, platzte es aus Benjamin. »Ich meine … Das ist doch nicht normal!«

»Da sprichst du einen interessanten Punkt an, mein Junge. Was ist normal? Wie müsste das Jenseits beschaffen sein, um deinen Vorstellungen von Normalität zu genügen? Entweder ein Garten Eden, der eigentlich auf eine Art Supermarkt hinausläuft, nicht wahr? Oder das ewige Feuer der Hölle. Aber Vorsicht. Das sind von Menschen geschaffene Jenseitsvorstellungen. Im Lauf der Jahrhunderte und Jahrtausende haben sie so tiefe Wurzeln im menschlichen Denken geschlagen, dass sie für ein Abbild der Realität gehalten werden. Es ist wie mit einer Lüge, die zu scheinbarer Wahrheit wird, wenn man sie lange genug wiederholt und fest an sie glaubt. Ein moderner Ausdruck dafür lautet Anthropomorphismus. Seit dem Tod des ersten Menschen stellen sich die Lebenden das Jenseits auf die unterschiedlichste Weise vor, aber immer sind es menschliche Begriffe, die diese Vorstellungen prägen. Doch warum sollte sich das Universum des Todes den Ideen und Konzepten von Menschen unterwerfen? Wer bestimmt, was ›normal‹ ist? Warum sollte eine Jenseitsmaschine, die die Seelen Gestorbener empfängt, nicht ›normal‹ sein?«

»Jemand hat die Maschine gebaut«, sagte Louise. »Vorher hat sie nicht existiert. Was geschah mit den Seelen, als es die

Maschine noch nicht gab? Und *warum* wurde die Maschine gebaut?«

»Hast du gehört, Benjamin? *Das* sind intelligente Fragen. Kompliment an die junge Dame. Nun, soweit ich weiß, wurde die Maschine gebaut, als sich der Mensch aus den Primaten entwickelte. Man könnte sagen: Sie entstand, um die ersten menschlichen Seelen zu empfangen.«

»Aber warum?«, warf Benjamin ein. »Ich meine, das alles muss doch einen *Grund* haben. Niemand – nicht einmal Schlangen – baut einfach so eine Maschine, die Seelen sammelt. Wozu werden die Seelen gesammelt? Was soll mit ihnen geschehen?«

»Muss etwas mit ihnen geschehen?«, erwiderte Laurentius überraschend sanft. »Können sie nicht einfach in der Stadt, beziehungsweise in den Städten, leben, in der Nähe eines Supermarkts, dessen Regale sich nie leeren?«

»Schlangen …«, sagte Benjamin nachdenklich.

»Ein weiterer interessanter Punkt, nicht wahr?« Das Grinsen kehrte in Laurentius' Gesicht zurück. »Irgendwie scheinen die Menschen, als sie sich Gedanken über das Jenseits und so machten, das eine oder andere aufgeschnappt zu haben.«

»Die Schlange im Garten Eden.« Benjamin betrachtete erneut das Geländer, und als er den Blick auf einige schmiedeeisernen Komponenten richtete, schienen sie sich ein weiteres Mal in Schlangen zu verwandeln.

Laurentius griff in die Manteltasche und holte einen Apfel hervor. Er warf ihn hoch und fing ihn dann mit der anderen Hand wieder auf. »Der Apfel und die Schlange. Beides ist miteinander verbunden, und das Bindeglied heißt Wahrheit.«

»Wahrheit. Die Augen öffnen. Desillusionierung.« Louise sah den Alten groß an. »Ist es das? Haben die … Schlangenwesen deshalb die Maschine gebaut? Um uns, im Tod, die Augen zu öffnen? Um unseren Seelen die Wahrheit zu zeigen?«

»Du bist wirklich ein kluges Köpfchen, Louise. Respekt. Nimm dir ein Beispiel an ihr, Benjamin. Schalt endlich das Gehirn ein. Das *ganze* Gehirn, meine ich. Nicht den kleinen Teil, mit dem du derzeit denkst, mein Junge. Der Rest ist immer noch damit beschäftigt, sich vor *deiner* Wahrheit zu verschanzen. Vielleicht hast du Recht, Louise. Vielleicht wollen die Erbauer der Maschine die Seelen gestorbener Menschen gewissermaßen einfangen und in der Stadt und in den Städten unterbringen, um sie auf die ›Wahrheit‹ vorzubereiten, woraus auch immer die bestehen mag.« Laurentius hob und senkte die Schultern. »Oder es mag darauf hinauslaufen, dass Velazquez mit seiner Theorie von den Aliens richtigliegt. Möglicherweise geht es den Erbauern, besagten Aliens, um ein Experiment, dessen Sinn und Zweck sich unserem – auch meinem – Verständnis entzieht. Oder *sie* handeln ihrerseits im Auftrag, vielleicht im Auftrag einer allmächtigen Entität, die man Gott nennen könnte. In dem Fall hat letztendlich vielleicht Hannibal Recht mit seiner Theorie vom Limbus und der ausstehenden Entscheidung zwischen Gut und Böse, Himmel und Hölle.«

»Du weißt es nicht, Laurentius?«

»Ich bin der Aufseher der Maschine, seit zehntausend Jahren«, erwiderte der Alte, und diesmal hörte Benjamin eine gewisse Müdigkeit in seiner Stimme. »Ich sorge dafür, dass sie richtig funktioniert. Das ist meine Aufgabe. Viel mehr weiß ich nicht. Vielleicht erfahre ich die Gründe bei meiner Abberufung.«

Benjamin musterte den Alten und fragte sich, ob er die Wahrheit sagte. Seine Worte klangen aufrichtig, und warum sollte Laurentius lügen und ihnen etwas vormachen?

Der Greis im Lodenmantel erwiderte seinen Blick. »Bist du endlich so weit, Benjamin? Nein, noch immer nicht? Na schön. Dann zeige ich euch zuerst, wo die Stadt erschaffen wird. Kommt.«

63

Laurentius drehte sich um und kehrte über den Steg zu der Tür zurück, die sie aus dem Flur in den Saal mit den Pendeln der Kohärenz gebracht hatte. Aber als er die Tür öffnete, erstreckte sich dahinter nicht etwa der Korridor mit den Bildern seiner Vorgänger, sondern ein Raum, in dem Hunderte, Tausende von Hebeln aus den Wänden, der Decke und auch dem Boden ragten, mit goldenen, silbernen und kupferroten Kugeln am Ende. Stille herrschte an diesem Ort, und das Geräusch ihrer Schritte klang unnatürlich laut in Benjamins Ohren.

Einige Lichter schwebten unter der gewölbten Decke, klein wie Punkte, und ihr Schein gab den vielen Hebeln lange, verwirrende Schatten.

»Nichts anfassen«, sagte Laurentius. »Nicht an den Hebeln herumspielen. Ihr wisst nicht, wozu sie dienen.«

»Weißt du es?«, fragte Louise verwundert und sah sich um.

»Es sind so viele. Und nirgends gibt es Beschriftungen oder irgendwelche Markierungen.«

»Jeder Hebel hat eine ganz bestimmte Funktion«, sagte Laurentius. »Und diese Funktion lässt sich modifizieren und variieren, wenn auch andere Hebel betätigt werden. Wie viele Kombinationen sind mit neuntausendvierhunderteinundzwanzig Hebeln möglich, Benjamin?«

»Ich habe keine Ahnung.«

»Und offenbar hast du auch keine Lust zu einem kleinen Rechenexperiment. Na ja, macht nichts. Begnügen wir uns mit der Feststellung, dass die Anzahl der Kombinationen ziemlich groß ist und dass der Aufseher sie alle im Kopf haben muss.«

Laurentius trat vor und drückte einen vor ihm aufragenden Hebel zwanzig oder dreißig Zentimeter weit nach unten.

Es klickte irgendwo in oder hinter dem Wald der Hebel, und auf einmal funkelte es in der Luft, als hätten Staubpartikel, zu klein für das Auge, plötzlich zu leuchten begonnen. Benjamin fühlte sich an das Glitzern erinnert, das ihm wie Feenstaub erschienen war und das er, in einer Vision, überall in der Stadt gesehen hatte, insbesondere dort, wo Waffen verschwunden waren. Ein Rauschen ging durch den Raum – wie von Wind in hohen Baumwipfeln, dachte Benjamin –, und aus dem myriadenfachen Leuchten bildeten sich vertraute Buchstaben und andere Schriftzeichen, Schnörkel und Linien, die erst dann einen Sinn ergaben, wenn sich Benjamin auf sie konzentrierte.

»Bausteine für Worte«, verkündete Laurentius und stand mit hoch erhobenen Armen da. Die Buchstaben und Schriftzeichen umschwirrten ihn wie Vögel. »Und es sind besondere Worte. Sie haben die Maschine geschaffen.«

In Benjamin wurde die Erinnerung an andere Worte wach, die er vor langer Zeit gelesen hatte. »Die Schöpfung ist ein Buch«, murmelte er. »Wer's weislich lesen kann, dem wird darin gar fein der Schöpfer kundgetan.«

Laurentius nickte und griff nach einem Hebel, dessen kupferroter Knauf aufleuchtete, als er ihn berührte. Das Glitzern veränderte sich, und die fliegenden Buchstaben und Symbole verharrten in der Luft. Zahlen erschienen zwischen ihnen und reihten sich zu komplexen Formeln aneinander.

Louise stand staunend da, die halb leere Flasche Medizin in der Hand.

»Die Worte der Schöpfung«, sagte Laurentius. »Und die Zahlen der Mathematik, von Galileo einst ›Sprache der Natur‹ genannt. Sie sind die Basis. Hier seht ihr, welche Macht die Maschine geschaffen hat, und die Maschine schuf die Stadt.«

»Könnte sie uns ins Leben zurückbringen?«, fragte Louise plötzlich. »Ist sie mächtig genug?«

Laurentius richtete einen fast traurigen Blick auf sie. »Nein, mein Kind. Die Barriere zwischen Leben und Tod lässt sich nur von einer Seite durchschreiten. Es gibt kein Zurück.« Nach kurzem Zögern fügte er hinzu: »Bedauerst du jetzt, dir das Leben genommen zu haben?«

Louise seufzte, setzte die Flasche an die Lippen und stärkte sich mit einem Schluck Medizin, ohne Antwort zu geben.

»Benjamin? Was ist mit dir?«, fragte Laurentius. »Du wirkst ergriffen.«

Benjamin atmete tief durch, und wieder fühlte er Worte

auf der Zunge, die von jemand anderem stammten. »Tiefheiliger Schauer mich durchweht: Es weiht mich der Schöpfung Majestät. Ich sauge den Odem der Gottheit ein, eins bin ich mit dem allewigen Sein.«

»Das stammt aus der Frühlingsandacht von Wilhelm Arent, nicht wahr?«

»Ja«, murmelte Benjamin, horchte in sich hinein und hörte Erinnerungsstimmen flüstern. »Ja, ich glaube schon.«

»Du glaubst es nicht, du weißt es. Du hast damals Literatur studiert, nicht wahr? Bevor es geschah. Bevor sich etwas in dir veränderte. Meinst du nicht, dass es Zeit wird, dich an *alles* zu erinnern? Wie lauten die Fragen, die du bisher nicht gestellt hast? Soll ich sie für dich formulieren?«

Benjamin stand mit hängenden Schultern da, umgeben von den Worten und Zahlen der Maschine, die Arme sonderbar schwer, als hinge das Gewicht seiner bleiernen Vergangenheit an ihnen.

»Eine von ihnen lautet: Wer oder was ist das große dunkle Geschöpf, das sich im Augenblick deines Todes von dir trennte? Besser gesagt: Welcher Teil von dir ist es?«

»Und warum hat das Wesen Menschen aus der Stadt entführt und in Gläserne verwandelt?«, warf Louise ein.

»Die wichtigste Frage lautet vermutlich: Wer bist du gewesen, bevor du erst ins Gefängnis und dann ins Institut kamst? Nun, Benjamin? Wird es nicht langsam Zeit, dass du dich deiner Wahrheit stellst? Oder brauchst du etwas, das dein Gedächtnis auffrischt?«

Laurentius berührte mehrere Hebel, und an einer Stelle veränderte sich die Anordnung von Zeichen und Zahlen in der Luft. Benjamin fühlte plötzlich etwas in der Hosentasche, und als er danach griff, stellte er fest, dass es ein Lebensbuch war. Er erkannte die Flecken auf dem schmalen Rücken wieder, und darunter stand der Name, den er in der Bibliothek auf dem Buchrücken gelesen hatte: J.M. Townsend.

Jetzt tanzten die Buchstaben, ordneten sich neu an und zeigten ihm seinen Namen: Benjamin Harthman.

»Die Bibliothek hat dir das richtige Buch gegeben«, sagte Laurentius. »Du wolltest es nur nicht wahrhaben.«

Mit zitternden Fingern öffnete Benjamin das Buch und las.

Buchstaben und Zahlen wirbelten wie Blätter im Wind, als Benjamin ins Buch starrte und die Worte seines Lebens las. Es waren keine angenehmen Worte, doch er konnte ihre Wahrheit nicht leugnen.

»Ben?«, fragte Louise nach einer Weile. »Hier, du brauchst einen Schluck. Oder auch zwei.« Sie reichte ihm die Flasche mit der Medizin.

Benjamin nahm sie entgegen und trank nicht nur einen Schluck oder zwei, sondern mehr. Als er die Flasche schließlich zurückgab, breitete sich das Brennen in der Kehle aus, das dann den ganzen Körper erwärmte.

»Nun?«, fragte Laurentius. Diesmal lächelte er nicht. In seinem fast bis zum Boden reichenden Mantel stand er da und wartete.

»Ich bin ein Mörder«, sagte Benjamin, klappte das Buch zu und steckte es in die Hosentasche. Er brauchte nicht mehr darin zu lesen. Die Erinnerungen waren da, klar und deutlich. Die Barriere, die sie bisher von ihm ferngehalten hatte, existierte nicht mehr. »Das hat mich ins Gefängnis gebracht, und später ins Institut. Ich bin ein wahnsinniger Serienkiller.«

Er hörte die Worte und wusste, was sie bedeuteten, aber der Schock blieb aus. Wo er ihn hätte spüren sollen, in seiner Mitte, im Zentrum seines Selbst, gab es eine Taubheit, die ihn vor Schmerz schützte. Vielleicht lag es an der Medizin.

»Das bist du *gewesen*, ja«, sagte Laurentius.

Er sah die Gesichter der Menschen, die er erschossen, erwürgt und auf andere Weise umgebracht hatte. Er sah die Angst in ihren Augen, das Entsetzen, auch den Hass, und die Taubheit in seiner Mitte bewahrte ihn davor, dass diese emotionalen Klingen durchs Fleisch seiner Seele schnitten. Nein, es lag nicht nur an der Medizin, begriff er. Es gab noch etwas anderes, das ihn schützte.

»Erinnerst du dich an deine Mutter, Benjamin?«, hörte er die Stimme des Alten. »Du bist damals elf oder zwölf gewesen. Erinnerst du dich an den Swimmingpool, der in deinen späteren wirren Vorstellungen zum Meer wurde?«

»Ja«, sagte Benjamin und schwankte, während die Buchstaben und Zahlen der Schöpfungsmaschine um ihn tanzten. Er sah ihn vor sich, den Pool in der Nacht, von Lampen erhellt, blau wie ein kleines Stück des Meeres. So hatte er sich ihn immer vorgestellt, als einen Teil des Ozeans, im Garten hinterm Haus. Die Schreie hatten ihn damals geweckt. Er war nach draußen gelaufen und hatte gesehen, wie sein wutentbrannter, betrunkener Vater seine Mutter im Pool ertränkte. In diesem Moment sah er sich selbst, wie er ins Wasser sprang und sie zu retten versuchte, obwohl jede Hilfe zu spät kam, und plötzlich war er mit ihr allein gewesen, in einem Pool, der sich in ein bis zum Horizont reichendes Meer verwandelte.

Louise musterte ihn aufmerksam, und Benjamin befürchtete Abscheu in ihrem Gesicht. Stattdessen sah er Sorge, die ihm galt. Er zitterte, und sie legte ihm die Hand auf den Arm.

»Du bist damals lange in psychotherapeutischer Behandlung gewesen«, sagte Laurentius sanft. »Einer der Psychologen brachte dir immer Bücher mit, und irgendwann hast du begonnen, dich in diese Geschichten zu flüchten. Du hast Bücher geradezu verschlungen und Jahre später mit einem Literaturstudium begonnen. Bei der Party zum Anlass deines zweiundzwanzigsten Geburtstags hast du gesehen, wie ein Paar am Pool stritt. Der Streit eskalierte, der junge Mann geriet außer sich. Er stieß seine Freundin ins Wasser, und sie fiel so unglücklich, dass sie mit dem Kopf gegen den Beckenrand prallte. Du hast das Blut im Wasser gesehen …«

»All das Blut …«, sagte Benjamin leise, den Blick in die Vergangenheit gerichtet. Eine Formel der Jenseitsmaschine schwebte dicht an seinem Gesicht vorbei, doch er sah sie nicht.

»Der junge Mann konnte glaubhaft machen, dass es sich um einen Unfall handelte«, fuhr Laurentius fort. »Es gab keine Zeugen, die ihn belastet hätten. Du hast damals nicht gegen ihn ausgesagt, Benjamin. Wie dem auch sei: Wenige Tage später wurde er tot aufgefunden. Erwürgt. Mit einer Garrotte, wie die gerichtsmedizinische Untersuchung ergab. Das war der Anfang.«

Der Anfang, dachte Ben. Der Anfang vom Ende.

»Das alte Trauma erwachte wieder, stärker als jemals zuvor«, sagte Laurentius. »Etwas Dunkles wuchs in dir. In den folgenden fünfzehn Jahren hast du einundzwanzig Menschen umgebracht.«

An einer Stelle bekam die Barriere aus Taubheit einen Riss, und Schmerz kroch hindurch. Benjamin stöhnte.

»Du warst krank, mein Junge, sehr krank. Schließlich wurdest du gefasst, verurteilt und ins Gefängnis gesteckt. Townsend gehörte zu den Psychiatern, die mit deinem Fall beschäftigt waren, und nach einigen Jahren schlug er eine neue Behandlungsmethode vor. Er trennte den kranken Mörder in dir vom anderen Benjamin, der noch immer existierte, und er ersetzte die alten Erinnerungen durch neue.«

»Es gelang ihm nicht«, sagte Benjamin. »Die alten Erinnerungen blieben in mir. Er veränderte sie nur ein wenig.«

»Er brachte alles durcheinander.«

»Ja. Und der Mörder ... Er existierte noch immer. Er lag die ganze Zeit über auf der Lauer und wartete auf eine günstige Gelegenheit.«

»Im Institut lernte Benjamin Françoise kennen, die Traurige, wie er sie nannte«, sagte Laurentius, und sein Blick ging kurz zu Louise. »Er lernte sie lieben und erfuhr, dass Townsend sie missbrauchte. Und dann beging sie Selbstmord. Für Benjamin war es eine Wiederholung des Traumas. Erst die geliebte Mutter und dann diese Frau, die er lieb gewonnen hatte. Es war zu viel für ihn. Der Mörder in ihm übernahm die Regie.«

»Ich verstehe«, sagte Louise langsam, ihre Hand noch immer auf Benjamins Arm. »Er wollte die Traurige rächen.«

Laurentius nickte. »So wie er zuvor mit den einundzwanzig Morden versuchte seine Mutter zu rächen. Benjamin schmiedete einen Plan, brachte Townsend um und ließ das ganze Institut in Flammen aufgehen. Falls es dich interessiert, mein Junge: Muriel kam mit dem Leben davon, weil sie im Stall bei den Pferden war. Aber alle anderen starben.«

»Und kamen hierher in die Stadt.«

»Ja. Du hast sie praktisch neu bevölkert. Mit den Toten aus dem Institut und den Seelen anderer Gestorbener, die mit ihnen in Verbindung standen.«

»Die Seelen sind miteinander verbunden«, murmelte Benjamin.

»Das sind sie, ja. Der Laurentius in der Stadt hat dich darauf hingewiesen.« Diesmal lächelte der Alte wieder und betätigte einen Hebel. Das Hintergrundsummen veränderte sich ein wenig, und die Buchstaben und Zahlen kehrten in die Lichter zurück, aus denen sie gekommen waren. »Aber als dein Leben zu Ende ging, Benjamin … Die Behandlung war nicht ohne Folgen für dich. Du hast versucht, an deinen echten Erinnerungen festzuhalten.«

»Du hast gesagt, dass sich Benjamins dunkle Hälfte im Augenblick des Todes von ihm getrennt hat«, wandte sich Louise an Laurentius.

»Die Maschine hat sie von ihm getrennt, nach Townsends Vorarbeit.« Laurentius holte einen Apfel hervor und biss hinein. »Möchte jemand von euch? Nein? Nun, der dunkle Bursche irrte jahrelang durchs Labyrinth, durchbrach Mauern und suchte nach Benjamin.«

»Deshalb begann er damit, Menschen aus der Stadt zu entführen?«, fragte Louise. »Weil er nach Benjamin suchte?«

»Ja.«

»Und warum wurden die Entführten zu Gläsernen? Einige von ihnen sind zerbrochen.« Bei diesen Worten verzog Louise das Gesicht.

Laurentius kaute und schluckte, während die letzten Buchstaben und Zahlen verschwanden. »Sie wurden zu Gläsernen, weil die Stadt aus dem Gleichgewicht geriet. Was die

Zerbrochenen betrifft … Ich nehme an, ihre Seelen sind auf Reisen.«

»Das nimmst du an?«, fragte Benjamin. »Und wohin reisen sie?«

»Ich glaube, ich habe bereits darauf hingewiesen, dass ich nicht alles weiß, mein Junge. Ich bin nur ein einfacher Aufseher.«

Benjamin stand noch immer mit hängenden Schultern da, aber seine Arme waren nicht mehr ganz so schwer, und das Zittern hatte aufgehört.

»Ich bin ein Mörder«, wiederholte er leise.

»Du *warst* ein Mörder«, betonte Laurentius, verspeiste die Reste des Apfels und leckte sich die Finger ab. »Und Louise war eine Hure, die sich schließlich das Leben nahm. Und Hannibal war ein armer Irrer, der schon zu Lebzeiten glaubte, Gut und Böse wiegen zu müssen. Das alles geschah in der Welt des Lebens. Dies ist das Jenseits. Vertrau jemandem, der die Apfelkerne der Weisheit geraucht und gegessen hat, mein Junge: Du bist nicht mehr der, der du im Leben warst.«

Als der Alte schwieg, glaubte Benjamin für einen Moment, neben dem Summen der Maschine noch ein anderes Geräusch zu hören, ein ledriges Knarren. Der Geruch von Ammoniak stieg ihm in die Nase, scharf und beißend, aber als er schnupperte, roch er nichts mehr.

»Kann uns das Monster hier erreichen?«, fragte Louise und sah sich um.

»Du meinst den dunklen Burschen«, sagte Laurentius. »Nein, dieser Ort bleibt ihm verwehrt. Aber dort draußen sucht er noch immer nach Benjamin. Er möchte in ihn zurückkriechen, und so interessant es wäre zu beobachten, wie ein fünf Meter großes Geschöpf versucht in deinen Kopf zu krabbeln, mein Junge: Wir sollten es nicht darauf ankommen lassen. Bisher hat ihn die Maschine daran gehindert, sich wieder mit dir zu vereinen, aber wenn die Pendel der Kohärenz zur Ruhe kommen, könnte sich das Blatt wenden.«

»Also?«, hakte Louise nach.

»Also muss er die Stadt verlassen. Endgültig. Für immer. Am besten mit dir zusammen. Die Entscheidung darüber liegt natürlich bei dir.«

»Ich verstehe.« Louise sah auf die Flasche hinab. »Na schön«, sagte sie und stärkte sich mit einem weiteren Schluck Medizin. »Na schön.«

»Na schön was, Teuerste?«

Louise ergriff Benjamins Hand. »Ich schätze, mir bleibt gar nichts anderes übrig, als Ben zu begleiten«, sagte sie, aber sie lächelte bei diesen Worten.

Epilog

Sie standen am Ufer des Sees, den Benjamin als glitzernde Fläche von der Terrasse des Penthouses aus gesehen hatte, durch Kowalskis Teleskop. Das gerade Band daneben war eine mehrspurige Straße, leer zwar, aber ohne einen einzigen Riss im glatten Asphalt. Einige Kilometer entfernt lag der Nebel wie ein grauweißer Mantel auf der Landschaft, und dahinter ragten die sieben Hügel der Stadt auf.

»Von hier an müsst ihr allein zurechtkommen«, sagte Laurentius. »Folgt dem Verlauf der Straße. Sie bringt euch zur nächsten Stadt.«

Benjamin blickte über das lange Asphaltband bis zum dunstigen Horizont und blinzelte im Licht der aufgehenden Sonne. »Wie weit ist es?«

»Nicht so weit, wie du denkst. Ihr müsst nur einmal übernachten. Ich schätze, morgen Nachmittag erreicht ihr euer Ziel.«

»Wir haben nichts zu essen und zu trinken«, sagte Louise und schüttelte die leere Flasche Medizin.

Laurentius hob die Hände, und plötzlich hielten sie zwei Rucksäcke. »Für euch. Genug Proviant für einen mehrtägigen Marsch, wenn ihr wollt. Ich habe ein paar Äpfel dazugelegt.«

Als er sich abwandte, fragte Benjamin: »Sehen wir uns wieder, irgendwann?«

»Wer weiß?«, erwiderte Laurentius und zuckte die Schultern. »Ich muss jetzt gehen. Die Maschine wartet auf mich.«

Er winkte und ging los. Nach einigen Schritten verlor er an Substanz und wurde durchsichtig, verschwand dann ganz.

Benjamin schaute erneut über die Straße und schulterte seinen Rucksack. Louise trat neben ihn. »Ich nehme an, dies ist ein Anfang.«

»Es ist ein Ende *und* ein Anfang«, erwiderte Louise. Ihre Stimme klang anders. »Wir lassen alles hinter uns zurück, Ben. Wir haben einen Schlussstrich gezogen und wissen Bescheid. Wir können ganz bewusst mit etwas Neuem beginnen.«

»Ohne zu vergessen, was wir gewesen sind?«

Louise deutete nach vorn. »Eine ganz neue Welt liegt vor uns, Ben. Vielleicht können wir im Tod sein, was wir im Leben nicht sein konnten. Vielleicht ist das Teil der Wahrheit, von der Laurentius gesprochen hat.«

»Du klingst … zuversichtlich. Optimistisch. Nicht wie die Traurige.«

»Ich bin Louise, nicht Françoise.«

Wind kam auf, wehte kühl von der hinter ihnen liegenden Stadt und schien sie aufzufordern, mit der Reise zu beginnen.

»Und ich bin nicht mehr Benjamin, sondern Ben.« Er nahm ihre Hand, und sie machten sich auf, die Städte zu erkunden.

Andreas Brandhorst

»In einem kleinen Dorf in Kalabrien gibt es offenbar einen Jungen, der Wunderheilungen vollbringt. Schreiben Sie etwas darüber!«

Mit diesen Worten wird der Journalist Sebastian Vogler von seinem Chefredakteur in den Süden Italiens geschickt. Schon bald muss er erkennen, dass der junge Raffaele tatsächlich in der Lage ist, Menschen zu heilen. Und er findet heraus, dass sich hinter dem Jungen eine Verschwörung verbirgt, die nicht nur weit in die Vergangenheit reicht, sondern sich anschickt, die Zukunft der Menschheit für immer zu verändern. Ein Wettlauf gegen die Zeit beginnt ...

978-3-453-53295-3

Für alle Fans von Markus Heitz, Wolfgang Hohlbein und Dan Brown

Leseprobe unter: **www.heyne.de**

HEYNE